저자 이희경

중앙대 신문방송대학원에서 신문학을 전공한 저자는 언론 매체 자유 기고가 및 인터뷰 전문 기자로 활동하였다. 이후 영국 런던에서 문학 및 어학 수업을 지속한 저자는 이 시기에 탐독한 영미 소설들의 영향을 받아 귀국 후 출판계에 몸담게 되었다. 금성출판사 아동잡지 팀장을 시작으로 좋은글 출판사 편집장을 거치면서 다수의 도서를 기획·편집 및 집필하였고, 2015년 중앙대 문예창작대학원에서 「박완서 소설의 창작모티브 연구」로 문학박사 학위를 받았다.

박완서를 읽다

박완서 소설의 창작모티브 연구

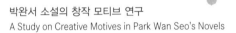

박완서 소설의 창작 모티브 연구
A Study on Creative Motives in Park Wan Seo's Novels

이희경 저

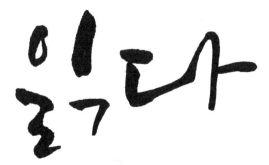

도어즈
doors

박완서를 읽다

1999년 겨울, 박완서 작가와의 인터뷰를 위해 그의 자택, 일명 '노란 집'을 방문한 적이 있다. 아차산에 둘러싸여 오목하게 들어앉은 마을에는 개성 있고 운치 있게 치장한 집들이 큰길을 따라 죽 늘어서 있었다. 그 길 끝자락쯤에 노란 은행잎으로 담장을 수놓은 예의 그 노란집이 다소곳이 자리하고 있었다.

겨울이 스산스레 들어선 마당에서부터 그를 따라 올라선 마루까지 여유롭고 정갈한 분위기가 물씬 풍겼다. 그곳에서 단아하게 맞이하는 그와 마주했다. 낯선 이를 경계하는 눈빛이 잠시 스치는가 싶더니 이내 인터뷰에 진지하게 임했다. 소설가 박완서, 코스모스 같은 외모 뒤에 올곧은 기세가 느껴졌다.

인터뷰 사전 준비로 그의 작품집을 접한 나는, 그의 표현대로 참으로 '게걸스럽게' 탐독하게 되었다. 읽는 이로 하여금 숨 쉴 틈도 주지 않고 내달리는 그의 휘몰아치는 문체하며, 오직 그만이 쓸 수 있는 주옥같은 부사어들, 그가 생생하게 경험한 해방과 전쟁, 변화무쌍한 근대화의 순간들… 그를 만나기도 전에 이미 그에게 매혹되었다.

인터뷰는 그의 체험과 상처, 그것으로부터 잉태된 작품세계를 따라 거침없이 질주했다. 해마다 6월이 오면 아직도 신열을 앓는다는 고백에서부터 아들을 잃은 어미의 한이 눈가에 맺힐 때, 저토록 시린 상처가 진주의 씨알이 되었구나, 그의 작품세계가 되었구나, 진하게 전해져왔다.

2011년 겨울, 출판일로 여념이 없던 어느 날, 그의 부고를 방송에서 접했다. 그의 문학을 사랑하던 이들의 추모 물결 속에서 나는 일손을 놓은 채 뭔가 소중한 것을 잃은 상실감을 맛보아야 했다. 그때가 그의 작품세계를 집대성해보기로 결심한 순간이기도 하다.

2015년 겨울, 정말 오랜 시간을 내둘러 이제야 마침표를 찍는다. 그지없이 더딘 나의 발걸음을 끝까지 믿고 지켜봐주신 부모님과 이 논문을 완수할 수 있게 지도해주신 전영태, 신상웅, 이상철, 이승하, 방재석, 김동환, 구광본 교수님, 어려운 출판 환경 속에서도 이 글이 세상의 빛을 볼 수 있게 애써주신 이진곤 사장님께 깊이 감사드린다.

이희경

I

서 론

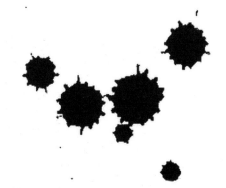

박완서(朴婉緒, 1931.10.20~2011.1.22)는 해방 이후 최고의 유화 작가로 평가받고 있는 박수근(朴壽根, 1914.2.21~1965.5.6)과의 인연과 한국전쟁체험을 기반으로 집필한 장편소설 『나목』(『여성동아』, 1970)으로 등단하였다. 이후 사십여 년 간 15편의 장편소설과 100여 편의 단편소설, 11권의 산문집을 출간하였으며, 동화 창작에도 힘을 기울인 바 있다.

그는 대중적 인지도가 상당히 높은 작가였을 뿐만 아니라 작품성도 인정받아 한국문학작가상(1980), 이상문학상(1981), 대한민국문학상(1990), 현대문학상(1993), 동인문학상(1994), 만해문학상(1999), 인촌상(2000), 호암예술상(2006)을 수상하는 등 명실공히 우리나라 대표문인 중 한 사람으로 평가받고 있다.

박완서 소설의 창작모티브는 크게 네 가지로 분류할 수 있다. 한국전쟁과 분단문제, 근대화·도시화에 따른 문화변동과 가치변화, 여성문제, 노년문제가 바로 그것이다. 각 동인에 의해 창작된 소설들은 전쟁·분단 제재소설, 도시소설·세태소설, 페미니즘소설, 노년소설로 대표성을 부여할 수 있다. 그간 박완서 관련 연구논문은 박완서 소설에 투영된 주제나 작가의식을 작품 분석을 통해 밝히거나, 전쟁체험을 모체로 한 자전적 소설, 세태에 대한 비판 의식을 담은 소설, 여성의 정체성 자각이나 모성, 가족담론에 주목한 소설, 노년문제를 다룬 소설 등으로 세분화하여 고찰해왔다. 이런 연구동향들을 종합해보면 전술한 네 가지 창작동인으로 그의 작업을 집약할 수 있다.

박완서 데뷔년도인 1971년부터 2014년 현재까지 박완서 관련 학위논문은 총 277편이 발표되었다. 이중 석사 학위 논문은 260편, 박사 학위 논문은 17편이다. 박사 학위 논문 중 2011년 이전에 발표된 논문은 9편이고, 2011년 이후 발표된 논문은 8편이다.

박완서는 거의 사십여 년을 현역작가로 활발히 활동해왔고, 다작을 남겼기 때문에 그의 작품들의 부분적 항목에 코드를 맞춰 분석한 평론 및 소론이 주류를 이룰 수밖에 없었던 것이 사실이다. 이러한 연구 환경 탓에 그의 사후 곧바로 그의 문학세계를 포괄적으로 조망하고 재평가하려는 움직임이 포착되고 있다.

2011년 이전 발표된 것 중 거대담론의 일부로 삽입되었거나 해외문학 비교 작가로 거론된 것을 제외하면 이선미[001], 이정희[002], 김병덕[003], 신영지[004], 이은하[005], 신현순[006], 오준심[007] 등의 박사 논문이 있다. 이들 중 박완서 단독연구는 이선미, 신영지, 이은하, 신현순, 오준심이 수행하였고, 이정희는 오정희와의 비교연구를, 김병덕은 오정희·양귀자와의 비교연구를 수행하였다. 2011년 이전에 발표된 것들은 박완서가 현역작가로서 집필을 활발히 영위할 때 나온 연구논문들로 박완서 작품세계 전체를 아우를 수 없는 한계성을 갖고 있다. 따라서 2011년 이후 발표된 연구논문

001 이선미, 「박완서 소설의 서술성 연구」, 연세대 대학원 국어국문학과 박사 논문, 2001.
002 이정희, 「오정희·박완서 소설의 근대성과 젠더의식 비교 연구」, 경희대 대학원 국어국문학과 박사 논문, 2001.
003 김병덕, 「한국 여성작가 소설에 나타난 일상성 연구: 박완서·오정희·양귀자를 중심으로」, 중앙대 대학원 문예창작학과 박사 논문, 2002.
004 신영지, 「朴婉緖 小說研究(박완서 소설연구): 現實再現 樣相과 敍述方式을 中心으로(현실재현 양상과 서술방식을 중심으로)」, 성균관대 대학원 국어국문학과 박사 논문, 2004.
005 이은하, 「박완서 소설의 갈등 발생 요인 연구」, 명지대 대학원 문예창작학과 박사 논문, 2005.
006 신현순, 「박완서 소설의 서사공간 연구」, 목원대 대학원 국어국문학과 박사 논문, 2008.
007 오준심, 「한국 문학작품에 나타난 노인문제 유형 연구: 박완서 단편소설을 중심으로」, 백석대 기독교 전문대학원 기독교사회복지학과 박사 논문, 2009.

에 좀 더 집중할 필요가 있다.

실제로 2011년 이후 박완서 작품 관련 박사 논문이 연이어 발표되고 있다. 박완서 단독연구는 엄혜자[008], 이찬희[009], 김윤정[010], 김나정[011], 장유정[012], 박성혜[013] 등이 수행하였고, 임선숙[014]은 오정희와의 비교연구를, 구번일[015]은 오정희·배수아와의 비교연구를 수행하였다.

엄혜자는 박완서의 전 작품을 대상으로 '주제의식의 변모 양상'을 고찰하였다. 이를 위해 주제의식의 변화 시점에 따라 작품 활동을 5기로 구분하였다. 1기는 1970년~78년, 2기는 1979년~83년, 3기는 1984년~89년, 4기는 1990년~95년, 5기는 1996년~2011년이다. 1기는 한국전쟁과 분단의식, 중산층의 허위의식을 중점적으로 다루었고, 2기에서는 여성의식과 노년의식을 중심으로, 3기는 여성의식의 심화와 비판적 이데올로기를 중심으로, 4기는 자전적 소설을 중심으로, 5기는 노년문제, 자본주

---

008 엄혜자, 「박완서 소설 연구: 주제의식의 변모 양상을 중심으로」, 경원대 대학원 국어국문학과 박사 논문, 2011.

009 이찬희, 「고백적 글쓰기의 교육적 활용 방안: 박완서 소설을 중심으로」, 영남대 대학원 국어교육학과 박사 논문, 2012.

010 김윤정, 「박완서 소설의 젠더 의식 연구: 수행성을 중심으로」, 이화여대 대학원 국어국문학과 박사 논문, 2012.

011 김나정, 「박완서 장편소설의 서사전략 연구」, 고려대 대학원 문예창작학과 박사 논문, 2013.

012 장유정, 「경험의 서사화와 자전적 글쓰기 교육 연구」, 전남대 대학원 국어교육학협동과정 박사 논문, 2013.

013 박성혜, 「박완서 소설의 창작방법론 연구: 중·단편소설의 서사화 기법을 중심으로」, 단국대 대학원 문예창작학과 박사 논문, 2014.

014 임선숙, 「1970년대 여성소설에 나타난 가족담론의 이중성 연구: 박완서와 오정희 소설을 중심으로」, 이화여대 대학원 국어국문학과 박사 논문, 2011.

015 구번일, 「여성주의 시각에서 본 '집'의 의미 연구: 박완서, 오정희, 배수아를 중심으로」, 연세대 대학원 비교문학협동과정 박사 논문, 2012.

의문제, 가부장제문제를 심층적으로 다루고 있다고 파악하였다. 엄혜자는 이 연구를 통해 박완서의 문학세계를 총체적으로 재조명하면서 여성문학의 정립자이자 개척자로 그를 평가하였다.

김윤정 역시 엄혜자와 마찬가지로 박완서 문학세계를 총체적으로 파악하여 그의 문학적 성과를 재고(再考)하는 데 연구 목적을 두고 있다. 그는 박완서 작품에 드러난 '젠더의식'을 고찰하여 작가가 그간 집요하게 천착해온 '여성성'의 본원을 탐구하고자 하였다. 이때 소설에 등장하는 여성 주체를 성(性) 주체가 아닌 담론화된 젠더 주체로 인식해야 함을 강조한다. 그는 효과적인 분석을 위해 3기로 작품의 발표 시기를 구분하였는데, 1기는 1970년대, 2기는 1980년대, 3기는 1990년대 이후를 포괄한다. 1기의 작품들은 '포섭의 글쓰기'로 형상화되고, 2기의 작품들은 '포용의 글쓰기'로, 3기의 작품들은 '포월(匍越)하는 글쓰기'로 형상화된다고 파악하였다. 이렇게 형상화된 여성주체들은 모방적 젠더를 수행하거나 차별적 젠더 규범을 교란하기도 하고, 젠더 정체성의 변모를 겪기도 한다. 김윤정은 이 연구를 통해 박완서가 단순히 남성과 대립각을 세우는 여성주의를 표방한 것이 아닌, 인간의 존엄과 가치가 존중되는 사회를 염원한 것이라 평가하였다.

김나정은 박완서 장편소설에 구현된 '서사전략'을 분석하였다. 서사전략이란 작가가 자신의 글을 독자에게 효과적으로 전달하기 위해 자신만의 특화된 방식을 고수하는 것을 말한다. 박완서의 경우 시간의 순차적 구성방식을 자주 채택한다. 서사의 배치에 있어서는 '갈등적 요소→문제의 인식과 해결→작가가 전달하고자 하는 메시지의 집약'으로 요약될 수 있는데, 이러한 배치를 채택함으로써 흡인력 있는 스토리 구성이 가능해졌다. 또한 그의 장편소설들은 신문이나 잡지에 연재되었던 경우가 많으므로 지면의 특성에 맞게 서사도식(formula)을 효과적으로 활용한 점도 그만의 서사전략이라 할 수 있다. 이 밖에도 모티프의 반복적 등장과 변주, 삽입텍스트의 활용, 일화기억(episodic memory)의 엮음 등으로 자신만의 독특한 문학적 아우라(aura)를 형성하였다고 파악했다. 김나정의 연구는 테마에 집중한 엄혜자나 김윤정과는 달리, 서사전략을 통한 작가적 역량, 기교에 치중한 분석이라 할 수 있다.

박성혜는 박완서 소설의 '창작방법의 틀'을 체계화하는 것에 연구목적을 두고 있다. 전술한 연구자들과 마찬가지로 이를 통해 박완서 작품세계를 총체적으로 파악하고자 한 것이다. 이를 위해 박완서 소설 창작모티브의 제재를 밝혀내고, 이러한 제재들을 가지고 어떻게 서사화하여 그가 드러내고 싶은 주제의식을 형상화하였는지를 고찰하였다. 박완서 창작모티브는 본고가 구분한 네 가지와 유사하다. 그의 작품세계는 이미 낱낱이 분석되었고, 작가 자신이 직접 밝힌 사항들이 많기 때문에 큰 차별점을 갖기 어렵다. 다만 이것을 통해 무엇을 조명하느냐의 차이에서 연구 갈래가 나눠지는 것이다. 박성혜는 박완서가 다양한 '말하기 서술 시점', '이야기 활성화 전략' 등의 서사화 기법을 통해 작품을 구체화하고, 작가와 서술자의 '근친성'과 '주석적 시점'을 활용하여 주제를 구축해냈다고 보았다.

임선숙은 1970년대 여성소설에 나타난 '가족담론의 이중성'을 박완서와 오정희 소설의 비교·분석을 통해 밝혔다. 박완서는 집을 '아버지의 집'으로 보고 '공리적 가족주의'로 인식한다. 이 과정에서 이데올로기를 내면화하거나 배제하는 이중적 양상을 띤다. 이에 반해 오정희는 집을 '어머니의 집'으로 보고, '정서적 가족주의'로 인식한다. 따라서 물질적 가치보다 정서적 안식처로서의 집이 필요해진다. 이 과정에서 가족주의를 지향하거나 전복하는 이중적 양상을 보여준다. 이러한 고찰을 통해 여성인물들이 '가족'에 함몰되거나, '해방 공간'을 찾아 탈주함으로써 주체적 자아를 인식하게 됨을 알 수 있다.

구번일은 여성주의 시각에서 통찰한 '집'의 의미를 박완서, 오정희, 배수아의 작품 비교를 통해 고찰하였다. 여성작가들에게 있어 '집'은 안주의 공간이 아닌 거부와 저항의 공간임을 밝히기 위해 박완서의 70년대를 배경으로 하는 소설들, 오정희의 80년대를 배경으로 하는 소설들, 배수아의 90년대를 배경으로 하는 소설들을 분석 텍스트로 삼았다.

박완서 소설에 등장하는 중산층 여성들은 '행복이데올로기'에 오히려 갇히는 신세로 전락함으로써 자아 찾기를 나서게 된다. 오정희 소설에 등장하는 여성인물들은 전통적 여성상을 탈피하여 독립적인 여성자아를 찾아 나선다. 배수아 소설의 여성들은 자발적으로 집을 나서 '돌아오지 않을 여행을 떠나는 자'로 그려진다. 그에게 집은 단지 운명적 존재의 고리쇠일 뿐 출발지 이상의 의미를 갖고 있지 않다. 구번일은 이 연구를 통해 시대가 진행됨에 따라 '집'의 의미가 변모하고, 그에 대응하는 여성 주체의 반응 역시 확장된다고 파악하였다.

이찬희는 박완서의 『그 많던 싱아는 누가 다 먹었을까』를 분석 텍스트로 하여 '고백적 글쓰기의 교육적 활용 방안'을 모색하였고, 장유정은 박완서 소설을 분석 텍스트로 삼아 '경험의 서사화와 자전적 글쓰기 교육 연구'를 수행하였다. 이 두 연구는 교육학적 관점으로 구성된 것으로 문예창작학과나 국어국문학과에서 추구하는 작품론적 관점과는 초점을 달리하는 영역이라 할 수 있다.

　지금까지 2011년 이후 발표된 박사 학위 논문을 중심으로 핵심 내용을 고찰해보았다. 검토한 바와 같이, 박완서 연구는 자전적 글쓰기, 서술 전략이나 기법, 주제의식, 젠더의식 등에 집중한 고찰이 큰 축을 이루고 있다. 여기에 박완서와 다른 작가들과의 비교연구 역시 활발히 진행되어 왔다. 전쟁·분단제재소설의 경우 김원일, 윤흥길 등과의 비교연구가 있었고, 집이나 가족, 여성 정체성 담론에 있어서는 박경리, 오정희, 배수아 등과의 비교연구가 진행된 바 있다. 90년대 이후에는 노년소설을 다수 집필하였기 때문에 이 분야 역시 다른 작가들과의 비교연구영역으로 존재한다. 그런데 이러한 비교연구사례들은 박완서 작품세계의 특정한 영역에 초점을 맞춰야 하는 경우가 대부분이기 때문에 그의 작품세계 전체를 조망하는 데는 어려움이 따른다.

　본고는 기존 연구와의 차별화를 위해 작품 분석에 들어가기에 앞서 기존 연구에서 많이 다루지 않은 시대사와 그 시대를 주도한 담론에 주목하였다. 박완서는 알려진 바대로 체험을 토대로 창작을 해온 작가다. 그러므로 그가 살아온 시대와 시대정신, 그 시대를 주도한 사회적·문학적 담론에 대한 고찰이 선행되어야 그의 창작동인을 명확히 인지할 수 있고, 작가로서의 그의 좌표 제시가 용이해진다. 우리는 이러한 검토 작업을 통해 박완서 작품세계를 포괄할 수 있는 거시적 안목을 얻게 되고, 시대담론에 대한 그의 문학적 대응 양상을 좀 더 원초적으로 이해할 수 있게 될 것이다. 작품분석에 앞서 이러한 작업을 개괄적이나마 충실히 수행하고자 한다.

　앞서 밝혔듯이 박완서는 크게 네 가지 창작모티브를 중심으로 작품 활동을 영위한 특징을 갖고 있다. 따라서 그 각각의 창작모티브로 인해 구현된 소설화 양상을 천착하는 것이 그의 작품의 본질에 다가가는 방식일 것이다. 이에 작가가 작품구상을 함에 있어 강력한 동인이 된 네 가지 창작모티브가 있다는 가설을 세우고, '박완서 소설의 창작모티브 연구'를 통해 그의 작품세계를 총체적으로 조망하고자 한다.

박완서 연구는 277편의 학위 논문과 학술지 논문, 평론과 소론을 포함해 다수의 논저가 존재한다. 따라서 서론에서 그것을 모두 검토하거나 거론하기 어렵다. 본고는 네 개의 창작모티브를 제시하고 그에 해당하는 연구 자료들을 분류해 해당 장에 각기 수록하여 논리 전개에 유효하도록 배치하였다.

본고의 연구 목적은 박완서의 작품세계를 총체적으로 재조명하여 그가 이뤄낸 문학적 성과와 그만의 독특한 문학화 방식을 밝히는 것이다. 이를 위해 먼저 우리 문단에서 그가 차지하는 문학사적 좌표를 제시하고, 그의 작품세계를 구축하고 있는 창작모티브의 갈래와 각각의 문학화 양상을 추적하는 방식으로 목표에 도달하고자 한다.

박완서가 다수의 작품을 남겼지만, 크게 네 가지 창작모티브를 중심으로 작품 활동을 영위한 것으로 파악된다. 한국전쟁체험 창작모티브, 근대성·도시일상성 창작모티브, 여성문제 창작모티브, 노년문제 창작모티브가 그것이다.

Ⅱ장에서 고찰할 항목은 '한국전쟁체험 창작모티브'다. 한국전쟁체험의 소설화는 자전적 요소를 재구(再構)하거나 변주(變奏)하는 경향이 강하다. 이는 체험에서 비롯된 기억의 복원을 통해 이뤄진다. 따라서 박완서의 출생부터 성장 과정, 전쟁체험에 관한 개인사를 개괄적으로 파악할

필요가 있다. 이를 통해 창작활동에 결정적 영향을 미친 전쟁트라우마가 내재화되는 과정도 엿볼 수 있게 될 것이다. 이러한 기록들을 수집하기 위해 일대기나 자전적 내용을 담은 문헌들, 인터뷰 내용 등을 참고할 것이다. 개인사 조명을 통해 그의 의식의 성장에 영향을 미친 사건이나 사람들을 추적하고, 그가 문학을 하게 된 배경에 대해 밑그림을 그려보려고 한다. 또한 전쟁·분단제재소설의 연구담론에는 어떤 것들이 있는지 고찰하여 박완서 소설이 이 장르에서 점유하고 있는 좌표를 제시하고자 한다.

박완서의 전쟁·분단제재소설은 한국전쟁체험을 '증언'하고자 하는 욕망에 의해 기억을 재구한 영역과 한국전쟁체험이 전쟁트라우마로 내재화되어 전후(戰後) 일상을 간섭하는 양상을 소설화한 영역으로 양분할 수 있다.

먼저 그는 전쟁체험의 기억을 고스란히 복원하는 데 주력했다. 그는 복원된 기억을 바탕으로 전쟁체험의 재구를 시도하였다. 이러한 방식은 그의 전쟁·분단제재소설의 가장 큰 줄기를 형성한다. 초기 작품들에서는 체험과 기술(記述) 사이에 일정한 거리두기를 하였으나, 후기로 갈수록 더욱 노골적으로 사실화하는 경향을 띤다. 이를 뒷받침해줄 수 있는 박완서의 작품들 중『나목』『목마른 계절』『그 많던 싱아는 누가 다 먹었을까』『그 산이 정말 거기 있었을까』의 작품 분석을 수행할 것이다.

그의 전쟁·분단제재소설의 다른 한 축은 '전쟁트라우마의 내재화'가 이뤄진 인물들의 일상을 소설화하는 방식이다. 트라우마는 어떤 기제를 만나 표면화되는 경향을 갖고 있다. 따라서 전쟁이라는 거대사건으로 인해 상처 입은 개인은 그것이 트라우마로 내재화되어 일상의 억압기제로 작동한다. 이러한 양상은 작품 속에서 다양하게 변주되는데, 이것이 구현되는 작품들 중 「세상에서 제일 무거운 틀니」「부처님 근처」「엄마의 말뚝 2」「재이산(再離散)」을 분석할 것이다.

Ⅲ장에서 고찰할 항목은 '근대성·도시일상성 창작모티브'다. 박완서는 중산층의 일상성을 기반으로 창작활동을 영위한 작가다. 그의 문학세계를 잉태한 원체험은 한국전쟁이지만, 이 역시 그의 일상의 일각에 해당한다. 그러므로 박완서가 포착하여 작품 속에 유영시킨 근대성·도시일상성의 실체를 알기 위해서는 그를 둘러싼 세계에 대한 이해가 선행되어야 한다. 여기에서는 1931년에 태어나서 2011년 작고 전까지 그가 몸담았던 우리나라 정치·경제·사회·문화를 통시적으로 고찰하여, 이 시대를 관통한 사회적 담론 및 문학담론에는 무엇이 있었는지를 살펴볼 것이다.

근대성·도시일상성을 포착하여 문학화한 것들은 대개 도시소설이나 세태소설의 유형에 속한다. 이들 소설 장르를 지배한 이념은 리얼리즘이다. 비판적 리얼리스트로 알려진 박완서의 기저를 살피기 위해서는 19세기에 대두한 리얼리즘에 대해 고찰할 필요가 있다. 또한 이러한 사조와 맞물려 영향력을 떨친 문학담론도 살펴봐야 한다. 이를 통해 박완서가 어떤 식으로 리얼리즘을 받아들이고 작품에 적용했는지를 알 수 있고 서구 사상과의 차별점도 파악할 수 있을 것이다.

박완서의 도시소설·세태소설은 급변하는 문화변동을 인식한 영역과 변화된 세태에 대한 비판적 견해를 소설화한 영역으로 양분할 수 있다.

문화변동을 인식한다는 것은 가치혼란을 느끼는 인물이나 사회가 과도기적 양상을 띠고 있다는 것을 의미한다. 이러한 것들은 세태를 인식하고 그것에 대해 옳고 그름을 감지하기 직전이거나 비판적 의식이 깨어나기 시작하는 지점이라 할 수 있다. 이러한 양상이 소설에 구현된 「엄마의 말뚝 1」과 「닮은 방들」을 분석하여 당대 일상성에 대한 작가의식을 고찰하고자 한다.

비판적 세태인식은 박완서 창작활동 내내 함께 한 사상이라 할 수 있다. 따라서 그의 세태소설이나 도시소설 대부분이 이에 속한다. 이것은 리얼리즘과 세태소설의 기본적 탄생 속성이기도 하다. 세상과 불화하는 원인에는 여러 가지가 있을 것이다. 그러나 박완서가 천착한 것들은 그 중 몇 가지로 요약할 수 있다. 중산층 일상에 도사리는 허위의식, 허세, 허영, 거짓 안락, 물신주의 등이 그것이다. 이러한 세태에 대해 박완서가 비판적 자세를 견지한 이유는 이것들이 모두 인간본성을 훼손한다고 믿기 때문이다. 인간본성이 위협받는 것은 타락한 세상 탓이라는 의식이 기저에 깔려 있다. 이러한 작가의식을 엿볼 수 있는 작품들로 「세모」「지렁이 울음소리」「주말 농장」「맏사위」「도둑맞은 가난」「연인들」「어느 시시한 사내 이야기」 등이 있다. 이들 작품 분석을 통해 그의 세태인식을 확인할 것이다.

Ⅳ장에서 고찰할 항목은 '여성문제 창작모티브'다. 박완서식 여성주의라는 용어가 통용될 정도로 여성문제를 다룬 그만의 독특한 문학화 방식이 있다. 이것을 분석해내는 것이 이 장의 목표다. 우선 페미니즘이란 무엇이고, 이것으로부터 파생된 문학의 조류는 어떠했는지 개괄적으로 고찰함으로써 박완서에게 포착된 여성문제 창작모티브의 근원을 추적하고자 한다. 박완서나 박경리는 스스로 페미니스트가 아니라고 밝힌 바 있다. 페미니즘이 우리 사회에 본격적으로 이슈를 만들고 정착되기 시작한

것은 1970년대 이후부터다. 따라서 박완서나 박경리가 이를 의식하지 않고 작품 활동을 했다는 것은 사실일 것이다. 하지만 박완서의 경우 작품 구상에 있어 페미니즘을 의식하지 않았을지는 모르지만, '신여성'을 동경하는 어머니에 의해 '의식화'된 경향은 갖고 있다. 이러한 그의 의식이 '여성 정체성', '여성성', '모성' 등으로 다양하게 변주되어 그의 작품 속에 모습을 드러낸다. 박완서 소설의 이러한 특징을 분석한 연구담론들의 발언을 통해 그의 여성주의서사가 어느 지점에서 평가받아야 하는지 고찰하고자 한다.

박완서의 페미니즘소설은 여성 주체가 자아를 인식하고 각성하는 영역과 모성과 생명주의가 형상화된 것으로 양분할 수 있다. '여성 주체의 각성'이란 일상이나 가정에 매몰되어 자기정체성을 상실한 여성인물들이 이를 각성함으로써 새로운 세상으로 나아가야 한다는 자각을 하게 되는 단계다. 이러한 특징이 살아있는 작품들로 「어떤 나들이」「초대」『살아 있는 날의 시작』『서 있는 여자』를 분석할 것이다.

박완서의 소설을 에코페미니즘 특성과 연계해보면, 그가 탐색한 모성과 생명주의는 모태로서의 자연의 상징성과 일맥상통하고 있음을 알 수 있다. 박완서는 억압기제 하의 여성만을 그린 것이 아니라, 여성을 모태로, 즉 생명을 잉태하는 대자연으로 인식하고 있다. '모성과 생명주의'에서 주목하는 것은 대자연으로서의 모성과 그 특성과 맞물려 있는 생명주의다. 이것이 작품 전면에 등장하는 주요작품 중에 「울음소리」「움딸」「꿈꾸는 인큐베이터」를 분석하여 그가 구현한 여성주의서사의 세계를 살펴볼 것이다.

Ⅴ장에서 고찰할 항목은 '노년문제 창작모티브'다. 먼저 노년문학담론

의 전개 양상을 추적하기 위해 이어령, 김병익, 천이두, 이재선, 김윤식, 변정화 등으로 이어지는 노년문학담론의 주요 비평가들의 발언을 참고할 것이다. 이들이 '노년의 문학', '노대가의 문학', '노인학적 소설', '노인성 문학'으로 명명하며 우리 문단의 문제적 영역으로 인식한 과정을 고찰하면서 노인문학담론의 주요 쟁점이 무엇인지 밝히려 한다. 이러한 문학사적 이론을 바탕으로 노년소설을 연구한 자료들을 검토하여 각 논자들이 주목한 작품들과 그것들에 형상화된 노년문제를 파악할 것이다. 이를 통해 박완서의 노년소설과 다른 작품들을 비교함으로써 박완서 노년소설의 특징과 문학적 성과를 유추해낼 수 있을 것이다.

전쟁·분단제재소설, 도시소설·세태소설, 페미니즘소설의 경우 선행연구가 누적되어 있는데다 영역을 구획하는데 명확한 제재 및 주제의 특질을 갖고 있어 본고에서 재삼 다루지 않고, 박완서 소설의 분류를 위한 개괄적 고찰에만 머물렀다. 그러나 노년소설의 경우는 이것의 명칭부터 어떤 소설을 노년소설로 규정할 것인가에 대한 개념 정립이 미흡한 상태다. 본고는 노년문학담론을 이끈 논자들의 정의를 검토하여 다섯 가지 노년소설의 개념 규정을 제시할 것이다. 이러한 개념 규정이 선행되어야 박완서 작품들 중 노년소설을 분류할 수 있는 근거가 마련될 것이다.

박완서는 초기작부터 비중 있는 노년세대를 등장시켜왔다. 이후 자신의 생물학적 연령이 높아짐에 따라 자연스럽게 노년문제를 문학적 제재 및 주제로 의식하면서 노년소설을 양산하기 시작했다. 본고는 박완서 노년소설의 문학화 방식을 효과적으로 고찰하기 위해 '내적 노년인식' 소설과 '외적 노년인식' 소설로 분류하였다.

내적 노년인식 소설이란 노년주체의 자기인식의 과정이 소설화된 것을 뜻한다. 노년에 맞게 되는 생물학적 늙음과 질병, 죽음의식이 먼저 노년의 인물들에게 운명처럼 다가올 것이다. 사회나 가정 내에서의 역할을 잃고 위치를 상실하면서부터는 소외와 고독에 시달리게 될 것이다. 노년의 성(性)은 부정당하고, 이런 과정을 통해 존엄을 잃고 편견의 늪에 빠지게 될 것이다. 세상의 오해와 편견 속에 위축된 노년자아는 주체적 삶을 희구하게 된다. 이것이 내적 노년인식의 소설화 양상이며, 이러한 노년문제를 포착한 박완서의 통찰을 「이별의 김포공항」「황혼」「천변풍경(泉邊風景)」「유실」「지 알고 내 알고 하늘이 알건만」「저녁의 해후」「저물녘의 황홀」「여덟 개의 모자로 남은 당신」「오동(梧桐)의 숨은 소리여」「마른 꽃」「너무도 쓸쓸한 당신」「그리움을 위하여」「촛불 밝힌 식탁」「친절한 복희씨」「대범한 밥상」 등을 통해 확인하게 될 것이다.

외적 노년인식 소설이란 동거자나 주변인의 시선으로 바라본 타자화된 노년을 소설화 한 것을 의미한다. '바라보기'의 특성상 소통의 한계를 상호 절감하게 되고, 이것으로부터 촉발되는 다양한 갈등 양상이 목격될 것이다. 「포말(泡沫)의 집」「집보기는 그렇게 끝났다」「해산바가지」「환각의 나비」「후남아, 밥 먹어라」「엄마의 말뚝 3」「길고 재미없는 영화가 끝나갈 때」「꽃잎 속의 가시」 등의 작품들을 통해 박완서가 내적 노년인식 소설과 달리 해석한 외적 노년인식 소설의 고유 영역을 발견하게 될 것이다.

박완서의 작품을 분석하고 의미를 찾는 방식에는 여러 형식이 존재한다. 이때 주목해야 할 것은 그가 체험에 의한 기억으로부터 작품 활동을 시작했다는 점이다. 즉, 그에게는 강력한 창작동인이 존재한다는 것이다. 따라서 네 가지로 분류한 그의 창작동인을 추적하다보면 박완서 문학세계의 원류에 닿을 것이라는 가설 아래 본 연구를 시작하게 되었다.

　박완서는 등단 후 사십여 년을 성실히 활동한 작가다. 그의 수많은 작품들은 대중에게 오랫동안 사랑받아왔을 뿐만 아니라 문학적으로도 결코 뒤지지 않는 가치를 남겼다. 본고는 이 연구를 통해 그의 거침없던 창작의 세계를 재조명하여 그의 수작(秀作)들이 남긴 문학사적 의미를 집대성하고자 한다.

II

한국전쟁체험 창작모티브

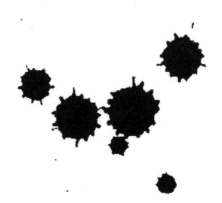

1. 한국전쟁체험과 전쟁트라우마

박완서는 타고난 이야기꾼이다. 작가는 이것이 어머니로부터 전수된 재능이라고 했다.[016] 어머니에 의해 독창적으로 재해석된 옛이야기들을 들으며 성장한 그는 한국전쟁이라는 역사적 이야깃거리와 조우(遭遇)하게 된다. 전쟁은 국가적으로도 그렇고 박완서 개인에게도 극복하기 힘든 비극의 한 장이었지만, 박완서라는 소설가를 탄생시킨 극적 사건이었음에는 틀림없다. 그의 소설을 논하기 위해서는 박완서의 유년의 뜰과 가족 그리고 그가 체험한 한국전쟁을 반드시 들여다봐야 한다. "경험하지 않은 것은 못 쓴다"는 작가의 평소 고백을 그의 작품들이 고스란히 증명하고 있기 때문이다.

박완서는 1931년 경기도 개풍군에서 출생했다. 그가 유년 시절을 보낸 개성 '박적골'의 기억은 「엄마의 말뚝 1」(『문학사상』, 1980)이나 『그 많던 싱아는 누가 다 먹었을까』(1992)와 같은 성장소설의 원류가 된다. 그에게 있어 박적골의 생활은 사람이 사람답게 살기 위한 모든 조건을 갖춘 '낙원의 삶' 그 자체였다. 그러나 아버지를 일찍 여의고, 강인하고 억척스러운 어머니와 함께 서울로 근거지를 옮기면서 결핍이 발생하게 된다. 박완서

---

[016] 최재봉이 진행한 박완서 인터뷰에서 이야기솜씨가 뛰어났던 어머니에 대한 회상이 나온다. 그의 어머니는 같은 이야기라도 재미를 보태 듣는 이들을 홀릴 수 있는 각색 능력이 있었다. 박완서의 어머니는 시골 아낙치고는 드물게 글을 깨우쳤으며, 그래서 필사본 책을 많이 보곤 했다. 이런 어머니의 모습을 여느 여자들보다 우월하게 느끼며 자랐던 유년시절이 있었기에 박완서에게 그 재능이 전수될 수 있었고, 한국전쟁을 계기로 그 잠재된 기질이 발현되었다고 볼 수 있다(최재봉, 「〈이야기의 힘〉을 믿는다」, 『박완서 문학 길찾기』, 세계사, 2000, pp. 30~42 참조).

에게 있어 결핍의 근원은 아버지의 부재이면서 박적골로 상징되는 낙원의 상실이다.

그 다음 성장판은 서울 정착기부터 한국전쟁 발발 직전까지다. 성장소설에 밝혀져 있듯이, 이 시기는 박완서 가족이 서울 사대문 '문밖'과 '문안'의 경계에서 주류로 진입하고자 치열하게 산 시대다. 당시에 경험한 '문밖의식' 혹은 '이방인의식'은 해방 직후 근대성을 획득하고자 하는 시대의 조류와 맞물리면서 박완서 의식의 성장에 많은 영향을 미친다.

이후 박완서 인생에 있어 결정적인 영향을 미친 한국전쟁은 그가 서울대학교 국어국문학과에 입학한 직후에 일어난다. 결국 전쟁으로 인해 학업은 며칠 만에 막을 내리게 되고, 전쟁 중에 오빠와 삼촌마저 잃게 된다. 남편을 잃은 올케 그리고 동시에 아들을 잃은 어머니는 '생기'와 '살맛'을 잃고 무력증에 빠져 고단한 삶을 더더욱 나락으로 끌어내렸다. 이로 인해 그는 집안의 생계를 책임지게 되고, 그 결과 미8군 PX 초상화부에서 일하게 된다. 바로 이 시기에 PX 초상화부 화가로 지낸 박수근을 알게 된 것이다. 이때의 경험으로 빛을 보게 된 작품이 그의 데뷔작이자 출세작인 『나목』(『여성동아』, 1970)이다. 본래 박수근의 전기(傳記)를 쓰고자 했던 박완서는 도중에 자전적 소설로 방향을 선회하게 된 것이다.[017]

---

017 박완서는 『나목』을 구상하게 된 그 즈음에서야 비로소 제대로 조명을 받게 된 박수근이 지난날 예술가로서 어떤 길을 걸어왔는지 증언하고 싶었다. 그래서 그의 전기를 쓰기 시작했다. 그런데 그의 전기는 어느새 박완서 자신의 이야기로 메워지곤 했다. 이로 인해 그는 전기 쓰기를 단념하게 된다. 전기를 소설로 바꾼 후 마음껏 상상력을 개입시킬 수 있게 되자 박수근의 모습이 오히려 실제적으로 묘사되고, 그와 함께 호흡한 한 시대를 더욱 생생하게 재현할 수 있었다고 회고했다(박완서·호원숙 외 지음, 『모든 것에 따뜻함이 숨어 있다』, 웅진지식하우스, 2011a, pp. 41~51 참조).

『나목』으로 등단한 후, 한국전쟁의 체험과 상처를 바탕으로 작품 활동을 지속한 박완서는 『목마른 계절』(78) 「엄마의 말뚝 2」(81) 『그 산이 정말 거기 있었을까』(95) 등과 같은 한국전쟁 배경 자전적 소설을 발표하였다. 한국전쟁체험 모티브는 비단 이런 자전적 소설류에만 등장한 것은 아니다. 그의 소설 곳곳에 삽입되어 어떤 식으로든 인물들의 삶을 간섭하며 전쟁이 남긴 상처를 드러낸다.

작품의 배경이 된 한국전쟁은 1945년 해방 직후 군사분계선인 38선을 기점으로 남북이 분단된 그 순간부터 예견된 일이라 할 수 있다. 일본군의 무장해제를 명분으로 진주한 미국과 소련의 군정이 낳은 비극이다. 이들 군정이 끝난 후에야 비로소 한반도에 대한민국 정부와 조선민주주의인민공화국(이후 북한이라 칭함)이 수립하게 된다.

북한은 아시아 공산화를 목적으로 하는 소비에트 연방(이후 소련이라 칭함)이나 중화인민공화국(이후 중공이라 칭함)과 연대를 강화해나갔으나, 대한민국은 오히려 군사적으로 위축되었다. 미국이 1949년 5월 28일을 기점으로 500여 명의 군사고문단만 남긴 채 주한미군 철수를 완료하였고, 미국의 극동방위선을 타이완의 동쪽, 즉 일본 오키나와와 필리핀을 연결하는 선이라고 선언(애치슨 선언, 1950.1.12)하였기 때문이다.

당시 대한민국의 정치는 극도로 혼란스러운 상태였고, 38도선 주변에서는 대한민국과 북한의 분쟁이 간헐적으로 벌어지기도 했다.

한편 김일성(金日成)은 조선로동당(朝鮮勞動黨)의 일당독재를 기반으로 반대파에 대한 철저한 숙청을 통하여 북한 내 정치적 입지를 강화해나가면서 소련이나 중공과의 접촉을 다각화해나갔다.

한국전쟁은 북한군이 1950년 6월 25일 새벽 4시 경, 38도선과 동해안

연선(沿線) 등 11개소에서 경계를 넘어 대한민국을 기습하면서 발발했다. 소련에서 지원한 전차를 앞세운 북한군에 비해 한국군은 장비도 부족하고 수적으로도 열세였다. 북한군은 26일 오후에 의정부를, 27일 정오에는 이미 서울 도봉구의 창동방어선을 넘어섰다. 창동방어선이 뚫린 국군은 미아리방어선을 구축하였으나 소련으로부터 지원받은 북한군의 전차에 의해 붕괴되었다. 28일 새벽에는 서울 시내가 점령되고, 곧이어 한강대교가 폭파되었으며, 이후 서울에는 북한공산군이 주둔하게 되었다.

사태의 심각성을 인지한 미국 대통령 트루먼(Harry S. Truman)은 27일 미해공군에 출동을 명령하고, 30일에는 미지상군의 한국 출동을 명령함과 동시에 대한민국 전 해안의 해상 봉쇄를 명령하였다. 국제정세가 급박하게 돌아가던 6월 28일 서울은 북한군에 점령당하였으나, 미국에 급파된 장면[018]은 '미국의 소리(Voice of America)'라는 방송을 통해 침략전쟁에 대응하는 유엔(UN) 결의사항 등을 본국에 알렸다.

미국과 유엔이 전쟁에 적극 개입하기 시작하였음에도 불구하고 북한군의 남침 기세가 꺾이지 않자, 7월 7일에는 더글러스 맥아더(Douglas MacArthur) 원수를 총사령관으로 하는 국제연합군(United Nations Peacekeeping Forces)이 조직되었고, 7월 14일에는 한국군의 지휘권마저 미군이 넘겨받게 되었다.

한편 대전을 넘어선 북한군의 침공은 계속되었다. 이러한 북한군의 공

---

018 장면은 1950년 11월 23일부터 1952년 4월 23일까지 제2대 대한민국 국무총리를 역임했고, 1956년 5월 15일부터 1960년 4월까지 대한민국의 제4대 부통령직을 수행하였다. 1950년 한국 전쟁 당시 미국군과 UN군의 한국전 참전을 호소하여 성사시켰다.

세에 밀린 대한민국 정부는 대전과 대구를 거쳐 부산까지 이전했다. 이에 한·미연합군은 낙동강을 최전선으로 삼아 최후의 결전을 전개했다.

한국군, 미군, 영국군, 호주군을 비롯하여 10개국에서 파견된 병력이 합세한 연합군은 1950년 9월 15일 더글러스 맥아더의 총지휘하에 '인천상륙작전'을 감행하여 성공했다. 이에 힘입은 연합군은 9월 28일에 낙동강방어선을 넘어 대대적인 반격을 개시했다. 같은 날 서울 중앙청에서 이승만 대통령은 맥아더 원수를 동반하여 서울수복식을 거행했고, 90여 일간 전쟁의 참상을 겪은 서울시민은 비로소 서울로 복귀할 수 있었다.

연합군의 본격적인 북진으로 인해 10월 20일에는 북한의 수도인 평양까지 다다랐고, 26일에는 국경지대까지 이르렀다. 그러나 11월 28일, 중공군 28만 명이 전투에 개입하면서 전세가 다시 역전되기 시작했다. 수세에 몰린 연합군은 철수작전을 감행하였고, 서울시민은 또다시 일사후퇴를 겪게 되었다.

중공군의 개입은 한국전쟁에 개입한 미군을 견제하고자 한 것이다. 당시 중공의 수장 마오쩌둥(毛澤东)은 한반도에서 미국과 싸워 중공과 북한 등이 추진하는 공산주의 혁명을 한반도에 뿌리내리는 것을 목표로 삼았다. 이러한 중공의 배후에는 소련의 군사적 지원도 가세한 상태였다.

예상치 못한 반격에 한국군과 유엔군은 38도선 이북에서의 대대적인 철수를 단행하였다. 그 결과 대한민국은 12월 4일에 평양 철수를 단행하였고, 결국 북한은 12월 6일에 그들의 수도 평양을 되찾았다. 연이어 12월 9일부터는 유엔군이 원산을 철수하였고, 12월 14일부터 24일 사이에 동부전선의 한국군 12만 명과 피난민 10만 명이 흥남 부두에서 해상으로 철수했다. 이듬해 1월 4일에는 서울을 다시 내주었고, 1월 7일에는 수

원마저 빼앗겼다.

중공군의 남진은 계속되었으나 연합군 역시 다시 반격을 시작했다. 교전 중 중공군은 10여만 명의 전사자를 내면서 퇴각하였고, 3월 2일에 한국군이 한강을 넘어서 14일에는 서울을 되찾았다.

3월 24일, 이승만은 한국 - 만주 국경까지 진격하기 전에 휴전은 안 된다고 담화문을 발표했다. 이에 맞춰 유엔군은 총공격을 퍼붓기 시작했고, 중공군과 북한군은 이 기세에 밀려 패각하게 되었다. 마침내 유엔군은 38선을 넘어 방어선을 치게 됐는데, 바로 이것이 지금의 휴전선이다.

1951년 7월, 휴전회담이 개시된 후에도 국지전은 지속되었지만, 표면적으로는 소강상태를 유지했다. 휴전회담의 쟁점은 휴전선에 대한 것으로, 이에 대한 합의에 이르지 못하자 8월 22일, 공산측이 회담의 중단 성명을 발표함으로써 회담은 정지되었다. 이후 격전이 다시 약 2개월간 재개되었다가 유엔군사령관 릿지웨이(Matthew B. Ridgway)의 제안에 의해 10월 25일부터 휴전회담이 판문점에서 다시 시작되었다. 그러나 또다시 포로 송환 문제로 인해 회담이 중단되는 등 미국의 정치적 입장과 이해당사국들의 상황에 따라 회담의 중단과 재개가 반복되었고, 그 사이 국지전은 끊임없이 지속되었다. 1953년 3월 5일, 스탈린(Joseph Stalin)이 사망하자 5개월 만에 휴전회담이 재개되고 휴전 경계선의 결정을 위한 논의가 시작되었다. 1953년 7월 27일, 정전협정이 정식 조인됨으로써, 3년 1개월에 걸쳐 치러진 한국전쟁은 종전이 아닌 휴전으로 막을 내렸다. 결국 대한민국은 해방 직후 남북으로 분열된 조국을 다시 합치지 못한 채제2의 38선인 휴전선을 남기고 말았다. 이후 분단민족의 비애는 여전히 지속되고 있다.

이렇듯 처절했던 한국전쟁의 포화 속에서 목격한 오빠의 죽음은 박완서에게 불치의 상처를 남긴다. 그와 열 살이나 차이가 나는 오빠는 일찍 여읜 아버지의 대리자였다. 한국전쟁 전 사회주의에 심취했다가 전향한 전력을 가진 그의 오빠는 허무한 이데올로기 대립의 소용돌이에 휘말려 증오와 보복의 대상이 된다. 일사후퇴 후의 텅 빈 서울의 폐허에 남겨져 박완서와 그의 가족은 이 모든 비극을 목도해야 했다. 일 년에 걸쳐 피폐해질 대로 피폐해져 죽어간 오빠를 그저 지켜봐야만 했던 박완서의 상처는 씻을 수 없는 트라우마가 되어 그의 작품들에 망령처럼 수없이 되살아난다.

> 사람 나고 이데올로기가 난 게 아니라, 이데올로기 나고 사람 난 세상은 그렇게 끔찍했다. 아무한테도 발설하지 못하고 우리 가족만의 비밀로 꼭꼭 숨겨둔 오빠의 죽음은 원귀가 된 것처럼 수시로 나를 괴롭혔다.[019]

이때의 체험과 기억을 그대로 작품에 반영한 것이 「부처님 근처」(『현대문학』, 1973.7)다. 그는 한국전쟁을 통해 가족과 삶의 생기를 잃고 파괴된 일상에 함몰되는 경험을 체화하게 된다. 오빠의 부상으로 인해 서울 탈출을 시도조차 못한 극한 상황에서 살아남기 위해 거칠어져야 했던 '짐승의 시간'이기도 한 그 기억은 박완서에게 '증언'의 사명을 심어주게 된다. 박완서는 일사후퇴로 국민을 기만하고 도망갔다가 돌아온 정부가 국

---

019 박완서·호원숙 외 지음, 앞의 책, p.32.

민에게 사죄를 하기는커녕 오만한 승자의 모습으로 오히려 서로 간의 복수를 조장했던 구이팔수복 상황에 대해 지금도 너무나 분하고 억울하다고 밝힌 바 있다.

> 남들은 잘도 잊고, 잘도 용서하고 언제 그랬더냐 싶게 상처도 감쪽같이 아물리고 잘만 사는데, 유독 억울하게 당한 것 어리석게 속은 걸 잊지 못하고 어떡하든 진상을 규명해 보려는 집요하고 고약한 나의 성미가 훗날 글을 쓰게 했고 나의 문학정신의 뼈대가 되지 않았나 싶다.[020]

인용문이 박완서가 직접 밝힌 창작 동기다. 전쟁을 겪은 그는 살아남은 자의 '죄의식'에 시달린다. 삶과 괴리된 이데올로기를 내세워 서로 적대적으로 맞붙어 증오하고 복수했던 전쟁의 현장에 대한 환멸이 뼛속까지 배어 있다. 그 시절 국가가 어때했는지, 권력이 어떠했는지, 이데올로기가 어떠했는지, 그것이 얼마나 철저히 한 사람의 인생과 일상을 파괴했는지 증언하고자 하는 욕구 또한 충만했다. 이것이 그의 문학적 감성을 자극해서 창작을 하도록 도모한 것이다. 전쟁을 통한 잔혹한 체험은 작가를 지배하기 때문에 문학적 상상력이 상대적으로 빈곤해지게 된다[021]는 평가는 박완서에게는 유효하지 않은 것으로 보인다. 전쟁체험을 계기로 시작된 그의 작품 활동이 이후 40여 년간 지속된 것으로 그것을 증명하고 있기 때문이다.

---

020 앞의 책, p.31.
021 유학영, 「1950년대 한국전쟁·전후소설 연구」, 북폴리오, 2004, p.57.

박완서는 숙명여자고등학교 재학 시절 담임교사인 월북 소설가 박노갑[022]의 영향으로 문학적 감수성에 눈을 뜨게 된다. 한때 일본 사소설(私小說)[023]에도 심취하였고, 한말숙[024] 등과 어울렸던 학창시절은 문학소녀로 성장하는 발판이 되었다. 그의 이런 기질과 성향, 환경이 서울대학교 국어국문학과에 입학하도록 하였을 것이다. 비록 전쟁의 여파로 문학수업을 전문적으로 받을 기회는 없었으나, 이러한 과정 속에 자연스럽게 소설가로서의 소양이 쌓였다. 또한 타고난 이야기꾼인 모친의 영향도 어릴 적부터 받고 자랐으므로 그에게 있어 증언의 도구로 '글쓰기'를 선택한 것은 지극히 자연스러운 귀결이라 할 수 있다.

022　박노갑은 1933년 「조선중앙일보」에 단편소설 「안해」를 발표하면서 작품 활동을 시작했고, 그 뒤 농촌문제를 다룬 「춘보의 득실」 「꿈」 등을 발표했다. 「무가」에서부터 작품세계의 변화를 보이기 시작해 1948년에 발표한 「사십년」 등에서는 궁핍·범죄·매춘 등 도시 지식인의 현실인식을 다루었다. 소설집으로는 「사십년」(1948)이 있다.

023　일본은 명치 40년대에 들어서 맹목적인 프랑스 리얼리즘의 이식과 모방에서 벗어나려는 문학계 움직임이 있었다. 일본의 전통적 요소와 결합되어 서구문학이 중요시한 과학성이나 사회성보다 자기의 체험이나 고백을 표현하는 방향으로 나아가게 되었는데, 이것이 바로 사소설적 성격을 구축하는 요인이 되었다.
　　田山花袋(다야마카타이)의 소설 「蒲團(후동)」은 자신의 실제 체험을 폭로한 것으로 미추(美醜)의 관념을 떠나 적나라한 인간의 모습을 보여주고 있다. 이것은 작가가 직접 작중에 나타나 고백하는 '사소설'이라는 특수한 형식을 낳았으며, 이후 일본의 리얼리즘소설에 사소설이 주류를 이루게 하였다(장사선 외, 「文藝思潮(문예사조)」, 새문사, 1986, pp. 140~141 참조).
　　박완서는 해방 후 일본인들이 버리고 간 책들이 범람하자, 닥치는 대로 일역(日譯)의 외국문학 서적을 탐독하기 시작하여 일생 중 가장 많은 책을 그 시절에 읽었다고 회고한 바 있다. 이때 읽은 일본 서적들 중에 '사소설'이 다수 포함되었을 것으로 보인다(호원숙 엮음, 「나목을 말하다」, 열화당, 2012, p. 128 참조).

024　한말숙은 1956년 「신화의 단애」로 문단에 나선 소설가다. 박완서는 숙명여고 시절 한말숙과 단짝이었고, 서울대학교도 함께 입학하였다. 먼저 문단에 나선 한말숙의 활동에 영향을 받아, 거의 십여 년이 늦은 시기에 박완서도 문단에 오르게 된다(위의 책, p. 129 참조).

그런데 박완서라는 작가는 왜 그렇게 끊임없이 유사내용의 변주로 자전적 소설을 양산해냈는지 의문이 들지 않을 수 없다. 김윤식은 작가의 위대성은 그가 품고 있는 "자아의 수효"에 있다고 하였다. 즉 여러 사람을 창조할 수 있는 것은 그 자신이 한 사람이 아니고 여러 사람이기 때문에 가능하다는 것이다.[025] 그런데 평론가 및 독자들에게 인정받는 역량 있는 작가로 성장한 박완서였지만 그의 분신들은 오로지 한 모습으로 작품 속에 등장한다. 그것이 3인칭의 '이경'이든 '하진'이든, 1인칭의 '나'든 결과적으로는 동일한 속성의 인물이 된다. 또한 그 인물들이 경험하고 서사화하는 사건이나 세계관 역시 유사하다. 단지 서술시점과 서사의 시차만 존재할 뿐이다. 김윤식이 주장한 '위대한 작가상'과는 상당히 거리감이 있는 모습이다. 실제로 이에 대한 비판이 문단에 상존해 있었고, 본인도 충분히 인지하고 있었지만 그의 재생산은 그치지 않았다. 필자가 진행한 박완서 인터뷰 당시, 이러한 지적에 대해 그는 단호한 표정으로 "아직도 끝나지 않은 전쟁, 분단의 현실"을 거듭 강조한 바 있다. 그는 분단의식이 고착화되는 현실에 대해, 분단을 조장하는 듯한 권력구조의 모순에 대해 여전히 분노하고 있었다. 자신을 감싼 세계가 이러할진대 아직도 자신의 문학적 소명을 다하지 못했다는 자의식을 강하게 갖고 있었던 것이다.[026]

---

025 김윤식, 「6·25의 소설과 소설의 6·25」, 푸른사상, 2013b, p.237.

026 필자는 1999년 12월, 박완서의 아차산 근처 자택에서 문학동네에서 발간된 『박완서 단편소설 전집』 기념 인터뷰를 진행한 바 있다. 당시 인터뷰에서 전쟁과 그의 문학, 자신의 어머니에 이어 참척(慘慽)의 한을 가진 한 어미로서의 비애와 문학가로서의 소명 등 그의 문학세계와 작가의식 전반에 걸쳐 인터뷰를 진행하였다.

작품들을 통해 나는 나의 비통한 가족사를 줄기차게 반복해 왔다. 내 작품 세계의 주류를 이루는 이런 작품들의 결정적인 힘은 한국전쟁 때의 체험을 아직도 객관화할 만한 충분한 거리로 밀어내고 바라보지 못하고 어제인 듯 너무 생생하게 간직하고 있는 데서 비롯됨을 알고 있다. …(중략)… 한국전 쟁을 주제로 한 소설은 아무리 써 봤댔자 대작을 쓰긴 글렀다는 막연하면 서도 확실한 예감 같은 걸 가지고 있다. …(중략)… 나의 동어반복은 당분간 아니 내가 소설가인 한 계속될 것이다. 대작은 못 되더라도 내 상처에서 아직도 피가 흐르고 있는 이상 그 피로 뭔가를 써야 할 것 같다. …(중략)… 왜냐하면 그건 내 개인적인 상처가 아니라 우리 모두의 무참히 토막난 상 처이기 때문이다.[027]

인용문에서 밝혔듯이 외부의 평가와 상관없이 이것은 소설가 박완서 로서 펜을 놓는 순간까지 포기할 수 없는 의무였다.

1970년대 이후 분단문제를 소설로 형상화한 '분단문학'이 등장한다. 1950년대나 1960년대는 '억압적 반공이데올로기'로 인하여 국가권력에 의해 전쟁에 대한 '사적 기억'의 영역까지 통제받았다. 그러나 1970년대 들어와 국제적으로도 동서진영의 긴장이 완화되고, 1972년 칠사남북공 동성명이 발표되면서 자연스럽게 '전쟁의 기억'을 갖고 있는 작가들, '전 달자'로서의 숙명을 느끼는 작가군에 의해 그것의 문학화가 시도된 것이 다.[028] 이러한 소설들은 대개 한국전쟁으로 인한 이데올로기의 대립문제

027   박완서·호원숙 외 지음, 앞의 책, pp. 52~53.
028   정재림, 「한국 현대소설과 전쟁의 기억」, 2013, p. 32~33 참조.

와 그로 인해 파생된 가족구조의 파괴와 혈연의식의 훼손 문제를 다루고 있다. 그런데 분단이데올로기나 훼손된 민족동질성을 혈연구조의 재구성을 통해 회복하고자 하는 이러한 접근법은 역사적인 사실에 대한 명확한 재인식이기보다는 과거에 대한 응시와 화해를 중시하는 경향을 띤다.

분단문제를 많이 다룬 김원일의 경우, 현실에 안주하려는 소시민의 속성을 파헤치면서 분단 상황에서 파생된 현실의 모순이 이것과 동떨어진 문제가 아니며 우리의 삶을 규정하는 강력한 기제가 되고 있다고 보았다. 이러한 그의 분단의식이 드러난 작품들로는 「어둠의 혼」(『월간문학』, 1973) 「노을」(78) 『불의 제전』(83) 등이 있다. 「어둠의 혼」의 경우 어린 소년의 눈을 통해 아버지가 처한 이념의 갈등을 서술하고 있는데, 이렇게 함으로써 첨예하게 대립되는 이데올로기 자체를 파고들 필요 없이 그것이 유발한 비극성과 파괴성에만 집중할 수 있는 효과를 누린다. 즉 이념의 문제를 가족적인 상황 안에 축소하여 다루면서, 그 비극성이 이제는 소년의 몫임을 암묵적으로 암시하고 있는 것이다. 이러한 방식은 박완서의 전쟁·분단제재소설과 자주 비교된다. 정호웅[029]은 박완서의 전쟁체험소설들 역시 '나'의 시각을 벗어나지 못한 한계를 가진다고 지적한 바 있다. 박완서의 한국전쟁에 대한 문학화 방식은 분명 역사 자체에 대한 해석은 아니다. 전개되어왔던 실제 역사를 특정한 인물의 일상적 삶을 통해 그것의 의미 혹은 그 속에 담긴 허구와 모순을 드러내는 데 있다.[030] 박완서의 소설들은 일상에 침투한 사회 권력과 이데올로기를 바라보면서 문제

029 정호웅, 「상처의 두 가지 치유방식」, 『작가세계』, 1991.봄.
030 임규찬, 「박완서와 육이오체험」, 『박완서 문학 길찾기』, 세계사, 2000, p. 128.

해결의 실마리를 찾기보다는 문제 제기에 그치는 경우가 많다. 즉, 그러한 기제들이 어떤 식으로 작동하여 일상을 파괴하고, 그 안의 인물들이 어떻게 고통을 받고 망가져 가는지를 적나라하게 보여주는 것이다. 그래서 그의 작품에는 일상의 리얼리티가 살아 있다.

본고는 박완서의 '전쟁트라우마'[031]가 그의 창작 동기이자, 전쟁체험 자전적 소설의 반복적 양산 원인이라고 본다. 트라우마를 극복하는 자기 치유의 방식으로 글쓰기를 선택한 것인데, 분단의 현재에서 그가 갖고 있는 트라우마는 통일의 그날까지 사라지지 않고 끊임없이 글을 쓰게 하는 동인으로 작용한다. 그를 움직이는 힘은 '결핍'과 '상실'이다. 그의 전쟁은 분단의 현재에서는 아직도 끝나지 않은 과제이며 원한(怨恨)이다. 그는 분단의 현재를 실감하지 않는 이들에게, 또는 교묘히 분단을 조장한다는 혐의를 둔 이들에게, 전후세대에 고착되는 분단의식의 현실에 끊임없이 반감을 갖고 문제를 제기하는 것으로 자신의 유사내용의 변주작업을 해명하고자 한다.

---

[031] 프로이트는 '외상성 노이로제(트라우마)'를 특별히 "전쟁으로 발생이 잘 되는 병"이라고 규정하고 있다. 그는 "외상을 일으킨 사고의 순간에 대한 고착이 이 병의 근원"이라고 진단하면서, "과거의 어떤 일에 대한 감정적인 고착의 전형은 슬픔"이며 "슬픔에 빠져버리면 현재와 미래에서 완전히 떨어져 나간다"고 했다. 즉 "사람들은 이제까지 구축한 생활의 기반을 뒤흔들어놓은 외상적인 어떤 사건에 의해서 완전히 활동이 정지당하면, 현재와 미래의 희망을 완전히 포기하고 영원히 과거의 추억에 묶여버리는 일이 있게 된다"고 분석했다. 박완서가 지속적으로 유사내용의 변주를 통한 창작활동을 수행한 것도 해결되지 않은 과거에 대한 슬픔이나 한, 분노 등의 간섭으로 인한 것일 것이다. 그의 전쟁체험소설류뿐만 아니라 기타 작품들에도 그것으로부터 자유롭지 못한 '잔상'이 반복적으로 나타남을 알 수 있다(S. 프로이트 저, 오태환 역, 『정신분석학 입문』, 선영사, 2009, pp.314~317 참조).

2. 전쟁·분단제재소설의 연구담론

전쟁을 체험한 세대는 그것이 그들 인생 전반의 트라우마[032]로 자리잡는 경우가 많다. 전후에도 자신들이 향유하던 예전의 일상으로 복귀하지 못하거나 부적응하게 된다.

전쟁 중에는 누구나 자신이 원하든 원치 않든 간에 가해자가 되거나 혹은 피해자가 된다. 독립 이후 우리 민족 대부분을, 남과 북을 막론하고 피해자로 만든 전쟁이 바로 한국전쟁일 것이다. 세계정세와 국가권력의 개입으로 국민의 대다수를 가해자이거나 피해자로 만든 한국전쟁은 지금도 끝나지 않은 채 비극적 진행형으로 자리잡고 있으며, 이를 문학적으로 형상화하려는 노력은 몇몇 작가군[033]에 의해 지속되어왔다. 이러한 전후 현상은 비단 우리나라에만 국한된 문제는 아니다. 제2차 세계대전에 패망하여 폐허더미로 변한 독일의 경우도 마찬가지였다. 전쟁이 휩쓸고 간 도시들만이 폐허로 변한 것이 아니라, 수많은 사람들이 전쟁으로 인해 목숨을 잃거나 육체적·정신적 외상에 시달렸으며 확신이나 희망, 꿈 등이 사라지게 되었다. 그러나 이러한 폐허 속에서 다시금 문학적 삶

---

032 트라우마의 사전적 의미는 "재해를 당한 뒤에 생기는 비정상적인 심리적 반응"으로, "외상에 대한 지나친 걱정이나 보상을 받고자 하는 욕구 따위가 원인이 되어 외상과 관계없이 우울증을 비롯한 여러 가지 신체 증상이 나타나는 것"을 뜻한다. 이것은 '상처'를 뜻하는 그리스어 traumat에서 나온 말이다.

033 분단소설을 주도한 작가군으로 장용학, 송병수, 김성한, 선우휘, 손창섭, 이범선, 최인훈, 전광용, 김원일, 이동하, 김승옥, 송기숙, 송원희, 하근찬, 이호철, 오상원, 오영수, 서기원, 박경리, 박완서, 전상국, 윤흥길, 임철우, 황석영, 이청준, 조정래, 이문열 등이 거론되어왔다.

이 태동하기 시작했는데, 이것을 일명 '폐허문학'이라 한다.[034] 이와 같이 전쟁과 죽음, 지워지지 않는 상처를 경험한 사회는 다양한 방면으로 변화의 바람이 불게 되는데, 문학 역시 이러한 시류에서 예외일 수 없다.

그런데 이러한 '상처'에 대한 집요한 천착은 전쟁체험 세대만의 전유물인 것은 아니다. 일례로 최근 노벨문학상 후보로 거론된 바 있는 한국계 미국인 이창래[035]의 『생존자(The surrendered)』(2010)[036]를 들 수 있다. 『생존자』에서 사건과 사건의 교차가 일어나는 지점은 한국전쟁이다. 주요 인물들의 비극의 단초가 된 1950년 한국전쟁 중의 피란열차, 인간 활동의 일부라고는 믿겨지지 않을 정도로 잔혹한 일제의 고문이 자행되던 1934년의 만주, 그 상처의 잔재와 트라우마를 안고 살아가는 1986년의 뉴욕. 소설은 서로 어떤 연계점도 갖고 있지 않아 보이나 결코 무관할 수 없는 이 비극의 세 꼭지점을 넘나들며 전개된다.

---

034 만프레트 마이 저, 임호일 역, 『작품 중심의 독일문학사』, 동국대학교출판부, 2004, p. 176.

035 이창래는 예일대 영문과를 졸업하고 월가에서 애널리스트로 일하다가 소설을 쓰기 시작했다. 그는 3세 때 부모를 따라 미국으로 건너간 한국계 미국인이다. 『Native Speaker(영원한 이방인)』(1995) 『A Gesture Life(제스처 라이프)』(1999) 『Aloft(가족)』(2004) 『The surrendered(생존자)』(2010) 『On Such a Full Sea(만조의 바다 위에서)』(2014) 등 장편 5권을 썼고, 2011년에는 영미권 언론을 통해 강력한 노벨문학상 후보로 꼽혔다. 2002년부터 프린스턴대학교 문예창작과 교수로 재직 중이다.

036 미국에서 2010년에 발표된 이창래의 『생존자』는 한국전쟁을 배경으로 각기 다른 비극적 상황에 처한 세 인물을 추적한다. 한국전쟁 중 온 가족을 잃고, 급기야 눈앞에서 쌍둥이 동생들마저 잃어야 했던 11세 소녀 준, 철없는 북한 소년군을 적이라는 이유로 죽여야 했던 미군 병사 헥터, 일본군 장교가 부모와 연인을 고문하고 죽이는 광경을 강제로 목격해야 했던 소녀 실비. 이 세 사람은 모두 전쟁 때문에 정신과 육체가 망가진 인물들이다. 작가는 이 소설을 통해 "죄의식, 심적 고통, 신랄함, 자기혐오, 혼란, 의도적 무관심 그리고 무엇보다 인내심이라는 감정을 탐험하게 됐다"고 했다. 이창래는 전후세대로 직접 전쟁을 경험하진 않았지만, 그의 아버지나 전쟁을 경험한 이들을 취재하여 작품을 썼다. 그는 이 작품으로 2011년 데이턴 문예 평화상을 수상했으며, 동년 퓰리처상 소설 부문 최종 후보로 지명되기도 했다.

이창래는 1965년생으로, 그는 전쟁을 겪어본 적 없는 전후세대 작가다. 그럼에도 불구하고 전쟁이나 학살 등의 참혹한 체험이 개인에게 남긴 상처를 비정하고 집요하게 추적하고 있다. 대개 그 상처는 치유 불가능할 만큼 치명적이다. 그는 전쟁보다는 전쟁 이후의 삶에 관심의 무게중심을 두고 있는데, 이는 "전쟁과 폭력의 결과, 다시 말해 역사의 수레바퀴 아래 깔린 사람들의 외면과 내면에 주목하고 싶었기 때문"이며, 결국 그의 관심은 "전쟁의 후유증(aftermath), 그 신체적·정신적 트라우마"에 있다고 밝힌 바 있다.[037]

이와 같이 전쟁의 체험으로 인해 갖게 된 사회적·신체적·정신적 트라우마는 전쟁문학, 분단문학, 분단소설[038]을 논할 때 반드시 다뤄야 하는 부분이다.

안남일[039]은 현대소설의 등장인물을 통해서 '분단콤플렉스'가 어떤 양상으로 표출되는지 연구하였다. 그 역시 "분단의 문제적 성격을 역사적

---

037 어수웅, 「맞다, 나는 '변태'다」, 『조선일보』 인터넷 기사, 2013.3.6, http://media.daum.net/culture/newsview?newsid=20130306031307497 참조.

038 김명준은 한국전쟁과 관련하여 '분단소설'과 함께 '분단문학', '이산문학', '분단·이산문학', '육이오문학', '육이오전쟁문학', '육이오분단문학', '육이오소설', '군대소설', '실향문학', '냉전문학(이데올로기문학)' 등이 제각각 통용되고 있어 혼란을 일으키고 있으며, 특정시기를 막연하게 지칭하고 있는 '전후문학', '전후소설'이란 용어까지 합세하여 혼란을 가중시킨다고 보았다. 임헌영, 정호웅, 김승환, 신범순, 권영민 등은 "해방 이후부터 통일된 그날까지 '분단시대'"라고 한 강만길의 역사학적 정의를 받아들여, 분단시대의 문학을 '분단문학'이라 규정하고 있다. 이것이 가장 보편적으로 통용되는 '분단문학'의 개념이다. 김명준은 '분단문학'을 '분단소설'의 상위개념으로 간주하고 있는데, 소설 이외의 문학 장르까지 고려한 개념 설정이다(김명준, 「한국 분단소설 연구: 『광장』·『남과 북』·『겨울골짜기』를 중심으로」, 단국대 대학원 국어국문학과 박사 논문, 2001).

039 안남일, 「현대소설에 나타난 분단콤플렉스 연구」, 고려대 대학원 국어국문학과 박사 논문, 2011, pp. 119~125 참조.

현실이나 정치적 상황에 국한시키지 않고, 해방 이후 우리 민족사회의 근본 모순으로 자리잡고 있음을 인식"하는 것이 매우 중요하다고 지적하고 있다. 이러한 문제의 인식은 전후사회를 이해하는데 있어 기본적으로 전제되어야 한다.

안남일은 분단콤플렉스를 이념적이고 사회적인 '분단의식'이나 '분단인식'과 구분하여, 심리적 혹은 병리적 현상으로 보고 접근하였다. 그래서 그의 연구는 전쟁의 피해자로서 형성된 분단콤플렉스라는 심리적·사회병리적 현상이 낳은 인물이나 서사구조의 변화에 논의의 초점을 맞추고 있다.

특히 그가 분단현실을 세 단계로 나눠 고찰한 것에 주목할 필요가 있다. 첫째는 한국전쟁이 발발했던 1950년대 전후 양상이다. 전쟁기 문학이 표출되는 시기로, 전후사회의 갈등과 모순의 직접적인 원인을 제공하는 콤플렉스가 형성되는 시기다. 이봉일 역시 1950년대 분단소설들은 잔혹한 전쟁에 대한 구체적 기억의 산물이며, 이것은 한국인들의 가슴을 짓누르는 비극적 전쟁체험의 역사라고 보았다.[040] 둘째는 휴전 후 일정 기간이 경과한 1970년대 전후 양상이다. 전기에 내재화된 콤플렉스 요인들이 실제적으로 모습을 드러내고 이행되는 기간으로, 아직 갈등의 여러 요소들을 해소하지 못하거나 대안이 부재한 시기라 할 수 있다. 셋째는 본격적으로 분단문학에 대한 개인적 성찰 및 실천의지가 작용하는 1980년대 이후 양상이다. 그는 이 시기를 분단콤플렉스의 극복을 모색하기

---

040 이봉일, 「1950년대 분단소설 연구」, 월인, 2001, p. 15.

시작한 시기로 보았다. 이와 같은 분류는 우리나라 분단문학을 분석하는 데 있어 효과적인 기준을 제시해준다.

이승원은 1980년대에 발표된 한국전쟁 관련 대표 소설로 이문열의 『영웅시대』(1984)와 김원일의 『마당 깊은 집』(1988)을 꼽았다. 그는 작품분석을 통해 『영웅시대』는 분단이데올로기를 기반으로 좌우대립을 공고히 하였으며, 『마당 깊은 집』은 전쟁으로 인한 개인의 상처를 개인의 성공신화로 전환시킨 작품으로 보았다. 그는 이 작품들의 특징으로 분단에 대한 개인의 사상이 작품 속에 투영된 점을 들었다.

이와 같이 1980년대까지 유지되던 한국전쟁의 '집단기억'으로서의 정체성은 1990년대에 이르러 기억의 공통분모가 해체되기 시작하면서 집단의 기억보다는 사적 욕망을 서사화하는 쪽으로 변모되었고, 2000년대 들어서는 '소멸'에 직면했다고 보았다. 분단에 대한 이러한 변모 양상에 대한 통찰은 박완서의 「저녁의 해후」에도 잘 묘사되어 있다.[041]

송봉은 역시 전후소설의 트라우마 양상에 주목하였다. 그도 안남일과 마찬가지로 1950년대 휴전 직후를 트라우마가 형성된 시기로 보고, 트라우마의 실체를 살펴보기 위해 손창섭의 「비 오는 날」(『문예』, 1593.11), 이범선의 「오발탄」(『현대문학』, 1959.10), 송병수의 「쑈리 킴」(『문학예술』, 1957), 장용학의 「요한시집」(『현대문학』, 1955.7), 오상원의 『유예』(『한국일보』, 1955) 등을 분석하였다. 작품의 주인공들은 각자의 방식으로 전쟁을 수용하고, 이 과정에서 트라우마가 형성·내재화하게 된다. 산업화가 가속화되던 60년

---

041 이승원, 「전쟁-서사와 기억-서사: 조은의 『침묵으로 지은 집』」, 『기억과 전쟁』, 휴머니스트, 2009, pp. 477~478 참조.

대 이후 잠시 잠복했던 전쟁의 외상이 수면위로 떠오른 것은 1970~80년대의 문학 속에서다. 일상에 잠복되어 있던 트라우마의 발현은 완전히 치유되거나 극복되지 못한 '상처'의 한 단면이다. 박완서의 「엄마의 말뚝 2」(『문학사상』, 1981)와 이균영의 「어두운 기억의 저편」(84)의 분석을 통해 잠재되어 있는 트라우마는 기억을 촉발시키는 기제를 만나면 언제든 현재의 '나'를 지배할 수 있도록 실체를 드러낸다는 것을 보여주었다. 그렇다면 촉발된 트라우마는 어떻게 해야 하는가. 황석영의 「한씨연대기」(『창작과 비평』, 1972.3)나 전상국의 「아베의 가족」(『문학사상』, 1979) 등을 보면 트라우마의 인정이나 방치에 머무는 것이 아닌, 상처에 대한 치유의 과정이 필요하다는 것을 역설하고 있다.[042]

구수경은 전쟁을 체험한 작가군이 전쟁 외에 어떤 문학적 상상력도 발휘하려 하지 않는 것은, 그 잔상이 트라우마로 각인되어서이기도 하지만, 전쟁이야말로 삶의 모순과 부조리, 인간 존재의 나약함, 절대 가치에 대한 회의, 집단과 이데올로기의 폭력성, 가난과 죽음의 공포 등과 같이 인간과 삶에 대한 총체적인 탐색을 가능케 하는 거대사건이기 때문이라고 지적했다.[043] 이와 같이 '전쟁서사'는 이중적 코드로 작가들에게 호소한다.

이정숙 역시 '한국 서사문학의 보고(寶庫)'로서의 한국전쟁을 조명하면서, 이것이 일어나지 않았다면 나올 수 없었던 기념비적 작품들로 최인

---

042 송봉은, 「한국 전후소설의 트라우마 양상 연구」, 고려대 대학원 문예창작학과 석사 논문, 2007, pp. 75~76 참조.

043 구수경, 「한국 전후소설의 서사기법과 주제론」, 역락, 2013, p. 47.

훈의『광장』(60), 황순원의『나무들 비탈에 서다』(60), 박경리의『시장과 전장』(64), 홍성원의『남과 북』(1970~75), 이병주의『지리산』(1971~78), 이문열의『영웅시대』(84), 조정래의『태백산맥』(89), 박완서의『그 산이 정말 거기 있었을까』(95), 이호철의『남녘사람 북녘사람』(96), 황석영의『손님』(2001) 등을 꼽았다. 이들 작가군은 "전쟁으로 인한 비참한 삶, 개인과 가족사의 상처, 그로 인한 이산(離散)의 문제, 이데올로기의 대립과 분열 그리고 분단의 문제"를 직간접적으로 체험하거나 관념적으로 접근하여 문학적으로 형상화했다. 그는 비교적 최근에 발표된 윤흥길의『소라단 가는 길』(2003)과 김용성의『기억의 가면』(2004)에 이르면 한국전쟁이 남긴 상처를 극복하고 전쟁에 대한 더 깊이 있는 시야를 확보해나가는 것을 확인할 수 있다고 보았다.[044] 이러한 전망은 트라우마의 생성과 내재, 그것의 발현에 머물던 전쟁체험이 이제 치유와 극복의 장으로 넘어서고 있음을 통찰하고 있는 것이다. 그러나 분단의 현실에서 극복과 치유는 미완일 수밖에 없고, 박완서와 같은 작가는 지속적으로 전쟁과 분단에 대해 발언하는 것을 작가의 책무로 의식하게 되는 것이다.

이와 같이 한국전쟁의 체험은 박완서의 원체험에 해당한다. 이선미는 그것을 근간으로 한 작품으로『나목』(70)『목마른 계절』(78)『그해 겨울은 따뜻했네』(1982~83)『그 가을의 사흘 동안』(80)「엄마의 말뚝 2」(81)『그 많던 싱아는 누가 다 먹었을까』(92)『그 산이 정말 거기 있었을까』(95) 등을 꼽았다. 그는 박완서가 "같으면서도 다른 듯한 일상적 세계를 제재로 전

---

044 이정숙,「6·25전쟁 60년과 소설적 수용의 다변화, 그 심화와 확대」,『현대소설연구』, 한국현대소설학회, 2010, pp.30~33.

쟁 이후의 한국사회를 그 내면적 정황으로 묘사한다"고 보고, 이 폭넓고 다양한 일상의 세계를 "분단의 시선으로 엮어내고 배치한다"고 평가하였다. 즉 거대사건으로서의 분단이 마치 운명처럼 개인의 일상마저 지배하고 있다는 것이다. 그는 전쟁과 분단의 경험이 개발주의적 근대화의 논리 속에서 자기 자신의 안일만을 보호하고자 하는 이기심이나 욕망과 뒤섞여 '근대성'의 심성구조로 자리잡는다고 분석하였다.[045] 박완서의 소설은 파편화된 요소의 결합으로 하나의 덩어리화된 실체를 드러내는 방식을 추구한다. 이것은 전쟁을 체험하고, 분단의 지속이 양산해낸 사회모순과 부조리를 경험한 후, 그것의 연장선상에서 근대화의 물결을 파악한 작가의식의 발로이며, 이것이 그대로 작품세계에 반영되고 있는 것이다. 이러한 특징 때문에 박완서 소설들을 명확하게 테마별로 분류하기란 쉽지 않다. 혼재하는 가치의 용광로 속에서 그중 어떤 것을 취할 것인가를 분석자가 선택해야 하는 경우가 많기 때문이다. 다만 그것의 최초의 원류에는 전쟁과 분단이데올로기가 자리잡고 있음은 그의 40여 년 작품 활동의 불변의 사실이다.

박상미는 박완서가 한국전쟁체험, 근대화체험, 사소한 일상성의 체험에서부터 소설을 형상화하는 과정을 대표성 있는 작품들을 통해 분석했다.[046] 박완서에게 있어 체험은 소설의 제재를 넘어선 창작의 보고 자체

---

045 이선미, 「한 길 사람 속을 파헤치는 소설: 분단/냉전 문화와 마음의 흔적」, 『실천문학』, 실천문학사, 2011, pp. 279~281.

046 박상미, 「박완서 소설 연구: 체험의 소설적 형상화를 중심으로」, 성균관대 대학원 국어국문학과 석사 논문, 2004, pp. 73~75.

다. 이런 그가 한국전쟁을 직접 체험하고, 그 과정에서 다른 사람들에게 폭로하지 않고는 배기지 못할 '이야기'를 만난 것이다. 그는 그 이야기의 증언을 통해 상처의 치유를 모색해왔다. 한국전쟁 관련 그의 소설들은 자전적 요소를 배재할 수 없다. 이에 대해 각종 인터뷰나 지면상으로 박완서는 수차례 밝힌 바 있는데, 그의 창작 동기나 창작의 서술과정을 작품 내부에 거의 속살로 드러낸 것으로는 「부처님 근처」(『현대문학』, 1973.7)와 「복원되지 못한 것들을 위하여」(『창작과비평』, 1989.6)를 들 수 있다. 이 작품들을 보면 박완서에게 있어 창작이란 무엇인가를 알 수 있게 된다.

모든 체험은 시간과 함께 뒤로 물러나 원경(遠境)이 됨으로써 말초적인 것이 생략되는 대신 비로소 그 전모를 드러낸다.[047]

진정한 실체를 증언하고 복원하는 과정에 대한 것은 그가 단편소설 「복원되지 못한 것들을 위하여」에서 진정한 '복원'[048]의 과정을 추적하며 내비친 바 있다. 그는 "거의 피부적인 촉감으로 밀착돼 있"어서 도저히

---

047 박완서, 「부처님 근처」, 『어떤 나들이』, 문학동네, 1999, p. 93.

048 "깨진 간장종지 하나를 복원시키려도 더도 말고 그 파편들을 잃지도 보태지도 말고 고스란히 주워 모아야 하듯이 섬세한 부분도 잊어버리지 않고 있다가 제자리를 찾아 맞춘 그의 기억력은 감탄할 만했다. …(중략)… 망가지고 흩어진 걸 복원하는 데 있어서 제 조각을 찾으려는 노력 없이 딴 조각으로 메운 걸 진정한 복원이라고 볼 수 있을까. 설사 그 딴 조각이 금이라도 말이다."(박완서, 「복원되지 못한 것들을 위하여」, 『가는 비, 이슬비』, 2006, p. 173, p. 184) 인용문을 통해 '복원'에 대한 박완서의 목소리를 직접 들을 수 있다. 그의 글쓰기에 기억과 복원, 재구는 큰 가닥을 형성하는데, 사실을 원경에 두고자 한 노력은 체험을 소설화하는 과정이며, 소설화의 과정에 기억과 복원, 그것의 재구가 관여함을 이 소설을 통해 알 수 있다. 이러한 과정을 통해 그는 수기의 경계를 넘어 소설로 이행했음을 알 수 있다.

관조할 수가 없었던 것을 소설이라는 장르를 통해 극복하려 한 것이다. 그에게 있어 소설은 오랜 체증을 '토악질' 하듯 내쏟은 것이고, 그것은 내부에 갇혀 있던 비밀을 누설하는, 혹은 그것에 사로잡혀 갇혀 있던 자신을 드러내놓은 과정이며 그것이 그의 소설작업 자체인 것이다. 박완서는 비극적 가족사를 겪은 후에 '나'와 나의 '체험'을 분리함으로써 비로소 냉철하게 진실을 얘기할 수 있는 '거리'를 확보할 수 있었다. 이러한 소설화 과정이 위의 인용문에서 주장하는 내용과 일치하고 있음을 알 수 있다.

　이수영은 박완서 소설에 나타난 한국전쟁의 수용 양상을 고찰하여, 박완서가 체험적 상처를 문학적으로 어떻게 승화하고 형상화했나를 보고자 하였다. 『나목』(70)이나 『목마른 계절』(78)의 경우는 작가의 전쟁체험과 상처, 피해의식을 직접적으로 드러낸 작품으로 보았다. 작가는 특히 『목마른 계절』을 통해 "이데올로기의 허위성과 관념성을 비판"했는데, 이데올로기의 대립으로 벌어진 한국전쟁은 단순히 동족상잔의 비극에 그치는 것이 아니라 "인간을 인간일 수 없게 만드는 문제적 상황"으로 규정한 것이다. 『나목』의 경우는 이데올로기를 개입시키지 않고 전적으로 개인사적 관점에서 전쟁이라는 거대사건을 다루고 있지만, 『목마른 계절』은 이데올로기의 허무성에 큰 비중을 두고 다루고 있다. 「엄마의 말뚝 2」(81)와 「엄마의 말뚝 3」(91)의 경우는 전쟁 중에 오빠를 잃은 개인사적 비극이 잊을 수 없는 트라우마로 잠재되어 전후의 일상을 지배하는 모습으로까지 확장된 시각을 보여주고 있다. 이수영은 이를 전쟁체험이 개인적 상처의 단계를 벗어나 분단과 이산이라는 사회적 인식과 연결시키려고 시도한 것으로 평가하였다. 『그해 겨울은 따뜻했네』(1982~83)의 경우, 분단과 이산문제를 처음부터 사회와 역사의 역동적 구조와 연결시켜 다룬 작품으로 보았다.[049] 표면적으로는 '수지'와 '오목'이란 이산가족들의 헤어짐과 재결합을 제재로 하고 있으나 심층적으로는 중산층과 하층민의 대립적 상황을 신랄하게 비판하면서 이산가족들의 진정한 화합이 불가능한 이유를 가진 자들의 의도적인 회피, '못 본 척하기'[050]에 있다고 주장하고 있다. 이런 작가의 시선은 「재이산」(『여성문학』, 1984.1)에도 반복적으로 드러난다.

최희숙 역시 박완서의 자전적 소설과 전쟁체험소설을 중심으로 분석하였다. 자전적 소설로 『그 많던 싱아는 누가 다 먹었을까』(92) 『그 산이 정말 거기 있었을까』(95) 『그 남자네 집』(2004)을 분석하고, 전쟁의 상처를 담은 소설로는 『나목』(70) 『그해 겨울은 따뜻했네』(1982~83) 「그 가을의 사흘 동안」(80)을 분석하였다.[051] 사실 『그 많던 싱아는 누가 다 먹었을까』 『그 산이 정말 거기 있었을까』는 1, 2편으로 이어지는 내용을 담고 있는데, '소설로 그린 자화상'이란 부제가 말해주듯이 자전적 요소가 강한 소설이다. 이것은 또한 「엄마의 말뚝」 연작소설과도 선이 닿아 있다. 부제

---

049 이수영, 「박완서 소설에 나타난 6·25 전쟁의 수용 양상 연구」, 대구가톨릭대 대학원 국어교육학과 석사 논문, 2004, pp.64~66.

050 박완서는 '못 본 척'의 심리를 담론적 지평에 꺼내놓는다. '못 본 척'을 인정하는 것은 곧 제대로 알아야 한다는 의미를 내포한다. 즉 못 본 척하지 말고 참여해서 제대로 알아봐줘야 한다는 의미일 것이며, 나와 같은 사회구성원들의 고통과 불행에 책임을 느끼며 같이 행복해지는 삶을 추구하는 것을 의미할 것이다. 결국 박완서가 중산층이 향유하고 있는 것을 악으로 규정한 '못 본 척'의 심리는 나의 행복만을 지키기 위해 이웃의 행복을 챙기지 않는 태도를 나쁜 것으로 인정하라는 권고가 아닌가? 못 본 척하는 심사를 못마땅해 하는 박완서 소설의 수다는 탈냉전의 시대가 도래하고 정권이 바뀐 1990년대와 2000년대에도 여전히 이어진다(이선미, 앞의 책, p.280 참조).

051 최희숙, 「박완서 소설 연구: 자서전적 소설과 전쟁체험소설 중심으로」, 아주대 대학원 국어교육학과 석사 논문, 2007, pp.55~58.

를 내걸은 만큼 기억과 사실에 근거하고 있고, 중간중간에 소설이 아닌 회상에 가까운 서술 태도도 견지하고 있는 작품들이다. 『그 남자네 집』의 경우는 『문학과 사회』에 발표한 「그 남자네 집」(2002)에 기초한 장편이다. 특이한 것은 단편만 읽어도 장편의 서사를 그대로 감지할 수 있게 짜여 있다는 점이다. 이를 통해 박완서가 프레임을 갖고 있는 이야기의 속살을 얼마나 자유자재로 잘 채워 넣는지 그 저력을 알 수 있게 된다. 전쟁의 상처를 담은 작품 중에 『나목』의 경우는 자전적 요소가 강하지만, 『그 해 겨울은 따뜻했네』나 「그 가을의 사흘 동안」의 경우는 전쟁이 휩쓸고 간 자리에 남은 인간에 대한 이야기를 새롭게 조명한 작품들이다. 『그해 겨울은 따뜻했네』는 앞에서 지적했듯이 '못 본 척하기'로 나의 행복을 지키고자 하는 이기심이 전쟁이라는 커다란 비극 앞에서도, 가족 간에서도 여전히 발현되고 있는 현장을 고발하고 있다. 「그 가을의 사흘 동안」은 전쟁이란 무자비한 파괴범이 한 여자의 삶에 어떻게 작용하고, 이것으로부터 철저히 파괴된 본성을 극복하고 복원하는데 어떤 의식이 뒤따라야 하는지를 보여주고 있다. 전쟁을 배경으로 격앙되지 않은 어조로, 외려 무심하고 냉정하기까지 한 시선으로 드러낸 인간존엄과 생명의식이 속 깊은 연민을 자아내게 하는 수작(秀作) 중 하나다.

한기남은 박완서의 작품들 중 단편을 분석하여 한국전쟁에 대한 작가의식을 고찰하고자 하였다.[052] 특히 그가 주목한 것은 박완서가 전쟁에 대해 갖고 있는 의식, 즉 이데올로기에 대한 부정성이라든지(『세상에서 제

---

052   한기남, 「박완서 단편소설 연구: 한국전쟁에 대한 작가의식을 중심으로」, 목포대 대학원 국어교육학
       과 석사 논문, 2008, pp. 50~52.

일 무거운 틀니」「돌아온 땅」「어느 이야기꾼의 수렁」), 전쟁체험의 개인적 상처라 든지(「부처님 근처」「부끄러움을 가르칩니다」「카메라와 워커」), 이산문제에 대한 견 해(「겨울 나들이」「아저씨의 훈장」「재이산」「비애의 장」) 등을 살피고자 한 것이다.

『나목』은 박완서의 데뷔작이자 그의 작품세계의 근간이므로 이에 대한 연구 역시 활발히 진행되어왔다. 문미종은 『나목』에 나타난 '체험과 상징' 을 고찰하였다. 이 작품에는 전쟁의 상처와 전쟁이 가져다주는 불안 심 리, 정체성 혼란, 일탈 욕구와 안전 지향의 이중성을 주인공 '이경'의 심 리를 따라 그려내고 있다. 문미종은 다른 한편으로 소설에 채용된 제재 의 상징적 의미를 규명하여 작가가 펼친 작품세계를 한층 명확하게 이해 하고자 했다. 고가(古家)는 유년의 상징 매개로, 완구(침팬지)는 유아적 회 귀 및 반복적 일상으로, 나목은 시대 현실과 인물들의 지향점을 상징하 는 것으로 분석하였다. 제재뿐만 아니라 인물들의 행동양식을 통해서도 상징적 의미를 살피고자 하였는데, 그것의 일환으로 소설의 서사구조를 받쳐주고 있는 모녀의 불화나 남녀 간의 사랑 그리고 결혼에 대한 의미 분석을 시도하였다.[053]

소영현은 『나목』을 분석하면서 "한국전쟁체험이 소설의 시간적·공간 적 배경을 이루고 있지만, 그것이 서사를 추동하는 힘의 중심에 놓여있 지 않다"고 지적하였다. 이 작품에서 전쟁이란 각 인물들을 둘러싸고 있 는 추위, 공포, 불안이라는 심리적 상황인 것이다. 이 작품은 한국전쟁의 의미를 개인사를 통해 접근하는 전쟁소설이라기보다는 '이경'과 '옥희도'

053 문미종, 「박완서의 『나목』에 나타난 '체험과 상징'에 관한 연구」, 수원대 대학원 국어교육학과 석사 논 문, 2008, pp. 51~52.

의 정체성 찾기라는 실존의 문제를 다루는 작품으로 보았다. 그러나 이러한 견해에 대해, 전쟁이 인물들이 처한 심리적 상황이라는 것에는 동의하지만, 그것이 다름 아닌 바로 전쟁이었기에 개개인의 극복의 대상이 될 수 없었다는 점을 간과해선 안 됨을 지적하고 싶다.

그는 『나목』이 다른 전쟁체험을 기반으로 한 소설들(「부처님 근처」, 「엄마의 말뚝 2」, 『목마른 계절』, 『그 산이 정말 거기 있었을까』)과 달리 "박완서의 작품세계 전반을 관통하는 모티프들이 뒤섞여 있는 작품이면서도, 전쟁체험이나 속물근성에 대한 비판과는 일정한 거리를 유지하고 있다"고 평가하고, 오히려 『나목』은 "복수의 글쓰기 혹은 복원의 글쓰기라는 차원에서 박완서의 소설세계와 직접 맞닿아 있다"고 하였다.[054] 이러한 해석은 박완서가 인터뷰나 지면을 통해 고백한 내용과 일치하기 때문에 이론의 여지가 없다. 소영현이 다른 전쟁체험소설류와 『나목』을 구분한 점은 설득적이다. 왜냐하면 『나목』은 본래 출발이 '박수근'에 대한 기억과 회상이었기 때문이다. 그렇기 때문에 이것이 '이경'이란 인물을 통한 박완서 자신의 자전적 요소가 곁들여진 소설로 전이되는 과정에서 전쟁이 중앙에 자리잡지 못하고 상황적 배경이 된 것이다. 이것은 출발선 자체가 기타 전쟁체험소설류와 다르다. 그러므로 이러한 지적이 가능하다고 보는 것이다. 이후의 전쟁체험소설류는 전쟁의 광기를 폭로하고자, 증언하고자 하는 작가의식이 좀 더 중앙에 자리잡으면서 창작된 작품들로 보는 것이 적절하다.

---

054   소영현, 「복수의 글쓰기, 혹은 〈쓰기〉를 통해 〈살기〉」, 『박완서 문학 길찾기』, 세계사, 2000, pp. 300~314 참조.

사실 『나목』은 박완서의 데뷔작으로서의 의미 이상을 갖고 있다. 왜냐하면 『나목』에는 박완서가 40여 년간 천착한 주제, 제재, 작가의식이 총망라되어 있다고 해도 과언이 아니기 때문이다. 이 작품에는 전쟁이 몰고 온 전후 삶의 피폐화부터 이데올로기의 부정성, 아들선호사상, 모성과 딸, 소시민의 일상성과 속물근성, 전통적 가치와 변화하는 가치 사이에서 갈등하고 불화하는 사람들에 대한 것까지 박완서가 작가로서 천착해온 인간과 세태에 대한 인식이 거의 모두 담아져 있다. 이것들은 각기한 영역씩 독립적으로 뿌리를 내려 박완서의 40년 작품세계를 지탱하는 중심축으로 분화·발전해왔다. 조금은 거칠지만 생기와 살맛을 갈구하는 강렬한 의지가 처녀작에 그대로 살아 있었던 것이다. 그러므로 『나목』의 분석만큼 박완서의 작품세계에 가까이 다가가는 방법도 없을 것이다.

장희원은 전쟁체험과 이데올로기의 구현 양상을 중심으로 박완서와 김원일의 분단소설을 비교하였다.[055] 분단소설 비교에 있어서는 박완서와 윤흥길의 비교 역시 자주 거론되어왔다.[056] 장희원은 박완서 분단소설은 아버지의 부재, 가부장적 이데올로기와 소외된 딸, 정치적 이데올로

---

055 장희원, 「박완서와 김원일의 분단소설 비교 연구: 전쟁체험과 이데올로기의 구현 양상을 중심으로」, 한양대 대학원 국어국문학과 석사 논문, 2005, pp. 82~83.

056 윤흥길이 소설에 차용하는 '아버지의 부재'와 '억척모성' 이미지가 박완서와의 비교를 용이하게 한다. 억척모성은 세상의 어려움과 아버지의 부재가 동시에 닥쳤을 때 어머니의 이름으로 강해질 수밖에 없는 우리나라 특유의 역사적·사회적 당위성을 갖고 있는 게 사실이다. 특히 작가가 개인적으로 체험한 이러한 환경은 한국전쟁이라는 거대사건 속에서 부각되었고, 그것이 고스란히 작품에 살아나는 경우가 많았다(김선인, 「윤흥길의 1970년대 분단소설 연구」, 한국교원대 대학원 국어교육학과 석사 논문, 2007; 이금례, 「윤흥길 소설 연구: 분단소설을 중심으로」, 성균관대 대학원 국어국문학과 석사 논문, 2008 참조).

기의 체험과 비판의식을 드러내는 특징이 있는 것으로 분석하였다. 김원일의 작품들 역시 박완서나 윤흥길과 마찬가지로 아버지의 부재가 드러난다. 이러한 상황적 동질성으로 인해 자연스럽게 '억척모성'이 등장하는데, 김원일의 특이성이라고 하면 '장자의 책무'에 대한 의식이 있다는 것이다. 김원일 역시 이데올로기문제에 있어서는 거부감을 갖고 있고, 그래서 그것과의 거리두기를 시도한다. 전쟁체험에서 아버지나 남성의 부재는 곧바로 여성의 수난과 삶의 고단함으로 이어진다. 살아남기 위해서는 강해져야 하고, 그 강한 모성은 또 다른 가부장의 모습으로 분(扮)해 자식들을 억압하는 기제로 작용한다. 이를 '거세된 모성'이라고도 하는데, 모성이데올로기에 매몰되어 남편이 죽었거나 관계가 단절된 상태에서 오로지 자녀 중심적인 삶을 살게 된다.[057] 이때 수난과 억압의 대상이 김원일은 장자이고 박완서는 딸이 되는 경우가 차별점으로 드러난다. 윤흥길의 『에미』의 경우도 작중화자가 부친 부재의 상황에서 홀어머니 밑에서 성장한다. 이 작품의 어머니는 남성에 의한 수난자이지만 모성으로서 극복하는 양상을 띠고 있다.[058]

임규찬은 분단체제와 박완서 문학을 고찰하면서, "한 작가의 작품세계를 볼 때 유독 어떤 작품이 강력한 인상으로 해당 작가의 그늘막을 이룰 때가 있는데 박완서 작품 중에는 『목마른 계절』이 그에 해당한다"고 하였다. 이 작품이 가지고 있는 "지나칠 정도로 직설적이기도 한 수기적 인상"이 마치 이후에 그려나갈 "화폭의 밑그림"처럼 다가왔다는 것이다.

---

057 이금란, 『박경리 문학의 가족서사학』, 인터북스, 2014 p.50.

058 김용희, 『한국 전후소설의 양상』, 한신대학교출판부, 2013, pp.281~182 참조.

그는 분단문제에 관한 박완서의 소설은 거의가 다 일련의 공통성을 가지고 있고 가족사적 체험과 긴밀하게 연결되어 있는데, 특히『목마른 계절』의 경우 전쟁 직후의 풍경을 담은『나목』에 비해 전쟁 기간을 고스란히 담고 있기 때문에 한국전쟁과 분단문학으로서의 성격을 명확하게 가지고 있다고 평가하였다.[059] 미학적 허술함이 극도의 사실성으로 인해 보완되었다는 것이다.

박완서는 여러 지면을 통해 초기작품들은 순전히 작가 자신의 구제를 위해 썼다고 고백했는데, 글쓰기는 그에게 있어 '자기치유'의 방식이었던 것이다.[060] 임규찬은 박완서 분단소설의 본질이 이처럼 자기가 겪은 가족사의 비극에 있기 때문에 80년대 출간되어 주목받은 조정래의『태백산맥』(86) 등과는 사실상 그 원천을 달리한다고 평가했다. 박완서의 소설은 한마디로 "개인성과 구체성에서 출발"하여 그것으로 끝나는 단순한 소설 구조를 갖고 있다. 이러한 특성 때문에 "경험의 직접성에 갇혀 시각의 협소함"을 갖게 되었다고 지적받기도 한다. 그러나 이러한 한계적 상황에도 불구하고, 박완서는 전쟁체험소설 속에 "삶과 결합하지 못한" 이데올로기의 폭력성과 자기파멸적 모습을 형상화한 저력을 갖고 있다.

권명아는 "분단문학은 많은 경우 '깨어진 가족의 복원'이라는 서사의 틀"을 보여준다고 하였다. 박완서의 자전적 소설들 역시 이 틀을 벗어나

---

059 임규찬, 「박완서와 육이오 체험」,『박완서 문학 길찾기』, 세계사, 2000, pp. 110~128.

060 박완서는 "초기의 작품치고 육이오의 망령이 얼굴을 내밀지 않는 작품이 없다. 무당이 지노귀굿해서 망령을 천도하듯, 나는 내 글쓰기로 내 속에 꼭꼭 가둔 망령을 자유롭게 풀어주고 아울러 나 또한 자유로워질 수 있는 지노귀굿을 삼으려 들었다. 몇 달 전 일도 아득하건만 육이오 때의 이야기는 어제런 듯 생생하다. 이것 또한 건망증 못지않은 병이다"라고 말했다(위의 책, p. 112).

지 않고 있는 것이 사실이다. 권명아의 비평 중 눈에 띄는 것은 『그해 겨울은 따뜻했네』의 비평이다. 『그해 겨울은 따뜻했네』는 이산문학인지, 대중문학인지, 세태소설인지 논란이 있는데, 그의 견해는 이것은 '역사소설'이라는 것이다. 즉 가족의 기원에 관한 역사소설이라는 것이다. 그는 "가족의 기원은 전쟁이며, 가족은 '지속되는 전쟁'에 의해 재생산되고, 동시에 가족은 전쟁을 재생산하는 기제"라고 분석하였다.[061] 이러한 견해는 "이산가족들의 진정한 화합이 불가능한 이유는 가진 자들의 의도적인 회피, '못 본 척하기'에 있다"고 주장한 이수영의 분석과는 틀을 달리하고 있다. 두 연구자 모두 작품의 표면성과 내면성을 구분했다는 점에서는 동질성을 갖고 있다. 본고는 박완서의 경우 전쟁으로 촉발된 '이산문제'를 가족 구성원 사이의 '운명의 갈림'으로 장치해놓으면서 동시에 분단의 현재와 역사에 확장된 '문제제기'를 한 것으로 판단한다. 이러한 문제제기의 기저에는 "인간이 인간답게 사는 것을 포기하게 만드는 전쟁"이란 메시지가 깔려 있는 것이다.

우찬제는 박완서의 장편 가족서사 『미망』(1985~90)을 분석하면서 '미망'의 한자어를 세 가지로 제시하고 있다. 첫째, 迷妄(미망)은 "사리에 어두워 실제로는 없는 것을 있는 것처럼 생각하고 갈피를 잡지 못한 채 헤매는 것, 또는 그런 상태"를 뜻한다. 둘째, 彌望(미망)은 "멀리 넓게 바라보는 것, 또는 멀고 넓은 조망"을 뜻한다. 셋째, 未忘(미망)은 "아직도 잊을 수가 없는 것"을 말한다. 그는 이 세 가지 한자어의 의미를 구분해 작

---

061 권명아, 「〈가족의 기원〉에 관한 역사소설적 탐구」, 『박완서 문학 길찾기』, 세계사, 2000, pp. 289~299.

품에서 작가가 그리고자 하는 세계관을 배치시켰다.[062] 우선 소설의 주요 무대가 되면서 서사적 기제로 활용된 개성, 인삼, 송상(松商)은 작가에게 있어 결코 잊을 수 없는 미망(未忘)의 그것들이다. 그 다음은 소설의 시대적 배경이 되는 구한말에서 한국전쟁에 이르는 시기로, 갈피를 잡지 못하고 헤매는 혼돈의 상태, 바로 미망(迷妄)의 시간을 의미한다. 마지막으로 이 모든 것을 미망(彌望)의 시선으로 멀리 넓게 바라보며 작품을 구사한 것이다. 이러한 언어적 유희는 기발하면서도 작품해석에 있어 주요한 부분을 드러내고 있다. 사실 『미망』은 『문학사상』에 연재하던 중에 1988년 5월에 남편을, 8월에는 하나밖에 없는 아들을 잃는 시련을 겪는 바람에 1988년 10월부터 1989년 6월까지 연재가 중단된 후 1990년에 겨우 집필을 마칠 수 있었던 작품이다. 이 작품은 박경리의 『토지』나 최명희의 『혼불』 등과 더불어 여성가족사소설로 손꼽히는 작품으로 주목받았지만, 작품의 완성도와 밀도에 아쉬움을 남긴 면이 없지 않다. 개성의 풍속을 살린 화려한 묘사와 남성 중심의 가족사 및 세계관이 아닌 여성 주도적 가족사를 쓴 데 의의가 있지만, 그럼에도 불구하고 구한말부터 한국전쟁에 이르기까지의 역동적 시대사 전개나 4대를 걸쳐 펼쳐지는 가족의 흥망성쇠 및 각기 살아 움직이는 캐릭터 창출에 허술함을 남기고 말았다. 이것은 그의 개인적 시련이 창작의 맥을 끊어놓은데 원인이 있기도 하고, 그가 정말 자신이 겪지 않은 내용의 집필에 취약한 면을 노출한 것으로도 보인다. 실제로 이 소설에서 이야기의 밀도가 촘촘해지는 대목

---

062 우찬제, 「〈미망(迷妄)〉〈미망(彌望)〉〈미망(未忘)〉, 그 상호텍스트성」, 『박완서 문학 길찾기』, 세계사, 2000, pp. 326~353.

은 바로 한국전쟁 관련 부분이다. 하지만 우찬제의 평가처럼 "여성 주체의식과 행동을 웅숭깊게 재현하면서 한 편의 의미 있는 여성가족사소설을 우리 소설사에 편입시킨 공로"는 높이 살 수 있겠다.

임순만은 『그 산이 정말 거기에 있었을까』를 분석하면서 부제 '소설로 그린 자화상'에 주목했다. 자화상이란 "신인으로서는 시도할 수 없는 회고와 정리의 성격"을 갖는 것으로 이 작품은 지금까지 발표해온 많은 작품에 스며들어 있는 "문학의 자양분을 한층 성숙하고 종합적인 시각"으로 드러내며 "다음 단계로 넘어가는 느낌"을 준다고 평가했다. 특히 그가 주목한 것은 『그 산이 정말 거기에 있었을까』의 주동 인물이 엄마에서 올케로 넘어갔다는 점이다. 엄마가 '억척모성'의 전형이었다면 올케는 '극복형 여성'이라 할 수 있다. 이 극복형 여성과 함께한 전쟁현장의 파괴된 일상, 그렇지만 끈질긴 생명력으로 살아냈어야만 하는 일상을 그리고자 한 것이다.

그는 이 소설이 "분단 당시 남북한 사람들의 인심을 복원시키고 있으며, 분단극복의 시대에 우리가 당시를 돌아보아야 할 준거를 상당부분에서 제시하고 있다"고 평가하였다. 이 작품에서의 '산'은 "개인의 힘으로는 어찌할 수 없게 무지막지하게 직조되어 들어왔던 50년대의 모습"이며 "스무 살 처녀로서 겪었던 시대의 환멸"을 총체적으로 일컫는 것으로 분석했다.[063]

권택영은 박완서의 자전적 소설류에 대해 논하면서 "기억을 더듬은 작

---

063   임순만, 「분단 극복을 향한 문학의 가능성」, 『박완서 문학 길찾기』, 세계사, 2000, pp. 377~389.

가 자신의 이야기"인데 그게 왜 허구적인 소설이 되는가를 설명하고자 했다.[064] 이러한 지적을 박완서의 언어로 해명하면 이렇다. 그는 "체험도 일종의 상상력이다. 유년의 기억은 강력한 대목도 있지만, 하나의 기억과 다른 기억 사이를 잇는 것은 상상력일 수밖에 없다. 게다가 강렬한 기억도 자기상상력에 의해 부풀려지거나 왜곡된 것이 많다"고 밝힌 바 있다. 이와 관련해 신상웅[065]은 박완서의 자전적 소설의 경우 "반복되는 창작 과정에서 기억의 미화가 작품에 반영되는 경향"이 엿보인다고 했는데, 이러한 평가는 박완서의 고백과 맥이 닿는다. 기억과 기억을 잇는 부분에 들어선 상상력이 그의 글을 수기가 아닌 허구의 소설로 존재하게 하는 힘이 되고, 전쟁과 같은 강렬한 기억조차도 과장되거나 미화되고, 또다시 재구되면서 문학적 아우라를 형성할 수 있었던 것이다.

지금까지 전쟁·분단제재소설 관련 연구담론들과 함께 박완서 소설 중 자전적 요소가 짙은 전쟁체험소설 관련 비평 및 연구논문 등을 고찰해보았다. 여기에서 논의하고자 하는 것은 한국전쟁체험을 통해 얻은 문학적 영감, 이 창작모티브를 박완서가 어떻게 작품으로 형상화해나갔는가 하는 것이다. 이를 위해 그의 전쟁체험 관련 소설의 구현 양상을 두 가지 측면으로 나누어 고찰했다. 먼저 한국전쟁을 배경으로 체험이 그대로 녹아 있는, 자전적·증언적 요소가 짙은 작품들을 중심으로 기억과 체험을

---

064 권택영, 「짐승의 시간과 전이적 글쓰기」, 『박완서 문학 길찾기』, 세계사, 2000, pp. 363~376.

064 권택영, 「짐승의 시간과 전이적 글쓰기」, 『박완서 문학 길찾기』, 세계사, 2000, pp. 363~376.
065 신상웅은 1968년 『세대』 신인문학상에 중편 「히포크라테스 흉상」이 당선되어 문단에 나왔다. 등단 후 예리한 문체로 민족의식과 역사의식을 주제로 한 작품을 발표해온 소설가로, 1970년대를 대표하는 작가 중 한 사람이다. 저서로 창작집 『분노의 일기』, 『쓰지 않은 이야기』, 장편소설 『심야의 정담』 등이 있으며, 중앙대학교 문예창작학과 교수로 재직했다.

어떻게 재구하여 문학적 형상화를 꾀했는지 살펴봤다. 다음으로 전쟁을 체험한 사회나 인물에게 한국전쟁의 기억이 트라우마로 내재화되어 어떤 억압기제로 작동되고 있는지, 그것이 어떻게 변주되어 작품화 되었는지를 살펴봤다. 이러한 고찰을 통해 그의 창작동인이었던 한국전쟁체험 모티브가 어떤 식으로 문학적으로 갈무리되었는지를 전반적으로 밝힐 수 있을 것이다.

3. 전쟁체험의 재구(再構)

박완서는 사회가 안정기로 접어들고, 한국전쟁의 잔혹사가 단지 죽은 이들에 대한 통계자료로 뭉뚱그려져 도식화되어 정리되는 것에 반발하였다. 그는 "내 피붙이만은 그 도매금에서 **빼내서** 개별화시키고 싶었다. 몇백만 분의 일이라는 죽은 숫자에다 피를 통하게 하고 싶었다. 그들의 고통, 그들의 억울한 사정을 외치고 싶어서 가슴이 터질 것 같았다. 누가 들어주건 말건 외치지 못하면 억울한 죽음을 암매장한 것 같은 죄의식을 생전 못 벗어날 것 같았다. 외침으로 위로받고 치유받고 싶었다."[066]라고 밝힌 바 있다.

이와 같이 한국전쟁체험 창작모티브는 당시의 체험을 증언하고자 하는 욕망의 모티브다.

박완서는 본래 자신이 직접 경험한 것만을 쓰는 경향이 있다. 그래서 한국전쟁체험소설의 경우 대부분 자전적 글쓰기로 분류한다. 하지만 박완서의 전 창작품이 결국은 자신이나 주변인이 경험한 것을 기본 골격으로 삼은 작품들이기 때문에 그의 한국전쟁체험소설만을 특정해 자전적 글쓰기로 새삼 구분해 표기할 필요는 없다.

박완서는 개인적 비통이자 한민족의 비극인 한국전쟁을 기록해서 증언하여 자기치유의 길을 열고자 했다. 예술가는 본래 '말하고 싶은 자'다. 박완서 역시 그가 보고 듣고 체험하고 느낀 것을 말하고자 하였고, 그가

---

066 박완서, 「못 가본 길이 더 아름답다」, 현대문학, 2010, pp. 23~24.

64

그 수단으로써 택한 매체가 바로 소설이다.

「신동아(新東亞)」에서 한 논픽션 모집을 보고 내가 한때 알고 지낸 일이 있는 박수근(朴壽根) 화백의 전기를 써 보고 싶단 생각을 했다. 그보다 앞서 그분의 유작전(遺作展)을 보고, 그분의 그림값이 사후에 엄청나게 뛴 걸 알았을 때의 착잡한 심정도 있고 해서, 꼭 그분이 가장 빈궁했을 때의 모습을 증언해야겠다는 사명감을 걷잡을 수 없게 되었다.

그러나 막상 쓰기 시작하고 보니, 사실을 증언해야 하는 논픽션에서 나는 자주 자주 거짓말을 시키고 있었고, 거짓말을 시킴으로써 기쁨을 느끼고 있었다.

나는 깜짝 놀라면서 황급히 거짓말 부분을 깎아내고 사실에 충실하려고 애썼지만 사실만 가지곤 도저히 그분을 살아 움직이게 할 수가 없었다.

드디어 나는 사실을 쓰기를 포기하고 마음대로 거짓말을 시키기로 작정했다.

그것은 내가 거짓말의 유혹에 넘어간 게 아니라, 허구로써 오히려 내가 그리고자 하는 인물을 진실에 가깝게 그릴 수 있다는 소설의 초보(初步)를 체득했기 때문일 것이다. 그래서 된 게 처녀작 『나목(裸木)』(열화당)이었고, 거짓말이기 때문에 논픽션에 응모할 자격은 자동적으로 상실한 셈이었으니, 『여성동아』의 여류 장편소설 모집에 응모해서 당선됐다. 그게 1970년 10월의 일이다.[067]

067　호원숙 엮음, 앞의 책, p. 129~130.

『나목』을 필두로, 그의 증언적 글쓰기는 계속되었고, 이것은 '전쟁체험→기억의 복원→체험의 재구'의 변환과정을 거쳐 작품화 되었다. 본고는 이러한 특징을 드러내는 소설들을 전쟁체험을 재구한 창작 영역으로 분류하였다. 재구적 글쓰기의 가장 핵심이라 할 수 있는 한국전쟁체험이 전면에 등장하는 박완서의 장편소설들을 분석 텍스트로 삼았다.

『나목』[068]의 경우는 증언하고자 하는 대상이 한국전쟁이 아니라 박수근이다. 다른 한국전쟁체험소설과는 출발점이 다르다. 인용문에서 밝혔듯이 사후 유작의 '값비쌈'으로밖에 그 가치를 알 길 없는 그에 대해, 전쟁과 가난이라는 혹독한 시련 속에서도 예술혼을 꽃피웠던 박수근에 대해 증언하고자 하는 마음이 시작점이다. 하지만 그가, 그와 함께 했던 당시의 박완서가 혹독한 곤란을 겪게 된 배경은 결국 한국전쟁 탓이다. 따라서 『나목』 역시 그 출발점이 다르다 해서 이것으로부터 자유롭지는 않다. 그리고 엄밀히 말해 이 작품은 박수근을 기리고자 하였으나, 박완서의 분신인 '이경'의 이야기가 되었고, 이후 그가 왕성하게 써낸 한국전쟁체험소설의 산실이기도 하다. 따라서 『나목』을 전쟁체험의 재구 영역에서 다루도록 하겠다.

『나목』[069]은 1970년 『여성동아』를 통해 발표된 박완서의 등단작이다. 이 작품은 박완서 40여 년 소설 인생의 시발점인 동시에 이후 그가 써낸 수많은 소설들의 가장 근원적 씨앗을 잉태하고 있는 작품으로서 주목할 필요가 있다. 이 작품에는 그가 작품 활동을 통해 줄기차게 다뤄왔던 한

068 박완서, 『나목』, 동아일보사, 1970.

069 박완서, 『나목』, 세계사, 2012(이후 인용문은 제목과 페이지만 표기-인용자).

국전쟁과 분단문제, 이념을 뛰어넘는 인간의 존엄 및 생명존중사상, 전통적 남아선호사상으로부터 이어지는 가부장적 억압기제에 대한 반발과 여성주의, 사람 사는 세상과 일상에 대한 집요한 통찰과 성찰, 자전적 체험의 재구 양상이 고스란히 담겨 있기 때문이다. 이것으로부터 움튼 그의 문학세계는 마치 세포 하나하나가 떨어져 나가 본체와 동등한 성체로 거듭나듯 그 수와 깊이를 더해가는 것으로 그 목적을 달성했다.

박완서는 그의 작품에서 끊임없이 '살맛'을 추구해왔다. 이것은 그가 '죽을 맛' 혹은 '살맛 안 나는 세상'을 경험했다는 반증이기도 하다. 그가 겪은 죽을 맛이란 다름 아닌 한국전쟁체험과 오빠의 죽음일 것이다. 한국전쟁이 사회 각계각층에 미친 영향과 오빠의 죽음에 관한 이미지는 『나목』에서 '회색'으로 대응되고, 이것은 곧 '생기 잃은 삶'의 이미지로 귀속된다.

주인공 '나(이경)'는 두 오빠, 혁과 욱을 한국전쟁 통에 잃고, '부연 회색'이 된 어머니와 함께 살고 있다. 가족의 일원으로서 겪은 아픔과 상처로 인해 고가(古家)에 함께 살면서도 서로에게 "애정이라든가 의무" 같은 것에 묶여 있지도 않은 채, 둘 다 "고가의 망령"이 되어 가고 있었다. 정신을 놓은 어머니 대신 생계를 책임져야 하는 이경은 미8군 PX 초상화부에 취직한다.

나는 어머니가 싫고 미웠다. 우선 어머니를 이루고 있는 그 부연 회색이 미웠다. 백발에 듬성듬성 검은 머리가 궁상맞게 섞여서 머리도 회색으로 보였고 입은 옷도 늘 찌들은 행주처럼 지쳐 빠진 회색이었다. 그러나 무엇보다도 견딜 수 없는 것은 그 회색빛 고집이었다. …(중략)… 나의 내부에서 꿈틀대는, 사는 것을 재미나 하고픈, 다채로운 욕망들은 이 완강한 고집 앞에 지쳐가고 있었다.(『나목』, pp. 21~22)

화자 '나'가 희구하는 '다채로운 색채가 있는 삶'이란 살맛나는 그것이자, 한국전쟁 이전의 일상, 오빠들이 살아 있을 때의 완전체로서의 세계를 의미한다. 이것은 오빠들의 죽음과 함께 회색빛으로 대체되고, 그녀의 살맛을 앗아간다.

그때의 생활은 온통 소란스럽고도 신나는 음향으로 가득 차 있었던 것 같다. 음향뿐이 아니다. 여러 가지 색채, 위태롭도록 다채롭고 현란한 색채가 있었던 것 같다.(『나목』, p. 23)

'다채로움'의 갈망과는 달리 부연 회색빛 일상에 찌들어 위악(僞惡)을 떨며 지내던 어느 날, 초상화부에 '옥희도'란 환쟁이가 들어오게 된다. 이경은 여느 환쟁이들과 다름없이 그를 대접하지만, "아주 황량한 풍경의 일각 같은 것이 그의 눈 속에 깊이 잠겨 있는 것"을 발견하고는 그에게 호기심을 갖게 된다. 김윤식은 이경이 옥희도의 눈에서 '황량한 풍경'을 알아차리는 것은 기실 그녀 자신의 그토록 발랄한 눈빛 속에 형언할 수 없는 황량한 풍경을 은밀히 감추고 있었던 탓이라고 분석했다. 그러한 공통분모로 인해 본능적으로 서로를 알아봤다는 것이다.[070]

---

070 김윤식, 『낯선 신을 찾아서』, 일지사, 1988, p. 45.

박완서는 작품 초입부터 이렇게 강렬하게 대비되는 '색'으로 삶의 분위기와 주인공 화자가 처한 현실을 묘사하고 있다. 그가 화가 박수근을 조명하려는 의도와 매치하는 전략으로 내세운 『나목』을 감싸고 있는 색채감, 색의 이미지, 시각적 풍경은 작가가 말하고자 하는 주제와도 밀착되어 있다. 그것들의 대비와 묘사를 통해 전쟁으로 겪게 된 비극적 현실을 극대화하고, 화가 박수근에게 다가가는 통로를 여는 데 성공한다. 이 작품이 그의 데뷔작임에도 불구하고 작가로서의 무한한 잠재력과 저력이 작품 안에 응축되어 있음을 확인할 수 있는 대목이다.

이경이 PX 전공(電工) '황태수'를 통해 옥희도가 '진짜 화가'라는 사실을 알게 되면서 옥희도에 대한 탐구는 가속이 붙는다. 미군에 아부하며 입에 풀칠하기 바쁜 환쟁이들과 미군과 국제결혼을 꿈꾸는 아가씨들, 과거의 망상에 사로잡혀 사는 어머니의 틈바구니 속에서 살맛과 생기를 잃고 시들던 이경에게 진짜 화가 옥희도는 다채로움으로 다가왔고, 그의 가난과 곤란에 연민을 느끼게 된다. 연민은 연정이 되어 이경은 옥희도를 마음에 품는다.

침팬지만이 사람들한테 아첨 떨기를 멈추고 한껏 외롭게 서 있었다.
그의 고독이 가슴에 뭉클 왔다. 사람과 동물로부터 함께 소외된 짙은 고독과 절망.(『나목』, p. 85)

함께 하는 퇴근길 명동에서 본 태엽 풀린 '침팬지의 고독'은 옥희도의 그것과 닮아 있다. 이경은 순간 그의 고독에 자신이 닿을 수 없음을 직감한다. 고독은 그 누구도 닿을 수 없는 각자의 영역일 뿐이다. 어머니의 것도 그렇고 이경의 것도 그렇다. 김윤식은 이 장면에서 옥희도의 고독, 침팬지의 고독은 결국 이경마저 소외시키는 장벽인 셈이라고 했다. 이것은 옥희도의 고독을 훔쳐본 것이기도 하고, 이경의 고립된 상황, 그 상처를 들여다본 행위이기도 하다.[071] '침팬지의 고독'이라는 상징체계는 이경이 옥희도에게 끌리고 있지만, 결코 그의 세계에 다가가서 안주할 수 없음을 암시하고 있다. 이것은 또한 전쟁이 몰고 온 상실과 빈핍의 한복판을 통과하는 예술가의 외길에 드리워진 잔인한 현실의 벽을 의미하기도 한다.

결국 옥희도는 현실의 벽에 갇힌 진짜 화가로서의 존재감을 되찾기 위해 칩거에 들어가고, 이렇게 시작된 옥희도의 부재를 견딜 수 없는 이경은 주급(週給)을 건넨다는 핑계로 옥희도의 집을 찾아가서 그의 그림을 보게 된다.

나는 캔버스 위에서 하나의 나무를 보았다. 섬뜩한 느낌이었다.
거의 무채색의 불투명한 부연 화면에 꽃도 잎도 열매도 없는 참담한 모습의 고목이 서 있었다. 그뿐이었다.
화면 전체가 흑백의 농담으로 마치 모자이크처럼 오톨도톨한 질감을 주는 게 이채로울 뿐 하늘도 땅도 없는 부연 혼돈 속에 고목이 괴물처럼 부유하고 있었다.(『나목』, p. 256~257)

---

071 앞의 책, p.46.

"삶의 기쁨이 여러 형태의 풍성한 빛깔로 나타난 그림들을 사랑"하던 이경은 "한발에 고사한 나무" 같은 그의 그림 속에서 삶의 "빈곤과 절망"을 읽는다. 이경은 그것이 그의 아내 탓인 것만도 같고, 전쟁 탓인 것만도 같다. 이경은 그의 '기갈'을 느끼지만 다다를 수 없어 서글프다. '침팬지의 고독'에 이어 그의 화풍에서도 다다를 수 없는 경계를 직감한 것이다.

어떤 것도 뜻대로 되지 않는 일상에 지쳐 이경은 결국 일탈을 감행하고, 그곳에 미군 '조'가 있다. 이경은 지긋지긋하게 그녀를 억압하고 짓누르는 대기(大氣)에서 벗어나고만 싶다.

나는 고치를 벗고 훨훨 날개를 가질 수 있을 것 같았다. 날개를, 나를 꼼짝 못하게 가둔 두터운 고치로부터 자유로워질 수 있는 날개를 갖는 것이다. 날개를.(『나목』, p. 275)

그러나 '조'와 하나가 되기도 전에 이경은 '핏빛' 환각에 빠져든다.

어머니가 정성들여 다듬이질한 순백의 홑청을 붉게 물들인 처참한 핏빛과 무참히 찢겨진 젊은 육체를, 얼마만큼 육체가 참담해지면 그 앳된 나이에 그 영혼이 그 육체를 떠나지 않을 수 없나, 그 극한을 보여주는 끔찍한 육신과, 그 육신이 한꺼번에 꽂아놓은 아직도 뜨거운 선홍의 핏빛을 나는 본 것이다.(『나목』, p. 278)

"나를 꼼짝 못하게 가둔 두터운 고치"는 부연 어머니도, 시시한 일상도, 옥희도의 아내도 아닌, 바로 '나', 이경의 상처였다. '이지러진 지붕을 가진 고가'와 하나가 되어, 그것의 망령이 되어 떠도는 것도 바로 자신의 상처였다. 전쟁이 몰고 온, 전쟁이 앗아간, 전쟁이 남긴 "살고 싶었다 죽고 싶었다" 하는 자신의 상처를 비로소 직시하게 된다. 이것은 바로 오빠들의 죽음에서 연유한 거다. 참척의 비통을 치른 후 의치를 빼놓은 어머니는 "20년은 더 늙어" 보였고, 아주 낯선 "부연 눈"을 가지게 되었다. 삶의 모든 다채로움을 부연 회색빛으로 뒤덮은 그 사건이 모녀에게 살맛과 생기를 앗아가버렸다.

살아남은 자는 어느새 죄인이 된다. 특히 아들 둘을 잃고 딸 하나가 살아남은 집안에서 딸은 죄인일 수밖에 없다. 이경은 오빠들을 죽음의 행랑채로 보내고 혼자 살아남은 죄의식과 함께 머릿속이 텅 빈 부연 어머니를 짊어지고 살아가는 천형(天刑)을 매일매일 되풀이한다. 모두 전쟁이 몰고 온 참상이다. 그것에 의해 철저히 파괴된 소시민의 일상이다.

결국 "죽음보다도 살려는 의지 없는 삶이 더 두려운" 이경을 두고 "살려는 의지 없던" 어머니는 "아주 즐겁던 날의 표정을 닮아가면서" 임종을 한다.

어머니마저 떠나가자, 고치를 스스로 찢어내고 비상을 꿈꾸는 이경은 황태수와 옥희도를 한자리에 불러 모험을 감행한다. 황태수에게 옥희도와 서로 사랑하는 사이라는 것을 밝히는 순간, 황태수는 격노하고 옥희도는 시인한다.

"오, 어떡하면 자네가 알아줄 수 있을까? 내가 살아온, 미칠 듯이 암담한 몇 년을, 그 회색빛 절망을, 그 숱한 굴욕을, 가정적으로가 아닌 예술가로서 말일세. 나는 곧 질식할 것 같았네. 이 절망적인 회색빛 생활에서 문득 경아라는 풍성한 색채의 신기루에 황홀하게 정신을 팔았대서 나는 과연 파렴치한 치한일까? 이 신기루에 바친 소년 같은 동경이 그렇게 부도덕한 것일까?"(『나목』, p. 360)

인용문처럼 자신의 모든 것을 발설한 옥희도는 이경 역시 자신을 사랑한 것이 아닌, 자신을 통해 "아버지와 오빠를 환상하고 있었다"고 말해주며, 그 "환상으로부터 자유로워지라"고 일깨워준다. 이렇게 회색빛 갈증에서 시작된 신기루 같은 연정은 마치 신기루처럼 일순 사라져버리고, 이경은 그 후 재회한 황태수와 다시 연을 맺는다.

결혼식을 치르자마자 황태수의 주장으로 고가는 철거하게 되고, 이경은 "그 해체를 견딜 수 없는 아픔"으로 지켜본다. 그것은 마치 자신의 해체와도 같았고, 해체된 그 자리에는 "쓸모 있고 견고한" 그렇지만 "속되고 네모난" 현대식 건물이 들어선다. 그렇게 이경은 재설계된 인생을 살게 된다.

이경은 전쟁의 상처와 젊은 날의 방황을 뒤로 하고도 여전히 남편 황태수가 "미처 소유하지도 상처 내지도 못한 또 하나의 나, 그의 체온이 끝내 덥힐 수 없었던 또 하나의 나"와 동거중이다. 사소하고 때론 속되고 무의미한 일상을 살며 어느덧 중년의 부인이 된 지금, 이경은 옥희도 유작전에 가서 한 그루의 커다란 나목(裸木)을 본다.

김장철 소스리 바람에 떠는 나목, 이제 막 마지막 낙엽을 끝낸 김장철 나목이기에 봄은 아직 멀건만 그의 수심엔 봄에의 향기가 애닮도록 절실하다.

그러나 보채지 않고 늠름하게, 여러 가지들이 빈틈없이 완전한 조화를 이룬 채 서 있는 나목, 그 옆을 지나는 춥디추운 김장철 여인들.

여인들의 눈앞엔 겨울이 있고, 나목에겐 아직 멀지만 봄에의 믿음이 있다.

봄에의 믿음. 나목을 저리도 의연하게 함이 바로 봄에의 믿음이리라.(『나목』, p. 376)

지난날 이경이 한발 속의 고목이라 여긴 것이 사실은 봄에의 믿음을 간직한 '나목'이었음을, 그것이 바로 옥희도 자체였음을 깨닫게 된다. 그 믿음 하나로 "온 민족이 암담했던 시절"을 꿋꿋이 견디며 잉태한 〈나무와 여인〉. 이경은 그 곁을 잠시잠깐 스쳐간 춥디추운 김장철 여인에 불과했던 것이다.

이경의 속된 일상에는 남편 황태수가 기다리고 있다. 옥희도의 이경과 황태수의 이경은 이렇게 경계를 넘나들며 삶을 지속한다. "나무들이 서로의 거리를 조금도 좁히지 못한 채 바람이 간 후에도 마냥 떨고 있듯이" 인간군상의 삶도 크게 다르지 않다.

『나목』에는 유난히 '그 가을의 처절하도록 노오랬던 은행나무'가 반복적으로 등장한다. 그것을 보며 주인공 이경은 "살고 싶고, 죽고 싶고를 번갈아가며 격렬하게 소망"하게 된다. 이것은 오빠들의 죽음과 연관된 빛깔이다. 이후에도 노란 은행나무는 틈틈이 그의 여러 작품에 모습을 나타내고, 심지어 박완서의 아차산 자택도 담을 노란색으로 칠해 '노란집'이란 별칭까지 얻었다. 이처럼 박완서는 『나목』에 자신의 소설적 자산 거의 대부분을 쏟아 부었다. 『나목』을 정독하다보면, 박완서 전 작품에 등장하는 제재 및 테마를 거의 모두 찾아낼 수 있을 정도다.

『나목』이후 작품에는 박수근이 아닌 한국전쟁체험이 작품의 중심축을 차지하게 되므로 전쟁체험의 현장과 오빠의 죽음, 전쟁 전후의 일상의 변화 등이 좀 더 구체화되는 경향을 보이고, 소설 속 허구가 좀 더 실제적인 모습으로 변모한다. 대표작으로는『목마른 계절』[072]『그 많던 싱아는 누가 다 먹었을까』[073]『그 산이 정말 거기 있었을까』[074] 등이 있다.『그 많던 싱아는 누가 다 먹었을까』와『그 산이 정말 거기 있었을까』는 사실상 연작인 셈으로,「엄마의 말뚝 1」[075]「엄마의 말뚝 2」[076]와 스토리라인이 거의 동일한 동선을 그리고 있다.「엄마의 말뚝 1」은 유년시절에 대한 회상이 중심부를 차지하고 있어, 성장소설적 성격을 띠고 있고,「엄마의 말뚝 2」는 전쟁트라우마로 내재화된 상처가 마취를 통해 무의식의 세계로부터 탈주하여 현재의 일상에 그 모습을 드러내는 형식을 취하고 있다. 엄밀히 말하면「엄마의 말뚝 2」는 전쟁트라우마에 관한 것이다.『나목』역시 전쟁의 상처가 트라우마로 내재화되는 과정을 보여주고 있다. 다만「엄마의 말뚝 2」와 다른 점은, 시대배경이 한국전쟁 직후라는 것이다. 따라서 한국전쟁과 상관없는 일상에 고질적으로 파고드는, 나타나는 트라우마의 형태가 아닌, 현재진행중인 상처인 것이다. 하지만 이 상처도 종국에는「엄마의 말뚝 2」에서처럼 이제는 어디에도 전쟁의 흔적이라곤 찾

---

072 박완서,「한발기」(『여성동아』1971.7~72.11 연재);『목마른 계절』, 수문서관, 1978년 재출간.

073 박완서,『그 많던 싱아는 누가 다 먹었을까』, 웅진출판사, 1992.

074 박완서,『그 산이 정말 거기 있었을까』, 웅진출판사, 1995.

075 박완서,「엄마의 말뚝 1」,『문학사상』, 1980.9.

076 박완서,「엄마의 말뚝 2」,『문학사상』, 1981.8.

아볼 수도 없는 소시민의 일상에 불쑥 찾아와 과거의 상처로 그들을 이끌 것이다. 『나목』의 결말에 그런 징후들이 암시되어 있다. 장편소설 중 『미망』[077]에도 한국전쟁이 등장한다. 그러나 이 작품은 19세기말부터 20세기에 걸쳐 펼쳐지는 '송상(松商) 전처만 일가(一家)'의 흥망성쇠를 다루는 과정에서 시대배경으로 등장하는 것으로 한국전쟁 단독으로 의미화된 것은 아니다.

정호웅[078]은 『목마른 계절』[079]이 앞에 거론된 작품들에 비해 '적치(赤治) 3개월'[080]의 실상을 가장 넓고 깊게 반영한 작품이라고 평가했다.[081] 책의 구성 자체가 1950년 6월부터 이듬해 5월까지 시간의 흐름을 따라 박완서의 기억의 재구가 일사불란하게 형상화되어 있기 때문이다. 발표시기가 등단 직후인 것으로 봐서 『나목』 이후 본격적으로 한국전쟁체험을 증언하고자 하는 욕구가 팽배한 시점이었을 것이다.

『목마른 계절』의 '하진'은 『나목』의 '이경'과 닮아 있다. 갓 스물의 연령도 그렇고, 위악을 떨며 당차게 자신의 삶을 헤쳐 나가는 그 주도적 모양새도 그렇다. 하진은 이분법적 이데올로기에 맥없이 휩쓸려 자기정체성을 상실하거나 하지 않는다. 그것이 전쟁의 형태로, 사상검증의 형태로, 폭력의 형태, 가족적 비극으로 다가와도 꿋꿋이 맞서 결국 자신의 판단

077 박완서, 「미망」, 「문학사상」, 1985~89.
078 문학평론가, 홍익대 국어교육과 교수.
079 박완서, 「목마른 계절」, 세계사, 2012(이후 인용문은 제목과 페이지만 표기-인용자).
080 1950년 6월 28일에서 9월 28일까지, 살아남기 위해 모든 것을 견뎌야 했던 인민군 통치하 3개월을 '적치 3개월'이라 한다(정호웅, 「타자의 시선과 맞겨루는 주체」, 「목마른 계절」, 2012, p. 436).
081 위의 책, p. 438.

과 결단을 지켜내는 강인한 인물이다.

한편 하진의 단짝친구 '향아'는 화려한 외모의 소유자이면서 부유한 집안 출신에, S대에 다니는 엘리트 청년 '민준식'을 약혼자로 두고 있는데다가 본인은 E여대 재학 중인 소위 부르주아다. 그녀는 사상이란 "분노에서 출발"하는 것이며, 분노는 "불공평에 대한 것"인데 이것을 뛰어넘을 혁명적 해법이란 사실상 없다고 단정하는 인물이다. 민청 지하조직의 일원이었던 하진을 빨갱이라 서슴없이 칭하고, 무산계급이니 유한계급이니 아무리 떠들어대도 "사실상 아무것도 하지 못하는 주제"라고 힐난한다.

사실 향아와 민준식의 약혼은 향아의 아버지인 박만홍 의원과 민준식의 아버지인 민 사장 사이의 계획된 혼담에 의한 결연이다. 케케묵은 양반족보까지 탐하는 졸부로 묘사되는 박만홍은 대대로 양반집안에 사업까지 번창한 민 사장의 아우라에 압사할 듯 기가 질리면서도 게걸스럽게 탐한다. 이들의 묘사에 동원된 천박한 물질주의와 속물근성, 철 지난 양반의식은 이후 박완서의 세태소설류에서 갖가지 인간군상에 덧칠되어 변주된다.

하진에게는 서울 근교에 있는 농업학교 교사로 지내는 오빠 '열'이 있다. 열은 꽤 상부에 해당하는 좌익조직에 몸담고 있었으나, 전향인지 도피인지 알 수 없는 모호한 태도로 '선생질'에 안주함으로써 하진을 당혹스럽게 만드는 인물이다. 하진에게 있어 10년 차이의 열은 아버지이자 스승이자 동지인 그런 존재다. 그런데 자신의 좌표가 길을 잃고 헤매는 것이다. 그러나 열의 아내는 그의 변모가 곧 행복이다. 그곳에는 이제 "지긋지긋한 생활고"도 없고, 좌익색출의 "검거 선풍"이 불어 닥쳐도 끄

떡없는 안전과 안락이 있다. 이처럼 『나목』에 등장하는 두 명의 오빠, 그들의 죽음의 방식에 비해 『목마른 계절』에서의 오빠의 밑그림은 허구가 제거되어 훨씬 더 사실적 색채를 띠고 있다. 『나목』 이후 본격적으로 자신의 한국전쟁체험담을 소설로 남겨보겠다는 작가의 의지가 엿보인다.

하진은 최고 대학이라는 S대도 시시하고, 애매한 태도의 열도 미심쩍고, 향아네의 천박한 부(富)도 역겹지만 자기 집의 옹색함도 조여들 듯 의식된다. 그런데 이상하게도 향아의 약혼자 민준식만은 끈덕지게 맴돌며 그의 "날카롭게 날이 선 관능"을 되새기게 만든다. 그가 그 비장의 관능으로 자신의 "감각의 생경한 겉껍질을 찌른" 이후, 그 새로운 "감각의 각성"은 "일순에 지나가버리지 않는 무엇"을 남기며 끈질긴 인연을 예고한다. 이것이 1950년 6월, 한국전쟁 직전에 처한 인물들의 현장이다.

하진이 묘사하는 집안풍경은 거짓 안정과 안전으로 쌓아올린 가짜 행복, 가짜 평화의 요람이다. "공부만 하라"는 오빠의 당부는 모두 그 가짜들의 뒤를 받치기 위함이다. 하진은 이것이 오빠의 전향을 합리화하기 위한 변명일 뿐 결국 그들이 지향하는 사상에 대한 배반이라 여긴다.

"듣기 괴롭구나. 배반이란 소리가. 너도 알다시피 난 너무 일찍부터 생활이란 고된 짐을 걸머졌잖니? …(중략)… 그러면서 늘 생각했지. 정녕 배우고 싶다든가, 먹고 싶다든가 하는 인간의 정신과 육체의 이 두 가지 근원적인 허기증만이라도 좌절당하지 않을 사회의 실현은 불가능한 것일까 하고, 그것을 가능하게 하기 위해선 위협도 무릅쓸 수 있을 것 같은 나의 천진한 용기와 정열을 이용하고 배반한건 오히려 그들이었어."(『목마른 계절』, p. 40)

좌익의 실체에 환멸을 느끼고 발을 뺀 것은 열의 자발적 각성이었지만, 아직 하진에게 그 진정성이 전달되지 않은 채 이들은 이데올로기전(戰)의 광풍이 불어 닥치는 한국전쟁의 한복판으로 휘말리고 만다. 이것이 비극의 서막이다. 하지만 하진은 미처 그 비극을 감지하지 못한다. 여전히 "두려움과 기대가 반반 뒤섞인 야릇한 흥분"으로 전쟁을 바라보는 설익은 이상주의자에 불과하다.

전쟁이 살육과 파괴만이 목적이 아닐진대 반드시 썩고 묵은 질서의 붕괴와 찬란한 새로운 질서의 교체가 뒤따를 것이 아닌가?(『목마른 계절』, pp. 42~43)

인용문은 열의 회의(懷疑)와 하진의 이상(理想)이 극명하게 노선을 달리함을 보여준다. 하지만 이들은 아직 모르고 있었다. 전쟁이란 회의도 이상도 용납하지 않는다는 것을. 일순 극악무도하게 밀고 들어와 사람도 사상도 체제도 잔인하게 난도질해 실체는 뭉개버리고 허상만을 남긴다. 이념의 갈림길은 두 갈래이지만, 어느 것을 선택하든 삶보다는 죽음에 더 가깝다. 그럼에도 불구하고 빨갱이든 흰둥이든 둘 중 하나를 선택하도록 강요받거나 강요한다. 그것이 한국전쟁의 실체다. 전쟁이 발발되자마자 기선을 제압한 인민군의 기세에 하진은 들뜨고 예전 동지들이 찾아든 열의 회의는 깊어만 간다.

『목마른 계절』은 이와 같이 박완서 작품 중 드물게 이데올로기를 전면에 내세워 첨예하게 대립양상을 전개한 작품 중 하나다. 자신의 신념과 사상을 거침없이 내뱉는 하진은 그래서 생기 있고 살아있는 캐릭터로 분할 수 있었다. 전쟁에 대한 철저한 오해로 출발한 하진은 이후 전개되는 참혹한 전쟁의 실상과 사상대립의 폭력성을 절감하며 그 실체에 서서히 눈뜨게 된다.

하진의 사상에도 회의가 물들기 시작한 것은 S대를 점령한 인민군의 핏빛사상의 집요함 탓이다. 남으로 남으로의 "붉은 침윤"은 하진으로 하여금 온통 한발(旱魃)로 뒤덮은 환각을 보게 한다. 인민군의 기세를 등에 업은 하진네의 불안한 평화는 핏빛예고처럼 서늘하다.

> 붉은 건 칸나뿐이 아니었다. 정면 벽 중앙에 늘어진 붉은 깃발, 그 깃발을 중심으로 빽빽이 붙여진 벽보의 핏빛 글씨들-혁명, 원쑤, 타도, 투쟁, 당, 인민, 수령, 영광, 애국-머리가 아찔하도록 집요한 투지, 집요한 증오, 그리고 애국.(『목마른 계절』, p. 93)

인용문에 언급된 것처럼, 남침한 북한군의 폭력적 이념 전파에 실망한 하진은 전쟁이나 북의 실체에 대해 허상을 품었던 자신의 신념에 회의를 품게 된다. 신념과 연정 속에서 갈피를 잡지 못하게 하는 데 결정적 역할을 담당해왔던 민준식과의 재회는 더욱 하진을 혼란스럽게 만든다. 부잣집 도령이었음에도 불구하고 좌익인사가 된 그는 출신성분의 오명을 벗으려 더욱 핏빛 감도는 전투장, 북으로 떠나버리고, 이 과정에서 무엇인가 크게 잘못되어 가고 있음을 직감한 하진은 자신의 스승이자 동지인 오빠 열을 찾게 된다. 그에게서 구원받고자, 그 깊은 회의에 무엇이 있었는지 그 문을 열어보기 위해 뒤늦게 내달리지만, 회색빛 고뇌에 뒤덮인 채 그는 이미 의용군으로 끌려간 뒤였다.

구이팔 서울수복으로 핏빛세상은 다시 태극기로 물들지만 그 기세와 열기는 핏빛세상과 쌍둥이처럼 닮았다. 이 부분이 작가가 한국전쟁 당시 가장 문제의식을 가진 부분이라 할 수 있다. 어느 진영이 점령하든 국가 차원의 권력이 국민에게 가하는 폭력성과 그 부패상은 동일하다는 비판 의식을 담고 있고, 최대의 피해자는 최전선에서 총알받이로 전락한 국군 장병들과 자신과 같은 소시민임을 주장하고 있다.

전쟁도 이 나라의 지병인 부패에 경종이 될 수는 없었다. 장사에 열중한 장교와 총 대신 사모님 부엌 시중들기를 열망하는 사병과, 사치와 특권을 마음껏 누리는 사모님족이 생겼다. 목불인견의 부패상이 도처에 있었으나 그러나 성급히 절망할 것은 아니었다. 왜냐하면 그보다 훨씬 더 많은, 몇 천, 몇만 배 더 많은 장병들은 초인적인 용감성을 보여 전선은 신속하게 북상하여 갔기 때문이다.(『목마른 계절』, pp. 224~225)

이 대목에서 작가의 목소리가 덧입혀진 하진의 심경의 변화가 엿보인다. 서울이 다시 태극기로 물들자, 적색분자로 낙인찍힌 하진은 꼼짝없이 취조를 당하게 된다. 그러나 그녀는 이러한 상황 속에서도 당당하게 정체성을 잃지 않고 맞선다. 그리고 자신이 감지한 핏빛혁명에 대한 의문과 회의에 적극적으로 대처한다.

요즈음의 사람들이 사람을 보는 눈은 남녀의 성별도 용모의 미추도 직업의 귀천도 아니요, 다만 빨갱이냐 흰둥이냐였다. 죄목 중 으뜸가는 것이 빨갱이였고 그 밖의 죄는 어떤 파렴치 죄건 사람들은 관용할 수 있었다. …(중략)… 빨갱이와 흰둥이의 죽고 죽이는 일의 순환에서 벗어날 수 있는 또 하나의 색은 없는 것일까? …(증략)… 그녀는 동기간끼리의 직감으로 자기의 방황과 흡사한 또 하나의 방황을 열이 하고 있음을 안다. 그의 방황은 얼마나 위대한가. 그는 싸움터에 있는 것이다. 어디에 대고 총을 쏘아야 할지도 모르는 방향감각이 마비된 바보가 총을 들고 싸움터에 서 있는 것이다.(『목마른 계절』, pp. 239~240)

박완서의 창작욕망 대로 『목마른 계절』에는 한국전쟁 전의 한국사회, 적치 3개월의 현장, 구이팔 서울수복 후 서울의 민심과 풍경을 아주 상세하게 증언하고 있다. 이 증언은 단순한 스케치를 넘어 당시 작가가 보고 듣고 느낀 것을 하진을 통해 재현하는 방식으로 전개되고 있다. 우리 민족은 '빨갱이'와 '흰둥이' 외에 선택의 여지가 없는 삶에 휘둘리고 있었다. 이것은 결국 현장의 삶과 동떨어진 채 폭력과 배반, 복수만이 난무하는 이데올로기에 의한 것이라는 자각으로부터 이념논쟁을 혐오하게 된다. 하진과 열은 결국 양비론(兩非論)에 빠질 수밖에 없는, 둘 중 하나를 선택하도록 강요받으나 어느 것도 옳다 느끼지 못하는 깊은 수렁에 빠져들게 된다.

전쟁기 소설 중 한국전쟁이 제기한 이념문제의 수용 양상은 세 가지로 분류할 수 있다. 첫째, 이데올로기의 극한적인 대립을 보여주는 가운데 공산주의 이념의 허구성과 폭력성을 드러내는 양상이다. 둘째, 이념 선택이 극한적 상황에서 살아남기 방식의 하나임을 보여주는 양상이다. 셋째, 이념의 폭력성과 무차별성에 의해 이념 선택과는 무관한 순박한 민중들 개개인이 희생되는 양태를 통해 이념의 폭력성과 전쟁에 대한 비판의식을 드러내는 양상이다.[082] 박완서의 전쟁·분단제재소설에 등장하는 이데올로기는 사실 세 가지 양상이 모두 혼재되어 있다고 해야 할 것이다. 좌익사상에 심취했던 오빠의 뒤늦은 전향, 살기 위해 전세(戰勢)에 따라 어느 쪽이든 가세해야만 했던 전쟁 중의 현실, 이데올로기와 무관한 소시민들이 전쟁에 의해 일상이 파괴되고, 가족을 잃고, 이것이 트라우마로 내재화되는 과정을 그린 소설들이 그의 작품세계를 이루고 있기 때문이다. 이러한 것들이 결국 이데올로기의 허구성과 폭력성을 드러내는 것이 아니겠는가. 하진과 열은 이 논쟁의 한가운데를 점유한 인물들인 것이다.

태극기의 물결도 잠시, 중화인민공화국이 가세한 북쪽의 기세는 다시 거세지고, 의용군에서 이탈한 열은 전쟁의 참상을 온몸에 피폐하게 아로 새긴 채 귀향한다. 모두들 다시 남으로 피난길에 오르지만, 시민증이 없는 의용군 출신 열의 존재는 하진의 가족을 또다시 옭아매고, 엎친 데 덮친 격으로 열은 오발탄에 총상까지 입게 된다.

남겨진 이들은 또다시 빨갱이로 지목받지 않기 위해 가짜 피난을 연출하고, 부족한 식량을 위해 빈집털이를 감행하는 등 끈질기게 삶을 연장한다. 열의 다리 총상은 차도가 없고, 끝내 피난을 가지 못한 가족의 생계를 책임지기 위해 밤마다 빈집털이에 나선 하진은 운명에 거칠게 맞서는 투지로 묘한 설렘과 흥분마저 느낀다. 그러다 아픈 할머니 탓에 피난을 가지 못한 '갑희'를 알게 되고, 그녀를 통해 피난 가지 못한 다른 사람

---

082   차원현, 「1950년대 한국소설의 분단 인식」, 「1950년대 문학 연구」, 예하, 1991, p. 120 참조; 김문수, 「한국 전쟁기 소설연구」, 국학자료원, 2013, p. 120 재인용.

들 역시 나름의 방식으로 생계를 유지하며 곤란을 견디고 있음을 알게 된다. 서울에 다시 일단의 인민군이 들이 닥치고, 거기에 또 민준식이 있었다. 재회한 하진과 민준식은 서로의 사랑을 확인하지만, 편짜기의 갈등은 둘 사이에도 예외는 아니다.

"이 더러운 동족상잔의 전쟁에 어차피 남자는 어느 편이고 선명하게 선택할 수밖에 없고, 인민군대는 내가 선택한 내 편이야. 자기편 선택이 선명치 못하고 갈팡질팡하다가는 진이 오빠 꼴이 되고 마는 거야."(『목마른 계절』, p. 340)

이념의 감옥에서 탈옥해 무조건 도망가자는 하진에게 민준식은 인용문과 같이 설득하고, 자신의 길을 고집한다. 다시 전세는 역전의 기미가 보이고, 이제 인민군은 피난 못간 사람들을 모두 끌고 북으로 갈 계획을 세운다. 이미 공산당과 인민군의 실상에 눈을 뜬 하진은 북으로 끌려가서는 안 된다고 생각하지만, 회피할 수 없는 올가미가 결국은 자신의 가족들을 옭아맬 거라 예감한다. 인민군의 성화에 아픈 오빠와 어머니를 남겨놓고 결국 자신과 올케는 북으로의 가짜 피난을 도모한다. '가짜 피난'을 전세에 따라 남으로 혹은 북으로 가야 하는 소시민의 상황을 연출한 것은 작가의 의도를 드러내고자 하는 강한 의지의 산물이다. 박완서는 이와 같이 엎치락뒤치락 하는 전세를 일일이 보여줌으로써 부질없는 편가르기와 이념의 공방으로 철저하게 파괴되는 것은 소시민들의 일상임을, 사람답게 살고자 하는 소박한 소망임을 고발하고자 하는 것이다.

북으로 가던 피난길에 한국군이 또다시 추격을 하며 따라잡기 시작하자, 그 틈을 타 돌아온 서울에는 열의 죽음과 정신을 놓은 어머니가 기다리고 있다. 하진은 그 강한 생명력과 생활력으로 또다시 가족의 생계를 책임지면서 전쟁의 모든 것을 기억할 것임을 다짐한다.

> "그렇지만 이 동족간의 전쟁의 잔학상은 그대로 알려져야 된다고 나는 생각해요. 특히 오빠의 죽음을 닮은 숱한 젊음의 개죽음을, 빨갱이라는 손가락질 한 번으로 저세상으로 간 목숨, 반동이라는 고발로 산 채로 파묻힌 죽음, 재판 없는 즉결처분, 혈육간의 총질, 친족간의 고발, 친우간의 배신이 만들어낸 무더기의 죽음들, 동족간의 이념의 싸움 아니면 도저히 있을 수 없는 이런 끔찍한 일들을 고스란히 오래 기억돼야 한다고 나는 생각해요."(『목마른 계절』, p. 431)

전쟁 통에 어이없이 남편을 잃은 올케가 아들 '찬'에게 또다시 복수를 다짐시킬 수는 없다며, "미친 지랄은 우리 세대로써 마감해야 한다"고 열변을 토하자, 하진은 인용문처럼 기억하고 낱낱이 전달해야 한다고 주장한다. 이것은 박완서의 생각이 하진을 통해 피력된 것이라 볼 수 있다. 이렇게 살아남은 자들도 영원히 지워지지 않을 상처를 남긴 채 전쟁은 골 깊이 새겨지고 말았다.

『목마른 계절』이 다른 작가들의 한국쟁체험소설과 비교해 기념비적인 면이 있다면, 실제로 피난을 가지 못한 박완서가 적치 3개월과 반복되는 전세의 역전으로 엎치락뒤치락한 서울의 풍경을 고스란히 기억으로 복원해냈다는 점이다. 앞서 한국전쟁의 발발과 전개, 휴전의 과정을 시대사적 관점에서 고찰하였다. 이와 같은 한국전쟁이 박완서의 소설에 그대로 복원된 것은 역사적으로도 가치가 있을 뿐만 아니라, 당시의 상황이 고스란히 재현된 소설로서도 가치가 있다.

그런데 『목마른 계절』은 이념의 공방과 공허함이 전면에 나선 것에 비해 가족구성원이나 주변인들의 캐릭터나 역할이 후기작에 비해 많이 왜소하다는 점이 눈에 띈다. 이에 반해 『그 많던 싱아는 누가 다 먹었을까』나 『그 산이 정말 거기 있었을까』, 연작소설 『엄마의 말뚝 1, 2, 3』은 주요 인물의 포커스를 오빠, 올케, 어머니 등으로 옮기며 변화를 주려고 노력한 흔적이 엿보인다. 또한 『목마른 계절』 이후 작품에서는 주인공을 3인칭으로 설정하여 작가의 목소리와 주인공 사이에 일정한 '거리두기'를 함으로써 소설적 효과를 노렸던 것과 달리 서술자를 1인칭시점 '나'로 하여 작가의 목소리와 서술자를 일치시키는 박완서 특유의 사소설적 특징이 전면에 나서게 된다.[083]

『나목』이 이후 집필되는 박완서 소설의 진원지이자 모태였다면, 『목마른 계절』은 한국전쟁체험소설의 전형이다. 『나목』의 이경과 『목마른 계절』의 하진은 『엄마의 말뚝 1, 2, 3』 『그 많던 싱아는 누가 다 먹었을까』

---

083 '나'를 주인공으로 해서 '나'의 의식세계를 그려나갈 때, '나'의 의식세계란 작가 자신이 지금까지 처한 세계에 대한 체험을 통해서 취한 자신의 과거의 기억들로 이루어진 세계이다. 이런 기술로 쓰여진 대표적 작품이 M.프루스트의 『잃어버린 시간을 찾아서』다. 이후 '나'를 주인공으로 해서 '나'의 과거를 기술해가는 것이 아니라, 자신을 제3자로 설정해서 전지전능의 입장에서 제3자의 의식의 움직임을 기술할 수도 있는 데, 대표적으로는 V. 울프의 『등대』를 꼽을 수 있다. 박완서는 '의식의 흐름'을 그대로 소설로 써보고자 했다고 대담에서 밝힌 바 있다. 그의 이런 의지는 작가 '나'를 주인공 삼아서 또는 제3자를 대리자 삼아서 기술하는 방식의 체험적 소설을 쓰는데 용이했다. 이때 3인칭이 등장하여도 작가 박완서의 전지적 작가시점의 개입으로 '나'와 다를 바 없는 영향력을 행사한다(김채수, 『문학이론 연구』, 박이정, 2014, pp. 218~219 참조).

『그 산이 정말 거기 있었을까』의 '나'로 거듭나 이야기를 지속해나간다.

　『그 많던 싱아는 누가 다 먹었을까』[084]는 박완서의 유년의 낙원이었던 '박적골' 시절부터 사대문안에 들고자 고군분투했던 '서울살이'를 거쳐 한국전쟁 발발 직후까지, 그가 미처『목마른 계절』에서 다루지 못한 내용까지 차근차근 기억을 담보로 써내려간 작품이다. 박완서는 서문에서 "이런 글을 소설이라고 불러도 되는 건지 모르겠다"며, "순전히 기억력에만 의지해서 써보았다"고 직접 밝혔다. 일명 '자화상을 그리듯이 쓴 글'이라고 부제까지 붙인 이 글을 '수기'라 해야 할지 '소설'이라 해야 할지 애매한 지점이 있다. 이러한 논쟁에 대해 스티븐 엡스타인(Stephen Epstein)[085]은 이 글이 기억력에 의존해서 썼다는 것은 중간에 소실된 지점들이 있기 마련이고 "지워진 기억의 틈새"를 상상력으로 메워나갈 수밖에 없다는 점에서 한 개인의 기억도 상상력의 영역으로 인정해야 한다는 점을 강조했다.[086] 그는 소설의 영역에서 이 작품이 다뤄져야 한다며, 이를 뒷받침하기 위해 홍상수 감독의 영화 〈오! 수정〉[087]을 예로 들었다. 〈오! 수정〉은 우리가 일상에서 경험하는 기억이 이해당사자들의 관점이나 해석

084　박완서, 『그 많던 싱아는 누가 다 먹었을까』, 세계사, 2012.(이후 인용문은 제목과 페이지만 표기-인용자)

085　스티븐 엡스타인은 뉴질랜드 웰링턴 빅토리아대학교에서 교수 및 아시아학술프로그램을 맡고 있다. 현대 한국 사회와 문학에 대한 광범위한 출판 작업을 진행하고 있다. 번역가 유영난과 함께 『그 많던 싱아는 누가 다 먹었을까』를 영문으로 번역한 바 있다.

086　프로이트는 후기 이론에서 환자가 회복한 기억들은 거짓이며 환상의 산물이라고 주장하였고, 프레드릭 바틀렛은 기억들을 상상적 재구성물로 보았다(서길완, 「기억, 트라우마, 증언」, 건대 대학원 영어영문학과 박사 논문, 2010, pp.2~3 참조).

087　이은주, 정보석 주연으로 2000년 개봉한 영화다. 일상의 기억이 인물들의 각기 다른 관점에 따라 어떻게 해석되고, 그것이 어떤 차이를 만들어내는지를 추적한 필름이다.

에 따라 얼마나 다르게 인식될 수 있는지를 여자와 남자의 시점에서 각각 보여준 실험적 영화다. 이처럼 기억이라는 것이 주관적이고, 각자의 해석에 따라 전혀 다른 전개 양상을 띠게 되므로 상상력이 개입된 주관적 서술로써 소설로 보자는 것이다.[088] 이런 논의에 대해 김윤식은 "서사시에서의 무시간성이 소설에서는 시간의 개입으로 말미암아 '창조적 기억'으로 정립된다"는 벤야민(Walter Benjamin)의 말을 인용하면서 박완서의 기억에 시간이 개입하면서 창조적 상상력으로서의 기억이 발현되었다는 측면에 힘을 실었다.[089]

본래 자전적 소설이라는 것 자체가 수기나 자서전과의 구분이 미묘한 장르다. 그럼에도 불구하고 수기라 칭하지 않고 소설이라 한 것은, 창작 동기가 개인적 신변잡기에 머무는 것이 아닌, 역사적 거대사건과 연관된 개인으로서 독자를 의식하고 쓴 창작 활동의 한 형태로 생산된 결과물이기 때문이다. 또한 작가는 이것을 소설이라 칭함으로 해서 자유로워진다. 기억의 소실이 일어난 지점에 대한 자의적 복원이 용납되고, 자신이 강조하거나 활성화시키고 싶은 부분에 대한 가미(加味)가 가능해지기 때문이다. "박수근 전기를 쓰려다 그를 살아 움직이게 하는데 소설적 기법이 더 적합해서 소설을 썼다"는 박완서의 후일담처럼, 이 작품 역시 그가 창조적 기억인 회상에 의해 재구한 창작물로 인정하고자 한다.

앞서 언급했듯이 『그 많던 싱아는 누가 다 먹었을까』는 일제 말기부터

---

088 스티븐 엡스타인, 「내다보기와 들여다보기: 몇몇 개인적인 기억들」, 『그 많던 싱아는 누가 다 먹었을까』, 세계사, 2012, pp. 288~289 참조.

089 김윤식, 『작가와의 대화-최인훈에서 윤대녕까지』, 문학동네, 1996, p. 39.

한국전쟁 발발 직후를 시대배경으로 하여 근대성을 획득해나가는 과정과 소시민의 도시일상성을 다룬 작품이다. 여기에서 짚고 넘어가려는 부분은『목마른 계절』의 도입부 직전의 내용이다.

『목마른 계절』의 가치를 남과 북의 전세가 계속 역전되는 서울의 풍경을 그대로 복원해 낸 점에 둔다면,『그 많던 싱아는 누가 다 먹었을까』의 가치는 광복 직후에 변화를 겪는 개성의 풍속과 민심에 대해 상세하게 기록해낸 점에 둘 수 있다. 이것을 통해 "삼팔선이란 추상적 선이 현실적으로 어떤 구속력을 갖게 되는지" 알 수 있도록 기술하고 있다. 박완서가 유사내용의 변주를 지속하면서도 각각의 작품마다 새롭게 평가받고 가치를 인정받으며 그토록 오랜 기간 집필할 수 있었던 것은 이처럼 작품마다 철저하게 구현된 변별점을 갖고 있기 때문이다. 이 작품에서 박완서는 깔끔하지 못했던 광복의 정세, 강대국의 개입이 결국 한국전쟁의 시발점임을 알리면서, 허망한 권력구조와 이데올로기에 의해 얼마나 많은 민초가 고초를 겪고 덧없는 죽음을 맞이해야만 했는지 시대의 복원을 통해 증언하고 있다.

『그 많던 싱아는 누가 다 먹었을까』로부터『그 산이 정말 거기 있었을까』[090]로 이어지는 한국전쟁체험은『목마른 계절』이나「엄마의 말뚝 2」에도 고스란히 재현되어 있고, 미8군 PX에서의 체험 부분은『나목』과 중복되는 이야기를 담고 있다. 작품 후반 에필로그는 작가의 분신으로 추정할 수 있는 주인공 '나'의 결혼 결심과 그 과정을 소개하고 있는데, 이 부

090　박완서,『그 산이 정말 거기 있었을까』, 세계사, 2012(이후 인용문은 제목과 페이지만 표기-인용자).

분은 단편 「여덟 개의 모자로 남은 당신」에 그대로 재현되어 있다. 이 밖에도 찾아보면 수많은 작품들이 그 안에 거의 다 뿌리를 두고 있다. 실제로 『그 산이 정말 거기 있었을까』에 등장하는 집이나 풍경이 작가의 어떤 작품의 제재나 원형이 되었는지까지 소설 속에 밝히고 있어 흥미롭다. 박완서의 기억과 그것을 복원하는 능력, 그것을 수많은 작품에 재현하면서도 각각의 색다른 이야기꾸러미를 만들어낸 점 등은 그의 문학세계를 평가하는데 빠트릴 수 없는 탁월함이다. 특히 전쟁체험을 재구한 소설류는 문학적으로도 가치가 있지만, 역사적 고증, 사료로서도 귀중하다. 박완서가 우리의 문화유산일 수밖에 없는 까닭이 여기에 있다.

『그 산이 정말 거기 있었을까』의 전쟁체험은 『목마른 계절』과 상당부분 내용이 겹치기 때문에 내용 분석보다는 변별점을 찾아볼 가치가 있다. 우선 하진의 시각을 통해 3인칭으로 진행되던 이야기가 일인칭 '나'로 시점이 옮겨오면서 훨씬 자유로워진 기미가 있다. 허구의 압박이 사라진 자리에 더 확고하고 명확한 사실의 묘사가 맨얼굴을 드러낸다. 특히 당시 풍속의 재현에 좀 더 힘이 실렸다. 또한 '나'를 비롯해 '오빠', '올케', '어머니'의 역할이나 개성이 좀 더 명확해지고 강화된 경향이 보인다.

소설은 다리에 총상을 입은 오빠로 인해 남으로 피난을 못간 시점부터 시작한다. 박완서가 초기작부터 묘사한 오빠는 아버지의 대리자이면서 존경의 대상이었다. 이런 인물 설정으로 인해 『목마른 계절』이나 『엄마의 말뚝』 연작에서 그려진 오빠상은 어느 정도 미화된 경향이 보였다. 그러나 이 작품부터는 오빠에 대해 좀 더 냉정한 거리를 확보하게 된다. 또한 오빠라는 인물은 이데올로기와 합체가 되어 부정성을 떠올리게 만든다. 작품 속 화자나 가족에게 오빠는 이미 긍지가 아닌 부담이 되어버린 것이다.

> 그렇게 잘나 보이던 오빠가 너무 보잘것없이 누워 있었다. 오빠는 예전의
> 그가 아니었다. …(중략)… 지금 아랫목에 누워 있는 건 오빠의 허깨비일 뿐
> 진정한 그는 아니다. 전선이면 보통 전선인가. 이데올로기의 전선 아닌가.
> 어떻게 온전하게 살아 돌아오기를 바라겠는가, 라는 체념 끝에는 분노가
> 솟구쳤다. 이데올로기 제까짓 게 뭔데 양심도 없지, 오빠 같은 죽음이 양
> 심의 짐이 안 되는 이데올로기 따위가 왜 있어야 하느냔 말이다. (『그 산이
> 정말 거기 있었을까』, p. 26)

화자의 독백으로 이뤄진 인용문에서 알 수 있듯이 오빠의 이미지에 이
데올로기와 더불어 부정성이 덧칠되고 전작에 비해 왜소해진 것에 반해
올케의 이미지는 좀 더 역동적이고 강인해진 경향이 보인다. 전작에서
올케는 순종적이고 여린 이미지였다. 일상에 안주하여 안락을 추구하는
소녀감성도 엿보였다. 그러나 이 작품에서는 '나'와 함께 동란을 주체적
으로 극복해나가는 인간형으로 거듭난다.

> 올케가 나더러 보급투쟁을 나가자고 했다. …(중략)… 올케는 어느 틈에 만
> 반의 준비를 해놓고 있었다. 장도리, 펜치, 끌, 드라이버, 손도끼 따위 이
> 집에 있는 연장은 모조리 찾아낸 것 같았다. 도둑질이 아니라 수틀리면 살
> 인도 하게 생겼다.(『그 산이 정말 거기 있었을까』, pp. 37~38)

인용문에서 알 수 있듯이 올케는 집안의 생계, 생명을 책임지는데 있

어 총상을 입은 남편 대신 주체적으로 삶을 개척한다. 작품 후반 에필로
그에 등장하는 올케는 화자와 더불어 가정의 안팎을 책임지는 가부장의
모습으로까지 발전한다.

『목마른 계절』에서 존재감이 미미했던 어머니 역시 『그 많던 싱아는 누
가 다 먹었을까』에서 보여준 '억척모성'에 이어 그 강인한 생활력과 '내리
사랑'의 열정으로 전쟁 통에 맞이하는 고비 고비를 가족과 함께 헤쳐 나
간다.

이와 같이 세 여자, '나'와 어머니, 올케는 남성이 부재한 가정의 빈자
리를 메우며 전후사회에 빠르게 적응해나가는 것으로 전쟁의 아픔, 상처
를 극복해나간다.

> 엄마에게나 나에게나 온몸을 내던진 울음은 앞으로 부드럽게 살기 위해 꼭
> 필요한 통과 의례, 자신에게 가하는 무두질 같은 게 아니었을까. 그러나
> 엄마하고 나하고 만날 수만 있었다면 둘 다 울지 않았을 것이다. 따로따로
> 니까, 서로 안 보니까 울 수 있는 울음이었다.(『그 산이 정말 거기 있었을까』, p.
> 324)

반대를 무릅쓰고 결혼을 강행한 '나'는 잠시 들른 친정집에서 어머니가
부재한 가운데 통곡을 한다. 이것은 화자가 부재한 사이에 어머니가 토
해낸 그것과 동류의 울음이다. 이것은 전쟁을 치른, 가족의 죽음을 삼켜
야 했던 그들의 살기 위한 통과의례 같은 것이다. 이제 전시에 갈고닦은
칼날은 접어두고 일상으로, 전쟁 이전의 일상으로 복귀해야 한다는 자각
의 행위다. 하지만 그가 토해낸 울음은 통과의례에 멈추지 않고 그의 문

학세계의 근간이 되고, 산실이 된다.

지금까지 전쟁체험의 현장이 그대로 드러난 작품들을 전쟁체험의 재구로 분류하여 고찰해보았다. 위 작품들은 내용상 반복적인 변주 양상을 보이고 있지만, 그것이 전략적이었든 그렇지 않든 간에 각기 다른 시점과 시차를 둠으로써 작품마다 개별성을 부여하는 데 효과를 보고 있다.

4. 전쟁트라우마의 내재화

박완서의 한국전쟁체험 창작모티브는 두 가지 구현 양상을 보이고 있다. 한 가지는 전쟁체험의 자전적 요소를 그대로 재구해낸 작품들이고, 다른 하나는 전쟁트라우마를 가진 인물들의 전후 삶을 추적하는 방식이다.

여기에서 다룰 구현 양상은 후자인데, 분석 텍스트는 두 가지 테마로 다시 분류할 수 있다. 하나는 전쟁의 기억이 전쟁트라우마로 내재화되어 전후 작중인물들의 일상을 간섭하는 억압기제로 활성화되는 양상을 띠는 작품들이다. 즉 '전쟁체험→트라우마로 내재화→억압기제로 활성화'의 변환과정을 거치게 되는데, 작품 속에서 다양한 형태로 변주된다. 다른 하나는 전쟁과 분단의 망각으로 분단의식의 고착화가 진행되는 일상의 한 단면이다. 이때 전쟁트라우마를 간직한 이들은 사회부적응의 양상을 보이고, 이를 잊고 현대 자본주의사회에 완벽하게 적응한 이들은 우리 민족의 고통은 망각한 채, '못 본 척하기'를 고수하며 오로지 물질주의와 속물근성에 사로잡혀 살아가는 모습을 포착한 것이다.

본고는 앞에 서술한 두 가지 특징이 두드러지게 나타나는 작품들을 전쟁트라우마가 내재화된 양상을 추적한 소설로 분류하였다. 전쟁트라우마는 특성상 전면에 드러나기보다는 수면아래 잠복하여 무의식을 지배하다 어떤 기제를 만나 수면위로 떠오르는 양상을 띤다. 전쟁의 기억이 무의식을 지배하는 이유는 무엇일까? 그만큼 인간으로서는 도저히 감당하기 어려운 참혹함을 담고 있기 때문이다. 이것은 시간이 흐른다 해서, 혹은 애써 외면한다 해서 잊을 수 있는 그런 류의 상처가 아닌 것이다. 이러한 특징이 엿보이는 주요 작품들을 분석하였다.

「세상에서 제일 무거운 틀니」[091]와 「부처님 근처」[092]는 한국전쟁체험으로 씻을 수 없는 상처를 입은 작중화자가 트라우마의 내재화로 인해 고통받는 모습을 그린 작품들이다. 이들에게 내재된 상처는 전후 일상에 불안심리나 체증 같은 형태로 발현되면서 그들의 일상을 간섭한다. 「카메라와 워커」[093]의 경우는 전쟁트라우마가 개인의 삶을 넘어 전후 사회 전반에 미친 영향까지 추적하고 있다. 「그 가을의 사흘 동안」[094]은 앞의 작품들과 달리 가족의 일원이 겪은 한국전쟁이 아닌, 주인공 자신에게 직접적인 상처를 남긴 한국전쟁을 서술하고 있다. 이를 통해 전쟁이 한 인간의 삶과 가치관을 얼마나 철저하게 파괴하고 복구할 수 없는 상처를 남기는지를 보여준다. 80년대에 발표한 이 작품은 70년대 박완서를 지배하던 증언이나 복수의 글쓰기를 넘어서는 사상성과 냉철함이 돋보이는 수작 중 하나로 평가할 수 있다. 「엄마의 말뚝」 연작 역시 박완서가 80년대 발표한 소설로, 그중 「엄마의 말뚝 2」는 어디에도 전쟁의 흔적이라곤 찾아볼 수 없는 중산층 화자의 일상에 불현 듯 찾아온 한국전쟁의 기억에 대한 이야기다. 이 작품을 통해 잠복된 전쟁트라우마가 얼마나 끈질기게 살아남아 그것을 간직한 이들의 일상에 발현되는지를 보여 주고 있다.

「세상에서 제일 무거운 틀니」[095]는 몇 가지 모티프의 조합으로 구성되

091 『현대문학』, 1972.8.
092 『현대문학』, 1973.7.
093 『한국문학』, 1975.2.
094 『한국문학』, 1980.6.
095 박완서, 「세상에서 제일 무거운 틀니」, 『어떤 나들이』, 문학동네, 1999, p.53~72(이후 인용문은 제목과 페이지만 표기-인용자).

어 있어 단지 한 가지 색채로만 분류하는 것이 용이하지 않다. 그러나 이 작품을 통해 저자가 강조하고자 한 것은, 우리는 다양한 경로로 억압을 받으며 살고 있다는 사실이다. 다만 그 억압의 기제는 신체·돈·꿈·집· 가족·제도·이데올로기·국가 등일 수 있다는 것을 작품 속에서 작가는 피력하고 있다. 작중화자는 이 억압의 실체를 번연히 알면서도 실체를 은폐하고 그 동통(疼痛)의 원인을 틀니에서 찾는다. 실체를 은폐하고자 하는 주인공의 다층적 심리를 해석해내고, 고통의 근원을 찾아내는 것이 이 작품의 중심에 들어서는 열쇠가 된다.

박완서의 맏딸 호원숙은 박완서의 셋째 딸인 호원경이 다니던 중학교 앞의 질퍽했던 진흙길이 「세상에서 제일 무거운 틀니」의 배경으로 등장 하고, 박완서가 실제로 사십대부터 틀니를 했다고 밝힌 바 있다.[096] 박완 서 소설에는 틀니가 많이 차용되는데, 아마도 이런 체험이 밑거름이 되 어 사실감 있게 적재적소에 쓰인 것으로 보인다.

「세상에서 제일 무거운 틀니」는 진창길에서 작중화자 '나'가 이웃집 설 희 엄마를 만나 도움을 받으면서 시작된다. 앞에서 밝혔듯이 실제 있던 학교 앞 진창길이 배경으로 채택된 것일 테지만, 두 사람의 만남이 서로 를 의지해서 빠져나와야 하는 '진창길'이라는데 의미가 있다. 이것은 현 재 두 사람이 빠져 있는 함정과 곤란을 상징한다.

설희 엄마는 고담(枯淡)한 물빛 항아리만을 그리며 생활인의 모습을 찾 아보기 힘든 남편과 발을 저는 딸을 가진 여성이지만 "모성애의 센티멘

096　박완서 외, 「행복한 예술가의 초상: 박완서 연대기」, 「현대문학」, 2011b, p. 98.

털"을 감지할 수 없다. 작중화자는 설희 엄마의 그런 강단이 좋다. 이런 인물됨은 앞으로 그녀가 자신에게 가해지는 억압기제를 극복하는 방식을 뒷받침해준다.

'나'와 설희 엄마는 이웃에 살 뿐만 아니라 아이들도 같은 A여중에 다니기 때문에 친밀한 사이가 된다. 설희 엄마가 학교의 정책이나 돈과 관련된 일련의 일들, 설희의 아픈 다리에 관하여 속내를 털어놓을수록 자신도 털어놓기에 동참하고 싶어 안달이 난다. 그러나 그리 하려면 '그 일'을 발설해야 하고, 그것의 발설은 이혼 문제를 포함해서 자신이 안착해 있는 안정적인 기반[097]을 모두 내려놓아야 하는 전제를 깔고 있어 침묵하게 된다. 이때 관심을 갖고 지켜봐야 할 것은 자신에게 주어진 억압기제에 대한 각 인물의 대응 양상이다.

우선, 고담한 물빛 항아리를 그리며 '나'에게 생활 밖 세상에 대한 동경과 꿈을 주던 설희 아빠는 예술작업의 산실을 접고, 생활을 위해 그것을 팔아치운다. 또한 우리나라를 떠나 미국의 보험회사 직원이 되는 것으로 생활의 궁핍이 가져다준 억압기제를 극복하려 한다. 설희 엄마 역시 한국에 살면서 겪은 모든 억압기제로부터 놓여나는 방법으로 설희 아빠를 뒤따라 도미(渡美)하는 길을 택한다. 그들의 '버리기'와 '떠나기'는

---

097 김윤정은 "주인공 '나'는 당대 사회가 여성에게 호명한 여성적 젠더의 삶을 수용할 수밖에 없다는 자포자기의 심정을 보인다. 이러한 결심은 거대 서사의 허위성에 대한 은폐의 속성을 띤다"고 보고, "담론의 허구성과 불완전성을 알지만, 그러한 담론체계를 유지함으로써 자신의 안전을 보장받고자 하는 것"이라고 분석했다. 그래서 결국 국가담론의 피해자인 여성인물이 남성 중심적 젠더담론을 수용함으로써 지배 권력의 담론에 공모하는 것으로 종결된다"고 보았다. 이것은 젠더 의식적 관점에서 분석한 것으로 상당부분 주인공 '나'가 겪고 있는 억압기제에 대한 대응양상을 설명해준다(김윤정, 앞의 책, p.70 참조).

자신들을 곤란에 빠트리는 억압기제를 벗어나기 위한 선택이다. 그들의 행동에는 주저가 없다. 그런데 '나'는 어떠한가.

> 이혼으로 남편의 아내 노릇, 두 아이의 어머니 노릇으로부터 자유로워진다고 생각하면 심한 무서움증을 느꼈다. 그것 말고 내 쓸모는 무엇일까?(「세상에서 제일 무거운 틀니」, p. 61)

설희네는 한국과 이혼을 하듯 떠나 미국으로 향했건만, '나'는 이혼으로 생기는 자유가 오히려 두렵다. 고통과 곤란의 원인을 알면서도 설희네처럼 떨치고 나아가지 못하는 것이다.

작중화자에게는 한국전쟁 때 하나밖에 없는 오빠가 의용군으로 나간 전적이 있고, 외딸에게 얹혀사는 노인네답지 않게 당당한 친정어머니가 있다. 그 당당함의 근원은 함께 사는 그 '블록집'이 친정어머니의 소유인 것으로부터 연유한다. 이에 맞서 공무원인 남편은 불손할 정도의 오만함으로 처가살이의 열등감을 극복하고 살아간다. 이와 같이 등장인물들은 자신들에게 가해진 억압기제에 대한 저마다의 극복 양상을 갖고 있다.

그러던 어느 날, 승진을 목전에 둔 남편과 '나'에게 정체모를 감시의 눈이 따라붙고, 그것은 이내 한국전쟁 때 의용군으로 나간 오빠가 밀봉교육을 받고 곧 남파되리라는 첩보에 의한 것임이 밝혀진다. 자신과 어머니의 삶을 옥죄는 저 밑바닥에 있던 정체모를 불안과 피로가 드디어 수면위로 고개를 내민 것이다. 작중화자와 가족은 정보기관에 불려 다니며, 그것으로부터 안전을 보장받기 위해 아부한다. 이와 같이 박완서 소설에 등장하는 인물들은 시대나 이데올로기의 횡포나 광기에 굴복하여 현재의 담론체계가 강요하는 실존조건을 충실히 받아들인다.[098] '나'와 어머니는 "십팔 평 블록집 속의 안일"을 지키기 위해 오빠가 남파 도중 사살되기를 바라기까지 한다. 한편 한국 사회에서 중요시되는 학연, 지연, 혈연 등의 혜택을 받지 못한 까닭에 번번이 승진에서 누락되던 그녀의 남편은 승진을 코앞에 두고 우리 사회에서 가장 금기시하는 간첩과 연류된 것에 좌절한다. 이에 그는 폭음과 폭력으로 황폐해진다. 본래 이러한 시대나 이데올로기의 횡포에 저항하는 방식은 핍박을 가하는 주체를 향해 이루어져야 한다. 그러나 소시민들, 즉 작중화자의 남편과 같은 인물들은 대부분은 그 분노로 인해 스스로 영락의 길을 걷거나 주변인들에게 위악을 행사하는 것으로 자신에게 닥친 불행에 반응한다.

시시각각 일상의 안위가 위협받음으로 해서 '나'는 발설 못할 비밀의 고통이 생겼고, 이런 억압기제로부터 벗어나기 위해 이혼을 떠올리게 된 것이다. 그러나 작중화자는 이혼이라는 극단적 처방으로 인해 상황이 극복될 거라는 믿음이 생기기는커녕 그것이 가져올 홀로서기의 곤란, 그간 허상으로나마 붙잡고 있던 안락의 와해가 두렵기만 하다.

이런 그녀에게 틀니가 야기한 것으로 보이는 무서운 동통과 중압감이 찾아든다. 잠시잠깐이나마 이 극심한 고통이 틀니의 이물감과 압박으로부터 유래한 것이라 믿었을 때는 그것을 뺀 후 고통에서 벗어난 것만 같은 착각을 할 수 있었다. 하지만 그것을 빼어도 사라지지 않는 동통을 겪고는 좌절하게 된다.

---

098 류보선, 「개념에의 저항과 차이의 발견: 박완서 초기 소설에 대하여」, 『어떤 나들이』, 1999. p. 373 참조.

빼버릴 틈니가 없기에 그 고통은 절망적이다.

나는 비로소 깨닫는다. 여직껏 얼마나 교묘하게 스스로를 이중 삼중으로 기만하고 있었나를.

내 아픔은 결코 틈니에서 기인한 아픔이 아니었던 것이다.

나는 설희 엄마가 부러워서, 이 나라와 이 나라의 풍토가 주는 온갖 제약으로부터 자유로워진 그녀가 부러워서, 그녀에의 선망과 질투로 그렇게 몹시 아팠던 것이다. …(중략)…

비로소 나는 내 아픔을 정직하게 받아들였다. 그러나 나는 결코 내 아픔을 정직하게 신음하지는 않을 것이다. 정교하고 가벼운 틈니는 지금 손바닥에 있건만 아직도 나는 이 세상에서 제일 무거운 또 하나의 틈니의 중압감 밑에 옴짝달싹 못 하고 놓여진 채다.(「세상에서 제일 무거운 틈니」, p. 72)

이 작품에서 작중화자의 트라우마는 의용군 출신 오빠 자체라 할 수 있고, 그는 분단의 역사, 그 비극의 산증인인 셈이다. "세상에서 제일 무거운 또 하나의 틈니"는 '나'에게 있어서는 남북분단이 고착화된 국가적 제약, 이산의 아픔을 드러낼 수조차 없게 하는 폭압적 반공이데올로기, 생활의 안일을 위해 타협해야 하는 억압적 가부장제, 온갖 곤란에도 불구하고 떠나거나 버릴 수 없는 처지에 대한 중압감의 다른 이름일 것이다. 설희네가 미련 없이 버리고 간 조국도, 억압의 직접적 실체인 복잡한 가족사도 버릴 수 없는 '나'의 현재는 참을 수 없는 동통으로 지속될 것이다. 작가는 작중화자를 통해 그간 은폐해왔던 고통의 실체는 드러냈지만, 그것을 아직도 정직하게 아파할 수 없는 작금의 현실을 은밀히 도발하고 있다.

「부처님 근처」[099] 역시 한국전쟁체험이 트라우마로 내재화되어 일상의 억압기제로 드러나는 양상을 묘사하고 있다. 한국전쟁 중에 억울하게 죽은 남편/아버지와 아들/오빠와 관련된 진실을 시대의 압박에 밀려 아무도 모르게 삼켜버려야 했던 모녀의 이야기가 중심을 이룬다. 이 작품은 특히 모호한 대립적 논리와 허상에 불과한 이데올로기가 어떤 비극적 상황을 양산했는지 그 실상을 고발하는데 주력하고 있다.

「부처님 근처」는 모녀가 22년 만에 남편/아버지의 첫 제사를 지내러 그들의 위패를 모셔놓은 절에 간 것으로 시작한다. 한국전쟁체험은 이들 모녀의 일상을 줄곧 간섭하고 지배해왔다. 작중화자 '나'는 이데올로기나 그것에 편중된 인물에 대한 극도의 혐오를 드러낸다.[100] 이 혐오는 다름 아닌 전쟁체험에서 비롯된 것이다.

　나는 그들이 있는 곳을 명치 근처에서 체증을 의식하듯 내 내부의 한가운데서 늘 의식해야만 했다. …(중략)… 자업자득이었다. 나는 그것들을 삼켰으니까. …(중략)… 나의 망령들은 언젠가는 토해내지 않으면 치유될 수 없는 체증이 되어 내 내부의 한가운데에 가로놓여 있을 수밖에 없었다.(「부처님 근처」, p. 90)

099　박완서, 「부처님 근처」, 『어떤 나들이』, 문학동네, 1999, p. 73~98(이후 인용문은 제목과 페이지만 표기-인용자).

100　박완서는 거대한 현실과 싸움을 벌이는 것은 승리할 가능성이 없다는 절망과 그 싸움을 포기함으로써 경험한 더 큰 절망 사이에 서 있게 된다. 이러한 이중적인 절망 상태, 혹은 낭만적 아이러니가 특징적으로 드러난다. 현실참여를 외면하고 방치하고 동조한 것에서 유발된 절망의 출구로써 찾은 것이 바로 그의 글쓰기였음을 작품을 통해 알 수 있다(류보선, 「개념에의 저항과 차이의 발견」, 『어떤 나들이』, 1999, p.361 참조).

어머니와 함께 "삼켜야 했던 두 죽음"은 바로 한국전쟁 와중에 엎치락 뒤치락 하는 이데올로기의 난장판에서 '이기는 편'에 서지 못한 남편/아버지와 아들/오빠다. 어머니와 나는 이 떳떳치 못한 죽음을 은폐하기 위해 삼켜버렸고, 작중화자는 그것을 체증처럼 의식하며 살아가고 있다. 이는 「세상에서 제일 무거운 틀니」의 '나'가 앓는 동통과 닮아 있다.

> 나는 그 이야기가 하고 싶어 정말 미칠 것 같았다. 나는 아직도 그 이야길 쏟아놓길 단념 못 하고 있었다. 어떡하면 그들이 내 얘기를 끝까지 들어줄까. 어떡하면 그들을 재미나게 할까, 어떡하면 그들로부터 동정까지 받을 수 있을까. 나는 심심하면 속으로 내 얘기를 들어줄 사람의 비위까지 어림 짐작으로 맞춰가며 요모조모 내 이야길 꾸며갔다. 나는 어느 틈에 내 이야기로 소설을 쓰고 있었던 것이다. 토악질하듯이 괴롭게 몸부림을 치며, 토악질하듯이 시원해하며.(「부처님 근처」, p. 92)

'나'는 사회가 관대해진 틈을 타서 드러내놓고 곡(哭)을 하려 한다. 관대란 무관심의 다른 양상임을 알기에 그 시대를 고발하고 증언하고자 한 것이다. '나'는 어머니와의 오랜 공모를 깨고 소설을 통해 삼켜버렸던 '두 죽음'을 토해낸다. 자신과 어머니에게 있어 그 죽음이 끔찍했던 이유는 바로 원한이 있는 죽음이었기 때문이다. 주인공은 자신의 이야기를 소설의 형식으로 복원함으로써, 이러한 통과의례를 통하여 원한 없는 죽음을 꾀함으로써 '두 죽음'이 가져다 준 무거운 체증에서 벗어나려 한다. 이것은 평범한 일상에서 맞이하는 자연스러운 죽음을 의미하는데, 상처받은 역사를 치유하고 개인사적 비극 이전의 세계를 복원하고자 하는 작가의

지의 구현이라 할 수 있다.

「세상에서 제일 무거운 틀니」가 절망적 상황의 인식에서 끝을 맺었다면 「부처님 근처」의 서사를 주도한 화자의 인식은 반 보 전진한 일면을 보이고 있다. 은폐의 늪에서 벗어나 세상 밖으로 발언을 하겠다는, 그리고 실제로 그것을 실현하는 주인공의 모습이 형상화 되어 있고, 원한이 있는 죽음에 대한 극복의지도 보여주고 있기 때문이다. 「부처님 근처」는 1973년 7월에 『현대문학』에 발표된 단편소설이다. 이 작품이 발표된 시기는 1972년 7월 4일 남북한 당국이 분단 이후 최초로 조국통일과 관련하여 합의 발표한 칠사공동성명이 나온 직후임을 알 수 있다. 작품 내에서 밝힌 "사회가 관대해진 틈"이란 이런 역사적 사건을 배경으로 하고 있다. 강압적인 반공이데올로기로 무장한 지배 이데올로기로 인해 철저하게 함구를 강요받던 한국전쟁 관련 일화들이 문학 장르를 통해 드디어 모습을 드러내게 된 것이다. 박완서 역시 이 대열에 합류해 그간 체증처럼 의식하며 살던 한국전쟁의 체험적 실체를 폭로하는데 앞장서게 된다.

「세상에서 제일 무거운 틀니」나 「부처님 근처」가 한국전쟁 중 겪은 가족적 비극사에 의해 내재된 트라우마로 인해 전후에도 온전한 일상을 살아내지 못하는 화자의 불안 심리와 상처를 테마로 한 것과 마찬가지로 「부끄러움을 가르칩니다」[101] 역시 세 번 결혼한 작중화자 '나'의 현재와 한국전쟁 때 화자가 겪은 일들의 회상이 교차되는 서사구조 속에서 화자의 트라우마 형성 과정과 그것이 현재의 삶에 미치는 영향력까지 섬세하게

---

101 박완서, 「부끄러움을 가르칩니다」, 『어떤 나들이』, 문학동네, 1999, p. 249~272(이후 인용문은 제목과 페이지만 표기─인용자).

조명하고 있다.

이 작품의 '나'는 「지렁이 울음소리」의 그녀처럼 '가짜 안락' 위에 가정을 꾸리고 허세를 부리며 부와 권력을 좇는 느글느글한 남편이 징그럽다. 그런 남편과 살기 위해 어쩔 수 없이 그에 동참한 척 연기(演技)를 해야 한다. '나'의 친구들도 남편과 크게 다르지 않다. 그들의 화려한 겉모습과 치장 뒤에는 싸구려 실체가 모습을 감추고 있다. 주인공은 철저하게 허영과 허세로 무장한 이 모든 속물근성에 염증이 나고 입맛이 쓰다. 쓴 입맛은 한국전쟁 통, 그 아수라장 같았던 어린 시절을 떠올리게 한다.

작중화자는 전쟁 통의 가난과 곤란 탓에 어머니로부터 '양갈보짓'까지 강요받지만 차마 하지 못한다. 아귀처럼 먹어대는 자식들을 거두기 위해 어머니가 아예 그 길로 나서보지만, 이미 늙고 추레한, 말라비틀어진 몸뚱이로는 할 수 있는 게 아무 것도 없다. 이 난리를 겪은 화자는 유난하던 부끄러움의 감성을 저버리게 된다.

아마 그 순간 내 내부의 부끄러움을 타는 여린 감수성이 영영 두터운 딱지를 붙이고 말았을 게다. 제 딸을 양갈보짓 시키지 못해 눈이 뒤집힌 여자를 어머니로 가진 여자, 그 가슴의 그 징그러운 젖을 빨고 자란 여자가 어떻게 감히 부끄럽다는 사치스러운 감정을 간직할 수 있을 것인가.(「부끄러움을 가르칩니다」, p. 264)

어머니의 발악에 지친 '나'는 어린 나이에 시집을 가서 입 하나 더는 것으로 그 부담에서 놓여난다. 그렇게 시작한 결혼은 농사꾼, 대학 강사, 지금의 장사꾼으로까지 이어져 세 번째를 맞이하고 있다. 농사꾼의 배부른 무식과 교만, 대학 강사의 비겁한 위선에 넌더리가 난 '나'는 차라리 이윤을 대놓고 추구하는 장사꾼이 한결 '참'이라 여기며 한 선택이다. 그러나 그 장사꾼에게도 허세와 속물근성이 느글느글하게 자리잡고 있다. 장사꾼 남편과 다를 바 없이 그녀의 친구들 역시 진짜 부끄러움은 알지도 못하면서 거짓 부끄러움에는 민감하다.

주변의 허위의식에 사로잡혀 부끄러움을 잊고 지내던 '나'는 우연히 한 여행안내원이 일본인 관광객들에게 소매치기가 많으니 주의하라고 당부하는 것을 엿듣고 비로소 그간 잊고 살던 부끄러움의 감각을 되찾는다.

> 그 느낌은 고통스럽게 왔다. 전신이 마비됐던 환자가 어떤 신비한 자극에 의해 감각이 되돌아오는 일이 있다면, 필시 이렇게 고통스럽게 돌아오리라. 그리고 이렇게 환희롭게. 나는 내 부끄러움의 통증을 감수했고, 자랑을 느꼈다.(「부끄러움을 가르칩니다」, p. 272)

한국전쟁, 그 혹한의 기억 탓에 부끄러움조차 사치스럽다 접어둔 나의 일상에 다시 그 감각이 아프게 돌아온다. 이런 부끄러움은 '나'만의 것이 아니어야 함을 자각하면서 '부끄러움을 가르칩니다'라는 기치를 내걸게 된다.

이 작품 역시 전쟁체험이 트라우마로 내재화되어 현재의 삶을 간섭하는 것을 엿볼 수 있다. 그러나 주인공은 단순히 억압기제에 제압당하는 것이 아닌, 의지를 갖고 자신과 자신을 둘러싼 세계에 변화를 추구하는 긍정성까지 발전한 양상을 띠고 있다.

이 작품은 물신주의에 사로잡혀 속물근성이 느글느글하게 장악한 세태를 정확히 묘사함으로써 세태소설의 영역에서 다룰 수 있는 충분한 주제의식을 보여주고 있다. 하지만 세태의 허위를 자각하는 매개체로 과거의 한국전쟁이 자리잡고 있고, 그것이 주인공의 현재의 삶에 깊이 연루되어 있으므로 전쟁트라우마의 내재화를 다룬 작품으로 다루었다.

앞서 다룬 작품들이 개인의 사소한 일상에 찾아드는 트라우마를 제재로 한 것들이라면, 「카메라와 워커」[102]는 전쟁트라우마가 개인의 삶에 국한된 것이 아니라는 비판의식을 갖고 전후 사회 전반에 미친 영향까지 추적한 수작이라 할 수 있다. 이는 김원일이 『마당 깊은 집』과 같은 작품들에서 현실에 안주하려는 소시민의 속성을 파헤치면서, 분단 상황과 이러한 현상이 별개가 아니며 우리의 삶을 규정하는 강력한 기제가 되고 있다고 본 맥락과 상통한다.

작품의 화자 '나'는 한국전쟁 때 부모를 잃은 조카 '훈'이에 대한 애정이 남다르다. '나'와 어머니의 소망은 그저 훈이가 이 사회에 안전하게 뿌리 내리고 무탈하게 살아가는 것이다. 적당히 좋은 곳에 둥지를 틀고, 휴일 같은 날 카메라나 둘러메고 여가를 보낼 수 있는 그런 생활을 꿈꾼다. 이것은 모두 전쟁의 기억 탓이다. 이데올로기라는 것, 사람이 뭔가를 생각하고 따져 묻는다는 것, 이런 것은 모두 불행의 단초라고 여기게 되었다. '나'의 오빠도 그 덧없는 빨갱이놀음에 목숨을 잃은 것이 아닌가. 그래서 문과보다는 이과가 좋고, 기술자가 좋은 것이다. 이렇게 '나'는 훈이의 인생에 겹겹이 간섭하며 자신의 논리에 정당성을 자꾸 부여한다.

---

102 박완서, 「카메라와 워커」, 『어떤 나들이』, 문학동네, 1999, p. 293~317(이후 인용문은 제목과 페이지만 표기-인용자).

제가 잘되고 잘사는 것으로, 다만 그것만으로 나는 내가 겪은 더럽고 잔인한 전쟁에 대해 통쾌한 복수를 할 수 있고 그때 받은 깊숙한 상처의 치유를 확인받을 수 있다는 걸 어떻게 저 녀석에게 알릴 수 있을 것인가.(「카메라와 워커」, p. 304)

전쟁의 악몽에서 벗어나지 못한 채 조카가 되도록이면 오빠의 인생과는 달리 배치되도록 노력한 화자의 계산은 현실과 한참 동떨어져 있었다. 세상은 이과나 기술자의 몫이 아닌, 문과나 관리자의 놀음판이다. '나'와 어머니가 믿는 기술, 근면과 정직은 이 사회에서 성공을 보장하는 열쇠가 더 이상 아니다. 돈과 권력을 쥔 자들이 뒤흔드는 세상의 실체는 그렇다.

훈이가 젖먹이일 적, 그때 그 지랄같은 전쟁이 지나가면서 이 나라 온 땅이 불모화해 사람들의 삶이 뿌리를 송두리째 뽑아 던져지는 걸 본 나이기에, 지레 겁을 먹고 훈이를 이 땅에 뿌리내리기 쉬운 가장 무난한 품종으로 키우는 데까지 신경을 써가며 키웠다. 그런데 그게 빗나가고 만 것을 나는 자인했다. 뭐가 잘못된 것일까.(「카메라와 워커」, p. 317)

인용문에서 알 수 있듯이, 공사판에 취직해 사회의 취약한 부분에 그대로 노출된 조카 훈이를 보면서, 전쟁으로 인해 고정되어버린 인식의 틀이 비틀어져 혼란을 느끼는 것으로 작품은 마무리된다. 김윤식은 '나'나 어머니가 조카 훈이를 "가장 뿌리 잘 내리는 품종"으로 키우려고 한 것은, 전쟁을 통해 대가 끊긴 집안이 취할 수 있는 삶의 한 방식으로 보았다. 그리고 그들이 꿈꾸는 세상은 "카메라를 메고 공원이나 야외나들이를 하는 중산층의 삶"을 가리키는 것이다.[103] 결국 카메라란 중산층의 안락을 의미한다. 전쟁을 통해 삶의 바닥을 경험한 이들에게 안락하고 평범한 일상은 지상최대의 선이다. 그러나 이것을 향한 모녀의 음모는 결국 이들보다 저만치 앞서가는 배금주의, 물신주의 세상에 의해 실패하게 된다. 전쟁은 이와 같이 고통으로만 존재하는 것이 아니라, 행복관이나 가치관까지 영향을 미쳐 뒤바뀐 세상에 부적응하게 만든다. 전쟁을 통해 불모화된 삶의 비참을 체득한 이들에게 비옥한 토지에 뿌리를 내리고 번성한다는 것은 일생 최대의 꿈일 수밖에 없다. 전쟁세대는 그래서 자식세대에게 사회문제에 대한 의도적 회피를, 개인적 안락의 추구를 최고의 가치로 주입시키게 되는 것이다. 그러나 전후 사회는 더욱 이기적이고 물질적 가치만을 추구하는 사회로 변질되었고, 그것에 빠르게 발맞추지 못한 이들의 부적응은 또 다른 사회적 문제를 야기하고 상처를 남기는 악순환을 낳게 되었다. 전쟁은 이와 같이 전후 사회나 개인의 삶에 깊이 관여되어 있음을, 이후에도 그것으로부터 결코 자유로울 수 없음을 이 작품을 통해 작가는 발언하고 있다.

「그 가을의 사흘 동안」[104]은 한국전쟁 중 입게 된 상처 탓에 반평생을 자신이 둘러친 세상 속에서만 살아온 한 산부인과 의사의 이야기다.

작중화자 '나'는 전쟁 중에 강간을 당해 임신을 한 전적이 있다. 주인

---

103 김윤식, 앞의 책b, p. 49.

104 박완서, 「그 가을의 사흘 동안」, 『엄마의 말뚝』, 세계사, 2012, p. 293~317(이후 인용문은 제목과 페이지만 표기-인용자).

공이 그 생명을 받아들일 수 없었던 것은 그것이 겁탈의 결과물이기 때문이다. 그래서 그녀는 그 생명을 말살해버린다. 이와 같은 상처는 그녀의 일상과 가치관을 무자비하게 지배한다. 그녀에게 있어 한국전쟁이란 그런 것이었다.

6·25, 그건 우리 모두의 공동의 획이었다. 그 획을 통과하면서 각자의 운명은 얼마나 심한 굴절을 겪어야 했던가?(「그 가을의 사흘 동안」, p. 307)

주인공에게 닥친 생의 굴절은 불모(不毛) 그 자체다. 그녀는 불모의 몸을 이끌고 서울 변두리, 낡고 허름한 건물 2층에 산부인과를 차린다. 그 지역은 미군주둔지 근방으로, 일종의 화냥기를 그곳에서 느끼고 터를 잡은 거였다. 그녀가 차린 산부인과는 '생명을 받아내는 곳'이 아닌 '생명을 말살하는 곳'이 될 터였다.

산실을 가장한 생명 말살의 터인 그곳의 첫 손님은 뜻밖에도 1층 주인집 '황 씨'의 딸이었다. 그 딸 역시 겁탈을 당해 한 임신이었다. 황 씨는 주인공과 공모하여 딸의 씨앗 '만득이'를 업둥이로 감쪽같이 위장하고, 딸을 만득이의 누나로 둔갑시킨다. 그렇게 처녀의 뱃속 아이는 나오기도 전에 금기가 되는 것이다. 주인공이 살아있는 생명을 접한 것은 그것이 처음이자 마지막이 된다. 그녀의 예감대로 그녀의 산실은 창녀들의 태아 말살지가 되고, 그녀는 기계처럼 작동하며 끓어오르는 증오, 분노, 슬픔을 일상에 희석시킨다.

30년을 한결같이 이렇게 지내던 주인공은 55세라는 시한을 두고 은퇴를 결심한다. 그녀의 마지막 소망은 태아를 말살하는 것이 아닌, 생명을 받아보는 것. 그녀의 시한부 산실은 사흘, 이틀, 마지막 날이 되도록 단 하나의 생명도 찾아들지 않는다.

지난날과 현재와 앞날을 종횡무진으로 간섭하고 내가 의지하고 있던 고정 관념을 뒤흔들려 든다. 멀리선 포성이, 가까이선 개구리 울음소리 시끄러운 여름밤의 풀숲에서 당한 치욕을 핑계 삼아 그 후 한 번도 남자를 사랑하지 않고도 잘만 살아온 잘난 여자를 감히 지지리 못난이처럼 우습게 본다. …(중략)… 그러고도 모자라 나를 의사는커녕 의술자도 못된다고 비웃는다. 나의 의술은 환자의 고통을 대상으로 하지 않고 자신의 불순한 쾌감을 대상으로 하고 있으므로.(「그 가을의 사흘 동안」, p. 344)

인용문에 드러난 것처럼 주인공은 태아를 지우면서 지속적으로 자기 모멸감에 침잠되어 지낸다. 지난날 자신이 입은 상처를 가학적으로 도려내며 지내던 그녀에게 이것이 과연 옳은 것인가 끊임없이 의문을 제기하는 매체는 그녀의 아버지, 빛바랜 우단의자, 히포크라테스 선서와 같은 것들이다. 딸이 선택한 의사의 길을 있는 그대로 높은 가치에 두고 바라보는 아버지의 시선과 그가 두고 간 히포크라테스 선서가 들어 있는 액자는 소파 수술을 전문으로 하는 그녀의 일상에 체증처럼 얹혀 있다. 그녀와 함께 산실 한쪽에서 빛을 바래온 사진 가게 우단의자는 전쟁이 휩쓸고 가기 전 누군가의 가족, 누군가의 희망의 한켠에 조연처럼 등장하는 추억의 상징이다. 주인공은 냉정하게 소파 수술을 해내며 참다운 의술에 대한 신념을 애써 외면하고 살면서도 자신을 압박하는 그것들과의 동거를 끝내 떨쳐내지 못한다. 결국 이런 이중적 자아는 은퇴를 앞두고 진정으로 살아 숨 쉬는 생명을 열망하게 되지만, 바람과 달리 소파 수술을 연이어 하게 되고, 그녀가 처형한 태아들의 채송화씨만 한 눈들이 그녀를 꿰뚫어본다. 죄책감, 자기멸시, 증오가 뒤범벅이 된 마지막 날, 드디어 한 처녀가 찾아온다. 이 처녀 역시 원치 않는 임신을 했고, 주인공은 7, 8개월로 추정되는 미숙아를 받아낸다. 그것은 소파 수술이 아닌, 새 생명을 받아낸 거였다. 비록 낳은 지 하루 만에 잃고 말았지만, 이 사건을 계기로 그녀는 30년간 회피하던 현실을 직시하게 된다.

> 아아, 이제부터 나는 아무것도 숨길 필요가 없겠다. 나는 아기를 갖고 싶었던 것이다. 기르고 사랑할 수 있는 아기를. 마지막으로 한 번 살아 있는 아기를 내 손으로 받아보고 싶단 소망도 실은 아기에 대한 욕심이 쓰고 있는 가면에 불과했다. 나는 나의 정직한 소망이 모든 억압과 가면을 박차고 생명력처럼 억세게 분출하는 걸 느꼈다.(「그 가을의 사흘 동안」, p. 365)

이 작품은 전쟁의 상처가 한 사람의 일생을 어떻게 굴절시키는지를 생생하게 묘사하고 있다. 또한 고귀한 생명으로서의 아기를 갈구하는 모성의 끈질긴 애착도 그려낸다. 주인공의 모성은 「꿈꾸는 인큐베이터」의 그녀와 닮아 있다. 궁지에 몰려 치러진 생명 말살은 개인적 상처를 넘어 모성의 이름으로 갈구된다. 이러한 진실을 받아들이는 순간, 전후 30년을 넘게 작중화자 '나'를 괴롭히던 트라우마가 실체를 나타내며 해소의 길을 열어놓는다.

박완서의 자전적 소설을 대표하는 작품으로 「엄마의 말뚝」 연작을 꼽을 수 있다. 그중 「엄마의 말뚝 2」[105]는 참혹한 전쟁체험과 분단의 아픔이 겉으로 드러나지 않을지라도 무의식의 세계를 지배하고 있다는 사실을 엄마의 낙상과 마취라는 매개체를 통해 보여주고 있다.

대처에 '말뚝'만 박으면 성공을 담보하는 것이라 믿었던 그들에게 한국 전쟁은 개인의 힘으로는 도저히 감당할 수 없는 거대사건이었다. 작중화 자 '나'는 전쟁 중에 오빠의 비참한 죽음을 목도해야 했고, 이를 감내해야 했던 가족들의 상처에는 전후에도 새살이 돋지 못한다. 권명아는 박완서 의 자전적 소설을 분석하면서 "박완서의 작품에서 기억이란 과거에 대한 낭만적 반추가 아닌, 현재 속에서 재구성되고 재해석되는 과거로서, 극 복되지 않는 현대사의 모순을 현실 속에서 끝없이 환기하는 기제가 되고 있다"[106]고 의미화 했는데, 「엄마의 말뚝 2」의 전개에 이러한 분석이 적용 될 수 있다.

이 작품은 평범한 가정주부인 '나'에 대한 박완서 특유의 속도감 있는 묘사로 시작된다. '나'는 맘껏 누리고 싶은 자유를 꿈꾸면서도 한편으로 는 가정이라는 작은 울타리 안에서 스스로 자족하며 나름의 권력—일종 의 터줏대감의식—에 길들여져 있다. 이처럼 '나'의 의식을 묶어두는 말 뚝은 가정이다. '나'가 집을 떠나 있거나 집에 대해 신경을 쓰지 않으면 반드시 안 좋은 사건이 발생하고야 만다는 의식 또한 집안에서의 자기 존재감에 대한 확신과 자신감에서 비롯된다. 어머니의 낙상도 자신이 집

---

105 박완서, 「엄마의 말뚝 2」, 『엄마의 말뚝』, 세계사, 2012, p.83~148(이후 인용문은 제목과 페이지만 표기-인용자).
106 권명아, 「한국전쟁과 주체성의 서사연구」, 연세대 대학원 국어국문학과 박사 논문, 2001, p.333.

을 비운 사이에 일어났다.

뜻하지 않은 사고로 엄마의 병실을 지키게 된 '나'는 한동안 잊고 지내던 엄마의 말뚝을 다시금 떠올리게 된다.

엄마에게 있어 오빠는 종교였다. 그런 오빠가 한국전쟁 통에 좌우익 대립의 희생양이 되었고, 오빠에 대한 엄마의 믿음과 신화는 마음속에 깊은 한(恨)으로 남아 무의식을 지배하게 된다.

남편을 잃은 엄마가 시골을 벗어나 서울에 정착한 가장 큰 이유는 오빠의 교육 때문이었다. 박적골의 익숙하고 든든한 배경을 떨치고 객지로 나설 수 있었던 용기는 바로 이런 신앙과 같은 믿음에 근거한 것이다. 이런 엄마의 기대에 오빠는 조금도 모자람 없이 당당하게 그 몫을 다했고, 그 자체로 엄마의 기쁨이었다. 이것에 힘입어 엄마는 씩씩하게 서울살이에서 살아남아 자신의 말뚝을 박을 수 있었던 것이다.

그러나 오빠는 한국전쟁 중 시대의 요동에 따라 좌익에서 전향자로, 전향자에서 다시 의용군으로, 의용군에서 다시 탈주자로 정체성을 잃고 헤매다 결국 인민군 치하의 서울에서 허무한 죽음을 맞이하게 된다. 가족에게 있어 빨갱이든 흰둥이든 그것은 아무런 의미도 갖고 있지 않았다. 한국전쟁이 시대의 비극으로 사상적 대립의 난무였다는 것 역시 그들에게는 어떤 의미도 주지 못했다. 다만 그들의 고통의 원형은 그 속에서 명석하기 그지없던 아들이, 오빠가 반병신이 되어 목숨을 잃었다는 그 사실 하나다.

이러한 고통은 잊혀진 것이 아니라 마음속 깊이 상처로 잠복되어 있었던 것이다. 이 상처는 뜻밖에도 낙상으로 부러진 뼈를 맞추는 수술 후 마취상태에서 벗어나면서 나타난다. 오빠를 지키지 못한 죄책감과 한은 엄마의 가슴속에 사무쳐 세월의 흐름 속에서도 치유되지 않았던 것이다.

> 어머니는 한줌의 먼지와 바람으로써 너무도 엄청난 것과의 싸움을 시도하고 있었다. 어머니에게 그 한줌의 먼지와 바람은 결코 미약한 게 아니었다. 그거야말로 어머니를 짓밟고 모든 것을 빼앗아간, 어머니가 도저히 이해할 수 없는 분단이라는 괴물을 홀로 거역할 수 있는 유일한 수단이었다.(「엄마의 말뚝 2」, p. 148)

인용문처럼 엄마가 오빠의 뼛가루를 고향을 향해 뿌리는 모습은, 전쟁과 분단이라는 괴물을 거역할 수 있는 엄마의 유일한 수단이자 항거다. 분단의 아픔은 개인이 극복할 수 있는 단계가 아니다. 그것이 트라우마로 내재화 되어 한 개인의 생의 끝까지 함께 하는 이유가 거기에 있다.

「엄마의 말뚝 2」는 전쟁이라는 것이 소시민의 일상을 얼마나 철저하게 파괴할 수 있는지를 보여주고 있다. 또한 분단의 지속과, 치유되지 못한 그 상처가 트라우마로 내재되어 언제든 현재의 일상에 발현될 수 있음을 말하고 있다.

박완서는 자신이 끊임없이 전쟁체험을 제재로 작품 활동을 하는 이유는 아직도 지속되고 있는 분단 상황 때문이라고 밝혀왔다. 분단이 지속되는 한 그의 전쟁은 끝나지 않은 것이다. 당연히 그의 전쟁체험의 상처도 아물지 않는다. 필자가 인터뷰할 당시, 그는 해마다 6월만 되면 아직도 신열이 난다고 했다. 이처럼 전쟁체험 못지않게 분단의식의 고착화는 그가 가장 우려하고 분노하는 부분의 하나라고 볼 수 있다.

『그해 겨울은 따뜻했네』[107] 「아저씨의 훈장」[108] 「재이산」[109]은 앞에서 분석한 작품들과 달리 이산가족을 다룬 내용이다. 작가는 이산가족의 진정한 화합은 이산으로 비롯된 서로의 상처를 보듬을 때 비로소 가능하다는 것을 이 작품들을 통해 말하고 있다.

『그해 겨울은 따뜻했네』는 1982년 1월부터 1983년 1월까지 「한국일보」에 연재된 소설로, 1983년 민음사에서 동명의 소설로 발간한 작품이다.

> 오랜 세월 그리던 혈육이 만나는 걸 볼 때마다 눈물짓고 나서 생각하니 우리가 정말 울어줘야 할 것은 만남의 기쁨이 아니라 아직 못 만난 사람들의 통한이 아닐까 싶다. 아직 못 만난 사람들이 혈육의 이름을 크게 쓴 표지판을 든 손이 화들화들 떨리고 있고 그 얼굴엔 오랜 세월의 신산과 기다림이 화석처럼 굳어 있다. 만일 그들이 찾는 혈육이 어디선가 그들의 그런 모습을 보고도 못 본 척하고 있다면 그 사람을 용서할 수 있을 것 같지가 않다. 이럴 때의 못 본 척은 용서받지 못할 죄악이다 싶다. …(중략)… 우리 모두가 그들의 딱한 사정을, 그들의 찾아 헤맴을 못 본 척했기 때문이 아닐까. 수지의 이기주의, 안일주의가 오목이를 못 본 척했던 것처럼 우리 사회에 팽배한 이기는 마음, 무사안일하려는 마음이 그들을 못 본 척했기 때문이 아닐까. (『그해 겨울은 따뜻했네』, 작가의 말)

---

107 「한국일보」 1982.1.5.~1983.1.15. 연재; 박완서, 『그해 겨울은 따뜻했네』, 민음사, 1983.

108 「아저씨의 훈장」, 『현대문학』, 1983.5; 박완서, 「아저씨의 훈장」, 『아저씨의 훈장』, 문학동네, 1999. pp. 301~321(이후 인용문은 제목과 페이지만 표기-인용자).

109 『여성문학』, 1984.1.

인용된 작가의 말은 그대로 『그해 겨울은 따뜻했네』의 주제의식에 해당한다. 또한 분단 및 이산가족을 제재로 한 소설류에 공통적으로 내재된 작가의식이라 해도 무방할 것이다.

『그해 겨울은 따뜻했네』의 '수철', '수지', '수인(오목)' 남매는 작가의 의중을 그대로 전사한 인물들로, 그들이 겪은 전쟁과 이산, 이후의 못 본 척하기는 이야기의 중심 테마를 이룬다. 전쟁 중 아버지를 잃은 이들 삼남매는 수지의 고의적 유기로 인해 오목이라 불리던 막내 수인과 헤어지게 된다. 수지가 일곱 살, 오목이가 다섯 살일 때의 일이다.

전후 자신들의 삶에 충실히 적응하며 안락한 삶을 재개한 수철과 수지 남매는 여러 고아원을 후원하거나 신문에 광고를 내는 방법으로 동생 수인을 찾으려 한다. 그러나 아이러니하게도 '오누이의 집'이란 고아원에서 수인으로 추정되는 인물을 찾아냈음에도 불구하고 못 본 척하고 그녀의 불행을 지속적으로 방조하는 길을 택한다. 결과적으로 수지가 동생 오목이를 두 번째로 유기한 셈인 것이다.

오목이를 처음 놓아버린 일을 은폐하기 위해 앞으로 수없이 오목이를 모른다 할 수 있을 것 같았다. …(중략)… 오목이를 처음 놓아버리곤 몸부림쳐 울었지만 두 번째 놓아버리곤 그 정도밖에 울 수가 없었다.(『그해 겨울은 따뜻했네』, pp. 89~90)

부동산 개발 이익을 위해 '오누이의 집' 운영을 중단하고 사업가로 탈바꿈한 고아원 원장, 자신이 새로 꾸린 가정의 안락과 안일을 위해 오목과의 재회를 회피한 수철, 자신의 과거 죄를 덮고 지금의 일상을 잃지 않기 위해 끝까지 못 본 척하기를 고수한 수지 모두는 전쟁과 분단, 이산의 아픔과 상처, 그 비극을 모두 이기적인 마음으로 외면한 인물들이다. 이들의 행태와 이들이 양심을 버리면서까지 구축하여 지키고자 한 타락한 물신주의는 작가가 말하고자 하는 전후 우리 사회가 안고 있는 어두운 부분을 상징하는 민낯이다.

> 수철이는 부끄러웠다. 목이가 도망친 게 시원한 자신이 부끄러웠고, 목이
> 가 오목인 걸 알면서도 찾지 않은 이기심이 부끄러웠고, 서푼짜리 자선으
> 로 자신과 세상의 눈을 속이려했던 더러운 마음이 부끄럽고 부끄러웠다.
> 그래서 함부로 욕지거리를 퍼부었다. 그가 실은 자신에게 욕질을 하고 있
> 다는 걸 알 까닭이 없는 친구가 먼저 분연히 자리를 박찼다.(『그해 겨울은 따
> 뜻했네』, pp. 156~157)

'오누이의 집' 출신 고아 오목이 자신이 찾던 친동생 수인임을 알면서도 그 아이가 불쑥 편입된 일상의 어려움을 겪고 싶지 않아 수철은 못 본 척하기로 결심한다. 그는 자신의 안락은 직접적으로 위협받지 않으면서도 동생을 위해 최선을 다한 오빠의 모습은 남기기 위해 익명으로 오목을 후원했지만, 오목의 이탈로 그의 위선은 막을 내리게 된다. 인용문에 나타난 그의 심리는 박완서가 작가의 말에서 밝힌 "용서 받을 수 없는 죄악"을 그대로 드러내고 있다. 수지 역시 수철과 같은 죄의식으로 고통 받으면서도 한켠 원죄의 기억조차 소멸시키고자 애를 쓴다. 그러나 수지가 "1951년의 겨울을, 그 겨울의 추위와 그 이상한 허기"를 기억하는 한 오목을 유기한 그 순간을 영원히 기억에서 추방할 수 없음을 알게 된다.

어릴 적 친언니의 유기로 전쟁고아가 되어 성장한 수인, 오목은 그가 만난 대부분의 사람들, 가족에게까지 끝끝내 버림받고 외면당한다. 작가는 오목이라는 전쟁고아의 기구한 인생을 통해 전쟁과 이산의 비극을 반추하면서, 더 넓게는 남북의 분단과 대치, 비극적 상황에 직면해 있으면서도 못 본 척하기를 고수하는 이기적 안일주의를 비판하고 있다. 소영현은 이 작품이 "1970년대, 아니 현재의 한국사회를 떠받치는 정신적 트라우마로서의 한국전쟁의 성격을 짚고 있다"고 평가하면서 "밝고 안정적인 이후의 삶이 죄의식의 담합 위에 세워진 것임을, 한순간 무너져내릴지도 모른다는 불안과 공포에 의해 간신히 유지[110]되는 것임을 잘 보여주고 있다"고 하였다. 박완서가 전쟁과 분단을 망각하고 경제적 안정만 추구하는 사회 분위기에 대해 이의를 제기하고 이것에 대해 문학적으로 발언하려고 노력해왔음을 이 작품이나 「카메라와 워커」 등에서 확인할 수 있다.

「재이산」[111] 역시 같은 선상에서 파악할 수 있는 작품이라 할 수 있다. 전쟁의 그늘에는 항시 죽음의 음습함이 있다. 「재이산」에서 전쟁이 낳은 생의 굴절은 죽음과 이산의 고통이다. 작품은 '그'가 작은아버지로 추정되는 인물에게 전화 한통을 받으면서 시작된다. 그런데 전화 속 작은아버지의 너무 냉정하고 지적인 목소리는 텔레비전에서 보던 이산가족의 해후와 사뭇 거리감이 있다. 게다가 작은아버지는 이산가족 상봉을 마치

---

110   소영현, 「한국 중산층의 형성과 한국전쟁이라는 죄의식」, 「그해 겨울은 따뜻했네」, 세계사, p. 350.

111   박완서, 「재이산」, 「해산바가지」, 문학동네, 1999, pp. 9~46(이후 인용문은 제목과 페이지만 표기-인용자).

'텔레비전 쇼' 대하듯 한다. 이러한 이질감은 이산가족 상봉의 기쁨 뒤에 은밀히 도사리며 어떤 불안심리를 자극한다.

그는 비록 고아원에 맡겨져 온갖 파란을 겪었지만, 가난하지만 착실한 아내를 얻어 아들 둘과 열심히 살아가고 있었다. 그런 그가 대학교수 아버지에 의사 어머니가 있었다는 것이다. 한국전쟁 통에 그의 부모는 목숨을 잃게 되고, 살기 힘들어진 친할아버지가 그를 고아원에 맡긴 것이다. 작은아버지를 통해 자신의 과거를 모두 알게 된 그는 꿈에도 생각지도 못한 가족의 출현에 가슴이 떨린다. 하지만 아무 상관도 없는 이들까지 눈물을 철철 흘리게 하는, 사소한 기억의 퍼즐만 일치해도 얼싸안고 눈물바람이 나는 여느 상봉과 너무도 다른 냉랭함에 당황하게 된다.

> 그는 그의 긴 이야기를 하면서 내내, 이제나저제나 하고 기다렸다. 그가 본 그 엄청난 감동의 순간이 그의 것이 될 수 있기를. 신사의 냉정하고 지적인 목소리가 원색적인 목메임으로 바뀌기를.
> 그런 갈망에 허탕치게 하고 싶지 않았기 때문에 그는 그의 어두운 기억을 실제보다 길게 늘릴 수밖에 없었는지도 모른다. 그러나 그의 이런 절망보다 더욱 확실한 건 그의 갈망이 결코 채워지지 않으리란 예감이었다.(「재이산」, pp. 28~29)

그가 헐벗은 가난으로 중무장하고 살아온 것에 비해 그가 되찾은 친족들은 재력을 겸비한 어떤 위세가 있다. 그런데 그 위세는 가난을 하대하고 자신들이 구축한 세계를 조금도 양보하지 않으려는 이기심으로 뭉쳐 있다. 살 만한 그들이 충분히 서둘러 그를 찾아 나설 수도 있었건만, 가족들은 각자의 안위를 위해 애써 외면했던 것이다. 이러한 가족들의 모습은 『그해 겨울은 따뜻했네』[112]에서 고아원에 맡겨진 여동생 '오목'을 외면한 '수철, 수지' 남매와 꼭 닮아 있다. 제목이 암시하듯이 이렇게 그들은 재이산(再離散)을 하게 된다.

분단이란 문제는 이와 같이 이산의 고통으로부터 가장 밀접하게 체감된다. 박완서가 분단 문제를 이데올로기적 관점에서 접근하지 않고 가족사를 매개로 파헤친 것도 이런 실제적 상실감, 모순과 불합리를 고발하기 위함일 것이다. 서영채는 「아저씨의 훈장」을 "육친애를 통해 분단 상황의 고통스러움을 형상화해내는 박완서 소설의 한 근간을 이루고 있는 작품"[113]으로 평가하였는데, 이 소설 역시 『그해 겨울은 따뜻했네』나 「재이산」과 같은 선상에 있는 작품으로 이해할 수 있다.

「아저씨의 훈장」은 작중화자가 어린 시절 겪은 6·25와 성인이 된 현재의 시점을 오가며 기술한 작품이다. 그는 6·25를 통해 고향과 터전을 잃고, '은표'라는 동갑내기 친구를 잃고, 가까운 이들이 겪은 가족 간의 이산을 직접 목격한 인물이다. 비극의 시작은 인용문과 같다.

삼팔선이 가까운 우리 마을은 6·25 때 제일 먼저 인민군이 들어왔고 패주할 때도 나중까지 머물러 있었다. 나의 어린 눈에 그들은 장난감총으로 장난을 하는 것처럼 사람들을 잘도 죽였다. 마을 앞을 흐르는 시냇가에 곧게 자란 미루나무에 사람들을 동여매놓고 난사하는 걸 은표와 나는 끈끈

112 「한국일보」, 1982.

113 서영채, 「사람다운 삶에 대한 갈망」, 「아저씨의 훈장」, 문학동네, 1999, p.379.

한 손을 맞잡고 구경했었다. 사람들은 죽어서도 눕지 못하고 고개만 떨구었다. 그때의 뙤약볕과, 무수한 은화(銀貨)를 매달아놓은 것처럼 뙤약볕에 반짝이던 미루나무잎과, 죽음을 뿜던 음산한 총신은 오래도록 나의 기억에 악몽으로 남아 있었다.(「아저씨의 훈장」, p. 313)

신상웅은 육이오전쟁 및 분단소설로 분류되는 소설 중 가장 비극적인 장면은 전쟁의 참혹상을 놀이로 인식한 채 탄피를 줍거나 영문도 모른 채 전쟁 중 비극적 가족사의 한복판에 놓이는 천진무구한 어린아이들을 묘사한 것이라 지적한 바 있다. 작중화자 역시 어린 자신들이 놀이를 하듯이 어른들이 아무런 죄의식이나 갈등 없이 난사하는 총알과 그것으로 자행되는 학살을 바라보며 큰 충격에 빠져들게 된다. 전쟁 중의 폭력은 이렇게도 무자비한 것이다.

소설 속 화자가 겪은 전쟁의 또 다른 비극은 엎치락뒤치락 하는 전세 속에 고향을 떠나오면서 친구 '은표'와 헤어지게 된 정황이다. '너우네 아저씨'로 불리는 은표의 아버지는 일찍 세상을 떠난 형을 대신해 조카 '성표'를 친자식인 은표보다 더 극진히 보살펴 인근에 칭찬이 자자했던 인물이다. 그런데 그 도가 지나쳐 피난길에 은표가 아닌 성표와 동행함으로써 비극의 단초를 만들고 만다. 곧 다시 만날 줄 알았던 가족은 고향이 휴전선 이북에 포함되면서 영영 생이별을 하게 된 것이다. 이를 목도한 화자는 어른들의 도덕적 허세와 그 속에 은폐된 진실에 분노한다.

조카 성표만 데리고 피난 온 너우네 아저씨는 생계수단으로 자물쇠 장사를 한다. 화자는 조끼에 자물쇠를 주렁주렁 달고 지내는 그가 마치 훈장을 넘치게 달고 위세당당하게 자신의 정당성을 공고히 하는 것 같아 역겹다.

밤새도록 반짝반짝 닦은 크고 작은 자물쇠를 앞뒤로 주렁주렁 달고 장군
처럼 거만하고 당당하게 장사를 나가는 너우네 아저씨의 권위는 완벽했다.
내 자식을 사지에 뿌리치고 조카자식을 구해내서 공부시킨다는 게 그렇게
위대한 일일까? 나는 그의 당당함에 압도된 채, 속으론 언제고 그의 위대
성이 터무니없는 가짜라는 걸 보고 말 테다, 라는 엉큼한 생각을 키우고
있었다. …(중략)… 그는 그 특이한 내력으로 어디서나 빛났다. 동향 사람들
중에서도 특히 나잇살이나 먹은 이들은 그의 자랑을 끝까지 들어주고 아
낌없이 그를 칭송하고 존경하는 걸로 자신의 도덕적인 결함까지 은폐하려
드는 것 같았다. …(중략)… 삼촌의 행색은 어딘지 자꾸만 초라해졌다. 성표
형이 돈 잘 번다는 소문 때문에 그의 초라함은 더욱 눈에 띄었고 악의에
찬 놀림감이 되기도 했다.(「아저씨의 훈장」, pp. 316~318)

인용문에 드러나듯이, 동향의 어른들은 너우네 아저씨의 이력을 알고
인정해주었지만, 생각 있는 젊은이들 사이에서는 그의 위선적 처세와 도
덕적 허세에 비난이 일기 시작했다. 결국 조카인 성표의 경제적 풍요 소
식과는 별개로 점점 초라해지는 그의 행색은 그가 초래한 비극적 결말을
암시하고 있다.

나는 너우네 아저씨가 지금 처한 상황을 똑똑히 봐두고 싶었다. 내가 보길
원하는 게 그분의 행복한 말로인지 비참한 말로인지는 분명치 않았다. 만
약 그분이 지금 비참한 처지에 놓여 있다면 성표 형을 용서할 수 없었다.

성표 형의 유들유들한 비만증까지도 치가 떨렸다. 그러나 그분의 임종의 자리가 정결하고 편안하고 유복해도 역시 내 마음이 편할 것 같지가 않았다.(「아저씨의 훈장」, p. 307)

결국 너우네 아저씨는 자랑거리였던 조카에게 버림받고, 의식과 무의식의 경계에서 자신의 피붙이 '은표'를 애타게 찾는 인물로 전락하고 만다. 화자는 이 비극이 오로지 개인적 선택에 의한 상처가 아닌, 전쟁이라는 폭력적 상황과 그 속에서 벌어진 가족사이기에 너우네 아저씨에게 전적으로 책임을 묻지 못하는 심정을 인용문에 드러내고 있다. 이것은 결국 너우네 아저씨 개인사이기 이전에 민족적 아픔에 해당하고, 그 속에서 개인은 저마다 상처를 안고 살게 된 것이라 생각하기 때문이다. 그러나 도덕적 허세로 친아들 은표를 저버린 너우네 아저씨의 처신과 그런 은혜를 입고도 도리를 저버린 성표에 대한 분노가 내재되어 있음을 알 수 있다.

'성표'란 인물은 『그해 겨울은 따뜻했네』의 '수철, 수지' 남매, 「재이산」의 큰아버지네 사람들과 닮아 있다. 그의 피둥피둥한 비만성은 가족의 수난, 민족의 수난을 망각하고 오직 자신들의 경제적 안정과 안락만을 추구하는 이기적인 모습을 상징한다. 이들의 모습은 또한 드라마틱한 경제발전 속에서 허영과 탐욕으로 자신들의 안위만을 추구하는 중산층의 타락한 면모에 오버랩된다.

작중화자는 너우네 아저씨의 비참한 말로를 보고서야 비로소 어릴 적 훈장처럼 보이던 그의 장식물이 결국은 자물쇠에 불과했음을, 그의 과시가 가짜였음을 확인하게 된다. 이것이 전쟁과 이산, 그 이후 삶을 지속한 상처받은 이들의 최후인 것이다.

　이와 같이 분단이나 이산의 문제는 내재화된 트라우마라기보다는 실제적 삶의 고단과 빈핍에 관여하고, 당사자의 인생을 상당히 왜곡시키는 기제들이다. 분단이나 이산의 고통을 고스란히 짊어진 이들에게는 사회부적응이나 가난이 상주한다. 이것을 외면하고 못 본 척하는 이들은 어느새 새로운 사회질서에 완벽하게 적응하여 속물근성에 젖어 살게 되는 것이다. 이러한 부당함에 대해 박완서는 지속적으로 문학적 발언을 해왔다. 그는 한반도가 통일이 되지 않는 한, 분단이 현재 진행형인 한, 잊지 말고 되새김질을 하자는 것이다. 이것은 개인적 극복양상을 띠기 힘들고, 공동체적 염원이나 화합이 가세해야만 해결의 실마리를 찾을 수 있기 때문이다. 그가 가장 두려워한 것은 전쟁의 역사와 분단이 아직도 엄연함에도 마치 아무 일도 없었던 듯이 오늘을 사는 우리의 자화상일 것이다.

5. 한국전쟁체험 창작모티브의 소설화 양상

참혹한 전쟁체험은 작가들의 문학적 상상력을 저해하는 요소로 작용하곤 한다. 전쟁트라우마는 그들의 삶을 간섭하여 전쟁 이외의 문학적 제재를 발굴하거나 발언하기 어렵게 만들기 때문이다. 전쟁은 그만큼 인간의 존엄성을 말살하는 밑바닥을 경험하게 하는 거대사건 중 하나다.

박완서 역시 한국전쟁 중 비극적 가족사를 겪은 당사자로서 이러한 논의에서 자유로울 수 없다. 그는 자신의 불행한 체험을 글쓰기로써 극복하고자 했으나, 체험적 회상을 근간으로 했기에 허구적 상상력이 개입할 여지가 그리 많지 않았던 것은 사실이다. 이것은 전쟁체험소설의 반복적 변주로 드러난다. 그러나 이런 개인사적 특성에도 불구하고 작가로서의 활로를 꾸준히 모색해온 박완서는 전쟁체험 창작동인에 의한 글쓰기에만 머무르지 않았다. 1970년 『나목』으로 시작된 그의 여정은 40여 년 동안 멈추지 않았고, 창작동인 역시 세태, 여성, 노년 등으로 다채로워졌다. 자신을 둘러싼 세상의 아픈 지점에 대해 문학적 발언을 지속해온 결과다. 이와 같은 박완서의 문학적 발자취를 보면 그에게 전쟁체험은 오히려 문학적 상상력을 자극한 촉매제였다고 볼 수 있다. 전쟁체험을 그의 문학세계를 이루는 원체험으로 인정하는 것도 이 때문이다.

전술했듯이 『나목』은 박완서가 그의 소설적 자산 거의 대부분을 쏟아부은 결정체라 할 수 있다. 이 작품에서 한국전쟁은 시대배경이다. 그러나 단순히 배경화면에 그친 것이 아닌, 작중인물들의 삶을 억압하는 가장 강력한 기제 중 하나로 등장한다. 박완서는 이 작품을 통해 박수근을 그리고자 하였으나 결국은 이경의 이야기를 하게 되었고, 이것은 앞으로 전개될 본격 전쟁체험소설의 서막과도 같은 구실을 하게 된다.

『나목』의 성공으로 작가로서의 자신감을 획득한 박완서는『목마른 계절』에 이르러서는 전쟁체험을 소설의 전면에 내세우게 된다. 그러나 이때까지도 전쟁체험을 소설이 가진 허구성에 의지한 면이 없지 않다. 박수근의 삶을 이야기할 때는 전기라는 형식이 박수근에게 생명을 불어넣기에 적합하지 않아 소설의 형식을 빌리게 되었다고 밝힌 바 있다. 그런데 본인의 전쟁체험의 경우는 제3자를 내세운 허구적 구성이 오히려 전쟁의 실체를 알리거나 인물과 구성의 치밀성을 형성하는 데 방해가 되었다고 볼 수 있다. 박완서는 기본적으로 작중인물의 나레이터로서 직접 개입하기 때문에 주인공이 3인칭으로 설정되었다 해도 결과적으로는 전지적 작가시점으로 서술하게 되는 특이성을 갖고 있다.『나목』에서의 이경이나『목마른 계절』의 하진이 그렇다.『나목』이 박수근의 이야기가 아닌 이경의 이야기가 된 것도,『목마른 계절』에서 오빠나 올케, 어머니의 역할이 작을 수밖에 없었던 이유도 박완서가 이경과 하진의 나레이터로서 그들의 행동과 심리에 집중한 결과다. 이후『엄마의 말뚝』연작,『그 많던 싱아는 누가 다 먹었을까』『그 산이 정말 거기 있었을까』에서 어머니, 오빠, 올케로 인물의 중요도를 옮길 수 있었고, 가족 간의 대립각을 형상화할 수 있었던 것은 작가 박완서와 작중 서술자 '나'가 동일한 시점에서 직접 주변을 인식해가는 방식을 채택했기 때문이다. 이와 같은 차이로 인해 초기와 후기 전쟁체험소설이 변모 과정을 겪게 된다.

체험적 요소가 있기는 마찬가지지만,『나목』은 사실과 허구의 적절한 조화로 새롭게 구조화된 작품으로서의 가치가 있다. 그러나『목마른 계절』은 전쟁체험소설의 과도기적 양상이라 할 수 있다. 허구적 인물과 박완서의 실제적 체험이 조합된 형태이기 때문이다. 후기작에 시점의 변화를 준 것은 초기에 쓴 작품들과 차별화하기 위한 전략이기도 하겠지만, 결국은 사실과 허구의 조합이 특별히 작품성이나 이야기의 치밀성에 기여하지 못했기 때문일 것이다.

소설이 가진 허구성을 과감히 제거하고 자전적 요소와 함께 작가와 동일시되는 '나'의 서술시점을 택한 『그 많던 싱아는 누가 다 먹었을까』나 『그 산이 정말 거기 있었을까』는 이들 작품이 과연 소설인가 하는 의문을 남겼다. 또한 이 작품들은 『나목』『목마른 계절』『엄마의 말뚝』 연작과 유사한 내용을 담고 있어 전쟁체험의 소설화에 있어 어떤 한계지점을 노출한 것처럼 보이기도 했다. 일반적으로 트라우마는 과거에 고착되는 성질을 갖고 있다. 박완서에게 있어 전쟁트라우마는 평생을 함께한 강박관념이다. 그가 이것을 해소할 수 있는 유일한 출구는 그가 체험한 기억을 글로써 복원해내는 것이고, 이것이 그의 문학세계의 근간을 이루고 있다. 반복적인 변주에 대한 주변의 평가와 시선을 알고 있음에도 문학적 신념을 꺾지 않은 데는 이런 개인사가 자리잡고 있다. 그러나 박완서가 주변의 논란에도 불구하고 이러한 작업을 지속한 데는 작가적 자신감이 뒷받침 되었을 것이다. 기억의 복원을 넘어 이룩한 문학적 완성도는 이러한 논란을 무색하게 만든 것이 사실이기 때문이다.

박완서는 전쟁체험의 재구에 머물지 않고, 전쟁을 경험한 이들의 이후의 삶도 추적하고 있다. 전쟁을 체험한 인물들에게 내재화된 전쟁트라우마가 어떤 기제를 만나 발현되는 양상은 경험하지 않은 이들이 쉽게 다다르기 힘든 영역이다. 만약 그가 자전적 요소에 근거한 기억의 복원에만 의존했다면 그 역시 문학적 상상력에 제약을 받았을 것이다. 그러나 박완서는 전쟁체험의 기억에 머물지 않고 살아가면서 그가 접한 당대의 일상성을 지속적으로 흡수하였다. 이것은 모두 그의 문학적 제재가 되고, 다양한 변주를 가능케 하는 원동력이 되었다.

「카메라와 워커」나 「그 가을의 사흘 동안」은 전쟁을 통해 개인적 비극을 경험한 인물들이 어떤 식으로 이후의 삶을 영위해나가는지 냉철한 시선으로 추적하고 있다. 전쟁트라우마의 내재화를 나타낸 소설들 중 가장 완성도를 갖춘 작품들이라 할 수 있다. 이 작품들에는 전쟁과 무관해 보이는 소시민의 일상이 표면에 자리잡고 있지만, 그러한 일상 이면에 침투되어 있는 전쟁의 그늘을 선명하게 그려내고 있다. 전쟁을 체험한 인물들에게 시간이 흘러도, 생활이 바뀌어도 이어지는 강박관념을 형상화한 것이다. 이것은 전쟁을 직접적 배경으로 서사화한 작품 못지않게 전쟁의 상처를 드러내는 방식이다.

박완서에게 있어 한국전쟁체험 창작모티브는 그의 문학세계의 시작을 의미한다. 그는 사실 전쟁체험을 쓴 작품에서는 대작을 남길 수 없을 거라 생각했다. 체험으로부터 객관적 거리를 유지하기 힘든 장르였기 때문이다. 그러나 그의 판단과는 달리 전쟁체험을 모티브로 창작된 소설들은 박완서의 대표작이라 할 만한 것들이다. 그 중에서도 『나목』은 데뷔작 이상의 의미를 갖는다. 『나목』 속 '나목'이 박수근 자체를 의미한다면, 작품 『나목』은 작가로서의 박완서를 의미한다. 이후 작가로서 완숙기에 이르렀을 때 내놓은 『그 많던 싱아는 누가 다 먹었을까』나 『그 산이 정말 거기 있었을까』는 박완서이기에 가능한 작품들이다. 1930년대 출생하여 해방과 근대화의 과정을 직접 목격했다거나 박수근과 같은 유명한 화가의 성장을 지켜볼 수 있었다거나 한국전쟁을 청년기에 접했다는 것은 비록 그 시기가 박완서 개인에게 암울했다 할지라도 작가로서는 무척 큰 행운일 수밖에 없는 역사적 조우다. 이와 같은 체험은 박완서만이 회상할 수 있는 특별한 순간들이기 때문이다. 그러나 이러한 체험을 했다고 해서 모두가 박완서와 같은 작가가 될 수 있는 것은 아니다. 이 모든 것이 문학적 역량을 갖추고 있던 그였기에 가능했던 것이다. 우연과 필연이 겹쳐 최상의 결과를 냈다고 볼 수밖에 없는 것이다.

박완서의 문학적 저력을 인정하기에 그가 전쟁체험의 문학화에 있어 자전적 요소를 반복적으로 변주한 것은 아쉬움으로 남는다. 그가 겪은 개인사와 전쟁과 분단에 대한 특유의 강박관념을 감안한다 해도 그의 창작세계가 체험을 초월한 어느 지점에 새로운 지평을 열었기를 바라기 때문이다. 그러나 『목마른 계절』에서 알 수 있듯이 그는 허구와 체험을 완전히 분리하지 못했다. 그래서 오히려 '기억에만' 의존해서 집필했다는 『그 많던 싱아는 누가 다 먹었을까』나 『그 산이 정말 거기 있었을까』가 전쟁체험소설로서 더 높은 완성도를 보여주고 있는 것이다. 이것은 박완서가 사소설적 서술에 유독 강점을 가진 작가였다는 게 하나의 원인이기도 하다. 그는 자신과 작중화자의 거리가 멀수록 서술의 밀도에 어려움을 겪었던 것으로 보인다. 이런 현상은 특히 전쟁체험소설에서 두드러진다. 예를 들어 노년의 성과 정체성을 그린 「유실」이나 노년의 생물학적 늙음과 소외를 그린 「천변풍경」과 같은 작품들은 주동인물이 3인칭 남성화자임에도 불구하고 인물의 개성을 작품 속에 알맞게 녹여내고 있다. 그러나 전쟁체험소설에 등장하는 인물들에게는 작가 자신과 그들 간에 일정한 객관적 거리를 확보하지 못하고 있다. 이러한 점이 박완서 전쟁체험소설의 특이성이자 허구적 상상력을 제약받은 한계점이라 할 수 있다.

III

근대성·도시일상성 창작모티브

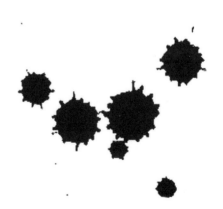

1. 근대성·도시일상성담론의 전개 양상

소설이란 시민계급에 의한 근대의 산물이다. 소설이 산문을 지배하게 된 시대의 문학이 근대문학이다.[114] 20세기의 소설은 인간 심리나 사회에 대한 관심과 흥미로부터 출발하고, 프로이트나 마르크스의 영향력이 문학의 영역까지 밀려든다.[115] 여러 세계관이 교차하는 인간의 내면은 문학의 영원한 탐구대상이다. 그렇다면 인간의 내면을 지배하는 강력한 기제는 무엇인가. 인간의 삶터면서 때론 개개인이 뛰어넘을 수 없는 권력적 억압기제로 작용하는 사회라는 울타리는 역사와 환경을 따라 변화 또는 진화하며 인간에게 막대한 영향력을 행사한다. 인류 역사상 커다란 획을 그을 수 있는 기점을 꼽아본다면 중세 봉건제로부터 근대 산업화사회로의 이행지점일 것이다. "근대성은 도시다"란 말처럼 근대화, 산업화, 도시화는 떼려야 뗄 수 없는 관계로 서로 복잡하게 얽혀 상호작용하며 진화·발전하였다.

　우리 문학에서 근대성(modernity)[116]이나 도시성(urbanism)을 논할 때 상

114　조동일, 「세계문학사의 전개」, 지식산업사, 2002, p. 372.

115　김회진, 「영미문학사」, 신아사, 2003, p. 333.

116　'근대'에서 시작한 근대성은 자율적이고 자유로운 주체라는 개념이 보편적 이성의 이념과 맞물려 있다는 헤겔의 철학적 인식론을 기반으로 한다. 이러한 근대성은 도시와 함께 변모되어 왔다(권경아, 「1950년대 한국 모더니즘 시의 근대성 연구: 〈후반기〉동인을 중심으로」, 한양대 대학원 국어국문학과 박사 논문, 2011, p. 10).
　근대성은 경제적으로는 자본제생산양식의 완성과정이다. 이것은 시민계층이 권력계급으로 성장할 수 있도록 원동력을 제공한다. 근대문학이란 시민계층의 욕망의 표출방식에 일정부분 관여하게 된다(김윤식·김우종 외, 「한국현대문학사」, 현대문학, 1999, pp. 15~16 참조).
　이와 같이 근대성은 경제발전이나 환경과 분리해서 생각할 수 없는 것으로, 그런 변화가 사회나 사

징적으로 등장하는 시기는 1930년대와 1960~70년대다. 문학이 한 시대나 사회의 반영이라고 할 때 우리는 문학을 논하기에 앞서 해당 시기의 우리나라와 주변정세를 역사적 · 사회적으로 고찰해볼 필요가 있다.

세계적으로 보면 1930년대는 세계 대공황(1929)이 들이닥친 직후이며, 제1차 세계대전(1914~18) 종전 후 제2차 세계대전(1939~45)이 재점화된 혼돈의 시기다.

미국의 경우 30년대 초기에는 공황에 대한 반동으로 프롤레타리아 문학운동이 융성했으나, 30년대 말에는 쇠퇴의 길을 걷는다. 30년대는 또한 사진과 영화의 기술이 발달했고, 르포문학이 융성했다. 제2차 세계대전에서 인류가 체험한 원자폭탄의 파괴력과 나치 포로수용소에서 자행된 대량학살은 인간실존과 소외문제, 부조리에 대한 각성을 요구했다. 이것은 미국에만 국한된 것이 아니라 제2차 세계대전 후의 전 세계적 동향이라 할 수 있다.[117]

프랑스를 비롯한 유럽 여러 나라는 제1차 세계대전의 참상을 목도한 후 젊은 세대들이 절망감에 빠져 무기력해져 있었다. 젊은이들은 이러한 분위기에서 현실도피와 지적인 모험을 동시에 추구하게 되는데, 그 중 하나가 다다운동(dadaïsm)이다. 1919년에서 1924년 사이에 세 명의 젊은 시인그룹(브르똥Breton, 수뽀Soupault, 아라공Aragon)과 다다(dada)[118]의 만남으

람들에게 미친 영향의 한 경향성임을 알아야 한다. 이런 변화와 발전이 상존하기에, 이것의 문학적 반영이 태동하는 것이다(이선영, 『리얼리즘을 넘어서』, 민음사, 1995, pp. 130~131 참조).

117 김회진, 앞의 책, pp. 529~542; 조동일, 앞의 책, pp. 371~533.

118 '다다'라는 명사는 사전에서 우연히 발견된 표현으로서 루마니아 출신의 시인 트리스탄 짜라가 쥬리히에 뿌리를 내린 허무주의적이고 도전적인 운동에 붙인 이름이다. 다다는 1916년부터 1921년까지

로부터 초현실주의[119]가 탄생한다. 이후 1930년에 초현실주의 제2『선언서(Manifeste)』가 발표되었다. 이와 같이 대두된 초현실주의는 국제적인 반향을 불러 일으켜 다른 나라에서도 초현실주의 유파들이 형성되었다. 그러나 이 운동은 생기와 역동성을 잃고 일종의 문화적인 관습화가 되면서 전쟁 이후 점차 세력을 잃게 된다.[120]

1930년대의 우리나라는 아직 일제강점기로 사회·문화적으로 암담한 현실에 처해 있었다. 더군다나 1931년에 만주사변[121]이 발생한 이후 경제적 수탈을 비롯하여 문화 전반에 걸쳐 일제의 탄압이 더욱 강화되었다. 경제적으로는 우리나라를 병참기지화하려는 일제의 정책에 따라 중화학공업의 육성이 본격화되었다. 이러한 체제는 일제가 경제공황 극복을 위해 도발한 침략전쟁을 뒷받침하고, 일본 본토와 식민지를 묶어 경제블록을 형성하는데 기여한다. 이로써 우리나라도 본격적으로 산업화가 진행하게 되었다. 1930년대의 산업화와 이로 인한 자본주의적 도시화는 집

지속된 운동으로 예술과 도덕에서 확립된 기존의 모든 가치를 공격한다(이준섭, 『프랑스문학사』, 세손, 2005, pp. 118~119).

[119] 브로똥은 제1『선언서』에서 초현실주의는 "구술에 의해서, 기록에 의해서 또는 다른 모든 방법에 의해서 사고의 실제 작용을 표현하고자 하는 순수한 심리적 자동현상이다. 이성에 의한 모든 통제가 배제되고 모든 미학적 윤리적 고정관념을 벗어난 사고의 받아쓰기"라고 주장했다. 초현실주의는 이성과 논리의 관습에 가려져 있는 인간의 총체, 즉 무의식을 재발견하는 것이 문제의 본질이다. 이 무의식이 표면에 떠오를 수 있고 현실을 풍요롭게 해줄 수 있는 특별한 방법은, 꿈의 전사(transcription des Rêves)와 자동기술(écriture automatique)에서 이루어지는 것처럼, 이성으로부터 해방된 언어를 사용하는 것이다(위의 책, p. 120).

[120] 위의 책, pp. 118~120.

[121] 일본이 1931년 9월 18일에 류탸오거우 사건(柳條溝事件: 만철폭파사건)을 조작해 일으킨 만주침략 전쟁이다.

합적 소비수단과 생산수단(자본 및 노동력)을 도시공간에 집중시키는 양상을 낳는다. 식민지 공업화는 노동자의 비인간화, 공업과 농업의 불균형, 기형적인 도시 발전을 낳게 한다. 이것이 노동운동을 촉발시키는 계기가 되었고, 이로 인해 사회주의 리얼리즘이 대두하게 된다.

이런 환경이 서구 모더니즘사조와 결부되어 우리나라 전반에 전근대성과 구분되는 근대성 또는 도시성의 형태로 부각된 것이다. 우리 문학에서 모더니즘의 출현은 1930년대의 자본주의적 도시화 현상과 관련이 있다. 근대화·도시화 현상은 기법적 실험과 세련성을 추구하는 도시세대의 문학[122]을 낳게 했고, 다른 한편으론 프로문학[123]이 그 정점에 이르

---

122 도시세대를 주축으로 결성된 '구인회'(1933)는 모더니즘 문학의 모태가 되었다. 구인회라는 이름은 회원수에서 비롯된 것으로, 김기림·이효석·이종명·김유영·유치진·조용만·이태준·정지용·이무영이 창립회원이었다. 창립한 지 얼마 안 되어 이종명·김유영·이효석이 탈퇴하고 대신 박태원·이상·박팔양이 새로 들어왔으며, 그 뒤 유치진·조용만 대신에 김유정·김환태로 바뀌었으나 회원수는 항상 아홉 명이었다. 이들은 1920년대 우리나라 문단의 큰 흐름이었던 프롤레타리아 문학에 반대하는 순수예술을 지향했다. 박태원과 이상이 중심이 되어 기관지 「시와 소설」을 펴냈다. 박태원과 이상의 작품에는 우리나라 30년대 모더니즘 문학의 특성이 가장 잘 드러난다. 이들의 작품들은 '의식의 흐름' 유형의 서구 모더니즘을 실험한 작품으로 평가 받아왔다. 박태원의 「딱한 사람들」(1934)이나 이상의 「날개」(1936)는 각기 '내면의식'을 형상화하는 데 주력한 공통점을 갖고 있다. 서구 모더니즘의 의식의 흐름과 달리 내면의식을 형상화해 소외의 자기인식에 이르는 과정이 내적 독백의 형태로 구상된다. 이러한 기법은 현실로부터의 소외와 현실의 회복 열망이 공존하는 내적 자아의 모습을 그려낸다. 박태원의 「천변풍경」(1936~37) 같은 작품은 채만식의 「탁류」(1937), 김남천의 「대하」(1939) 등과 함께 30년대 풍속소설, 세태소설을 대표하기도 한다. 1936년 최재서의 「리얼리즘의 확대와 심화」(「조선일보」, 1936.1.29~2.3)라는 논문에서 '세태'라는 용어가 등장했고, 이어서 임화가 「세태소설문」(「동아일보」, 1938.4.1~6)이라는 논문을 발표해 본격적으로 세태소설이 논의되었다. 임화가 세태소설을 사상성이 퇴조됨으로써 빚어지는 것으로 봤다면 김남천은 '풍속'이라는 용어를 써서 단순히 시대를 묘사하는 것이 아니라 현실을 풍부하게 묘사함으로써 사상성과 현실성을 드러내는 것으로 보았다. 또한 세태묘사를 장편소설의 바람직한 속성 중의 하나로 간주했다(나병철, 「근대성과 근대문학」, 文藝出版社, 1995, pp. 212~219; 선주원, 「1930년대 후반기 소설론」, 한국학술정보, 2008, p. 117).

123 사회주의사상이 급속히 유포되면서, 이러한 현상은 문학계까지 영향을 미쳐서 작품을 통해 사회주

는 기반을 제공했다. 이와 같이 30년대 문학은 리얼리즘과 모더니즘의 병존현상이 뚜렷했고, 후반기에는 풍자소설과 해학소설이 대두되기도 하였다.

그러나 점차 일제의 파시즘이 강화되면서 사회운동은 탄압을 받게 되고, 리얼리즘의 세력은 크게 위축되었다. 이 시기의 작가들은 조선총독부의 검열, 그로 인한 삭제나 게재금지에 시달렸다. 이런 상황적 불리로 인해 이 시기의 문학이 그 전대의 그것에 비해 민족주의·자유주의적인 색채가 약화되고 후퇴한 것은 사실이다. 일부 문인들은 전원에 머물며 현실 도피적인 글을 쓰기도 하였고, 도시를 배경으로 하는 작품의 경우도 일제의 강점에서 오는 삶의 고통이나 사회의 불균형성을 문제삼기보다는 사소한 일상성에 머무는 경우가 많았다.

한편 1930년대는 동아·조선·중앙일보[124] 등의 신문과 『朝鮮文壇(조선문

의사상을 구현하려는 작가들을 많이 배출했다. 이들이 표방한 문학이 곧 프로문학(프롤레타리아 문학)이었으며, 그들의 조직이 카프(KAFP, 조선프롤레타리아 예술동맹)였다. 카프라는 조직이 결성되기 전부터 시작된 신경향파문학은 프로문학의 초보단계로 규정된다. 프로문학의 문인들은 식민지 현실을 고발하고, 이 현실을 뒤엎을 주체로서 무산자 노동자계급(프롤레타리아)을 부각시켰다. 이들의 특징은 무엇보다 계급투쟁의 고취에 예술이 봉사해야 한다는 목적의식을 강조하였다는 점에 있다. 이기영의 『서화』(『조선일보』, 1933.5.30~7.1) 『고향』(1933), 조명희의 『낙동강』(『조선지광』, 1927.7), 강경애의 『인간 문제』(『동아일보』, 1934.8.1~12.22) 등이 주목할 작품으로 꼽히는데 이 소설들은 대체로 생경했던 여타 프로문학 작품에 비해 높은 작품성과 사실성을 보이고 있다. 그러나 카프 작가들의 전반적인 작품들은 과도한 목적의식으로 인해서 추상적인 관념이 앞서고, 지나치게 도식적이라는 점에서 심각한 약점을 지니고 있었다(나병철, 앞의 책, pp. 118~127).

124 1920년대 후반부터 전개된 역사소설의 대두와 유행은 당시 신문사의 상업화 전략에 힘입은 바 크다. 삼일운동 이후 문화정치의 일환으로 창간된 『조선일보』와 『동아일보』는 조선 고유의 문화와 사상을 부흥시키려는 운동을 전개했다. 1930년대 역사소설의 신문 연재는 대중에게 교훈과 재미를 제공하며 신문 판매 부수를 급증시켰다(동국대학교 문화학술원 한국문학연구소 편, 『한국 근대문학과 신문』, 동국대학교출판부, 1991, pp. 131~132 참조).

단)』『文章(문장)』 등의 문예지를 통해 많은 신인들이 등장했다. 또한 신문 연재를 통해 대중소설이 많이 쏟아져 나온 시기이기도 하다.[125]

1940년대 광복의 소용돌이, 1950년대 한국전쟁과 전후 혼란, 1960년 대 전후 재건과 산업화의 재점화 및 사일구혁명과 오일육군사정변 등 정 치·사회·경제적 격변기를 지나 우리는 1970년대에 이른다. 1970년대 이래로 현대문학과 예술에 나타나고 있는 매우 현저한 양상을 지적한다 면, 그것은 도시와 도시공간에서의 삶에 대한 인식이 뚜렷해졌다는 것이 다. 그래서 '도시'라는 단어가 소설의 표제로서 널리 이용되고 있을 뿐만 아니라, 도시 특유의 이미지 포착과 도시에서의 삶의 경험 양상들이 다 각적으로 제시되었다.[126]

정치적으로는 1972년 10월 유신선포로 인해 '암흑과 공포의 정치'가 우리사회를 지배하게 된다. 이것이 70년대 한국인의 삶의 기조, 의식의 방향, 정신사적 추이에 영향력을 행사한다. 반면 닫힌 정치의 부산물로 대두된 것은 고속 경제성장, 근대화와 산업화의 열기, 대중문화의 급팽 창 등이다.[127]

1960년대 후반부터 1980년대 초엽에 이르기까지 우리 사회는 산업화 에 따른 사회적 병폐의 심화를 겪으면서도 경제 발전이 급속도로 진행되 었다. 이것으로 인해 이농현상이 가속화되었고, 급속히 팽창한 기형적인 도시화 등으로 인해 갖가지 사회적 부조리와 불균형이 유발되었다. 이로

125 김윤식·김우종 외, 앞의 책, pp. 204~218; 나병철, 앞의 책, pp. 209~219.

126 이재선, 『현대한국소설사』, 민음사, 1991, p. 247.

127 김윤식·김우종 외, 위의 책, pp. 453~454.

인해 사회 곳곳은 전통적 가치관이 흔들리고, 허세와 허위의식의 만연, 부정과 도덕적 타락 등이 지속적으로 심화되었다. 무리하게 진행된 산업화는 민중의 노동력을 헐값으로 제공케 하였고, 고도성장이란 슬로건 아래 빈익빈 부익부가 가속화되었다. 공업형 도시의 급속한 발달로 도시의 새로운 빈곤층이 형성되는 등, 이와 같은 경제제일주의는 배금주의와 속물주의의 사회풍조를 크게 조장하였다. 박완서의 도시소설·세태소설들은 바로 이러한 사회적 상황과 역사적 조건에 대해서 문학적으로 발언[128]한 것이다.[129]

70년대는 '소설의 시대'라는 이름에 걸맞게 세태소설·역사소설·이념소설·전쟁소설·종교소설·중간소설[130] 등 다양한 소설유형이 혼재했고,

---

128 이태동은 「억압적 현실과 여성의 인간의식」에서 박완서가 오늘날 정전(正典)의 작가로서 높이 평가될 수 있었던 것은 그가 현실에 대해 보여 주었던 남다른 통찰력과 예리한 비판의식에 기반한 것이라 지적한 바 있다(이태동 편, 『한국문학의 현대적 해석 18-박완서』, 서강대학교 출판부, 1998, p.7).

129 이선영, 앞의 책, pp.394~395.

130 70년대에 눈에 띄게 많이 나타난 것은 중간소설의 작가들과 작품들이다. 중간소설이란 본격소설과 통속소설로 나누는 전통적 이분법적 방식으로 나누기에 애매한 지점에 서 있는 작품들을 뜻한다. 이들 작품들은 대중성을 확보하여 기록적인 판매고를 올린 것으로 인해 오히려 본격소설의 반열에 끼지 못한 부류이다. 최인호의 『별들의 고향』(73) 『바보들의 행진』(74), 조선작의 『영자의 전성시대』(74), 조해일의 『아메리카』(74) 『겨울여자』(76), 김주영의 『목마 위의 여자』(76), 송영의 『땅콩껍질 속의 연가』(77), 한수산의 『부초』(77), 박범신의 『죽음보다 깊은 잠』(79) 등이 이러한 소설류로 언급되었다. 또한 고도의 예술적 가치를 지니면서 흥행에도 성공한 사례들도 있다. 이청준의 『소문의 벽』(72), 『당신들의 천국』(76), 황석영의 『객지』(74) 「삼포 가는 길」(75) 『장길산』(76), 윤흥길의 「아홉 켤레의 구두로 남은 사내」(77) 「장마」(80), 김원일의 「어둠의 혼」(73), 전상국의 「하늘 아래 그 자리」(79), 박경리의 『토지』(73~76), 이병주의 『지리산』(78), 박완서의 『휘청거리는 오후』(78), 조세희의 『난장이가 쏘아올린 작은 공』(78), 김성동의 『만다라』(79), 이문열의 『사람의 아들』(79) 『그대 다시는 고향에 가지 못하리』(80) 등이다. 중간소설들은 상업주의문학 시비를 불러일으키며 대중소설·오락소설·시민소설·통속소설·음담소설 등의 분류를 낳기도 했다(김윤식·김우종 외, 앞의 책, pp.453~455 참조).

성장의 그늘에서 소외된 인물들[131]을 통해 계층 갈등을 다루는 소설들이 출현하는 등 비판적 리얼리즘의 전성시대가 도래했다.

나병철은 1970~80년대는 리얼리즘이 눈에 띄게 부각된 시기였지만, 모더니즘 역시 지속되었다고 보았다. 일례로 최인호의 「타인의 방」(71)의 경우 "60년대 김승옥 소설에서 드러났던 소외의식의 보다 극단화된 상태를 보여주면서, 사물화로 인한 현실과의 단절을 그린 30년대 모더니즘의 연장선상에 있다"고 지적했다. 또한 조세희의 『난장이가 쏘아올린 작은 공』(78) 역시 모더니즘기법[132]을 통해 리얼리즘적 현실비판을 수행한 대표적인 작품으로 꼽았다. 이와 같이 비판적 리얼리즘, 혹은 모더니즘과 리얼리즘의 병합 속에서 활로를 모색한 70, 80년대 소설에는 몇 가지 상징적 매개물이 등장하기 시작한다. 산업화나 도시화의 공간적 상징으로 '아파트'가 자주 등장한다든지, 산업화의 부산물로 형성된 도시빈민층이 새롭게 부각된다든지 하는 것들이 그 예라 할 수 있다. 이것들은 도시적 일상의 고립과 소외, 전통의 붕괴와 경제·사회적 불균형 등의 코드를 효과적으로 암시해주는 대표성 있는 매개체이기 때문이다. 이때 70년

---

131 경제발전 과정에서 일방적으로 희생이 강요된 일용노동자, 농민, 도시빈민들이 소외계층으로 부각된다. 특히 대중소설에서 주목한 대상들은 도시 부랑자, 창녀 등으로 이들이 계층적으로 전락할 수밖에 없는 사회의 모순된 계층구조와 부나 권력 분배의 불균형에 대해 비판을 가했다.

132 『난장이가 쏘아올린 작은 공』은 인물 설정(난장이)이나 익명화된 지명(『낙원구 행복동』), 단문 위주의 짧은 문체, 시점의 모자이크적 조합 등을 통해, 일종의 알레고리의 수법을 보여준다. 이 소설에서 '난장이'는 노동자 등 하층민이 사회모순에 의해 왜소화된 모습을 알레고리화한 것이다. 즉, 난장이의 인물 설정은 자본/노동으로 분열된 사회에서 자본이 노동을 억압하는 이항대립의 사회를 형태적으로 보여준다. 이런 이항대립의 구조는 일상적 현실의 '현상적' 경험이나 그 현상을 규정하는 '본질적' 요인을 드러낸 것은 아니다. 그 같은 현실에 대한 '인식'보다는 자본/노동의 이항대립적 억압구도에 대한 '자기인식'을 형상화한 것으로 볼 수 있다(나병철, 앞의 책, pp. 226~227).

대 문학이 도시빈민층으로 일용노동자를 그리고 있다면 80년대는 공장 노동자나 사회적 계급주의에 주목한 사실을 눈여겨볼 필요가 있다. 이들의 등장은 전통적 가치나 문화의 붕괴와 더불어 부의 부당한 편중에 대한 비판을 자연스럽게 유도하며 의식의 저층을 형성한다.

조남현은 "뒷걸음치는 정치와 앞으로 뛰어가고 있는 경제, 이는 70년대 우리 사회가 만나야 했고 감당해야 했고 또 극복의지를 가져야 했던 엄연한 두 겹의 현실"이라고 지적하면서 "70년대의 정신사는 바로 이렇듯 어둠의 인식과 밝음의 감정이 분명히 갈라지면서 또 기묘하게도 잘 병존하고 있는 모순구조" 위에 서 있다고 지적하였다. 이런 이중의 구조는 70년대 소설사에도 기본적으로 반영되어 있으며 "70년대의 일련의 상황은 당시 작가들에게 그 어떤 것보다도 사회학적 상상력을 더 많이 지닐 것을 요구했다"고 보았다.[133]

70년대 문화현상을 이해함에 있어 '유신'과 군사정권의 몰락을 제외하고 논할 수 없는 것과 마찬가지로 80년대는 신군사독재정권의 출범과 '오일팔광주민주화운동'을 언급하지 않고 그 시대적 제현상을 논할 수 없다. 80년대의 소설 역시 광주의 비극에서 비롯된 정치·사회적 현상에 자유로울 수 없다. 신덕룡[134]은 80년대는 군부독재와 광주참사에 대한 절망감 자체였으나 폭압의 분위기에 압도돼 문학이 '침묵'하였다고 비판했다. 80년대 초를 소설에 있어 '침묵의 시대'라 명명하는 것도 이로부터 연유한다. 군부독재의 폭력으로부터 촉발된 비통함과 분노, 허탈과 좌절, 비

---

133 조남현, 「70년대 소설의 몇 갈래」, 『한국현대문학사』, 현대문학, 1999, pp. 458~465.

134 신덕룡, 「폭력의 시대와 80년대 소설」, 『한국현대문학사』, 현대문학, 1999, pp. 507~519.

겁과 부끄러움의 체험은 일종의 '가위눌림'의 형태로 우리 의식 속에 내상(內傷)으로 존재하다가, 이것으로부터의 탈출을 꾀하기 시작한 것은 80년대 중반 이후부터다.[135] 이것은 크게 두 가지 갈래로 이루어지는데, 그 하나는 독재권력에 맞선 오일팔광주민주화운동의 진정한 의미와 이를 바탕으로 한 "주체로서의 역사의식의 형상화 작업"[136]이고, 다른 하나는 독점자본주의 앞에 고통 받는 노동자의 삶을 통해 "계급구조의 모순을 타개"[137]하고자 한 움직임이다.

---

135 정치적 배경을 살펴보면, 1987년 봄 이한열의 죽음이 계기가 되어 군부독재정치의 청산과 대통령 직선제의 쟁취를 위해 온 국민이 봉기한 시점과 일치한다. 우리나라 현대사의 중대한 기점이 되는 '유월항쟁'을 시발점으로 학계와 문화계 전반에 진보적인 색채가 강화되기 시작했다. 이러한 사회적 기운을 토대로 오일팔광주민주화운동과 노동자의 투쟁 현장을 그린 작품들이 등장하기 시작한 것이다.

136 주요 작품으로 임철우의 『봄날』(84), 『직선과 독가스』(84), 윤정모의 『밤길』(85), 문순태의 『일어서는 땅』(86), 정도상의 『십오방 이야기』(87), 최윤의 『저기 소리 없이 한 점 꽃잎이 지고』(88), 홍희담의 『깃발』(88), 김유택의 『먼길』(88) 등이 있다. 이들 작품들은 군사정권의 비도덕성과 폭력성 앞에 좌절되는 삶을 그리고 있지만, 피해자로서의 비극성보다는 권력이데올로기의 폭력성에 더 초점을 두고 있다는 점이 특징이라 할 수 있다(신덕룡, 앞의 책, p.512 참조).

137 주요 작품으로 감남일의 『파도』(88), 정도상의 『새벽기차』(88), 유순하의 『생성』(88), 방현석의 『새벽출정』(89) 등이 있다. 70년대의 소설들이 성장이데올로기의 그늘에서 뿌리내리지 못하고 소외된 노동자계층을 묘사하며 개인적 삶의 비극성에 머물고 있다면, 80년대 노동소설들은 집단의식으로 나아갔다는 점에서 차이를 보인다. 즉 노동자들의 열악한 삶과 자본가들의 비인간적 행태의 대립을 통해 우리 사회의 모순구조를 드러내면서, 모든 비극은 이것으로부터 기인함을 주장하는 것이다(위의 책, p.513 참조).

방현석의 경우 80년대 학생운동을 거쳐 산업현장에서 직접 노동운동에 가담하였으며, 1987년의 민주화운동과 정치격변을 몸소 체험한 작가이다. 이러한 생체험의 산물로 첫 단편소설 「내딛은 첫발은」(88)을 『창작과 비평』에 발표했다. 그 다음 발표한 작품이 「새벽출정」(89)이다. 「새벽출정」은 여성 노동자들의 파업투쟁현장을 그린 작품으로, 노동자계층과 자본가그룹의 대립구조 속에서 이들의 경계에 어떤 이데올로기가 대치하고 있는지 보여주고 있다. 이 소설에는 80년대 노동현장에 만연된 제 문제─사측의 노조 결성 무력화, 구사대 동원, 노조 분열조장과 유화정책, 장기파업을 통해 노동자들이 체험하는 극한의 공황상태, 위장폐업, 노동자의 죽음, 빨갱이 콤플렉스─가 파업노동자들의 심리변화와 행동양식, 사측의 대응양상을 통해 고스란히 전달되고 있다. 평론가 오문석은 「노동이 밖에도 80년대 소설의 특징으로 한국전쟁의 후유증과 그 해결의 과제를 형상화한 분단제재소설들[138]과 우리사회의 제모순과 이로 인해 야기되는 삶의 파괴를 그린 소설들을 들 수 있다. 특히 양귀자의 『원미동 사람들』(87)이나 박영한의 『왕룽일가』(88) 『우묵배미의 사랑』(89) 등을 보면 산업화, 도시화가 진행된 서울 변두리지역의 사람들, 즉 중심부에서 밀려난 사람들의 이야기를 다루면서 이러한 사회변화가 인정과 풍속을 어떻게 변화시키고 타락시키는지 보여주고 있다.

한편 이인성의 「낯선 시간 속으로」(『문학과지성』1980.봄), 최수철의 『화두·기록·화석』(87)과 같은 작품들은 실험적인 창작의 길을 모색하면서 전통적인 소설문법의 의도적인 파괴를 통해 새롭고 다양한 형식실험을 시도했다.

1990년대 국제정세는 소련 붕괴와 독일 통일을 중심으로 격변하게 된

자의 새벽과 근로자 이데올로기: 『새벽출정』론」에서 "자본의 논리로 비호받는 경계선, 그 경계를 깨고 일어선다는 것이 얼마나 힘들고 지난한 길"인지 이 소설이 보여주고 있다고 분석했다. 150여 일의 농성을 마무리하고 비장한 '새벽출정'을 앞둔 노조위원장 '미정'이 감옥 가는 것보다 더 무서운 것이 "이 싸움에서 지는 것"이라고 말한 대목이야말로 그 "경계를 뛰어넘는 일"에 대한 가혹한 현실 암시일 것이다. 80년대 노동소설은 반공이데올로기로 인해 그간 터부시되던 금기를 깨고 계급적 시각을 갖춘 노동운동이 우리의 삶에 어떤 기여를 하며, 성장제일주의로 인해 간과되고 있는 비윤리적이고 비인간적인 노동현장의 잔인성과 문제성을 드러내고 있다(강진호, 이선미, 장영우 외, 『우리 시대의 소설, 우리 시대의 작가』, 계몽사, 1997, pp.372~385 참조).

138 주요 작품으로 조정래의 『유형의 땅』(81) 『태백산맥』(88), 문순태의 『철쭉제』(81), 김원일의 「미망」(82) 『겨울 골짜기』(87), 이동하의 『파편』(82), 박완서의 『그해 겨울은 따뜻했네』(82), 임철우의 『아버지의 땅』(84) 『붉은 방』(88), 이문열의 『영웅시대』(84), 정소성의 『아테네 가는 배』(85), 유재용의 『어제 울린 총소리』(85), 이창동의 『소지』(85), 김주영의 『천둥소리』(86), 윤정모의 『님』(87), 황석영의 『무기의 그늘』(87), 이상문의 「황색인」(89) 등이 있다. 70년대의 분단소설들이 유년의 원체험으로부터 전개되었다면 80년대의 그것들은 이데올로기를 전면에 내세웠다는 특징을 갖고 있다. 그것의 허구성을 드러냄으로 해서 비극성이 좀 더 구체화되었다고 할 수 있다(신덕룡, 앞의 책, pp.515~517 참조).

다. 고르바초프정권의 페레스트로이카(경제재건)와 글라스노스트(정보공개)로 상징되는 개혁정치의 영향으로 1989년부터 1990년 사이에 동독을 비롯한 폴란드, 체코, 슬로바키아, 헝가리 등의 국가에서 민주화운동이 벌어졌고, 1989년 12월에 열린 몰타정상회담에서 냉전체제의 공식적인 종결이 선언되었다. 1991년 12월 25일, 미하일 고르바초프는 소련 대통령직을 사임함과 동시에 1922년부터 존속되어오던 소비에트 연방의 해체를 선언하였다.

독일의 통일로 인해 우리나라가 지구상 최후의 분단국가로 남은 점, 사회주의·공산주의 국가들이 대세적으로 몰락하는 격변기에도 우리의 통일을 이뤄내지 못한 점 등은 씻을 수 없는 비극으로 기억된다. 필자가 진행한 인터뷰[139]에서 당시 박완서는 이 점을 굉장히 비통해했고, 남과 북을 장악하여 분단 상황을 조장하고 있을지도 모르는 어떤 '보이지 않는 손'에 대해 분노했다.

비록 통일의 기회는 놓쳤지만, 우리나라의 90년대 역시 정치적으로 진일보한 성과를 이룩한 시대였던 것만은 사실이다. 1987년 '유월항쟁'과 '육이구선언'으로 쟁취한 민주주의는 1987년에 군사정권의 가담자였던 노태우가 직선제로 집권하면서 한때 빛을 잃기도 하였다. 1993년 집권한 김영삼 '문민정부' 역시 군사정권 잔재와의 결탁으로 정권을 잡은 것이기에 진정한 의미의 국민정부라 할 수 없다. 그러나 이때부터 민주주의의 기틀이 견고하게 자리를 잡기 시작했고, 1998년 집권한 김대중

---

139 1999년 12월 문학동네에서 출간한 단편소설집 창간 기념 인터뷰를 박완서의 자택에서 진행하였다.

의 '국민의 정부'부터 군부독재의 잔재를 거의 청산한 단계에 진입하게 된다. 물론 김대중정부도 군사정권 잔재와의 연합으로 쟁취한 것이라 흠결을 갖지 않은 것은 아니다. 해방 후 친일세력을 척결하지 못하고 권력의 중심부를 내준 것처럼, 군사독재정권에 종사했던 인물과 세력은 여전히 우리나라 정·재계에 고루 배치되어 집권세력과 결탁해오고 있는데, 이것이 일제강점기, 한국전쟁과 분단, 군사정변을 겪어온 우리나라의 역사적 특수성인 동시에 비극성이다.

경제적으로는 성장제일주의와 독점자본주의 정책이 여전히 그 세력을 유지하고 있었으며, 1988년 서울국제올림픽경기 개최 이후 경제적 풍요의 강화와 함께 부동산 투기바람이 거세지기도 했다. 이러한 경제적 상승세는 김영삼 문민정부 말미에 'IMF사태'를 맞이하면서 한 차례 위기를 맞이하게 되는데, 그 극복 과정에서 기존의 중산층이 급격히 몰락하고, 이 혼란기를 틈타서 신흥재력가들이 등장하였으며, 비정규직의 양산을 통한 노동환경의 질적 저하가 가속화되는 등 사회 전반에 여러 변화의 움직임들이 포착되었다.

민주주의가 정착되면서 90년대는 문화 전반에 '표현의 자유'가 활짝 개화하게 된다. 한국문학의 경우도 90년대 들어서서 경제발전, 출판사의 급증, 표현자유의 신장 등에 따라 양적 팽창의 결과를 맞았다.[140]

그러나 90년대 문학의 양적 팽창이 꼭 질적 가치를 담보하고 있다고 볼 수는 없다. 우리는 결핍으로부터 창출되는 놀라운 성과물을 경험함으

---

140   조남현, 「1990년대 문학의 담론」, 문예출판사, 1998, p. 17.

로써 풍요의 그것이 그에 미치지 못하는 경우를 종종 목격하곤 하기 때문이다. 90년대 등장한 베스트셀러들[141]이 과연 자본과 광고, 마케팅의 힘을 빌리지 않고도 그런 지위를 획득하는 것이 가능했을까 의문을 갖게 된다. 실제로 베스트셀러의 다수가 중간소설류에 들기 때문에 이러한 의문과 가정은 힘을 받게 된다. 90년대의 출판시장이 상업적으로 크게 성장하다보니 베스트셀러는 써지는 것이 아니라 만들어지는 것처럼 여기는 분위기마저 일부 있었다. 즉, 광고와 영업의 힘으로 베스트셀러의 반열에 올릴 수 있기 때문에 일단 베스트셀러를 내본 경험이 축적된 출판사나 작가는 그 다음도 타깃을 정확하게 정조준할 수 있다는 것이다. 이와 같이 90년대 문학은 평자들의 호평 속에 잘 팔리지 않는 도서들과 영업과 자본의 힘을 빌려 베스트셀러로 자리매김해나가는 도서들의 양극화가 뚜렷했던 시기이기도 하다.

90년대는 기성작가들이 꾸준히 활동하는 가운데 신세대작가들[142]의 작품들이 출판사와 대중들에게 선호되는 현상이 뚜렷했으며, 리얼리즘과 포스트모더니즘을 양축으로 하여 모더니즘, 개인주의, 허무주의, 현세주의 등 여러 사조가 엇비슷한 힘으로 공존하는 현상을 드러냈다. 탈이데올로기 기조가 대세를 이룬 가운데 리얼리즘이 일부 약화되었으며, 사회비판기능이나 현실참여기능도 함께 시들해졌다. 이것은 탈냉전체제

---

141   조정래의 『아리랑』(1990~95), 이은성의 『소설 동의보감』(1990), 김진명의 『무궁화꽃이 피었습니다』(1993) 등의 장편소설집류가 밀리언셀러를 기록하였으며, 신문, 라디오, 텔레비전의 무차별적인 광고나 영업의 효과로 일순 베스트셀러로 떴다가 금세 사라지는 소설들도 이 시기에 많이 등장했다.

142   신경숙, 윤대녕, 김이태, 박청호, 배수아, 성석제, 은희경, 전경린, 차현숙, 조경란, 김경욱, 김연경 등으로 이들 작가군은 문학적 수준도 유지하면서 대중적 인기도 함께 누린 신세대작가들로 주목받았다.

의 정치현실과 맥을 같이 하면서 자연스럽게 대두된 문화계 전반의 현상이었다.

이런 기조 속에 80년대에 보기 어려웠던 90년대 문학의 특징 중 하나는 사이버문학, 컴퓨터문학의 출현을 들 수 있다. 이런 환경이 2000년대 초 '귀여니[143](본명 이윤세)'와 같은 인터넷소설작가를 탄생시키는 기반이 된 것이다. 2000년대 초에는 이와 같이 인터넷 문학동호사이트나 개인 블로그에 연재된 인터넷소설이 개인적 명성을 획득한 후 출판사의 섭외에 의해 종이책 기반으로 재출판되거나 드라마·영화 시나리오로 거듭나는 형태를 취했다. 그러나 2015년 현재는 스마트폰이나 태블릿 PC를 기반으로 하는 전자책 어플리케이션(application)의 출몰로 인해 오프라인 주력 기존 출판사뿐만 아니라 개인의 전자책 출판이 용이해짐으로써 e-book App(이북 앱)을 중심으로 전자책 출판이 확산 추세에 있다. 특히 소설분야 전자책은 장르소설을 중심으로 매니아층을 형성하면서 세력이 확장되고 있다.

이와 같이 90년대 후반부터 두 가지 요인으로 인해 문학계가 위기를 맞게 된다. 첫 번째 요인은 90년대 말에 맞게 된 IMF로, 이러한 경제적 위기는 정통 인문학대신 학습교재나 자기계발서 등으로 대중적 관심을 이동시켰다. 다른 하나는 90년대부터 본격화된 인터넷의 발달과 관련 오락매체의 성행을 들 수 있는데, 이 또한 대중을 인문학으로부터 괴리시

---

143 귀여니는 2001년 인터넷 사이트의 소설연재란에 『그 놈은 멋있었다』를 연재하여 인터넷 조회수 800만, 판매부수 50만을 기록했으며, 2004년에 영화화되기도 했다. 중국어 번역판은 중국에서 판매부수 60만을 돌파했다.

키고 있다. 이것이 작금의 인문학이 처한 위기의 현실이다.

지금까지 우리 문학에서 근대성이나 도시성이 등장하기 시작한 1930
년대부터 2015년 현재까지의 정치·경제·사회·문화적 배경과 이에 조
응한 문학담론을 개괄적으로 살펴보았다. 이것을 살펴본 이유는, 1931년
에 태어나 해방 전후에 대한 유년의 기억을 갖고 있고, 한국전쟁을 청년
기에 생생이 체험했으며, 1970년대 데뷔하여 2011년 작고하기까지 지속
적으로 현업 작가로 살아온 박완서의 문학적 시대배경을 고찰하기 위함
이다. 전술했듯이 그의 결정적 창작동기는 한국전쟁체험이지만, 그의 작
품 전반을 지배하는 경향은 중산층의 일상[144]이다. 근대화(modernization)나
산업화(industrialization), 도시적 일상(urbanism)을 빼놓고 그의 문학을 논하
기 어렵다. 사실 그의 작품에서 이데올로기나 관념적 향취를 진하게 맡
을 수는 없다. 한국전쟁마저도 이데올로기가 아닌 가족과 일상의 밑그림
이나 전쟁트라우마로 드러나기 십상이다. 일상의 배후로 한국전쟁이 자
리잡고 있는 작품들을 솎아내고 보면, 그의 대부분의 작품들이 당대의
일상성에서 배태됨을 알 수 있다. 그의 일상에는 살맛의 희구가 있고, 허
세나 허위의식에 침을 뱉거나 욕지기하는 경멸이나 환멸이 있다. 또한
진짜인 것처럼 가장한 가짜의 실체를 드러내려 애쓴 흔적이 있으며, 가

---

[144] '일상(Alltag)'이란 용어는 그리스어 '카메테란(Καθ'ημεραν)'과 라틴어 '코티디아누스(cotidianus)'로부
터 유래했다. 이 두 고전어 표현들은 한편으로는 '매일' 반복적인 것을 그리고 다른 한편으로는 이로
써 관례화된 것, 안정화된 것, 습관을 함께 지칭하였다. 여기서 파생한 '일상성' 혹은 '일상적'이라는
개념은 그 후, 특별하지 않은 것, 범상한 것, 사회적으로 비천한 것 등을 의미하는 여러 형태로 분화
하게 되었다. 그런데 문학에서 채용한 일상성이란 우리의 보통 삶, 사회·문화·경제·정치적 당면 과
제가 고루 영향을 미치는 그런 생활을 뜻한다(강수택, 『일상생활의 패러다임』, 민음사, 1998 참조).

식을 벗어던지고 날것으로 만나고 싶어 하는 바람이 들어차 있다. 음모와 은폐, 가식과 이중성의 가면을 벗고 진짜인 것, 생기가 있는 날것과 만나고 싶었던 그의 바람은 고스란히 그의 작품 속에 모습을 나타낸다.

앞에서 살핀 바와 같이 1930년대 탄생시기부터 2011년 작고 직전까지 그가 몸담아온 세상, 대한민국은 국내외적으로 수많은 정치적 소용돌이 및 드라마틱한 문화변동이 지속되어 왔다. 그럼에도 불구하고 박완서는 끊임없이 가족과 일상에서 삶의 밑그림을 마련하고 문제제기나 해법을 그 안에서 찾으려 해왔다. 그런데 박완서가 주목한 그 일상이야말로 그가 경험한 우리나라의 근대화나 도시화가 몰고 온 논란의 한가운데에 그 선이 맞닿아 있음을 간과해서는 안 될 것이다.

2. 도시소설 · 세태소설의 연구담론

소설은 여러 각도에서 유형화가 가능하다. 길이가 얼마나 되는가, 또 어떠한 제재를 다루었는가 하는 기준에서 소설유형을 제시할 수 있는가 하면, 어떠한 서술방법을 취했는가에 따라 소설유형화를 꾀할 수도 있다. 소설을 이루는 요소, 즉 인물, 배경, 사건, 문체, 길이 등은 모두 소설 분류의 기준이 될 수 있다.[145]

로버트 스탠턴(Robert Stanton)은 『소설개론(*An Introduction to Fiction*)』에서 문학소사전 못지않게 다양한 소설유형들을 제시하였는데, 박완서 소설과 관련해서 눈여겨봐야 할 유형으로는 리얼리즘소설(realistic fiction), 풍속소설(novel of manners), 자전적 소설(autobiographical fiction) 등이다. 이 밖에 한국현대문학사의 분류에서 검토해보면 성장소설, 전쟁소설, 도시소설, 세태소설(풍속소설), 사소설(私小說), 대중소설 등이 해당한다. 이들 중 본고에서 관심을 갖고 집중하고자 하는 유형은 도시소설과 세태소설(풍속소설)로 규정할 수 있는 박완서의 소설들이다. 근대성이나 도시일상성 창작모티브가 문학적 형상화 과정을 거쳐 박완서의 도시소설이나 세태소설류로 정착되었기 때문이다.

우리나라는 1936년 조선일보에 발표된 최재서의 『리얼리즘의 확대와 심화』[146](「조선일보」, 1936.1.29~2.3)에서 '세태(世態)'라는 용어가 등장했다. 이

---

145 조남현, 『소설신론』, 서울대학교출판부, 2004, p.159.

146 최재서는 1936년 조선일보에 『리얼리즘의 확대와 심화』를 발표했다. 이 논문에서 박태원의 중편소설 『천변풍경』(1936)과 이상의 「날개」(1936)를 리얼리즘의 확대와 심화라고 평가하였다. 그는 예술의

어서 임화가 『세태소설론』(「동아일보」, 1938.4.1~6)을 발표해 본격적으로 논의하기 시작했다. 임화는 사상성의 퇴조가 풍속소설(風俗小說)의 태동 배경이 되었다고 보았다. 반면에 김남천은 단순히 시대를 묘사하는 것이 아니라 현실을 풍부하게 묘사함으로써 사상성과 현실성을 드러내는 것으로 보았다. 박완서의 소설을 이해하는 데는 김남천의 규정이 좀 더 적합하다고 볼 수 있다. 다만 그것이 어떤 사상성을 담보했다고는 볼 수 없다. 박완서 특유의 내적 독백이나 진술과 같은 작가 개입의 서술방식은 리얼리즘에 기초한 사실적 묘사에서 나아가 그만의 방식으로 변형된 징후가 포착된다. 이태동은 이것을 "박완서가 창조한 독특한 리얼리즘"이라 칭한 바 있는데, '독특한'이란 수식어를 붙인 이유는 "영국의 여성작가 제인 오스틴(Jane Austen)에 비견할 만한 여물고 단단한 리얼리즘적인 문학적 성과를 거두면서도 독자들에게 시정(時情) 어린 언어를 통해 풍자와 분노는 물론 슬픔이 혼합된 미학적인 감동을 일으키고 있기 때문"[147]이라고 주장하였다. 이것은 작가가 작품에 직접적으로 개입함으로써 가능해진 형태로, 일본의 사소설의 성격을 띠는 것이다. 박완서의 이런 서술 태도는 그의 초기작품에 집중적으로 드러난다. 후기에 들어가면 명확하게 작가의식 내지 주제의식을 직접적으로 드러낸 기존의 방식을 탈

리얼리티는 "외부세계 혹은 내부세계에 국한된 것이 아니라 어느 것이나 객관적 태도로 진실하게 관찰하고 정확하게 표현하는 것에서 생겨나는 것"이라고 주장했다. 「천변풍경」과 「날개」를 모더니즘기법으로 쓴 작품으로 보는 견해와 비교해보면, '확대와 심화'란 리얼리즘을 넘어서 모더니즘기법으로의 이행과정을 표현한 것으로 보인다. 박태원의 「천변풍경」은 세태소설을 거론할 때 주요하게 등장하는 작품이다. 그러나 최재서의 이러한 견해는 백철에 의해 비판되었다.

147 이태동 편, 앞의 책, p.7.

피해 열린 결말이나 모호성 등을 도입하며 사색과 탐구의 길을 열어놓고 있다.

박완서는 자신이 속한 세계와 그곳에서의 체험을 바탕으로 소설을 썼다. 그의 체험은 기억으로 내재되어 이야기로 실체화된다. 기억과 기억의 틈을 매우는 상상력은 재구나 변주의 가능성을 열어놓고, 기억과 상상력으로 새롭게 재조합된 이야기는 그가 모색하는 세계로 나아간다. 사실주의문학은 우리의 일상적인 사실 감각에 어긋나지 않을 것을 요구한다. 문학이 사실과 진실, 진리 추구의 역사라고 한다면, 이것에 근접하기 위해 우리는 리얼리티를 포기할 수 없게 된다. 이렇게 함으로써 초월적이거나 생경한 이야기에 집착하지 않고 보통사람이 실생활에서 경험하고 확인할 수 있는 일상의 체험을 기본적으로 떠올리는 것이다. 개인적 체험이란 절대성이 아닌 상대성으로 움직인다. 이러한 상대성이 동일한 피사체를 비틀고 왜곡한다. 그럼에도 불구하고 리얼리티 안에서 커다란 훼손을 피할 수 있다. 단지 인생이라는, 생활이라는 날것의 재료가 새로이 구성돼 허구성을 띠고, 상대성으로 인해 그것이 판에 박힌 듯 찍히지 않는 재미가 유발되는 것이다.

사실주의자는 평범한 개인들이 뒤섞여 사는 사회를 자세히 관찰하면서 자연히 사회의 모순점들을 찾아낸다. 그러한 모순점에 대하여 그는 관념적 설명을 피하고, 실용주의적 내지 실증주의적 사회관에 입각하여 비판을 가한다. 그러나 그 비판의 소리를 직접 들려준다기보다는 그가 선택한 소재와 그 소재에 대한 면밀한 묘사에 의하여 간접적으로 독자에게 호소한다. 사실주의는 사람의 사회 윤리 문제를 제기하되 스스로 윤리 교사의 입장이

되는 것은 피한다.[148] (밑줄은 인용자)

　사실주의자는 사회적 비리나 모순에 대해 문제를 제기하지만 논평자의 입장을 취하지는 않는다.[149] 그런데 박완서의 초기작품들은 인용문의 밑줄 친 내용에서 벗어나 있다. 전술했듯이 작가의 직접 개입이 진술이나 논평의 형태로 고스란히 작품의 수면위로 드러난다. 우리는 작품을 읽음과 동시에 작가의 내적자아의 생생한 목소리를 들을 수 있다. 그 날선 비판의식은 쾌감을 안기며 카타르시스를 경험하게 한다. 하지만 미적 재미나 미학적 성취는 자연히 감소한다. 우리는 여백 없이 생각을 지배당하기 때문이다. 이것이 그의 초기작의 특징이자 아쉬운 점이다. 다만 그의 문체, 휘몰아치듯 속도감 있으면서도 유려한 그만의 문체는 그의 이런 약점을 충분히 보완하고 있다.

　오늘날의 리얼리즘은 자연주의[150]의 영향력에 점유되어 타락과 파멸로 나아가는 사회의 환영을 보여주고 있다. 박완서 역시 산업화로 촉발된 도시화의 한가운데서 다양한 문화변동을 맛본다. 박완서는 타락한 물신

148　이상섭, 『문학비평 용어사전』, 민음사, 2001. p. 140.

149　김용직, 『문학비평 용어사전』, 탐구당, 1985. p. 108.

150　자연주의가 처음 하나의 용어로 등장한 것은 졸라의 『Thérèse Raquin(테레즈 라캥)』(1867)의 제2판 서문에서다. 그래서 자연주의를 졸라이즘이라고도 한다. 자연주의는 과학에 대한 인간의 신뢰의 한 표현으로써 실증주의·유물사관과 동일선상에서 파악된다. 자연주의는 사실주의의 뒤를 이은 것으로 현상에 대한 진지한 재현만을 시도하는 사실주의의 경향을 극복하려는 사조이다. 이것은 사실주의의 근본원리를 논리적으로 확장 또는 강화시킨 것에 해당한다. 자연주의사조는 19세기 말엽부터 프랑스, 영국, 미국 등을 휩쓸었다. 우리나라의 자연주의는 1910년대 말 일본을 거쳐 도입되었다. 최초로 자연주의란 용어를 사용한 사람은 주요한이다. 그 계보는 김동인의 「감자」, 전영택의 「화수분」, 염상섭의 『만세전』 등에 이어진다(위의 책, pp. 221~222 참조).

주의와 배금주의, 사회 곳곳의 부조리와 허위의식을 드러내는 이야깃거리를 일상에서 포획하여 자신의 작품에 풀어놓는다. 이것들은 날실과 씨실이 되어 그의 손끝을 따라 교묘히 직조된다. 일상에서 포착된 이것들은 우리 현재의 환영이 되어 살아나 다시 우리 안으로 들어온다. 탁월한 문체, 치밀한 서사전략, 동물적 직감과 기억력, 통찰력으로 녹여낸 그의 문학은 이런 식으로 공감과 대중성을 확보해왔다.

19세기 문학의 한 사조로서 리얼리즘문학이 프랑스를 중심으로 성립된 것은 낭만주의문학에 대한 반성과 함께 당시에 대두된 철학 및 사회적 상황과 밀접한 관련을 맺고 있다. 리얼리즘(realism)이란 용어는 라틴어 realis(실물의)에서 온 말이다. 이것은 관념론(觀念論)의 대립적 개념인 실재론(實在論)을 뜻한다. 리얼리즘은 현실이나 삶을 충실하게 재현하는 것을 기본적인 태도로 삼는다. 가장 광범위하면서도 가장 일반적으로 이야기되는 리얼리즘은 주관적인 것, 환상적인 것, 비합리적인 것, 수사학적인 것, 우연적인 것 등과 거리가 먼 동시에 그것들을 부인하는 예술적 창작 원칙을 말한다. 또한 객관적 테마와 정확한 문체 등 주관성과 이데올로기적 의도가 배제된 예술 창작 구상 원칙을 지칭하기도 한다.[151] 졸라(E. Zola)는 세 개의 스크린(les trois écrans)이란 은유적 표현을 통하여 "고전주의란 하나의 확대렌즈여서 과장하고 확대하는 것이고, 낭만주의의 스크린은 하나의 프리즘이어서 왜곡된 모습을 보여주는 데 반하여, 리얼리즘(사실주의)의 스크린은 매우 얇고 맑은 유리렌즈이고, 완벽하게 투명

---

151   김응준, 「리얼리즘」, 연세대학교 출판부, 2009, pp. 17~18.

하기를 갈망하기 때문에 이를 통과하는 영상은 현실 그대로를 재현시키는 것"[152]이라고 했다. 이러한 비유는 리얼리즘문학이 현실재현을 얼마나 중요시했는가를 알 수 있게 해준다. 이와 같이 리얼리즘은 19세기의 급격히 발전해 가는 고도의 산업화와 과학적 진보에 바탕을 둔 실증주의에 힘입어 모든 현상을 객관적이고 합리적인 태도로 수용하려 했다. 이러한 태도가 그대로 새로운 시대를 표현하는 문학사조로 자리잡게 된 것이다.

프랑스는 리얼리즘문학이 태동한 원류이다. 발자크(Balzac, 1799~1850)와 스탕달(Stendhal, 1783~1842)에 의해 시도되고, 플로베르(Flaubert, 1821~80)의 『보바리 부인』이 1857년에 간행되면서 본격적인 리얼리즘문학이 전개되었다. 사실 『보바리 부인』은 낭만주의에서 출발하고 있다. 플로베르에게 있어서 낭만주의는 단순히 낭만적인 것에 안주하지 않고 낭만주의의 분석을 통하여 현대인의 병폐, 이를테면 보바리즘(Bovarysme)[153]을 포착하여 보여주고 있는 것이다.[154]

플로베르 이후 프랑스 리얼리즘의 백미를 선보인 작가로는 모파상(Maupassant, 1850~90)을 꼽을 수 있다. 그의 첫 작품인 『*Boule de Suif*(비계덩어리)』(1880)를 보면 전쟁 당시 프랑스의 상황과 인간사회의 비열함, 이

---

152 Grant, *Realism*, Methuen & Co Ltd, 1970, p. 28 참조; 장사선 외, 앞의 책, p. 121 재인용.

153 보바리즘이라는 용어는 플로베르의 소설 『보바리 부인』에서 만들어진 명사다. 쥘 드 고티에는 1892년에 쓴 그의 첫 에세이에서, '보바리즘'이라는 말을 플로베르의 심리학용어라고 소개했다. 이것은 감정적·사회적인 면에서의 불만족스러운 상태를 말한다. 지나치게 거대하고 헛된 야망, 또는 상상과 소설 속으로의 도피라는 뜻도 있다. 보바리즘은 특히 소설 속의 인물이 가진 대단한 자아를 말하는데, 부부생활에서의 성적인 좌절을 뜻하기도 한다.

154 A. 하우저 저, 백낙청 역, 『문학과 예술의 사회사』, 창작과 비평사, 1974, p. 83; 장사선 외, 위의 책, p. 134 재인용.

기적인 면모가 잘 묘사되어 있다. 처녀작이었음에도 불구하고 이와 같이 냉철한 시선으로 인물들의 행위를 묘사하여 인간본성의 밑바닥을 날카롭게 드러내는데 성공하였다. 플로베르와 모파상은 이후 자연주의사조를 넘나들며 작품 활동을 지속하여 프랑스 리얼리즘문학의 한 획을 긋는 데 공헌하였다.

이와 같이 프랑스의 리얼리즘문학은 공통적 기반으로 현실의 재현이라는 객관적 태도를 중시하면서 당대 사회의 모순을 제시하는 데 관심이 집중되고 있음을 알 수 있다.

한편 러시아의 리얼리즘문학을 선도한 작가군은 국민의 가장 중요한 문제, 생활의 가장 본질적인 것을 정확하게 표현함으로써 독자들을 현실의 인식과 비판정신 속으로 끌어들이고, 생활의 탐구자가 되도록 힘썼다. 그 결과 러시아 리얼리즘문학은 특히 사회적 문제의 관점에서 분석할 가치가 있고, 숙고할 만한 가치가 있는 내용을 담아야 했다. 이 점은 러시아 소설에 저널리즘적인 성격을 부여하며 러시아의 사회사에 대한 실제적인 원천[155]으로서의 역할까지 충실히 수행해주고 있는 것이다. 이러한 러시아의 리얼리즘문학은 푸쉬킨(Pushkin, 1799~1837)과 고골리(Gogoli, 1809~52)에서 출발되었다. 특히 고골리는 러시아 리얼리즘의 대가로 인정받는다. 그는 러시아의 참모습을 그리려 하였으며, 보잘 것 없는 소인(小人)을 문학의 주인공으로 형상화시킨 작가이다. 그의 대표작으로는 『*Myortvye dushi*(죽은 혼)』(1842)이 있다. 작가가 '서사시'라고 부른

---

155 D.S. 멀스키 저, 이항재 역, 『러시아 문학사』, 홍익사, 1985, p. 198; 앞의 책, p. 139 재인용.

이 소설은 봉건 러시아의 농노제와 관료적 부패를 반영하고 있는데, 그는 이 작품을 통해 당대 사회의 모순을 비판하고 있다. 푸쉬킨과 고골리 이후 러시아 리얼리즘의 황금기에는 투르게네프(Turgenev, 1818~83), 톨스토이(Tolstoy, 1817~75), 도스토예프스키(Dostoyevsky, 1821~81), 체홉(Chekhov, 1860~1904) 등 뛰어난 문학적 성취를 이룬 작가들이 다수 배출된다.[156]

우리나라에 직접적인 영향을 미친 리얼리즘문학은 역시 일본의 그것일 것이다. 일본에 있어서 리얼리즘이라는 용어는 베롱(Veron)의 『維氏美學(유씨미학)』이 1884년에 번역되면서 "사실(事實)을 모사(模寫)하는 주의"라고 규정하고 플로베르, 졸라, 도데(Daudet) 등의 이름이 소개되면서 쓰이게 되었다.[157] 이러한 서구문학의 수용으로 인해 일본에서도 소설이란 "인정세태를 모의(模擬)하여 진실에 도달하는 것"이라는 인식이 대두되었다. 이것은 그간 도덕적 교훈이나 정치적 선전을 위한 이용물로 여겨졌던 구대의 문학관을 뛰어넘어 예술의 독립성과 현실 중시의 문학관이 반영된 것이라 할 수 있다. 이후 일본에서 본격적인 리얼리즘문학이 확립된 것은 명치 30년대(1897~1906)[158]다. 그러나 이 시기에는 일본문학이 서구문학의 영향을 받기는 했으나 근본적으로는 프랑스의 과학적 자연주의와는 차이가 있었다.[159] 일본의 그것이 프랑스 리얼리즘문학의 맹목

---

156   장사선, 앞의 책, pp. 136~139.

157   長谷川泉, 「近代日本文學思潮史(근대일본문학사조사)」, 집문당, 1967, p. 15; 위의 책, p. 139 재인용.

158   메이지 30년대(1897~) 중반에 고스기 덴가이, 나가이 가후, 다야마 가타이 등의 작가들에 의해 초기 자연주의 문학이 출현했다. 이들의 작품에는 프랑스 자연주의 작가 에밀 졸라의 영향이 강하게 배어 있다(위의 책, p. 140 참조).

159   吉田精-「自然主義研究(자연주의연구)」(上), 동경당, 1967, p. 167 참조; 위의 책, p. 140 재인용.

적 이식과 모방에서 비롯되었다는 자각으로 인해 서구의 대표적 상징체계인 과학성과 사회성의 단순 채용에서 벗어나려는 문학계 움직임이 가시화되면서 독자적 영역을 확보하게 된 것이다. 명치 40년대(1907~12)[160]에 이르러서는 일본의 전통적 요소와 결합하여 "자기의 체험이나 고백을 표현하는 방향"으로 나아가게 되었는데, 이것이 바로 사소설적[161] 성격을 구축하는 요인이 되었다. 이때는 또한 러시아문학에 대한 관심이 고조된 시기로, 러시아문학의 현실 반영 의지와 인생에 대한 진지한 탐구와 비판정신 그리고 작중인물의 허무적 성향 등이 일본문학계에 많은 영향을 미쳤다.[162]

우리나라는 삼일운동 이후 일제강점기에 대한 암울한 현실인식을 문

---

160 메이지 40년대(1907~)는 후기 자연주의 시대이면서 일각에서 반자연주의 경향으로 탐미주의가 일어났다. 이들은 어두운 현실에서 유리하여 예술적인 미의 세계를 추구하려는 예술지상주의적·향락적인 면을 지향했다. 대표작가로는 『아메리카 모노가타리』의 나가이 가후와 『문신』(1910)의 다니자키 준이치로 등을 들 수 있다(장사선, 앞의 책, pp. 140~141 참조).

161 "작자 내면세계의 고백"은 일본 사소설의 주요 특징이다. 사소설은 작가가 대개 작품 속의 주인공으로서 자신을 드러내어 서술한다. 일인칭 '나'로 진행되는 이런 방식은 작가에게도 자신의 체험이나 의식을 드러내기 수월한 구조인데다 독자 역시 주인공을 자기화하기 쉬운 경향이 있다. 박완서는 학창시절 일본의 사소설을 즐겨 읽었는데, 사소설이 박완서의 작품세계에 일정부분 영향을 미친 것은 사실인 것 같다. 박완서는 자신이 일인칭을 즐겨 썼던 것은 "내가 느끼는 것과 똑같이 독자도 절실하게 느끼게 하겠다는 욕망"이 있었기 때문이라고 했다. 그가 사소설에서 배운 것은 일종의 "의식의 흐름" 같은 거였는데, "기발한 줄거리가 아닐지라도 잠재의식 혹은 작은 심리의 움직임도 충분히 재미있는 이야기가 된"다고 생각했다는 것이다. 학창시절 그의 문학적 성장에 많은 영향을 미친 스승 박노갑은 엄격한 리얼리즘 작가로, 생활이나 체험의 무게가 실리지 않은 문장을 혐오했는데, 사소설류가 미문으로 빠질 가능성이 있다는 차원에서 경계했다고 한다. 평론가 서영채는 박완서의 소설을 두고 "사소설적인 절실함"의 분출이라고 했는데, 이에 대해 박완서는 체험을 중시하지만, 그것이 소설속에서 재구되거나 변주되며, 체험하지 않은 것들은 취재를 통해 해결한다고 밝힌 바 있다(이경호·권명아 엮음, 앞의 책, pp. 21~42 참조).

162 장사선 외, 위의 책, pp. 139~142.

학에 반영하게 되었는데, 그것은 필연적으로 리얼리즘 정신과 관련되어 나타날 수밖에 없었다. 『창조』(1919)의 동인들은 그들 문학의 출발을 전대문학에 대한 반성에서 찾았는데, 문학이 "도학선생(道學先生)의 대언자(代言者)"일 수 없음을 분명히 했다. 그들은 문학이란 "인생을 그대로 표현하는 것"이어야 하며, "인생의 전폭(全幅)이 적나라하게 표현된 예술"일 때 그 가치가 있다고 믿었다.[163] 이런 현상이 내적 요구에서의 출발이었다면, 외적 충격은 서구 리얼리즘문학의 영향을 받게 되면서부터다. 그런데 우리 정치현실의 특수성으로 인해 1920년대의 서구 리얼리즘의 수용은 직접수용이 아닌 일본을 통한 재수용이었다는 점에 주목해야 한다. 1920년대 후반에 와서야 비로소 우리 작가들만의 독자적 작품세계를 구축할 수 있었다. 계몽주의에 맞서서 '인생의 회화', '인생문제의 제시'라는 근대 리얼리즘론을 표방한 김동인(金東仁), 현진건(玄鎭健), 염상섭(廉想涉), 전영택(田榮澤) 등의 소설작품이 초기 형태라 할 수 있다. 한편 1920년대 중반에서 30년대 중반에 이르는 십여 년 간은 우리나라 프로문학의 전성기였다. 프로문학에 종사한 일부 작가들은 문인들 간의 여러 논쟁[164] 속에서도 사회주의 리얼리즘에 관심을 기울였다.[165]

1920년대 한국 리얼리즘은 ① 과학적 정신이 결여된 점, ② 제재를 빈

---

163   앞의 책, p. 142.

164   전소비에트작가동맹 제1회 대회에서 채택된 사회주의 리얼리즘의 수용문제에 대해 문인들 간에 분열이 생겼다. 이와 더불어 카프의 문학방법에 반기를 들고 결성(1933)되었던 구인회의 작가들과 카프는 해산(1935)되었어도 강력하게 사회주의 리얼리즘을 수용해야 한다고 주장한 작가들 역시 이 논쟁을 격화시켰다(이주미, 『한국 리얼리즘 문학의 지평』, 새미, 2003, p. 149 참조).

165   조현일, 『한국문학의 근대성과 리얼리즘』, 월인, 2004, p. 157 참조.

곤이나 처절한 현실에서 취한 점, ③ 순객관적 리얼리즘문학으로 이행해 갔다는 점, ④ 단편소설의 형식으로 일관된 점[166]을 특징으로 갖는다. 이에 더해 일제강점기의 민족현실에 대한 관심을 집중하면서 민족문학으로 확립될 수 있었다.[167]

1930년대 리얼리즘문학에 대한 우리 문단 상황을 개괄해볼 수 있는 대표적인 작품으로 이기영의 『고향』(「조선일보」, 1933.11.15~34.9.21 연재), 한설야의 『황혼』(「조선일보」, 1936.2.5~10.28 연재), 박태원의 『천변풍경』(「조광」, 1936.8~10)을 꼽을 수 있다. 1930년대의 리얼리즘 논쟁은 박태원의 『천변풍경』과 이상의 『날개』에 대한 최재서의 평론 「리얼리즘의 확대와 심화」(「조선일보」, 1936.10. 31~11.7)에서 비롯되었다. 이들 작품들이 '리얼리즘의 심화'의 양상을 띠고 있다는 최재서의 견해에 대하여 백철(「리얼리즘의 재고 - 그 앤티휴먼의 경향에 대하여」, 「사해공론」, 1937.1)은 진정한 리얼리즘은 이기영의 『고향』과 같은 작품이라면서 『천변풍경』은 모더니즘의 영향 하에 있는 작품으로 분석하였다. 이와 같이 1930년대는 새로운 리얼리즘적 방법이 모색되고 모더니즘이 태동하여 발전하기 시작한 시기로 이 두 사조는 서로 영향을 미치는 긴밀한 관계 속에서 각각의 영역을 구축해갔다.[168]

지금까지 주요국들의 리얼리즘 형성 과정과 전개, 그것이 한국의 리얼리즘문학에 미친 영향 등을 개괄해보았다. 이것을 살펴본 이유는 박완서

---

166   김학동, 「한국문학의 비교문학적 연구」, 일조각, pp. 137~141 참조; 장사선 외, 앞의 책, p. 145 재인용.

167   같은 책, pp. 142~145.

168   이주미, 앞의 책, pp. 149~151.

의 작품세계와 그 기조를 탐구하기 위함이다. 문학평론가 권영민은 그의 평론 「박완서와 도덕적 리얼리즘의 성과」[169]에서 『도시의 흉년』(『문학사상』, 1975.12~79.7)에서 주목되는 것은 작가의 현실적 태도가 "비판적인 리얼리스트의 관점으로 무장되어 있다"[170]는 점이라고 했다. 이 작품을 통해 작가는 일제 말기, 해방 그리고 한국전쟁 등으로 이어지는 사회적 변동에 따른 가족구조의 흔들림과 가족구성원의 윤리적 관계의 변화에 관심을 두면서 "사회상과 세태"를 그려내고 있다. 『도시의 흉년』에서 비판하고 있는 물질만능주의 세태와 속물주의 근성, 그 허위성은 비슷한 시기에 집필된 『휘청거리는 오후』(『동아일보』, 1976.1.1~12.30)에서도 거듭 등장한다. 이와 같이 박완서는 그의 작품들을 통해 "왜곡된 현실에 대한 비판"과 함께 "인간 삶에 있어서 진정성의 의미"를 확인하고자 하였다. 이러한 "도덕적 상상력"이 그의 작품 활동 내내 한시도 자리를 비운 적이 없다. '도덕적 리얼리즘'이라고 지칭할 수 있는 박완서 문학의 근본적인 성격도 바로 그것에 뿌리를 두고 있다고 할 수 있다. 권영민이 지적했듯이 박완서의 작품들을 관통하는 것은 바로 이 비판적 리얼리스트의 면모와 도덕

---

[169] 권영민, 「박완서와 도덕적 리얼리즘의 성과」, 『박완서 문학앨범』, 웅진출판, 1992, pp. 99~117.

[170] 비판적 리얼리즘은 부르주아를 비판하는 예술이다. 이때 비판적 리얼리즘의 자본주의 비판은 그 내부에서 이루어지며 외부에 새로운 정치적 체계(예컨대 사회주의)를 갖고 있지 않다. 이것은 자본주의에 저항하는 체계적인 정치이념이기보다는 대개 막연한 '유토피아적인 전망'으로 나타난다. 이 유토피아적 전망에 의거해 '합리적 비판정신'으로 자본주의를 비판하는 것이 비판적 리얼리즘이다. 이처럼 비판적 리얼리즘은 자본주의가 가져온 모순들(예컨대 사물화 현상)을 그 내부의 근대성의 원칙에 의거해 비판한다. 이런 예술에서는 사회모순의 '해결책'보다는 그에 대한 '문제제기'가 중요하게 부각된다. 이것은 박완서의 서술 태도 및 주제의식 도출과정과 상당히 유사하다. 박완서의 서술 태도를 비판적 리얼리스트 관점에서 바라보는 것은 적절한 것으로 보인다.(루카치, 조정환 역, 『변혁기 러시아의 리얼리즘문학』, 동녘, 1986, p.126; 나병철, 앞의 책, p.106 재인용.)

적 리얼리즘의 잣대이다. 그것이 아무리 사적 영역, 가족구조내부에 머물러 있다고 해도, 그가 속한 사회성을 드러내며 어떻게 사는 것이 인간다운 삶인가에 대한 시각을 확보하고자 고군분투했다는 사실에는 변함이 없다. 실제로 박완서는 결벽주의자에 가까운 도덕적 프레임을 가지고 있다. 그것이 지나치게 견고하여 때론 작품의 미학성을 해치기까지 하지만, 그럼에도 불구하고 끝까지 고수하고자 한 작가의식의 원류라는 데 의미를 두어야 한다. 이것을 간과한 그의 작품세계 해석은 무의미하다고 할 수 있다.

다시 정리해보면, 박완서는 일본 사소설과 같이 '작자 내면세계의 고백'을 중시하면서 철저히 '비판적 리얼리스트'의 입장을 취했으며, 그것을 통해 '도덕적 리얼리즘'을 작품 내에 구현하고자 한 작가이다. 그가 비록 19세기에 태동한 리얼리즘의 원형에서 한참 벗어나 있다고 해도 그가 사적 공간을 감싸고 있는 세태를 리얼리즘의 정신으로 묘사하려고 했다는 것은 부정할 수 없을 것이다. 이러한 관점에서 그의 도시소설과 세태소설을 이해하려 한다. 그의 소설들에 대한 각론에 들어가기 전에 도시소설과 세태소설에 대한 개념 규정이 먼저 이뤄져야 할 것이다. 그렇게 함으로써 사조와 소설유형에 부합하는 작품들을 선별할 수 있는 근거를 마련할 수 있게 되고, 이론과 분류의 정형성에서 벗어난 그만의 특화된 개성을 찾아낼 수 있는 토대가 마련될 것이다.

임화는 『세태소설론』[171](「동아일보」, 1938.4.1~6)에서 세태소설을 여러 각

---

[171] 1930년대 후반기는 일제의 검열이 강화되고 신문의 상업성이 고조되면서 세태소설, 통속소설이 범람하게 되었다. 임화는 이러한 세태소설의 범람을 우려하였다. 그는 세태소설을 '사상성 감퇴'로 규정

도에서 규명하고 있는데, 임화가 지적한 세태소설의 요점을 정리하면 다음과 같다.

① 세태소설은 묘사되는 현실을 통하여 독자에게 현실의 지저분함을 능히 전달할 수 있다.

② 묘사되는 현실은 실로 하나의 정신적 가치를 갖는 것으로 작가가 자기를 의탁하려는 문학이다.

③ 세태소설은 소설 가운데서도 산문적이다. 채만식의 『탁류』, 『천하태평춘』, 김유정의 소설들, 박태원의 『천변풍경』, 현덕의 「남생이」, 홍명회의 『임꺽정』 등이 그 좋은 예가 되고 있다.

④ 『천변풍경』, 『탁류』, 「남생이」 등이 잘 보여 주고 있는 것처럼 세태소설의 매력은 진부한 일상세계의 전개에서 찾을 수 있다.

⑤ 현실의 어느 것이 중요하냐 그렇지 않으냐가 일절 배려되지 않고 주어진 현실을 작가는 단지 그 일체의 세부를 통하여 예술적으로 재현하고자 한다.(밑줄은 인용자)

⑥ 세태소설은 꼼꼼한 묘사와 다닥다닥한 구조, 느린 템포와 자그마씩한 기지로 밖에 쓰여지지 않는 것이다.(밑줄은 인용자)

⑦ 염상섭과 김동인이 세태소설적 묘사에 있어서 가장 뛰어나다.

⑧ 소설의 구조가 시추에이션으로 분리되어 버리면 세태소설적 묘사란 결국 모래알 같은 세부묘사의 집합에 불과하다.

하기 때문이다. 그는 당시의 문단을 무력하다고 했는데, 그것은 무력한 시대의 특색이면서 사상성이 감퇴되어 소설의 매력이 없어졌다는 의미였다(선주원, 앞의 책, pp. 115~117).

⑨ 세태소설은 일견 그 정신적 질의 심오함에 장점이 있는 것이 아니라 묘사되는 현실의 양의 풍다함에 가치가 있다.

⑩ 세태소설 내지는 세태적인 문학의 감행은 무력의 시대의 한 특색이라고 할 수 있다.[172]

앞에서 사실주의의 특성에 대한 해설과 박완서의 작품세계와의 이질성을 발견하여 밝혔듯이, 세태소설의 요약문에서 ⑤와 ⑥의 설명은 박완서의 작품세계와는 거리가 있는 특징들이다. 박완서는 분명 추구하는 가치나 도덕적 프레임의 기준을 갖고 있다. 물론 그것이 보수주의자의 전형이라 말할 수는 없다. 그는 끊임없이 사회현상과 대면하며 변동성의 가치 위에 새로운 가치체계를 구축하는데 힘을 쏟아왔기 때문이다. 그러한 토대 위에 세태를 묘사하며, 과연 이렇게 사는 모습이 '진짜'이고 '진실'이며 '진리'인가 끊임없이 반문한다. 단순한 사실의 묘사만으로 그것의 본질을 투영해 전달하려고 하는 철저한 리얼리스트의 모습과는 일치하지 않는다. 또한 ⑥의 기법적 측면도 박완서의 그것과는 거리가 있는 것이다. 그러나 이러한 다름이야말로 작가적 개성이 드러나는 국면으로 ⑤나 ⑥과 일치하지 않는다고 해서 세태소설로서의 지위가 흔들릴 이유는 없을 것으로 보인다.

최유정은 박완서 세태소설연구에서 "작가에 의해서 객관적으로 관찰된 당대 사회의 풍속이 제시"될 뿐이므로 세태소설이 "사상성 빈약"이

---

172   조남현, 앞의 책, 2004, pp. 178~179.

노출되고, 이야기 중심으로 전개되므로 "일관성이 결여"될 뿐만 아니라 "상식주의에 함몰"될 가능성이 있다는 비판을 받는다고 했다.[173] 이것은 일정부분 타당한 지적이지만, 박완서의 경우 앞에서 정리했듯 그의 사실주의에는 수식어가 붙는다는 점에 주목할 필요가 있다. 즉 '비판적 리얼리스트'이면서 '도덕적 리얼리즘'을 추구했다는 것이 그 해답이다. 이미 세태에서 그가 바라보고자 한 시선이 명확한 가운데 문학적 형상화가 추구되었다는 것이다. 박완서의 이런 기질과 1970~80년대 사회상이 최적의 조응을 할 수 있었던 것이다. 이것은 또한 우리가 도시소설이라 칭하는 것, 혹은 세태소설이라 칭하는 것들과도 적합한 조합으로 작용했다.

그는 유년기에 이미 해방 전후 근대화 과정을 어른들 어깨너머로 목격했고, 서울이라는 거대도시로 편입하는 와중에 '문밖의식' 혹은 '이방인의식'의 형성기까지 거쳤으며, 한국전쟁으로 가족을 잃고 전후 재건과 정부터 움튼 사회적 모순과 부조리에 분노한 경험이 있으며, 소시민이자 중산층의 당사자로 산업화와 도시화의 한복판에서 날카로운 비판적 자세를 견지한 개인사가 오롯이 존재한다. 이것이 모두 그의 세태소설의 근간이자 보고(寶庫)다. 박완서의 세태소설이 단순히 도덕적 순결성이나 상식주의에 함몰되지 않은 이유는 그의 뛰어난 관찰력과 통찰력 그리고 이야기꾼으로서의 재능 덕이다. 아주 사소한 일상을 가지고도 자유자재로 요리해 독자의 공감을 이끌어낼 수 있는 장악력과 허를 찌르는 풍자력, 자신과 자기 주변인들을 바닥까지 드러낼 수 있는 결단력까지 합

---

173 최유정, 「박완서의 세태소설 연구」, 동국대 대학원 국어교육학과 석사 논문, 2000, pp. 56~59.

쳐져서 그만의 문학적 그림을 완성시켰기 때문이다. 그의 사회적 안목이 거시적이기보다는 미시적인 것은 사실이지만, 그는 사소함의 미학을 확실히 구현해냄으로써 자신만의 세계를 구축하는데 성공하였다.

최유정은 산업화시대의 세태풍자가 드러난 작품으로『도시의 흉년』(79)『휘청거리는 오후』(76)『서울사람들』(『2000년』, 1984.5~12)을 분석했다. 이들 작품들을 통해 작가는 자신을 둘러싼 현세에 대한 비판적 의식을 드러내고 있다. 즉 도시공간의 부정성, 중산층의 허위의식과 물신주의 그리고 타락한 성(性)과 가정의 붕괴를 포착하고, 그것이 어떤 형태로 사람의 심리와 행동을 좌우하는지, 그 결과 어떤 파탄적 일상이 기다리고 있는지를 묘사해내고 있다. 이들 작품 외에도 다수의 단편이 거의 유사한 주제의식을 드러내고 있다. 사실 세태소설은 그 성격상 중편 이상의 긴 호흡이 어울리는 유형이다. '세태'라는 것은 우리 삶, 즉 정치·경제·사회·문화 전반에 걸쳐 아주 광범위한 영역을 아우르는 개념이기 때문이다. 그것을 담아내기 위해서는 중편 이상이 요구되었던 것이다. 그러나 촌철살인의 미가 돋보이는 단편의 묘미도 포기할 수 없을 정도로 매혹적이며, 장황하고 긴 플롯과 다수의 등장인물로 꾸며주지 않아도 충분한 개연성을 우리에게 안겨줄 수 있다. 특히 박완서는 단편을 통해서도 세태소설, 도시소설의 특징을 잘 살리고 있다.

본고는 개념 규정과 연구사 검토에 있어 세태소설로 한정하지 않고 도시소설과 함께 병기하였다. 그렇게 한 까닭은 산업화나 도시일상성을 다룬 소설연구 시 연구자들이 도시소설과 세태소설을 혼재해 사용하고 있기 때문이다. 엄밀히 구분을 한다면 도시소설은 세태소설의 범주 안에 포함시킬 수 있다. 다만 도시소설은 '도시'라는 공간성에 주목하여 소설

유형을 한정한 것이다.[174] 세태의 사전적 정의는 "사람들의 일상이나 문화에서 보이는 세상의 상태와 형편"이다. 이것을 드러낸 소설류를 세태소설, 혹은 풍속소설이라 지칭한다. 세태(世態)는 특정의 사회와 시대를 묘사하지만 공간적 한정이 가해지지 않는다. 이것에 '도시'라는 공간적 제한을 추가한 것이 바로 '도시소설'이다.

한국문학의 도시소설 개념 규정에 영향을 미친 것은 겔판트(Blanche H. Gelfant)의 『*The American City Novel*(미국 도시소설)』[175]로, 도시사회학을 문학연구에 도입해 도시소설의 유형을 분류하였다. 다음으로 한국문학에서 도시소설 연구자들이 많이 참고하는 개념 규정은 이재선[176]의 정리일 것이다. 1960~70년대 작품을 중심으로 한국 도시소설연구를 한 오창은

---

174 신현순은 「박완서 소설의 서사공간 연구」에서 소설에 등장하는 서사공간이 이미 주제의식을 내포하고 있다고 보면서, 공간의 중요성에 집중하였다. '산업화 도시 공간'과 '상업 공간' 그리고 '후기 산업사회의 심리 공간'에 존재하는 삶의 양태가 문학적으로 형상화되었음을 「휘청거리는 오후」(76) 「도시의 흉년」(79) 「살아 있는 날의 시작」(79~80) 「그대 아직도 꿈꾸고 있는가」(89) 「오만과 몽상」 (80~82) 「욕망의 응달」(78~79) 등의 작품을 통해 밝혔다. 이처럼 도시 공간, 또는 도시를 살아가는 사람들의 심리 공간에 움트는 기운은 화려한 산업사회의 이면으로서 존재하며, 이것을 탐구하는 것이 문학적 반응인 것이다(신현순, 앞의 책, pp. 243~248).

175 겔판트는 도시소설이란 도시생활의 전형적인 특징인 '도시성'을 반영하는 문학, 즉 도시의 복잡다기한 생활의 사회적 의미에 대해서 날카로운 통찰력을 갖고 그 본질적인 의미를 표현하는 상상력이 풍부한 언어를 사용해서 도시생활을 재현하는 형식이라고 규정하고 있다. 현대문학의 주요한 테마가 되고 있는 인간의 고독, 소외감, 공동체의 붕괴, 전통의 소멸 및 사랑과 종교의 불능상태, 개인의 분열, 이방인의식, 익명성과 아이덴티티(자기증명)의 상실과 같은 주제들이 모두 생활의 기계화나 물질주의의 기반 위에서 거대화한 도시와 밀접한 관계를 가지고 있음을 지적하고 있다. 겔판트의 이러한 해설과 규정은 박완서의 근대화, 산업화 및 도시일상성을 다룬 소설에 나타나고 있는 그의 문학적 구현 양상들과 매우 유사하다. 70년대부터 본격적으로 창작활동을 영위한 박완서에게 있어 '도시성'이란 그 자체로 탐미적 대상이자 문학적 과제인 것이다.(Blanche H. Gelfant, *The American City Novel*, University of Oklahoma Press, 1954, pp. 11~41 참조; 이재선, 앞의 책, p. 253 재인용).

176 위의 책, pp. 247~317.

의 경우도 이재선의 정리를 따랐는데, 도시소설에서 다루고 있는 층위를 세밀하게 분류하여 고찰한 점이 눈에 띈다.

도시성(urbanism)의 도입과 확산은 이전 시대에 주목했던 시골에서의 삶의 양식이나 자연서정 대신 도시환경·도시문명과 함께 도래한 고독과 소외, 고립 속 이방인의식이 문학의 주류로 편입되는 결정적 계기가 된다. 우리나라는 1970년대에 들어와 이와 같은 도시성이 시나 소설에 본격적으로 모습을 드러낸다. 이재선이 70년대 이후 한국 작가들이 도시와 도시의 삶을 인지하는 양상을 개략화한 것을 요약하면 다음과 같다.

① 도시가 이주의 지향처이면서 욕망의 공간이라는 장소의 개념과 직결되어 있다.

② 사회구조론적인 관점으로 도시의 열악한 삶의 조건을 폭로하고 있다.

③ 도시나 그 속에서의 삶이 지니고 있는 문화적·심리적 병리현상이나 삶의 타락상을 주시하고 있다.

④ 계약적인 이익사회(contractual Gesellschaft)인 도시사람들의 행동패턴과 간관계의 형태속에 나타나 있는 특유한 생활양식 및 생활형태론이나 공간적으로 분할된 특정지역과 장소에서의 삶 및 환경변화를 생태학적인 관심으로 투사하고 있다.

⑤ 시간이나 공간 등에 의해서 도시를 어떤 이미지의 틀로서 규정하거나

---

177 오창은, 「한국 도시소설 연구: 1960~70년대 작품을 중심으로」, 중앙대 대학원 국어국문학과 박사논문, 2005, pp. 185~189.

도시탈출의 의식을 드러내고 있다.[178]

이러한 도시인식은 현대라는 시공을 살아가고 있는 우리들의 전반적인 삶의 인식과 직결되어 있고, 이러한 인식이 그대로 문학에 반영된다. 이를 토대로 이재선이 정의한 도시소설은 다음과 같다.

도시 그 자체나 도시에서의 삶의 현실 및 도시의 경험을 직접적으로 묘사하고 있는 소설, 또는 집중되고 이질적인 성분으로 구성된 인구, 행동의 동시성, 익명성, 소외, 소모적인 기분 등과 같은 도시적 삶의 현상이 묘사되는 작품은 충분히 도시문학이요, 도시 소설로서 정의될 수 있는 것이다.[179]

겔판트와 이재선의 도시소설 개념 규정과 해설을 통합해서 정리해보면, 박완서 소설연구에 있어 리얼리즘과 도시소설, 세태소설의 배경연구가 왜 필요한지를 이해하게 된다. 물론 도시성이란 모더니즘과 밀접한 관련성이 있다.[180] 그러나 박완서 소설연구에서 주목하는 것은 일상의 리얼리티이지 현상의 해체나 파편화된 현상의 재조합 같은 실험적 방향성

---

178 이재선, 앞의 책, pp. 249~288.

179 이재선, 위의 책, p. 251.

180 1930년대에 들어서면 도시성과 모더니즘의 결합이 한국문학에 가시화되기 시작한다. 당시 소설에 드러난 도시적 삶은 자연과 전통과의 단절, 가난, 범죄, 환락과 매춘, 인간소외와 삭막함, 군중 속의 고독 등의 부정성이 주류를 이룬다. 도시의 부정성을 그린 작품들으로는 채만식의 「레디메이드 인생」「탁류」, 이효석의 「장미 병들다」, 박태원의 「천변풍경」「소설가 구보 씨의 하루」, 이상의 「날개」, 박노갑의 「무가」 등이 있다.

이 아니다. 이것에 대한 명확한 구분이 전제된다면 도시소설에서 취할 것이 무엇인지 더욱 분명해진다. 그것은 도시소설 구현의 기법성이 아닌, 도시소설이 주목한 테마가 무엇이냐는 것으로 귀결된다.[181]

오창은은 그의 연구목적을 "공간과 주체의 관계를 재구성"하여 "한국 도시인들의 심리적, 혹은 집단적 무의식에 잠재해 있는 경험체계를 도출하"는데 있다고 밝혔는데, 이를 위해 대상 텍스트를 테마별로 배치한 후, 작가의 작품성향과 텍스트와의 관계, 동시대와 텍스트의 관계를 고찰하면서 작품을 분석했다. 도시소설 속에 등장하는 도시공간은 구조처럼 작용해 주체의 의식에 깊이 관여하기도 하는데, 이는 도시생태론적 관점에서 다뤄지는 것을 의미한다. 즉 도시 구조 자체를 살아있는 유기체처럼 인식하는 태도인데, 도시소설의 핵심은 인간의 삶의 터전인 '도시'라는 공간이 가지고 있는 의미성에서 출발하기 때문이다. 오창은은 한국 소

---

[181] 해방 이후 우리나라의 특수성은 한국전쟁으로부터 시작된다. 전쟁을 통해 전통적인 도시환경이 파괴되고, 재건에 많은 시간과 노력을 들이게 된다. 도시재건 후 1960년대부터 불붙기 시작한 근대화·산업화는 인구의 도시집중을 낳았다. 이로 인해 생활양식의 변화가 초래되었고, 도시재개발로 인해 부동산 투기 및 부의 편중이 일어났다. 또한 경제성장일로의 정책은 도시빈민을 양산하고 노동자 삶의 질적 저하가 가속화되기 시작했다. 이러한 부정성은 자연히 문학적으로 형상화되어 현실을 재구하게 되었다. 도시의 제 문제를 다룬 주요 작품으로는 이호철의 「서울은 만원이다」(77), 김승옥의 「서울 1964년 겨울」(65), 박완서의 「도시의 흉년」(79) 「서울 사람들」(84), 이동하의 「홍소」(77) 「도시의 늪」(79) 「장난감 도시」(82), 신상웅의 「도시의 자전」(78), 윤흥길의 「아홉 켤레의 구두로 남은 사내」(77) 한수산의 「부초」(77), 조세희의 「난장이가 쏘아올린 작은 공」(78), 황석영의 「돼지의 꿈」(73), 최인호의 「타인의 방」(73), 서영은의 「유리의 방」(76), 조선작의 「영자의 전성시대」(75), 최일남의 「서울 사람들」(75), 전상국의 「고려장」(78), 이문열의 「달팽이의 외출」(84), 김원우의 「무기질 청년」(81), 박범신의 「불의 나라」(88), 양귀자의 「원미동 사람들」(87), 윤후명의 「미혹의 길」(85), 박영환의 「왕릉일가」(88) 등이 있는데, 도시공간이나 도시경험과 밀접한 관련성 속에 문학적 성취를 추구한 작품들이다.

설의 도시성 재현양상을 '도시 공간'이 지니고 있는 특화된 이미지를 통해 고찰하고 있다. 이는 다시 도시 이미지를 구축하는 도시의 거리, 아파트 공간, 도시와 시골의 공간적 충돌의 의미화, 도시 주변부 하위계층의 삶으로 분화되어 고찰된다.[182] 1960~70년대 작품이 주요 분석 텍스트인데, 당대 사회·문화·정치·경제와 도시소설이 밀접한 관련성을 갖기에 더욱 의미가 있다. 도시소설과 세태소설은 이와 같이 당대와 연관성이 깊은 유형으로 그것이 변환기나 격변기일 때 더욱 가치가 상승하는 경향이 있다. 이와 같은 시기는 사회학연구에서도 중요시하므로 이러한 논의의 반영이 문학적으로 형상화됨은 지극히 자연스러운 일이다.

박완서의 경우 도시소설과 세태소설로 분류할 수 있는 소설류는 거의 '일상성'에 주목한 것들이다. 신영지[183]의 연구를 보면 박완서의 소설을 "일상의 붕괴나 변질, 그에 대한 복원 의지나 대응 양상"으로 압축하여 분석하고 있다. 이런 관점은 이데올로기나 관념성이 전면에 나타나지 않는 박완서의 작품세계를 이해하는데 효과적인 연구방법일 수 있다. 박완서의 작품들은 삶의 공간(그것이 도시라는 포괄적 공간일 수도 있고, 좀 더 구체화되고 집중된 개인의 집일 수도 있다)과 소시민이나 중산층의 일상(도시 주변부 하위계층의 일상이나 도시빈민의 일상은 묘사의 주류를 벗어난다) 그리고 공간이나 인물을 둘러싼 어떤 충격이나 충돌에 의해 일상이 변질되거나 파괴되었을 때 그에 대한 인물들의 대응양상과 극복의지를 중심축으로 전개되기 때

---

182   오창은, 앞의 책, pp. 197~198.

183   신영지, 「朴婉緒 小說研究(박완서 소설연구): 現實再現 樣相과 敍述方式을 中心으로(현실재현 양상과 서술방식을 중심으로)」, 성균관대학교 국어국문학과 박사 논문, 2005.

문에 작품에 드러난 일상성을 추적하는 것은 작가의식에 닿는 가장 확실한 방법이 된다.

소설에서 일상성을 주요하게 다룬 여성작가로 박완서와 함께 오정희나 양귀자 정도를 들 수 있다. 김병덕은 이들 작가의 작품들에 나타나는 일상성을 비교하면서 세태소설과 일상성의 관계를 고찰하였다. 그는 "일상성은 세태소설이 주로 다루는 제재"일 뿐이므로 비록 서로 밀접한 관계를 맺고 있다 해도 "동일선상에서 분석될 수 없다"고 평가하였다. 이것은 본고가 '박완서의 세태소설'이라 범위를 한정하지 않고 일상성을 다룬 도시소설과 세태소설로 모두 명기한 것과 같은 입장인 셈이다. 그는 이 논문에서 박완서의 작품에 드러난 일상성은 결국 "도시적 생활세계의 탐구"라고 보았다. 도시적 생활이란 "물신화된 도시인의 욕망"과 "중산층의 양면적 생활"이 주류를 이루는데, 이것들은 도시의 부정성에 초점을 맞춘 것이다. 이 밖에도 박완서 특유의 탐구영역으로는 "원초적 생명력"에 대한 희구와 노인의 삶을 통한 "세상사의 통찰" 등이 있다. 이러한 영역은 각각 독립적 자격을 획득해 '여성주의소설', '노년소설'로 분화한다. 이들 영역의 기저에는 반드시 '세태'가 똬리를 틀고 있다. 이러한 세태는 권력기제에 따라 변모하게 되므로 이것을 품은 소설의 영역들도 함께 변모하게 되는 것이다.[184]

이선미[185] 역시 박완서가 그의 작품에서 "근현대사의 경험들을 파노라마처럼 폭넓게 펼쳐 보이고 있으므로 풍속작가, 세태작가라는 명칭이 그

---

184 김병덕, 앞의 책, pp. 145~148.
185 이선미, 앞의 책, pp. 146~153.

를 지칭하는 수식어가 되었다"고 하였다. 박완서의 경우 소설을 통해 동시대의 일상 구석구석을 담아내면서, 이것을 영위하는 인물들의 삶을 다양하게 형상화하는데 주력하였기에 다작이 가능하였을 것이다. 그가 만일 관념적이고 추상적인 개념을 작품에 끌어들였다면 다작이 가능하지 않았을지도 모른다.

일상은 '반복'되고, 그럼으로 해서 '매몰'된다. 그것의 수위가 높아지면 '일탈'을 꿈꾸고, 그것을 감행함으로써 '변질'되고 '타락'하고 '파괴'된다. 그것을 극복하기 위해 다시 '재기'를 노리고 '복원'을 꿈꾸며 다양한 방식으로 '대응'한다. 개인적 일상은 이렇게 매너리즘의 위험과 일탈의 욕망이 항상 도사리고 있다. 그런데 여기에 사회변동성, 역사변동성, 문화변동성, 경제변동성 등이 접합되면 일상은 더 이상 개인의 그것으로 머물지 않는다. 개인은 저마다 변동성과 연계된 일상을 맞이하고 맞서야 하는 존재로 바뀌는 것이다. 일상성을 다룬다는 것은 매일 반복되는 그것과의 대면을 묘사하는 것이 아닌, 다변성을 내재한 일상성과의 만남이라는 것에 묘미가 있다. 이것이 다작을 가능케 하는 열쇠다. 그러나 다작이 가능했던 것이 비단 '체험적 일상'의 무한(無限)에서만 오는 것은 아니다. 그것은 무한의 일상을 담아내는 탁월한 재능의 소산이다.

엄혜자의 지적대로 박완서 '특유의 입담'이 간과되어서는 안 되겠다.[186] 이것을 연구자에 따라 '수다'라거나 '고백체'라거나 '광기의 언어'라고 표현한다. 김윤식이 박완서 비평 초기에 언급한 '천의무봉'[187]의 필력이라

---

186 엄혜자, 앞의 책, pp. 275~279.

187 '천의무봉'이란 '하늘나라 사람의 옷은 솔기나 바느질한 흔적이 없다'라는 뜻이다. 시가나 문장 따위

상찬한 것과 맥을 같이 하는 표현일 것이다. 엄혜자는 이런 특징을 두고 오히려 그의 작품들을 폄훼하는 의미에서 세태소설이나 대중소설이라 한다고 지적하고 있다. 앞 장에서 중간소설과 중간소설가에 대해 언급한 바 있는데, 박완서의 경우는 문학적 가치를 높이 평가받으면서도 대중적 인기를 얻은 작품을 쓴 작가로서의 중간소설가로 소개되어 있다. 이것은 그의 문학적 업적을 적절히 평가한 것이라 판단된다. 일례로 출판계에서는 박완서에게 충성도를 가진 십만 독자가 상존한다고 분석하고 있다. 그가 작품을 내면 1~2년 안에 그 정도의 독자가 거의 매번 그의 작품을 구독한다는 것이다. 이것은 일반 작가들이 쉽게 획득할 수 없는 확고한 대중성이다. 그의 작품에는 분명 독자의 마음을 움직이는 생명력이 살아 있다는 반증이며, 이것은 그 어떤 식으로도 폄훼할 수 없는 사실이다.

이러한 작가로서의 생명력은 어디에서부터 연유하는가. 전술했듯이 타고난 이야기꾼으로서의 '입담'에 기초하며, 김나정[188]의 지적대로 자신의 메시지를 독자들에게 효과적으로 전달하는 특유의 서사전략을 가지고 있다. 그것이 의도된 것이든, 그렇지 않든 간에 이러한 방식은 일상을 담아내는데 무척 효과적이다.[189]

가 매우 자연스럽게 잘 되어 완미함을 일컫거나, 완전무결하여 흠이 없음을 가리키는 비유로 사용됨이 일반적이다. 김윤식은 박완서의 작품을 두고 이러한 표현을 쓰는 것이 조금도 어색하지 않다고 밝힌 바 있다. 문장의 결이나 그 정확성의 면에서 극히 부드럽고 분명하여 거의 흠이 없음을 두고 사용한 표현이라는 것이다. 그리고 '사실 자체'를 쓰는 그의 문학성의 특이성이 '천의무봉'의 필체를 가능하게 했고, 이것이 바로 그가 획득한 대중성의 원천이라고 보았다(김윤식, 『80년대 우리 문학의 이해』, 서울대학교출판부, 1989, pp.39~40).

188 김나정, 앞의 책, pp.177~180.

189 박완서 소설은 일상에 천착함으로써 공감을 형성하기 쉽고, 일상을 낯설게 보는 것으로 의미를 창출

1970~80년대 도시일상성을 다룬 소설들이 다 그렇듯이 박완서 역시 작품에서 도시의 비정성, 부정성을 주로 드러냈다. 문정현[190], 이은하[191], 박진아[192], 공화순[193] 등의 논문을 보면 세태나 도시일상성을 다룬 부분은 모두 그러하다. 그것은 전통이나 전근대성과의 단절과 결별로부터 파생한 근대성이나 산업화, 도시집중화에 대한 긍정의 반영보다는 부정의 반영이 그만큼 강했고, 변질되고 파괴되어 결핍된 것에 대해 집중적으로 문학이 조응한 현상이라고 분석할 수 있다. 이런 현상에 맞서 박완서는 현실을 어둡고 처참하게 복사해내기보다는 재치와 입담, 해학과 풍자의 미학으로 독자에게 다가왔다. 이것이 그를 대중작가로서, 풍속작가로서, 영원한 이야기꾼으로서 오랜 기간 대중의 곁에 머물게 한 힘이자 원동력이다.

도시소설이나 세태소설, 대중소설에 대해 자로 잰 듯한 명확한 개념 규정을 내릴 수는 없다. 그리고 여기에서 그 규정이 그렇게 중요한 포지션을 담당하고 있지 않은 것도 사실이다. 다만 근대적 혹은 도시적 일상성을 담아낸 소설을 규정함에 있어, 본고는 도시소설과 세태소설에 대표

시킨다. 이는 중산계층의 위선적인 면모를 드러내는데 적합하며, 통상적인 단어의 재정이나 인물 이면(裏面)으로서의 내면을 들추어내는 서술방식은 내면을 통한 인물 형상화 외에, 세태묘사나 인물의 외양을 묘사하는 데서도 드러난다. 이는 전후 사회의 위선적 삶의 방식과 내면화된 허위성을 폭로하는 자기 발견의 서사로서 자연스럽게 자기 발견이라는 주제의식을 형성하며 '드러내는 플롯'의 양상을 띠게 한다(앞의 책, p. 3).

190 문정현, 「박완서 초기 단편소설 연구」, 목포대 대학원 국어교육과 석사 논문, 2004.
191 이은하, 앞의 책, pp. 199~201.
192 박진아, 「박완서 소설의 시간의식 연구」, 이화여대 대학원 국어국문학과 석사 논문, 2012.
193 공화순, 「박완서 소설연구: 전쟁·세태·가족사를 중심으로」, 경기대 대학원 문예창작학과 석사 논문, 2011.

성을 부여하였으며, 이것에 부합하는 소설을 분류하는데 토대로 사용하였다. 이렇게 분류된 소설을 통해 일상의 현상이 어떤 식으로 문학적으로 형상화되었는지 그 족적을 따라 가보고자 함이다. 본고는 일상에 대한 세밀한 관찰과 통찰력을 발휘하여 일상에 함몰된 개인들과 만날 것이며, 그들이 그것으로부터 어떻게 살맛을 찾아내는지 추적할 것이다. 또한 인간본성에 대한 천착과 인간애 희구를 통해 가장(假裝)으로부터 허울을 벗고 진실을 찾아내는 과정도 살필 것이다. 이 과정에서 발견되는 타락한 물신주의와 배금주의, 사회부조리, 도시일상의 소외와 고독, 문화변동의 부적응 등을 들여다보고, 그런 세태와 인물들을 어떻게 비판하고 풍자해서 갈무리했는지 그의 묘수를 살필 것이다. 이를 통해 박완서가 도시일상성 창작모티브를 통해 발굴한 문학적 '참'과 '거짓'을 엿볼 수 있을 것이다.

3. 문화변동인식

앞서 박완서 문학의 연대기와 우리나라 근현대사의 격변기가 일치한다는 것을 말한 바 있다. 그는 근대성 획득의 시대상과 도시적 일상이 자리 잡기 시작한 시절에 대한, 그 문화변동추이에 대한 식견을 갖고 있음이 작품에 드러난다. 이것은 세태비판적 자세라기보다는 문화·경제적 격변기에 우리의 고유 가치나 전통이 어떻게 변모되고 이전과 이후가 어떻게 단절되는지 목격한 것에 대한 증언에 가깝다. 문화변동을 인식한다는 것은 '가치혼란'을 느끼고 인물이나 사회가 과도기적 양상을 띠고 있다는 것이다. 이러한 것들은 세태를 인식하고 그것에 대해 참과 거짓을 감지하기 직전이거나 비판적 의식이 깨기 시작하는 지점이라 할 수 있다.

우리나라 근현대사의 격변기는 크게 해방, 한국전쟁, 군사쿠데타, 경제, 이 네 가지 요소에 의한 지각변동이라 볼 수 있다. 해방 후 인접 시기는 전근대성과 근대성의 대결양상을 띠었고, 50년대는 전쟁과 그 후유증, 60년대 이후는 도시형성과 도시적 일상의 과도기적 징후가 지배했다고 할 수 있다. 박완서 작품이 대체로 세태비판적 시각을 견지하는 가운데 이러한 문화변동인식이 드러난 작품으로는 「엄마의 말뚝Ⅰ」[194]와 「그 많던 싱아는 누가 다 먹었을까」「닮은 방들」[195] 정도를 꼽을 수 있다. 이후 노년소설류로 분류할 수 있는 소설들 중에 정보화 사회로의 이행과 부적응에 대한 인식이 드러난 작품들이 있지만, 그것들은 소품에 불과해 분

---

194 『문학사상』, 1980.9.
195 『월간중앙』, 1974.6.

석 텍스트로 삼지 않았고, 『그 많던 싱아는 누가 다 먹었을까』[196]는 「엄마의 말뚝 1」과 중복되는 내용을 포함하고 있어 분석하지 않았다.

「엄마의 말뚝 1」[197]은 여덟 살 어린 시골 소녀가 대처(大處)로 삶의 터전을 옮겨오게 되면서 겪는 일상의 변화가 중심축을 이룬다. 어른들의 논리에 이끌려 마지못해 편입된 낯선 도시적 일상을 배경으로 앓게 되는 성장통을 아이의 눈으로 조목조목 그리고 있다. 이것은 작가의 유년기 기억의 사실적 복원과 당대 풍속의 재현이라는 관점에서 소설적 의미를 찾아볼 수 있다. 또한 '전근대와의 단절과 근대적 도시일상으로의 편입' 이라는 주제로 파악되는 전형적인 도시일상성에 관한 보고다. 이 작품은 자전소설, 성장소설 등으로 분류되곤 하는데, 본고에서는 세태소설, 도시소설로서 '문화변동인식'을 담고 있는 작품으로 분류하여 분석하였다. 박완서의 소설 중 자전적 요소가 강한 작품들의 배경을 시대순으로 배열한다면, 『그 많던 싱아는 누가 다 먹었을까』와 함께 제일 앞자리를 차지할 것이다. 이후 발표된 작품들은 어떻게 보면 박완서 자전적 소설의 연작에 해당한다고 볼 수 있다.

「엄마의 말뚝 1」에서 등장인물들이 일상의 변모를 겪게 되는 계기는 그들이 겪게 되는 상실과 결핍에서 연유한다. 주인공 '나'의 엄마가 전근대적 삶의 터전으로 상징되는 박적골을 떠나 근대적 삶의 터전으로 상징되는 대처, 서울로의 편입을 강행하게 된 계기는 도시의 큰 병원이었다

---

196 박완서, 『그 많던 싱아는 누가 다 먹었을까』, 웅진출판사, 1992.

197 박완서, 「엄마의 말뚝」, 『박완서 소설전집 7』, 세계사, 2005, pp. 15~82(이후 인용문은 제목과 페이지만 표기-인용자).

면 대수롭지 않게 치료되었을 법한 병으로 인해 맞게 된 남편의 죽음 탓이다. 박적골의 삶으로 대변되는 전근대성이 남편의 생명을 앗아갔다고 믿는 엄마는 자식들에게 그런 삶을 대물림하지 않기 위해 결단을 내리게 되고, 그 결과 서울로 살림을 옮기게 된다. 자식들에게 신세계, 신교육, 신여성을 꿈꾸게 하기 위해서는 우선 전통적 일상, 전근대적 일상과의 단절을 시도해야 한다는 신념이 기저에 깔려 있다.

  하지만 도시적 삶으로 인해 변모된 일상은 엄마가 꿈꾸던 높은 이상과는 거리가 있는 그것이었다. 엄마가 생각하는 서울은 '문안'과 '문밖'으로 양분된다. 엄마의 이상을 실현할 수 있는 곳, 흔들리지 않는 견고한 말뚝을 박아 영원히 뿌리 내리고자 하는 그곳은 다름 아닌 성공한 삶을 상징하는 서울의 '문안'이다. 그러나 박적골에서나 어깨 피고 살 수 있었던 조촐한 가계의 내력으로 인해 그렇게 염원하던 '문안'에 편입되지 못한다. '문안'에 갈망을 품은 채 '문밖'에 겨우 자리를 잡은 형국이 됨으로 해서 이들은 경계에 서게 된다. 이상을 온전히 실현하지 못한 엄마는 현실과 이상의 괴리에서 오는 또 다른 상실을 경험하게 된다. 이러한 고충은 대처에서의 현실적 위치감각을 가족 구성원 누구보다도 명확하게 갖고 있는 오빠에게도 유효하다. 또한 강제로 편입된 도시생활, '문밖'의 삶에서 철저하게 억압과 소외를 겪는 '나'에게까지 고스란히 확장된다. 이러한 일상의 결핍과 대면하여 끊임없이 반목하면서도 가족 구성원 각자가 나름의 방식으로 현실을 인식하고, '문안'의 삶을 꿈꾸면서 장애를 극복하는 여정이 바로 「엄마의 말뚝 1」의 주요테마이고, 그 안에서 여덟 살 계집애 '나'는 성장하게 된다.

  우선 「엄마의 말뚝 1」은 거주공간과 그 공간이 대표하는 일상성, 거주

공간을 옮기면서 겪게 되는 일상의 변모를 살펴볼 필요가 있다. 그리고 변모된 일상으로 인해 유발된 또 다른 형태의 고통과 그것에 직면한 가족 구성원의 각각의 대응양상 또한 주목할 필요가 있다. 이것이 이 작품을 관통하는 주제와 밀접하게 맞닿아 있기 때문이다.

다음은 인물들의 공간 이동, 즉 거주의 이동과 관련된 일상의 변모와 그것의 작품 내 작용 의미를 간략하게 표로 정리한 것이다. 주요 항목으로 일상의 주요 공간, 공간과 결부된 일상의 변모, 주도 인물과 대립 인물을 선정하여 정리한 후 작성된 표를 바탕으로 세부사항에 대해 내용을 분석해 보고자한다.

• 「엄마의 말뚝 1」 작품 속 일상의 변모 양상

일상의 주요 공간	공간과 결부된 일상의 변모	주도 인물	대립 인물
박적골	전통이 지배하는 일상이다. 이것의 긍정적인 측면은 정이 있고 품위가 있는 안정적인 생활이라는 것이다. 부정적인 측면으로는 '아버지의 죽음'을 재촉한 전근대성을 상징하고 있다.	할아버지, 할머니	엄마
서울의 셋집	도시적 일상의 시작이다. 긍정적인 측면에서는 근대성과의 단절과 극복이지만 부정적인 측면으로는 '박적골'만도 못한 서울 '문밖' 하층민의 생활로 전락한 것을 의미한다. 주인공 '나'에게 있어서는 '낙원의 상실'을 의미한다.	엄마	할아버지, 할머니, 나, 엄마가 '상것'으로 치부하는 이웃들

서울 '문밖'에 세운 엄마의 말뚝 (괴불마당집)	도시 일상의 정착과 절반의 성공을 의미한다. 이것이 '절반의 성공'인 이유는 '박적골'의 도움으로 쟁취했다는 근본적인 한계를 갖고 출발하였다는 것과 아직도 염원인 서울의 '문안'에 들지 못한 삶을 영위하고 있다는 점이다.	엄마	
시골로의 재이전	일제 말 혼란기에 도시 일상과 단절되고 다시 전통의 근거지로 도피하게 된다. 엄마는 결국 '박적골'과 그것이 대표하는 여러 상징들로부터 완벽하게 독립하지 못한 채 전근대와 근대의 경계에 선 과도기적 인물상을 대표하고, 엄마의 이중적 속성은 이것으로부터 연유한다.	엄마	일제 말 치세자들
서울 '문밖'에서 '문안'으로의 입성	엄마가 지향하는 '성공한 삶'의 시작이 오빠로부터 이루어진다. 이것은 일찍이 엄마가 '박적골'을 떠나 오빠를 데리고 서울로 갈 때부터 계획된 일이었고, 그것의 완수로 볼 수 있다.	오빠	

　　이 소설에서 박적골과 서울로 대표되는 거주 공간은 전근대성과 근대성을 상징한다. 전근대적 공간을 상징하는 박적골에서는 '나'의 조부모가 일상의 주도자고, 근대적 공간을 상징하는 서울은 '나'의 어머니가 일상의 주도자다. 서로 자신이 주도하는 일상의 편에서 대립하지만 이들은 결국 '가족'의 이름으로 근현대사의 격변기를 함께 한다.

　　소설은 조부모와 함께 박적골에 살고 있던 '나'가 오빠의 교육을 위해 먼저 서울에 터전을 마련해 살고 있던 엄마의 손에 이끌려 박적골을 떠나는 것으로부터 시작한다.

　박적골은 전근대적인 삶의 터전이지만, 여덟 살 계집애에게는 따뜻한 정과 전통적 품위가 살아있는 믿음직한 공간이다. 이에 반해 대처의 최고봉이라 할 수 있는 서울은 자신의 의지와 상관없이 맞이하게 된 낯선 공간성 외에도 여덟 살 계집애에게 후하게 허락되는 것이 하나도 없는 곳, 제대로 기를 펴고 살 수 없는 억압적이고 삭막한 삶의 터전이다. 서울은 근대적 공간으로서의 화려함을 배경으로 갖고 있지만, 힘의 논리에 의해 지배되는 무섭고 냉혹한 현실세계로 묘사된다.

> 내가 최초로 만난 대처는 크다기보다는 눈부셨다. 빛의 덩어리처럼 보였다. 토담과 초가 지붕에 흡수되어 부드럽고 따스함으로 변하는 빛만 보던 눈에 기와지붕과 네모난 2층집 유리창에 박살나는 한낮의 햇빛은 무수한 화살처럼 적의를 곤두세우고 있었다.(「엄마의 말뚝 1」, p. 12)

　인용문을 보면 주인공 '나'가 박적골의 공간에 비해 도시적 공간에 대해 적대감과 방어의식을 얼마나 갖고 대면하고 있는지에 대해 잘 알 수 있다. 박적골에 있는 '토담과 초가지붕'에는 빛이 '흡수'되지만 대처에 있는 '기와지붕과 네모난 2층집 유리창'에서는 빛이 '박살'난다. 박적골에서 보던 빛은 '부드럽고 따스함'으로 변하지만, 대처의 그것은 '화살처럼 적의를 곤두세우고' '나'를 찌른다. '나'의 눈에 비친 도시의 공간은 파괴적이고 공격적이다. 그 안에는 박적골이 준 따스함과 안락이 없다. 이것이 어린 시골 소녀가 대처를 접한 첫 감상이다.

이에 반해 엄마의 모습은 도시 예찬론적 자세가 지배적이다. '나'를 데리러 시골에 나타났을 때 엄마의 모습엔 일종의 기품 같은 것이 서려 있다. 그건 박적골에 살던 엄마의 그것과는 사뭇 다른 것으로 도시의 삶이 엄마에게 준 크나큰 변화의 일면이다.

그런 변화된 모습으로 나타난 엄마는 나에게 신여성이 되라고 주술처럼 되뇐다. 엄마가 생각하는 신여성이란 "공부를 많이 해서 이 세상의 이치에 대해 모르는 게 없고, 마음먹은 건 뭐든지 마음대로 할 수 있는 여자"다. 도시와 신여성에 대한 엄마의 예찬은 전근대성에 의해 남편이 죽었다는 자각과 반감, 그 상실감에서 출발한다. 엄마의 이런 논리는 박적골을 떠나 대처에 나가 공부하는 것만으로도 아들의 성공을 담보하는 것으로 믿게 하였고, 어린 딸이 신여성만 되면 무엇이든지 할 수 있을 거라 맹신하게 된 것이다. 그 결과 서울의 '문안'에 말뚝을 박고 뿌리를 내릴 수 있을 거라는 희망을 갖게 된다.

엄마의 손을 잡고 도착한 서울은, 엄마가 보여주던 자신감이나 확신과는 동떨어진 모습이었고, 서울에 온 엄마의 모습 역시 박적골에서 본 기품이나 당당함과는 거리가 있었다.

서울은 '문안'과 '문밖'으로 나뉘어져 있고, 엄마는 '문안'을 염원하지만 '문밖'의 일원, 그것도 아주 궁핍한 셋집생활을 하는 도시하층민의 전형이다. 이것은 박적골의 그것만도 못한 빈곤과 굴욕을 감내하며 어지럽고 너저분한 현저동 상상꼭대기 골목길을 누비는 엄마의 실체다.

박적골에서 그렇게 당당해 보이던 엄마가 도시에 오자마자 작고 초라해 보이기 시작한다. 문밖의 터전 현저동에서 주인집에 대해 절대적 약자로 살아가고 있는 엄마의 절체절명의 꿈은 아들을 교육시키고, 딸을 신여성으로 만들고, 서울의 '문안'에 당당히 입성하는 것뿐이다. 즉 서울이라는 도시공간에 자신의 영역의 징표로 흔들림 없는 말뚝을 세우는 일이다. 이러한 어머니상은 박완서 소설에 자주 등장하는 '억척모성'의 전형이다. 권명아는 억척모성의 여성성은 천성적인 것이 아니라 열악한 생존환경에 의해 규정된 여성성이라고 했다.[198] 「엄마의 말뚝 1」의 엄마 역시 척박한 삶에 견고한 뿌리를 내리기 위해 강해질 수밖에 없었다. 이러한 모성의 발현은 주로 남편 부재의 상황에서 오로지 자식들에게만 삶의 통로를 연 어미들의 전형이다.

그러나 엄마의 현실은 대처의 경계인일 뿐이고, '나'의 소외는 가혹한 이방인의식으로 각인된다. 엄마는 온전한 서울사람이 되기를 꿈꾸면서도 박적골의 배경에 기대어 동류의 이웃을 내심 배척하며 살아가기에 어디에도 편입될 수 없다. 그녀는 불리한 도시적 삶에 부딪칠 때나 혹은 주변인과 마찰이 있을 때마다 어떤 선민의식을 가지고 그들을 '상것'이라 무시하곤 한다.

> 그건 아마 엄마가 배신한 온갖 과수가 있는 후원과 토종국화 덤불이 있는 사랑뜰과, 정결하고 간살 넓은 초가집과 선산과 전답과 그 모든 것을 총괄하시는 비록 동풍은 했으되 구학문이 높으신 시아버지가 뒤에 있다고 믿는 마음 때문이 아니었을까.(「엄마의 말뚝 1」, pp. 43~44)

---

198 권명아, 앞의 책, pp. 203~207.

엄마는 도시빈민굴보다 상대적으로 우월하게 여겨지는 박적골에 자신의 뿌리가 있다는 것을 통해 서울살이의 고단함과 상처받은 자존감을 극복해보고자 한 것이다. 이것이 그녀가 도시적 일상에서 자아를 잃지 않고 살아남은 방법이었을지도 모른다. 그러나 우월의식과 선민의식은 내면에 남은 마지막 긍지로서만 존재할 뿐, 그녀의 도시적 일상은 조바심과 열등감으로 가득 차있다. 박적골에서 보인 엄마의 위엄은 대처물을 먹은 이의 '허영'이 덧씌워진 자태였고, 도시빈민의 소굴에서 보인 배타성은 시대에 뒤떨어진 '양반의식'의 발현이라 할 수 있다. 이는 전형적인 과도기적 인물상의 표본이다.

전근대와 근대의 과도기적 일면이 내재된 엄마의 자기모순은 도시의 일상에 정착하는데 위안을 받기도 하지만, 다른 많은 부작용을 낳는다. 특히 강제로 서울이라는 도시공간에 편입된 '나'와 갈등을 일으킨다.

집요한 간섭과 생활범위의 제한이 어린 소녀에게는 얼마나 가혹한 형벌인지를 엄마는 모른다. 그녀는 딸의 모든 본능을 통제하고 억제하려 한다. 그것은 모두 도시적 삶에 낙오되지 않게 길러내려는 지나친 자의식에서 발현된 것이다. 또한 앞에서 지적했듯이 동류의 이웃과는 다르다는 선민의식이 더욱더 딸을 조련하려 드는 원동력이 된다.

그 속에서 '나'는 점점 도시적 삶에 눈을 뜨게 되고, 영악해져 간다. 근대적 도시에 열광하는 듯 보이는 엄마보다 오히려 억지로 끌려온 딸이 더 도시생활에 적응하게 되는 역전이 일어난다. 또한 딸의 마음 한구석에는 시골에서 본 모습과 서울에서 본 모습이 다른 엄마, 갑자기 왜소해지고 초라해진 엄마, 자신의 본능을 강압적으로 억누르기만 하려는 엄마에 대해 신뢰감보다는 적대적인 마음이 싹트게 된다.

이러한 엄마의 도시적 허위의식은 근대성을 제대로 받아들이지 못해 생긴 왜곡에 의한 것이다. 자기모순에 빠져 허덕이던 엄마는 딸로 인해 주인집으로부터 더 이상 회복할 수 없는 상처를 입게 된다. 이것을 계기로 단절의 대상으로 여기던 박적골에 구원을 요청하게 된다. 이러한 노력으로 인해 비록 문밖이긴 하지만 기어이 삶의 터전, 서울에 뿌리내린 말뚝으로서의 집을 마련하게 된다. 결국 끊어내고 단절하고자 한 내력을 다시 품은 것이다. 이는 훗날 어머니가 상것이라 부르던 사람들을 진국이라고 재평가를 내리는 것처럼, 박적골 생활에 대한 반감 역시 애증의 차원에서 이해할 수 있다.

그러나 어렵게 뿌리내린 말뚝은 시대의 흐름을 역행해 버텨낼 수는 없었다. 일제 말 혼란기에 결국 시골로 도피를 하게 되는데, 이 도피처 역시 박적골이다. 박적골은 이렇게 엄마의 삶의 배후에 자리잡고 그녀의 삶을 간섭한다. 그것이 비록 전근대성을 상징한다 해도 그 이력은 영원히 엄마의 바람막이가 되어 그녀를 지지하기 때문이다. 어쩌면 엄마의 말뚝의식의 연원은 박적골로부터 싹튼 걸지도 모른다. 이후 오빠의 성공으로 인해 다시 서울로 복귀할 때야 비로소 경계인 혹은 이방인이 아닌 '문안'에 들게 된다.

엄마는 현저동 시절보다 더 좋은 집을 갖게 된 후에도 그 집을 잊지 못한다. 첫 말뚝의 기억은 마치 고향처럼 뿌리내려 삶의 근거지가 되어주기 때문일 것이다. 그래서 '나'는 오랜만에 찾은 옛 동네에서 근거지가 변모된 것을 목격하고 "엄마의 말뚝이 뽑힌 것"처럼 느낀다.

어머니가 세운 신여성이란 것의 기준이 되었던 너무 뒤떨어진 외양과 터

무늬없이 높은 이상과의 갈등, 점잖은 근거와 속된 허영과의 모순, 영원한 문 밖 의식, 그건 아직도 나의 의식 내용이었다. 그러고 보니 나의 의식은 아직도 말뚝을 가지고 있었다. 제아무리 멀리 벗어난 것 같아도 말뚝이 풀어준 새끼줄 길이일 것이다.(「엄마의 말뚝 1」, p. 60)

인용문에 진술된 내용이 「엄마의 말뚝 1」의 주제라고 해도 무리가 없을 것이다. 전근대와의 단절을 시도한 엄마 역시 전근대에 발을 담근 채였기 때문에 완전한 도시적 일상에 편입되지 못했다. 그러므로 엄마에게 있어서 도시적 삶은 현실이기보다는 환상이었는지도 모른다. 그 괴리 속에서 고통 받으면서도 박적골과 같은 든든한 터전을 서울에도 마련하고자, 그곳에 말뚝을 박고 정착하고자 고군분투한 것이다.

엄마의 근거는 곧 '나'의 근거가 되어, 나 또한 "말뚝이 풀어준 새끼줄 길이"만큼의 의식의 폭을 가지고 살아간다. 이것은 한때는 반목했으나, 이제는 엄마를 이해할 만큼 성장한 '나'의 모습을 보여 주는 것이다. 그리고 그 의식의 끝자락에 엄마의 생명력과 소망이 닿아 있다는 뜻일 것이다. 이 모습은 한편으로 부모세대와 별반 다를 바 없는 한계를 갖고 살아가는 소시민의 전형이기도 하다.

소설은 "지나간 세월 역시 부정되어선 안 될 것 같았다"로 끝난다. 이것은 과거의 사실이 긍정성이든 부정성이든 간에 내 안의 역사로 남은 이상 인정하고 받아들여야 한다는 지난 반목과의 화해의 시도로 보인다.

이 작품은 문화변동의 격변기에 경험하게 되는 전근대성과 근대성, 전통적 공간과 도시적 공간, 문밖과 문안의 대립양상을 일상의 변모를 통해 잘 표현해내고 있다. 그 변모된 일상에서 어린 소녀가 성장통을 앓으

며 적응하고 성장해가는 모습이 천진하게 기록된다. 이러한 과정이 주인
공 소녀를 통해 잘 묘사되었기 때문에 이 소설은 성장소설로 분류된다.

신수정은 박완서의 자전소설에서 재현되는 낙원상실의 구조가 개인적
체험을 넘어서 황폐한 근대세계로 나아간 현대인 일반의 '역사철학적인
기록'으로 읽힐 여지가 있다고 평가[199]했는데, 이는 이 작품에 대한 정확
한 분석이라 할 수 있다. 이 작품은 일제 말기, 해방 직후의 풍속과 사회
상을 훌륭히 재현해내면서, 그 시대의 변모 양상과 그 역동적 삶에 처한
인간군상의 다양한 의식의 기저를 추적한 면이 돋보이기 때문이다. 박완
서의 자전적 요소가 짙은 개인적 성장소설이면서도 당대의 문화변동양
상을 훌륭히 복원해낸 도시소설로 평가할 수 있다.

「엄마의 말뚝 1」이 전근대와 근대의 경계에서 감지한 문화변동양상을
소설화한 것이라면, 「닮은 방들」[200]은 아파트라는 근대적 주거 공간, 사적
공간의 출현으로 야기된 삶의 변화양상과 그 안의 사람들의 이야기에 주
목한 70년대 작품 중 하나다. 박완서가 이 작품에서 주목한 것은 단지 아
파트라는 근대적·도시적 주거 공간이 아니다. 이를 통해 전통적 삶에서
근대적 삶으로 이행하는 과도기적 삶에 처한 사람들, 그들에게 가치혼란
을 경험토록 한 도시일상의 문화변동에 대해 인식하고 전망하고자 한 것
이다.

---

199 신수정, 「증언과 기록에의 소명: 박완서의 자전소설 읽기」, 『푸줏간에 걸린 고기』, 문학동네, 2003,
p. 336.

200 박완서, 「닮은 방들」, 『어떤 나들이』, 문학동네, 1999, pp. 227~248(이후 인용문은 제목과 페이지만
표기-인용자).

「닮은 방들」은 아파트로 상징되는 세계로의 편입 과정에서 겪게 되는 경쟁적 욕망과 이것으로 야기되는 물질적 가치에 대한 맹신을 보여준다. 또한 도시문화가 양산해낸 몰개성의 덫에 걸린 이들이 겪게 되는 가치적 혼란이나 일탈욕구 등의 내면적 번짐을 문학적으로 잘 형상화하고 있다.

이 작품에 나타나는 주된 정서는 도시인의 피로, 불안, 이질감, 고독, 개성의 상실, 물질적 가치에의 심리적 매몰과 조장되는 소비문화, 가부장제로 대변되는 전통적 질서와 가치의 변질 및 붕괴가 가시화되고 있는 집안의 묘사 등이다. 여기에는 현재 진행 중인 근대적 삶에 대한 비판적 시각과 함께 전통적 가치관과 문화에 대한 향수를 일정부분 내포하고 있다. 이 작품을 통해 작가가 말하고자 한 것은, 우리가 부모세대로부터 이어받은 전통적 삶에도 분명 후세대가 무비판적으로 받아들일 수 없는 한계와 문제점이 있는 것이 사실이지만, 그렇다고 해서 근대화·산업화로 인해 파생된 도시적 일상이 결코 전통적 삶의 한계와 문제점을 해소해줄 수 있는 신세계는 아니라는 것이다. 근대성을 대표하는 도시문명에 대한 우려와 번민이 적절히 제시되어 있다.

일반적으로 "무엇인가가 그렇게 되어야 할 것이 그렇지 못할 때의 상태"를 '소외(疎外)'라 할 때, 노동자는 노동활동에서, 경영자는 합리적인 조직에서, 일상인은 사회적인 힘이나 타인, 심지어는 자기 자신과 자아에서 각각 소외를 느끼게 된다.[201] 김정자는 「소외현상과 한국 현대소설들」에서 "인간은 자연의 섭리를 거부하고 과학의 세계, 산업화의 과잉으

---

201 정문길 편. 프롬(Fromm), 「소외」. 문학과지성사. 1984. p. 122; 서종택 「해방 이후의 소설과 개인의 인식: 서기원, 김승옥, 최인호를 중심으로」 재인용.

로 빚어지는 세계, 소위 루카치가 말하는 '관습의 세계'나 아도르노가 말하는 '제2의 세계'로까지 밀려 나왔다. 이 세계는 '추방된 세계'이며 '인간소외의 세계'다"[202]라고 정의하였다.

이러한 소외의식이나 문화변동 부적응을 조명하기 위해 문학이 차용한 것은 아파트가 가지고 있는 공간적, 구조적 특징이다. 박완서의「닮은 방들」을 보면, 네모반듯하게 짜맞춰진 것 같은 공간에 살면서 삶의 모습과 가치관, 습관까지 닮아가는 행태 그리고 그 닮음의 조바심이 결국 물질에 대한 맹신에 빠지게 하여 소비욕구를 자극하는 과정을 여실히 드러내고 있다. 아파트 여인들은 문화적으로 소외되지 않기 위해 닮으려는 욕망에 빠져들지만, 그것에 의해 개성이나 주체성을 잃고 상실감을 느낀다. 물질적, 외향적 가치추구로 인해 보다 진정성 있는 지표들을 상실하게 되는 것이다.

이렇게 나나 철이 엄마나 딴 방 여자들이나 남보다 잘살기 위해, 그러나 결과적으론 겨우 남과 닮기 위해 하루하루를 잃어버렸다. 내 남편이 열여덟 평짜리 아파트를 위해 칠년의 세월과 부드러움과 따뜻함을 상실했듯이.(「닮은 방들」, p. 237)

「닮은 방들」에는 조바심과 불안감이 상주하고 있다. 아파트의 동일한 구조물을 빌려 드러낸 몰개성에 대한 경계, 단절된 칸막이가 상징하는

---

202 김정자,「소외현상과 한국 현대소설들: 박태순의 도시 근로자에서 김문수의 가출까지」,「한국문학론집」제22집, 한국문학회, 1998, p. 414.

고립과 소외, 가장의 경제생활 도구로의 전락, 산업사회나 개발이 가져다주는 물질적 풍요와 소비문화, 그 속에서 배곯고 있는 자본주의 패배자들에 대한 연민 그리고 전통적 가치들을 잃어가고 있다는 상실감이 그것을 촉발한 것이다. 이렇게 조바심을 내며 '닮음'을 추구하던 화자는 어처구니없게도 '다름'을 확인하기 위해 옆집 남자와의 '일탈'을 꿈꾸고, 그 시도마저 '너무도 닮음'의 장벽에 가로막혀 물거품이 되고 만다.

박완서는 「닮은 방들」에서 주부의 시각으로 비교적 섬세하게 전통적 주거공간과 아파트로 대표되는 근대적 주거공간의 장단점을 드러내면서 전통―인정이 살아 있어 기댈 곳이 있으나, 사적 공간과 개인적 정서가 보장되지 않는 문화―과의 단절을 꿈꾸면서도 근대적 삶―자본주의적 논리로 무장되어 도시적이고 세련되었으며 사적 자유와 독립성이 보장되지만 물질문명의 노예가 되고, 개성을 상실하는 문화―의 몰개성과 세속적인 것의 추구가 가져다주는 피로와 권태에 대해 농밀하게 그려내고 있다.[203] 또한 박완서는 작가 특유의 섬세함과 꼼꼼함으로 전통과 근대의 비교를 위해 전통가옥과 아파트를 세세하게 대비묘사하며 작품 속에서 공감을 이끌어내고 있다. 전통양식에 대해서 작가가 가진 관점을 보면, 인정이 있고, 공동체 의식이 주는 안도감은 있지만, 그 안에서 누릴 수 없는 개인의 독립성과 욕망 실현의 한계 등에 대한 비판의식이 자

---

[203]　도시의 삶, 근대의 삶이 추구하는 물질만능주의의 희생양이 되어 가정경제의 수단 및 도구로 전락한 가장과 가부장제의 몰락을 전면에 내세운 최인호의 「타인의 방」이나 이동하의 「홍소」에 비해 여성의 시각으로 전통의 폐해도 객관적으로 드러내고 있다는 점이 흥미롭다.

리잡고 있다.[204] 이와 비교하여 비슷한 시기에 도시소설을 쓴 최인호나 이동하 등의 남성작가의 시각으로 그린 아파트 문화에는 박완서 소설에서 깊이 있게 다뤄지지 않은 가장으로서 인정받고 대우 받던 전통적 삶을 일편 그리워하는 가부장적 정서가 남아 있다.

최인호의 「타인의 방」은 이웃하여 살고 있지만 소통이 단절되어 있는 아파트의 '복도', 그런 이웃들과의 마주섬마저 차단하는 '현관문' 그리고 아파트 내부 구조—거실, 욕실, 부엌, 집기—를 이용한 고립된 심리적 상태 묘사를 충실히 하고 있다. 이러한 구조에 갇혀 결국 중심인물 '그'는 3년이나 산 아파트에서 철저히 고립되어 있다. '그'는 열쇠를 가지고 있음에도 불구하고 "문을 열어 주는 것은 아내 된 도리이며, 적어도 아내가 문을 열어 준 후에 들어가는 것이 남편의 권리"라고 생각하기 때문에 부인의 응답이 있을 때까지 수차례 초인종을 누르거나 문을 두드리는 행위를 하게 된다. 하지만 '그'의 바람과는 달리 '아내의 부재'만이 '그'를 기다리고 있으므로, 고작 '문을 열어 주는 아내'를 통해 확인하려 했던 가장의 위엄마저도 획득하지 못하게 된다. 그래서 '그'는 문턱도 넘기 전에 철저하게 초라해지고 소외되어 있다. 이동하 역시 「홍소」에서 "무수한 창들, 똑같은 현관, 똑같은 계단, 똑같은 환기공" 속에서 사람들이 모두 세속화되어 가고 있다고 봤다. 이 세속화에는 가족의 이기적인 물질 추구 욕망이 자리잡고 있고, 그 끝없는 욕망에 의해 도시 생활의 도구로 전락

---

204 이것은 「타인의 방」이나 「홍소」가 아파트 생활을 통해 현대 도시인의 획일화나 고립, 소외의식, 물질
맹신에 대한 비판과 그것이 가져다주는 피로와 불안에 치중하고, 그 기저에 전통적 질서에 대한 은
근한 향수가 배어 있는 것과 차별화되는 점이다.

하고 마는 가장의 비애를 묘사하고 있다. 작중화자 '나'는 아이가 또래 패거리로부터 소외되지 않는 '소통의 매개체'로써 가져야 하는 '장난감' 수집에 시달려야 하고, 소비욕망에 사로잡힌 아내를 견뎌야만 하는 가장이다. 이러한 사태에 직면한 '나'는 가장으로서의 권위를 잃은 채 "아내의 당당함"에 당혹스럽게 되고, 아내가 "흡사 나에게 사기를 당해오기나 한 것 같은 그런 적개심"을 표출할 때는 위축되기까지 한다. 아파트로 대표되는 편리한 가정생활이 여성에게는 해방구 역할을 해준 반면, 가부장적 남성에게는 오히려 억압으로 느껴졌다는 사실을 확인할 수 있는 대목이다.[205] 이 작품에서 '나' 이외의 가족 구성원은 이미 근대의 도래가 가져다 준 욕망에 사로잡혀 있는데, '나'만 오로지 그 욕망의 주체가 되지 못하고, 욕망의 실현 도구로 전락하게 되면서 비극이 시작되는 것이다.

이들 세 작가의 세 작품에는 '아파트'로 상징되는 도시성, 근대성이 몰고 온 문화변동에 대한 공통적인 '불안감'이 상주하고 있다. 그러나 남성작가들의 두 작품과 박완서의 작품과는 미묘한 시각차가 존재한다. 두 남성작가들의 남성화자들은 가정의 물질적 기반을 유지하기 위해 일의 노예가 되지만, 새로운 주거공간과 문화에 적응하지 못하고 점점 가정 내의 주도권을 잃어가는 가장의 모습을 하고 있다. 이들은 새로운 사적 공간이 가져다주는 자유와 독립성에 빠르게 적응하면서 개인적 욕망에 빠져드는 아내 및 가족 구성원에 대해 비판적 시각을 유지하면서 자신들이 처한 변모된 현실과 전통의 상실에 대한 반감을 갖고 있다. 반면 박완

---

205 오창은, 「한국 도시소설 연구」, 중앙대학교 박사 학위 논문, 2005, p. 113.

서의 소설에는 아파트의 세속적 소비행태 및 욕망의 씁쓸한 단면을 진단하면서 여성이 처한 문제의식을 좀 더 심도 있게 드러내고 있다. 이때 남성작가의 시각과는 달리 이러한 근대적 삶을 충당하기 위해 일한 남편에 대해서는 기울어가는 가부장제에 대한 어떤 연민이라기보다는 새로운 환경에서 예전의 멋과 맛을 잃어가는 남편에 대한 아쉬움, 가장의 새로운 세계의 부적응이 낳은 결핍에 대한 비판적 시선이 깔려 있다. 이렇게 이중적 잣대로 근대적 삶, 도시적 일상이 묘사되면서 다른 남성작가들과는 차별화된 시각을 확보하게 된다.

박완서는 또한 이 작품 속에서 획일화의 피곤함을 드러내고 있다. 예전 생활과 달리 획일화 된 삶 안에 소속되기 위해, 닮기 위해 고군분투해야 하는 일상의 피로함과 그것을 위해 내 줘야 하는 많은 가치들에 대한 인식을 드러낸다. 하지만 이러한 시각 역시 다분히 여성 편향적 시각이 존재하는데, 잃어가는 것에 대한 안타까움이 그것을 잃을 수밖에 없는 것에 대한 연민보다 훨씬 크기 때문이다. 남성작가들의 작품에서 나타나는 근대생활의 도구로 전락한 가부장에 대한 연민과 회의보다는 가부장제가 주던 긍정적인 안정감이 바뀐 삶에서도 침식되지 않고 존속되기를 바라는 시각이 다분히 존재하고 있다.

김진기는 "60~70년대 사회의 중심문제는 소외였고, 그것을 개념화하자면 사물화라는 사실이 확인되었다. 이 사물화는 사회를 유지시키는 인간적 가치를 수량화된 계산 가능성의 합리성으로 제거해버리는 자본주의 특유의 산물이라 할 수 있다. 그것은 화폐라는 동일성으로 무장한 채 인간적 가치를 서열화시키고 그것을 소외시켜 합리적인 교환 가치로 탈바꿈시키는 악성을 갖고 있다"[206]고 지적하였는데, 이와 상통하는 주제의식이 「닮은 방들」에도 잘 드러나 있다.

1970년대 초는 1960년대부터 시작한 아파트 건설이 고급화 전략을 타고 막 대중화로 접어든 시기다. 이 공간적 특징이 상징하는 것을 당대의 작가들은 놓치지 않고 있다. 전통과의 단절을 시도하고 찾아 든 근대적 삶에 도사리고 있는 몰개성과 물질문명의 맹신이 가져다주는 소비욕망 그리고 획일화에 갇혀 소외를 걱정해야만 하는 일상 등을 여성의 시각에서 조명한 박완서의 「닮은 방들」은 현대 도시인이 가지게 되는 문제의 원형에 밀착되어 있다.

박완서의 세태소설, 도시소설은 일상에 대한 날카로운 통찰과 인간본성에 대한 탐구가 주를 이룬다. 비판적 리얼리스트로서의 면모가 가장 왕성하게 드러나 있다. 이런 가운데 문화변동인식은 전통적 삶에서 도시적 일상으로 옮아가는 과도기적 삶에 대한 재현이다. 문화변동인식의 핵심코드는 바로 소외와 부적응이다. 이들 작품은 박완서의 체험이 그대로 복원된 데다, 시대상과 풍속에 대한 역사적 고찰까지 가능케 하기에 더욱 의미 있게 다가온다.

---

206 김진기, 「1960~70년대 소설에 나타난 산업화 과정에서의 소외의식 연구」, 『겨레어문학』 제26집, 2001, p. 212.

4. 비판적 세태인식

박완서 세태소설, 도시소설의 근간에는 중산층 인물들의 안일과 이기심, 허세와 허영에 대한 비판의식이 깔려 있다. 이것들이 70년대 이후 전개된 사회상과 결합해 물질주의와 속물근성의 만연을 낳았다고 보는 것이다. 그런데 박완서 초기작의 특이점은 사회개혁의 주장보다는 자기반성적 색채가 진하다는 것이다. 자기검증, 자기비판이 전제된 세태비판이다. 시대변화에 대처하는 인물의 변모에 그 초점이 맞춰져 있다. 이런 기반 위에 문화변동과 가치혼란의 여파도 들여다보고, 비상식적 세태에 대한 감시의 눈초리도 번뜩이고, 자본주의사회의 모순과 강압적 국가공권력에 대한 항변 역시 게을리하지 않았다.

박완서 연구논문에서 살펴봤듯이 그의 태도는 초기와 후기에서 약간의 변모 양상이 포착된다. 초기작에는 작가의 직접개입이 현저히 눈에 띄고, 서술자 '나'는 곧 작가의 분신임을 독자에게 뚜렷하게 각인시키고 있다. 직접적인 진술과 논평의 화술이 자주 목격된다. 그러나 후기작으로 갈수록 '나'의 시선도 그 폭과 깊이를 더해가고, 흑백논리에서 한발 물러나 다양한 가능성에 대한 수용적 태도를 보이며 열린 결말을 모색하게 된다. 그의 작품들을 테마별, 시대별로 훑어 내려가면 근대성·도시일상성 창작모티브의 문학적 구현 양상을 더 확연히 들여다볼 수 있게 될 것이다.

박완서의 단편들 중 중산층 일상에 자리잡고 있는 물신주의와 속물근성, 허영과 허세에 대한 비판의식을 나타내는 주요 작품들에는 「세모(歲

暮)」[207]「지렁이 울음소리」[208]「주말 농장」[209] 등이 있다.

「세모」[210]는 박완서가 등단한 후 발표한 첫 단편소설이다. 이 작품을 통해 작가는 물신주의와 배금주의가 만연된 세태, '돈'이 지배하는 세상의 허위와 허세를 작중화자 '나'의 시니컬한 자의식을 통해 비틀어 드러내고 있다.

생활의 궁핍을 "한 폭의 지옥도(地獄圖)"로 생생하게 기억하고 있는 작중화자 '나'는 그 지옥도를 벗어나자마자 돈이 가져다준 쾌락에 함몰되어 마음껏 유희하고 가난을 멸시하고 조롱한다. 이와 같은 '나'의 물질에 대한 무조건적인 경배는 산업화나 도시화로 진행되기 이전의 시대가 인정하던 세계의 가치를 교란시키고 상실하게 만든다.

돈의 마력에 취해 있는 화자는 모성조차도 돈의 위력을 피해갈 수 없는 현실[211]을 서술하고 있다.

내 기억 속에는 지금도 생생한 한 폭의 지옥도(地獄圖)가 있다. …(중략)… 아침에 아이들이 책가방을 든 채 방 문지방이나 대문간에 꼭 붙어 서서 학교에 오늘까지 꼭 내지 않으면 안 된다는 돈을 재촉한다. …(중략)… 돈은 정말로 한푼도 없다. 꿀 데는 더군다나 없다. …(중략)… 벌써 아이들은 내

207 「여성동아」, 1971.3.

208 「신동아」, 1973.7.

209 「문학사상」, 1973.10.

210 박완서, 「세모」, 『어떤 나들이』, 문학동네, 1999(이후 인용문은 제목과 페이지만 표기-인용자).

211 김윤정은 「세모」의 작품분석에서 "경제적 풍요는 가난한 시절에는 할 수 없었던 '사람 구실' '부모 구실'을 가능하게 하였"다고 믿는 화자를 통해 돈에 의해 모성조차도 제대로 발현될 수 있다고 믿는 세태를 풍자했다고 보았다(김윤정, 앞의 책, p. 53).

자식이 아니다. 가장 비정한 세리(稅吏)다. …(중략)… 이미 세리도 아니다. 모녀간도 더군다나 아니다. 핏발선 증오가 머리끝까지 오른 원수끼리다. …(중략)… 얼마나 끔찍한 지옥의 풍경일까.(「세모」, pp. 15~16)

공무원인 남편의 수입으로 빠듯한 삶을 영위할 때는 이렇게 생활에 찌들어 아등바등 살던 화자는 땅값이 하루가 다르게 오르는 세상이 도래하자, 강남으로부터 촉발된 부동산 바람을 타고 은행 융자를 받아 초가를 헐고 블록 집을 짓는다. 돈의 향연은 여기에서 멈추지 않는다. 남편이 공무원을 사직하고 돈바람을 타고 형성된 신흥주택가에 고급 식료품가게를 열게 된 것이다. 이즈음에 막내아들 '인수'가 태어난다.

'나'의 자신감은 부모의 노릇마저 옥죄었던 바로 그 가난을 탈피하고 돈을 획득하고부터다. 이렇게 '나'는 물질만능주의가 안겨주는 쾌락에 도취되지만, 돈이 끝없이 구축해가는 난공불락의 성새(城塞)를 넘을 수 없는 한계를 자각하고, 기적과도 같은 삶의 윤택이 결국은 허세로 가득한 텅 빈 자화상임을 알게 된다. 이런 문제의식은 아들 인수의 학교를 방문해서 자신보다 더 화려하고 공고한 물질의 성벽, 그것으로부터의 철저한 배척과 소외를 겪으면서 일어나게 된다.

나는 도저히 내 앞을 가로막은 밍크 목도리를 뚫을 수 없는 것이다. 그 사이를 헤집고 선생님 앞에 봉투를 내밀 수는 도저히 없는 것이다. …(중략)… 밍크 목도리들이 난공불락의 성새(城塞)처럼 나와 선생님 사이를 가로막고 있다는 의식이 좀 더 분명해질 뿐이다. 그 질기고 견고한 성새를 지금 내가 헤집지 못하면 인수에게 그것을 그대로 물려주게 될 것이다. 인수의 앞

길을 도처에서 그 성새가 가로막게 될 것이다. 꼭 그럴 것 같다.(「세모」, pp. 27~28)

선생님 주위를 에워싼 학부형들은 '밍크 목도리들'로 물화된다. 그들 사이에는 '이야기'가 존재하지 않고 다만 물질의 성벽만이 존재하므로 그 속에서 인간미를 찾기란 불가능하다. '나'는 물질의 성벽에 가로막힌 채, 그것이 인수에게 그대로 대물림되어 사사건건 아들의 앞을 가로막을 것 같아 두렵다. 그 순간, '나'는 "터줏자리 앞에 떡시루 한쪽 떼어놓고 두 손 모아 자식의 무사태평과 수명장수를 빌던 소박한 나의 어머니"를 떠올린다. 나의 어머니의 시절은 "역경과 간난을 이기고 입신양명한 이야기들"이 유효했는데, "그건 적어도 스승과 제자, 스승과 제자의 어미 사이에 대화가 있었을 때"의 이야기다. 가난을 조롱하고 돈의 위력에 도취되었지만, 결국은 그 한계를 뛰어넘지 못하고 마는, 게다가 그 한계가 대물림될지도 모른다는 작금의 세태를 뼈저리게 인식하게 되는 것이다. 이러한 의식은 「엄마의 말뚝 1」의 엄마와 너무도 닮아 있다. 이러한 상징성은 서점에 진열된 책을 통해서도 그대로 이어진다. 온갖 아름다움으로 꾸민 책의 겉표지들, 제목들, 말들이 "지나치게 아름다워 꼭 밍크 목도리 같다"고 느끼고 "생명도 없으면서, 죽었으면서, 요염하고 오만한 밍크의 허위"를 비판한다.

「세모」는 돈으로 상징되는 물질만능주의에 의해 상실하는 우리의 소중한 가치들을 돈이 가져다준 신바람에 취해 허세를 부리는 화자를 통해 역설적이고 풍자적으로 비틀어 보여주고 있다. 돈이 만들어내는 세계는 허위와 허세로 덧칠된 세계로 그것이 아무리 아름다워도 그것은 생명이 없는 죽은 것이다. '죽은 것'으로부터는 살맛을 느낄 수 없으며 보존되는 가치를 소유할 수 없다.

「세모」는 박완서 초기작이라 신랄한 비판의식과 논평이 휘몰아치듯 거세다. 읽는 이에게 카타르시스를 안겨주지만 미학적 매력은 떨어지는 게 사실이다. 대놓고 물질만능주의 세태를 비판하고 있기 때문에 여백의 미를 느낄 여백이 없다. 하지만 그의 소설가로서의 출발점을 너무도 선명하게 각인해놓은 가치가 있다.

「지렁이 울음소리」[212] 역시 일상에 매몰되어 감각적인 것들만 탐닉하며 무의미하고 건조한 나날을 보내는 중산층의 일상을 적나라하게 펼쳐 보이고 있다. 일상의 안일에 빠져 사는 남편의 모습에 염증을 내면서 "두뇌나 심장이 전연 가담하지 않은 즐거움의 표정이란 음식을 맛있어하는 표정과 얼마나 닮은 것일까"라며 조롱한다. 현대가 가져다주는 표면적인 안락과 풍요, 내실 없이 감각적이고 소비적이기만 한 행태에 대한 비판의식이 기저에 자리잡고 있다.

> 현대란 얼마나 살기 좋은 시댄가? 현대가 청부 맡을 수 없는 근심 걱정이란 게 도대체 있을 수 있을까? 한 가지의 근심을 위해 여남은 가지도 넘는 해결책이 아양을 떨며 달려드는 시대인 것이다.(「지렁이 울음소리」, p. 101)

작중화자 '나'는 「어떤 나들이」의 '나'와 많이 닮아 있다. 그야말로 '팔

---

212   박완서, 「지렁이 울음소리」, 「어떤 나들이」, 1999, p.99~119(이후 인용문은 제목과 페이지만 표기-인용자).

자 좋은' 아낙들이다. '나'는 XX은행의 지점장이면서 좋은 길목에 이층 점포까지 유산으로 물려받아 월세까지 꼬박꼬박 챙겨 받는 남편을 갖고 있다. 그녀는 정형화된 행복의 산 표본이고, 누구보다 이러한 정황에 대해 잘 알고 있다. 하지만 감히 불행을 떠올릴 수조차도 없는 이러한 행복의 영지에서 그녀는 군림하고 있는 것이 아니라 갇힌 신세다. 작중화자는 그저 다른 이들이 정의내린 '행복의 지표' 안에 기거하고 있는 것뿐이다. 이것은 내부로부터 충만하여 차오르는 행복감과는 거리감이 있는 개념이다. '나'는 행복한 일상을 자신하는 남편의 회심의 미소가 싫고 징그럽다. 박완서의 단편소설에 나오는 남편들은 이렇게 완벽할 정도의 일상을 제공하면서도 작중화자 '나'에게 밉게 다가서고, 왜소하기 그지없다. 그들은 하나같이 일상에 함몰되어 기름져지는 대상에 불과하고, 그들과의 관계에서 아내들은 안주할 수도 진정한 행복을 느낄 수도 없다. 경제도구로 전락한 가장에 의해 일상의 안락을 선사받지만, 전통적 가부장상이 주던 따뜻함, 든든함 등의 가치와 정서를 상실했기 때문이다.

아내들이 일상에 함몰되어 소중한 가치들을 상실해가는 것에 대한 반감의 표현으로 하는 '침 뱉기'와 '토악질'이 여기에서는 발작적으로 일으키는 '딸꾹질'의 형태로 분출된다. 그것은 오장육부에 경련을 일으키며 치솟는다. 다음의 인용문은 이러한 '딸꾹질'의 의미가 잘 설명되어 있다.

나는 내 이런 분별없는 딸꾹질을 한 번도 밖으로 토해내는 일이 없이 잘 삼켰기 때문에 표면상 아무 일도 일어나지는 않았지만 내부는 딸꾹질의 내공(內攻)을 받아 조금씩 교란되고 있었다. 매일매일 조청과 정력제와 연속극을 물리지도 않고 맛있게 삼키는 오동통한 중년의 남자가 내 남편이라는 게 몹시 억울하게 여겨지는가 하면, 내가 갖고 있는 행복의 조건들이 표절한 미사여구처럼 공소하게 느껴지기도 했다.(「지렁이 울음소리」, p. 104)

'나'가 견고한 행복으로 짜진 울타리를 벗어나기 위해 택하는 것은 역시 살맛을 찾아 떠나는 '나들이'다. 작품이 여기에서 더 이상 나아가지 못했다면 팔자 좋은 여자의 권태기 및 탈선으로 귀결될 수도 있었다. 하지만 그녀는 외출을 통해, 즉 매너리즘에 함몰된 집이란 울타리를 벗어나는 것으로 이야기의 반전을 꾀한다. 집밖에서 그녀는 여학교 시절의 젊은 국어 선생이었던 '이태우'와 조우한다. 그녀의 이 정채모를 불행의 조짐들은 그와의 만남을 통해 실체를 드러낸다. 「유실」의 '김경태'가 완벽하게 제어하던 일상에 균열감을 느낀 것도 동창 '서병식'을 만난 후부터다. 이렇게 박완서는 동통의 정체를 뻔히 알면서도 모른 척하다가 어떤 기제의 작동으로 문제를 환기시키는 기법을 자주 사용한다. 이 작품에서도 중산층 여성의 권태기로 마감되지 않는 출구로 이태우와의 조우를 배치한다.

나는 "분별없는 딸꾹질을 한 번도 밖으로 토해내는 일이 없이 잘 삼켰기 때문"에 어떤 분란도 야기하지 않았지만 이태우는 악을 쓰고 욕을 해댄 인물이다. 그의 이러한 예전 행동은 '나'에게 카타르시스를 제공한다. 하지만 '나'가 점차 파고들어 알아가는 이태우 선생은 더 이상 예전의 욕쟁이 선생이 아니다. 현실에 타협하여 타락하고 허접해진 누더기 같은 존재가 되어 있었다. 그것은 곧 현재의 '나'의 자화상이다. '나'는 그런 이태우 선생의 모습에 묘한 배신감을 느끼고 그가 시원하게 배설해대던 욕을 단념하는 대신 그가 비명을 지르고 신음하기를 기대하게 된다. 이것 역시 '나'를 벌하고자 하는 이중심리다.

요새는 나 같은 고전적 욕쟁이의 시대는 아닌가 봐. 내가 너무 비겁한
가? 그러니 나를 내버려둬 줘. 나를 숙이의 기대로부터 풀어줘. 나에게
욕을 조르지 말아줘. 날 고만 쥐어짜. 제발 날 살려줘.(「지렁이 울음소리」, p.
117~118)

인용문과 같은 유서를 남기고 이태우는 자살한 것으로 추정된다. 이후
'나'는 정교하게 짜여진 자신의 안전한 울타리가 무너지고, 그것은 파멸
이 아니라 다름 아닌 자유를 얻게 되는 환상을 품는다. 이것은 「주말 농
장」의 '만득'이가 가식을 벗어던지고 느끼던 자유와 닮아 있다.

나는 마침내 질긴 내 울타리로부터 자유로워진 것이다. 아니 울타리 밖의
회오리바람 같은 자유 속에 내던져진 것이다. 나는 두렵다. 내가 소유하게
된 자유가. 나는 도저히 그것을 감당할 것 같지 않다. (「지렁이 울음소리」, p.
118)

「지렁이 울음소리」의 작중화자 '나'의 문제성은 바로 여기에 있다. '나'
는 겉으로 보기에 안락하고 평화롭기 그지없는 생활에 염증을 느끼고 물
질만능주의로 흐르는 현대사회에 너무도 잘 적응하는 남편을 혐오한다.
하지만 그것을 발설하려 하지도 않고, 그것을 감당할 능력도 없다. 그리
고 방황 끝에 망상을 접고 수동적인 자세로 다시 일상에 침잠된다. "날
놔줘", "제발 살려줘"라고 써진 유서의 절규들을 '지렁이 울음소리'에 비

유하며, 자신 역시 내부에 그런 절규를 품은 채 일상에 매몰된다. 여기서 '매몰'이란 '소외'의 다른 이름일 수도 있다. 행복이데올로기는 또 다른 감옥이 되어 화자를 소외시키는 것이다.

「주말 농장」[213]의 '화숙' 역시 무성하게 떠도는 무의미한 소문들과 무사 안일한 일상의 단골손님이다. 「세모」나 「지렁이 울음소리」의 그녀들과 닮은 화숙은 "화려한 겉치레에 착취"를 당해 정작 알맹이는 실속 없고 초라하기만 하다. 화숙은 또한 「닮은 방들」의 그녀처럼 아파트란 빈틈없는 세련된 도시 공간에 갇혀 완벽하게 고립된 존재이기도 하다. 그녀는 정체 모를 일상의 진저리와 불안에 사로잡혀, 허세로 얼룩진 소비에 적극 동참하는 것으로 안도를 찾는다. 화숙의 이웃들 또한 그녀와 다를 바 없다. 어느 날 화숙 패거리에게 불어 닥친 주말 농장 열풍은 온갖 허위와 허세의 정점을 찍는다.

한편 만득은 "도시의 신기루"를 좇다 벼랑 끝에 밀려난 전적이 있는 사내다. "도시의 텃세"는 그렇게 악착같고 악랄하다. 결국 도시에서 내몰린 그는 아버지에게 물려받은 천여 평의 논과 무던한 시골출신 아내를 얻어 농사꾼의 길을 걷고 있다. 이런 그 앞에 화숙의 패거리가 나타난 것이다. 만득은 가난과 도시 밖 풍경을 마음껏 얕잡아보며 농사놀이를 꾀하는 그들의 음모에 분노한다. 이들과 대조적으로 몸이 닳도록 일해 돈을 벌어보겠다는 아내의 성실에는 괜히 부아가 치밀고 역겹기만 하다. 이 사건을 계기로 도시의 허상만 좇던 자신이 어울리지도 않는 농사꾼의

---

[213] 박완서, 「주말 농장」, 『어떤 나들이』, 1999, p. 121~141(이후 인용문은 제목과 페이지만 표기-인용자).

옷을 걸치고 욕망을 거세한 채 거짓 일상을 살아내는 것에 혐오가 차오른다. 혐오를 인정하고 자신의 가면을 벗어던지자 비로소 자유로워진다.

불현듯 가해와 폭력에의 욕망이 근질근질 솟구침을 느낀다. 도시의 그 반드르르하고 요사스런 상판때기를 갈기갈기 찢어놓고픈, 철석같은 안일을 우당탕탕 교란하고픈, 실컷 유린하고픈, 그리고 그게 썩 자신이 있다.(「주말농장」, p. 141)

「주말 농장」은 이렇게 화숙과 만득의 이야기를 교차시키면서, 안일과 허세에 휩싸인 도시적 일상을 비판적 시각으로 그리고 있다.

「세모」나 「지렁이 울음소리」 「주말 농장」 등의 작품이 물신주의가 팽배한 세태나 중산층의 일상에 자리잡고 있는 무사안일과 허세, 속물근성에 비판의 각을 세웠다면, 「맏사위」[214]나 「도둑맞은 가난」[215] 「연인들」[216] 「어느 시시한 사내 이야기」[217]는 자본주의사회, 공권력 우위의 사회가 공고해지면서 부나 공권력에 의해 피폐해지고 길들여지는 인간군상의 비애를 밑바닥까지 끌어내려 묘사하고 있다.

「맏사위」[218]의 '나'는 속물근성이 뼛속까지 배어 있음에도 딸이나 사위는 자신과 다르겠거니 믿는 구석이 있다. 그런데 결국은 그들도 '나'와 조

---

214 「서울평론」, 1974.1.
215 「세대」, 1975.4.
216 「월간문학」, 1974.3.
217 「세대」, 1974.5.
218 박완서, 「맏사위」, 「어떤 나들이」, 1999, p.143~157(이후 인용문은 제목과 페이지만 표기-인용자).

금도 다름없는 삶을 영위하고 있음을, 자본주의사회의 비정을 고스란히 물려받았음을 확인하고는 충격에 빠진다.

> 거기 윗목에 엉거주춤 쭈그리고 앉아 있는 건 내 사위가 아니라 내 남편이었다.
> 실제의 나이보다 더 들어 뵈고 어깨가 축 처지고 어릿어릿하고 비실비실하고 멍청하고 비굴하고 소심하고 슬프게 찌든 남편이 거기 있었다.(「맏사위」, p. 157)

「도둑맞은 가난」[219]은 박완서 세태소설의 경향과도 다른 어떤 이질감을 갖고 있는 작품 중 하나다. 보통 중산층 중년여성이 화자로 등장해서 중산층 사람들의 속물근성과 허세를 신랄하게 풍자하고, 물질주의의 만연으로 인해 본원적 삶의 가치나 아름다움을 잃어가는 것에 대한 비판의식이 주류를 이루는 것이 그의 세태소설의 특징이다. 그런데 이 작품은 봉제공장에 다니는 이십 대 여성이 서술자인데다, 가난과 부의 대비가 첨예하게 드러나도록 배치했기 때문에 주요인물이나 다루는 테마에 있어서 차별성을 갖고 있다. 주인공 '나'는 기타 세태소설의 인물들보다는 『나목』의 이경이나 『목마른 계절』의 하진과 더 선이 닿아 있는 캐릭터다. 허영과 속물근성에 젖어 가난을 멸시하는 어머니에 대해 가차없이 비난의 말들을 쏟아내는 모습하며, 가난에 대처하는 당당함이나 남성을 대하는

---

219 박완서, 「도둑맞은 가난」, 『어떤 나들이』, 1999, p.319∼338(이후 인용문은 제목과 페이지만 표기-인용자).

당찬 기색 등이 그렇다. 「도둑맞은 가난」의 '나'는 끝없이 지속되는 가난이나 가족의 비참한 죽음, 사랑하는 이의 배신까지도 모두 맞서 감내하고, 그것으로 위축되거나 주체적 자아를 상실하지 않는다. 오히려 자기 정체성을 고수함으로 해서 '나'를 둘러싼 세계와의 불화를 극복해내는 인물이다.

「도둑맞은 가난」의 '나'는 허영에 사로잡혀 분수에 맞지 않는 생활을 도모하다 비참한 최후를 맞이한 가족을 가진 존재다. 그러나 '나'는 가난 때문에 비굴하지도 않을뿐더러, 노동을 통해 삶의 정당성을 획득하는 그런 인물이다. 이런 '나'와 공장 직공 '상훈'의 만남은 자연스러운 동지적 결합이었다. 그러나 상훈이 부잣집 아들이라는 사실이 밝혀지면서 '나'는 뜻밖의 진실에 눈을 뜨게 된다. 가난에 치를 떨며 부자 흉내를 내던 어머니와 부를 타고났음에도 가난을 연기한, '가난장난'을 한 상훈은 모두 '나'에게 거짓과 위선일 뿐이다.

> 나는 우리 집안의 몰락의 과정을 통해 부자들이 얼마나 탐욕스러운가를 알고 있는 터였다. …(중략)… 그들의 빛나는 학력, 경력만 갖고는 성이 안 차 가난까지를 훔쳐다가 그들의 다채로운 삶을 한층 다채롭게 할 에피소드로 삼고 싶어 한다는 건 미처 몰랐다.
> 나는 우리가 부자한테 모든 것을 빼앗겼을 때도 느껴보지 못한 깜깜한 절망을 가난을 도둑맞고 나서 비로소 느꼈다.(「도둑맞은 가난」, p. 337~338)

'나'의 소명(召命)인 가난이, 순수한 노동력과 올바른 가치관으로 떳떳하고 당당하게 지켜낸 가난이 상훈으로 대변되는 부의 희롱에 무참히 유린당한다. 제목 그대로 가난을 도둑맞은 것이다. 가난을 소명으로 알고 당당히 맞서던 인물에게 그 가난조차 앗아가는 부의 위선과 탐욕을 작품은 잘 그려내고 있다. 특히 '가난을 도둑맞다'는 설정은 박완서 특유의 재치다. 박완서는 세태비판에 있어 희화나 풍유, 아이러니 기법을 동원해 비틀어 보여주는 경향이 있다. 이것은 굉장히 날카로운 통찰력과 동물적 감각을 요하는 재능이다. 세태소설에서 잘 드러나는 박완서의 이러한 특징이 이 작품에서도 빛을 발하고 있다.

「연인들」[220]의 '나'와 '나의 여자애'는 데이트 중에 우연한 사건을 계기로 국가공권력의 부당한 처사에 항의하다가 곤욕을 치르게 된다. 주변인들은 똑같이 부당한 처사를 당함에도 불구하고 항의하기는커녕 그저 관람자가 되어 웃고 떠든다. 부당함에 분개해 항의할수록 권력적 제재는 더욱 매섭게 거세지고, 매운 맛을 본 이들은 좌절하고 비굴해진다. 그래서 결국 길들여진다. '나'는 이것이 공권력의 음모라고 믿는다.

나나 내 여자애가 겪은 곤욕도 결코 우연한 횡액이 아니라 미리 마련된 음모에 의한 초보적인 기초 훈련쯤에 해당될 테지. 우린 장차 이와 유사한 경험을 반복해서 쌓게 될 테고, 익숙해질 테고. 이렇게 해서 길들이기 음모는 완성될 것이다. 아아, 사람들도 다 그렇게 하여 그렇게 길들여졌던 것이다.(「연인들」, p. 177)

220　박완서, 「연인들」, 『어떤 나들이』, 1999, p. 159~177(이후 인용문은 제목과 페이지만 표기-인용자).

「어느 시시한 사내 이야기」[221]의 '나' 역시 「연인들」의 '나'처럼 탐욕의 음모, 공권력의 음모에 시달리는 인물이다. '나'는 그럴 때마다 심하게 '멀미'를 앓는다. 이와 같이 박완서 소설의 인물들은 부당이나 불화 속에서 욕지기를 하거나 침을 뱉거나, 딸꾹질을 하거나 멀미를 한다. 모두 배설하지 못하면 참을 수 없게 되는 공통점을 갖고 있다.

자본주의사회의 끝도 없는 경쟁과 탐욕, 공권력과의 뒷거래에 지친 '나'는 모든 것을 정리해 한적한 마을로 집을 옮긴다. 그러나 그곳에도 탐욕의 완전체인 '김복록'이란 인물이 기다리고 있다. 김복록은 휘두를 수 있는 부와 권력의 맛에 도취해 가난한 자, 나약한 자, 뒷배 없는 자의 피를 빨아먹고 살찌우는 독버섯 같은 존재다. '나'와 김복록과의 한판대결은 김복록의 죽음으로 어이없게 막을 내린다. 그의 죽음의 배경에는 그 지칠 줄 모르는 탐욕이 자리잡고 있다. 이 사건을 계기로 '나'는 멀미하고 회피하지 말고 부당과 불화에 맞서리라 결심한다.

나는 사람 속에 도사린 끝없는 탐욕과 악의에 대해 좀더 알아야겠다. 옳지 못할수록 당당하게 군림하는 것들의 본질을 알아내야겠다. 그것들의 비밀인 허구와 허약을 노출시켜야겠다. 설사 그것을 알아냄으로써 인생에 절망하는 한이 있더라도 멀미일랑 다시는 말아야겠다. 다시는 비겁하지는 말아야겠다. (「어느 시시한 사내의 이야기」, p. 177)

---

221 박완서, 「어느 시시한 사내의 이야기」, 『어떤 나들이』, 1999, p.201~226(이후 인용문은 제목과 페이지만 표기-인용자).

이처럼 네 작품은 부나 권력에 길들여지고, 왜소해지고, 자기정체성을 상실하는 현대인의 모습을 적나라하게 보여주고 있다. 또한 이에 맞서는 인물들이 겪는 곤란과 좌절도 함께 그리면서, 70년대의 세태와 이에 매몰된 인간군상의 다양한 갈등 요인들을 들여다보고 있다. 박완서는 이에 대한 자신의 항변을 숨기지 않고 육성으로 드러낸다. 물질주의의 만연이나 가식과 허세로 점철된 일상에 대해서는 현실인식과 자기반성적 색채가 짙은 반면, 어떤 권력적 기제로 제압되는 현실에 대해서는 '길들여지기'를 거부하고 맞서는 이미지가 뚜렷하게 제시되고 있다. 이것은 전쟁과 같은 거대사건을 통해 이데올로기에 대한 부정성을 키워온, 전쟁을 일으킨 폭압적 국가권력에 반발하는 박완서 특유의 정서가 개입된 현상으로 분석된다.

80년대는 정치적 환경으로 인해 '침묵의 시대'라 명명될 정도로 소설의 암흑기였다. 80년대 박완서의 작품을 보면, 70년대 활발히 집필하던 세태비판이나 문화변동인식에서 이탈해 분단 및 이산문제, 가정 내 갈등문제, 모성과 생명주의, 자전적 소설 등에 더 치우쳐져 있음을 알 수 있다. 사회비판적 창작활동을 영위했던 작가들이 70년대 도시빈민, 80년대 공장노동자 및 서울 변두리 사람들에 대해 천착한 것과는 노선이 분명 달랐던 것으로 보인다. 그의 출발선이 '중산층'이었기에 태생적으로 갈라선 면도 있고, 이념을 내건 기치에 대한 과도한 부정성이 원인이기도 하다. 실례로 80년대에 집필된 「저문날의 삽화 1」[222]「저문날의 삽화

222 「분노의 메아리」, 1987.1.

2」[223]를 보면 이념을 가진 이들에 대한 극도의 불안심리와 그 이념 이면에 자리잡고 있는 위선과 가식, 부조리를 파헤치려는 심리마저 내비치고 있다.

90년대부터 2000년대에 발표된 작품들은 본고에서 노년소설로 분류한 것들이 대부분이다. 노년소설로 분류한 작품들 역시 대부분 세태소설이나 도시소설 영역에 포함된다. 하지만 노년소설로 규정할 수 있는 작품들은 노년문제 창작모티브 파트에서 다루도록 하겠다.

---

223 「또하나의 문화」, 1987.4.

5. 근대성·도시일상성 창작모티브의 소설화 양상

박완서를 리얼리스트라 평가하는 이유는 그의 작품 속에 기본적으로 현실 비판 의식이 있기 때문이다. 하지만 그의 작품 속에 구현된 리얼리즘의 문학적 기법이 프랑스나 러시아에서 유래한 그것과 동일선상에 있다고 보기는 어렵다. 서구 문학이론이 일본을 거쳐 우리나라에 들어온 특수성으로 인해 우리는 원론과는 조금 다른 방향성을 갖게 되었기 때문이다.

일본은 명치 40년대에 들어서 맹목적인 프랑스 리얼리즘의 이식과 모방에서 벗어나려는 문학계 움직임이 있었다. 일본의 전통적 요소와 결합되어 서구문학이 중요시한 과학성이나 사회성보다 자기의 체험이나 고백을 표현하는 방향으로 나아가게 되었는데, 이것이 바로 사소설적 성격을 구축하였다. 이것은 현실의 복사 혹은 사실적 재현이라는 서구 리얼리즘과는 다르다. 내면세계의 고백적 특성으로 인해 서술자는 주로 1인칭시점이 담당한다. 박완서는 일생 중 책을 가장 많이 읽은 시기로 해방 직후를 지목한 바 있다. 패전(敗戰) 후 본토로 귀향한 일본인들이 두고 간 책들을 읽은 것으로, 이 시기에 일본의 사소설을 많이 접하고 영향을 받게 된다. 박완서가 1931년생이므로 해방 직후는 그가 문학소녀의 꿈을 꾸기 시작한 시기와 일치한다.

리얼리즘은 그 속성 상 세태를 반영하고 비판하게 된다. 박완서는 우리나라 근현대사 격변기를 함께 하면서 문화변동의 중심에 섰고, 그렇게 도래한 새로운 세상에 대한 비판적 자세를 견지해왔다.

문화변동인식은 박완서 세태소설에 나타나는 독특한 모티브다. 이것은 박완서가 유년을 보낸 박적골에 대한 기억을 갖고 있고, 그곳에서 서울로 이주한 경험을 하였으며, 전후 급변하는 우리나라의 모습을 모두 목격한 데서 기인한다. 그는 특히 그저 기억하는 수준이 아닌, 사회 현상에 대한 날카로운 통찰력을 소유한 인물로, 체험한 것을 기억했다 복원하는 데 탁월함을 갖고 있다. 이러한 체험에 리얼리스트적 면모가 결합하여 표출된 영역이라 할 수 있다.

　이러한 문화변동인식이 드러난 작품으로는 「엄마의 말뚝 1」과 「닮은 방들」 『그 많던 싱아는 누가 다 먹었을까』를 꼽을 수 있다.

　「엄마의 말뚝 1」이 박적골에서 서울로 이주한 정착기를 그리고 있다면, 『그 많던 싱아는 누가 다 먹었을까』는 박적골 시절의 유년의 기억부터 해방 직후의 풍속의 변화들까지 담고 있다. 「엄마의 말뚝 1」과 마찬가지로 서울로의 이주로 겪게 된 대처생활의 어려움이나 한국전쟁 직전의 풍경과 직후의 불안하고 어수선한 민심도 상세하게 그리고 있다.

　「엄마의 말뚝 1」에서 목격되는 문화변동인식은 근대성에 대한 자각이다. 이것은 전근대성과의 단절을 꾀하면서 획득하게 된다. 그러나 이를 적극적으로 수용한 작중화자의 엄마마저 가치혼란과 과도기적 양상을 보인다. 청년기인 오빠는 가족 중 제일 합리적으로 도시적 일상의 변모 양상을 받아들이고, 아직 소녀기를 보내고 있는 작중화자는 박적골이나 조부모가 선사했던 정서적 안정과 풍요로움에 대한 미련을 버리지 못한다. 이들의 서울정착기는 이농과 도시화 과정, 근대성이 움트는 서울의 한복판을 담고 있어 우리나라 근현대사의 격변기와도 그 선이 닿아 있다. 이것은 「엄마의 말뚝 1」의 전후 상황을 더 포괄적으로 담아내고 있는 『그 많던 싱아는 누가 다 먹었을까』역시 마찬가지다. 이들 작품에 드러난 문화변동인식은 옛것과의 단절을 시도하지만 완전히 분리되지 못한 채 새것을 받아들이며 겪게 되는 심리적·환경적 변화 속에서 싹튼다. 이것은 비판적 세태인식과는 차이를 갖는 것으로, 이들 소설에 투영된 작가의식도 어느 정도 과도기적 양상을 띠고 있음을 알 수 있다.

「엄마의 말뚝 1」이나 『그 많던 싱아는 누가 다 먹었을까』가 전근대와 근대의 경계에서 감지한 문화변동이라면, 「닮은 방들」은 아파트라는 근대적 주거 공간, 사적 공간의 출현으로 야기된 삶의 변화 양상과 그 안의 사람들의 이야기에 주목한 70년대 작품 중 하나다. 박완서가 이 작품에서 주목한 것은 단지 아파트라는 근대적·도시적 주거 공간이 아니다. 이를 통해 전통적 삶에서 근대적 삶으로 이행하는 과도기적 삶에 처한 사람들, 그들에게 가치혼란을 경험토록 한 도시일상의 문화변동에 대해 인식하고 전망하고자 한 것이다. 이 작품은 중산층 여성화자의 시선으로 전통과 현대를 비교하고 있다. 아파트는 전통에서 근현대로 옮기면서 겪게 되는 문화변동을 상징한다. 이 작품에서 전통가옥과 아파트의 주거 공간의 비교는 단순히 집이라는 사물의 비교라기보다는 그러한 주거 공간이 상징하는 삶의 변화 양식을 말한다. 작중화자는 근대성, 사적 공간의 출몰을 반기면서도 전통적인 것들이 주던 따뜻함에 대한 미련을 갖고 있다. 또한 주변의 변모 양식에 뒤처지지 않기 위해 노력하면서도 이웃들과 지나치게 닮아가는 모습을 혐오하고 일탈을 꿈꾼다. 이러한 과도기적 양상은 「엄마의 말뚝 1」이나 『그 많던 싱아는 누가 다 먹었을까』에서 체험하는 문화변동과는 또 다른 모습으로 그려진다. 작중화자의 불안심리, 일탈욕구, 전통과 현대를 비교하는 심리를 따라가다 보면, 작가의식 역시 작중화자와 크게 다르지 않은 정서적 가치혼란을 겪고 있음을 엿보게 된다. 이것은 「닮은 방들」처럼 문화변동인식을 담고 있으면서 남성작가에 의해 쓰여지고 남성화자의 시각에서 그려진 최인호의 「타인의 방」이나 이동하의 「홍소」와 다른 시각을 담고 있어 비교된다. 「타인의 방」이나 「홍소」는 아파트라는 주거 공간이 상징하는 문화변동에 빠르게 적응하는 아내나 가족구성원들에 비해 자본주의 사회의 돈 버는 기계로 전락하고, 문화변동에 부적응하는 남편들을 대비해서 그리고 있다. 이것은 「닮은 방들」과 전혀 다른 양상의 전개임을 알 수 있다.

「엄마의 말뚝 1」『그 많던 싱아는 누가 다 먹었을까』「닮은 방들」은 이와 같이 박완서 특유의 세태소설 영역이라 할 수 있다. 이것은 그가 체험한 근현대사와 맞닿아 있고, 과도기적 양상을 띠는 사회나 인물이 그대로 묘사되어 있다. 전통적 삶에서 도시적 일상으로 옮아가는 과도기적 삶에 대한 재현인 것이다. 이를 통해 시대상과 풍속에 대한 역사적 고찰까지 가능케 하기에 더욱 의미가 있다. 이후 이러한 가치혼란은 비판적 세태인식에 눈뜨게 되면서 세태변화 속에서 작가가 지향하는 것은 무엇인지 명확하게 제시하게 된다.

이와 같이 박완서의 세태소설은 일상에 대한 날카로운 통찰과 인간본성에 대한 탐구가 주를 이룬다. 이들 작품에는 비판적 리얼리스트로서의 그의 면모가 가장 왕성하게 드러나 있다. 그의 세태인식에는 중산층 인물들의 안일과 이기심, 허세에 대한 비판의식이 깔려 있다. 이러한 정서가 70년대 이후 전개된 사회상과 결합해 물질주의와 속물근성의 만연을 낳았다고 보는 것이다.

박완서의 비판적 세태인식을 담은 대표적 장편으로는 『도시의 흉년』(『문학사상』, 1975.12~79.7)『휘청거리는 오후』(『동아일보』, 1976.1.1.~12.30)『서울사람들』(『2000년』, 1984.5~12) 등이 있다. 이들 작품에는 속물근성에 사로잡힌 중산층 사람들과 그들이 맹신하는 물신주의, 가족구성원의 성적·도덕적 타락과 가정의 붕괴, 부와 권력에 의해 맺어지는 결혼 풍속, 여전히 그 위세를 떨치는 아들선호사상 등 1970~80년대에 만연된 부정적 세태를 비판적으로 형상화하고 있다. 그가 추구한 도덕적 리얼리즘과 비판적 세태인식의 결합으로 인해 이러한 작품들이 나올 수 있었다.

박완서 초기 단편들의 특이점을 살펴보면, 사회 개혁의 주장보다는 자기반성적 색채가 진하다는 점을 들 수 있다. 자기검증, 자기비판이 전제된 세태비판이다. 특히 시대변화에 대처하는 인물의 변모에 그 초점이 맞춰져 있다. 박완서의 단편들 중 중산층 일상에 자리잡고 있는 물신주의와 속물근성, 허영과 허세에 대한 비판의식을 나타내는 주요 단편에는 「세모」, 「지렁이 울음소리」, 「주말 농장」 등이 있다. 이들 작품들이 물신주의가 팽배한 세태나 중산층의 일상에 자리잡고 있는 무사안일과 허세, 속물근성에 비판의 각을 세웠다면, 「맏사위」나 「도둑맞은 가난」, 「연인들」 「어느 시시한 사내 이야기」는 자본주의사회, 공권력 우위의 사회가 공고해지면서 부나 공권력에 의해 피폐해지고 길들여지는 인간군상의 비애를 밑바닥까지 끌어내려 묘사하고 있다. 이를 통해 부나 권력에 길들여지고, 왜소해지고, 자기정체성을 상실하는 현대인의 모습을 적나라하게 보여주고 있다. 또한 이에 맞서는 인물들이 겪는 곤란과 좌절도 함께 그리면서, 70년대의 세태와 이에 매몰된 인간군상의 다양한 갈등 요인들을 들여다보고 있다. 박완서는 이에 대한 자신의 항변을 숨기지 않고 육성으로 드러낸다. 물질주의의 만연이나 가식과 허세로 점철된 일상에 대해서는 현실인식과 자기반성적 색채가 짙은 반면, 어떤 권력적 기제로 제압되는 현실에 대해서는 '길들여지기'를 거부하고 맞서는 이미지가 뚜렷하게 제시되고 있다. 이것은 전쟁과 같은 거대사건을 통해 이데올로기에 대한 부정성을 키워온, 전쟁을 일으킨 폭압적 국가권력에 반발하는 박완서 특유의 정서가 개입된 현상으로 분석된다.

근대성·도시일상성 창작모티브의 영향으로 작품화된 박완서의 도시소설·세태소설은 문화변동과 세태에 대한 그의 시선이 그가 몸담고 있던 시대의 변모에 조응하면서 집필된 작품들이다. 비판적 리얼리스트, 도덕적 리얼리즘 추구의 면모가 가장 잘 드러난 장르라 할 수 있다. 또한 중산층 여성화자가 주류를 이루면서 일정부분 여성주의가 개입된 양상을 창출해냄으로서 자신만의 독특한 시각을 확보하였다.

IV
–
여성문제 창작모티브

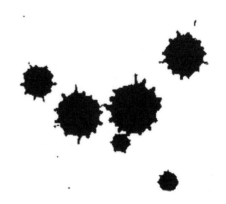

1. 페미니즘담론의 전개 양상

페미니즘(feminism)은 '여성'을 의미하는 라틴어 femina(페미나)에서 유래한 용어다. 페미니즘은 여성들의 권리회복을 위한 운동을 가리키는 말로 1890년대부터 쓰이기 시작했다. 당시 여성 선거권 쟁취 운동은 그것의 한 주요 표현이었는데, 서양 근대정신의 발전과 함께 여성의 정치 참여 의식이 고취되면서 자연스럽게 표출된 이념이다. 1960년대부터는 현대의 페미니즘을 지칭해 '여성해방운동'이라는 용어로 대체되어 쓰이기 시작했다.

페미니스트들은 역사적으로 가부장제도가 인류사회를 지배해오면서 사회를 남성에게는 유리하고 여성에게는 불리하도록 조직하고 그러한 관계를 정당화하는 의식을 교육과 제도를 통해 영속화하였다고 본다.[224] 이러한 관점은 정치·사회·문화적으로 새롭게 쟁점화 되어 왔다.

이와 같이 19세기 말에 시작되어 다양한 담론이 용해돼 구축된 페미니즘이론을 확정된 의미의 단일체제로 이해하기는 힘들다. 페미니즘과 관련된 학문적 논의가 가속화될수록 다양한 시각이 대두되었는데, 최소한 다섯 가지 상이한 페미니즘론이 존재한다고 볼 수 있다. 이들은 여성억압에 대해 각각 다른 방식으로, 다른 원인과 다른 해결책으로 대응한다. 이것을 정리하면 다음과 같다.

---

224 이상섭, 앞의 책, p.345.

① 급진적 페미니즘은 여성억압이 가부장제, 즉 집단으로서의 남성이 집단으로서의 여성을 지배하는 체제의 결과라고 주장한다.

② 마르크스주의적 페미니즘은 여성억압의 궁극적 근원은 자본주의라고 주장한다. 즉 남성에 의한 여성의 지배는 노동에 대한 자본의 지배에서 빚어진 결과라는 것이다.

③ 자유주의 페미니즘은 여성억압을 결정짓는 것을 가부장제나 자본주의와 같은 체계로 보지 않는다. 법률이나 삶의 특정 영역에서 여성을 소외시키는데서 나타나는 남성의 편견이라는 관점에서 이 문제를 바라본다.

④ 실비아 월비(Sylvia Walby)에 의해 지칭된 이중체계론은 여성억압이 가부장제와 자본주의의 복합적 결과라고 보는 관점이다. 이것은 급진적 페미니즘과 마르크스주의적 페미니즘의 분석이 혼합된 형태라고 볼 수 있다.[225]

⑤ 환경운동과 여성해방운동의 만남인 에코페미니즘(생태여성주의)[226]은 여성이 사회에서 남성들에 의해 억압받고 착취당하는 사회현상과 인간이 자연을 제대로 파악하거나 보호하지 않은 채 이용만하여 자연을 파괴하는 것과 동일한 선상에 두고 현상을 파악하는 것이다.[227]

---

225 존 스토리 저, 박모 역, 『문화연구와 문화이론』, 현실문화연구, 1994, pp. 183~184.

226 에코페미니즘은 여성운동, 평화운동, 환경운동 등 1970년대 말에서 1980년대 초반까지의 다양한 사회운동으로부터 성장해 나온 것이다. 이는 되풀이되는 환경재앙에 대한 우려와 환경파괴에 반대하는 수많은 항의와 운동을 통해 비로소 널리 퍼지게 되었다(마리아 미스·반다나 시바 저, 손덕수·이난아 역, 『에코페미니즘』, 창작과비평사, 2000, p.25).

227 에코페미니즘은 1974년 프랑소와즈 도본느가 그의 저서 『Le Feminisme ou la Mort』에서 처음으로 언급한 개념이다. 도본느의 글은 영어권에서 1994년에 와서야 비로소 캐롤린 머천트가 편집한 『Key

상기의 다섯 가지 페미니즘을 보면 각각 포커스를 맞추고 있는 사안에 차이가 있을 뿐, 사회 각 분야에서 여성을 억압하는 기제로써 작용한다는 시각에서 보면 서로 유기적으로 연관되고 있다. 급진적 페미니즘에서 지적하고 있는 가부장제는 결국 ① 여성이 교육받을 기회를 얻지 못하고 (교육 기회 박탈), ② 가사노동 외에 경제활동에 참여할 기회를 갖지 못하고 (경제적 제약), ③ 법률에 의한 남성과 여성의 차별이 존재하고(사회적·법적 불평등), ④ 인습과 관습이 여성의 활동영역을 극단적으로 제한하거나 차별하는데서 고착화된 전통(관습적 편견)이다.

우리나라의 경우 남아선호사상[228]과 장자상속, 여성의 교육 및 사회적 경제활동 참여의 제한에 의해 가부장적 전통이 뒷받침되어 왔다. 마르크스주의적 페미니즘은 앞에서 지적한 환경 중 경제적인 측면, 즉 여성노동과 자본과의 관계에 집중한 논리이며, 자유주의 페미니즘은 전통과 관습, 법률적 측면을 부각한 이론이다. 이중체계론은 가부장제와 자본주의

Concepts in Critical Theory: Ecology(New Jersey: Humanities Press, 1994, pp. 174~197)」에서 루쓰 호텔에 의해 'The Time for Ecofeminism'으로 번역되었다. 에코페미니즘은 남성과 여성이 평등하고 인간과 자연이 공존하는 생태적인 사회로 나아가기 위해서는 생활양식과 세계관의 변혁이 일어나야 하고, 이는 구체적인 삶 속에서 가치체계와 문화적인 변혁을 통해 이루어진다고 주장한다. 이것은 유럽에 기원을 두고 있지만 이론적, 실천적 논의는 미국에서 활발하게 이루어지고 있다 (김임미, 「에코페미니즘의 논리와 문학적 상상력」, 영남대 대학원 영어영문학과 박사 논문, 2004, pp. 1~20 참조).

228 박경리 소설의 가족서사에는 부계 계승만을 오로지 가계 계승의 정통으로 보는 가부장제의 억압을 '대 잇기' 모티프를 통해 보여주고 있다(이금란, 앞의 책, p. 32). 남아선호사상이란 결국 남성중심의 가부장제를 보존하기 위한 보루인 것이다. 박완서 소설에서 친정어머니상의 가장 큰 특징은 '남아선호사상'의 신봉자라는 것인데, 이는 한편으론 신여성을 선망하는 기호와 함께 전근대와 근대가 충돌하는 인물상, 과도기적 인물상으로 설정되는 원인이 된다.

가 결합하여 복합적으로 여성을 억압한다는 이론이다. 21세기 주요과제라 할 수 있는 환경운동과 여성해방운동의 만남인 에코페미니즘은 여성의 억압과 자연의 위기는 유사한 속성을 가지고 있다는 문제의식에서 출발한다. 즉 생태학적 관점에서 인간이 자연을 보호의 대상으로 보지 않고 단지 부를 생산하는 원료로밖에 취급하지 않음으로써 오늘날의 자연파괴와 그로 인한 환경재앙에 인간이 노출되었듯이, 지금까지 세상을 지배하면서 황폐화시킨 남성 중심, 서구 중심, 이성 중심의 가치와 삶의 방식이 오늘날의 인종 간, 양성 간, 계층 간 불평등을 초래하고 있다고 보는 관점이다. 그리고 이로 인한 불행은 서로의 존재를 존중하고 같이 살아가려는 의지를 통해서만 극복될 수 있다고 보고 있다.

전통과 관습, 교육과 경제활동의 여건들이 서로 상호작용하는 관계이므로 모든 요소들은 각기 개별적으로 존재할 수 없으며, 결국은 결합된 모든 영역의 제한과 차별이 여성 소외를 고착시킨 것이라 할 수 있다. 사회·경제·문화·전통적 여성 억압기제가 어떻게, 어떤 식으로 여성을 소외시키고, 여성의 삶을 불모화시키는지를 드러내는 문학이 하나의 문화현상으로 등장하게 되고, 이러한 현상에 대한 문학적 형상화 방식을 비평하게 되면서 문학의 영역으로 페미니즘이 들어서게 된 것이다. 김열규는 "종래까지의 문학세계가 남성이 곧 초월적 특권으로 그 정상과 중심을 차지한 우주"였다면 이러한 전제에 대한 반론을 담보하고 있는 페미니즘문학이야말로 "여성의 목소리며 발언 그 자체"[229]라고 보았다.

---

229 크리스티바 줄리아 외 저, 김규열 외 공역, 『페미니즘과 문학』, 문예출판사, 1988, p. 15.

페미니스트문학비평이 본격적으로 논의되기 시작한 것은 1960년대 말, 전통적인 인문주의 문학관이 퇴조하고 문학의 사회적·정치적 의미와 기능이 관심을 불러일으키면서부터다.[230] 엘라인 쇼월터(Elaine Showalter)가 『*Speaking of Gender*』[231]의 서문에서 "1980년대 인문과학분야에서 일어난 놀라운 변화 중 하나는 성(性)이 분석의 한 범주로서 등장했다는 사실"이라고 밝혔듯이 1960년대 말, 1970년대 초부터 본격적으로 대두된 페미니즘 논의는 성(性)을 학문적 의제로 올려놓는데 성공하였다. 특히 엘라인 쇼월터는 "남성 텍스트를 부정적으로 비판하는 페미니즘비평에 대해 여성비평(gyno‐criticism)이라는 긍정적인 비평 기획"[232]을 확립하려 함으로써 페미니즘비평의 지평을 넓히는데 공헌한다.

영국 태생의 여류작가 버지니아 울프[233](Adeline Virginia Stephen Woolf, 1882.1.25~1941.3.28)는 그의 저서 『자기만의 방(*A Room of One's Own*)』(1929)에서 남성 중심의 세계에서 여성작가가 겪는 어려움을 다루었는데, 이것이 유

---

230 페미니스트비평운동은 1969년 'Modern Language Associations Commission on the Status of Women(현대언어협회의 여성 지위에 관한 위원회)'의 형성으로 촉진되었다(윌프레드 L. 게인 외 저, 정재원 역, 『문학의 이해와 비평』, 청록출판사, 1993, p. 250).

231 Elaine Showalter, *Speaking of Gender*, Routledge, 1990.

232 팸 모리스, 강희원 역, 『문학과 페미니즘』, 문예출판사, 1997, p. 116.

233 진명희는 「『낮과 밤』: 가부장 사회와 양성의 조화」(『제임스조이스저널』 제9권 1호, 한국제임스조이스학회, 2003.)에서 "여러 여성인물들의 고통 받는 삶의 모습을 사실적으로 보여 주"는 버지니아 울프는 "격렬한 페미니스트라기보다는 남녀의 평등한 인간관계를 추구하는 온건한 페미니스트이자 휴머니스트"라고 평가했다. 실제로 버지니아 울프는 가부장 사회에서의 여성의 삶에 주목하고, 양성의 힘의 균형과 조화, 여성의 주체적이고 독자적인 삶의 개척 양상을 그의 작품의 주요 테마로 그려왔다. 이러한 그의 세계관과 작품 테마는 그를 페미니즘소설과 비평의 선구자로서 주목하게 만들었다(한국버지니아울프학회 편, 『버지니아 울프』, 동인, 2010, p. 77 참조).

럽의 페미니즘문학비평의 효시로 여겨진다. 울프는 이 책에서 오랜 역사를 통하여 여자가 여자이기 때문에 당해온 편견과 불이익에 대하여 논하고 여자가 "자기만의 방과 1년에 500파운드의 수입"만 있다면 남자 못지않게 문학창작을 할 수 있으며, 미래에는 여성, 남성의 차별보다는 그 둘을 아우르는 '양성(androgyny)'이 진정한 창작을 가능케 할 것이라고 하였다. 레나 린트호프(Lena Lindhoff)는 『자기만의 방』에서 결국 버지니아 울프가 주장하는 것은 "문학사에서 위대한 여성의 이름이 결여되어 있다는 사실은 정신적인 작업에 대한 여성의 무능력에 기인하는 것이 아니라, 여성적 실존에 대한 사회적으로 규정된 조건들에 기인하고 있"[234]다는 것이라고 지적했다.

프랑스 작가 시몬 드 보부아르(Simone de Beauvoir, 1908.1.9~86.4.14)는 『제2의 성(Le Deuxième Sexe)』(1949)에서 실존철학에 입각하여 남성적 담론에서 '완전한 타자'로 소외된 여성의 문제를 매우 깊이 있게 천착하였다. 보부아르는 가부장적 사회를 조직하기 위한 수단으로 가장 확실한 것은 성(性)이라고 보았다. 그는 남성이 여성에게 '신비함'이라는 거짓된 아우라를 주입시켜 여성을 사회적 '타자'로 만들었다고 주장했다. 남성은 여성이나 여성의 문제를 이해하지 못하거나 여성을 도와주지 못하는 것에 대한 변명으로 이 주장을 이용했고, 이러한 고정관념은 사회적으로 상위계급에 의해 하위계급으로 퍼뜨려졌다고 강조했다. 보부아르의 주장을 요약해보면, 한 사람은 여자로 태어나는 것이 아니라, 여자가 되는 것이

---

234 레나 린트호프 저, 이란표 역, 『페미니즘 문학 이론』, 인간사랑, 1998, p. 73.

다.[235] 이러한 그의 관점, 실존주의적 여성주의는 현대 여성주의의 초석이 되었다.[236] 이러한 과정을 통해 촉발된 페미니스트비평의 갈래를 레지스터(Cheri Register)는 그의 논문 「페미니스트문학비평: 이론의 개발, 도우반 편(*Feminist Literary: Criticism Explorations in Theory, Josephine Donovan*)」(1978)에서 세 가지로 분류하고 있다.

① 남성작가의 작품에 나타나는 고정된 여성이미지에 관해 분석하는 것.[237]

② 여성작가에 대한 현존하는 비평에 관해 고찰하는 것.

③ 여권신장의 관점으로 볼 때 좋은 문학이 무엇인지 그 표준을 규정하고 밝히는 것.[238]

---

235 이러한 관점은 사회적인 환경과 훈련에 의해 남녀의 기질—남성다움, 여성다움—이 형성된다는 것을 강조한 여성학 용어 젠더 개념과 상통하는 면이 있다. 즉 생물학적 성(性, sex)이 아닌 사회적 성의 존재를 인정하는 것이다.

236 이상섭, 앞의 책, p.345.

237 1980년대 초반 자주 인용되었던 낸시 밀러와 페기 커머프 사이에 초래된 논쟁은 남성작가가 쓴 작품인지 여성작가가 쓴 작품인지를 구별하는 것이 중요한지 아닌지에 관한 것이다. 낸시 밀러는 "어떤 작품을 남성이 썼느냐 아니면 여성이 썼느냐는 언제나 중요한 문제"라고 주장하였고, 반면 커머프는 "여성주의는 남성저자와 여성저자 사이의 구분을 강화하기보다는 젠더규범을 보다 더 적극적으로 문제 삼아야 한다"고 하였다. 한편 토릴 모이 역시 여성텍스트에 접근하는 일부 여성비평가들의 태도에 문제를 제기하면서 "여성, 여성작가, 여성의 글쓰기에 단일하고 고정된 본질을 부여하려 한다"고 비판하였다. 남성적 글쓰기와 여성적 글쓰기가 이와 같이 논쟁의 빌미를 제공한 것은 결국 여성이미지의 형상화 과정에서 어떤 사회적·심리적·철학적 전제가 깔려 있느냐에 대한 태도에 관심을 기울였기 때문이다. 남성저자와 여성저자의 성적 배경을 중시하는 유파가 있었고, 그것과 별개로 규정된 틀에서 재단할 것이 아니라 작품 속 여성이미지만을 비평의 무대에 올려놓아야 한다는 주장이 제기된 것이다(리타 펠스키 저, 이은경 역, 『페미니즘 이후의 문학』, 여이연, 2010, p.99 참조).

238 윌프레드 L. 게인 외 저, 정재원 역, 『문학의 이해와 비평』, 청록출판사, 1993, pp.249~253.

이와 같은 비평이 기존의 남성지배적 비평과 궁극적으로 차별화하고자 한 것은 문학에 형상화된 여성이미지의 분석을 통해 사회·문화·심리적으로 내재화되어 있는 여성의식의 고찰과 그것의 제 문제를 밝히고자 하는 것이다. 일반적으로 문학비평은 사회적 문맥을 지니고 있다. 그런 차원에서 페미니스트비평 역시 사회정책적인 목적을 지니고 있다고 할 수 있다. 여성해방운동과 맥을 같이 한 이러한 비평방식은 전통적·관습적 여성인식에 대한 문제제기와 대응 방향을 모색하고자 하는 것이다.

우리나라 문단에서는 1980년대 후반에 접어들면서 페미니즘문학론이 본격적으로 대두되었다. 페미니즘문학론이 크게 여성중심비평(gyno-criticism)과 여성주의비평(feminist criticism)으로 대별되는 가운데 젠더(gender), 성이데올로기(gender ideology), 페미니티(femineity), 페미니즘(feminism) 등의 개념들이 전면에 등장했다.[239]

1970~80년대의 박완서, 김만옥, 서영은, 윤정모, 오정희, 이순, 강석경, 김향숙 등과 같은 여성작가들의 단편소설들에서는 페미니즘이란 말로 아우를 수 있는 여성성의 본질, 여성운동의 추이, 여성주의의 방향 등을 찾아볼 수 있다. 이들이 작품을 통해 제시하는 관점을 세분해서 고찰

---

239 여성중심비평이란 여성작가들의 글이 어떤 동기를 갖고 어떻게 씌어졌는지 그 구조에 중점을 두는 비평이다. 여성주의비평이란 페미니즘적 인식에 입각하여 작가와 작품, 장르, 언어 등의 문제에 접근하는 비평양식을 일컫는다. 젠더는 생물학적인 성에 대비되는 사회적인 성을 이르는 말로, 1995년 9월 5일 북경 제4차 여성대회 정부기구회의에서 섹스(sex) 대신 사용하기로 결정했다. 성이데올로기란 성차별과 성계층화가 '자연적' 차이나 초자연적 신념의 측면에서 정당화되는 것을 포함하여 사회적 정당화를 부여받게 되는 사상체계를 말한다. 페미니티는 '여성다움', '여성의 특성'을 뜻한다. 페미니즘은 여성의 불평등을 조장하는 각종 차별과 억압에 대해 문제를 제기하며 여성의 사회, 정치, 법률상의 지위와 역할의 신장을 주장하는 주의를 뜻한다.

해보면, ① 여성의식이나 여성성을 남성성과 대립하는 것으로 보는 관점, ② 행복을 위해 남성성과 일체감을 도모하는 관점, ③ 이기적이거나 탐욕스러운 여성성을 부정하는 관점, ④ 모성으로써 남성성을 포용하는 관점, ⑤ 남성성의 보족적(補足的)인 기능을 자인하는 관점 등이다.[240]

70~80년대 여성문제를 다룬 소설로 사회적으로 커다란 반향을 불러일으킨 박완서는 평론가들에게 "여성의 고통을 너무 과장되게 표현했다"는 평가를 받거나 "남성부재로 인한 불균형성"에 대한 지적을 받아온 게 사실이다. 이에 대해 인터뷰를 통해 해명한 바 있지만, 그는 기본적으로 자신을 페미니즘작가로 칭하는 것에 동의하지 않는다. 박완서가 여성문제를 다루겠다고 의식하고 쓴 것은 『살아 있는 날의 시작』(「동아일보」, 1979.10.2~1980.5.30)뿐이라고 밝힌 바 있다. 박경리 역시 본인은 페미니스트가 아니며, 『토지』 역시 여성 중심으로 구성한 것이 아니라고 스스로 밝힌 바 있다.[241] 실제로 페미니즘이나 페미니즘문학이란 개념은 우리나라에서 1980년대 이후 이슈화된 것이기 때문에 박완서나 박경리 같은 작가들이 애초부터 그것을 의식하고 썼다고는 볼 수 없다. 그러나 우리는 박완서 소설 전반에서 '여성주의서사', '여성의식', '여성성', '모성'의 기호를 쉽게 찾아낼 수 있으며, "자본의 힘이란 곧 가부장의 힘"이라고 생각하는 그의 사상 깊숙이 이미 페미니즘적 사고가 엿보임을 알 수 있다. 박완서의 경우 페미니즘적 사고에 동의하는 뜻에서 그것을 작품으로 형상화했다기보다는 자라온 가정환경과 본인의 주체적이고 독립적인 성향

---

240 조남현, 앞의 책, pp. 49~68.

241 이미화, 『박경리 「토지」와 탈식민적 페미니즘』, 푸른사상, 2012, p. 25.

에 의해 페미니즘적 사고가 내면화되었다고 보는 것이 좀 더 설득적이다. 최근 박완서의 소설들을 에코페미니즘과 연계해 분석하는 연구가 눈에 띄기 시작했다. 이와 관련해서는 다음 장에서 좀 더 자세히 고찰하도록 하겠다.

이선미는 박완서가 가부장적 이데올로기에 사로잡힌 중산층 중년여성들의 일상을 통해 말하려는 것은 그 "이데올로기의 허구성"만이 아니라, 그 "허위의식을 끌어안고 살 수밖에 없는 여성들"이 어떻게 하면 "당당하게 걸어갈 수 있는지"에 대해 말하고 있다고 분석했다.[242] 이것이 박완서식 여성주의서사의 기본골격이다.

1990년대에 들어와서는 공지영, 신경숙, 최윤, 배수아, 은희경, 공선옥, 전경린 같은 젊은 여성작가들이 우리 소설계를 주도했는데, 80년대에 비해 90년대는 여성성이 더욱 가시화되어 저자로서의 여성뿐만 아니라 기호로서의 여성성(woman‒as‒sign)이 지배했다고 해도 과언이 아니다. 이 시기에 남녀평등을 주장하는 자유주의 페미니즘은 물론이고 여성우월론을 주장하는 급진적 페미니즘마저 기세를 얻었다. 앞에서 고찰했듯이 80년대에 이어 90년대는 산업화·도시화의 가속화와 더불어 민주화 의식도 고취된 시기다. 이를 통해 가족구조가 급격히 변모되면서 가부장제가 근본적으로 흔들리게 되었고, 여권신장의 사회적 기반이 더욱 공고해지게 되었다. 이러한 배경 아래 여성작가들의 여성성의 문학적 형상화가 다방면으로 깊이 있게 진행되었고, 그 기조는 확장·심화되는 추세다.

---

242 이선미, 「박완서 소설연구」, 깊은샘, 2004, p.280.

2. 한국 페미니즘소설의 연구담론

페미니즘을 논하기 위해서는 중심과 주변부라는 대립적 관계에 놓인 양자를 이해해야 한다. 전통적 가부장제에서는 남성 중심의 제도와 관습이 공고했다. 남성과 여성의 대립양상에서 항시 우위를 점한 것은 남성이었고, 여성은 억압과 착취, 지배의 대상으로 간주되었다. 이러한 차별과 종속의 권력관계나 구조적 모순을 타파하고 대등한 관계를 모색하고자 한 시도가 여성해방운동이며, 이것은 문학에서 여성주의서사로서 모습을 드러낸다.

그간 여성주의서사에 대한 독특한 시각과 쟁점을 확보하고자 하는 연구와 분석은 다방면으로 진행되어왔다. 여성주의서사 분석과 관련해서는 페미니즘적 시각과의 연계를 피할 수 없기 때문에 결국 여성주체성, 여성 정체성, 여성성, 모성 등의 카테고리로 분석의 틀이 압축되기 마련이다. 한 가지 특기할 만한 사항은 모성과 더불어 생명주의가 주목받으면서 에코페미니즘의 자연과 모성의 관계 설정이 작품분석에도 도입되고 있는 점이다. 자연과 모성 그리고 그들이 잉태하는 생명에 대한 관심은 양성 중 주변부로 인식되어온 여성의 가치를 재조명하는 계기를 마련해주고 있으며, 박완서의 작품에서도 이러한 주제의식을 엿볼 수 있다.

작품에 형상화된 여성 정체성을 통해 여성주의 시각을 확보하고자 한 연구들의 연구방법을 고찰해보면 다음과 같다.

정혜경은 현대소설에 등장하는 여성인물을 중심으로 여성 정체성의 변모과정을 추적했다.[243] 1910년부터 2000년 이후까지 발표된 소설을 그 대상으로 삼음으로써 시대적 변이를 통합적으로 고찰하고자 시도했다는 점과 여성작가뿐만 아니라 남성작가의 작품까지 연구범위에 포함시킴으로써 여성편향적인 시각을 탈피하려 했다는 점이 주목할 만하다. 그는 이 연구를 통해 "남성인물의 눈에 비친, 시대에 따라 변화해간 여성 정체성"을 드러내고자 한 것이다. 여성주의 자체가 시대적 변화추이를 내재하고 있으므로 이에 조응한 문학의 시대적 고찰은 변모 양상 연구에 효과적으로 판단된다. 또한 여성작가에 의한 여성의식보다 좀 더 객관화된 시각을 확보할 수 있다는 점에서 남성작가의 작품에 드러난 여성의식을 추출해 낸 것도 적절한 방법론의 선택이라 할 수 있다. 그러나 1910년부터 2000년 이후까지 꽤 긴 기간을 다루고 있으면서도 대표성을 띤 몇 작품과 몇 작가만을 연구범위에 넣은 것은 변모 과정의 통시적 고찰에 이르기에는 어려움이 있다는 점에서 아쉬움을 준다.

이윤경은 페미니즘 소설가로 언급되곤 하는 박경리와 박완서 소설에 구현된 여성 정체성 문제를 연구하였다. 박경리와 박완서의 작품들은 비교분석의 대상으로 자주 논의되는데, 그것은 작품에 묘사되는 주체적 여성상, 여성가장의 형상화, 전쟁과 분단 및 근대화 체험의 배경적 동질성 등의 유사점 때문일 것이다. 이런 맥락에서 이윤경은 두 작가의 서사에서 여성가장이 의미화 되고 있는 방식과 변화를 비교분석함으로써 작가

---

243 정혜경, 「한국 현대소설에 나타난 여성 정체성의 변모과정 연구」, 부산대 대학원 국어국문학과 박사 논문, 2007, pp. 160~165 참조.

가 추구하는 여성 정체성 찾기의 과정과 지향점을 탐구하고자 하였다.[244] 여성가장의 대두는 남성가장의 부재를 통해 구현된다. 이 논의는 남편 부재, 아버지 부재를 사회적 문제로 촉발시키는 강력한 동인으로 전쟁을 지목하면서, 이 상황에서 여성가장은 물리적·심리적 정체성 혼란과 더불어 사회적으로 유통되고 만연된 성적 편견과 맞서야 하기에, 그 맞서는 방식의 서사과정을 추적하다보면 여성에 대한 작가의식과 만나게 된다는 가정에서 이루어지고 있다. 논의의 결과는 박경리나 박완서의 작품은 물질주의와 가부장제에 대한 비판적 자세를 견지하면서 주체로서의 여성이 사회와 화합하여 나아갈 바를 제시하고 있다는 것으로 정리된다. 이러한 접근 방식은 남성 부재 하의 여성 정체성에만 집중되어, 양성의 공존에서 자각하게 되는 여성 정체성 문제가 다뤄지지 않는다는 데 한계를 갖고 있다.

박완서 소설에 나타난 여성인물들의 여성 정체성 형성과정의 탐구 역시 여러 연구자들에 의해 진행되었다. 이지희는 박완서 작품에서 여성을 지배하고 차별하는 억압기제로 순결이데올로기, 남아선호사상, 가부장제 등을 언급하였다. 이런 사회적 구조와 이데올로기 속에서 여성 정체성을 회복하는 방식으로 박완서가 제시한 것이 모성을 통한 구원과 가족 해체에의 저항, 사회구성원으로의 편입을 통한 주체적 삶의 모색이라고 보았다.[245] 이 논의에서 언급한 여성 차별의 주요 억압기제는 박완서가

---

244 이윤경, 「박경리, 박완서 소설의 여성 정체성 연구」, 이화여대 대학원 국어국문학과 석사 논문, 2008, pp. 78~79 참조.

245 이지희, 「박완서 소설에 나타난 여성 정체성 형성 과정 연구」, 목포대 대학원 국어교육학과 석사 논

주로 다룬 여성문제에 해당한다. 그러나 이러한 문제의 타결을 위한 작품 속 여자주인공들의 극복 의지나 실천력은 '미완'인 경우가 많다. 그러므로 박완서 소설에 등장하는 여성문제가 모성이나 여성의 주체적 행동력으로 출구를 찾았다는 결론에는 도달하기 어렵다. 김현아는 박완서 소설에 나타나는 여성 정체성 찾기의 본질을 인간평등사상과 생명존중사상으로 보았다.[246] 이것은 결국 페미니즘의 근본이념과 통할 뿐만 아니라 박완서가 여성주의서사를 통해 발언하고자 하는 주제의식이다.

박경희는 우리나라 여성문학비평이 1977년 이화여대에 '여성학' 강좌가 개설되고, 고려대 대학원에서 여성문학비평이 소개된 이래로 다방면에서 심화·발전되어온 사례를 소개하면서, 여성주의문학비평에 있어서 여성성(feminity)의 탐구가 중요하다는 점을 강조하고 있다. 그는 이러한 페미니즘적 관점의 분석태도를 견지하면서 박완서 작품 속 여성인물의 여성 정체성 변모과정을 3단계, 즉 가부장제 하의 여성 소외 고발 단계, 주체성 자각 단계, 양성 화해의 비전 제시 단계로 구분하여 고찰하였다. 분석 텍스트로는 「어떤 나들이」(71) 「지렁이 울음소리」(73) 「닮은 방들」(74) 『살아 있는 날의 시작』(80) 『서 있는 여자』(85) 『그대 아직도 꿈꾸고 있는가』(89) 「꿈꾸는 인큐베이터」(93) 「너무도 쓸쓸한 당신」(98) 「마른 꽃」(98)을 선정했다.[247] 그런데 이 논의에서는 텍스트의 범주가 문제가 된다. 여

문. 2010, pp. 60~65 참조.

246 김현아, 「박완서 소설에 나타난 여성 정체성 연구」, 한양대 대학원 국어교육학과 석사 논문. 2007, pp. 75~79 참조.

247 박경희, 「박완서 소설의 여성인물 정체성 연구」, 순천대 대학원 국어교육학과 석사 논문. 2003, pp. 85~84 참조.

성인물에 초점을 맞춰 여성성 내지 여성 정체성의 형상화 양상만을 고찰한다면 작품 선정에 있어 크게 문제될 것은 없지만, 작품에서 작가가 그리고자 한 핵심을 유추한다면 카테고리를 달리 해야 할 것들이 있다. 「닮은 방들」「지렁이 울음소리」는 물질적 삶에 매몰된 중산층 여성의 심리와 상태, 획일적 자본주의 문화에 잠식된 일상의 인식과 탈주의식을 그리고 있는 작품들이다. 이들 작품은 중산층 여성의 정체성 탐구와 일탈욕구이므로 분석 주제에 부합되지만, 이것이 단지 '여성'만의 문제가 아닌 시대적 과제와 현상에 대한 문제제기로 봐야 할 소지가 있다. 「너무도 쓸쓸한 당신」「마른 꽃」역시 단순히 여성문제나 여성 정체성을 드러낸 작품이라기보다는 노년의 변화된 삶, 노년에 이르러 맞닥뜨리게 되는 제 문제에 대한 고민이 중심을 차지하는 작품이라 할 수 있기 때문이다.

박완서의 작품은 중산층 중년여성이 중심인물일 경우가 많기 때문에 어느 작품에서건 여성성, 여성 정체성, 모성 등의 코드를 쉽게 찾을 수 있다. 그러나 이런 코드가 드러나는 작품을 모두 페미니즘과 연계해서 작품해석을 하면 작품의 본질을 놓칠 우려가 있다. 앞에서 지적했듯이 좀 더 넓은 시야를 확보해서 작가가 이 작품에서 진정으로 드러내고자 한 핵심이 무엇인지 좀 더 면밀히 검토할 필요가 있다.

서재숙의 「박완서 소설에 나타난 중년 여성 의식 연구」를 보면 페미니즘적 관점에서 논하는 여성문제뿐만 아니라 여성이 처한 사회문제도 분석의 틀에 모두 포함되어 있다.[248] 이 논의 역시 앞에서 문제제기를 한 것

---

248 서재숙, 「박완서 소설에 나타난 중년 여성 의식 연구」, 충북대 대학원 국어교육학과 석사 논문, 2010, pp.88~70 참조.

과 마찬가지로, 여기서 등장하는 사회문제가 여성이기에 겪을 수밖에 없는 사회문제라면 여성문제에 포함시킬 수 있지만, 사회인 혹은 현대인이라면 남녀를 막론하고 누구도 벗어날 수 없는 시대적·사회적 배경이 그 문제의 핵심이라면 카테고리를 여성주의소설과 달리해야 할 것이다.

김윤정의 「박완서 소설의 젠더 의식 연구」와 같이 젠더의식이나 여성인물 중심 고찰[249]이 박완서 작품세계를 전체적으로 고찰하는데 효과적이다. 하지만 앞에서 지적했듯이 박완서가 여성인물을 중심으로 작품세계를 구현했다고 해서 그것을 페미니즘이나 젠더의식으로만 모든 작품을 접근하고 해석한다면 통찰에 분명 한계를 가지고 있다. 여성인물에만 포커스를 맞추기보단 좀 더 넓은 시야에서 작품해석의 틀을 찾고 카테고리를 세분해서 설정하는 것이 필요하다.

전술했듯이 여성주의문학비평에 있어서 작품에 형상화된 여성성의 탐구가 중요시된다. 여성성은 근본주의적 여성주의와 사회·문화적 여성주의로 나눌 수 있다. 근본주의적 여성주의는 여성의 본질적 특성을 파악하고자 하는 것이고, 사회·문화적 여성주의는 여성성을 역사적 변화에 따라 변화하는 것으로 간주하여 긍정적인 여성성을 부각하고자 하는 것이다.[250]

이태동은 박경리·박완서·오정희의 소설에 나타난 여성성을 탐구하였는데, 한국여성소설 속에 나타나는 여인들은 비록 "표면적으로는 남성들

249 김윤정, 앞의 책, pp. 229~235 참조.
250 김기중, 「페미니즘 이론의 문학비평론적 적용에 대하여」, 순천향대 논문집, 1994; 박경희, 앞의 책, p. 1 재인용.

에 의해 억압을 받고 유린을 당하고 있지만, 젠더를 초월한 생명력을 잉태해서 생성함은 물론 우주의 모든 표상을 근원적인 차원에서 지배하는 힘"을 나타내고 있다고 보았다. 『토지』(1969~94)에서 박경리가 탐구하고 있는 여성상은 억압받고 짓밟히는 상황 속에서도 변화하는 '역사의 장'이 되고 있음은 물론, 역사를 일구어 가는 생명의 모태로서의 기능을 하고 있다. '윤씨' 부인으로부터 '서희'로까지 이어지는 여성 중심의 생명력은 개인사적 고난을 뛰어넘어 시대적 아픔까지 품으면서 역사적 변혁기의 한가운데서 오롯이 살아남아 주체적 삶을 영위한다. 강인한 생활력뿐만 아니라 앞서가는 시대정신까지 보유한 이들 여성중심인물들을 통해 박경리는 전통적으로 각인된 수동적인 여성상을 탈피하여 새 시대에 걸맞은 새로운 여성상, 강인하고 생을 주체적으로 이끄는 여성상을 형상화하는 데 성공했다.

박완서의 경우도 그의 작품의 중심인물이 거의 여성인데다, 내용의 대부분도 여성적 경험에 의존하고 있다. 박완서의 대표작인 『나목』(70)의 경우도 주인공 '이경'은 남성보다도 진취적이고 능동적으로 행동할 뿐만 아니라, 자신의 삶을 자신의 의지대로 이끌어가는 독립적 인물이다. 전쟁 중 맞게 된 가정 내 남성 부재의 상황에 주눅 들지 않고, 대리가장으로서의 위치를 스스로 선택하였으며, 직장 내에서의 위치뿐만 아니라 사랑의 주체로서도 능동적으로 행동한 인물이다. 유부남인 화가 '옥희도'를 향한 연정도 그것이 전통적 윤리관에 위배되어 매몰되거나 파멸의 길을 걷는 방식이 아닌, 주체적인 이성으로 감내하고 극복하는 형태로 마무리 짓는다. 이러한 모습은 여성은 감성의 동물이라는 등식을 깨뜨렸을 뿐만 아니라 수동적 사랑에 의해 짓밟히는 여성상을 과감하게 탈피한 설정이라 할 수 있다. 『미망』(1985~90)의 '태임' 역시 『토지』의 '서희'와 마찬가지로 역사의 한 장을 당당히 맞섰으며, 강인한 생명력과 함께 삶의 모태로서의 의지와 모습을 잃지 않았다.

오정희 역시 생명력과 관계가 깊은 여성의 정체성을 지속적으로 탐색해왔다. 오정희는 「옛우물」(94)에서 "나이와 더불어 자라고 변화하며 심화되어 가는 여성성의 내적인 모습과 의미"를 담아내려고 했다. 물, 특히 우물은 여성의 이미지와 절묘하게 조화를 이루는 자연적 매개물로 그것이 상징하는 생명력은 치명적일 만큼 선명하게 모태로서의 여성의 이미지를 구체화한다. 오정희는 이 작품에서 우물뿐만 아니라, 생명을 잉태시키는 근원을 상징하는 연당집, 연못, 산, 나무, 금빛잉어, 금비녀 등의 매개물을 통해 생명력의 근원으로써의 여성성을 탐색하고 있다. 「유년의 뜰」(80)에서는 전쟁이 휩쓸고 간 후 남성 부재의 집안을 이어가는 할머니, 어머니의 주체적 모습을 그리고 있다. 남성이지만 집안에 생명력을 불어넣지 못하는 오빠는 부재하는 남성과 진배없는 인물로 묘사된다. 폭력적 남성상, 이와 대조적으로 가정을 수호하고 생명력을 발산하는 여성상은 그의 작품 「중국인 거리」(79) 「저녁의 게임」(79) 등으로 이어지며 지속적으로 탐구된다. 이처럼 오정희 소설세계에서 여성은 남성에게 끊임없이 억압받고 가부장적 폭력에 시달리지만, 성별을 초월한 생명의 근원에 맞닿아 있을 뿐만 아니라 가정을 지배하고 이끌어가는 주체로서의 자아를 분명히 갖고 있다.[251]

---

251 이태동, 「여성작가 소설에 나타난 여성성 탐구: 박경리, 박완서 그리고 오정희의 경우」, 『한국문학연구』, 동국대학교 한국문학연구소, 1997, pp. 53~72 참조.

이태동은 박경리·박완서·오정희의 대표작에 형상화된 여성상의 고찰을 통해 여성작가들이 그린 여성주체적 삶과 생명의 모태로서의 여성성을 조명하였다. 여성과 생명의 연계는 여성이란 존재에 대한 근본적인 물음에 대한 실마리를 제공한다는 점에서 의미가 깊다.

정은비는 박완서의 작품들 중에 여성주의로 접근하는 작품이 『살아 있는 날의 시작』(1979~80) 『서 있는 여자』(85) 『그대 아직도 꿈꾸고 있는가』(89) 등의 장편소설에 편중되어 있다고 지적하면서, 상대적으로 조명되지 않은 단편소설을 분석하였다. 그는 여성성을 "여성이 다양한 경험을 통하여 획득하게 되는 여성의 고유한 특성이나 가치"로 정의하면서 "여성이 억압적 경험을 통해 주체성을 상실하는 모습, 억압적 상황에서 벗어나려 행하는 적극적 저항의식, 넘치는 생명력과 포용력으로 건강한 여성성을 내면화하며 살아가는 여성의 모습" 등 박완서의 단편소설에 형상화된 다양한 여성상에 주목하였다.[252] 박영희와 곽세나[253] 역시 박완서 소설 속 여성상 및 그것의 변모과정에 대해 고찰하였다. 박영희는 아버지의 부재 속에 등장한 근대적 여성상을 「엄마의 말뚝 1」(80)을 통해 탐색했고, 부권약화의 현상 속에 물신주의나 속물주의 등 산업사회의 부정적 영향에 오염된 여성상을 『휘청거리는 오후』(76)에서 고찰하였다. 그는 소설에 등장하는 여성상의 변모 양상을 여성의 주체성 결여가 확인되는 지점부

---

252 정은비, 「박완서 단편소설에 나타난 여성성 연구」, 교원대 대학원 국어교육학과 석사 논문, 2011, pp. 73~75 참조.

253 곽세나, 「박완서 소설의 여성상 변모 연구」, 중앙대 대학원 국어국문학과 석사 논문, 2008, pp. 118~121 참조.

터 주체성을 자각하는 과정을 거쳐 주체성의 재정립 및 생태주의적 전망을 형성하는 지점까지 고찰하였다.[254] 생태주의적 전망이란 근원으로써의 모성의 자각이나 발현이라 할 수 있다.

김경희는 페미니즘적 분석이 제시하는 문제틀과 대안들은 한국의 모성담론을 새로운 각도에서 분석할 수 있는 가능성을 열어줄 수 있다고 보았다. 이런 이론적 대전제 하에 어머니와 딸의 관계에서 모성이 여성의 자아정체성 형성에 가질 수 있는 영향과 의미를 고찰하는 작업이 가능해지는 것이다. 그는 「한국 현대소설의 모성성 연구」에서 현실인식 주체로서의 모성으로 박완서의 작품을 분석하였다. 박완서가 「울음소리」(84)를 통해 지향한 것은 인간성 회복을 위한 모성이며, 「엄마의 말뚝 1」은 근대적 주체로서의 모성의 형상화라고 보았다. 김경희는 「울음소리」는 어머니 관점의 서사로, 「엄마의 말뚝 1」은 딸 관점의 서사로 구분하여 분석하였는데, 서술의 주체가 누구인지에 따라 모성에 대한 묘사의 지평이 달라지는 점에 착안하였다.[255]

윤송아나 이진주, 신은정 역시 박완서 소설에 등장하는 모녀관계 및 어머니상에 주목하였다. 윤송아는 박완서 소설에 나타나는 모녀관계의 의미를 고찰하는 작업은 한국 페미니즘문학의 성과를 밝히는 데 중요한 의의를 지니며, 그의 문학의 본령에 닿는 가장 효과적 분석테마로 보았

---

254 박영희, 「박완서 소설의 여성상 연구: 「엄마의 말뚝1」과 「휘청거리는 오후」를 중심으로」, 동국대 대학원 문예창작학과 석사 논문, 2000, pp. 53~57 참조.

255 김경희, 「한국 현대소설의 모성성 연구」, 조선대 대학원 국어국문학과 박사 논문, 2005, pp. 145~157 참조.

다.[256] 박완서 소설의 모녀관계가 여성 정체성 형성과정에 커다란 영향력을 행사하고 여성의식의 토대가 된다는 점에서 그의 작품 이해뿐만 아니라 페미니즘적 관점을 획득하는데도 중요한 실마리가 되는 것이 사실이다. 이진주 연구의 관점 또한 이것에서 크게 벗어나지 않는다.[257] 신은정은 모녀관계 중 어머니상에 집중한 논점을 취했는데, 관점의 차이로 인해 윤송아나 이진주가 주목한 것과는 차별성을 갖고 있다. 페미니즘적 관점에서 위배되는 양상, 즉 가부장제의 옹호자로서의 어머니상에 주목한 점이 눈에 띈다.[258] 박완서는 시어머니와 친정어머니를 통해 '모성의 양가성'[259]을 구현해왔다. 즉 가부장제의 옹호자로서의 시어머니와 여성의 주체적 삶에 대한 확고한 신념을 가진 친정어머니의 대립적 이미지가 양가적 모성을 드러낸다. 그런데 신은정이 주목한 것은 근대적 여성상의 추종자로서의 어머니가 아닌, 남아선호사상에 젖어 있는 어머니상이다. 이와 같은 양상이 작품에 드러나는 이유는 박완서 작품 속의 어머니상은 의식은 깨어 있으나 아직 근대적 여성상의 완전체가 되지 못한 어머니상

---

256 윤송아, 「박완서 소설에 나타난 모녀관계 연구」, 경희대 대학원 국어국문학과 석사 논문, 1999, pp. 81~85 참조.

257 이진주, 「박완서 소설에 나타난 모녀 관계 연구」, 영남대 대학원 국어교육학과 석사 논문, 2011, pp. 63~64 참조.

258 신은정, 「박완서 소설 속에 나타난 '어머니상' 연구」, 아주대 대학원 국어교육학과 석사 논문, 2008, pp. 65~67 참조.

259 '모성의 양가성'이란 아들의 어머니와 딸의 어머니가 서로 대척점에 있는 것을 뜻한다. 아들의 어머니 역시 모성의 당사자이나 아들로 상징되는 남성중심 가부장제의 적극적 옹호자로 형상화된다. 딸의 어머니는 전근대화와의 단절을 시도하면서 근대화를 적극적으로 받아들이는 인물로, 딸이 주체적인 삶을 영위할 수 있기를 바라면서 신여성으로 성장하도록 의식화하는 데 앞장선다. 이러한 특성은 박완서 소설에서 시어머니상, 친정어머니상으로 형상화되어 반복적으로 등장한다.

이기 때문이다. 그래서 친정어머니는 '이중성'을 가진, 과도기적 인물일 수밖에 없다. 가부장제 옹호자로서의 의미 규정보다는 과도기적 인물, 근본적으로 '이중성'이 내재된 인물로 보는 것이 적절하다.

지금까지 살펴본 연구들은 페미니즘이론을 배경으로 여성 정체성, 여성성, 모성 등으로 세분하여 고찰한 것이다.

장윤정은 여성적 글쓰기를 중심으로 현대 페미니즘소설을 연구했다. 본고에서 이론적 배경에서 다뤘듯이 페미니즘문학비평은 여성이미지비평과 여성중심비평, 여성적 글쓰기비평이 있다. 장윤정은 우리 문학의 경우 1930년대는 여성작가의 문단 진출이 두드러졌으나 주로 남성비평가들의 주도로 논의가 되어 진정한 의미의 페미니즘문학이나 비평이 자리잡지 못했다고 보았다. 우리나라의 경우 1980년대 이후 비로소 서구 페미니즘과 비평이론이 본격적으로 소개되어, 여성작가나 비평가들에 의해 활발히 논의되기 시작했다. 장윤정은 언어에 나타나는 여성적 글쓰기의 특징을 세분화하였는데, 침묵의 언어, 독백의 언어, 서간체 언어, 고백체 언어, 수다와 광기의 언어가 그것이다. 이러한 여성적 글쓰기의 언어적 특성을 열거해보면 박완서 소설의 특징들과 상당히 유사하다는 것을 알 수 있다. 그는 여성적 삶을 체험하면서 형상화할 수 있는 임신과 출산, 모성애 등도 여성적 글쓰기의 중요한 재료가 된다고 했는데, 이것은 남성작가들이 타자로서 접근하기 힘든 영역인 것은 사실이다.[260] 관찰자적 입장과 주체적 입장이 다르므로 여성적 글쓰기란 결국 여성적 삶의

---

260 장윤정, 「현대 페미니즘 소설 연구: 여성적 글쓰기를 중심으로」, 연세대 대학원 국어교육학과 석사 논문, 1999, pp.85~88 참조.

체험을 바탕으로 잉태된 서사라고 할 수 있다.

조윤희, 박광숙, 이은하, 강경숙은 모두 박완서의 페미니즘소설을 연구하였다. 조윤희는 박완서 소설에 나타나는 여성다움의 인식과정과 여성성의 자각, 그것의 허구성은 현대 우리사회가 안고 있는 가치관의 혼란이나 인간 경시풍조 등과의 연관 속에서 형상화되고 있다고 보았다. 이것이 당사자인 여성만의 문제가 아닌, 전체 사회적 인식의 맥락에서 구조적 모순으로 파악해야 한다는 것이다.[261] 박광숙은 박완서가 소설을 통해 남성지배이데올로기를 비판하고 있다고 보았다. 남성지배이데올로기의 모순은 현모양처이데올로기의 강요나 여성을 성적으로 억압하는 것, 남아선호사상의 허구성 등으로 드러난다. 이에 대한 여성의 대응양상은 주체적 여성성의 자각과 홀로서기다.[262] 이은하의 연구도 앞의 연구들과 큰 틀에서는 차이가 나지 않는다. 다만 그가 독립적으로 세분화하여 주목한 것은 중산층 여성의 허위의식이다.[263] 그런데 이것은 여성화자가 중심인물로 등장하여 자본주의사회의 제 문제를 거론한데서 오는 착시효과일 수 있다. 이것이 꼭 페미니즘적 관점에서만 파악할 것인가의 문제를 남긴다. 강경숙은 80년대 발표된 장편소설을 중심으로 페미니즘소설을 연구했는데, 그의 논점 역시 앞에 소개된 논문들과 큰 차이가 없

---

261 조윤희, 「박완서의 페미니즘 소설 연구」, 명지대 대학원 문예창작학과 석사 논문, 2002, pp. 83~84 참조.

262 박광숙, 「박완서의 페미니즘 소설 연구」, 단국대 대학원 문예창작학과 석사 논문, 2004, pp. 65~69 참조.

263 이은하, 「박완서 소설 연구: 여성 문제를 중심으로」, 명지대 대학원 문예창작학과 석사 논문, 1999, pp. 78~79 참조.

다. 강경숙은 페미니즘적 인식의 한계로 일방적 피해자로서의 여성의 형상화, 이혼녀나 여성운동가에 대한 왜곡된 시선, 호주제에 대한 미온적 인식 등을 꼽았다.[264] 전술했듯이 박완서의 작품에는 중산층 중년여성이 주인공인 경우가 많기 때문에 확정적으로 페미니즘소설이라 지칭하기 위해서는 서사의 중심테마 파악에 신중할 필요가 있다. 또한 박완서의 작가의식 자체에 그의 조부모나 어머니로부터 이어받은 전통적 관념과 인습의 잔재가 있는 것 또한 사실이다. 박완서의 페미니즘소설을 선정하고 그것의 의미 분석과정에 이런 개별적 특성이 고려되어야 할 것이다.

박완서의 페미니즘소설연구는 중복되는 분석 텍스트와 유사한 결과 도출로 인해 차별성을 부여하는 것에 어려움이 따르는데, 김지은의 「박완서 소설의 에코페미니즘 특성」은 좀 다른 시각을 제시하고 있다. 앞 장에서도 언급했듯이 에코페미니즘은 인간 중심적 자연지배가 환경파괴를 낳았듯이 남성 중심적 여성지배 역시 사회체계의 모순과 파괴적 질서를 만들었다고 보는 관점이다. 자연과 여성을 연계해 파악함으로써 보호와 보존, 그 생산의 생명력에 주목하게 되는 것이다. 특히 모성과 생명주의는 모태로서의 자연의 상징성과 연계되어 그 의미를 공고히 하고 있는데, 박완서의 「울음소리」「움딸」「꿈꾸는 인큐베이터」 등의 작품에 이러한 상징성이 형상화되어 있다.[265]

---

264 강경숙, 「박완서의 페미니즘소설 연구: 80년대 장편소설을 중심으로」, 계명대 대학원 국어교육학과 석사 논문, 2003, pp. 66~68 참조.

265 김지은, 「박완서 소설의 에코페미니즘 특성 연구」, 한국교원대 대학원 국어교육학과 석사 논문, 2013, pp. 105~108 참조.

김은하는 '여성의 몸 담론'을 통해 여성주의에 접근했다. 몸은 인간의 자아의식을 형성하는 의식적·무의식적 욕망과 금기의 복합물을 의미하는데, 여기서 몸이란 자연적 실체가 아닌 시대와 사회의 의미화과정 및 권력의 질서에 밀착되어 사회적으로 조직되고 완성된 것으로서의 '체현된 몸(lived body)'을 일컫는다.

근대소설의 등장 이후 남성의 몸은 철저히 남성주체성의 산물로 논점에서 벗어나 있게 되고, 오직 여성의 몸만이 부정적 재현의 대상으로 작품에 의미화 되는 것에 대해 페미니즘적 관점으로 문제제기가 가능하다. 이것은 '몸의 재현'을 통해 남녀에 대한 사회적 시각이 그대로 드러나기 때문이다. 김은하는 1970년대 소설에 나타난 여성의 몸에 대한 재현방식은 산업화 및 유교적 이데올로기와 관련이 있으며, 가부장제를 탈주하는 여성작가들의 몸 담론은 남성적 근대성에 대한 비판을 통해 식민화되지 않은 욕망을 말한다는 점에서 의미가 있다고 보았다.[266] 남성 주도적 근대화, 산업화, 유교적 이데올로기, 가부장제는 모두 여성을 억압하거나 차별하고 종속시키는 강력한 기제들이다. 이런 기제들에 둘러싸인 여성성이 어떤 식으로 재현되는지 살펴보는 것은 유의미할 뿐만 아니라 페미니즘의 본질과도 맥이 닿아 있다.

임선숙의 경우는 가족담론 속에서 여성주의적 관점을 고찰하였다. 그는 1970년대 발표된 박완서와 오정희 소설에 나타난 가족담론의 이중성을 비교·연구하였다. 박완서의 경우는 아버지의 질서와 공리적 가족주

---

266 김은하, 「소설에 재현된 여성의 몸 담론 연구: 1970년대를 중심으로」, 중앙대 대학원 문예창작학과 박사 논문, 2003, pp. 157~162 참조.

의를 분석틀로 전개하였고, 오정희의 경우는 어머니 신화와 정서적 가족주의를 그 틀로 활용하였다. 가족주의란 결국 가부장제를 기반으로 하고 있다. 가부장제란 여성주의 테마의 핵심이며, 어떤 식으로 가족구성원이 행동하고 변모하는지를 관찰하는 것 자체가 사회적 대변이를 감지하는 초석일 수 있다. 이중성이란 비호와 파괴의 이중성으로 남성적 질서의 비호와 여성적 질서의 파괴가 서로 연계되고, 반대로 남성적 질서의 몰락과 여성적 질서의 수립 역시 서로 밀접하게 맞닿아 있다. 두 가지가 공존하기 위해서는 서로에 대한 존중과 배려, 양보가 뒤따라야 하는데, 우리사회가 아직 그 지점까지 나아가지 않은 상태에서 많은 논란이 생성되고 이중성의 고배를 마시지 않을 수 없는 것이다. 그는 박완서와 오정희가 가족담론을 수용하고 배제하는데 있어서 이중적인 모습을 보이는 것은 가족 자체가 가지고 있는 이중성과 모순 때문이라고 결론지었다. 1970년대의 가족담론은 여성들을 '친밀성'과 '낯선 두려움'이라는 양가적으로 분열된 '사이에 낀 공간'에 위치하게 만들고 있는데, 여성인물들은 이러한 가족이라는 틀 안에서 고착화되거나 타자화된 욕망의 틈새를 발견함으로써 해방공간으로 나아가 주체성을 획득하는 것으로 형상화된다.[267]

집담론 역시 가족담론과 유사점을 갖고 있다. 구번일[268]은 「여성주의 시각에서 본 '집'의 의미 연구: 박완서, 오정희, 배수아를 중심으로」에서 집과 여성에 관한 논의의 필요성을 제기하였다. 박완서 소설에서 집이

---

267 임선숙, 앞의 책, pp. 186~190 참조.
268 구번일, 앞의 책, pp. 133~136 참조.

가진 의미는 여러 연구자들에 의해 거론된 바 있다. 오정희나 배수아 역시 박완서와 마찬가지로 여성적 체험이나 여성자아에 대한 강한 자의식을 바탕으로 작품 활동을 해온 작가들이다. 여성작가들에게 있어 집은 이와 같이 여성의 몸이나 자의식과 합일체로 읽히는 경향이 있다. 작품에 드러나는 집의 의미는 여성 정체성의 모체가 되기도 하고, 일탈이나 탈주의 대상이 되기도 하기 때문이다. 집은 또한 가족의 안식처이자 가족구성원 간의 투쟁처이기도 하다. 사회적 동물로서 정체성을 갖고 있는 남성적 인식에 대항하여 집을 자신의 텃밭으로 여기는 여성적 인식 역시 집으로 시작되는 여성서사와 맞닿아 있다.

지금까지 문학작품에서 다루고 있는 여성 정체성, 여성성, 모성, 페미니즘 관점 등을 연구자별 시각을 통해 고찰해보았다. 본고가 여기에서 논의하고자 하는 것은 박완서의 '여성문제 창작모티브'의 구체화 양상이다. 박완서의 소설에는 전통적 여성관과 근대적 여성관의 대립이 형상화되는데, 이것은 시어머니와 친정어머니의 대립양상과 유사점을 갖고 있다. 시어머니의 가부장제 옹호적 '길들이기' 혹은 '핍박하기'는 친정어머니가 여성도 주체적 삶을 영위하기를 바라며 딸을 '의식화' 하는 것과 상반된 모습을 띤다. 다음으로 남편으로 대별되는 남성적 시각과 사회체계의 모순은 여성을 '억압하기'에 급급한 반면, 여성은 이에 대항하여 '주체성 자각→주체적 삶의 희구'에 이르게 된다. 이 과정에서 구현되는 여성의 주체성 상실과 소외, 모성의 양가성, 모성과 생명주의에 대한 작가의식도 함께 살펴보기로 하겠다.

3. 여성주체의 각성

박완서는 페미니즘을 의식해서 집필한 적이 없고『살아 있는 날의 시작』[269] 정도가 여성주의를 의식해서 쓴 작품이라고 밝힌 바 있다. 하지만 그의 작품은 여성화자가 주류를 이루는데다 자아가 강한 여성상이 주동적 인물로 등장하곤 하기 때문에 그의 작품들과 여성주의를 떼놓고 생각하기는 어렵다. 흔히 박완서식 여성주의라 일컫는 것 중에 하나는 시어머니와 친정어머니의 양가적 모성상에 있다. 시어머니는 여성임에도 아들로 대변되는 가부장제의 절대적 추종자이며, 이것을 지켜내기 위해 며느리로 대변되는 여성을 핍박하는 인물로 정형화되어 있다. 반면 친정어머니는 딸에게 주체적 자아실현을 요구하며 그것의 의식화를 유도하는 인물이다. 그러나 아이러니하게도 친정어머니는 남아선호사상이 뿌리 깊게 내재화된 인물이기도 하다. 친정어머니는 근대성을 엿보았으나 그것을 전면적으로 수용한 완전체가 아닌 전통과 근대의 사상이 혼재하여 과도기적 양상을 띠는 불완전한 존재다. 게다가 친정어머니는 여성성이 드러나기보다는 '억척모성'으로서 부재한 남성의 대리자이자 또 다른 형태의 가부장의 모습을 띠기도 한다. 이러한 어머니상은 자아가 강하고 어머니가 지닌 모순과 그것으로 파생되는 이중성에 반발하는 딸과 대립하는 양상을 띠기도 한다.

이러한 특징들을 종합해보면, 박완서 소설에 나타나는 여성주의는 양

269　「동아일보」, 1979.10.2~1980.5.30.

성 중의 '여성'이라기보다는 오히려 딸·아내·며느리·엄마로서의 위치 자각에 가깝다. 여성들이 각각의 역할에서 느끼는 '주체적 자아'의 각성을 제시하는 경향이 강하다. 이렇게 여성들이 자아를 자각하게 되는 기제로 작용하는 것은 시어머니의 핍박, 친정어머니의 이중성, 억압적 가부장제, 여성을 부당하게 대우하는 전통과 관습, 사회체계의 근본 모순, 중산층 일상의 안일이나 매너리즘 등이다. 박완서는 이러한 기제가 작동할 때 여성주체가 어떤 식으로 자신을 둘러싼 세계와 불화하고 타협하고 극복해 나가는지를 보여주고 있다. 그것의 시발점은 '여성의 주체적 자아 각성'이다. 즉 '여성 억압기제의 발현→불화하기→여성주체의 각성'으로 서사가 진행된다. 주체적 자아를 자각하게 된 여성들은 그간 핍박받고 매몰되었던 일상을 분연히 떨치고 나아가야 함을 알게 된다.

「어떤 나들이」[270]는 박완서의 초기작에 해당한다. 「세모(歲暮)」가 사회 전반에 만연된 물질주의에 매몰되어가는 중산층 여성의 실체와 일상을 조명한 것이라면, 「어떤 나들이」는 아내·엄마·며느리의 이름으로 반복되는 일상의 굴레에 갇힌 한 중산층 여성의 반발과 자기정체성 찾기를 다루고 있다. 「어떤 나들이」[271]는 작중화자의 무탈하지만 무의미한 일상의 무한반복과 역할의 소외라는 측면에서 살펴볼 필요가 있다.

작중화자 '나'는 지극히 평온한 가정의 주부로서 남편과 세 아들을 두고 있다. 그녀가 안착한 이 완벽한 울타리는 극성스러운 홀어머니의 성

---

[270] 『월간문학』, 1971.9.

[271] 박완서, 「어떤 나들이」, 『어떤 나들이』, 문학동네, 1999, pp. 31~52(이후 인용문은 제목과 페이지만 표기-인용자).

화로 획득한 졸업장의 자랑스러운 결과물이다. 박완서 소설에 나오는 친정어머니상은 이와 같이 딸이 주체적 삶을 주관할 수 있는 자격을 획득하는 것에 집착한다. 이러한 의식은 딸을 남성과 동등하게 교육시키는 것으로 표출된다. 졸업장을 얻게 된다는 것은 주체적 삶을 쟁취할 수 있는 통과의례 같은 것이다. 그런데 그러한 조건으로 작중화자가 획득한 것은 결혼을 통해 중산층 가정의 일원이 되는 것이다. 이것을 '자랑스러운 결과물'이라고 비아냥거림으로써 작중화자가 처한 심리적 결핍을 드러낸다.

신랑은 서른 몇이란 나이보다 훨씬 찌들어 보였다. 혼인날을 앞둔 신랑의 싱그러운 흥분 같은 것이 조금도 엿뵈지 않았다. …(중략)… 그는 덤덤히 우리 모녀를 그가 사놓은 '고래등 같은 기와집'-지금의 열한 평짜리 내 집-으로 안내했다. …(중략)… 나는 그런 그에게서 오랜 고학생활과 열한 평짜리 기와집이 총결산인 근 십 년의 봉급생활을 엿보는 것 같아 서글펐다.(「어떤 나들이」, p. 48)

인용문에서 알 수 있듯이, 주변인들의 허세로 잔뜩 치장되어 있던 남편은 사실 생활에 찌들어 낭만이나 꿈을 상실한 지 오래다. 그 역시 열한 평짜리 집 한 채와 자신의 빛나는 청춘을 맞바꾼 것이다. 남편은 자신이 겪은 일상의 고단함을 떨치기 위해 원초적인 욕망들을 단단히 결박한다. 돈을 허투루 쓰지도 않고, 술도 끊고, 색상 있는 옷마저 거부한다. 그에게 남은 한 가지는 니코틴으로 오염된 일상이다.

작품 속 화자의 빛나는 청춘과 맞바꾼 자랑스러운 졸업장은 생활의 안락, 중산층의 삶을 보장해준다. 그러나 겉보기에 부족할 거 하나 없는 가정의 구성원들은 각자 "패류(貝類)처럼 단단하고 철저하게 자기 처소를 마련하고 아무도 들이려 들지 않는다."[272] 그래서 "스스로를 위한 패각(貝殼)조차 없"[273]는 '나'는 소외되고 가정 내 위치가 불확실하다. 이런 존재론적 갈증을 술로 달래고 일탈을 꿈꾼다. 겉은 안락과 평화로움으로 치장되어 있지만, 가족 간의 소통이 부재한 가정은 빈껍데기와 같다. 생기가 없고 활성화되지 않은 것은 죽은 것이나 다를 바 없다는 그의 지론처럼 소통이 단절된 가정은 작중화자가 안주할 공간이 없다.

시어머니는 이런 '나'를 "팔자 좋은 년"이라 칭하고, 작중화자 역시 그것을 인정하지만, 이것은 어구만 같을 뿐 너무도 다른 시각을 담고 있다. '나'에게 있어 그것은 허위와 가식의 탈을 쓰고 유지되는 가짜일 뿐 진짜가 아니다. '팔자 좋은 년'이 역설적으로 빈핍의식에 사로잡혀 있는 것은 역할의 소외로부터 야기되는 것이다. 여기서 말하는 역할은 단지 주부로서 떠안고 있는 일거리를 의미하는 것은 아니다. 자신이 주체가 되어 생각을 하고 주체적으로 행동할 수 있는 역할이 존재하는 상태를 말하는 것이다.

류보선[274]은 일상성을 "욕망하는 기계들의 왕국"이라 지칭했는데, 이는 소통이 부재한 채 각자의 욕망적 기제에 의해 움직이는 세태를 뜻한

---

272 박완서, 앞의 책, p.33.

273 같은 책, p.33.

274 류보선, 「개념에의 저항과 차이의 발견 – 박완서 초기 소설에 대하여」, 『어떤 나들이』, 문학동네, 1999, pp.353~385 참조.

다. 소통의 부재는 결국 소외를 낳고, 소외는 또다시 정체성 상실을 초래한다.

이와 같이 '나'는 변화와 모험이 없는 일상, 그래서 생각할 여지도 없는 상태가 실은 구원이 없는 암담한 늪임을 자각한다. 이러한 의식은 어쩌다 들려 과부살이의 설움을 주섬주섬 털어놓은 소금장수 아줌마에게서 오히려 "근심과 일거리로 팽팽히 충만해 있다"고 느끼는 지경에 이른다. 소금장수 아줌마 캐릭터는 박완서가 그의 소설에 자주 등장시키는 정형성을 갖고 있다. 그들은 건강한 몸을 움직여 생계를 유지하며, 그것으로부터 유발되는 넘치는 생명력으로 자신의 인생을 개척하는 인물들이다. 이들은 중산층 인물들의 허영과 허위의식을 드러내는 데 효과적으로 대비된다. 작중화자가 소금장수 아줌마의 하소연을 통해 생기 있는 삶의 현장성을 체감하며 부러워하는 심리에는 자신에게 결핍된 주체적 삶에 대한 갈증이 묻어난다.

빈핍의식과 도시의 답답하고 빈약한 일상에 갇힌 '나'의 유일한 출구는 남편이 수년 전에 패가망신의 근원이라며 단호히 끊어버린 술을 마시는 것과 남편이 "빛깔이 너무 요란스럽다"며 눈살을 찌푸린 바로 그 옷을 입고 나서는 외출이다. 박완서는 이미 그의 여러 작품에서 빛깔 없는 세계에 대항하여 다채로운 색이 존재하는 세계, 생기와 생동이 있어 살맛나게 하는 세상을 희구한 바 있다. 그는 위기를 조장하는 술을 마시고, 색채가 있는 옷을 입고 집을 나서는 것으로써 무사안일에 침잠된 일상을 깨보려고 시도하는 것이다. 무채색의 '나'를 벗어버리고 '또 다른 나'를 찾아 나서는 것이다. 이것은 곧 주체적 자아의 각성을 상징한다.

그러나 그녀의 일탈은 성공적이지 않다. 술에 취해 건들거리며 나선 도시 거리의 방황도, 소심함을 뛰어넘어 큰소리로 흥얼거린 〈서울의 찬가〉도, 버스 속에서 만난 낯선 신사도 나의 소외감과 허전함을 메워주지 못한다. 언젠가 읽은 「자화상」이란 글에 자기 얼굴을 꼭 시든 가지 같다고 묘사해서 동질감을 주던 K여사의 작품전에 우연히 들르게 되지만, 시든 가지는커녕 화려하고 비옥한 영지(領地)의 영주(領主) 같은 모습으로 나타난 K여사는 그간 품고 있던 기대를 배반한다. 이와 같이 일탈의 시도가 모두 수포로 돌아가자 욕설을 하고 침을 뱉는다.

> 매캐한 니코틴 냄새를 빼고는 나는 내 남편을 상상할 수 없다. 그는 그 자신 또한 니코틴 냄새 나는 체취를 지녔을 뿐 아니라, 그의 의복·가구·벽지까지 그 매캐한, 사람의 상념을 따분하게 짓누르는 담뱃진 냄새로 오염시키고 있었다. 그러나 뭐니뭐니 해도 가장 심한 오염을 입은 것은 나인 것이다.(「어떤 나들이」, pp. 45~46)

열한 평의 집 한 채와 청춘을 맞바꾼 남편의 일상은 결혼 후에도 변함이 없었고, 가족 구성원의 침묵이 주도하는 가정은 작중화자를 고립시키고 소외시킨다. 이렇게 결핍이 즐비함에도 불구하고 '팔자 좋은 년' 행세를 하며 철저히 '행복이데올로기'에 갇혀 사는 '나'는 행복하지 않다. 인용문에 묘사된 것처럼 남편 주도의 이러한 삶은 작중화자를 가장 오염시킨 것이다. 작중화자가 내뱉는 욕설과 침은 가짜 안락, 위장된 행복에 던지는 일침이다.

> 열한 평의 틀에 부어진 채 싸늘하게 굳어버린 쇠붙이인 나를, 나는 똑똑히

자각한다. 이미 오래 전에 그렇게 굳어버린 것이다.

소주 한 병쯤이 굳어버린 쇠붙이를 다시 쇳물로-무한한 가능성을 잉태한 이글대는 쇳물로 환원시킬 수는 도저히 없는 것이다.

소주 한 병이 그렇게 뜨거운, 냉혹하도록 뜨거운 열원일 수는 없었던 것이다. 나는 다만 녹슬어가고 있을 뿐 이글이글 용해될 수는 도저히 없는 것이다.(「어떤 나들이」, p. 52)

'무한한 가능성을 잉태한 쇳물' 이것은 주체가 살아 있을 때의 이야기다. 그것은 고착되거나 굳어버리지 않은, 미지(未知)를 머금고 있다. 「오동의 숨은 소리여」의 노인이 '미지의 나'가 있기에 죽을 수만은 없었듯이, 지금 '나'는 이글대는 쇳물로 환원되고 싶은 것이다. 환원된다는 것은 본래적 자아를 찾는다는 의미다. 자신이 주체였을 때의 삶, 그때에 대한 향수다. 하지만 현재의 '나'는 그리움의 열병으로 녹슬 수밖에 없다. 그녀의 일상은 소주 한 병 정도로는 해갈되지 않는 고착된 질서이자 틀이라는 자각과 체념으로 소설은 마무리된다.

앞에서 지적했듯이 박완서식 여성주의는 양성 중 여성의 고난, 소외, 차별만을 의미하지 않는다. 주체적 역할의 소외나 상실이 오히려 큰 여성문제로 인식하고 있기 때문이다. 이것은 폭력적 가부장제에 시달리지 않는 여성도 삶의 생기를 잃고 정체성을 상실할 수도 있다는 것을 의미한다. 박완서 자신이 중산층의 의식 있는 여성으로 살아왔다. 그럼에도 불구하고 여성으로서 느낄 수밖에 없는 '결핍'이 그의 삶에 있었고, 이런 경험을 바탕으로 여성문제를 파헤친 것이다. 이러한 관점이 박완서가 여성문제를 창작모티브로 한 소설류의 특이점이라 할 수 있다.

「초대」[275]의 경우는 「어떤 나들이」보다 주인공 여성의 주체적 삶에 대한 희구가 강렬하고, 남편이라는 확실한 억압기제가 작동한다. 「어떤 나들이」의 여성주인공은 가정 내에서 '아내', '며느리', '엄마'로 명명되는 역할만 빈껍데기처럼 주어져 있고, 주체적 자아가 부재한 일상에 염증을 느끼며 방황하는 모양새였다. 그것은 술로도 일상의 탈주로도 채우거나 변모시킬 수 없는 마치 관처럼 짜여진 견고한 틀이다. 「초대」[276]의 '나'가 감당해야 하는 아내의 역할은 남편의 사업 파트너를 위한, 사교를 위한 호스티스에 불과하다. 어디에도 주체적 생활인으로서의 '나'는 존재하지 않는다. 남편의 이기적인 몰이해는 작중화자의 자존감을 무너뜨리고, 취향, 성격, 의지, 몸 상태의 주체적 표현을 전면적으로 차단당한다. 이렇게 철저히 남편이 짜놓은 틀에 결박당한 채 외부인들에 의해 '나'가 규정되는 형상이다.

이와 같이 신혼 초지만, 사업에 매달리는 남편의 액세서리 역할로 전락한 '나'는 오물로 꽉 막힌 욕실 하수구와 다를 바 없는 일상을 영위하고 있다. 남편의 보여주기식 생색내기에 꼭두각시처럼 조정당하고, 주체적인 역할이나 발언, 생활을 잃어버린 '나'는 욕실 하수구에 뒤엉켜 가슴을 컥컥 막히게 하는 머리카락에 감정이 이입된다.

어쩌면 자신의 길고 긴 검은 머리는 가짜이고, 더러운 하수구를 막고 있던

---

275 『문학사상』, 1985.10.
276 박완서, 「초대」, 『해산바가지』, 문학동네, 1999, pp.207~221(이후 인용문은 제목과 페이지만 표기-인용자).

백발이야말로 진짜 자신의 머리칼이 아닌가 하는 혼란이 왔다. 그래서 마치 하룻밤에 머리를 세게 한다는 깊고 깊은 절망을 자신 속 어디엔가에 은폐하고 있는 것처럼 느꼈다. 그것을 어떻게든지 토해내게 해서 다시 한 번 확인해보고 싶었다. 독한 약으로 감쪽같이 녹여버릴 수는 없다는 것이 자신의 것에 대한 그녀의 애정이자 증오였다.(「초대」, p. 210)

남편과의 결혼을 통해 획득한 '나'의 일상은 온통 더럽고 역겹고 꽉 막힌 것들뿐이다. 꽉 막힌 그곳 어딘가에 은폐된 절망이 도사리고 있을 것만 같다. 그럼에도 불구하고 거짓 화려함, 거짓 우아함, 거짓 사교성만을 강요받기에 '나'에게는 가학적인 망상밖에 남는 것이 없다. 「어떤 나들이」나 「초대」 모두 주체적 자아가 부재한 상황을 자각하고 있으나 현실적 해법을 찾는 데는 실패하는 것으로 마무리가 된다. 여성주인공들은 자기학대나 자기경멸적 양상을 띠거나 가학적 현실인식의 상태에 놓이게 된다.

「어떤 나들이」나 「초대」의 여주인공들은 모두 결혼을 통해, 남편과의 관계를 통해 자신이 오염되거나 변질되었다고 믿는다. 이러한 의식으로부터 본래적 자아, 즉 자신의 삶에 있어 주체적 역할을 수행하던 자아를 되찾거나 그것으로 환원되고자 욕망한다. 그러나 이들은 모두 자신이 처한 한계상황만 인식할 뿐이지, 각성한 상태를 현실적 결과로 이끌어내지 못하고 있다.

박완서 단편에 드러난 여성주의의 단서는 여성주체의 각성까지라고 볼 수 있다. 시어머니는 며느리를 그저 '팔자 좋은 년'으로 치부하며 아들에게 기생하는 가족구성원으로 전락시키고, 친정어머니는 남에게 그럴 듯하게 보이는 딸의 결혼을 통해 악착같이 교육시킨 지난날을 보상받으려 한다. 시어머니나 친정어머니는 모두 여성의 주체적 삶에 대한 인식이 부족하고, 남편이나 아들들 역시 작중화자를 소외시키는 데 역할을 담당한다. 이러한 설정은 중년여성에게 공감을 줄 수 있는 현실적 장면이다. 부모세대의 고정관념이나 생활에 찌들어 결혼 초기부터 생기를 잃은 남편, 너무 일찍 부모로부터 독립한 자식들까지 집집마다 하나쯤은 안고 있는 문제들이라 할 수 있기 때문이다. 박완서의 대중적 인기는 이러한 여성의 심리나 처한 상황을 정확하게 포착하여 작품화한 데 있다.

분석 텍스트로 선정한 작품 외에도 노년소설 파트에서 분석한 「포말의 집」이나 「집보기는 그렇게 끝났다」 「해산바가지」 등의 작품들도 아내·며느리·엄마의 역할에서 오는 일방적 부담과 압박감, 정체성 혼란, 주체적 삶에 대한 갈망 등이 여성화자의 심리와 시각으로 전개되고 있음을 알 수 있다. 박완서는 중산층 중년여성의 생활과 심리를 통해 작가의식을 펼치기 때문에 작품 곳곳에 여성주인공들의 주체적 삶에 대한 강한 희구가 자리잡고 있다. 다만 그것이 작품 전체를 관통하는 모티브가 아닌, 작품의 일부를 구성하고 있기에 그 작품들 모두를 페미니즘소설로 분류하지 않을 뿐이다. 이런 특성 때문에 세태나 노년문제를 다루고 있는 작품들 중에도 여성주의소설로 분류하여 연구한 논저들이 있게 되는 것이다.

장편소설 중에서는 『살아 있는 날의 시작』과 『서 있는 여자』[277] 등이 여성주의 시각에서 창작된 작품들이라 할 수 있다.

---

277 「떠도는 결혼」이란 제목으로 『주부생활』(1982.4~83.11)에 연재한 것을 『서 있는 여자』로 제목을 바꿔 학원사에서 1985년에 단행본으로 출간했다.

『살아 있는 날의 시작』[278]은 중년에 접어든 '그 여자'가 남성우위의 견고한 사회적 올가미에 매인 자아를 인식하고 각성하는 과정을 심리변화를 따라 섬세하게 묘사한 작품이다.

이 작품에는 전통적 여성관을 고수하는 시어머니상과 친정어머니상이 등장한다. 그 여자, '문청희'는 결혼생활을 통해 주체적 자아를 상실하고 길들여진다. 그것의 선두에는 시어머니 '송 부인'이 존재한다. 결혼 직전, 노망나기 전 시어머니는 그녀에게 "네가 아무리 잘나고 공부 많이 했어도 여자는 여자니라."(p. 108)라고 말한다. 이것이 그녀의 결혼생활을 총체적으로 억압한 실체인 것이다. 똑똑하고 완벽한 여자에 대한 남편의 평가는 늘 "매력 없어"이다.

> "여자는 여자니라"와 "매력 없어"는 전혀 딴 사람의 목소리면서 일맥상통하는 공모자의 목소리가 되어 그 여자를 주눅들게 했었다. 그 여자도 차차 그들 모자가 손발이 잘 맞는 공모자가 되어 내쫓으려는 자기 속에 있는 자기 나름의 것을 마치 못된 악령처럼 인식하기에 이르렀다. 그래서 푸닥거리꾼한테 맡겨진 병자처럼 스스로를 억제하기에 전념을 다했다. 악령이 멀리 멀리 추방된 지는 오래다.(『살아 있는 날의 시작』, p. 109)

인용문은 결혼 후 문청희가 극도로 위축되고 왜소해진 과정의 핵심을 밝히고 있다. 시어머니와 남편이 공모하여 그녀에게서 내몰려고 한 것은

---

278 박완서, 『살아 있는 날의 시작』, 세계사, 2012(이후 인용문은 제목과 페이지만 표기-인용자).

258

그녀를 그녀답게 하는 주체적 자아다. 그러나 결혼 후 그녀는 시어머니를 위시해 남편이 짜놓은 틀에 자신을 녹여 부어 강직시킨 후, 주체적 자아를 상실하게 된다. 그들의 '길들이기'에 순응하는 것을 넘어서 그들의 기호에 맞춰 스스로를 억압하기에 이른 것이다. 인용문에서 알 수 있듯이 시어머니와 남편은 전통적 '여성다움'의 정서를 그대로 따르고 있다. 전통적 여성상에는 가부장제의 폭력성을 내재하고 있다. 순종과 가정의 보완적 역할만 며느리/아내에게 요구하는 것이다.

박완서 소설에 등장하는 시어머니상은 '송 부인'과 같이 아들과 공모하여 남성중심의 가부장제를 옹호하는 강력한 존재이다.

한편 '그 여자'의 남편 정인철의 사고방식은 사회적 관습이 규정한 '남성'에서 한 치도 어긋남이 없다.

> 그는 남자답다는 걸 좋아했다. 거의 신봉하고 있었다. 그가 신봉하는 남자다움에는 아내와의 약속 시간을 희미하게 기억한다는 것도 포함돼 있었다. 똑똑히 기억하고 있어도 결과는 마찬가지였을 것이다. 그들 사이의 모든 소유 관계가 명백하고도 당연하게 그의 것도 그의 것, 아내의 것도 그의 것이었던 것처럼 아내의 시간 역시 그에게 속했다. 아내만의 시간이란 걸 그는 의식적으로 인정하려 들지 않았다.(『살아 있는 날의 시작』, p. 18)

인용문에서 이미 '그 여자'와 남편이 서로 대립각을 세울 수밖에 없는 분명한 이유가 제시되어 있다. 페미니즘담론에서 고찰했듯이 남녀의 성을 섹스(sex)라 하지 말고 젠더(gender)라 규정하자는 페미니스트의 주장은 이와 같이 사회가 의미화해서 억압하는 '남성다움'과 '여성다움'의 틀을 깨자는 시도다. '그 여자'의 남편이 생각하는 '남자답다'는 것은 타고난 것이 아닌 사회에서 학습된 의식이다. 생물학적 성을 넘어 학습된 성 역할은 남아선호사상과 남성 중심 가부장제의 견고한 기틀이 되는 것이다.

이런 남자다움의 신봉자 남편에 대한 '그 여자'의 태도는 자못 위축되어 있다. 분노하지만 이러한 질서에 이미 순종한 지 오래기 때문에 자신의 욕망을 표출할 방법을 아직 알지 못한 채 눈을 내리간다. 그녀의 이러한 순종과 복종은 가정의 평화를 위한 것이다. 그것이 비록 가짜일지라도 지켜내야만 하는 결혼한 여성의 마지노선과 같은 것이다.

> 그 여자는 누구나 거침없이 똑바로 바라보는 성질이었지만 인철이한테만은 그러지를 못했다. 그 여자는 눈을 내리깔았다. 무력한 노여움이 무력무력 피어올랐다. 그러나 꾹 참고 다소곳했다.(『살아 있는 날의 시작』, p. 21)

인용문에서 알 수 있듯이 '그 여자'는 남편 앞에서 본능, 본래적 자아마저 억누른다. 이것은 권력관계의 명백한 인정이다. 동물적 서열의식이 뿌리 깊게 내재되어 있는 상태를 의미하는 것이다. 20여 년간 시어머니 '송 부인'을 모셨고, 노망난 시어머니의 수발을 하루 종일 들어야 하는 그 여자 문청희가 이토록 위축될 일은 없어 보인다. 그러나 '그 여자'는 늘 이런 식이다.

노망난 시어머니는 급기야 부부관계를 가로막기에 이르렀고, 이들 부부는 궁여지책으로 집 밖에서 밀회를 하게 된다. 이러한 결정도 남편의 욕구불만이었지 '그 여자'의 소망은 아니다. '문청희'는 이런 관계 속에서도 주문처럼 "집에서 자고 싶다"를 되뇐다. '집'은 그녀의 '주체적 공간'을 의미한다.

> 늙도 젊도 않은 여자가 그 정체를 드러냈다. 그 여자는 거울 속의 자신의
> 모습을 똑바로 보았다. …(중략)… 몸뚱이에서 여자다움이 시들면 그 허구
> 로부터 놓여날 수 있는 건 아닐 게다. 다음은 어머니라는 신성이 준비돼
> 있을 테니까. 여자의 마성에서 어머니의 신성 사이엔 아무런 경계선도 없
> 나 보다. 누구나 쉽사리 옮겨가니까. 왜 남자도 여자 자신도 마성에만 관
> 심이 있고, 그 이전에 인간성이란 걸 여자도 갖고 있다는 데는 관심을 두
> 진 않는 걸까.(『살아 있는 날의 시작』, p. 47)

거울을 보는 행위는 자아를 자각하는 과정이기도 하다. 중년에 이른
몸의 미묘한 변화들에 눈뜨면서, 사회가 규정한 '여성성'에 대한 자신감
이 점점 마모되는 시점이다. 이때부터 여자는 의문을 갖게 된다. 여자가
늙는다는 것은 여성성을 상실하는 것인가, 그 이면에 다른 것은 존재하
지 않는 것인가. 그렇게 시작된 질문은 여성성 이전에 '인간성'이 있다는
자각으로 발전한다. 이것은 '그 여자'가 정체성에 대한 각성이 시작됨을
의미한다.

사실 '그 여자'는 남편보다 유능하다. 그러나 관계의 유지를 위해 항상
그녀가 물러났다. 학교 '전임강사' 자리도 우선순위였던 그녀가 남편에게
당연하듯이 양보한 것이다. 남편은 그 여자가 운영하는 미용실과 미용학
원까지는 돈벌이로 용인하지만 그 이상 여자가 나대는 것, 즉 이상실현
을 위해 열정을 쏟는 것에 대해서는 분명한 선을 긋는다.

'그 여자'는 '유능한 것'을 '기 센 것'과 동일하게 취급하는 남편과의 충

돌을 피하기 위해 실제보다 더 위축되어 보여야 한다. 다른 한편으로 '숭고한 어미 역할'에도 전념하지만 성장한 자식들의 세계에는 이미 손이 닿지 않는다. 일관된 효부의 모습으로 받들지만 노망난 시어머니의 증세는 시시각각 모습을 달리하며 그녀를 옥죈다. '그 여자'를 둘러싼 세계는 소통되지 않고, 그녀를 각자의 위치에서 고립시키고 소외시킨다. 하지만 강요되는 의무는 지엄하다.

> 그 여자의 갈망은 결코 자기가 구하는 것과는 얼토당토않은 것밖에 못 주는 남편 밖으로 벗어나질 못했다. 그럴수록 그 여자는 마치 남편과 한 번도 결합된 적이 없는 것처럼 느꼈다. 그런 느낌은 필연적으로 그 여자가 신앙처럼 떠받들고 헌신하던 가정의 화합이란게 실은 허구일지도 모른다는 의심을 불러일으켰다. …(중략)… 그 여자가 20년 가까이 공들여 쌓아올린 아내로서 어머니로서의 관록 붙은 안정과 행복이 그 정체를 드러냈다. 그건 결코 반석 같은 게 아니었다. 마치 세공품처럼 위태롭고 섬약한 걸 억지로 영구어 그 모습을 지탱하고 있는 데 지나지 않았단 생각이 들기 시작했다.(『살아 있는 날의 시작』, p. 106)

거울을 보며 의문을 갖기 시작한 '그 여자'는 가정 내 자신이 갈망하고 구축한 행복이 사실은 가짜이고 허구라는 자각에 이른다. 그녀 역시 '행복이데올로기'의 노예인 것이다. 이것은 자신만의 헌신만으로는 유지될 수 있는 세계가 아니다. 그러나 그녀는 자기만 잘하면 될 줄 알고, 자기만 기 세지 않으면 될 줄 알고, 그 논리에 응답하고 있었던 것이다. 이러한 심리는 가족에게 헌신하는 것으로 표출된다. 하지만 헌신은 어떤 보상도 받지 못했고, 남편은 그것에 위선의 혐의를 씌운다.

한편 남편은 '그 여자'의 유능이 단순히 경제적인 도움에 한정되는 '처덕'으로 인식하고 있다. 그에게 처덕은 "단물 다 빼먹고 난 껌의 맛"이다. 그런데 뜻밖에 친구 '홍 박사'의 처덕은 그 질이 다르다는 자각을 하게 된다. 홍박사의 처덕은 "능력 있는 남자"로 키워주는 그것인 것이다.

그는 마치 아내의 유능함 때문에 어쩔 수 없이 경제력과 출세에의 의욕을 상실하고 무능력자가 돼버린 것처럼 느꼈다. 모든 게 아내 탓이었다. 빌어 먹을……. 그는 아내와 이 세상의 모든 유능한 여자에게 이를 갈았다.(『살아 있는 날의 시작』, p. 191)

그는 스스로가 씩씩하고 싶었다. 남자는 마땅히 씩씩해야 했다. 태초의 수컷이 그랬던 것처럼.
아내라는 암컷은 마땅히 그걸 바라고 부추겨줘야 한다. 그게 바로 처덕이라고 하는, 암컷이 지닐 수 있는 유일한 덕성이거늘 청희, 그 여자는 그렇지 못했다. 그가 씩씩하지 못한 건 순전히 처덕을 못 입어서였다.(『살아 있는 날의 시작』, p. 203)

이와 같이 부부사이에 뿌리내린 몰이해와 이기심, 불화는 남편의 '바람'으로 현실화된다. 문청희가 형편이 안 좋은 미용실 직원, 스무 살 '옥희'를 집에 들인 것이 화근이었다. 남편은 옥희와 바람이 났으면서도 아내의 거만한 콧대 탓이라 여기며 정당화한다. 뿐만 아니라 아내의 가족에 대한 헌신을 전면적으로 폄훼하고, 노망난 시어머니의 부양은 당연시하면서도 홀로 된 노구, 그것도 폐암환자인 친정어머니를 모시는 것에는 모멸감을 안긴다. 아이러니하게도 '그 여자'의 적은 그게 다가 아니다. 노구는 아들네가 책임져야 한다는 신념에 젖어 사는 친정어머니도 세간의 몰이해와 크게 다를 바가 없다. 도미(渡美)한 아들네 대신 딸이 자신을 책임지는 것에 심한 모욕감마저 느끼는 형국이다. 문청희는 그런 자신의 친정어머니를 보면서 시어머니 송부인의 그 기세가 어떤 것이었는지 다시금 되새긴다.

노인들의 아들 가진 세도에는 그 여자가 도저히 당할 수 없는 뭐가 있었다. 그 세도를 꺾으려는 것은 구식 여자한테서 정조를 빼앗은 것만큼이나 큰 모독이 된다는 걸 그 여자는 알고 있었다. 송 부인은 끝내 그런 세도를 꺾지 않고 살다가 돌아갔다. 그래서 송 부인은 사후에도 사람들로부터 복 좋은 노인으로 기억되고 추앙받고 있다.(『살아 있는 날의 시작』, p. 284)

이와 같이 우리가 전통이라고 고집하는 사상에는 엄연히 비상식, 시대착오가 도사리고 있지만 누구도 그 틀을 깨려하지 않는다. 남성은 자기중심적 세계를 포기할 수 없는 것이고, 노년세대는 이미 '길들여진' 세대이기 때문이다. 이러한 대물림으로 고초를 겪는 것은 '깨어 있는 여자'일 수밖에 없고, 여자의 똑똑함이나 '센 기(氣)'는 곧 부적응과 장애를 낳는다. 여기에서 오는 피로로 인해 그녀들은 '타협'하고 심지어 스스로를 제어하면서 길들여지는 것에 순응하게 되는 것이다.

결국 남의집살이처럼 시작된 어색한 동거는 친정어머니의 임종으로 막을 내리고, '옥희'의 질 나쁜 오빠 '재남'에 의해 '그 여자'는 옥희와 남편의 불륜을 알게 된다. 이런 상황 속에서도 문청희는 옥희도 남성중심 사회의 희생양으로 인식한다. 세 명의 오빠와 가족의 안위를 위해 생계를 책임지고 사는 옥희의 삶에 동질감내지는 연민을 느낀 것이다. 하지만 남편은 용서할 수가 없다. 남편은 오히려 당당하고, 온갖 핑계를 아내에게서 찾는다.

> 그 여자가 남편으로부터 얻어낸 건 따뜻한 위로와 성실한 사과 대신 완벽한 알리바이였다. 장모 때문에…… 남편이 자신의 무죄를 주장하기 위해 내세운 그 너무도 완벽하고 당당한 알리바이는 불행하게도 그 여자로 하여금 시어머니 때문에 겪은 온갖 인고와 희생의 세월을 일깨워주었다.(『살아 있는 날의 시작』, p. 426)

문청희는 드디어 각성에 이른다. 그간 온갖 희생을 미련하게 치르면서도 그것이 모두 가정을 지키는 숭고에서 나온 것이라 스스로 자위했었다. 하지만 그것은 자신의 불행을 감추기 위한 자기기만이었던 것이다. 그건 참기 힘든 헌신이었고, '그 여자'는 좀 더 일찍 비명을 질렀어야 한다. 자신의 삶이 유린당하는지도 모르고 가짜 안락과 가짜 평화를 위해 그녀는 시어머니, 남편, 자식들의 목소리만 떠받들고 살아왔던 것이다. 거기에 '그 여자' 자신은 없다.

> 그 여자는 지금도 희생이라는 것에 대해 소녀처럼 아름다운 영상을 가지고 있지만 어디까지나 상호적인 희생에 한해서였다. 일방적인 희생이란 그건 희생이라기보다는 유린이었다. 그 여자가 자기의 희생이 일방적이었다

는 걸 깨닫자마자 느닷없이 찬물을 끼얹힌 것처럼 소스라치게 엄습해온 것
도 무참하게 유린당했다는 느낌, 교묘하게 기만당했다는 느낌이었다.(『살아
있는 날의 시작』, p. 426)

각성을 통해 '그 여자'는 결혼생활이라는 허구가 허물을 벗고 생살을
드러내는 것을 목격한다. "현모양처라는 유구한 고정관념"을 이제는 벗
어던져야 한다. 그간 현모양처는 남성의 보호자였다. 모든 귀찮고 어렵
고 힘든 일은 다 현모양처의 몫이고, 그 안에서 남성은 완벽하게 안락했
다. 옥희에게 친정어머니의 고가(古家)를 넘겨주고, 남편과는 헤어지기로
결심하지만, 자식들의 미성숙과 남편의 뻔뻔함이 이를 용인하지 않는다.
결국 집을 나선 '그 여자'는 이제 돌아갈 집이 없음을 자각한다. '그 여자'
가 안주하던 미풍양속이라는 여자들만의 고가는 이미 집안의 사람들을
보호할 수 없을 정도로 퇴락한 것이다. 돌아갈 곳이 없어진 '그 여자'는
현실을 인정하면서도 결연히 매듭짓지 못한다.

아직도 눈물 어린 눈에 손바닥에 끈적한 눈물이 핏빛으로 번져보였다. 그
여자가 집 나오는 것과 동시에 벗은 부덕이란 탈은 여자가 조상 대대로 써
내려오는 동안 거의 육화된거기 때문에 그렇게 피 흘리지 않고는 벗을 수
가 없었던 것이다. (『살아 있는 날의 시작』, p. 488)

『살아 있는 날의 시작』은 「동아일보」에 1979년 10월부터 1980년 5월
까지 연재된 소설이다. 이미 삼십여 년 전에 발표된 작품이어서 그런지
주인공 문청희란 인물의 현실감이 좀 떨어지는 게 사실이다. 너무 완벽

한 캐릭터여서 감정이입이 쉽지 않은 여성상이다. 게다가 지금의 관점에서 보면, '문청희'가 가지고 있는 완벽한 현모양처 의식이나 미풍양속의 고가를 보호의 울타리로 여기는 감성도 시대에 뒤떨어져 있다. 그러나 문청희가 안고 있는 문제는 현재와 크게 다를 바 없다. 이것은 어떤 의식의 문제이기 때문이다. 시대가 바뀌어도 육화된 의식은 그렇게 쉽게 사라지거나 바뀌는 것이 아니다. 시어머니 홍 여사나 남편 정인철이 갖고 있는 의식이 좀 과장되게 묘사된 면이 없지 않지만 그 실체에 대한 고찰이 틀린 것은 아니다. '문청희'의 친정어머니상도 박완서가 자신의 어머니를 모델로 사십여 년 간 줄기차게 그려온 인물과 동일 선상에서 가지를 치고 있다.

박완서 페미니즘소설이 '미완'이라 여겨지는 이유는 여성 주인공들이 지금 시점에서 봐도 공감이 가는 확실한 '주체적 자아상'을 제시하지 못하고 있기 때문이다. 거의 대부분 문제제기에 그치고, 현실인식은 망연자실이나 가학적 자기인식으로 끝나는 경우가 많다. 자신이 불화하는 세계에 대한 능동적 외침이 없고, 행위의 결과물이 없다. 현실직시라는 면에서 본다면 박완서식 마무리가 리얼리티가 살아 있는 것이겠지만, 카타르시스 차원에서는 아쉬움이 남는 결말들이다.

『살아 있는 날의 시작』이 아내·며느리·엄마·딸로서의 복합적 역할을 통해 전통적 가부장제 하의 여성주의를 들여다봤다면, 『서 있는 여자』[279]는 윗세대인 '경숙 여사'와 젊은 세대인 딸 '연지'의 결혼생활을 이중으로

---

279 박완서, 『서 있는 여자』, 세계사, 2012(이후 인용문은 제목과 페이지만 표기-인용자).

조명하고 있다.

경숙 여사는 안정적인 경제력을 기반으로 자식들 일에 극성이고, 적당히 속물근성도 지닌 인물이다. 그녀의 딸 연지는 독립적이고 자아가 강한 인물이다. 연지는 남자친구 '철민'과 결혼을 앞두고 있다. 결혼에 대해 시니컬한 감성을 갖고 있는 그녀는 경숙 여사가 약혼이나 결혼에 쏟는 열정이 부담스럽다.

> 어쩌면 연지가 바라보는 것은 결혼이란 것의 허울인지 몰랐다. 결혼은 이제 작은 들창의 아름다운 등불이 아니라 KS마크를 꿈꾸며 날조되는 제품, 아니 부도를 꿈꾸며 남발되는 어음이었다.(『서 있는 여자』, p. 26)

경숙 여사의 결혼준비는 인용문과 같이 연지에게 인식된다. 연지가 꿈꾸는 이상은 결혼해서 남녀가 동등하게 지내는 것이다. 결혼을 하면 기자를 그만둘 거라는 주위의 확신과는 달리 결혼 후, 연지는 직장생활을 지속하고 철민은 대학원을 다니기로 합의한다. '동등'이 중요한 '연지'는 이러한 거래가 가능한, 소통이 되는 철민을 결혼상대로 택한 것이다. 연지가 철민을 자신의 지지자 내지는 동지로 여겨 한 결합이다.

연지가 강박관념처럼 남녀의 동등에 집착하는 것은 아버지에게 철저하게 거부당하던 어머니의 모습을 예민한 사춘기 때 목격했기 때문이다. "자기 영역을 가진 문 안의 남자와 문 밖에서 남자의 영역을 침범하고 빌붙고자 애걸하는 여자"(p. 254)의 그림은 이때부터 각인된 셈이다. 이것이 일종의 트라우마로 남아 있다. 그간 연지의 아버지 하석태와 경숙 여사는 딸을 위해 쇼윈도 부부를 연출해왔다. 딸의 결혼식은 그들의 이혼 날인 셈이다.

하석태 교수는 오로지 학구적이란 명판과 체면으로 성벽을 쌓고 살아가는 인물이다. 너무 견고하고 높은 성벽에 번번이 차단당하는 경숙 여사는 불륜도 의심하고 이혼도 상상한다. 이러한 상황을 견딜 수 없는 하석태는 아이들이 결혼을 다 하면 이혼을 하자는 제안을 해왔던 것이다.

> 반세기에 가까운 자신의 생애에서 하석태 씨의 아내라는 걸 빼면 아무것도 없는 허탕이라는 게 처음엔 비실비실 웃음이 나왔지만 날이 감에 따라 그 사실이 무서워졌다.(『서 있는 여자』, p. 118)

경숙 여사는 늙은 나이에 하는 이혼이 두렵다. 그래서 비굴해져서라도 남편을 잡고 싶은 거다. 서로 그런 제안을 주고받은 후 6년간 남편의 자리는 항상 빈 자리였다. 그럼에도 불구하고 진짜로 혼자가 되는 두려움 탓에 쇼윈도 부부를 감내했던 것이다.

남편의 이혼 결심이 굳은 걸 확인한 후, 경숙 여사는 자신의 미래를 그려보기 위해 이미 이혼한 채 살아가는 친구들을 방문한다. 그들에게서 자신의 희망적 밑그림을 찾고자 한 것이다. 그러나 이혼한 친구들의 "황폐한 생활의 모습이 눈가림할 여지없이 고스란"(p. 220)한 현장만 목격하고는 이혼만은 절대로 하지 않기로 결심한다. 마침 딸의 결혼생활의 불화를 막기 위해 남편과 공모하게 되고, 이를 계기로 부부는 이혼을 접고 쇼윈도 부부도 청산하게 된다.

연지의 결혼생활은 부모의 설득과 걱정에도 불구하고 균열이 발생한다. 결혼이 실생활이 되자 동등의 법칙은 깨지기 일쑤다. 원치 않은 임

신을 했고, 몰려드는 남편 친구들을 접대하느라 전형적인 새색시 역할을
연기해야 했다. 철민과 그를 둘러싼 모든 세계와 자신이 불일치하는 것
을 날마다 새록새록 찾아내게 된다.

　갈등의 골이 깊어질 쯤 철민이 바람을 피게 되고, 이를 목격한 연지는
방황하게 된다. 철민은 관계가 이렇게 악화일로를 걷는데도 진정한 사과
나 진지한 사색은 뒤로 한 채 오로지 남성을 과시하고 그것으로써 억압
하려 든다. 이 과정에서 둘의 동등은 무참히 깨지고, 연지는 일과 이혼
중 선택의 기로에 놓이게 된다.

> 결혼과 일 중 서슴지 않고 일을 골라잡았다면 현대보다 한 세기쯤 앞선 여
> 성이 되겠는데 시집에서 쫓겨나서 친정 문턱을 눈치 보는 마음은 이조의
> 여인과 다름없이 처량하고 소심했다.(『서 있는 여자』, p. 271)

　이혼을 결심하고 집을 박차고 나가보지만, 연지는 자신이 혐오하던 여
느 여자들과 다름없이 결국 친정을 찾아가게 된다. 이와 같이 연지는 줄
곧 가치혼란을 느끼고, 그녀의 정체성은 미궁(迷宮)이다. 부모의 관계에
서 온 트라우마가 그녀를 이런 가치혼란적 인물로 내몰았던 것이다. 관
계의 두려움 때문에 동등에 집착하고, 그것이 실현가능해 보이는 철민을
배우자로 선택했다. 그런데 막상 결혼을 한 후에는 경제적으로 완전히
의탁하는 철민을 견디지 못하고, 생계를 책임져야 하는 현실을 억울해
한다. 철민 역시 자신의 안일을 위해 동등을 약속해놓고는 자신이 불리
할 때마다 동등을 깨고 남자행세를 하려든다. 전통적 가부장제를 고수하
는 기존의 인물들과 한치도 어긋나지 않는 내적 자아를 갖고 있던 것이

다. 그 역시 연지와의 결합을 위해 본성을 억누르고 연기를 했던 것이다. 연지는 자신의 선택이 착각에 의한 것임을 자각하고 이혼을 단행한다.

> 나의 실패의 원인은 바로 남녀평등이라는 거였어. 나는 한 남자를 사랑하기보다는 바로 남녀평등이란 걸 더 사랑했거든. 남녀평등에만 급급한 나머지 사랑까지도 생략하고 남자를 골라잡았던 거야. …(중략)… 실력이나 인격으로 자기보다 못해 보이는 남자를 일부러 골라잡아서 평등한 부부 관계를 이룩해 보려고 마음먹은 거야말로 잘못의 시작이었다. 그것은 평등에 대한 크나큰 오해였고 자신에 대해 더러운 모독이었다.(『서 있는 여자』, p. 457)

이 작품 역시 경숙 여사나 연지의 캐릭터가 지금 시점에서 보면 공감하기 힘든 부분들이 있다. 경숙 여사가 경험한 이혼한 친구들의 삶은 황폐화된 현장으로 묘사된다. 결혼생활을 영위하던 사람들이 이혼을 한 후 겪는 정서적 혼란과 생활의 어려움 등은 모두 현실적으로 존재하는 것들이다. 그러므로 경숙 여사가 목격한 장면이 그렇게 생경한 것들은 아니다. 하지만 지나치게 신파적으로 각색된 작위적 현장이라는 데 현실감이 떨어진다. 박완서는 작품 속에서 이혼 후 겪게 되는 곤란과 불행한 사례를 열거해 경숙 여사의 친구들에게 하나씩 할당해놓았다. 이러한 설정 자체가 작위성을 띠고 있다. 연지의 경우도 남녀평등을 강박증처럼 중시하면서도 남녀관계에 있어서의 주관이 지속적으로 변하고, 자기정체성도 혼선을 빚는 인물이다. 주인공 캐릭터는 일관성을 유지한 채 갖가지 사건에 대처해야 주제의식이 명확히 드러난다. 그런데 연지는 처한 상황에 따라 가치관을 달리하며 방황하는 인물이기 때문에 그녀가 진정으로 원하는 삶이 무엇인지 알 수 없게 전개되고 말았다.

이처럼 이 작품은 구성이나 인물 설정 등에 있어서 밀도가 떨어지고 억지스러운 것이 사실이다. 전체적으로 이야기 전개의 개연성이 떨어지기 때문에 작품에 드러난 '여성주의'에 공감하기 힘들다. 이 작품의 테마가 일과 결혼, 부부관계, 이혼문제를 다루고 있기 때문에 여성주의소설로 인식될 뿐이다. 『살아 있는 날의 시작』은 「동아일보」에, 『서 있는 여자』는 「떠도는 결혼」이란 제목으로 『주부생활』에 연재되었던 것을 출간한 작품들이다. 그러므로 여성독자를 의식한 신파가 상당부분 작용한 것으로 보인다. 그렇다 하더라도 여성주의서사에 부합할 만한 인물을 창출해내지 못하고, 결과적으로 작가가 의도한 주제의식을 명확하게 드러내지 못한 아쉬움이 남는다.

앞에서도 지적하였듯이 페미니즘소설의 관점에서 보면 박완서 작품들의 완성도가 높다고 평가하기 힘들다. 「닮은 방들」을 보면, 여성화자가 전통의 고루와 억압을 비판하고 근대성을 획득한 일상을 예찬하면서도 근대성이 가져다주는 비정은 불편해하는 심리가 표출되어 있다. 「닮은 방들」을 문화변동인식으로 다룬 것도 주인공의 인식이 이런 과도기적 양상을 갖고 있기 때문이다. 전통이 모두 고루하고 부적절한 것은 아니다. 따라서 무비판적인 전통 말살은 옳지 않다. 하지만 여성화자의 이중성 혹은 과도기적 양상은 전근대와 근대에 대한 명확한 입장을 유보한 채 미완으로 남아 있다. 이것이 박완서 소설의 특징 중 하나다. 이러한 특징이 가장 많이 드러나는 분야가 '여성문제 창작모티브'의 구현 양상이라고 할 수 있다.

4. 모성과 생명주의

박완서의 소설을 에코페미니즘 특성과 연계해보면, 그가 탐색한 모성과 생명주의는 모태로서의 자연의 상징성과 일맥상통하고 있음을 알 수 있다. 박완서는 억압기제 하의 여성만을 그린 것이 아니라 여성을 모태로, 즉 생명을 잉태하는 대자연으로 인식하고 있다. 이를 통해 남성과 구별되는 여성성을 부각시키고 있는 것이다. 이 점이 기존의 페미니즘적 관점에서 다룬 여성성과 구별되는 부분이다.

박완서가 작품 속에서 형상화한 모성은 크게 세 가지 정도로 구분할 수 있다. 첫 번째는 남편의 부재가 낳은 억척모성이다. 억척모성이 대표하는 여성성은 남성 대리자로서의 모습으로 또 다른 형태의 가부장의 모습을 하고 있다. 그러므로 고전적 관념의 여성상 혹은 정형화된 여성상과는 간극이 발생한다. 두 번째는 전근대성과 근대성의 가치 혼재로 인해 과도기적 양상을 띠는 모성으로, 이러한 속성상 이중성을 지니게 된다. 즉 딸에게는 신여성 혹은 삶을 주체적으로 이끌어가는 강인한 여성이 되어 가정이나 남편, 시댁에 종속되지 않을 것을 주장하지만, 정작 본인은 뿌리 깊은 아들선호사상을 가지고 있는 것이다. 세 번째는 시어머니와 친정어머니로 양분되어 표출되는 모성의 양가성이다. 이것은 친정어머니로서 딸을 교육시키는 의식과 아들선호사상에 젖어 남성 중심 가부장제의 적극 옹호자로 나서는 시어머니로서의 의식이 확연히 다른 모습으로 대비되는 것을 뜻한다. 이러한 대비를 두고 모성의 양가성이라 지칭하는 것이다. 그러나 이것들은 작품의 배경 혹은 주변적 상황으로만 등장하고 이러한 모성에 대한 탐색이 작품 전면에 나선 것은 아니다. 다만 작품 속에 그려진 모성상을 통해 전통적 질서 속에 용해된 여성상을 파악할 수 있고, 작가가 가지고 있는 여성주의를 페미니즘적 관점에서 분석해볼 수 있는 것이다.

이 장에서 주목하는 것은 대자연으로서 모성과 그 특성과 맞물려 있는 생명주의다. 이것이 작품 전면에 등장하는 주요작품으로는 「울음소리」[280] 「움딸」[281] 「꿈꾸는 인큐베이터」[282] 등이 있다.

「울음소리」[283]의 '그녀'는 뇌성마비를 앓는 아기를 낳아 3주일 만에 잃은 아픔이 있다. 그녀와 남편의 극진한 기도 속에서도 아이는 울음을 멈추지 않았고, 그 짧은 기간 동안 한 평생 산 인생보다 더한 고통을 담고 하늘나라로 갔다. 그녀는 남편과 자신의 기도는 생명을 지속해달라는 기도가 아닌, 생명을 거둬달라는 기도였을 거란 혐의로 가슴앓이를 한다.

> 그녀가 아기 엄마였던 삼 주일 동안의 고통이 세월이 지나도 지워지지 않는 것은 지겨운 울음소리 때문만은 아니었다. 엄마와 아빠가 기도를 통해 감쪽같이 아기를 모살(謀殺)한 혐의 때문이었다.(「울음소리」, p. 59)

아이를 잃은 허망함과 자신들 속에 움텄을지도 모를 '모살의 혐의' 탓에 그녀는 악몽에 시달리고, 어디선가 모성을 애끊게 하는 '울음소리'의

---

280 「문학사상」, 1984.2.

281 「학원」, 1984.9.

282 「현대문학」, 1993.1.

283 박완서, 「울음소리」, 「해산바가지」, 문학동네, 1999, pp. 47~69(이후 인용문은 제목과 페이지만 표기-인용자).

환청에 잠 못 이룬다. 이들 부부는 다시는 아이를 갖지 않기 위해 철저히 피임을 하고, 자신들의 생활에서 울음소리를 몰아내려 하지만, 그들이 끝끝내 찾아 헤매는 것은 다름 아닌 아이들의 흔적이다. 눈이 가고 귀가 열리는 곳에는 어김없이 아이들이 있다.

그녀는 노망난 시어머니도 모시고 살고 있다. 아파트란 공간에 발을 디딘 후로 회복불능의 치매의 길을 걷게 된 시어머니는 항시 치부를 드러내며 돌아다닌다. 이런 시어머니에게 치를 떨며 스스로 장벽이 되어 소통의 공간을 차단하던 그녀에게 어느 날 불현 듯 시어머니의 '벌거벗은 배'가 눈에 들어온다.

> 저 배가 한때 쉴새없이 자식을 배고 기르느라 풍만하게 부풀었을 생명감이 넘치는 고장이었다는 걸 누가 알까? …(중략)… 그곳에 귀를 기울이면 그 속을 거쳐간 생명들의 흔적을 느낄 수 있을 것 같았다. 그녀는 처음으로 시어머니의 적나라한 노구(老軀)에 연민을 느꼈다.(「울음소리」, p. 59)

「해산바가지」에서 며느리와 치매 걸린 시어머니가 화합할 수 있었던 것도 바로 연민에 의한 것이었다. 이들의 연민은 모두 시어머니의 지난 삶에 대한 존중에서 비롯되는 것이다. 그들에게도 그렇게 생명을 잉태하고 받아내던 숭고한 역사가 있었다는 자각은 치매로 인해 망가진 그들의 일상을 회복시키고 복원해주는 가교(架橋) 역할을 한다. 노망난 시어머니에 대한 그녀의 연민은 생명을 잉태해본 '모성'에서 비롯된 공감 탓이다. 모성이 어떤 것인가를 자각한 그녀는 그간 회피만 하려던 '울음소리'를 생명의 발원지로 인식하게 된다.

이제야말로 망설여서는 안 될 것 같았다. 그리고 정직해져야겠다. 그녀는 자신 있게 남편의 뿌리가 입고 있는 그 흉측한 이물질을 벗겨냈다.

정욕보다도 훨씬 집요하고 세찬, 생명에의 갈구가 그녀를 무자비하게 비틀 었다.(「울음소리」, p. 69)

그녀는 현실의 부정, 외면, 회피로 일관하던 삶, 살 기운이 고갈된 삶을 떨치고, 생명을 갈구하면서 생에 대한 의욕과 생기를 되찾는다. 박완서가 그리는 모성, 여성성은 이렇게 타인에 의해 규정된 여성성이 아닌, 생명과 이어지는 여성성을 뜻한다. 이것이 진정한 여성으로서의 존재감이고 위대함이라고 생각하는 것이다. 이것은 시어머니의 노구의 배를 보며, 그것이 생명의 산실이라는 경외감에서 표출되고 있다. 이러한 자각은 늙음이 덕지덕지 감싼 쭈그렁 배도, 치부를 드러내며 다니는 노망도 더 이상 본연의 존재를 훼손시키지 못하게 만든다.

「움딸」[284]의 '나'는 서른의 늦은 나이에 애 딸린 남자의 후취로 들어가 살게 된다. '나'의 결혼이 늦어진 데는 몰락한 가정사가 한몫을 했다.

'나'의 친구 '향숙'이의 아버지 '임영목' 씨는 정치적으로나 사업 수완으로나 탁월하여 승승장구하는 인물이다. 반면 하는 일마다 매듭이 져서 몰락의 일로를 걷던 '나'의 아버지는 임영목 씨와 막역한 친구사이다. 임영목 씨를 철썩 같이 믿는 아버지는 그가 응당한 보상이나 대접을 하지 않는데도 그의 일에 발 벗고 나서 헌신하고, 결국은 퇴직 후 전 재산을

---

[284] 박완서, 「움딸」, 『해산바가지』, 문학동네, 1999, pp. 125~149(이후 인용문은 제목과 페이지만 표기-인용자).

맡기기까지 한다. 그러나 임영목 씨는 부도를 내고 도미(渡美)해버리고, 전 재산을 잃고 파산한 아버지는 그것이 병이 되어 세상을 떠나게 된다.

'나'와 어머니는 이것을 모두 팔자소관으로 돌리고 집안의 몰락을 받아들인다. 홀어머니에 나이까지 꽉 찬 '나'는 결국 후취자리여도 상관치 않고 결혼을 결심하게 된다.

남편과의 결혼에 있어 유일한 조건은 아이를 좋아하느냐의 여부였다. 작중화자는 결혼을 성사시키기 위해 아이를 좋아하는 사람이 된다. 실제로 그녀는 아이를 좋아해서 조카들도 자식처럼 챙겨왔다. 그러나 그러한 그녀도 전처 자식만큼은 온전히 사랑할 수가 없다. 그녀는 전처 자식을 대하는 자신의 위선과 가식이 스스로 역겹다. 이러한 감정은 아이에게 위악을 떠는 것으로 표출된다.

아이들을 좋아한단 말은 아이 아빠한테도 써먹은 일이 있었다. 그 말이 아이 아빠의 청혼에 간접적인 승낙이 되었었기 때문일까? 그 말을 회상할 때마다 나는 거의 피부적인 혐오감을 느꼈다. 지금도 나는 등허리로 벌레가 기어가는 것 같아 두어 번 진저리를 쳤다. 아이가 나를 빤히 쳐다보았다. 콧날이 죽고 입술이 얇고 피부가 검기 때문에 눈이 예쁘단 소리를 더 자주 듣는 아이의 동그란 눈에 어른스러운 조소가 어렸다. 나도 아이를 싸늘하게 노려보았다.(「움딸」, p. 126)

전처 자식에 대한 '나'의 위악은 다만 마음 속 진심의 소리일 뿐, 남편이나 대외적으로는 여전히 아이를 좋아하는 새엄마의 모습이다. 겉으로 속마음이 드러나지 않음에도 불구하고 남편은 늘 아이를 살피고 새엄마에게 어떤 혐의를 두고 산다. 게다가 뻔질나게 드나드는 아이의 외할머니는 딸이 살아 있을 때와 다름없이 반찬을 해 나르고, 아이를 어르고 달래며 지낸다. 작중화자는 아버지 일을 팔자로 받아들였듯이 이러한 처지 역시 팔자 탓으로 돌리고 안도를 찾으려 한다.

> 내가 이렇게 모든 걸 팔자소관으로 돌리고 편안해질 수 있었던 것은, 팔자란 아무도 거 역할 수 없는 절대적인 힘, 초월적인 존재에 의해 조종되고 있는 줄 알았기 때문이었다.(「움딸」, p. 142)

'나'와 어머니는 연속되는 불운과 가정의 몰락을 이런 식으로 위로받고 지냈던 것이다. 그러나 아버지를 죽음에 이르게 한 임영목 씨가 미국에서 호화롭게 살고 있다는 소식을 전해 듣고는 이 불운의 전모를 파악하게 된다. 자신이 겪은 일련의 불행은 팔자 탓이 아닌 정직하지 못한 간계에 의한 필연적 불행이었던 것이다.

> 정작 팔자를 주관해야 할 힘은 그 동안 어디서 뭘 하고 있었길래 임영목 씨 따위가 내 팔자를 장난감처럼 박살내게 내버려뒀단 말인가. 나는 상처를 손톱으로 우비듯이 원망을 되풀이 했다.(「움딸」, p. 142)

팔자소관 뒤에 숨어 가짜 안락을 꿈꾸던 '나'는 진실 앞에 맥을 잃게 된다. 이렇게 촉발된 그녀의 위악은 남편의 위선적 이중성을 아이의 외할머니에게 폭로하고픈 지경에 이른다. 딸이 암에 걸려 목숨이 다할 때까지 사위가 극진히 보살폈다고 믿는 아이의 외할머니는 남편의 가장 위선적인 모습에 속고 있었던 것이다. 이것은 마치 '나'의 아버지가 임영목 씨의 크고 작은 사기에 당했으면서도 죽는 그날까지 이를 모르고 의리를 다해야 하는 친구로 여긴 그 심정과 다를 바 없다.

지금 나는 노인에게 무서운 고통을 주고 싶었고, 내 집에서 내쫓고 싶었고 그게 다 사실이라고 믿고 싶었다. 사실은 누구에게나 공평하게 끔찍한 거 여야 했다.(「움딸」, p. 148)

'나'는 남편을 악마, 위선자, 이중인격자라 힐난한 딸의 일기를 아이의 외할머니에게 보이고픈, 남편이 전처의 흔적을 완전히 말살하려 한 정황들을 낱낱이 고하고 싶은 충동이 인다. 진실이 얼마나 고약하고 끔찍한지 자신과 똑같은 일을 겪게 하고 싶었다. 그러나 '나'의 차가운 응시에 돌아온 것은 외할머니의 애절한 애원이다.

점점 새댁이 내 딸 같아서…… 주책도 내 딸 같아서 부렸다고 봐주구려. 새댁은 내 딸이야, 내 딸이구 말구. 움딸이야. 움딸도 못 보면 이 늙은이가 무슨 재미로 살겠수?(「움딸」, p. 148)

'움딸'이란 시집간 딸이 죽고, 사위가 다시 결혼을 해서 얻은 색시를 뜻하는 말이다. 이는 죽은 딸의 자리에 새로운 딸이 움트기를 기원하는 정서에서 나온다. '나'의 위악은 움딸에서 막혀버린다. 때로는 진실보다 살기 위해 꾸는 꿈이나 망상이 어쩜 더 소중할지도 모른다는 자각 때문이다. 움딸이란 말에 불모지 같은 '나'의 마음 한켠에 연민이 일었던 것이다. 이 작품은 가식과 진심 사이에서 갈등하는 새엄마의 모성, 내리사랑을 움딸에게까지 쏟아붓는 모성이 작중화자 '나'와 아이의 외할머니를 통해 조명되고 있다. 기른 정과 낳은 정에 대해 갈등하던 '나'는 움딸이라도 생명을 불어넣어 다시 사랑하고자 하는 어미의 마음에 날선 감각을 도닥이며 화해의 길을 열게 된다.

「꿈꾸는 인큐베이터」[285]에는 박완서 소설에 형상화 되는 세 가지 모성상이 모두 나타난다. 그는 이 작품에서 생명을 훼손하면서까지 고수하는 고질적인 남아선호사상의 추악함을 고발하고 있다. 이를 통해 남녀평등 문제, 남성 중심 가부장제의 전횡, 여성이면서도 남성 중심의 사회를 옹호하고 지지하는 시어머니와 시누이의 왜곡된 의식, 전통적 관념에서 한 치의 어긋남도 없이 살아내는 친정어머니의 모순까지 하나하나 들추며 이것이 과연 옳은 것인가 문제를 제기하고 있다.

작중화자 '나'는 조카 사랑이 유난하다. 교사생활로 인해 육아를 전담하지 못하는 여동생을 위해 어쩔 수 없이 나선 것이지만, 그렇다 해도 여동생보다 더 열띠게 전념하는 모습이 의아스럽기까지 하다. 작가는 작품 초입부터 작중화자 '나'가 얼마나 조바심을 내며 여동생네의 육아며 가사노동까지 거뜬히 책임지는지 수다스럽고 천연덕스럽게 재현해낸다.

문제의 실체와 맞닥트린 것은 조카의 유치원 재롱잔치에 동생 대신 참석하면서부터다. 동생에게 보여줄 비디오를 들고 나선 그녀는 정작 기계 조작에 서툴러 당황하게 된다. 이때 학부모로 참석한 한 남자의 도움으

---

285 박완서, 「꿈꾸는 인큐베이터」, 『엄마의 말뚝』, 세계사, 2012, pp. 242~302(이후 인용문은 제목과 페이지만 표기-인용자).

로 곤란을 모면하게 되고, 이것을 인연으로 차를 들며 생각을 나누는 기회를 갖는다.

그는 딸 둘을 가진 잡지사 기자였다. '나'는 아들 없이 딸만 둘인데도 처연하게 상관없어 하는 그의 태도가 괜히 밉고 역겨워 극악스럽게 몰아붙이고 싶은 충동을 느낀다. 그녀의 집요한 아들타령에 신물이 난 그는 자신은 딸만으로도 괜찮다는 신념을 당당히 표명한다.

낯선 남자와 아들타령으로 실랑이를 한바탕 벌이고 집에 돌아온 '나'는 몇 번이고 돌려봤던 〈장미의 전쟁〉[286]이란 영화를 또다시 틀어본다. 그 시작이 무엇인지도 알기 힘든 작은 틈새로부터 피어난 부부 사이의 전쟁은 죽음까지 차오르는 증오로 타오른다. '나'는 그 증오를 맹렬히 뒤쫓다 어느새 영화 속 인물들이 아닌 자신과 남편, 아들의 끔찍한 반목을 환상하게 된다. 그럼에도 증오를 곱씹으며 계속해서 영화를 돌려본다.

'나'는 정체모를 불안을 떨치기 위해 낯선 남자를 다시 만날 음모를 꾸민다. 아이들의 비디오를 복사해주는 핑계로 남자를 꼬여낸 나는 또다시 집요하고 질척하게 아들타령을 늘어놓는다. 그녀는 기어이 그에게서 딸들만으로는 만족 못하는, 내심 아들을 열렬히 바라는 모순을 들춰내고 싶어 안달이다. 그러나 그는 그녀의 덫에 좀처럼 걸려들지를 않는다. 오히려 자기가 기획한 아들 낳는 비법의 비정한 내막을 알려주기까지 한

---

286 1990년 미국에서 상연된 영화로 원제는 〈The War Of The Roses〉이다. 마이클 더글러스와 캐서린 터너가 남녀 주연을 맡았다. 작중화자 '나'가 이 영화를 몇 번이고 돌려보는 것은 아주 사소한 틈새로 부터 시작된 부부사이의 다툼이 생사를 건 증오로 발전해나가는 과정에서 자신의 심리가 이입되기 때문이다. 「대범한 밥상」에서 영화 〈데미지〉가 사건의 복선 역할을 했듯이, 이 영화도 이후 전개될 이 야기의 복선으로 작용한다.

다. 그것은 딸을 살해함으로써 달성할 수 있는 확률인 것이다. '나'는 소파 수술을 감행한 여자에게 쏟아내는 그의 비난이 억울해 집안의 압박에 처한 여자들의 처지를 대변하려 한다. 단지 여자만의 잘못으로 이뤄진 비극이 아님을 토로하고 싶은 거다. 그러나 그녀들의 남편도 공범자라는 그의 진술에 그동안 그녀를 억압하고 있던 실체와 마주하게 된다.

남편을 최초로 공범자로 바라보게 된 것은 그 남자 때문이었다. 어쩌면 그 소리는 그에게서 처음 들은 게 아니라 내 속에 늘 있었지만 내가 항상 피해 다니던 거였는지도 모르겠다. 딴 사람은 몰라도 남편이 공범자여서는 안 된다. 공범자끼리는 언제고 반드시 해치게 돼 있기 때문이다. 공범자하고는 같이 사는 게 아니다. 영화를 봐도 알 수 있듯이 범행은 단독범행일수록 안전하고 뒤끝도 깨끗하다.(「꿈꾸는 인큐베이터」, p. 289).

'나'는 사실 시어머니와 시누이의 성화에 못 이겨 딸로 추정되는 태아를 지운 전력이 있다. 그녀는 그것이 남편의 공모가 더해진 것일까 봐 내내 두려워하며 살고 있는 것이다. 시어머니와 친정어머니의 지독한 남아선호사상, 게다가 가장 친한 친구였던 시누이의 은근한 가세는 '나'의 모성에 회복할 수 없는 상처를 남겼다. '나'는 소파 수술 후 자신이 단지 인큐베이터였음을 자각하게 된다.

딸을 지우기 위해 가랑이를 벌리고 수술대에 누울 때도 시어머니와 시누이는 곁에 붙어 있었다. 지극정성이었다. 나는 그들이 확인사살을 위해 지키고 있는 사람들처럼 무서웠다. …(중략)… 내가 그들을 미워하기로 작정한 건 아들을 낳고 나서가 아니라 아마 그때부터였을 것이다. 곧 스러질 생명에 대해 에미가 바칠 수 있는 애도는 그것밖에 없었다.(「꿈꾸는 인큐베이터」, pp. 297~298)

'나'의 친정어머니도 엄연히 가부장제의 억눌림을 자각하고 있었음에도 불구하고 그 질서에 순응하며 한 번도 어긋남 없이 살아냈다. 또한 그녀도 열렬히 아들선호사상의 동참자로 지냈다. '나'는 생명을 잉태하고, 그 생명이 성별에 의해 무참히 스러지는 것을 체험하면서 그것이 아들이든 딸이든 생명일진대, 그것도 내가 잉태한 생명일진대 전통적 관념과 질서에 의해 짓밟혀서는 안 된다는 자각을 하게 된다. 그리고 자신이 인큐베이터로 전락한 것은 이렇게 케케묵은 질서가 자신이 태어날 때부터 육화된 탓이라는 것도 깨닫게 된다.

그러나 앞으로 달라져야 한다. 누구에게 보이기 위해서가 아니라 나를 위해 어떡하든지 달라져야 한다. 남편도 나도. 이건 사는 게 아니다. 그렇게 간악한 짓을 저지르고도 죄책감을 못 느끼는 그 께름칙함을 떨쳐버리지 않는 한 생전 아무것도 느낄 수가 없을 것 같다.(「꿈꾸는 인큐베이터」, p. 302)

인용문에서 알 수 있듯이, 전통이나 관습에 매몰돼 옳지 않는 것을 답습하는 풍속에 대한 혐오와 저항이 강력하게 느껴진다. 앞에서 분석한 「울음소리」나 「움딸」과 비교해도 여성주의 색채가 훨씬 명료하고 강렬하며, 모성과 생명주의가 잘 드러난 작품이라 할 수 있다. 박완서가 여성주의를 의식하고 집필했다는 『살아 있는 날의 시작』보다 오히려 여성주의 근원에 도달해 있는 느낌이다. 김윤식은 이 작품의 비평에서 "여성주의랄까 페미니즘의 향취가 묻어나 본격문학의 관점에서는 오히려 가치가 반감되는 면이 있다"고 지적하고 있다.[287] 이러한 지적은 주인공이 처한 현실의 벽을 너무도 정확하게 도식적으로 그려내는데 그 원인이 있을 것이다. 즉 자신을 둘러싼 시어머니, 시누이, 남편을 모두 공모자로 추정함으로써 흑백대비가 고민 없이 처리되었다. 또한 친정어머니의 의식세계 역시 공모자인 셈이다. 작품성 측면에서 이와 같은 지적이 나올 수 있을 만한 작위적인 설정이다. 하지만 이 작품이 가지고 있는 시치미떼기나 사상성은 참 박완서다운 면모가 있다.

박완서에게 있어 모성은 대를 잇는 강렬한 색채다. 그의 어머니의 모성이 유난했고, 그 또한 다섯 남매를 키워낸 모성의 당사자였기 때문이다. 이러한 체험을 바탕으로 그의 작품 곳곳에는 자식을 묻은 어미의 절망이 배어 있다. 그가 그리는 모성이 위대한 것은 그것이 생명의 산실이기 때문이다. 생명에는 남녀의 차별이 없고, 남녀 차별이 없는 곳에 단지 여성이라는 이유만으로 억압하는 기제가 있을 리 만무하다. 이렇게 대자연으로서의 모성과 그것의 생산에 대한 존중과 경의가 박완서식 여성주의의 핵심이라고 할 수 있다.

---

[287] 김윤식, 「내가 읽은 박완서」, 문학동네, 2013a, p. 136.

5. 여성문제 창작모티브의 소설화 양상

박완서 소설에서 다루고 있는 뿌리 깊은 아들선호사상은 남성 중심 가부장제의 견고함과 연관이 있다. 작품에 등장하는 시어머니상은 '대 잇기'의 수호자로서 아들이 중심이 되는 가부장제를 견고하게 지키기 위해 며느리를 핍박하는 존재로 그려진다. 근대성을 받아들이고 딸에게도 주체적인 삶을 권유하는 친정어머니마저 아들선호는 예외일 수 없다. 이와 같이 박완서 소설에 나타나는 여성주의는 가부장제와 아들선호사상을 근간에 두고 이것에 이의를 제기하는 것으로 부각되고 있다.

한편 모성과 생명주의를 소설화한 양상은 박완서의 독특한 시각과 사상을 확보하고 있다. 여성들은 불모화된 삶에서 아이로 상징되는 '생명'에 의해 생기를 되찾고 삶의 의미를 찾는다. 이것의 기저에는 인간존중사상과 생산의 모태로서의 여성성에 대한 경의를 담고 있다.

이와 같이 여성문제를 다룬 박완서만의 개성적 문학화 방식은 여성주체의 각성과 모성과 생명주의로 형상화된다. 박완서는 페미니즘을 의식해서 집필한 적이 없다지만, 그의 작품은 여성화자가 주류를 이루는데다 자아가 강한 여성상이 주동적 인물로 등장하곤 하기 때문에 그의 작품들과 여성주의를 떼놓고 생각하기는 어렵다.

박완서 소설에 나타나는 여성주의는 양성 중의 '여성'이라기보다는 오히려 딸, 아내, 며느리, 엄마로서 위치 자각에 가깝다. 여성들이 각각의 역할에서 느끼는 주체적 자아의 각성을 제시하는 경향이 강하다. 이렇게 여성들이 자아를 자각하게 되는 기제로 작용하는 것은 시어머니의 핍박, 친정어머니의 이중성, 남성 중심의 가부장제, 여성을 부당하게 대우하는 전통과 관습, 사회체계의 근본 모순, 중산층 일상의 안일이나 매너리즘 등이다.

「어떤 나들이」나 「초대」의 주인공들은 아내, 며느리, 엄마의 이름으로 강요되는 역할에서 벗어나고 싶어 한다. 이들이 희구하는 삶은 본래적 자아를 되찾는 것이다. 본래적 자아란, 자기 주체성이 살아 있던 시절이다. 자신이 생각하고, 생각한 것을 주체적으로 실천하던 그때의 자아다. 그러나 박완서의 작품 속에서 이들은 강요된 역할을 자각하고 방황하는 데서 더 나아가지 못하고 있다. 이들이 주체적인 삶을 그렇게 갈망한다면 그것을 위해 그들은 결단을 내리고 행동해야 한다. 그러나 그들은 빈 껍데기만 남은 자신의 정체성만 자각할 뿐 그 속을 채울 해법을 찾지 못한다. 「어떤 나들이」나 「초대」 모두 주체적 자아가 부재한 상황을 자각하고 있으나 현실적 해법을 찾는 데는 실패하는 것으로 결말짓는다.

장편소설 중에서는 『살아 있는 날의 시작』과 『서 있는 여자』 등이 여성주의를 테마로 창작된 작품들이라 할 수 있다. 두 작품에 등장하는 여성 주인공들은 지금의 관점에서 보면 현실감이 좀 떨어지는 인물들이다. 그들은 남편에 비해 능력과 재력을 갖고 있음에도 불구하고 가부장제 안에서 핍박받는다. 그들은 비록 그것이 가장된 평화일지라도 일상의 안락을 보장한다면 가부장제에 순응하려 한다. 이러한 자기결박은 결국 한계 상황에 이르기 마련이다. 이들은 공통적으로 남편의 도덕적 타락에 직면해서야 겨우 자기 정체성을 되찾고자 시도한다. 이들 작품은 여성잡지나 신문에 연재된 까닭에 다분히 신파적 요소를 갖고 있다. 그렇다 하더라도 박완서가 여성주의 서사에 형상화한 여성상은 시대에 뒤떨어졌을 뿐만 아니라 공감도 일으키지 못하는 인물들이다. 여성주체의 각성이 드러난 박완서의 페미니즘소설이 '미완'이라 여겨지는 이유가 여기에 있다. 앞에서 제시한 작품들에는 여성이 직면한 것에 대한 문제제기에 그치고 만다. 자신이 불화하는 세계에 대한 능동적 외침이 없고, 행위의 결과물이 없다. 등장인물의 형상화와 설득적 서사를 제시하지 못함으로써 소설의 사상성이나 미학적 완성도를 획득하지 못한 아쉬움이 남는다.

박완서가 문학에서 탐색한 모성과 생명주의는 모태로서 자연의 상징성과 통한다. 그는 억압기제하의 여성만을 그린 것이 아니라 여성을 모태로서, 즉 생명을 잉태하는 대자연으로서 인식하고 있다. 이것이 작품 전면에 등장하는 주요작품으로는 「울음소리」「움딸」「꿈꾸는 인큐베이터」 등이 있다.

박완서에게 있어 모성은 남다른 의미를 갖고 있다. 모성에 대한 그의 관심은 여러 가지로 변주된 모성상으로 작품에 등장한다. 그 역시 다섯 아이들의 엄마로서, 이러한 체험을 바탕으로 그의 작품 곳곳에는 자식으로 상징되는 '생명'에 대한 경이로움이 배어 있다. 그가 그리는 모성이 위대한 것은 그것이 생명의 산실이기 때문이다. 이렇게 대자연을 상징하는 모성과 그것의 생산에 대한 존중과 경의가 박완서 여성주의의 특징이라 할 수 있다.

박완서 페미니즘소설에서 여성주체의 각성이 구현된 양상은 '미완'의 사상적 완성도를 보인 반면, 모성과 생명주의에 있어서는 어느 정도 문학적 성취를 이뤄내고, 특화된 자신의 아우라를 선보이고 있음을 작품분석을 통해 확인할 수 있다.

V

–

노년문제 창작모티브

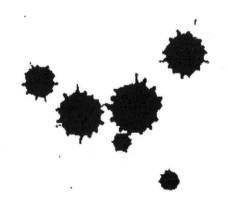

1. 노년문학담론의 전개 양상

고령화사회는 이제 국가가 당면한 중대 현안 중 하나다. 2010년 조사 당시, 우리나라 총인구수는 48,580,293명이다. 이중 65세 이상의 인구수는 5,424,667명으로 총인구의 약 11%에 해당한다.[288] 2013년, 노령화지수는 사상 처음으로 80%를 넘어섰다.[289] 한편 세계보건기구(WHO)의 '세계보건통계 2014' 보고서에 의하면, 한국의 기대수명은 여성 84.6세, 남성 78세로 지난 1990년 여성 76세, 남성 68세보다 각각 9년과 10년이 늘어났다.[290] 이처럼 여러 통계학적 지수들이 그야말로 우리나라의 초고령사회로의 진입을 예고하고 있다.

사회학분야에서 주로 다뤄지던 노인문제가 우리 문학의 영역에서 언급되어지기 시작한 것은 1970년대부터다.[291] 문학은 미학적 얼개 속에 갖가지 가상세계를 구현하는 예술적 모체지만, 리얼리티를 한 축으로 삼아 세태를 반영하거나 고발하기도 하고, 더 나아가 우리의 미래를 예측하기도 한다. 당대를 주도하는 문학의 흐름을 읽어내는 것은 시대의 흐름을

---

288 KOSIS 국가통계포털의 내용을 인용한 것으로, 가장 최근의 전수조사자료인 2010년의 것을 참조하였다. 이후 2015년에 총인구수조사를 다시 실시 한다(http://kosis.kr).

289 노령화지수란 15세 미만 인구 대비 65세 이상 노령인구의 비율을 뜻하는 것으로 유년인구 대비 고령층의 상대규모를 나타내주는 지표다(권혁창, 배영경, 「韓 노령화지수 올해 첫 80% 돌파 전망」, 『연합뉴스』, 2013.3.11, http://www.yonhapnews.co.kr/bulletin/2013/03/11/0200000000AKR20130311124800008.HTML?input=1179m).

290 류현성, 「한국 여성 기대수명 84.6세로 세계 9위」, 『연합뉴스』, 2014.5.15, http://www.yonhapnews.co.kr/bulletin/2014/05/15/0200000000AKR20140515200100088.HTML?input=1179m.

291 1970년대에 이어령·천이두·김병익 등이 그들의 평론을 통해 '노년문학', '노년의 문학', '노대가의 문학' 등의 명호로 언급하기 시작했다.

감지하는 첩경이라 할 수 있다. 그런 의미에서 노년문학담론의 발화지점인 1970년대의 사회상을 배경으로 하여 이 논의의 유의미성을 유추해나갈 필요가 있다.

1950년대, 우리나라는 한국전쟁 및 남북분단이라는 민족적 위기를 맞아 국가 및 가족의 해체와 삶의 파탄을 경험하게 된다. 종전 후 철저하게 파괴된 국가를 재건하기 위해 온 국민이 인간다운 삶을 한동안 유보해야 했고, 이후 국가 주도적 경제정책의 결실이 사회적으로 그 빛을 발하기 시작한 것은 1960년대부터다. 이후, 불과 십여 년 전에 전쟁을 겪은 나라라고는 믿기지 않을 만큼의 놀라운 경제발전을 이룩하게 되는데, 그 열기에 한층 가속이 붙기 시작한 시기가 바로 1970년대다.

그러나 경제발전의 과실이 사회 전반에 공정하고 공평하게 분배된 것은 아니다. 그 이면에는 급속히 진행된 이농 및 도시빈민의 급증, 전통적 가족관의 파괴 및 노인 소외라는 어두운 그림자가 드리워져 있다. 노인의 지혜와 권위, 유교적 효(孝)사상에 바탕을 둔 농경사회의 전통적 질서가 붕괴되고 도시 중심의 상공업 및 서비스산업으로 사회가 재편되면서, 시대의 변화 속도를 따라잡지 못한 노년층이 경제력과 노동력을 상실한 채 사회적 약자 및 소외계급으로 급부상하게 된 것이다. 이러한 사회현상에 주목한 작가군에 의해 노인문제를 문학적으로 형상화하려는 노력이 가시화되면서 평론분야에서도 '노년문학'을 우리 문학의 문제적 영역으로 주목하게 된다.

물론 노년문학이 부정적 노인문제만을 다룬 것을 지칭하는 것은 아니다. 노인 소외, 생물학적 늙음과 질병, 노인 부양 부담 등 부정적 측면과 함께 그럼에도 불구하고 노인세대가 지니고 있는 지혜와 초탈의 이미지, 그 경륜과 삶을 관통하는 혜안에 대해 경의를 표하거나 그들의 전통을 잇고자 하는 영역도 분명 존재한다.[292] 다만 1970년대부터 불기 시작한 사회격변기에 직면한 노년의 자화상에는 빛보다는 어둠이 더 압도적이었던 것이 사실이다. 앞에서 제기된 노인문제는 전통적 가치관과 윤리의식이 무너지고 천민자본주의사상이 공고히 되어갈수록 더욱 표면화되고 사회문제화 되었다.

1990년대 말부터는 또 다른 사회적 양상이 노인문제에 가세하기 시작한다. 1997년에 맞게 된 IMF사태와 이른바 IT혁명의 도래를 상징하는 인터넷 매체의 출몰이 그 변화의 진원지다. 이것은 19세기 산업혁명에 준하는 새로운 시대의 개막을 의미한다. 당시 IMF사태로 인해 우리나라 경제발전의 중심축을 형성하던 중산층이 급속히 몰락하게 되었고, 경제적 파탄으로 인해 가정이 해체되는 사회적 현상이 다발하였다. 가정의 해체와 붕괴 속에 '신 고려장'[293]이란 신조어가 생길 정도로 경제력과 노동력을 상실한 노년층의 입지는 더욱 악화일로를 걷게 된다. 한편 국가적 경제 위기에 직면한 김대중정부는 IMF사태 타결책 중의 하나로

---

292 채영희는 「노인 어휘망에 나타난 '늙음'의 의미분석에 따른 새로운 노년인식」에서 "생활에서 한발 물러나 생활인으로서 역할을 상실한 부정적 이미지의 노인상이 대다수"임이 노인 관련 수식어에도 드러남을 밝혔다. 이에 반해 "긍정적 의미의 수식어와의 결합은 오히려 비정상적인 특별한 노인"으로 인식되는 경향을 보이며, 이것은 "근대화 이전 전통적 농경사회에서나 가능한 수식어"로 보인다고 하였다. 아이러니하게도 긍정적인 노인상은 "우리 사회가 노인에 대해 기대하는 이상적으로 구조화한 노인에 대한 모형"이라는 것이다. 즉, 현실과 우리가 이상화한 모델과는 괴리가 존재하며 이것이 오늘날의 노인상이 처한 현실이라는 것이다(송명희 외, 『인문학자, 노년을 성찰하다』, 푸른사상, 2012, pp. 110~111).

293 고려시대에 늙고 병든 부모를 봉양하기 힘든 자식들이 깊은 산속 등에 부모를 버리듯이, 오늘날 경제난과 부양 부담에 시달리는 자식들이 늙은 부모를 낯선 곳에 유기하는 사회현상을 이르는 말이다.

IT 중심 벤처기업 육성에 박차를 가하게 되는데, 이런 산업구조의 재편은 젊은층보다 정보 습득과 새로운 매체 전환에 빠르게 적응할 수 없어 불리한 노년층을 사회적으로 더 고립시키는 결과를 초래하게 된다. 이후 노년층은 가정으로부터, 사회로부터, 정보로부터의 소외를 더 극적으로 경험하게 된다. 이러한 징후들은 작가들의 시선에 날것 그대로 포착되어 노년소설의 영역으로서 작품화되기에 이른다. 이러한 노년소설 관련 논의의 중심부를 차지하는 작가 중 한 사람이 바로 박완서다.

박완서의 노년소설을 다루기 위해서는 우리나라 노년소설류의 등장과 이와 관련한 연구자들의 다양한 시각을 확보해야 한다. 노년소설이 한국소설의 한 장르로서 우리 문단에서 언급되기 시작한 것은 서두에 언급했듯이 1970년대부터다. 김병익[294], 천이두[295] 등의 평론가들에 의해 문제적 소설 영역으로 언급되기 시작하여, 1990년대에 이재선[296]에 의해 도

---

294 1967년 『사상계』에 「문단의 세대연대론」을 발표하면서 등단한 김병익은 1968년 '68문학' 동인으로 참여하며 본격적인 평론 활동을 펼쳤다. 박완서와의 만남은 그가 『여성동아』 장편소설 당선자인 박완서를 인터뷰 하게 되면서부터다. 이렇게 시작된 인연으로 문학과지성사에서 펴낸 박완서 창작집 『친절한 복희씨』의 해설을 쓰게 된다. 해설에 밝혔듯이 김병익은 박완서 데뷔의 순간을 함께한 기자로서, 또 1970년대의 문학에 아주 밀착하여 평론을 쓴 문학평론가로서 박완서의 '노년문학'을 들여다보았다(김병익, 「험한 세상, 그리움으로 돌아가기-박완서의 『친절한 복희씨』」, 『친절한 복희씨』, 문학과지성사, 2007, pp. 281~299).

295 문학평론가 천이두는 '노년의 문학'이란 명호를 사용하면서, 이것이 단순히 노년기의 작가가 생산한 문학이란 의미가 아니라 노년기의 작가에게서만 느낄 수 있는 원숙하고 독특한 분위기의 문학이라고 평가했다(김종회, 『황순원』, 새미, 1998, p. 30).

296 이재선은 '노년학적 소설'이란 명칭을 써서 포괄적으로는 노년의 삶, 즉 삶의 적극적인 활동으로부터 은퇴하거나 물러나 있는 노인들의 세계를 다룬 소설로 보았고, 협의적으로는 도시소설의 한 종속 장르로서 사회 변동기에 있어서 노년의 도시생활 및 도시화와 연계된 삶을 대상으로 묘사하는 소설로 규정하였다(이재선, 앞의 책, pp. 247~293).

시소설의 한 종속 장르로 분류되기도 하였으며, 김윤식[297]에 의해 '노인성 문학'이란 명칭으로 규정되는 등 소설사의 한 유형으로 활발히 담론화 되었다. '문학을 생각하는 모임'에서 변정화, 서정자, 유남옥 등의 논문을 엮어 펴낸『한국 문학에 나타난 노인의식』[298]이나『한국노년문학연구 2』[299]『한국노년문학연구 3』[300]『한국노년문학연구 4』[301] 등은 노년문학에 대한 본격적인 연구 성과물로 평가받고 있다.

류종렬[302]은 「한국 현대 노년소설 연구사」를 통해 노년소설이 언급되기 시작한 1970년대부터 최근에 이르기까지의 연구과제와 성과를 연구자별로 비교적 상세하게 정리하여 소개하였다. 그는 이 소론에서 노년소설을 "노년의 작가가 생산한 소설"로 한정하였는데, 이는 김윤식이 65세 이하의 작가들이 노인성을 제재나 주제로 다룰 때 이 역시 노인성 문학의 다른 한 범주에 해당한다고 규정한 것과 구별된다.

이재선은 70년대 이후 현대문학에 나타난 특징 중 하나로 "도시와 도

---

297   김윤식은 '노인성 문학'을 규정하기 위해 두 가지 기준을 세웠다. 첫째, 65세 이상의 작가가 쓰는 작품을 노인성 문학의 하나로 규정했다.(A형) 이 속에선 노인문제도 청년문제도 다루어질 수 있지만, 원리적으로 그의 의식은 노인성의 사정거리 안에서 진행될 것으로 보았다. 둘째, 65세 이하의 작가들이 노인성을 제재(주제)로 다루는 경우를 노인성 문학의 다른 한 범주로 규정하였다.(B형) 이 경우는 당연히 자발적인 개성에 의한 선택이기에 공리적 성격이 배제되어 있으므로 원리적으로 본격 문학으로 간주하였다(김윤식 외, 「한국 문학 속의 노인성 문학」, 『소설, 노년을 말하다』, 황금가지, 2004, pp. 249~280).

298   문학을 생각하는 모임, 『한국문학에 나타난 노인의식』, 백남문화사, 1996.

299   문학을 생각하는 모임, 『한국노년문학연구 2』, 국학자료원, 1998.

300   문학을 생각하는 모임, 『한국노년문학연구 3』, 푸른사상, 2002.

301   문학을 생각하는 모임, 『한국노년문학연구 4』, 이회문화사, 2004.

302   류종렬, 「한국 현대 노년소설 연구사」, 『韓國文學論叢(한국문학논총)』제50집, 한국문학회, 2008, pp. 501~536.

시공간에서의 삶에 대한 인식"이 뚜렷해진 것을 들었다. 물론 1930년대 문학[303]에서도 도시의 경험이 중시된 적이 있었는데, 당시는 서구 모더니즘의 영향이 지배적이었던 것이 사실이다. 이후 진정한 우리식의 도시화·산업화·현대화 문제의 진피에 다가가기 시작한 시기는 전후 붕괴한 사회를 재건하면서 60년대 중반 이후, 우리나라가 본격적인 산업화시대에 접어들면서다. 사회·경제·문화적으로 급속한 팽창과 격변을 겪게 된 1970년대야말로 진정한 도시문제의 한복판에 서게 된 시기이며, 당대를 함께한 작가들에게 있어 도시문제는 떼려야 뗄 수 없는 천착의 공간이었다. 그는 작가들의 시선을 통해 70년대 이후 문학에 나타나는 '도시성'을 분석하면서, 이러한 '도시소설'[304]의 한 종속 장르로서 '노년학적 (gerontological) 소설'을 다루고 있다. 이재선의 이러한 논점은 도시화 및 노령화로 인한 사회적 문제로부터 노인성 문학의 대두가 활발해졌다는 것

303 역사적으로 1930년대는 만주사변(31년) 이후 군국주의를 더 공고히 한 일제에 의해 정치·경제·사회·문화적으로 극한의 탄압을 받은 시기이다. 이 시기에 카프에 대한 탄압과 해체가 가속화되었으며, 때를 같이 하여 문학계 전반에서는 이념에 매몰되어 있던 것에서 탈피하여 현실인식 및 문학의 근대성에 대한 논의가 활발히 진행되었다. 카프 해체를 전후하여 임화나 김남천 같은 인물들이 리얼리즘 소설을 둘러싼 다양한 논의를 이끌어냈다. 한편 1933년 8월에 결성된 구인회(중견작가 9인이 만든 문학 친목단체로, 김기림·이효석·이종명·김유영·유치진·조용만·이태준·정지용·이무영 등이 창립회원이었다.)는 모더니즘 문학 창작에 매진하였으며, 김기림이나 최재서 같은 해외문학파들은 비평 활동을 통해 모더니즘 문학의 지평을 넓히고자 하였다. 서구 모더니즘의 영향을 받아 다분히 도시적 배경을 가진 문학이 대세를 이루었지만, 도시의 밑바닥 생활로부터의 출발이라기보다는 도시를 배경으로 하는 어떤 지적 분위기가 좀 더 우위에 선 시기라 할 수 있다.

304 도시학이라 일컫는 사회학 이론을 체계적으로 원용하고 있는 겔판트는 도시소설이란 도시생활의 전형적인 특징인 '도시성'을 반영하는 문학, 즉 도시의 복잡다기한 생활의 사회적 의미에 대해서 날카로운 통찰력을 갖고 그 본질적인 의미를 표현하는 상상력이 풍부한 언어를 사용해서 도시생활을 재현하는 형식이라고 규정하고 있다(Blanche Houston Gelfand, The American City Novel, University of Oklahoma Press, 1970, p. 11; 이재선, 앞의 책, pp.252~253 재인용).

에 착안한 것이다. 그러나 1970년대 시대상에서 논의된 도시화와 노인문제의 상관관계는 이제 그 힘을 잃고 있다. 도시화가 상징하는 사회적 변이가 노인문제를 촉발하거나 가속화한 것은 사실이나 현시점에서는 노인문제가 단순히 도시라는 공간에 갇힌 문제가 아닌, 세대 간의 전면적인 갈등문제화 되어가고 있기 때문이다.

변정화[305]는 노인문제가 사회학이나 가족학, 심리학 등에서는 활발히 논의되고 있는 반면, 문학에서는 그것에 대한 관심이 미약한 점을 지적했다. 이재선이나 김윤식의 언급 외에는 노년소설의 개념 규정이나 관련 작품에 대한 분석이 본격적으로 이뤄지지 않고 있어 노년은 아직 "침묵 속에 묻혀 있는 세계"라고 보았다. 그는 서사공간이나 생산주체를 도시와 사일구세대 작가들로 한정한 협의의 노년소설 규정의 한계점을 인정하고, 광의적 접근을 통한 좀 더 현실적이고 실질적인 노인문제의 문학적 투영에 힘을 실었다. 특히 노년소설의 서사화의 방법을 '외부로부터의 묘사'와 '내부로부터의 묘사'로 세분화하고 있는데, 본고는 광의의 노년소설 규정과 두 가지 서사화 기법의 분류에 동의하며, 본고에서도 이런 시각을 차용해서 분석하고자 한다.

그는 또 이선(李鮮)의 「이사」와 「뿌리 내리기」의 분석을 통해 "현대사의 거친 지각변동 과정 속에서 수난의 시간을 살아내지 않을 수 없었던 노인들의 삶과 정신구조 그리고 이의 형상화방법"을 살펴보고, "과거의 정신이 더 많이 저장되어 현재의 지배적인 삶의 형태나 정신과 충돌하지

---

305 변정화, 「시간, 체험, 그리고 노년의 삶-李鮮의 〈이사〉와 〈뿌리 내리기〉를 대상으로」, 『한국 문학에 나타난 노인의식』, 백남문화사, 1996, pp. 169~226.

않을 수 없는 노년세대 특유의 내면 풍경"과의 조우를 통해 결국 노인은 "현대사 전개 과정의 수난자"이며 "오늘 속의 부적응자"임을 작품은 말하고 있다고 분석하였다. 결국 이들 작품을 '사회희생자(victim-of-society) 소설'[306]의 한 부류로 본 것이다. 이러한 해석은 현대의 노년문제와 밀접한 연관성을 갖고 있는 것이 사실이다. 그가 제시한 광의의 개념들이 노년소설 초창기 비평에 등장한 협의의 개념에 비해 진일보한 개념이긴 하나 노년문제 중 '수난자' 혹은 '부적응자' 측면에 편중된 작품 선택과 분석을 한 것에는 초창기와 큰 차별점을 갖고 있지 않다.

서정자[307] 역시 변정화와 마찬가지로 지금까지 우리 비평계에서 노년문학에 대해 거의 관심을 보이지 않았다고 지적하면서, 겨우 세 편 정도 —이어령, 김병익, 천이두의 평론—에서 노년소설의 언급을 찾아볼 수 있다고 하였다. 이어령은 1970년 『신상』 가을호 「현대문명과 노인」에서 보리스 바이앙의 노년소설 『노인의 시장』을 통해 노년소설을 언급하였고, 김병익은 1974년 『한국문학』 4월호 「노년소설·침묵 끝의 소설」에서, 천이두는 1976년 『문학과 지성』 6월호 「원숙과 패기」에서 각각 노년에 접어든 작가들에 의해 양산된 노년소설에 대해 언급하였다.

이와 같이 노년문학에 대한 본격적 연구가 부재한 것에 착안하여 그는 최근 10년 간 『현대문학』과 『문학사상』에 발표된 단편소설을 중심으로 노

---

306 George Goodin, The Poetics of Protest, Southern Illinois University Press, 1985, pp. 1~6; 앞의 책, p. 223 재인용.

307 서정자, 「하강과 상승 그 복합성의 시학─최근 10년의 노년소설에 나타난 노인의식과 서사구조」, 『한국 문학에 나타난 노인의식』, 백남문화사, 1996, pp. 227~259.

년소설의 현황과 전망을 살펴보았다. 노년문학의 연구사가 일천한 가운데 이와 같은 시도는 무척 의미 있는 작업일 뿐만 아니라 첨부한 노년소설 목록[308]은 다른 연구자들에게 귀중한 연구자료를 제공하고 있다.

연구범위 1천2백여 편 중 "노인 인물이 등장하는 소설(주인공이 아닌 경우도 포함)이 119편"이며, 그 중 "노인이 주인공이거나 노인문제를 다룬 노년소설은 54편(중편소설 제외)"이다. 이런 수치에 대해 그는 이상회[309]의 연구를 인용하면서 "노인이 주인공인 소설은 독자들이 외면하기 때문에 작가들이 기피하는 경향"이 있기 때문이라고 분석했는데, 이 점에 대해서는 이론의 여지가 있다. 소설은 기본적으로 이야기다. 그 속에 재미있고 흥미로운 전개와 역동성, 그것들을 유발하는 갖가지 사건사고가 내재되어 있다. 이러한 서사를 이끌기 위해서는 매력적이고 입체적인 인물들이 필연적인데, 그 풍부한 이야깃거리를 담아낼 인물은 아무래도 생의 변화와 혼돈의 한복판을 내달리는, 미숙하고 무모하지만 아름다운 도전과 모험을 일삼는 젊은층에 집중될 수밖에 없다. 단순히 독자들이 노년인물을 외면하기 때문에 작가들이 기피한다고 보기에는 무리가 있다고 판단하

---

308 1985년부터 1994년까지 『현대문학』과 『문학사상』에 수록된 노년소설을 작가, 제목, 발표년도, 게재지 순으로 정리한 목록으로, 10년 동안 발표된 노년소설류 작품을 한눈에 알아볼 수 있게 정리한 자료다.

309 이상회는 「70년대 한국소설가의 사회의식과 창작태도에 관한 사회과학적 연구」에서 소설 주인공의 연령을 분석하였는데, 주인공의 나이는 20대가 22%, 30대가 30%, 40대가 15%, 50대가 11.03%, 60대가 12.8%, 70대가 3.5%이다. 20대에서 40대가 전체의 68%를 차지하고, 50대부터 70대는 27.3%를 나타내고 있다. 20대 작가가 5명뿐인데도 20대 주인공이 많은 것은 작가가 독자의 연령층과 기호를 의식하고 있기 때문이라고 보았다(이상회, 「70년대 한국소설의 사회의식과 창작태도에 관한 사회과학적 연구」, 『한국문학』, 1978.9, p. 295; 서정자, 앞의 책, p.231 재인용).

는 이유가 여기에 있다. 다만 노년문제나 노인세대에 대한 관심과 이해가 부족한 시류에 대해서는 동의하며, 이런 분위기가 노인을 중심인물로 다루면서 노년문제를 파헤치는 소설의 등장을 요원하게 한 요소 중 하나로 볼 수 있다.

서정자가 「소설에 나타난 노인의식과 서사구조」 분석을 통해 '하강서사'와 '상승구조'의 개념을 도입한 것도 주목할 만하다. 노년소설은 노인문제의 제기와 고발이 주류를 이루는데, 노부모의 부양 부담, 노년의 고독과 소외 등이 이에 해당한다. 그는 이런 문제를 다룬 소설들을 분석하면서 노인문제의 해법을 가족 내에서 찾으려 하는 한계성과 문제의 본질을 지나치게 남성 중심이나 전통적인 것에서 찾으려 했음을 지적하였다. 이러한 노인문제소설이 가지고 있는 하강서사(decline narrative)의 편향성은 극복되어야 하며, "인생의 성숙 또는 성취를 드러내는 소설"[310]에도 관심을 기울여 "노년의 목소리도 문학의 다양한 목소리 중 하나"로 인식되어야 함을 주장하였다. 그는 노년소설이 "하강서사와 상승구조, 두 가지 성격을 복합적으로 형상화하는 시학이 되어야 한다"고 주장하였다.

이정숙은 "노인문제를 다룬 현대소설의 제재 및 주제는 치매, 노부모 부양의 어려움 및 부양 거부, 노부모 유기, 노인 소외 등이며, 주로 부모자식 간 변모된 가치관이 충돌하는 면을 보여준다"고 지적했다. 그는 긍

310　단순히 문제제기나 나열에 그치거나 노년에 대한 비관적 전망을 표면화 하는 데서 그치는 하강서사 (decline narrative)에 비해 콘스턴스 루크가 언급한 성취소설(novel of completion of winding up)의 플롯은 하강의 전망에 대결함으로써 노년에 대한 부정적 고정관념을 벗어나 비로소 노년에 이룰 수 있는 진정한 존재감과 성숙을 찾는 구조라 할 수 있다.

정적으로 그려진 노인들의 삶과 그 변모 양상에 초점을 맞춰 '긍정적으로 늙어가기'가 작품에 어떤 양상으로 드러나 있는지 분석하였다. 노인 문제가 도시화·근대화와 더불어 부정적 측면이 부각되고, 그것에 관한 소설들이 주류를 이루는 가운데, 그의 연구가 '노년의 성숙'에 초점을 맞춘 점은 주목할 만하다. 그러나 '긍정적으로 늙어가기'에 초점을 맞추다 보면 현실을 무시한 채 이상적 논리 전개에 함몰될 위험이 있음을 간과해서는 안 된다. 노년소설에 부정적 노년상이 압도적으로 많은 이유는 그만큼 현실 세계가 노년의 인물들에게 가혹하다는 반증이기도 하기 때문이다.

이정숙은 "우리나라가 세계에서 가장 빨리 고령화가 진행되면서 잘 사는 것(well-being) 못지않게 잘 죽는 것(well-dying)이 중요한 문제로 인식되고 있다"면서, "잘 죽기 위한 전 단계로 잘 늙어가기(well-aging)가 당면과제가 되어 있는 요즘, 소설에 형상화된 노년의 삶과 그 변모 양상을 살펴보는 것은 우리사회의 미래를 예견할 수 있게 한다"고 보았다.[311]

서형범은 노년소설 관련 용어, 연구대상, 연구방향의 한정을 통해 노년문학의 비평적 개념화에 힘썼다. 특히 그가 주목한 것은 우리나라 광복 전후에 태어난 65세 이상 노인들의 문학적 배후다. 이들은 한국현대문학이 기틀을 형성하고 양적·질적 팽창을 이루어나갈 때 청장년기를 보낸 세대로 "가장 먼저 나타난 문학세대"이자 "근대적인 문학세대의 마지막"이라고 할 수 있다. 여기에서 주목할 것은, "박완서(1931), 최일남

311 이정숙, 「현대소설에 나타난 노인들 삶의 변화 양상-'긍정적으로 늙어가기'의 관점에서」, 『현대소설연구』, 한국현대소설학회, 2009, pp. 247~279.

(1932), 최인훈(1936), 이청준(1939), 김승옥(1941), 오정희(1947) 등의 연령대가 바로 현대 한국사회 노년층의 주 연령층과 일치"[312]한다는 점이다.[313] 이들이 우리 문학의 노년문학을 양산해낸 주류라고 볼 때, 문학세대와 함께 작가군의 세대가 일치함으로써 노년문학의 토양이 자연스럽게 배양되었다고 볼 수 있다. 이러한 분석은 김윤식을 비롯한 여러 연구자들에 의해 지속적으로 제기된 바 있는데, 노년문학의 형성 및 저변 확대의 배경에 대한 설득적 분석이다.

최명숙[314]은 노년소설의 개념을 정리하고, 노년소설에 드러난 서사적 특성과 갈등구조, 노년의 현실적응양상 등을 살펴보았다. 연구대상은 1970년대부터 2004년 10월 현재에 이르는 기간에 발표된 노년소설 300여 편 가운데 노년소설의 성격이 잘 드러나 있는 작품 120편[315]을 선별하

---

312 한국 근현대소설의 특징을 요약한다면 '청년의 문학'이라 할 수 있다. 이것의 근거는 한국 근현대소설의 시작으로 받아들여지는 신소설의 주동인물들이 '청년'이라는 점이다. 이는 일제 강점기를 구세대의 과오로 정리하는 과정에서 출발한다. 근현대소설이 지향하는 계몽이나 새 시대의 구현에 적합한 세대는 역시 과거와 결별할 수 있는 신흥세대, 젊은층이라는 논리다. 또한 당시 실질적인 문학 담당층 역시 유학파였던 20~30대 청년들이었다는 점에도 주목해야 한다. 해방 이후 전쟁을 경험하게 되면서 새롭게 작가군이 등장하게 되고, 40대 이후 작가들이 문학사의 주목을 받게 되는 데, 이러한 작가군은 1970년대 이후 절정기를 이루게 된다. 여기서부터 청년의 문학이 자연스럽게 '중장년의 문학'으로 넘어가는 계기가 되고, 이들이 중장년의 목소리를 충실히 작품에 담아내게 된다. 같은 이치로, 노년기에도 작품 활동을 왕성히 하는 일단의 작가군이 생겨나면서 노년의 목소리도 자연스럽게 담아내는 작품들이 양산되었고, 이 과정에서 '노년문학'이라는 개념 하에 비평의 관심을 받게 된 것이다(서형범, 「노년문학의 세대론과 전망-새로운 문화환경에 조응하는 문학예술의 가능성에 대한 시금석으로서의 몫을 중심으로」, 『시민인문학』 제21호, 경기대학교 인문과학연구소, 2012, pp. 13~14 참조).

313 위의 책, pp. 9~40.

314 최명숙, 「한국 현대 노년소설 연구」, 경원대 대학원 국어국문학과 박사 논문, 2005.

315 최명숙은 70년대 38편, 80년대 27편, 90년대 39편, 2000년대 16편을 선정하였다. 1970년대 이전

여 논의하였다. 노년소설의 특성을 노년소설의 주요 모티프, 초점화자의 다양성과 노년인식, 임종의 공간, 노인언어의 특징, 이렇게 네 가지로 분류하여 분석하였다. 노년소설의 갈등구조는 외적 갈등과 내적 갈등으로 구분하였는데, 이중 외적 갈등은 체험적 갈등, 환경적 갈등, 세대적 갈등으로 다시 세분하였다. 노년의 현실대응양상 역시 긍정적 적응과 부정적 적응으로 분류하였다. 긍정적 적응은 적극적인 삶의 태도, 자아정체성 획득, 현실 순응적 태도로 세분하였으며, 부정적 적응은 쇠약과 병고, 고독과 종말, 실직과 궁핍, 소외와 단절로 세분하였다. 이 연구는 세분화된 연구 항목으로 인해 노년소설의 포괄적인 밑그림을 그리는데 유효하다. 또한 1970년대 이후부터 2000년대까지 노년소설의 범주에 포함시킬 수 있는 작품을 총체적으로 내용 분석한 점도 이 논문의 학술적 가치라 할 수 있다.

박현실 역시 최명숙과 마찬가지로 노년소설의 주요 모티프 및 갈등양상을 연구하였다. 중심 모티프로는 '유기, 죽음, 노추, 자존심, 흉터, 대물림, 자식의 죽음, 이산가족, 재혼'을 설정하였다. 갈등양상은 세대적 갈등과 사회적 갈등, 존재론적 갈등으로 세분하였다. 그는 이 두 가지 관점의 교점이 소설 속에 어떻게 형상화되는지 고찰하고자 했는데, 이러한

의 소설에서도 노인이 주인공으로 나오는 작품이 많고, 그 가운데 노인이 갖고 있는 심리적인 국면이나 의식이 드러나 있기도 하지만, 70년대 이후의 노년소설에서 보이고 있는 대타적인 관계에서의 부정적인 모습은 드러나지 않는다고 지적하였다. 현대적 의미에서의 노인문제나 노년의 삶에 대한 부정적인 모습은 70년대 이후의 작품에 반영되었다고 보고, 연구대상으로 70년대 이후 작품들 중 노인의 삶과 노인문제의 소설적 형상화가 이뤄졌다고 판단된 작품을 찾아 선별했다고 밝혔다(앞의 책, pp. 3~4).

항목들은 노년소설에서 문제적으로 다루는 질문들과 효과적으로 소통한다.[316] 그러나 노년소설의 주요 모티프 고찰의 경우, 선정한 항목들이 반드시 작품이 담아내고자 하는 노년소설의 주제의식을 드러내는데 결정적인가에 대한 의문이 든다. 또한 선정한 모티프가 노년소설 일반에 적용 가능한가에 대한 검토 역시 요구된다.

---

[316] 박현실, 「한국 노년소설의 갈등 양상 연구」, 전남대 대학원 국어국문학과 석사 논문, 2011.

2. 노년소설의 연구담론

우리나라는 1960년대부터 산업화가 본격적으로 태동하였다. 이 과정에서 전통적 가치 및 정서와의 단절과 이농현상, 도시집중화, 가족의 해체 및 핵가족화, 이와 더불어 전통적인 노인 부양의식의 약화, 계층 간 사회·경제·문화적 격차의 심화 등 사회구조적·심리적 변화가 초래되었다. 그리하여 변화의 중심에 위치한 가족이나 가정에 각종 문제가 심화되었으며, 1970년대 이후로는 노인문제가 단순히 가정 내 문제가 아닌 사회적 관심영역으로 진입하게 된다.

노년학의 관점에서 접근한 오준심·김승용은 박완서 소설(「포말의 집」 (1976) 「집 보기는 그렇게 끝났다」(1978) 「황혼」(1979) 「천변풍경」(1981) 「지 알고 내 알고 하늘이 알건만」(1984) 「오동의 숨은 소리여」(1992) 「환각의 나비」(1995) 「길고 재미없는 영화가 끝나갈 때」(1997) 「촛불 밝힌 식탁」(2005))의 분석을 통해 노인 부양문제를 논하고 사회의식 속에서 부양 인식이 어떤 형태로 나타나 있는지를 살펴봤다. 지금까지 우리나라에서 노인 부양문제는 노인복지학이나 노년학, 사회복지학이나 사회학 등에서 연구가 진행되었고, 대부분 실태 조사, 욕구 조사, 정책 개발을 위한 연구 등에 초점이 맞춰져 있었다. 이러한 사회학적 접근과 병행하여, 노인 부양에 대한 가족 갈등의 현장을 여실히 보여주고 있는 드라마, 연극, 소설, 영화, 광고 등의 분석 역시 필요함을 강조하였다.[317]

---

317 오준심·김승용, 「박완서 소설에 나타난 노인에 대한 가족부양 갈등 연구」, 『韓國老年學(한국노년학)』 제29집, 韓國老年學會, 2009, pp. 1341~1359.

이 연구는 박완서 노년소설들의 작품분석을 통해 1970~80년대 노인들이 고도성장의 속도에 적응하지 못하고 가정과 사회에서 밀려나며 겪는 극심한 상실감, 일반인들에게 인식되기 시작한 노인 학대의 징후들, 노인성 만성질환과 가족의 부양 부담, 90년대 이후 정보화 사회에 부응할 수 없는 노인들의 소외, 빈곤, 고독 등에 대해 심층적으로 논의하고 있다. 문학이 세태를 여실히 반영할 뿐만 아니라 미래에 도래할 징후나 현상들을 예측하는 기능까지 갖고 있다고 본 사회학적 접근이다.

유남옥[318]은 박완서 노년소설에 등장하는 노인을 '전쟁체험의 노인', '풍자적 노인', '사회문제로서의 노인'으로 유형화하여 작품을 분석하였다. 전쟁체험의 노인의 모델은 주로 친정어머니의 변주가 담당하게 된다. 그리고 궁극적으로는 모성탐구에 닿아 있다. 단순히 노인상에 머물지 않고, 어머니로서의 운명과 내리사랑, 한 가정의 어머니로서 감당해야 하는 삶의 무게까지 포괄하는 노인상이다. 이러한 친정어머니상을 형상화한 작품으로는『나목』(1970)「엄마의 말뚝 1, 2, 3」(1980, 81, 91)「부처님 근처」(1973)「카메라와 워커」(1975)「겨울 나들이」(1975) 등이 있다. 풍자적 노인의 모델은 주로 주변에서 접한 노인상에 작가적 상상력을 발휘한 예가 주류를 이룬다. 특히 '음모의 할머니'는 "심술 또는 음모, 교활함을 가진 부정적 인물로서의 시어머니상이나 할머니"로 나타나는데, 등장하는 작품의 예로는「이별의 김포공항」(1974)『도시의 흉년』(1979) 등을 들었다. 마지막으로 다룬 사회문제로서의 노인상은 노인의 성(性)·질병·죽음을

318 유남옥, 「풍자와 연민의 이중성−박완서 소설에 나타난 노인」, 『한국문학에 나타난 노인의식』, 백남문화사, 1996, pp. 261~286.

포괄한다. 노인의 성을 다룬 작품으로는 「로열박스」(1982) 「유실」(1982) 「지 알고 내 알고 하늘이 알건만」(1984) 「오동의 숨은 소리여」(1992) 등이 있다. 노인과 질병을 다룬 작품으로는 「포말의 집」(1976) 「집보기는 그렇게 끝 났다」(1978) 「저물녘의 황홀」(1985) 등이 있다. 노인과 죽음을 다룬 작품은 「저문날의 삽화 5」(1988)이다.

작품 속에 등장하는 노인상 중에 사회문제로서의 노인상을 중심축으로 다룬 작품들이 본격 노년소설에 해당한다. 전쟁체험의 노인이나 풍자적 노인의 경우는 노인상에만 주목해서 분류한 것이고, 작품 내에서 노인들이 주동적 인물이라고 보기는 어렵다. 그가 분석한 작품들 중에 「엄마의 말뚝 3」 「로열박스」 「유실」 「지 알고 내 알고 하늘이 알건만」 「오동의 숨은 소리여」 「포말의 집」 「집보기는 그렇게 끝났다」 「저물녘의 황홀」 「저문날의 삽화 5」를 노년소설의 범주에 포함시킬 수 있다. 「포말의 집」 「집보기는 그렇게 끝났다」의 경우는 치매와 부양 부담이 중심 갈등을 야기하지만, 한편 여성주의 색채가 진한 작품들 중 하나다. 초점에 따라 노년소설과 여성주의소설의 경계에서 다뤄질 수 있다. 하지만 김윤식이 지적한대로 노년에 이르지 않은 작가가 노년소설을 의식하지 않고 쓴 노년소설로서의 가치가 있기에 본고에서는 노년소설의 초기적 형태로 분석하였다.

앞에서 살핀 바와 같이 유남옥은 박완서 소설의 출발을 가족으로 보았다. 가족 구성원 중 특히 "다양한 노인의 모습을 많은 작품에서 형상화"하고 있음을 강조했다. 이는 말년에 치매를 앓았던 홀시어머니를 모신 경험과 더불어 한국전쟁을 겪는 과정에서 아들을 먼저 보낸 참척의 한을 품고 살아온 친정어머니를 모신 "작가 특유의 체험적 소산"이라고 파악했다. 자기 주변적 소재를 통해 주제의식이나 작가의식을 피력해온 그간의 집필태도와 상통하는 부분이다. 박완서 소설에 등장하는 할머니의 유형은 친정어머니 혹은 시어머니가 담당하는 경우가 대부분이며, 할아버지의 경우는 노인과 성에 국한되어 등장한다. 등장하는 할머니와 할아버지의 이러한 형상화도 박완서 노년소설의 특징 중 하나다.

박완서 노년소설의 또 다른 특징 중 하나는 노인에 대한 이중성의 표출이다. 그것은 진저리치게 어려운 노인 모시기와 노인의 병들고 소외된 삶에 대한 연민이 동시에 작동하는 현실에 대한 직시다. 이러한 분석은 노인에 대한 작가의 시선을 정확하게 포착한 것이다. 박완서는 단지 도덕적 의무에 기초한 것이 아니라 근원적인 인간애나 인간존중사상과 더불어 고단하고 심난한 삶에 대한 인간적 이해와 공감, 고뇌를 노인의 삶에 투영시키고 있다.

최명숙[319]은 1998년에 발표된 작품집 『너무도 쓸쓸한 당신』과 2007년에 발표된 작품집 『친절한 복희씨』에 수록된 단편소설을 중심으로 분석하였다. 이 작품집들의 특징은 노년기에 접어든 작가의 시선이 개입한 노년소설이 대부분이라는 점이다. 박완서 소설에는 초기부터 줄곧 주인공의 중요한 관련인으로서 노인이 등장하곤 했다. 그러나 그것은 어디까지나 주변인적 성격이 강했다. 이에 비해 전술한 작품집에 수록된 소설들은 노인이 서술화자이거나 초점화자인 경우가 대부분이다. 그는 박완

---

319 최명숙, 「박완서 소설에 나타난 노년의식 연구-양원식의 노년소설과 대비하여」, 『국제한인문학연구』 제5집, 국제한인문학회, 2008, pp. 219~242.

서의 이 두 작품집과 함께 중앙아시아 작가 양원식[320]의 노년소설 「꼬부랑 할머니」[321]와 소련사회의 시대상을 담고 있는 「낙엽이 질 때」[322]를 '소외와 단절', '현실순응과 능동성', '노년의 사랑', '질병과 죽음의식' 등의 항목으로 비교·연구하였다. 그는 이를 통해 박완서 노년소설에 나타나는 노년의식과 고려인의 노인문제를 다룬 양원식 노년소설의 노년의식을 비교하여 어떤 변별성을 가지고 있는지 규명하고자 하였다.

최명숙은 이 연구를 통해 기본적으로 노년의 삶에 대해 부정적 인식을 갖는 것은 당연하다는 입장을 취하고 있다. 노쇠해지고 온갖 질환에 시달리게 되는 노년은 경제적으로나 사회적으로 위축되기 마련이다. 그럼에도 불구하고 박완서 작품에 드러난 양상은 "노인 특유의 원숙함과 지혜로움으로 삶을 이해하는 경향이 더 확대되고 있다"고 보았다. 『친절한 복희씨』에 수록된 작품들은 박완서가 노년기에 접어들어 집필한 것들이

---

[320] 양원식은 1932년 평안남도 안주군 출생으로 소련 국립영화대학교를 졸업했다. 러시아텔레비전 카메라맨, 영화감독을 지냈으며 소련에 망명하였다. 러시아와 카자흐스탄의 국립영화촬영소 다큐멘터리 영화감독을 했고, 약 60여 편의 예술영화와 기록영화를 제작하였다. 전 소련 고려인 신문 「레닌기치」의 문학예술부장과 「고려일보사」 사장을 역임했고, 모스크바 유럽종합대학교에서 언어학 박사 학위를 받았다. 해외문학상 대상을 수상했으며, 2006년 5월 알마타에서 별세했다(최명숙, 앞의 책, pp. 220~221).

[321] 「꼬부랑 할머니」는 1980년대 말을 시대배경으로 하고 있는 작품이다. 중앙아시아 카자흐스탄으로 강제이주를 한 후에 엇갈려 빚어진 사람의 운명과 시장경제로 넘어가면서 변화되는 사회의 경제체제 속에서도 우리 민족이 가지고 있는 선한 품성을 꼬부랑 할머니의 모습을 통해 그려내고 있다(위의 책, p. 229).

[322] 「낙엽이 질 때」는 주인공 홍 노인을 통해 노년의 사랑이나 연민, 그리움 등을 나타낸 작품이다. 홍 노인은 아내가 죽고 아들가족과 함께 사는데, 그는 아들내외로부터 소외되고 외로움을 느낄 때마다 아내를 그리워한다. 젊은 시절 쉽게 아이를 잉태하지 못하는 아내에게 상처를 주기도 했으나, 며느리에게 무시당하고 속옷을 몰래 빨 때 그 모든 것이 아내가 먼저 죽은 탓이라고 생각하며 아내를 그리워한다(위의 책, p. 233).

대부분이다. 이들 작품에는 노년을 직시하고 체념적이나마 순응하는 노년의식이 엿보이기 시작한다. 노년의 삶을 그려낸 대부분의 작가들이 삶에 대하여 부정적으로 대응하는 노년의식을 드러낸 것과 분명 차별점을 갖고 있다. 이에 반해 양원식의 노년소설에 나타나고 있는 노년의식[323]은 상당부분에서 부정적이고 비관적인 모습이 지배적이다.

최선희 역시 노년문제가 문학적으로 어떻게 형상화되고 규정되었으며, 이에 대한 해결의 실마리는 무엇인지를 탐구하고자 했다. 그는 박완서의 『너무도 쓸쓸한 당신』(98)[324]에 수록된 작품들을 '노년의 애증과 욕망', '정신과 육체의 부조화', '노년의 기억과 자기 공간 찾기' 등의 항목을 통해 분석하였다. 『친절한 복희씨』와 마찬가지로 『너무도 쓸쓸한 당신』에 수록된 단편들 역시 작가 본인이 노년기에 접어들어 쓴 작품들로 다양한 노년의 시각이 존재한다.

그는 「마른 꽃」(1995)과 「너무도 쓸쓸한 당신」(1997)을 통해 황혼기에 접어들어 삶의 상실감과 허망함에 고통스러워하는 노년의 모습을 애증과 욕망의 문제로 조명하였다. 「너무도 쓸쓸한 당신」은 아내가 늙은 남편에게 갖는 연민의 시선으로 그간의 소원한 내외관계를 심정적으로 회복한

323　양원식의 노년소설에서 발견하게 되는 세대 간의 정서적 갈등이나 문화적 갈등의 문제는 우리나라의 1970~80년대 노년소설에서 흔히 발견하게 되는 주제였기 때문에 부정적 측면이 더 부각되었다고 본 것이다. 박완서의 비교소설의 경우, 노년기에 접어든 작가의 시선으로 좀 더 삶에 대한 관조적 태도와 여유로부터 오는 유머감각이 더해졌기 때문에 갈등과 오해의 요소는 엄연하지만 그것을 넘어서는 시선, 지혜, 이해, 화해의 정서를 확보할 수 있었다고 본다.

324　최선희가 텍스트로 삼은 「너무도 쓸쓸한 당신」은 1999년 창작과비평사에서 출간된 것으로, 소설 9편과 꽁트 1편이 실려 있다. 이 중에서 노년의 삶을 다룬 작품 5편, 「마른 꽃」 「환각의 나비」 「길고 재미없는 영화가 끝나갈 때」 「너무도 쓸쓸한 당신」 「꽃잎 속의 가시」를 연구 대상으로 삼았다.

다. 「마른 꽃」은 노년의 소외와 로망을 동시에 조명하고 있다. 일상 속 켜켜이 쌓아온 삶의 현장성을 인지하면서 젊은 날의 욕정과 그로부터 잉태된 짐승스러운 시간이 부재한 노년을 자각하는 선에서 노년의 현재를 바라본다. 「길고 재미없는 영화가 끝날 때」(1997)는 예상치도 못한 시점에 찾아드는 정신과 육체의 부조화나 불일치, 그러한 참담함이 함께하는 노년기를 그리고 있다. 작품 속 서술화자인 딸은 노부모를 바라보면서 노환이나 생물학적 늙음, 죽음에 직면해서도 내려놓을 수 없는 인간적 갈망이 무엇인지를 자각하게 된다.

노년기는 주변부로 밀려나는 시점이다. 주변부로 밀려나는 것은 단지 사회생활에서만이 아니라 가족 내에서도 마찬가지다. 이때 노인성 질병을 얻게 되면 영원히 고립되고, 천덕꾸러기로 전락하게 되는 것이다. 이런 상황에서는 노인의 존엄성을 지킬 수 있는 방법은 없다. 그렇다면 박완서는 이에 대해 어떤 해법을 문학 속에 제시하고 있는가. 그것은 '기억'이다. 정신과 육체의 부조화가 오기 전의 기억, 그들이 젊었을 때 가지고 있던 열정과 내리사랑에 대한 기억이다. 젊은이들이 혹은 가족들이 그 기억을 통해 연민을 갖고 식어가는 애정을 되살리는 것이다. 기억과 관련해서는 단순히 노인의 동거인이나 주변인들에게만 해당되는 것은 아니다. 치매노인들에게 있어서도 기억은 존엄성 유지를 위해 중요한 요소다. 기억을 잃은 노인들은 어디에 자신들의 치유공간을 마련하게 되는가. 최선희는 「환각의 나비」(1995)에서 치매환자인 어머니가 단행한 가출에 의미를 둔다. 가출을 통해 찾은 공간은 머리가 아닌 몸이 기억하는 곳이다. 기억한다는 것은 다시 경험한다는 것이다. 노인들이 자신들의 삶에 대해 기억하려는 것은 살았던 삶을 정당화하려는 시도로 해석될 수 있다. 그들은 기억함으로써 다시 체험하며, 그 체험을 통해 자기를 탐구하는 것이다.[325] 「환각의 나비」에서 치매에 걸린 어머니의 몸이 기억하고 싶어 한 곳은 "가사노동을 하면서 주체적으로 자식들을 길러낸 과거 자신의 당당했던 곳"이다. 그곳이 바로 자기주도적인 삶이 실현되고 행복했던 공간인 것이다. "어머니의 진정한 존재성이 인정되었던 곳, 그곳이 바로 노년의 삶을 살고 있는 여성들이 머물고 싶어 하는 곳"이라고 작가는 말하고 있다. 「꽃잎 속의 가시」(1998)에서는 정신이 오락가락하는 화자의 언니가 미국에서 들고 온 '수의(壽衣)'[326]를 통해 반전을 맞이한다. "죽음은 일반적으로 일상적인 삶에 끼어들어서는 안 되는 금기"이지만, 언니에게 있어 수의는 아메리칸드림을 이루게 해준 매개체였고, 그것이야말로 이국에서 찾은 노다지였다. 정신을 놓은 언니가 기억한 것은 바로 이 수의였던 것이다. 「환각의 나비」에서와 마찬가지로, 모두 자신의 존엄성과 가치가 빛을 바라던 그 시절의 공간 혹은 매개물을 기억함으로써 가장 비참한 상황에서 가장 행복한 보금자리를 찾게 된다.[327]

정미숙·유제본은 단편 노년소설에 나타난 노인의 젠더 변주를 고찰했

---

325   서정자, 「존재 탐구의 글쓰기, 그리움의 시학-김의정의 노년에 쓴 성장소설고찰」, 『한국 여성소설과 비평』, 푸른사상, 2001, p. 358; 최선희, 「박완서 소설에 나타난 노년의 삶-「너무도 쓸쓸한 당신」을 중심으로」, 『한국말글학』 제26집, 한국말글학회, 2009, pp. 160~161 재인용.

326   미국에 이민을 간 언니는 '수의'를 만들던 양장점에 취직한다. 순전히 자신의 힘으로 잡은 좋은 일자리였기에 그만큼 자긍심을 가질 수 있었고, 이를 통해 이민생활의 불확실성을 극복하고 안정적으로 정착하는 기회를 잡는다. 언니에게 있어 수의란 단순히 물질이 아닌 젊은 날의 열정을 기억하고 있는 보고(寶庫)이다. 치매질환이 침범하는 그 시기, 죽음의 그림자가 덮치는 그 시기에 그녀의 몸이 갈망하고 기억하는 것은 바로 건강했던 젊은 날의 열정과 높았던 자존감 그 자체다.

327   최선희, 앞의 책, pp. 139~171 참조.

다. 그는 "노인의 젠더는 진지한 성적 관심의 대상에서 벗어난 것"이었다고 강조하면서, 우리 안에서 자행되어온 배제와 편견의 폭력성을 고발하고 증언해온 박완서 서사의 한 축으로 노인의 젠더[328] 탐색에 주목했다.

박완서 노년소설의 젠더시학은 초기 – 중기 – 후기의 단계로 나눠진다. 초기에는 "주변화된 노인의 '젠더'가 기괴한(uncanny) 몸을 통해 환기"되는데, 그 기괴함은 "성적 존재로서의 노인과 노인을 읽는 우리들의 부정적 시선을 함의하는 것"이다. 중기에는 "노인의 젠더가 부인된 애착(disavowed attachment), 섹슈얼리티의 양가성"을 통하여 새롭게 조명된다. 젊은이/노인, 미/추, 선/악의 이분적 도식을 해체하면서 젠더를 모색한다. 후기에는 "전환적 발상을 가진 개별자를 통하여 고유하고 담대한 노인의 젠더"를 구축한다. 노인의 젠더 구축은 생의 질서에 기반을 둔 긍정이자 진정한 주체 회복으로 젠더윤리 회복이란 지평을 연다.

이와 같이 '기괴한 몸: 젠더 조롱과 폭력'(「그 살벌했던 날의 할미꽃」(1977) 「황혼」(1979) 「쥬디 할머니」(1981) 「천변풍경」(1981)), '부인된 애착: 젠더 해체와 모색'(「지 알고 내 알고 하늘이 알건만」(1984) 「저물녘의 황홀」(1985) 「저문 날의 삽화 5」(1988) 「오동의 숨은 소리여」(1992)), '타자 – 되기[329]: 젠더 구축과 윤리학'(「마른

---

328 젠더는 우리 안의 폭력성을 증언하는 정치적 이슈이다. 탄생 순간 우리는 '문화적 성'이라는 질서에 종속되고 젠더 규범과 젠더 규약, 또 정상적 성 경향이 부과한 남성성과 여성성을 내면화함으로써 사회적 주체가 된다. 이에 젠더는 이성애/동성애, 다수/소수, 중심/주변의 구분과 위계로 작동하며 배제와 편견을 생산하는 권력기제가 된다(정미숙, 유제분, 「박완서 노년소설의 젠더시학」, 『韓國文學論叢』 제54집, 한국문학회, 2010, p.275).

329 타자-되기란 결국 '우리'되기다. '되기'란 관계 속에 '들어감'이며, 자신과 타자의 동시적인 변이를 꾀하는 것 이외의 것이 아니기 때문이다. 이는 윤리적이고 정치적인 행위이다(이정우, 『주체란 무엇인가』, 그린비, 2009, p.56; 위의 책, p.293 재인용).

꽃」(1995) 「너무도 쓸쓸한 당신」(1997) 「길고 재미없는 영화가 끝나갈 때」(1997) 「그리움을 위하여」(2001) 「대범한 밥상」(2006))의 항목으로 작품들을 분석하고, 박완서가 그간 꾸준히 자신의 기질과 개성이 잘 드러나는 노인성 문학을 구축해왔다고 평가했다. 박완서는 노년소설의 젠더시학을 통해 우리 안의 편견과 배제의 논리를 넘어설 새로운 노인주체, 타자-되기의 수행을 통하여 자신과 타자의 동시적인 변이를 도모하는 젠더 윤리, 젠더 정치학을 달성하고 있다.[330] 박완서 노년소설에 의미화 된 노년의 성은 특히 노년의 존엄성 혹은 노년의 주체성과 연관되어 그 깊이를 더하고 있다. 이러한 특질은 「지 알고 내 알고 하늘이 알건만」 「유실」 「오동의 숨은 소리여」 등의 작품에 형상화되어 있다.[331]

김영택, 신현순은 우리 사회의 노인문제 양상을 박완서 소설을 통해 살펴보고, 문학적 대안을 모색하려 하였다. 지금까지 노년소설에 대한 연구는 이어령의 「현대문명과 노인」(『신상』, 1970.가을)을 시작으로, 김병익의 「노년소설·침묵 끝의 소설」(『한국문학』, 1974.4), 천이두의 「원숙과 패기」(『문학과 지성』, 1976.6), 김윤식의 「한국문학속의 노인성 문학」(『소설, 노년을 말하다』, 황금가지, 2004)으로 논의가 이어져왔고, 본격적인 연구는 '문학을 생각하는 모임' 연구자들의 논문집 『한국 문학에 나타난 노인의식』부터다.[332] 이와 같이 한국문학은 한국사회의 변모와 고령화에 따른 문학적,

---

330 앞의 책, p.295.

331 위의 책, pp.273~300 참조.

332 김영택·신현순, 「박완서 노년소설 연구-동거자와 여성 노인의 상관성을 중심으로」, 『語文硏究(어문연구)』 제68집, 어문연구학회, 2011, p.402.

학문적 관심을 표명해왔다. 박완서 소설이 제시하는 노년기 삶의 양상을 다각적으로 고찰해보는 것은, 이 시대 노인문제가 소설에서 어떻게 형상화되고 있으며, 이에 대한 문학적 상상력은 어느 정도 해법을 강구하고 있는지를 살펴보는 데 의의가 있다. 특히 김영택·신현순이 주목한 것은, 노년기 삶의 질에 직접적으로 영향을 미칠 수 있는 동거자와의 상관성에 대한 논의가 본격적으로 다뤄지지 않았다는 점이다. 이 점에 착안하여 박완서 단편소설 네 편(「황혼」(1979) 「겨울 나들이」(1975) 「쥬디 할머니」(1981) 「지 알고 내 알고 하늘이 알건만」(1984))에 드러난 동거자상[333]과 여성노인의 삶의 질과의 상관성을 검토하였다. 보부아르는 "노인의 지위는 결코 자신이 정복해 취득하는 것이 아니라 그에게 주어지는 것"[334]이라고 보았는데, 그런 의미에서 노년소설을 노년의 동거자상을 토대로 분석한 것은 작품해석에 매우 유효한 방법이다.[335]

송명희는 최선희와 마찬가지로 「마른 꽃」(1995)에 나타난 노년의 심리, 노화에 대한 태도, 재혼문제, 자녀들의 부모 부양에 대한 태도 및 타자화[336] 등에 대한 작가의 문제의식을 분석하였다. 「마른 꽃」은 노년기에 접할

---

[333] 동거자상을 의무로서의 동거, 연대의식을 통한 동거, 자구책 일환으로서의 상상적 동거, 선택적 동거로 분류하였다.

[334] 정진웅, 「노년의 문화인류학」, 한울아카데미, 2006, p. 769; 김영택, 신현순, 「박완서 노년소설 연구: 동거자와 여성 노인의 상관성을 중심으로」, 「語文硏究」 제68집, 어문연구학회, 2011, p. 413 재인용.

[335] 위의 책, pp. 401~425 참조.

[336] 정진웅은 '노년=소외된 노년'이라는 등식이 점차 자리를 잡아가면서 노인이라는 사회적 범주는 점차 (서구적인) 풍요와 세련의 강박에 시달리는 우리사회가 일종의 초라함이나 촌스러움을 투사하는 대상으로 타자화된다고 보았다. 이러한 노인상은 특히 영상매체에서 많이 채택하는데, 이런 식으로 "과거에 고착된 모습으로 형상화된 타자화"는 막상 현실세계에서는 억압적인 상황에 봉착하게 된다고 보았다(정진웅, 「노년의 문화인류학」, 한울아카데미, 2012, pp. 65~70).

수 있는 대부분의 문제가 거론된 노년소설이라 할 수 있다. 노인 소외, 노인의 고립과 고독, 신체적 노화, 노인의 연애와 성, 재혼, 노인 부양, 노인의 경제력과 사회적 위상, 세대차이, 젊은 날의 추억과 노년의 실체적 현재 등이 모두 복합된 작품이다. 그는 "우리 사회의 노년은 점차 가족들로부터도 타자화[337]된 존재로 전락해간다"고 보고, 주인공이 이러한 현상에 대해 경험하고, 느끼고, 분노하고, 정체성을 확립하는 과정을 표현해내고 있다고 평가하였다.[338]

김혜경은 박완서 노년소설을 텍스트 삼아 하강서사와 노인문제의 상관성 및 상승구조와 노년 순응의 관계를 고찰하였다. 이는 노년소설의 주제, 주제의식, 혹은 제재를 분석하여 노년기에 잠재되어 있는 부정적 측면과 노년기에 비로소 가능한 긍정적 측면으로 분류하는 방식이다. 이는 서정자가 제시한 노년의식 관점을 충실히 적용한 사례다.

이 연구를 통해 박완서의 노년소설 중 늙어감의 문제가 문학 속에 어떻게 재현되고 의식화되는가를 검토하면서, 세상과의 화해를 시도하고 늙어감에 순응하는 노년을 조명하는 작가의식을 들여다보고자 하였다. 분석 텍스트로는 「부처님 근처」(1973) 「이별의 김포공항」(1974) 「포말의 집」(1976) 「집보기는 그렇게 끝났다」(1978) 「황혼」(1979) 「쥬디 할머니」(1981) 「천

---

337 타자화란 자신의 인생에서 주인이 되지 못하고 다른 사람에 의해서 좌지우지되는 소외현상을 의미한다. 작품에 등장하는 화자와 조 박사의 경우, 신체 건강하고 경제력마저 갖고 있음에도 불구하고, 노년기라는 이유만으로 자녀들이 그들의 독립성과 주체성을 인정하지 않고 타자화하는 태도를 보인다. 이는 부양의 기피, 학대 등으로 이어질 수 있고, 이러한 행태는 이미 사회문제화되고 있다(송명희, 「노년 담론의 소설적 형상화: 박완서의 「마른꽃」을 중심으로」, 「인문사회과학연구」 제13집, 부경대학교 인문사회과학연구소, 2012, pp. 18~19 참조).

338 위의 책, pp. 1~26 참조.

변풍경」(1981) 「저녁의 해후」(1984) 「지 알고 내 알고 하늘이 알건만」(1984) 「저물녘의 황홀」(1985) 「우황청심환」(1990) 「오동의 숨은 소리여」(1992) 「마른 꽃」(1995) 「환각의 나비」(1995) 「길고 재미없는 영화가 끝나갈 때」(1997) 「너무도 쓸쓸한 당신」(1997) 「그리움을 위하여」(2001)이다.[339] 이들 작품 중 「부처님 근처」는 모녀의 심리가 작품 전개에 있어 중심축을 형성하지만 이것이 노년의식에 집중한 작품이라고 보기는 어렵다. 「포말의 집」이나 「집보기는 그렇게 끝났다」 역시 여성주체의 의식의 흐름에 좀 더 초점을 맞춘 작품들로 노년의 주체적 심리가 드러나기보다는 '바라보는 노년'에 가깝다. 이러한 성격으로 인해 '외적 노년인식'[340]이 드러난 작품으로 분류할 수 있다. 박완서의 작품에는 비중 있는 노인이 그의 초기 작품에서부터 등장했기 때문에 노년에 대한 이해가 작가 본인의 노년기 이전에 이미 형성되어 있음을 알 수 있다. 이러한 작가적 특성으로 인해 작가의 나이가 중년에 불과한 1970년대에도 노년소설의 범주에 넣을 수 있는 소설들이 창작되었고, 1980년대 이후로는 더욱 노골적이고 적나라하게 노년을 들여다보는 소설들이 창작되었다. 이런 연유로 다른 모티브들에 비해 노년을 모티브로 한 소설이 상대적으로 많은 비중을 차지하고 있다.

김미혜와 오승영은 『친절한 복희씨』에 수록된 작품을 분석했다. 김미혜는 가족·여성·노인문제가 어떤 식으로 그려져 있는지 분석했고[341], 오

---

339 김혜경, 「박완서 소설의 노년문제 연구」, 충남대 대학원 국어국문학과 석사 논문, 2004.

340 '외적 노년인식'이란 동거인이나 주변인이 노년의 인물을 '바라보기'하면서 노년에 대한 심리적 관계를 형성해나가는 양상을 말한다.

341 김미혜, 「박완서 소설 연구-2000년대 노년·여성·가족문제 중심으로」, 조선대학교 국어국문학과 석사 논문, 2008.

승영은 작품 속 인물 간 갈등구조를 연구하였다.[342]

　오승영의 연구는 갈등에 집중되었기 때문에 「대범한 밥상」(2006) 「촛불 밝힌 식탁」(2005) 「친절한 복희씨」(2006)를 통해 다변하는 현대사회와 노인 문제를 조명한 부분만이 노년소설 분석과 직접적인 연계성을 갖고 있다. 「대범한 밥상」은 남편의 죽음을 이미 경험했고, 본인 역시 시한부 인생에 이르러 생을 정리하려는 노년의 심리가 잘 묘사되어 있다. 노년 인물에게 있어 생의 정리는 곧 '죽음의 의식'과 동일선상에서 처리된다. 「촛불 밝힌 식탁」의 노부부는 내리사랑의 정서가 뿌리 깊게 자리잡고 있어 급변하는 인심의 변화에 적응하지 못한다. 결국 노부부는 자식들에게 철저히 소외당하면서 노년이 감당해야 하는 현 위치를 자각하게 된다. 「친절한 복희씨」의 '복희씨'는 자신을 완벽하게 위장하는 것으로 자신을 둘러싼 세계와 가짜 평화를 유지하는 인물이다. 그러나 가짜와 가면, 그것으로 구축된 안락에 염증을 느끼고 실제적 자아를 갈구하게 된다. 이와 같이 노년의 인물들은 가족 이기주의, 늙음에 닥친 질병과 죽음, 세상인심의 편협과 변질로 인해 갈등하고 상처받는 세대라는 것이 박완서가 포착한 노년인 것이다.

　김소연은 박완서 단편소설에 드러나는 노년의식을 단절과 소외, 성과 사랑, 질병과 죽음, 현실 순응, 화해와 조화 등의 항목으로 세분하여 분석하였다.[343] 이러한 항목들은 박완서 노년소설에만 한정된 주제의식이 아닌, 노년소설 전체를 포괄할 수 있다. 다만, 박완서가 이러한 것들을

342　오승영, 「〈친절한 복희씨〉의 갈등 구조 연구」, 충북대 대학원 국어교육학과 석사 논문, 2013.

343　김소연, 「박완서 단편소설에 나타난 노년의식 고찰」, 고려대 대학원 문학예술학과 석사 논문, 2009.

그려냄에 있어 어떤 방식의 접근과 에피소드를 결합했는지를 들여다보는 것이 분석의 핵심이라 할 수 있다.

이수봉은 박완서의 노년소설의 연구 대상, 범위 설정에 있어 다른 논문들과 차별성을 보여주고 있다. 연구자들이 대부분 박완서의 단편소설들을 노년소설 텍스트로 삼은 것에 반해, 1990년대 이후 쓴 장편소설 『그 남자네 집』(2004)『그 많던 싱아는 누가 다 먹었을까』(1992)『그 산이 정말 거기 있었을까』(1995)『미망』(1990)을 연구범주에 포함시킨 것이다. 이들 작품이 노년기의 중요한 특징인 회고에 근거하여 노년의 화자가 기억으로 쓴 작품들이거나 고향 공간을 배경으로 삼은 소설이라는 점에 착안한 것이다.[344] 그러나 이들 작품은 화자가 노년기에 한 회고일 뿐, 주동인물과 주요사건은 젊은 세대와 전쟁이기 때문에 단순히 노년소설로 분류하기에 무리가 있다. 물론 주인공의 가족사가 드러난 부분에서 조부모의 삶, 시어머니나 친정어머니의 삶이 함께 드러나는 것은 사실이다. 그러나 이들은 주변인으로서 서술자나 초점화자의 삶의 배경이나 운명공동체, 혹은 동거자로서 작용한다. 만약 이들 작품이 노년소설로서의 지위를 획득하기 위해서는 회고된 과거가 현재의 노년과 만나 현재 진행 중인 노년의 삶에 어떤 영향을 미치고 있는지, 그것이 서사의 중심축으로 이동되어야 한다. 특히 『미망』은 19세기말부터 20세기에 걸쳐 펼쳐지는 '송상 전처만 일가'의 흥망성쇠를 다룬 가족주의 대하소설이므로 단순히 노년기 인물들에만 초점을 맞춰 노년소설로 규정하기 어렵다.

---

[344] 이수봉, 「박완서 노년소설 연구」, 고려대 대학원 국어국문학과 석사 논문, 2010.

김영아와 최정선의 연구는 노년소설을 본격적으로 조명하고 있다. 김영아는 박완서 노년소설이 지향하는 바와 대상을 고찰한 후, 노년소설의 양상을 노년의 단절의식과 자기부정, 노년의 정체성 회복 노력과 갈망, 노년의 긍정적 자아성찰과 화해로 구분지어 살펴보았다. 이를 통해 박완서 노년소설만이 지닌 특징을 유추해내고자 한 것으로, 그간의 박완서 노년소설담론을 총체적으로 종합해보고자 한 결과물이라 할 수 있다.[345] 최정선의 경우는 박완서의 노년소설을 들여다보기 이전, 현대사회와 노인문제, 현대소설에 나타난 노인의 양상을 총체적으로 검토한 후에 이것과 차별화되는 박완서 노년소설의 특징을 유추하고자 했다. 그가 박완서 노년소설의 특징으로 꼽은 것은 질병과의 화해, 가족으로부터의 소외와 정신적 성숙, 당당한 노년과 상처의 치유 등으로 부정적 노년에만 함몰되지 않고, 노년의 정체성 찾기와 연계된 노년의 극복의지까지 조명하고자 한 것으로 분석된다.[346]

지금까지 노년문학담론의 발화 및 전개과정을 개괄하고, 박완서 노년소설을 분석한 논저들을 종합·정리·분석해보았다. 이를 토대로 본고는 기존 연구에서 언급된 노년소설의 개념을 종합하여 규정한 후, 이 규정에 부합하는 박완서의 작품들을 선별하여 노년문제 창작모티브가 어떤 방식으로 문학적으로 형상화되고, 문학적 완성도를 성취하였는지 고찰해보고자 한다. 이들 작품에 담긴 주제의식 및 작가세계관의 탐구를 통해 그가 직시한 노년의 삶에 한층 다가갈 수 있을 것이다.

---

345 김영아, 「박완서 노년소설 연구」, 충북대 대학원 국어교육학과 석사 논문, 2014.

346 최정선, 「박완서 노년소설 연구」, 동국대 대학원 문예창작학과 석사 논문, 2014.

3. 노년소설의 개념 규정

고대 그리스의 3대 비극시인 중에 한 사람으로 꼽히는 소포클레스(B.C 496~B.C 406)는 "늙어가는 사람만큼 인생을 사랑하는 사람은 없다"라고 말했다. 삶의 한계점에 다다른 이의 절박함으로 인해 매순간을 눈 시리도록 빛나게 체감한다면 이 의견에 동의할 수 있겠지만, 육체적 쇠락 및 소외와 고독의 컴컴한 끝자락에서 맞이하는 노년이란 그렇게 감상적일 수만은 없다. 실제로 조르주 미누아(Georges Minois)의 『노년의 역사(*Histoire de la vieillesse en Occident)*』[347]를 보면, 고대로부터 르네상스로 이어지는 서양 역사에 등장하는 노년은 비참하고 가학적인 면이 극대화되어 있음을 알 수 있다. 기원전 2450년경 이집트 제5왕조의 파라오 제드카라 이세시(Djedkara Isesi)의 재상이었던 프타호테프(Ptahhotep)는 노년에 대해 다음과 같이 기술하고 있다.

> 노인의 종말은 비참하구나! 노인은 하루가 다르게 쇠약해진다. 시력은 나빠지고, 귀는 먹고, 힘은 약해지고, 마음은 쉴 곳이 없다. 입은 조용해져 한마디도 하지 않는다. 지적 능력은 떨어져 오늘과 어제 일을 기억하지 못하게 된다. 온 뼈마디가 아프다. 예전에 기꺼이 했던 일을 힘들이지 않고는 할 수가 없으며, 미각도 사라진다. 노쇠는 인간을 괴롭히는 불행 중 가장 참혹한 것이다.[348]

---

347 조르주 미누아 저, 박규현, 김소라 역, 『노년의 역사』, 아모르문디, 2010.

348 *Ancient Near Eastern Tests relating to the Old Testament*, ed. James B. Pritchard, Princeton

이러한 노년의 묘사는 현재에도 유효하다. 이와 같이 고대로부터 동서양을 막론하고 노년이란 전성기를 지나 육체적·정신적 쇠락과 함께 사회적 소외를 겪는 계층으로 언급되어 온 것이 사실이다. 그나마 동양은 농경문화중심의 철학 및 윤리의식을 바탕으로 노인 공경과 효사상이 전파되어 비참한 노후를 면피할 수 있었으나, 이것 역시 근대화의 그늘 속에 지리멸렬하게 된다.

우리나라 역시 예외일 수 없다. 산업화가 본격적으로 진행되고, 그러는 사이 천민자본주의 사상이 사회 전반에 깊이 뿌리 내리면서 가정 내에서 맴돌던 노인문제가 드디어 사회문제화 되어 가시적으로 드러나기 시작했다. 이런 사회적 격변의 중심에 선 작가들이 이 부조리를 포착하지 못할 리 없다. 이들의 날선 시선에 포획된 노년담론은 문학적 성찰과 그 형상화를 통해 우리 문학사의 한 영역으로 편입하게 된다. 이중 소설 분야를 분리·통합해 본고는 이를 '노년소설'이라 지칭하였다.

노년문학담론의 발화와 전개에서 언급했듯이 우리 문단에 노년소설이란 화두가 대두된 것은 1970년대부터이고 본격적으로 연구된 시기는 1990년대 이후다. 본고는 노년소설의 개념 규정을 위해 1970년대 이후 발표된 작품을 대상으로 진행된 연구 활동과 자료를 참고하였다.

노년소설을 규정하기에 앞서 우선 노년(老年)[349]의 범위를 한정할 필요

University Press, 1955, p. 412; 조르주 미누아, 앞의 책, p. 56 재인용.

349 고대 그리스와 로마에서, 중세와 근대 초 유럽 전역에서, 19세기 북미와 오스트레일리아에서, 노년은 현재 여전히 그런 것처럼 60세와 70세 사이 어딘가에서 시작한다고 믿었다. 이때 간과해서는 안될 것은 대부분의 역사에서 노년은 살아온 햇수보다는 신체의 건강에 따라 규정되었다는 사실이다 (슐람미스 샤하르 외 6인, 팻 테인 엮음, 안병직 역, 『노년의 역사』, 글항아리, 2012, pp. 33~36).

가 있다. 우리나라의 노인 관련 법규를 살펴보면, '고용상 연령차별금지 및 고령자고용촉진에 관한 법률'에서는 55세 이상을 고령자로, 50세 이상 55세 미만을 준고령자로 규정하고 있으며, '국민연금법'에서는 노령연금 수급기준을 60세[350]로, '노인복지법'에서는 65세를 노인으로 규정하고 있고, '국민기초생활보장법'에서는 '노인복지법'의 노인 연령기준을 원용하고 있다.[351] 그러나 노인을 규정하는 연령은 사회에 따라 일정하지 않다. 결국 노인이란 인생의 마지막 단계에서 신체적, 정신적 기능이 쇠퇴하고 사회적 역할이 감소되어 이에 따라 특수한 성격을 갖는 사람이다. 즉 사회의 인구와 경제 및 사회·문화적 요인의 복합적인 작용에 의해서 생활 기능을 정상적으로 발휘할 수 없는 사람으로 정의된다.[352]

　노인이라 지칭할 수 있는 노령선을 설정할 때 우리는 절대연령, 육체연령, 심리적 연령, 사회적 연령, 문화적 연령 등을 고려할 필요가 있다. 최근 우리나라의 고령화 진행[353]의 속도가 세계 최상위를 기록하면서 고

350　2014년 현재는 1953년생부터 61세이며, 이후 출생연도별로 4년마다 1세씩 조정하여 1969년생부터는 65세부터 받는 것으로 개정되었다.

351　서형범, 앞의 책, p. 32~34.

352　임춘식, 『현대사회화 노인문제』, 유풍출판사, 1991, pp. 42~43; 최명숙, 앞의 책, p. 11 재인용.

353　통계청(http://kosis.kr)의 자료에 의하면, 전국 60세 이상 인구수는 1970년 현재 1,704,636명이다. 전체 인구수가 30,851,984명이므로 노령인구는 전체 인구의 약 5.5% 정도에 해당한다. 1980년 현재 전국 60세 이상 인구수는 2,268,171명이다. 전체 인구수가 37,406,815명이므로 노령인구는 전체 인구의 약 6% 정도에 해당한다. 1990년 현재 전국 60세 이상 인구수는 3,319,298명이다. 전체 인구수가 43,390,374명이므로 노령인구는 전체 인구의 약 7.6% 정도에 해당한다. 2000년 현재 전국 60세 이상 인구수는 5,160,655명이다. 전체 인구수가 45,985,289명이므로 노령인구는 전체 인구의 약 11.2% 정도에 해당한다. 2010년 현재 전국 60세 이상 인구수는 7,606,903명이다. 전체 인구수가 47,990,761명이므로 노령인구는 전체 인구의 약 15.8% 정도에 해당한다. 통계에서 알 수 있듯이, 1990년 이후 총인구수의 증가는 둔화된 반면 60세 이상 노령인구는 급격하게 증가하고 있다.

령의 연령을 단순히 60세 이상으로 보는 것도 무리라는 사회적 분위기가 조성되는 추세다. 이제 65세 이상, 더 나아가 70세 이상이 진정한 고령층에 해당한다고 보는 시각이 대세다. 실제로 국민연금 수급 대상자의 연령이 60세에서 65세로 미뤄진 것이 사실이며, 추후 더 미뤄질 가능성도 제기되고 있다. 이러한 사회적 분위기로 인해 노인이나 고령자의 범위는 차차 연령이 더 높아지는 추세를 유지할 것이다. 현재 수용 가능한 노인의 합리적 범위는 65세 이상이라 할 수 있다. 그러나 1970년대나 1980년대에 발표된 소설에서는 노인의 범위를 60세 전후로 낮추는 것이 합리적이다. 당시는 50대 중후반에 손자녀를 얻거나 은퇴를 앞둔 것이 일반적이었고, 60세 전후의 사람들을 노인으로 지칭하는데 별 이견이 없었다. 최근 결혼과 출산이 점점 늦어지면서 손자녀를 얻어 자연스럽게 조부가 되는 시기도 늦춰졌다. 은퇴 역시 늦춰지는 추세이며, 노년에 재취업하는 노인층도 증가 추세이므로 이러한 사회적 현상이 충분히 반영되어 노인의 범위를 결정해야 한다. 노년소설로 인지하는데 있어 일률적인 연령의 제한은 무의미하며, 작품의 발표 시기나 작품의 배경, 당대의 사회적 분위기를 충분히 고려하여 노년소설 여부를 가리는 것이 올바른 분류 방식이다.

2013년 현재, 노령화지수는 사상 처음으로 80%를 넘어설 전망이다. 이 지수는 1978년 처음 10%를 넘었고, 1990년 20%, 1998년 30% 선을 각각 넘어섰으며 2006년 처음으로 50%를 돌파했다. 2008년 59.5%에 이어 2009년 63.9%, 2010년 68.4%, 2011년에는 72.8%를 기록해 2013년에는 2년 만에 무려 10.5%포인트나 상승할 것으로 예측됐다(권혁창, 배영경, 『연합뉴스』, 2013년 3월 11일자 참조. http://www.yonhapnews.co.kr/bulletin/2013/03/11/0200000000AKR2013031 1124800008.HTML?input=1179m).

전술했듯이 우리 문단에서 노년소설 논의를 처음으로 주도한 인물은 이어령이라고 할 수 있다.[354] 그는 우시장(牛市場)에서 소처럼 팔려 가는 노인의 모습을 우화적으로 그린 프랑스 작가 보리스 바이앙의 「노인 시장」을 예로 들며, 현대문명이 몰고 온 노인들의 몰락한 삶에 주목하였다. 우리나라의 노년소설에 대한 언급은 아니었지만 노년의 생애와 노인의 사회적 지위가 하락하게 된 원인에 대하여 관심을 가졌다는 데 의미가 있다. 특히 노년소설이란 무엇인가, 그 개념에 대한 논의의 실마리를 제공했다는 점에서 문학사적 가치가 있다.

김병익은 1970년대에 노년소설을 규정하면서 "죽음 앞에 선 노년의 허망함이 센티멘털리즘을 극복하지 못하면 애상적인 신변기를 벗어나지 못한다"고도 강조하였다.[355] 이후 2007년 '문학과지성사'에서 발간한 박완서의 『친절한 복희씨』의 작품해설[356]에서 박완서 작품을 대상으로 좀 더 구체적인 노년문학의 개념을 규정하였다. 그는 노년문학이란 "노인기에 가능한 원숙한 세계인식, 삶에 대한 중후한 감수성, 이것들에 따르는 지혜와 관용과 이해의 정서가 품어져 있는 작품세계를 갖고 있어야 한다"고 보았다. 그는 우리나라에서 노년문학의 성립이 어려웠던 이유로 전쟁과 가난으로 인한 작가의 단명이나 조로를 지적한 바 있다. 그가 노년문학을 본격적으로 다룬 작가로 인정하고 거론한 것은 박경리, 최일남, 이청준, 박완서 정도이며, 그나마 이청준의 경우 50대에 노장의 품

---

354 이어령, 「현대 문명과 노인」, 『신상』, 1970.가을; 최명숙, 앞의 책, p.6 재인용.

355 김병익, 『한국문학』, 한국문학사, 1974.4, pp.304~306 참조.

356 위의 책, pp.281~299 참조.

위 있는 삶을 그리워하는 소설들이어서 엄격하게는 노년문학이라 거론하기 어렵다고 평가하였다.

천이두는 '노년의 문학', '노대가의 문학'이란 명호를 사용하면서, 노년기의 작가에게서만 느낄 수 있는 원숙하고 독특한 분위기의 문학이라고 평가했다.[357] 그는 「원숙과 패기」[358] 에서 거론한 최정희의 『찬란한 대낮』, 황순원의 『탈』의 작품해설을 통해 나이에 순응하며 노년에 맞게 되는 '죽음에의 의식'을 조명하였다.

김승옥은 「빛바랜 삶들」[359]에서 노인문제를 다룬 소설 네 편—김용운의 『손영감의 어느 날』(1983), 정동수의 『떠도는 섬』(1983), 김원우의 『망가진 동체』(1983), 박완서의 「아저씨의 훈장」(1983)—을 해설하였다. 그는 노인 소외의 핵심으로 과학의 발달과 노인들의 경제권 박탈을 지목하였다. 또한 노년기에 접하게 되는 젊은 세대들의 무관심과 그로부터 유발되는 소외와 고독, 노년의 가난 등이 한국사회에서 문제시 되면서 지난 세대의 가치, 즉 효나 노인공경의 강요만으로는 근본적인 문제가 해결되지 않는다고 보았다. 우리나라도 서양식의 사회보장제도가 필요하다고 강조하였다.

이재선은 '노년학적(gerontic) 소설'이란 용어로 노년소설의 개념을 규정하고 있다. 그는 이 용어의 포괄적 의미를 "노년의 삶, 즉 삶의 적극적인 활동으로부터 은퇴하거나 물러나 있는 노인들의 세계를 다룬 소설"이라

---

357 김종회, 앞의 책, p. 30.

358 천이두, 「원숙과 패기」, 『문학과 지성』, 24호, 1976년 여름호, 제7권 제2호, 1976.5, pp. 509~519.

359 김승옥, 「빛바랜 삶들」, 『문학사상』, 1983년 6월호, pp. 245~248.

규정하고, 협의적으로는 "도시소설의 한 종속 장르로서 사회변동기에 있어 노년의 도시생활 및 도시화와 연계된 삶을 대상으로 묘사하는 소설"이라고 했다.[360]

류종렬은 노년소설을 "1970년대 산업화시대 이후의 현대사회에서 본격적으로 생겨난 새로운 소설유형으로 노년의 작가가 생산한 소설"이라 규정하였다. 소설의 내용적 측면에서는 "이야기의 중심영역이 주로 노년의 삶"을 다루고 있고, 서술의 측면에서는 "노인을 서술자아나 초점화자로 설정하여 서사화된 소설"이라 하였다. 한편 노인소설의 유형을 내용적으로는 두 가지로 분류하고 있다. 현대사회의 산업화, 도시화, 인구의 노령화에 따른 가족해체와 이에 따른 세태의 비정함을 통해 노인의 소외된 삶을 다루는 부정적 측면의 노인문제 소설이 그 하나이고, 노인의 원숙성과 지혜를 보여주거나 존재의 탐구와 죽음에 대한 철학적 성찰을 다루는 긍정적 측면이 다른 하나이다.[361]

변정화는 노년소설의 세부요건으로 ① 노년의 인물이 주요인물로 나타나야 할 것, ② 노인이 당면하고 있는 제반문제와 갈등이 서사의 골격을 이루고 있을 것, ③ 노인만이 가질 수 있는 심리와 의식의 고유한 국면에 대한 천착이 있어야 할 것 등을 제시했다. 서사화의 방법으로는 '외부로부터의 묘사'와 '내부로부터의 묘사'로 세분화하였다. 그는 노년소설을 협의의 개념으로 "서사공간을 도시로 한정한 것"이나 "사일구세대 작

---

360   이재선, 앞의 책, pp. 288~293 참조.
361   류종렬, 앞의 책, pp. 501~536 참조.

가들에 국한한 것"에 대해서는 제한적 시각이라 평가했다.[362] 노년소설의 개념을 서사공간이나 생산주체에 국한하지 않은 포괄적 시야가 필요함을 강조한 것이다. 이제 노년문제는 도시라는 한정된 공간에서 벌어지는 구조적 문제가 아닌, 인간의 존엄과 관련된 전면적 사회문제로 인식되어야 한다. 이러한 문제를 통찰하는데 있어 생산주체의 나이를 제한하는 것은 무의미하다. 다만 노년의 작가가 담보할 수 있는 특유의 분위기나 철학적 성찰의 경지가 있다는 점에서는 동의한다.

서정자[363]는 윤진이 『성인 노인 심리학』에서 언급한 노인의 개념 중 남자는 정년퇴임 이후, 여자는 자녀를 결혼시킨 이후를 노년으로 보고, 이러한 노년의 인물이 주인공으로 등장하는 소설을 노년소설로 보았다. 신체적·생물학적·사회적·심리적 나이를 고려해야 하므로 노인을 규정하기 위해 복합적인 사고가 필요하다. 이러한 분류에 대해 이정숙은 정년이 빨라지는 세태를 감안하여 연금을 수령하는 나이나 손자녀를 얻고 주도적인 가정 내 위치를 상실하는 시점을 기준으로 삼는 것이 타당하다고 밝힌 바 있다.[364] 이러한 분류에는 이견이 있을 수 있으나 남녀의 노화를 사회적 관점에서 구분한 점에는 동의할 수 있는 요소들을 갖고 있다.

서정자는 하강서사와 상승구조의 측면에서 노년소설을 분석하면서, 이 두 가지 측면의 조화를 강조하였다. 즉 부정적 노년문제와 더불어 노년기의 성숙과 완성의 관점이 드러나는 긍정적 측면까지 조명한 복합된

---

362 변정화, 앞의 책, pp. 169~226 참조.
363 서정자, 앞의 책, pp. 227~259 참조.
364 이정숙, 앞의 책, p. 251.

구조가 노년소설에 필요하다고 강조하였다. 그는 노년소설의 개념을 생산주체의 나이 등에 주목하기보다는 이와 같이 노년을 다룬 소설의 테마와 주제의식에 초점을 두고 분석하였다.

그의 이러한 논점은 이정숙의 논점과도 상통하는 면이 있다. 이정숙이 「현대소설에 나타난 노인들 삶의 변화 양상-'긍정적으로 늙어가기'의 관점에서」를 통해 고찰하고자 한 것은 원숙한 늙음, 긍정적인 노년이다. 그가 논증의 과정에서 시몬느 드 보부아르의 '외면성과 내면성'의 정의를 언급했는데, 이는 변정화가 언급한 '내부로부터의 묘사', '외부로부터의 묘사'와 서로 통하는 바가 있다.

> 외면성이란, 그 상황이 다른 사람에게 어떻게 보이는가 하는 것이며, 내면성이란, 주체가 어떻게 그것을 받아들여 초월해 나가는가 하는 것이다. 타인의 노년은 앎의 대상이다. 반면 자기 자신의 노년은 자기의 상태에 대한 산 경험과 관련이 있는 법이다.[365]

이것은 노인의 삶을 이분하고 있다. 앎의 대상이자 관찰의 대상으로 타인의 노년에 접근하는 '타자화 하는 시선'과 경험적 대상인 나의 노년에 접근하는 '주체화된 시선'으로 구분할 수 있다.

이정숙은 노인세대를 주요인물로 하여 노인문제를 다루는 소설의 명칭에 있어서 노년소설, 노인소설, 황혼소설, 실버소설 등 다양한 의견이

---

[365] 시몬느 드 보부아르 저, 홍상희·박혜영 공역, 「노년」, 책세상, 1994, p. 19; 앞의 책, p. 250 재인용.

있는 가운데 노년소설이나 노인소설이 가장 일반적이지만, 이에 대한 논의가 더 있어야 한다는 점을 강조하였다.

그는 다른 연구자들과 마찬가지로 노인문제를 다룬 제재 및 주제의 주류를 이루는 것은 치매나 노부모 부양의 어려움 및 부양 거부, 노부모 유기, 노인 소외 등이 일반적인데 주로 "부모 자식 간 변모된 가치관이 충돌하는 면을 보여주고 있다"고 하였다. 이와 같이 부정적인 노인문제를 다룬 소설에 대한 연구가 주류를 이루는 가운데 그는 "긍정적으로 그려진 노인들의 삶과 그 변모 양상"을 살펴보고자 하였다. 이정숙이 지적한 바와 같이 노인문제라 함은 앞에서 열거한 내용이 대체적으로 주류를 형성하고 있기 때문에 긍정적 측면의 고찰 역시 균형적 시각을 위해 필요하다고 보지만, 연구텍스트의 대상이 적다는 한계점을 갖고 있다.

서형범은 앞서 설명한 류종렬, 변정화, 이재선이 규정한 노년소설을 인용하면서 접근하였다. 그는 노년소설이라는 명칭의 함의가 노년을 형상화한 소설이라는 제재적 명명에 그칠 것이 아니라 소설이 형상화하는 노년이 여타의 소설들이 형상화하려는 것과 제재 또는 주제라 범칭되는 것과 어떤 차별성을 지니는가에 대한 충분한 고민이 우선되어야 한다고 지적하였다. 노년소설은 노년을 형상화하는 것이라는 점은 분명하지만, 그 노년이 '늙은이'라는 생물학적 연령을 대상으로 하는 서사행위자 또는 그를 둘러싼 인물들 사이의 갈등이라는 제재로 한정되는 것보다는, 현대 사회의 새로운 화두로 제안되는 '삶의 질' 문제와 연관되어 노년이라는 삶의 영역이 한정될 필요가 있다고 본 것이다. 한편 노년소설의 대상과 관련해서는 크게 두 가지로 분류하였다. 첫 번째는 비노년으로 추정되는 서술자에 의해 노년인물이 초점화되는 유형이고, 두 번째 유형은 노년으로 추정되는 서술자에 의해 노년인물이 초점화되는 경우이다. 이때 여성의 목소리와 남성의 목소리 역시 고려의 대상이라고 하였다. 이것은 김윤식이 노년소설의 작가를 비노년기 작가의 노년소설과 노년기 작가의 노년소설로 분류한 것과 구별되는 것으로, 작품 내 서술자 및 초점화자의 연령을 통한 분류이다. 본고는 김윤식의 방식과 서형범의 방식을 합체하여 세분화하는 것이 적절하다고 보는 입장이다. 즉 비노년기 작가의 노년소설 중 비노년으로 추정되는 서술자에 의해 노년인물이 초점화되는 유형과 노년으로 추정되는 서술자에 의해 노년인물이 초점화되는 유형으로 구분하고, 또다시 노년기 작가의 노년소설 중 비노년으로 추정되는 서술자에 의해 노년인물이 초점화되는 유형과 노년으로 추정되는 서술자에 의해 노년인물이 초점화되는 유형으로 구분하는 것이다. 여기에 서술자 혹은 초점화자가 노인이냐 노파이냐의 구분 역시 가능하다. 또한 공간성을 기준으로 도시의 노년과 농촌의 노년으로의 구분도 가능하다. 마지막으로 주목해야 할 것은 주제나 주제의식이다. 이것 역시 두 가지로 분류할 수 있는데, 첫 번째는 부정적 노인문제에 초점을 맞춘 것이고, 두 번째는 노년의 긍정적 측면에 초점을 맞춘 것이다. 이런 세분이 노년소설의 범위를 넓힐 뿐 아니라 다양성을 확보하는데 일조한다고 보는 것이다.[366]

정미숙·유제본은 노년소설의 개념을 변정화가 규정한 정의[367]를 동일

---

366 서형범, 앞의 책, pp. 32~34 참조.

367 변정화는 노년소설의 개념을 "노년 인물이 주요 인물이어야 할 것, 노인이 당면하고 있는 제반 문제와 갈등이 서사골격을 이루고 있을 것, 노인만이 가질 수 있는 심리와 의식의 고유한 국면에 대한 천

하게 채용하고 "노인이 쓴 소설, 노년기의 실존이나 정신세계, 심리, 질병, 정체성, 노인의 삶의 질, 가치관 등이 극명하게 나타난 소설"로 정의[368]하는데 동의하였다. 최근 노인 장수시대를 맞아 65세 노인의 외모가 이전 시대의 중년기의 모습과 별반 다를 바 없으므로 노년기도 전반기인 '젊은 노년기'와 후반기인 '고령 노년기'로 구분할 필요가 있다고 지적하였다. 프랑스 실존주의 철학자 시몬 드 보부아르의 "우리가 노인들을 거리를 돌아다니는 시체로 볼 것이 아니라, 인생을 살아 온 과거를 지닌 인간으로 봐야 한다"[369]는 말을 인용하면서 노인들의 입장에서 문제를 바라보고 해법 또한 그들의 입장에서 모색해야 한다고 주장하였다. 노인을 타자화 하지 않고 노인의 입장에서 바라보기는 노년문학의 중요한 서술시점과 서사축을 제시하고 있다.[370]

최명숙은 노인의 연령을 60세 이상으로 설정하고, 60세에 채 이르지 못했더라도 조부모가 된 경우에는 예외로 논의의 대상에 포함시켰다. 그 역시 변정화의 노년소설개념과 거의 동일한 내용으로 노년소설을 규정

착이 있어야 할 것"이라고 정의한 바 있다.

368 김영택, 신현순은 이재선, 김윤식, 변정화가 규정한 노년소설의 개념을 정리하면서, 노년문학이란 법적 노인 연령 규정인 65세 이상에 속하면서 노인 고유의 삶과 의식, 심리 전반을 다루거나 노인을 주요 인물로 한 소설, 노년 작가군들의 체험적 삶이 반영된 서사물로 정의할 수 있다고 하였다. 노년문학에 대한 용어가 연구자마다 다르게 사용하고 있어 정확한 용어 규정이 무엇보다 시급한 문제로 드러났다고 지적하였다. 본고가 박완서의 노년소설 연구에 앞서 노년소설 개념 규정의 중요성에 대해 논하는 것도 이러한 지적과 맥을 같이 한다.

369 시몬 드 보부아르 저, 홍상희·박혜영 공역, 「노년」, 책세상, 1994, p. 16; 김영택, 신현순, 앞의 책, p. 405 재인용.

370 정미숙, 유제분, 앞의 책, p.276.

하고 있다.[371]

전흥남은 『한국 현대 노년소설 연구』에서 우리 문단의 노년소설을 비교적 상세히 고찰했는데, 특히 주목할 점은 노년소설의 범주를 세 가지로 유형화한 점이다. 첫 번째 유형은 "우리시대의 노인들이 현대사회의 전개과정에서 겪은 역사적 체험이 오늘의 그들을 억압하고 그들의 삶을 유린하는 양상을 그린 작품들"이다. 두 번째 유형은 "본격적인 노인문제를 형상화하고 있는 작품들"이고, 세 번째 유형은 "노인들의 지혜롭고 아름다운 삶의 방법들을 그린 경우"로 "연륜이 곧 아름다운 삶의 지혜가 되는 세계를 목격"하게 될 뿐만 아니라 "자아의 정체성을 확인할 수 있는 원천을 가지고 있는 노인들"과 조우하게 되는 경우이다.[372] 그가 제시한 이러한 유형 분류는 박완서의 노년소설에 동일하게 적용해도 무방하다.

지금까지 주요 논자들이 연구한 노년소설의 개념 규정을 정리해보았다. 이를 이론적 토대로 노년소설의 개념 규정을 제시하면 다음과 같다.

① 명칭은 '노년소설'로 통일한다. 노년은 '나이가 들어 늙은 때'를 말하는 것으로, '늙은이'를 지칭하는 노인의 협소함에 비해 노년층의 시기를 포괄적으로 담는다는 점에서 '노인소설'보다 대표성을 부여하기에 더 적합하다.

② 실질적으로 노년의 생을 살고 있는 작가가 그간의 연륜과 체험을 바탕으로 빚어낸 노년담론을 노년소설의 이상적 모델로 삼는다. 그러나

---

371 최명숙, 앞의 책, pp. 13~14 참조.
372 전흥남, 『한국 현대 노년소설 연구』, 집문당, 2011, p. 20.

비노년기 작가가 그만의 작가적 시선, 관념으로 담아낸 노년담론 역시 노년소설의 범주에 포함시킬 수 있다. 작가의 문학적 성찰과 상상력으로 일궈낸 작품은 본격문학으로서의 더 높은 순도를 담보하고 있기 때문이다. 더욱이 노년소설은 생산주체보다는 담론주체에 더 의미를 둔 분류이므로 이와 같은 해석이 가능하다.

③ 작품에서 노년의 인물이 주동인물을 맡거나 갈등의 주요당사자가 된다. 작품의 성격에 따라 노년층 서술자가 노년인물을 묘사할 수도 있고, 비노년층 서술자가 노년인물을 묘사할 수도 있으며, 노년인물이 직접 전면에 나서 1인칭시점으로 서술할 수도 있다. 또한 전지적 작가시점으로 노년인물을 전사할 수도 있다. 작품의 주동인물이나 갈등의 주요 당사자를 노년층으로 설정한다면 어떤 방식의 서술시점도 문제될 것이 없다. 이때 서술자의 성별은 작품의 성격에 부합되도록 설정할 따름이지 그것이 노년소설의 개념 규정이나 분류에 유의미성을 갖고 있지는 않다.

④ 작품 테마는 노년의 삶이 큰 줄기를 형성한다. 노년의 삶에는 부정적 측면도 존재하고 긍정적 측면도 존재한다. 부정적 측면이란 생물학적 늙음, 질병과 죽음의 공포, 가정이나 사회 내에서의 위치 상실, 노인 소외, 노동력과 경제력의 상실, 노인 학대, 노인 부양 부담 등 현대사회가 안고 있는 노인문제의 총체를 아우른다. 긍정적 측면은 노년에야 비로소 도달할 수 있는 심리상태, 연륜이나 철학적 사고가 가져다주는 지혜와 혜안, 삶의 완성적 이미지 등 젊은 시절에는 다다르거나 경험하기 힘든 독특한 노년의 분위기나 아우라를 포괄적으로 의미한다.

⑤ 노년담론에서 거론되는 노년의식은 크게 세 가지로 분류할 수 있다. 실증적(實證的) 노년의식, 본능지향적(本能指向的) 노년의식, 이상향적(理想鄕的) 노년의식이 그것이다. 실증적 노년의식에는 부정적 노인문제가 주류를 이룰 것이고, 본능지향적 노년의식이란 노년에도 건재할 인간본원에 관한 탐구일 것이며, 이상향적 노년의식이란 노년에야 비로소 다다를 수 있는 철학적·심리적 경지에 관한 서술이다.

이상의 다섯 가지가 본고가 제시하는 노년소설의 합리적 개념 규정이다. 이 규정을 토대로 박완서의 소설들을 분석하면, 그의 일부 소설들이 노년소설의 규정 안에 완벽하게 놓여 있음을 알 수 있다. 그 소설들을 중심으로 작품분석을 수행하고, 이러한 분석을 통해 노년이라는 창작모티브가 박완서에 의해 문학적으로 어떻게 형상화되고, 이렇게 탄생한 그의 노년소설의 특징과 가치는 무엇인지 파악하고자 한다.

본고는 노년소설을 효과적으로 분석하기 위해 '내적 노년인식' 소설과 '외적 노년인식' 소설로 분류했다. 내적 노년인식이란 노년의 인물이 자신을 둘러싼 세계를 체험하고 서술하는 방식으로 주로 생물학적 늙음이나 죽음, 위치 상실과 소외, 노년의 성과 사랑 등의 테마가 주류를 이룬다. 외적 노년인식이란 동거인 혹은 주변인이 노년의 인물을 바라보거나 갈등을 겪으며 서술하는 방식으로 특성상 노인 부양 부담이 주류를 이룬다.

4. 내적 노년인식

연구사 검토에서 기술했듯이, 기존의 노년소설 연구서들은 노년문제, 즉 노인성 질병, 죽음, 소외, 고독, 부양 부담, 정체성 상실 등을 분류하여, 이것들이 작품에 드러난 양상을 주요 테마로 분석해왔다. 몇몇 논자들은 노년소설이 대부분 부정적 노년문제를 천착하고 있지만 박완서의 노년소설에는 노년의 긍정성의 실마리가 보인다는 견해를 내놓았다.

여기에서 명확히 구분해야 할 것은, 박완서의 노년소설에 실제적으로 노년의 긍정성이 제시된 것은 아니라는 것이다. 그의 작품들 역시 이 시대가 안고 있는 노년문제를 있는 그대로 포착하여 그것을 창작모티브 삼아 문학적으로 형상화하였다. 다만 다른 작가들과의 변별점을 찾는다면, 참담한 노년을 있는 그대로 복사하듯이 그려낸 것이 아니라는 것이다. 그 안에 해학과 풍자적 요소를 가미했을 뿐만 아니라, 작품의 주동인물인 노인이 자신이 처한 현실에 함몰되지 않고 결국은 극복의지를 가진 채로 작품이 종결되는 경우가 많이 엿보인다. 이러한 마무리에 대해 리얼리티를 중요시하는 작가의 창작태도에 위배되는 것이 아닌가 하는 의문을 품을 수 있다. 그러나 그의 노년소설을 보면, 작품을 통해 드러난 통찰력이나 비판의식에 있어서 리얼리스트다운 면모가 전혀 손상되지 않았음을 확인할 수 있다. 작품 말미에 드러나는 긍정성은 같은 현실 속에서 다른 것을 꿈꿀 수도 있다는 작가의 세계관을 보여주는 선에서 노년문제 창작모티브가 형상화 되었다고 할 수 있다.

'내적 노년인식'이란 노년의 인물이 서사를 주도하며 자신이 처한 세계를 자각하는 방식이다. 이러한 작품들은 상당수가 '세상과 불화하기→

하소연하거나 넋두리하기→긍정하거나 순응하기'의 양상이 구현됨을 알수 있다. 이때 긍정하거나 순응하기 앞에 '체념적'이란 수식어를 붙이는 것이 좀 더 사실에 근접한 심리일 것이다. 노년에 맞게 되는 여러 위기와 불편, 변화를 노년의 인물이 능동적으로 혹은 획기적으로 피해갈 방법은 현실적으로 없다고 보기 때문이다. 다만 그들이 처하게 된 노년문제에 의해 자아를 상실하는 방향이기보다는 자아를 재설정하는 수준에서 타협하는 노년이라고 봐야 할 것이다. 그러나 이러한 공식이 초기작[373]에도 유효한 것은 아니다. 박완서가 중년에 쓴 작품들은 대게 '냉엄한 현실 인식'에서 마침표를 찍어버리기 때문이다. 초기작들은 주로 '세상과 불화하기→하소연하거나 넋두리하기→절망적 현실인식'으로 전개되는 예가 많다. 다만 초기작들은 박완서가 중년의 나이에 집필한 작품들이라 노년소설의 대표성이 후기작들에 비해 미약하다. 그러므로 후기작의 패턴을 좀 더 박완서식 노년소설로 간주하려 한다.

내적 노년인식은 노년기에 접어든 인물들이 접하게 되는 가족 내 위상의 변화 및 소외, 은퇴나 생산성의 상실로 인한 사회적 고립과 고독, 생물학적 늙음에 처한 몸의 변화와 각종 질병, 죽음과의 대면, 노후에 맞게되는 성 정체성 등의 노년문제를 직접 체험하거나 목격하는 방식이다.

---

373 박완서는 40여 년을 현역작가로 활동했기 때문에, 10년 단위로 기간을 나눠 작품을 구분하고 분석하는 것이 일반적이다. 시기적으로도 그의 사십 년은 등단기인 70년대부터 시작해서 80년대, 90년대, 2000년대라는 우리나라 현대사와 맞물리는 대표성과 상징성을 갖고 있기에 더더욱 10년 주기 구분은 의미가 있다. 하지만 노년소설의 경우 그의 나이 60세를 전후로 초기작과 후기작으로 구분하고자 한다. 이는 박완서가 노년기 이전에 쓴 작품과 노년기에 접어든 후에 쓴 작품을 구분하여 그 변모 과정을 파악하는데 용이하기 때문이다.

내적 노년인식으로 분류되는 작품들이야말로 이견 없이 노년소설의 범주에 넣을 수 있을 것이다. 이때 주인공이 노인이라고 해서 그것이 페미니즘소설이나 세태소설, 도시소설 등과 무관하다는 것을 의미하는 것은 아니다. 분명 이들 안에도 그런 요소들이 버무려져 작품화되었을 것이다. 그러나 우리가 이 장에서 확인하고자 하는 것은 노년기의 인물이 노년문제를 드러낸 것을 노년소설의 범주로 간주한 후, 박완서가 노년문제의 어떤 사회적 이슈를 창작모티브로 포착하였는지, 그것을 어떻게 형상화하여 문학적 완성도를 이뤄냈는지 등을 탐색해보자는 것이다.

　노년기의 인물들은 노년과 더불어 찾아든 상실이나 상처를 '하소연'하거나 '넋두리'하기 마련이다. 이들의 이런 불평이나 불안이 끝끝내 해결의 실마리를 찾지 못한 채 '적나라한 현실자각'에 절망하기도 하지만, 나름의 방식을 통해 세상과 벌어지는 불화와 화해를 시도하거나 '노년의 경험과 혜안'으로 깨달음을 얻어 체념적이나마 순응하는 형태로 해법을 찾기도 한다. 이러한 서사를 중심축으로 하고 있는 내적 노년인식 작품들을 여기에서 중점적으로 살펴보고자 한다.

　내적 노년인식 소설로 분류할 수 있는 작품 중에 박완서가 채 60세가 되기 전에 발표한 작품들에는 「이별의 김포공항」(1974)[374] 「황혼」(1979)[375] 「천변풍경」(1981)[376] 「유실」(1982)[377] 「지 알고 내 알고 하늘이 알건만」(1984)[378]

374 「문학사상」, 1974.4.
375 「뿌리깊은나무」, 1979.3.
376 「문예중앙」, 1981.3.
377 「문학사상」, 1982.5.
378 「지 알고 내 알고 하늘이 알건만」, 1984.

「저녁의 해후」(1984)[379]「저물녘의 황홀」(1985)[380] 등이 있다. 이들 작품은 그가 40~50대 중년부터 창작한 작품들로, 박완서가 노년문제 창작모티브에 얼마나 일찍부터 관심을 가졌는지 알 수 있는 대목이다. 물론 집필 당시에는 노년소설을 의식하고 쓰지 않았을 것이다. 그러나 노년을 대표하는 조부모부터 시어머니, 친정어머니를 적극 작품 속에 끌어들인 그의 작풍으로 인해 초기작부터 노년의 인물은 주변인이나 동거인, 관련인으로서 언제나 민낯을 내놓고 있다. 그런 작품들 중에 내적 노년인식 소설로 대표성을 가질 만한 작품들을 선별해 본 것이다.

이후 박완서가 이제 막 노년에 접어든 시기부터 완연한 노년기에 이르기까지 쓴 작품으로는「여덟 개의 모자로 남은 당신」(1991)[381]「오동의 숨은 소리여」(1992)[382]「마른 꽃」(1995)[383]「너무도 쓸쓸한 당신」(1997)[384]「그리움을 위하여」(2001)[385]「촛불 밝힌 식탁」(2005)[386]「친절한 복희씨」(2006)[387]「대범한 밥상」(2006)[388] 등이 있다.

초기작에 해당하는「이별의 김포 공항」[389]은 박완서가 44세에 발표한

379 「현대문학」, 1984.3.

380 「숨은 손가락」, 1985.

381 「여성동아문집」, 1991.봄.

382 「현대소설」, 1992.봄.

383 「문학사상」, 1995.1.

384 「문학동네」, 1997.겨울.

385 「현대문학」, 2001.1.

386 「촛불 밝힌 식탁」, 2005.4.

387 「창작과 비평」, 2006.봄.

388 「현대문학」, 2006.1.

389 박완서, 「이별의 김포공항」, 「어떤 나들이」, 문학동네, 1999, pp. 179~199(이후 인용문은 제목과 페

작품으로, 그의 경험적 요소들―현저동 서울살이, 한국전쟁체험―을 빌려다 쓴 흔적이 농후하고, 체험의 간섭이 작품 곳곳에 드러나 있다. 사실 이 소설은 우리나라 근대화·산업화 과정을 겪은 부모세대와 자식세대의 각각의 처지와 그 대응 양상, 50년대부터 70년대를 관통하는 세태를 그렸다는 점에서 세태소설로 분류할 수 있는 여지가 다분하다. 그럼에도 불구하고 이것을 노년소설 파트에서 다루는 이유는 주동인물로 등장하는 '노파'의 '자기인식' 때문이다.

이 단편은 두 가지 시선이 교차한다. 50년대의 한국전쟁 비극과 60년대의 재건과 가난, 70년대의 미국 신드롬을 시대배경으로 하여, 결국 제집과 제 조국에 진저리치며 떠나는 젊은이들과 그 젊은이들의 부모세대로서 동시대를 더 힘겹게 살아냈고, 이제는 노후에 정착할 곳마저 상실한 채 떠돌게 된 모습을 선명히 대비시키고 있다. 이 두 세대에 대한 시선이 교차하며 그들의 삶의 터전이었던 대한민국의 발자취와 그 속에 뿌리내리고 살아온 그들의 삶의 현장이 조명된다.

노파는 현저동 떠돌이 막벌이꾼한테로 시집와 "자식 낳고 난리 겪고 과부 되고, 혼잣손으로 자식 기르느라 고생하고, 속 썩이고" 사느라 세상 구경은커녕 서울 구경도 못해 보고 살았다. 노파에게는 오남매가 있는데, 장남만 서울에 살 뿐, 둘째아들은 서독에, 셋째아들은 브라질에, 넷째아들은 괌도(島)에, 딸아이는 미국에 산다.

"식구들의 지청구에만 익숙해" 있던 노파는 미국 딸네에 가게 되면서

이지만 표기-인용자).

온갖 허세를 부린다. 그것이 아들네가 아닌 딸네여서 뒷맛이 개운치 않지만, 세 아들 다 미국에 있다고 생각하면 기가 산다. 노파에게 있어 서독이니 브라질이니 괌이니 하는 것들은 서울에 있는 무슨 동 무슨 동처럼 미국의 여기저기에 불과하기 때문에 수틀리면 딸네에서 아들네로, 이 아들네서 저 아들네로 옮기면 그만이라 생각한다.

미국, 노파에게 미국이란 "먹을 것, 입을 것이 지천인 부자 나라"이고, 세 아들들이 미국에 가고 싶어 안달일 때부터 미국이란 "갈 수만 있다면 그야말로 누구에게나 금시발복의 땅"이란 고정관념이 뿌리박혀 있다. 그런 미국에 노파가 가게 된 것이다.

한편 미국에 가게 된 노파의 서울 구경을 안내하던 손녀는 할머니의 "남남스러운 메마른 연민"[390]의 얼굴을 보며, 삼촌들도 고모도 꼭 같은 모습으로 한국을 떠났던 것을 상기한다. 삼촌들은 미국 이민을 목표로 했지만, 걸림돌이 많아 뜻을 이루지 못했다. 그래도 다들 "몸보다 마음이 먼저 떠버리고 만 제 집, 제 나라"에 좀처럼 정이 들지 않아 했다. 소녀는 그렇게 이 나라를 떠나지 못해 조바심 내는 삼촌들을 보면 그들의 "발목에서 절그럭절그럭 쇠사슬 끄는 소리"가 들리는 듯했다.

소녀의 소름 끼치는 혼란은 왜 삼촌들이 조국을 쇠사슬을 자르는 죄수와

---

390 조국은 그들에게 있어 가난, 결핍, 기회의 상실 그 자체다. 조국을 떠난다는 것은 그것들과의 '단절'을 의미한다. 조국을 떠날 수 있는 것만으로도 수직 신분 상승의 예감이나 우월감에 젖게 되고, 그로 인해 조국의 모든 것에 '연민'의 심정이 우러나는 것이다. 그러나 그것은 '가짜 연민'이기 때문에 '메마른 연민'일 수밖에 없다.

덫을 물어뜯는 짐승같이 난폭하게 필사적으로, 난파선을 버리는 쥐들처럼 수단 방법 가리지 않고 교활하게 도망쳤느냐에서 비롯된다.(「이별의 김포공항」, p. 187)

이처럼 삼촌들은 홀어머니 밑에서 어렵게 자라 사회적으로 성공하지 못한 콤플렉스와 미군부대에서 일하며 귀동냥으로 익힌 영어에 대한 우월감 사이에서 지긋지긋해 하면서 그렇게 "짐승같이 난폭"하고 "필사적"으로 탈출해 도미(渡美)를 꿈꿨던 것이다.

미국은 아니지만 조국을 떠나는데 성공한 삼촌들은 가끔 편지를 보내왔고, 답장은 주로 소녀가 담당했다. 글을 못 쓰는 할머니가 구술한 내용을 편지로 써줬던 소녀는, "늙은이가 돈 한푼 없이 형 내외에게 얹혀살려니 구박이 막심하다는 애걸"로 끝맺는 내용을 꼭 빼고 전달했다. 따라서 노파가 기다리는 돈이 온 적은 없다. 소녀는 소녀대로 그렇게 필사적으로 떠난 삼촌들의 후일담, 그곳의 삶이 정말 궁금하다. 그러나 편지에서 찾을 수 있는 것이라곤 "김치에 대한 거의 환장할 것 같은 허기증" 정도밖에 없다.

창공을 나는 연이 제아무리 자유로워 뵈도 연줄을 통해 실패에 묶였듯이 세계 어디에 가 있어도 김치맛을 잊지 못함으로써 한국인임을 면할 수 없을 삼촌들 고모 그리고 할머니를 생각했다. 그리고 조국을 떠나 있는 이들과 조국과의 연과 실패 같은 관계의 비밀이 겨우 김치맛일까 하는 소녀다운 치졸한 감상에 빠졌다.(「이별의 김포공항」, p. 190)

인용문에 나온 '실패'와 '연줄'의 관계는 박완서가 『엄마의 말뚝』에서 엄마와 딸인 자신을 '말뚝'과 그것에 묶여 있는 '끈'에 비유한 것과 다를 바 없다. 즉 아무리 부정하려 하여도 연줄이 실패에 묶여 있듯이, 말뚝에 걸린 끈의 길이만큼 밖에는 벗어날 수 없듯이 그렇게 운명공동체에서 쉽사리 벗어날 수 없음을 의미하는 것이다. 소녀는 그것이 고작 '김치맛'으로 입증되는 것에 실망하는 것이다. 이런 사념을 갖고 있기에 소녀는 할머니를 곰탕집으로 박물관으로 이끌면서 앞서 간 삼촌들이나 고모와 결국 닮은꼴이 되리라 예견한다.

노파가 미국 가는 날, 며느리는 친정집 핑계로 얼굴만 내비치고, 다른 가족들도 노파만을 공항에 두고 일찌감치 사라진다. 다행히 같은 비행기를 타는 젊은 동행자들이 생겼지만, 노파는 그들의 '활기'에 오히려 더 왜소해진다. 비행기가 이륙할 때 노파는 "뿌리뽑힌 고목"이 된 기분에 사로잡힌다.

주인공 노파가 그리는 노년의 자화상은 "끈 떨어진 연"이며 "뿌리뽑힌 고목"이다. 노파가 젊은이들 앞에서 왜소해지는 이유는 그들은 설령 뿌리가 뽑힌다 해도 어딘가에 젊고 생명력 넘치는 뿌리를 다시 뻗을 수 있을 것이란 전망 때문이다. 그러나 노파의 뿌리는 고목의 그것이라 어디에도 견고하게 뿌리박고 살아내지 못하리라는, 그래서 조국을 떠나는 순간 자신의 죽음을 대면하는 환상에 사로잡히는 것이다.

저들도 뿌리뽑혔달 수도 있겠지. 그러나 저들은 묘목이다. 어디에고 다시 뿌리를 내릴 수 있는 묘목이다. 그러나 난 틀렸어. 난 죽은 목숨이야.

노파는 노파의 아들들이 이를 갈며 싫어했고 진저리를 치며 놓여나기를 갈망했던 이 땅의 모든 구질구질한 것까지 자기가 얼마나 사랑했던가를 안다. 노파는 마치 자기 시신을 보듯 숨막히는 공포로 뽑혀 나동그라진 거대한 나무와 지상으로 노출된 수만 가닥의 수근(樹根)이 말라비틀어지는 참담한 모습을 환상하며 심장을 쥐어짜듯이 서럽게 운다. …(중   략)… 노파의 울음은 자기 자신에게 바치는 조곡(弔哭)인 만큼 처절하다.(「이별의 김포공항」, p. 199)

노파는 현저동 시절의 간난(艱難)과 육이오전생의 천고만난(千苦萬難)을 겪으며 어느 덧 늙은이가 되어버렸는데, 이제 그 터전마저 상실하게 되는 것이다. 그 상실감은 고단한 생의 끝자락에서 그 누구와도 나눌 수 없는, 자식조차도 다다를 수 없는 노년의 고독이다. 그 고독은 죽음과도 같은 절망이다.

이 소설은 노파를 통한 전지적 작가시점으로 서술되고 있다. 노파의 내밀한 독백을 독자가 생생하게 엿들을 수 있다는 점에서 내적 노년인식 소설의 범주에 넣을 수 있다. 한 가지 주목해야 할 점은, 박완서의 초기작인 동시에 그가 중년기에 집필하였기에 '냉엄한 현실인식'이 후기작에 비해 좀 더 엄격하고, 체념적 순응의 경지까지 심리적 전망이 다다르지 못했다는 것이다.

초기작 중에 「황혼」[391]의 현실인식도 「이별의 김포공항」과 비슷한 양상을 띠고 있다. 박완서 소설은 여성화자가 주류를 이루기 때문에 소설의

---

[391] 박완서, 「황혼」, 『아저씨의 훈장』, 문학동네, 1999, pp.27~43(이후 인용문은 제목과 페이지만 표기-인용자).

주제나 주변 이야기에 여성주의가 거의 빠지지 않고 등장한다. 「황혼」역시 노년소설과 여성주의소설, 세태소설의 접점에 놓여있는 단편 중 하나다. 그럼에도 「황혼」을 노년소설 파트에서 거론한 것은 '노파'의 시선으로 노인 소외와 세대 간의 불화를 그리고 있는 내적 노년인식 소설의 전형을 보이고 있기 때문이다.

「황혼」의 재미는 시어머니와 며느리를 '늙은 여자'와 '젊은 여자'로 호칭함으로써 특정인에게 국한된 테마가 되지 않게 했다는 점이다. 대신 3인칭으로 일반화시켜 고부관계 또는 세대대립을 적나라하게 드러내는 효과를 노렸다.

며느리가 부르는 '우리집 노인네'란 호칭은 시어머니를 가족으로 들이지 않고 변방에 둔 '거리두기'의 한 단면이므로 시어머니는 그 호칭에 연연하게 된다. 늙은 여자가 오매불망 바라던 '어머니'란 호칭은 끝끝내 젊은 여자 입에서 나오지 않고 '우리집 노인네'에서 '애들 할머니'로 수평이동만 할 뿐이다. 늙은 여자는 호칭을 따라 어찌할 도리 없이 바로 '할머니'가 되어버린다. 젊은 여자에게 있어 늙은 여자는 "행복한 사람에게도 누구나 한 가지 근심은 있다는 그 근심거리"일 뿐이고, 창문 없는 잡동사니 골방에 '격리'시켜버리는 존재일 뿐이다. 창문 없는 골방은 '출구 없는 소외'에 갇혀 잡동사니 취급을 받는 늙은 여자의 처지를 상징한다.

늙은 여자의 관점에서 본 아들과 며느리의 태도는 최소한의 의무만을 수행하는 '의무적 동거자상'에 해당한다. 이 같은 태도 속에는 노인 혐오증(gerotophobia)이나 연령주의(agesim)와 같이 노년 자체를 일종의 부정적 타자로 간주하는 의식이 내재되어 있어 현대사회 동거자의 한 전형을 보

여준다.[392]

늙은 여자도 젊은 여자일 때가 있었고, 당연하게 그녀에게도 시어머니
란 존재가 있었다. 늙은 여자의 시어머니는 항시 명치끝에 뭔가 걸린 듯
하다고 하소연했었고, 늙은 여자는 자기 손을 약손 삼아 시어머니의 명
치를 쓸어내려주곤 했다. 이제 늙은 여자가 그 시어머니의 자리에 와서
그녀 역시 명치끝에 똑같은 증상을 호소하는 처지가 되었지만 자신의 며
느리나 아들은 약손을 들고 달라붙기는커녕 그녀를 병원으로 내몰기만
한다. 여기에 그치지 않고 젊은 여자는 친구와의 통화에서 늙은 여자의
'명치를 봐 달라'는 행위를 홀어미들이 으레 갖고 있다는 '성적 욕구불만'
으로 치부한다.

> 늙은 여자는 통화중에 슬그머니 수화기를 놓았다. 손에서 힘이 빠져 더 이
> 상 수화기를 감당할 수가 없었다. 늙은 여자는 프로이트를 못 알아들었지
> 만 성욕은 알아듣기 때문에 심한 모욕감을 느꼈다. 세상에 다 죽게 된 늙
> 은이에게 무슨 누명을 못 씌워 그런 더러운 누명을 씌울 게 뭐란 말인가.
> 늙은 여자는 텅 빈 오장이 와들와들 떨리게 분했다.(「황혼」, p. 39)

늙은 여자는 자신을 철저하게 배제한 채 무르익는 가족들의 '단란'을
질투한다. 위의 인용문처럼 노년은 그 자체로 오해받는 처지일 뿐만 아
니라 철저히 소외되기까지 하는 존재인 것이다. 늙은 여자는 텔레비전에

---

392 김영택·신현순, 앞의 책, p. 411.

나오는 늙은 등장인물들에게까지 감정이 이입되어 그들을 혐오하며 자신의 처지를 비관한다.

> 텔레비전 소리가 났다. 연속극에서 늙은 여자가 악쓰는 소리가 났다. 늙은 여자의 방에도 텔레비전은 있었지만 보지 않았다. 연속극에 나오는 늙은이들은 젊은이한테 무조건 아첨하지 않으면 사사건건 대립했다. 늙은 여자는 그렇게 사는 늙은이가 마음에 안 들었다. (「황혼」, p. 41)

늙은 여자는 여러 매체나 젊은이들에게 '왜곡되어 묘사되는 늙음'에 부당함과 억울함을 느낀다. 명치에 느끼는 이물감은 노년기의 소외감이나 한, 화병 같은 것일지도 모른다. 그러나 이것의 실체를 정면에서 들여다보는 시선은 어디에도 없다. 이러한 현실에 불만을 갖고 있지만, 어디에도 그 왜곡을 풀 출구를 찾지 못한 채 늙은 여자는 위축되고, 그녀의 위축은 오해를 더욱 부풀리며 사실화된다.

> 어느 틈에 밖의 일가 단란의 소리가 멎고 늙은 여자의 방문이 소리 없이 열렸다. 기다리던 아들이 아니라 젊은 여자였다. 그때까지 늙은 여자의 손은 명치 속에서 응어리를 찾는 일에 열중하고 있었기 때문에 마치 자위를 하다가 들킨 것처럼 화들짝 놀랐다. 젊은 여자 역시 자위의 현장을 목격한 것처럼 고개 먼저 돌리고 야릇한 미소를 짓더니 말없이 나가버렸다. (「황혼」, p. 43)

구석 끝까지 내몰린 늙은 여자는 여기에서 체념하거나 절망하지 않으려 애쓰지만 아들과 며느리로 대변되는 젊은 세대, 노년을 바라보는 세상의 왜곡에 저항할 힘이 없다. 늙은 여자는 과부가 되고, 외아들을 기르면서 늙도록 혼자 살게 될까 봐 그걸 항상 두려워하며 살았지만, 혼자 살지 않은 늙음도 외롭고 비참하기는 마찬가지임을 인용문처럼 자각한다.

늙은 여자는 지금 정말 불쌍한 건 혼자 사는 여자가 아니라 자기 뜻대로 아무것도 할 수 없는 여자임을 깨닫는다. (「황혼」, p. 43)

박완서는 이 작품에서 '성적 욕구불만'으로 오해받을 정도로 가족의 '접촉'에 목말라하는 노년을 그리고 있다. 노년에 겪는 이러한 소외감을 '명치에 걸린 이물감' 에피소드를 통해 익살스럽게 나타내고 있다. 또한 과거 자신이 며느리로서 겪은 고부관계와 이제 위치가 뒤바뀌어 시어머니로 겪는 현재시점의 고부관계의 대비, 젊은 세대와 늙은 세대 간의 괴리감과 그 거리에서 오는 비정함, 전통과 현대의 세태 비교, 노년의 성에 대한 편견과 터부시 하는 정서, 여자로서의 자존감 등이 복합적으로 그려지고 있다. 이 작품에서는 그저 왜곡의 증거로써 노년의 성이 가볍게 언급된 정도지만, 세대를 떠나 부정되고 혐오되는 노년의 성에 대한 시각도 엿볼 수 있었다.

문학평론가 서영채[393]는 1979년부터 1983년 사이에 발표된 작품 17편으로 구성된 『아저씨의 훈장』은 세태와 현실에 대한 비판이나 허세나 위

---

393 서영채, 「사람다운 삶의 갈망」, 『아저씨의 훈장』, 문학동네, 1999, pp. 365~385.

선, 비겁, 속물성 등 인간 내면에 도사리고 있는 본성에 대한 드러냄이 예리하다고 평했다. 특히 「황혼」의 경우 "어른을 모실 줄 모르는 젊은것들에 대한 비판"을 담았다고 지적했다. 이 비판의 중심에 선 '젊은 여자' ―며느리―는 위선―표면적으로는 시어머니에게 모질게 굴지 않고 예의를 지키지만 근본적으로 소외시키고 사실을 왜곡하는―을 통해 '심리적 폭력'을 행사하고 있는데, 이는 노년기 삶의 질을 떨어뜨리고 삶의 주체로서의 자존감을 상실하게 하는 데 결정적 요인이 되고 있다. 이 작품에서 작가는 노년기에는 노인의 신체적·정신적 특성을 이해하고 인간적 배려와 존재성의 긍정, 가족 내에서의 노인의 위상을 확보해줄 수 있는 사려 깊은 동거자[394]가 필요함을 내비치고 있다.

늙은 여자의 심리에서 알 수 있듯이 고독은 홀로 있어 유발되는 것이 아니라 가족에게 소외되고 몰이해됨으로써 유발되는 것이다. 작품 분석에서도 드러났듯이, 세대 간 불화의 해결책은 배려와 연민뿐이다. 박완서의 내적 노년인식 작품들은 대부분 처음에는 넋두리하고 하소연하지만 결국 왜곡된 현실을 받아들이고, 세대와 세월의 변화에 체념적 정서로 순응하는 모습을 보여주곤 했는데, 이 작품은 유독 영원히 맞닿지 않는 불화의 평행선만을 확인하게 해준다. 이것은 젊은 세대의 몰이해나 편견으로부터 파생되는 오해의 쇠사슬 탓이다. 이해하고 화해하기 위해서는 '노년의 현재'가 전부가 아닌, 지난 과거로부터 이어져온 '존중 받기에 충분한 삶'이 노년의 역사 안에 내재되어 있음을 되새기는 일로부터

---

394   김영택·신현순, 앞의 책, p.411.

시작해야 한다는 메시지를 담고 있다.

초기작 중에 「천변풍경(泉邊風景)」[395]과 「유실」[396] 후기작 중에는 「오동(梧桐)의 숨은 소리여」[397]와 「촛불 밝힌 식탁」[398]이 박완서 작품으로는 드물게 남성인물이 전면에 등장한 작품들이다.

「천변풍경」의 경우, 작가가 비록 본격적인 노년기에 접어든 후에 창작한 것은 아니지만, 노인들이 안고 있는 현안이나 심리에 대해 누구보다도 정확하게 진단하고 날선 시각으로 해부해낸 솜씨가 엿보인다. 50대에 들어선 작가가 노년을 근거리에 두고 쓴 노년소설로 그 성격을 규정할 수 있다. 또한 노년의 인물인 '배우성 씨'를 통해 적나라한 노년을 이야기함으로써 내적 노년인식 소설의 진수를 보여주고 있다.

「천변풍경」은 주인공 '배우성 씨'의 익살스런 행동묘사로 시작한다. 작가는 특유의 과장이 가미된 적나라한 행동묘사를 통해 주인공의 심리를 코믹하게 드러낸다.

배우성 씨는 그의 며느리 '정란 여사'의 자칭 허약하고 예민한 신경을 건드리지 않으면서 집안을 내리누르는 새벽의 정적으로부터 빠져나오기 위해 매번 고군분투하게 되는데, 이 일에 "지략과 용기와 모험심마저" 걸

---

395 박완서, 「천변풍경」, 『아저씨의 훈장』, 문학동네, 1999, pp. 125～152(이후 인용문은 제목과 페이지만 표기-인용자).

396 박완서, 「유실」, 『엄마의 말뚝』, 세계사, 2012, pp. 175～241(이후 인용문은 제목과 페이지만 표기-인용자).

397 박완서, 「오동의 숨은 소리여」, 『나의 가장 나종 지니인 것』, 문학동네, 2006, pp. 312～342(이후 인용문은 제목과 페이지만 표기-인용자).

398 박완서, 「촛불 밝힌 식탁」, 『친절한 복희씨』, 문학과지성사, 2007, pp. 183～196(이후 인용문은 제목과 페이지만 표기-인용자).

게 된다. 그만큼 며느리 정란 여사가 장악한 그 확고한 정적—집안의 지배권—을 벗어나기란 결코 쉽지 않은 것이다. 그가 인용문에서처럼 '자동문'을 찬양하는 것은 그의 처지를 대변하는 위트있는 설정이다.

배우성 씨는 나이 지긋한 사람다운 조심성으로 요새 흔해빠진 모든 자동장치를 일단 의심하고 경원하는 버릇이 있었지만 자동문은 예외였다. 그 자동문이 있음으로 해서, 새벽 네 시부터 일곱 시까지의 그 긴 미명(未明)의 시간을 오로지 며느리가 포고한 정적에 아부하기 위해 기침과 오줌을 참고, 차 마시고 싶은 것도 라디오 틀고 싶은 것도 참으면서, 깨어서도 자는 척 숨을 죽여야 하는 굴욕을 면할 수가 있기 때문이다. (「천변풍경」, p. 127.)

배우성 씨는 골목길 외등에 비쳐 "길게 누운 자신의 그림자가 가지 친 고목의 그림자 같다"고 생각하며 "어느 날 갑자기 엄습한 자신의 늙음과 대탈출(大脫出)처럼 어렵게 감행한 아침 산책이 함께 초라하고 불쌍해서 가슴이 뭉클했다"라며 탄식한다.

그는 자신의 그림자를 남루처럼 끌며 천천히 골목을 빠져나갔다. 외등 밑을 지나자 그림자가 앞서면서 점점 길어지기 시작했다. 그는 거울을 보고 매무시를 고치듯이 그림자를 보면서 축 처진 어깨를 추스르기도 하고 흐느적대는 걸음걸이에 우쭐우쭐 헛된 기운을 내보기도 했다. 그러나 허세는 겉돌고 쓸쓸함만이 속속들이 사무쳤다. (「천변풍경」, p. 127.)

그의 늙음에 대한 탄식은 여기에서 그치지 않는다. 훨씬 젊어 보인다는 꾐에 말려들어 사 입은 알록달록한 옷마저 "늙어 버림받은 어릿광대처럼 참담해져서 방향감각이 마비된 채 우두커니 서" 있게 만든다. 한때 그에게 있어 노후란 먼 훗날의 그것이었고, 샘터로의 산책과 같은 여유였으며, 순모 오버의 깃을 세우고 거니는 낭만이었다. 그러나 "먼 훗날은 어느 날 성큼 다가왔고, 그 동안 샘터는 메마르고 주변은 장터처럼 속화되고 그 역시 낙타빛 오버 대신 주황색 트레이닝을 입은 꼴"이 된 것이다. 그의 이런 낭만적 상상으로부터 현실적 메마름에 이르는 노년의식의 변모양상은 작가가 노년소설의 기본가지로 설계한 그것과 다를 바 없다.

방향타를 잃고 헤매던 배우성 씨는 조 의원과 조우하게 되는데, 조 의원을 통해 배우성 씨가 '배 교수'인 것이 드러나고, 은퇴 전 학식과 사회적 지위를 가졌던 부류만이 회원이 될 자격이 있는 '백수회(百壽繪)'의 일원이 되었음을 통보받게 된다. 백수회(百壽繪)는 백수회(白手繪)와 연결되며 언어적 유희를 유발한다. 배우성 씨는 허세와 배타적 이데올로기가 지배하는 백수회의 일원이 되는 것이 내키지 않는다.

> 황 사장, 김 박사, 강 판사, 안 교장, 조 차관, 박 회장, 유 국장, 김 사장, 이 이사, 이 원장, 오 청장, 노 여사 등등.
> 이름은 생략되고, 성(姓)은 회석되고 사회적 지위만이 끈끈하게 농축되어 배우성 씨의 귀에 더께가 되어 눌어붙었다. (「천변풍경」, p. 133)

배우성 씨는 한때의 영광을 늙도록 움켜쥐고 닳고 닳도록 우려먹고 사는 이러한 허세와 배타성에 진저리를 치면서도 "집단의 폭력과 개인의 무력에 대해 이미 체념"하고 받아들이게 된다. 이와 같이 노인들이 등장하는 소설 가운데는 화려했던 옛날을 그리워하거나 그 시절을 반추하며 허세에 사로잡혀 살아가는 모습들이 그려지곤 한다. 「복덕방」(이태준, 1938)의 안 초시, 서 참의, 박희완, 이들 세 노인이 그러하고[399] 「딱한 사람들」(박화성, 1958)의 강 주사, 안 사장, 이 지사, 이들 노인들이 그러하며[400] 「풍경」(최일남, 2002)의 정 총재가 그런 문제적 노인[401]이다. 이들은 모두 과거의 영화를 그리워하며 노년을 살아가고 있는데, 빛바랜 현실 속 지위에서 허세적 자세를 취하는 것으로 근근이 자긍심을 지킬 수 있는 인물들로 그려진다. 그러나 배우성 씨의 경우는 앞에 예를 든 노인들이나 조 의원, 다른 백수회 회원들과 처지가 같을지언정, 아직은 그런 허세에 사

---

399 안 초시, 서 참의, 박희완은 복덕방에 모여 하루하루를 보내는 노인네들이다. 집주름(중개인) 서 참의는 구한말 훈련원 참의로 봉직했던 무관 출신으로, 합병 후 자리를 잃게 되었으나 복덕방을 하며 최소한의 생계를 유지하고 있는 인물이다. 박희완은 서 참의의 훈련원 친구로 하릴없이 복덕방을 드나들며 대서업 허가를 기다리는 인물로 등장한다. 환갑을 곧 바라보는 안 초시는 무용가 딸에게 용돈을 겨우 타 쓰며 살아가는 인물로, 경제적으로 여유가 있고 사회적 지위도 갖고 있음에도 불구하고 인색한 딸로 인해 자존심을 상해한다. 안 초시는 딸에게 땅을 주선했다 사기를 당해 자살하는 비극적 인물이다. 이 소설은 예전의 영화와 위치를 상실한 채 소외되고 중요한 존재에서 물러난 노년의 현실을 세 인물을 통해 제시하고 있다.

400 강 주사, 안 사장, 이 지사는 '복덕방'에 드나들던 노인들과 다를 바 없이, 예전의 영화를 움켜쥔 채 노년의 나날을 '기원'에 모여 보내는 인물들이다. 이들은 모두 해방과 한국전쟁을 겪으면서 예전의 영광을 잃고 전락했다고 믿는 인물들로 "지난날의 화려했던 꿈을 도무지 버리려 하지 않는" 사람들이다. "지난 시절의 허세를 결코 잊지 않고 지금도 그 기분으로만 살아가고 있"다는 공통점을 가진 이들은 "한번 무엇을 지냈으면 영원히 무엇으로 남기를 소원"하는 그 바닥 기질을 안고 살아간다. 이러한 점이 결국 현실에의 부적응을 낳고, 그 부적응이 낳는 비애를 노년소설은 자주 다룬다.

401 장관을 두 번이나 역임하고 내려서자마자 민간단체의 명예총재로 초대 받으며 한시도 쉴 틈 없이 지내던 정 총재는 직함을 모두 내려놓는 것과 동시에 무기력한 인물로 전락한다. 그는 퇴직자들의 모임에서 은퇴 후 겪게 되는 각종 후유증을 듣게 되는데, 그도 그들과 다름없는 동일한 길을 걷게 된다. 작품은 지난날의 영광을 다시 재현할 수 없음에도 불구하고 체면치레를 위해 각종 불필요한 일까지 감수해야 하는 은퇴자의 현실과 그것으로부터 겪게 되는 허전함과 허망함에 대해 찬찬히 살핀다.

로잡혀 남은 여생을 사는 것에 대해 일말의 저항감을 가진 인물로 묘사된다.

사회적 지위를 매개로 뭉친 백수회에 예외가 하나 있었는데, 그것은 바로 '노 여사'였다. 그녀는 본인의 지위보다는 자식들이 성공한 것에 점수가 더해져 홍일점으로 백수회에 들인 인물이다. 백수회 회원들은 유일한 과부회원 노 여사와 홀아비 신입회원 배 교수를 엮을 음모를 꾸미게 되는데, 노 여사란 인물 역시 백수회에 걸맞게 허세를 부리는 인물로 묘사된다.

「천변풍경」의 유머코드는 크게 세 가지로 볼 수 있다. 배우성 씨가 예민한 며느리 정란 여사의 심기를 건드리지 않고 새벽에 집의 정막을 빠져나오기 위해 고군분투하는 모습이 그 첫 번째이고, 두 번째는 백수회와 그 회원들이 가지고 있는 허세와 배타성의 과장됨이며, 세 번째는 바로 백수회 신입회원들이 통과의례처럼 거치는 집안 잔치로부터 유발되는 배우성 씨의 도 넘는 고뇌이다.

며느리에게 그것을 말하는 일은 생각만 해도 등줄기에 소름이 돋았다. 평생 무엇을 그렇게 겁내본 적이 있었던가 싶지 않게 그 일은 엄청나게 겁이 났다. 허심탄회하게 말할까? 아냐 명령조가 날 거야. 곰상스럽고 의논성 스럽게. 그렇지만 난 간사스러운 거라면 질색이거든. 나한테 어울리는 방법은 뭐니뭐니 해도 장황한 설교존데 인내심이 부족한 편인 며느리가 그걸 끝까지 들어나 줄까?

이도저도 다 어려웠다. 가장 쉬운 건 아무 말도 안 하는 거였다. (「천변풍경」, p. 147)

배우성 씨는 차마 며느리에게 직접 말하지 못하고, 고심 끝에 아들에게 잔치 비용까지 건네며 우회하여 어렵게 백수회 신입회원 통과의례인 잔치에 대해 전한다. 이 과정 역시 걱정하고 조바심 내는 과장된 배우성 씨의 심리가 서글픈 웃음을 자아내면서 '은퇴한 노인(배우성 씨는 자발적 은퇴가 아닌 해직으로 인한 타의적 은퇴였다)'의 가정 내 위치를 보여준다.

배우성 씨가 잔치 문제로 전전긍긍하던 와중에 노 여사가 고혈압으로 쓰러지는 사건이 발생한다. 문병을 간 배우성 씨와 백수회 회원들은 그간 "너무도 흉한 파파늙은이"로 변해 있는 그녀의 모습에 충격을 받는다. 그 모습이 "보기 민망하게 참혹했고, 그 참상이야말로 늙음의 가식 없는 진면목이란 생각이 거기 모인 모든 늙은이에게 들게 했기 때문"이었다. 배우성 씨는 자신의 아내의 경우를 비추어 그 급속한 노화가 바로 의치(義齒)를 뺏기 때문임을 눈치 채고, 급기야 노 여사의 의치를 닦아주기에 이른다.

문학평론가 서영채는 "60세의 홀아비인 해직 교수 배우성 씨가 노 여사의 틀니를 닦아주는 장면"을 이 소설에서 가장 볼 만한 대목으로 꼽았다. "틀니 손질과 같이 일상적이면서도 이색적이고 혹은 사실적이면서도 강렬한 객관적 상관물을 통해 따스한 인간애의 교류를 표현하는 방식"을 박완서 소설의 한 특징으로 꼽으며 "「해산바가지」(1985)에서의 시어머니 치매 수발하기와 해산바가지의 기억이라든지, 「환각의 나비」(1995)에서의 아욱 다듬기, 「길고 재미없는 영화가 끝나갈 때」(1997)에서 늙은 아버지가 멋지게 노래를 불러젖히며 여자를 후리는 대목, 「어느 이야기꾼의 수렁」(1984)에서의 강물 속까지 촘촘하게 쳐져 있는 쇠창살, 「저물녘의 황홀」(1985)에서의 꾀병으로 중풍을 앓는 화초할머니 이야기" 등의 예를 들어

설명했다.

서영채의 지적대로, 까칠하기만 하던 노 여사와 배우성 씨와의 거리를 좁혀준 틀니로 인해 이야기는 새로운 국면을 맞게 된다. 배우성 씨의 경험에서 나온 배려로 인해 그녀를 참혹하게 만든 의치가 문제해결의 한가운데로 모습을 드러낸다. 그러나 젊고 냉랭한 '노 여사'의 며느리에게 의치가 노 여사의 수치요 자존심인 것을 전달하기란 요원하기만 하다.

노 여사를 통해 목격한 적나라한 늙음에 대한 충격과 그녀의 며느리를 통해 노년세대와 젊은 세대 간의 소통의 어려움을 뼈저리게 느끼고 집에 돌아온 배우성 씨는 자신의 집안 풍경을 목도하고는 더더욱 참담한 기분에 빠져들게 된다.

> "뭐라고요? 백수회라구요? 날더러 그 백수흰지 백 살까지 살고 싶어 환장한 노인들의 망령흰지의 뒤치다꺼리를 하라구요? 당신 아버지 이제 육십이에요. 백 살을 사시면 도대체 앞으로 몇 년을 더 사시겠단 소린 줄 알아요? 자그만치 사십 년이란 말예요. 그래서 하루도 안 거르고 매일 아침 산에 오른다, 약수를 퍼마신다, 극성을 떨었던 거예요. 아유 지긋지긋해, 아유 내 팔자야." (「천변풍경」, p. 147)

며느리의 푸념에 그가 가장 충격 받은 대목은 그가 "육십밖에 안 됐다는 사실"이었다. 정년퇴직이 아닌 해직을 통해 이른 시기에 무소속이 되어 버린 배우성 씨는 그 무소속감이 참담하여 정년퇴직한 것처럼 사람들을 속여 왔다. 그 행세로 인해 백수회 회원이 되었고, 또 그 행세 탓에 스스로에게까지 나이를 속이는 결과가 되었던 것이다.

남을 감쪽같이 속이려다가 탄로가 나면 무안하다. 그러나 자신을 속이려다가 탄로가 났을 때처럼 구원의 여지가 전혀 없이 무안하진 않을 것 같았다. (「천변풍경」, p. 152)

자신과 주변을 속이면서까지 몇 해 빨리 먹어버린 나이조차도 이제 겨우 육십이라니, 그것은 얼마까지 지속될지 모르는 노년의 연장선상에서 출발점과도 같은 지점을 의미한다. 몇 해 빨리 맞이한 출발점조차도 감당이 되지 않는 현실에 배우성 씨는 충격을 받을 수밖에 없었던 것이다. 가식 없는 늙음을 직시한 그가 원하는 것은 바로 "그 자리에 잦아들어버리는 일"이었다.

「천변풍경」은 생물학적 늙음에 대한 것, 바로 그 늙음의 여파로 가정 내외로 잃어버린 위치와 지위에 대한 것, 그것들로 인해 뼛속까지 파고드는 무소속감이 주는 소외 대한 이야기이다. 늙음이나 잃어버린 지위는 어떤 허세와 가식, 거짓말로도 가려지지 않는 깊은 상실감이다. 그것을 경험하지 않은 젊음은 그것과 진실하게 소통하지 못한다. 이 작품은 여기에서 오는 소외감과 위치 상실감, 그 참혹함에 대한 노년의 서사이다. 이것은 노인이라면 누구나 한번쯤 겪게 되는 아주 말초적인 고통이며 현실이다. 작가는 특유의 날카로운 관찰과 인간 내부의 갈망과 이기심, 허세 등을 집어내서 「천변풍경」을 완성했다. 이야기 속의 과장됨이 헛웃음을 유발하고, 그 과장의 연쇄반응이 가져오는 파장이 바로 박완서가 노리는 반전의 페이소스다. 그런 의미에서 이 작품은 가장 박완서답게 노년의 위치 상실과 소외의식을 신랄하게 파헤치고 있다고 볼 수 있다.

지금까지 노년의 위치 상실, 노인 소외와 고독 등을 다룬 몇 작품들을 고찰해보았다. 생물학적 늙음과 질병이 노년문제의 생태적 특징과 맞물려 있어 그 누구도 피해갈 수 없는 숙명 같은 것이라면, 노년의 위치 상실과 소외는 사회적 관계망이나 현상이 만들어내는 특징이라 할 수 있다. 앞서 1970년대부터 본격화된 산업사회와 1990년대부터 시작된 정보사회가 그렇지 않아도 권위를 상실한 노년을 더욱 위축되게 만들었다고 하였다. 윤리적·경제적·정치적·사회적 지위를 모두 내려놓고 더 이상 젊은 세대에게 호소할 수 있는 무기를 상실한 노년은 비참하고 고독할 뿐이다. 일상성과 리얼리티를 중시하는 박완서의 작품 특성상 이러한 테마는 그의 좋은 소설재료일 수밖에 없다.

은퇴나 질병 등으로 노년에 이르기까지 쌓은 경력이 단절되고, 가족이나 사회로부터 어떤 지위나 위치도 부여받지 못한 채 상실의 시간을 가져야 하는 노년은 그들이 심지어 중산층의 경제력과 엘리트 출신이라는 이력을 가졌음에도 불구하고 비켜갈 수 없는 암울이라고 작가는 말하고 있다.

특히 노인들을 소외시키는 주체는 가장 가까운 가족이나 동거인으로부터 시작한다. 며느리와 시어머니 혹은 시아버지와의 관계는 전통적으로도 어려운 관계였지만, 노인에 대한 예우와 존경을 상실한 시대에는 더더욱 거리가 생기고 소통이 부재하는 관계로 전락하고 만다. 게다가 이러한 대립을 막아줄 친자식의 조력도 변변치 않고, 그 변변치 않음이 노년을 더욱 삭막하게 만든다.

「황혼」에서는 며느리가 시어머니를 '늙은 여자'로 3인칭화하면서 '거리두기'를 단행하고, 소통을 거부한다. 소통의 부재는 결국 오해를 낳고, 이것들이 겹겹이 쌓여 노인 소외를 조장한다. 「천변풍경」 역시 며느리들은 노년의 자존감을 무너뜨려 노년의 고독을 부채질하는 주동인물로 등장한다. 「이별의 김포공항」은 노년의 인물 스스로 노년에 맞이하게 되는 한계를 절감하고, 그 인식의 과정에서 젊은 세대와는 다른 자아를 자각하고, 자신의 상처나 고독을 자신의 업보처럼 지고 가는 노년을 보여주고 있다. 이미 고목은 어디에도 생명력 충만한 뿌리를 내릴 수 없다는 인식이 저변에 깔려 있다.

작품분석을 통해 노년은 그 늙음이 가진 생태적 한계 이상으로 사회적 한계를 갖게 되는 세대라는 것을 알 수 있다. 노년세대는 가깝게는 가족으로부터 시작해서 문밖에 도사리는 사회의 촘촘한 장막에 가려 앞을 내다볼 수 없는 처지에 놓이게 되고, 이 소통의 부재는 오해를 낳고, 오해의 장벽 속에서 노년세대는 길을 잃게 된다. 이것이 박완서가 작품 속에 형상화한 노년의 현주소다.

한편 「천변풍경」이 '냉엄한 현실인식'의 선에서 마침표를 찍었다면, 한 해 뒤에 발표된 「유실」은 냉엄한 현실인식에서 '반 보' 나아간 모양새를 갖고 있다. 「천변풍경」의 주인공 '배우성 씨'가 60대에 들어선 퇴직자(자발적 퇴직이 아닌 권고사직)인 것에 반해 「유실」의 주인공 '김경태'는 50대 중후반의 중산층 남성에 불과하다. 그러나 심정적으로는 이미 조로(早老)한 남성으로 묘사된다. 지금은 고령의 시작점을 65세로 잡아도 좀 어색하다는 의견이 대세다. 이제 노령이니 고령이니를 붙일 수 있는 연령은 70대 이상은 되어야 한다는데 암묵적으로 동의하는 분위기다. 그러나 삼십여 년 전인 1980년대만 해도 50대 중후반은 이미 정서적으로 현역에서 물러나는 이미지가 구축되어 있었고, 60대는 누가 봐도 완연한 노년이었다. 소설 발표시기와 김경태의 심리상태를 고려해 이 작품은 중년의 성이 아닌 노년의 성을 다룬 것으로 봐야 할 것이다. 박완서 소설치고 드물게 남성 초점화자를 내세운 것은 다분 이러한 소재와 주제를 이끄는데 더욱 설득적이기 위함일 것이다. 일반적으로 남성은 자신의 성적 욕구나 기능을 통해 자기 자존감 혹은 자신감을 확인하는 경향이 있는 것으로 알려져 있기 때문이다.

주인공 김경태는 당뇨와 결핵을 앓는데다 약화된 성기능으로 인해 자존감이 많이 떨어진 '왜소화된 남성'이다. 그의 아내는 쉰다섯인데, 쉰이 넘자 곧 욕망을 잃은 그는 "쉰다섯 먹은 여자에게 욕망이 도대체 어떤 모습으로 남아 있는지" 상상할 수도 없다. 아내는 그것에 무심한 척 그를 위로하지만 그에겐 "아내의 욕망이 복병 같은" 존재이다.

> 그의 물건은 살아나지 않았다. 그의 온몸을 스멀대는 건 정욕이 아니라 식욕이었다. 한밤중의 허기가 그의 창자를 무두질했다. 그는 아내를 가엾어 할 새도 없이 아내를 밀어냈다. 정절 깊은 아내는 오로지 자는 척을 계속할 뿐이었다. (…중략…) 아내의 자는 척은 고문처럼 비참했다. 아내는 깨어난 욕망 때문에 깨어난 게 부끄러웠고, 남편의 자존심이 상할까 봐 깨어난 걸 감춰야 했다. 그러나 허기밖에 안 남은 그에겐 아내의 이런 불쌍한 자는 척조차 채워지지 않은 욕망의 복수처럼 간교하게 비쳤다.(「유실」, pp. 183~184)

이처럼 채우지 못한 성욕을 식욕으로 대체하며 그는 허기진 포만감을 느낀다. 일상의 허기에 시달리던 어느 날, 그는 서적 외판원이 된 동창 '서병식'을 우연히 만나게 된다. 서병식의 늙고 초라한 등장은 철저하게 준비되고 관리되던 김경태의 견고한 일상에 알 수 없는 균열을 만들기 시작한다. 김경태가 서병식과의 해후로 가진 첫 느낌은 "옹졸한 관심권과 옹졸한 생활권을 가진 고달픈 노인네"라는 것이다. 그러던 것이 서병식과 술 한잔하러 나선 길목에서 당혹스럽게도 색다른 시야를 얻게 된다.

> 그는 친구의 늙고 고달픈 뒷모습을 아름답다고 생각했다. 슬퍼서 아름다운지 아름다워서 슬픈지 가슴이 찐하면서 눈시울마저 뜨거워지는 것 같았다. (…중략…) 좀 전까지만 해도 서병식의 옹졸한 관심권, 옹졸한 생활권을 답답해하기도 하고 비웃기도 했는데 자신의 생활권이야말로 얼마나 옹색했던가? 그가 지금까지 사귄 친구는 하나같이 노후대책에 철저했다. (…중략…) 그들은 자기 몸이 죽기 훨씬 전부터 이렇게 돈을 사장했다. 활성화되지 못하는 돈은 죽은 거나 마찬가지였다. 돈을 무덤까지 갖고 갈 수 없다는 말은 신식 노인에겐 해당 안 되는 옛말이었다.(「유실」, pp. 202~203)

나이보다 훨씬 젊어 보이는 외관을 갖고 있지만, '죽은 성기능'의 보유자인 김경태의 상황과 "활성화되지 못하는 돈은 죽은 거나 마찬가지"라는 인식은 묘하게 오버랩되며 노후대책이라곤 하나도 없을 것만 같은 서병식이 오히려 "무방비 상태에도 살맛"을 누리는 싱싱하고 건강한 인물로 재조명된다. 이처럼 서병식의 늙고 초라한 방문으로 시작된 일탈은 김경태로 하여금 자기혐오와 해방감이라는 이중적 감상에 빠지게 만든다. 항상 일상의 고삐를 바짝 움켜쥐고 살던 김경태는 그것으로부터 놓여나 "기억의 필름이 끊긴" 경험에까지 이른 것이 충격적이지만, 한편으론 당뇨와 결핵으로 인해 철저히 관리하던 식이요법과 음주의 공포에서 벗어난 해방감을 느끼게 된다. 게다가 지난밤 그가 직업여성과 하룻밤을 보내기까지 했다는 여관주인의 증언은 그에게 '철저히 균열된 일상, 전복된 일상'을 선사한다. 김경태는 서병식과의 우연한 만남을 통해 견고하고 잘 관리되고 있다고 믿었던 자신의 생활권이 사실은 얼마나 "협소하면서도 배타적"이었는지 자각하게 된다. 이러한 자각이 발단이 되어 '하룻밤 여인'과 잃어버린 고급 라이터, 만년필, 300만 원짜리 어음 등에 대한 그의 추적이 끈덕지고 집요하게 행해진다. 김경태는 이 과정에서 비로소 싱싱해진다. 완벽하고 멀쩡해 보이지만 사실은 허울뿐이던 '죽은 일상'에서 벗어나 "기억의 필름이 끊긴" 사이에 잠시 다녀간 '본래적 자아', 꿈이나 욕망 속에서나 존재하던 또 다른 자신, '그 녀석'과의 해후가 그를 '살맛'나게 만든 것이다.

> 그렇담 녀석의 짓이 틀림없으렸다. 찾다 지친 나머지 있는 것조차 의심스럽던 녀석의 존재를 그는 다시 믿으려 하고 있었다. 녀석은 그의 끊긴 시간을 지배했을 뿐 아니라 그로서는 불가능한 짓만 하고 돌아다녔다. 그는 녀석에 대해 분노하면서 강하게 이끌리고 있었다. (…중략…) 그가 이루어야 할 것은 물건이나 돈을 찾는 게 아니라 감쪽같이 끊겨 달아난 시간이었다. 그 시간을 지배한 녀석과 그의 내부의 자아를 연결하는 일이었다.(「유실」, pp. 233~237)

실마리를 따라 성남시까지 찾아가 하룻밤 여인 '조미숙'을 만난 후, 그녀에게 전해들은 "끊긴 시간의 기억"은 김경태 본인이 한 것이라고는 도저히 믿지지 않는 행위뿐이다. 그래서 김경태는 끊긴 기억 속의 자신을 '그 녀석'으로 타자화한다. 이것은 마치 안데르센동화 「그림자(*The Shadow*)」[402]나 로버트 루이스 스티븐슨(Robert Louis Stevenson)의 「지킬박사와 하이드 씨(*Strange Case of Dr.Jekyll and Mr. Hyde*)」에 등장하는 '이중자아'를 연상 시킨다. 인용문에서 고백했듯이 조미숙이 말한 그 녀석의 '살아 있는 성' 은 김경태에게 희열을 안긴다. 그는 "야성이 회춘하는 것 같은 기미"를 감지하면서, 조미숙을 밤새도록 잠 안 재우고 울릴 수 있는 그 '수컷'에 매혹 당한다.

김경태는 그간 "인간의 가장 기본적이고도 삶의 시작부터 종말까지를 일관한 장구한 욕망"인 식욕마저 극복할 정도로 놀랍도록 안전한 '중간' 을 취하는 평형감각의 소유자로 지냈다. 이것이 그가 지금 누리고 있는 견고한 일상의 성채를 구축하게 한 핵심적 감각이다. 그런 그가 야성에 눈을 뜨고 갈망하게 된 것이다. 이것은 안전한 평형감각이 아닌 위태롭 게 치우친 감각이다. 안전하지도 견고하지도 않은 미친 질주이다. 하지 만 이것으로부터 그는 생명력을 감지한다. 그러나 화려한 일탈로 획득한 그의 살맛은 조미숙이 사라지는 것으로 허무하게 종료된다.

유실물을 완전히 되돌려 받은 지금 오히려 그는 가슴속이 텅 빈 것처럼 허 전했다. 자신과 자신의 일생을 제대로 가눌 수 있을 것 같지가 않았다. (… 중략…) 그는 가끔 성남시를 찾는 게 비밀스럽고 화려한 일탈이었던 것처

---

402 「그림자」는 안데르센의 동화로 한 젊은이와 그의 그림자에 대한 이야기다. 그림자는 '욕망을 쫓는 자 아'를 상징하는데, 이야기 끝에 젊은이와 그림자의 존재가 뒤바뀌면서 분열된 자아의 전복을 묘사하 고 있다.

럼 그거 없는 앞으로의 나날이 한없이 지루하고 무의미하게 느껴졌다. (…
중략…) 비로소 그는 성남시 어디멘가에 잃어버린 게 무엇인지 알 것 같았
다. 그것은 녀석이었다. 녀석은 어쩌면 자신이었다. 그의 유실은 엄청났고
돌이킬 수 없었다. (…중략…) 앞으로 다시는 성남시를 찾는 일은 없을지도
모른다. 그러나 녀석은 탐색하는 일로부터 놓여날 수 있을 것 같진 않았
다.(「유실」, pp. 240~241)

그가 조미숙을 몇 번 방문해 되찾은 유실물은 라이터나 만년필, 300
만 원짜리 어음쪼가리 등이었다. 그러나 진정 되찾지 못한 유실물은 '그
녀석' 바로 '자신'이었다. 즉 생기가 있고 살맛을 느끼는 살아 있는 자신
을 영영 잃어버린 것이다. 앞에서 이것은 노년의 성에 대한 글이라고 했
다. 주인공이 우연히 경험한 자신의 건강한 성기능을 통해 자신감을 회
복하는 과정이 좀 과장되게 희화화되어 묘사되고 있다. 그러나 결국 이
작품에서 노년의 성이란 노년의 자기정체성의 다른 얼굴일 뿐이다.

박완서는 작품 제목으로 소설의 주제를 암시하는 경우가 많다. 작품
말미에 직접 밝힌 '유실'은 '遺失', 즉 '물건을 간수하지 못하고 잃어버림'
을 뜻한다. 김경태가 "끊어진 시간의 기억" 때문에 잃어버린 잡동사니는
모두 찾았지만, 그가 진정으로 찾아 헤매던 '끊긴 시간'과 그 시간을 지배
했던 '자신의 분열적 자아'는 영영 유실되는 것으로 끝을 맺는다. 그러나
그는 '또 다른 자아 찾기'를 끝끝내 포기하지 않을 것을 암시하고 있다.

이 작품은 표면적으로는 노년의 정체성 문제를 성을 매개로 건드리고
있지만, 살맛나는 일상이 무엇인지에 대한 박완서 특유의 탐구가 진하게
배어 있는 소설이다. 평화롭고 안전한, 부족함 없이 견고한 일상이 사실

은 생기와 생명력을 포기한 가운데 얻은 빈껍데기라는 냉정한 시각이 살아 있다. 활성화되지 않은 것들은 죽은 것이나 마찬가지라는 논리가 깔려 있는 것이다. 이 작품은 노년의 성을 매개로 해학적으로 이야기를 풀어나가면서도 삶에 대한 예리한 시선을 제시한 수작(秀作)이라 할 수 있다. 그리고 이 작품의 결말은 '냉엄한 현실인식→절망과 좌절'의 패턴을 벗어나 체념적이나마 긍정적 전망을 꿈꾸고 받아들이는 주인공의 모습을 보여주고 있다.

후기작 중에 「오동(梧桐)의 숨은 소리여」와 「촛불 밝힌 식탁」 역시 남성 인물이 전면에 등장한 작품들이다.

「오동의 숨은 소리여」는 홀로 되어 장남과 함께 살게 된 '김노인'이 아들네와 어울려 살기 위해 거치는 웃지 못 할 통과의례를 적나라하게 보여주고 있다. 이 통과의례는 「천변풍경」의 배우성 씨가 거쳐야 했던 그것과 아주 닮아 있다.

김 노인은 소외되는 존재감을 극복하고 자존감 회복을 위해 여러 선의(善意)적 시도를 하지만, 의도와는 달리 오해를 불러일으키기만 한다. 그로 인해 추락한 이미지에 대해 비애(悲哀)를 느끼는 노인의 모습은 오늘날 노년세대가 직면한 현실을 대변한다. 여기서 주목할 것은 노인을 둘러싼 인물들이 만들어내는 오해가 노인세대에 대한 기본적인 편견에서 유발된다는 점이다. 젊은 세대와 다를 바 없이 희로애락을 누리는 존재로서 인정하고 존중하는 마음이 엷은 것에서 유발된 오해이기에 김 노인이 진심을 토로하거나 인정받고 안식할 곳을 찾지 못하게 되는 것이다.

홀로 되어 아들네와 함께 살게 된 김 노인은 아내가 죽기 전 신신당부한대로 "책임지지 않고 사랑"만 하려고 노력한다. 책임지지 않는 사랑이란 어떤 잔소리도, 간섭도, 충고도 하지 않은 채 '바라보기'만 하고 '감내하기'만 하는 것을 뜻한다. 자신의 가치관을 있는 그대로 내색할 수 없는 그는 속앓이를 하게 된다.

책임지지 않고 사랑만 하기란 얼마나 어려운지. 참아내기 벅찬 정신의 중노동이었다. 하루하루 죽어가고 있을 뿐이라는 느낌 그 자체였다.(「오동의 숨은 소리여」p. 315)

해방기부터 한국전쟁 그리고 전후 재건기와 정신없이 진행된 산업화 소용돌이의 한가운데를 관통한 세대는 어려운 시절을 살아남기 위해 극단적으로 절약해야만 했고, 부모 공경 및 가족애가 당연했으며, 자신들의 자식들뿐만 아니라 남의 자식들까지 훈계하고 가르치는 것을 부모의 의무이자 권리로 알고 살았다. 이와 같은 어린 시절, 청장년시절을 거쳐 이제 노년에 이른 이들은 온통 뒤바뀐 가치관에 갈피를 잡을 수 없게 된다. 박완서는 김 노인을 통해 무지한 노인들, 못 배우고 경제력 없는 노인들뿐만 아니라 의식이 있고 경제력을 갖춘 인물들도 노인세대의 일원이 되는 순간 모든 인간적 제기능을 본의 아니게 상실하게 되거나 잠정적으로 상실한 것으로 대우받는다는 사실을 고발하고 있다.

남은여생 고독을 견딜 각오는 이미 하고 있었지만 굴욕감을 참으면서까지 살고 싶진 않았다. 그래서 노인정에도 안 가고 싶었다. 그러나 그게 생기면 며느리가 편해질 거란 말은 무슨 뜻일까. 이렇게까지 없는 것처럼 살건만 며느리는 불편해하고 있단 소리가 아닐까.(「오동의 숨은 소리여」p. 323)

인용문에 드러나듯이, 노인정이 동년배의 커뮤니티로 인식되기보다는 가족들, 특히 며느리의 자유시간을 위해 내쫓기는 장소와 다를 바 없다는 인식은 김 노인을 비참하게 만든다. 이것에 저항하는 마음으로 노인정을 부정하게 되는 것이다. 아내와 사별하고 아들네와 함께 살면서 겪게 되는 소외보다 더 김 노인을 당황하게 하는 것은 본인이 의지를 갖고 아무리 노력해도 아들네의 삶에 편입될 입구를 찾을 수 없다는 데 있다. 이에 지친 김 노인이 택한 길은 도우미아줌마를 돕는 것이었다. 김 노인은 이를 통해 완전히 상실해버린 자존감을 되찾고 싶었는지 모른다. 없는 듯 있어도 배척되는 대상인 자신이 누군가에게 도움을 줄 수 있는 위치를 갖는다는 것, 누군가에게 존경의 대상이 된다는 것은 그가 잃은 지위를 찾을 수 있는 유일한 해법으로 보인 것이다. 그러나 이런 시도도 김 노인이 넘을 수 없는 두터운 장벽에 가로막혀 그를 더욱 좌절시킨다.

없는 듯 살아도 배척받는 느낌에 시달리던 김 노인이 드디어 '임무'를 하나 떠안게 된다. 임무 수행을 위해 며느리 동생네 아이들까지 데리고 놀이공원에 간 김 노인은 복잡한 공원의 시스템과 수많은 인파에 떠밀려 보호자이기는커녕 보호를 받아야 되는 인물로 전락한다. 아이들이 흩어져서 노는 사이 김 노인은 젊고 발랄한 아가씨들이 등장하는 퍼레이드에 매혹된다. 그 중 눈에 들어오는 한 아가씨를 무작정 따라가 순간의 환희까지 맛보게 된다. 이것이 사건의 발단이 된 것이다.

아가씨 가슴께에 매달려 있는 실로폰 때문에 두 사람 사이에 적당한 간격을 둘 수밖에 없어서 더욱 감질나는 포옹이었다. 그러나 뒷맛은 오래도록 짜릿하고 감미롭고 그리고 포근했다. 그런 느낌은 얼마 만인지, 아니 생전 처음 같았다. 그는 소년처럼 가슴이 울렁거렸다. 그리고 자신 속에 그런 감각이 남아 있다는 게 신기했다. 아가씨도 행렬도 가고 없었다. 따라가서 더 무엇을 어째보고 싶단 생각 같은 건 없었다. 더 바랄 게 뭐가 있겠는가. 아가씨의 손길과 입김의 따스함 그 자체가 이미 황홀한 절정감이었다.(「오동의 숨은 소리여」p. 337)

젊음에 매혹당한 대가는 컸다. 아이들 중 막내 '나리'를 챙겨야 하는 임무를 망각한 것이다. 잃어버린 아이는 금세 찾았지만, 그의 임무 수행은 타격을 입게 된다. 그러나 김 노인은 그가 겪은 황홀에 비해 치른 대가가 대수롭지 않게 느껴질 지경이다. 소년이 된 듯 부풀었던 기억만으로도 무척 신기하고 소중해서 잊고 싶지 않고 다시 꺼내보고 싶은 기억이 된다. 이렇게 신기루 같은 젊음에 취해 있는 사이 김 노인의 입지는 땅에 추락해 있었다. 아들내외의 대화를 엿들은 김 노인은 도우미아주머니에게 준 도움이나 퍼레이드 아가씨에게 홀린 듯 따라간 자신의 행동이 모두 '헤픈 성적(性的) 충동'에 의한 것으로 오인되었음을 알게 된다.

노인의 성과 사랑은 젊은이들에게는 미지의 세계이다. 기본적으로 노인의 희로애락이 젊음의 그것과 다를 것이라는 출발에서 그들의 성과 사랑이 올바로 이해받기란 애당초 그른 것이다. 김노인은 "깊고 깊은 두레박 우물처럼 고혹적인 십삼 층 밑에 고인 어둠"에 잠시 눈길이 갔지만, 이내 "목숨이 아깝다"는 생각에 죽음의 유혹을 떨쳐버린다.

칠십 노구는 삭정이처럼 초라할 뿐 아니라 아들 내외가 궁금해 하는 능력이 없어진 지도 오래였다. …(중략)… 그런 별볼일 없는 늙은 몸이건만 얼마

나 신기한가. 꽃이 피면 즐겁고, 잎이 지면 서러운 걸 느낄 능력이 정정하

니. 그 밖에도 아직 깨어나지 않은 소리가 또 있을지 누가 아나. 아직도 밝

혀내지 못한 비밀이 남아 있는 한 그의 목숨은 그에게 보물단지였다.(「오동

의 숨은 소리여」p. 341~342)

이처럼 늙음에 관한한 가장 두려운 것은 편견일지도 모른다. 젊은 세

대에 누렸던 그 모든 것이 노년에는 '시들었다' 혹은 '사라졌다'는 인식에

서 출발한다면 노년세대에게 허락되는 영역은 너무나 협소하다. 박완서

소설에 나오는 노인들은 편견에 의해 소외되고, 그러한 편견에 맞서야

존재 이유를 획득할 수 있는 존재들로 그려진다. 「오동의 숨은 소리여」에

서 김 노인이 아직도 '미지(未知)'가 남아 있는 자신의 노년에 대해 자각하

고 있다는 점은 주목할 필요가 있다. 이는 김 노인이 젊은 세대들만의 특

권처럼 느끼는 자신의 잠재적 가능성이나 미래에 대한 긍정의 시야를 가

진 것으로, 노년에도 얼마든지 미지의 자신을 탐구할 수 있다는 가능성

을 열어놓고 있기 때문이다. 이것은 「유실」의 김경태가 자신의 분열적 자

아인 '그 녀석'에 대한 미련의 끈을 놓지 않고 미래를 전망한 것과 닮아

있을 뿐만 아니라, '반 보' 전진에서 나아가 '일 보' 전진의 기운이 감돈

다. 이 작품은 박완서가 62세에 쓴 작품으로, 60세 이전에 쓴 작품들에

비해 작가 본인이 좀 더 노년을 직접적으로 체감하고 있다는 징후들이

엿보이기 시작한다. 「오동의 숨은 소리여」는 초기작에 비해 가족이나 동

거자, 주변인들과의 오해와 갈등의 폭은 오히려 증가된 기미마저 보이지

만, 노년의 자기인식은 그 깊이가 더해졌음을 알 수 있다. 노년의 인물이

현실인식을 통한 절망에 머무는 것이 아니라 자신이 발견하지 못한 미지

의 자아에 대한 긍정성을 획득했다는 것은 박완서가 기타 부정적 노년문제를 다룬 소설들과 분명하게 차별화된 길을 가고 있음을 보여준다.

「촛불 밝힌 식탁」은 박완서가 75세에 발표한 단편이므로 그의 완연한 노년기에 집필된 작품이다. 이 소설은 노년소설이 가져야 할 삼박자를 모두 갖추고 있다. 노년의 작가에 의해, 노년의 주인공이, 노년의 문제를 이야기하고 있기 때문이다.

노년문제에서 자주 거론되는 것은 부양 부담, 경제력 및 생산력 상실로 인한 가난과 곤란, 노인성 질병과 죽음, 이 모든 문제로부터 파생되는 소외와 고독 등이다. 그런데 이 소설에서 다루고 있는 것은 좀 다른 차원이다. 서술자 '나'는 초등학교 교장에서 퇴직한 인물로 일정 수준의 경제력을 소유하고 있다. 오히려 자식에게 경제적으로 도움을 줄 수 있을 정도의 우월한 지위를 점유하고 있다. 또한 자식에게 직접적인 부양 부담을 지우지 않을 정도의 배려까지 갖춘 인물이다. 그럼에도 불구하고 노부부는 소외를 피할 수 없다. 이것은 사회에 만연되어 가는 가족 이기주의, 젊은 세대와 노년의 현실적 간극을 드러내는 것이다.

사건의 발단은 이렇다. 작중화자 '나'는 학교 교장직에서 은퇴한 인물로 퇴직 후 아들네와 가까이 살기 위해 서울 아파트로 이사한다. 그는 경제력이란 칼자루를 쥔 배짱으로 아들네와 서로 베란다가 마주보이는, 불빛을 확인할 수 있는 거리에 아파트를 구한다. 사정 모르는 친구들은 이런 그를 게걸스럽게 부러워한다.

그와 그의 마누라가 아들네의 의무적인 효에 시들해질 무렵, 마누라는 아들이 좋아하는 토속음식을 해 나르면서 생기를 되찾는다.

그런데 마누라가 음식을 해 나르다 허탕치고 돌아오는 날이 점점 잦아지는 것이다. 그래서 그는 베란다에서 '불빛 감시자'가 된다. 그러고 나서부터 아들네 불 꺼진 창에 의문이 들기 시작한다. 아들네 창은 칠흑 같은 어둠이 아닌 "모닥불의 잔광 같은 불확실한 밝음이 깊은 데서 일렁이고 있는 것 같은 어둠"인 것이다. 그것은 마치 "양초가 켜진 식탁"을 떠올리게 한다.

그는 혼자만의 은밀한 잠행으로 그 불빛의 실체를 알아낸다. 그 어둠은 아들네가 노부부에게 귀가를 은폐하기 위한 연극이었던 것이다. "양초가 켜진 식탁"은 노부부를 철저히 배제한 그들만의 잔칫상이다.

> 우리도 젊은이들처럼 무드 한번 잡아봅시다. 이러면서 온 집안의 전깃불을 다 끄고 소년 소녀가 마주 보고 생긋 웃는 형상의 아름다운 한 쌍의 양초로 식탁을 장식한다면 알아 들을까. 마누라에게는 알아듣는 것보다 받아들이기가 더 어려울 것이다.(「촛불 밝힌 식탁」, p. 196)

인용문에서 "알아듣는 것"보다 "받아들이기"가 더 어려울 것이라는 독백은 노년의 인물이 직시하는 현실을 그대로 표현하고 있다. 결국 그는 마누라의 충격을 걱정하느라 자신의 절망감은 내비치지도 못하고 끝을 맺는다.

박완서는 생활소설의 대가임에 틀림없다. 이 작품에서 알 수 있듯이 현재 진행 중인 노년의 문제를 정확하게 포착하고 있기 때문이다. 이 작품을 통해 75세의 박완서는 여전히 일상적 현실을 정확히 파악하고 있고, 해학과 풍자 속에 사람과 사물을 자유자재로 다루는 신랄함이 아직도 유효하고 건재함을 과시하고 있다. 그는 이 작품에서 노인문제는 사회나 가정에서 밀려난 누추한 노년에만 찾아오는 것이 아니라고 말하고 있다. 그가 조명하고 싶었던 것은, 자신의 삶을 충실히 살아내고, 자식에게 최선을 다한 노년에도 불어닥칠 수 있는 소외와 고독이 분명 존재한다는 것이다. 그리고 이것이 현재의 우리 모습이라고 말하고 있다. 이 작품은 극도로 이기적이고 야박해진 자식세대를 희화화시켜서 노인들이 얼마나 진심어린 정에 목말라하는지 보여준다. 일정 거리를 둔 너무 깔끔한 가짜 효마저도 "게걸스럽게 부러워하는 현실"을 풍자한 것이다. 이 작품에는 이와 같이 과장과 희화가 있어 더 쓸쓸한 노후가 드러난다.

작중화자가 남성이라는 공통점을 가진 이들 네 작품을 비교해보면, 초기작과 후기작 그리고 작품을 생산해낸 작가의 연령대에 따라 미묘한 시선의 변화와 세계관의 변화가 있음을 알 수 있다. 하지만 이러한 변모 양상 속에서도 박완서 특유의 현상과 사물, 인간에 대한 아주 예리한 포착력은 어느 작품에서건 발견할 수 있는 그만의 재능이다.

「오동의 숨은 소리여」의 분석에서 노년의 성에 대한 편견이 노년인물들의 자존감을 가장 크게 훼손하는 지점 중 하나라고 말한 바 있다. 「오동의 숨은 소리여」에서는 시아버지의 성이 문제시 되었다면, 「지 알고 내 알고 하늘이 알건만」[403]은 중풍 든 노인을 죽는 날까지 시중든 성남댁을 통해 표면화된다.

「지 알고 내 알고 하늘이 알건만」은 가족도 감당하기 힘든 노인성 질환과 그 치다꺼리를 둘러싼 인물들 간의 위선과 갈등을 드러낸 작품이다.

---

403 박완서, 「지 알고 내 알고 하늘이 알건만」, 『해산바가지』, 문학동네, 1999, pp. 151~175(이후 인용문은 제목과 페이지만 표기-인용자).

중풍 들린 홀시아버지 시중을 위해 며느리 '진태 엄마'는 '열세 평짜리 아파트'를 미끼로 '성남댁'을 집에 들인다. 이로 인해 진태 엄마는 시아버지 병수발에서 놓여났을 뿐만 아니라, 노인성 질환을 앓는 시아버지를 위해 최선을 다한 며느리라는 세간의 이미지까지 획득하게 된다. 한편 진태 엄마의 이러한 '음모'에 걸려든 성남댁은 마치 소모성 부품처럼 시한부 '마누라' 역을 떠안은 채, 사사건건 간섭하는 진태 엄마의 '체면치레'에 치여 살게 된다. 그나마 성남댁이 고단한 병수발과 진태 엄마의 가식과 위선을 견딜 수 있었던 것은 믿음직한 친구처럼 대해줬던 영감님의 정 가는 처신과 영감님 명의로 되어 있는 '열세 평짜리 아파트'의 달콤한 유혹 덕분이다.

그러나 영감님이 돌아가시자마자 진태 엄마와 그의 친구들은 성남댁을 비하하고 성적 조롱까지 서슴지 않는다. 영감님의 임종과 동시에 성남댁을 용도폐기하려는 이들의 모습은 마치 모파상(Guy de Maupassant, 1850.8.5~1893.7.6)의 「비계덩어리(Boule de Suif)」(1880)[404]에 묘사된 인간군상들처럼 비열하고 이기적이다.

성남댁은 비로소 자기만 빼놓고 모든 사람이 가담해서 진행시키고 있는 교

---

[404] 「비계덩어리」의 주인공인 '불 드 쉬프(비계덩어리)'는 비록 창녀지만, 위선적인 수녀들이나 공화주의자들보다 훨씬 긍정적 인물이다. 온갖 가식과 위선으로 치장한 중산층의 '고상함'은 자신의 몸뚱이 하나만으로 살아가는 '불 드 쉬프'보다 훨씬 천박하고 이기적이며 비열하다는 모파상의 안목은 지금도 유효하다. 박완서의 작품에서 성남댁이 가진 건강한 생명력, 몸을 움직여 만들어내는 생산력은 그래서 「비계덩어리」의 '불 드 쉬프'처럼 생생하고 '진짜배기'인 것이다. 반면 '체면치레'나 '겉치레'에 빠져 가식과 위선적 행동을 일삼는 며느리(진태 엄마)의 '음모'에는 작가의 비판적 시선이 함께한다.

묘한 음모를 감지했다. 그 음모는 불과 이틀 전까지 이 집안을 드높은 기성(奇聲)과 지독한 뚱구린내로 가득 채우고 거침없이 지배하던 영감님을 흔적도 없이 말살하려 하고 있었다. 그녀가 진태 엄마와 둘이서만 맺은 약속쯤 감쪽같이 없던 걸로 하는 건 문제도 아닐 터였다. 자기에게 이롭지 않은 건 가차없이 무화(無化)시키는 간악한 음모의 톱니바퀴에 성남댁은 스스로 곁다리로 말려들면서 누가 흠씬 밟아놓은 것처럼 입체감을 잃고 찌부러졌다.(『지 알고 내 알고 하늘이 알건만』, pp. 168~169)

인용문은 이 작품을 통해 말하고자 하는 작가의 의도를 성남댁을 통해 표출한 것이라 할 수 있다. 약속한 아파트 한 채는 "지 알고, 내 알고, 하늘까지 아는 일"이건만 진태 엄마는 성남댁 몰래 감쪽같이 그것을 팔아버린다. 진태 엄마의 이러한 위선과 이중적 간교를 감지한 성남댁은 영감님을 둘러싼 것 중 '진짜'는 자신뿐임을 인지한다. 진태 엄마를 위시한 영감님의 자식들과 친지, 이웃은 모두 '가짜'의 허울을 입고 연기한다. 진태 엄마의 '가짜 효부'로서의 '위장된 슬픔'을 뛰어넘을 자신이 없는 이들은 그저 "애매한 웃음과 애매한 근심으로 얼굴을 애매하게 흐리고" 그녀의 주변에 얼쩡거리기만 하면 되었다.

화장장에 홀로 남은 성남댁은 영감님 영구가 들어간 그곳이 마치 "아파트의 쓰레기통 문"처럼 여겨진다. 용도폐기된 존재감은 한줌의 재로 토해지고, 그 현장을 목도한 성남댁은 비로소 남은 감정의 찌꺼기, 치사한 미련까지 모조리 처리한 안도감을 느낀다. 성남댁은 영강님으로부터 받아 한두 푼씩 모아 전대로 찬 목돈이 아파트 한 채보다 자신의 분수에 더 맞다 생각하며 미련의 끈을 잘라버린다.

천한 잡년들! 엉덩이짓이라면 그저 잠자리에서 그 짓 하는 생각밖에 할 줄 모르는 것들이 나의 엉덩이짓이야말로 얼마나 질기고 건강한 생명의 리듬이란 걸 어찌 알까 보냐는 비웃음을 그녀는 그렇게밖에 표현 못했다. 임을 안 이고도 엉덩이짓은 되살아났지만 그 이상의 욕은 생각나지 않았다.(「지 알고 내 알고 하늘이 알건만」, pp. 168~169)

표면적으로는 먹고 살만한데다 교양까지 갖춘 중산층 사람들이 사실은 위선과 가장된 삶으로 점철된 '가짜'이며 더 천박한 이기심에 사로잡혀 있다는 것을 작가는 이 작품을 통해 말하고자 한다. 영감님을 우정으로 대하고, 몸의 생기와 생명력으로 살아가는 성남댁이야 말로 '진짜'이며 '천박함'과는 외려 거리가 멀다는 이러한 대비는 사회적으로 만연된 비뚤어진 중산층의식의 허위성에 일침을 가하고 있다.

또한 이 작품은 노년의 사랑이나 성, 재혼 등에서 실제적으로 문제시되는 것은 노인 당사자가 아닌 세간의 편견과 터부시하는 관례라는 것을 말하고 있다. 이런 '몰이해'로부터 폄훼에 대한 죄의식을 느끼지 못하게 되는 것이다. 노년의 욕망이, 본능이 웃음거리나 빈정거림의 대상이 되는 현실에서는 어떤 노년도 '삶의 질'을 담보할 수 없다. 이것에 대해 어떤 것이 '진짜'이고 '숭고'한 것인지 작가는 질문을 던지고 있는 것이다.

이 작품은 초기작에 해당하지만, 성남댁이 결국 자신의 생기와 생명력을 긍정하면서 모든 편견과 오해, 무례를 딛고 일어서는 형상으로 마무리하고 있다. 성남댁은 박완서 작품 곳곳에 줄기차게 등장하는 캐릭터로 이 인물이 상징하는 것은 노동의 숭고함과 그것을 해내는 몸의 생명력, 거짓이 아닌 진짜를 살아내는 긍정성 등이다. 이 작품에서도 그런 반복적 이미지가 차용되었고, 인물이 갖고 있는 긍정성으로 인해 작품의 결말이 힘 있게 마무리 되었다.

노년의 성이나 사랑, 재혼을 모티프로 창작된 후기작품에는 「마른 꽃」[405]「너무도 쓸쓸한 당신」[406]「그리움을 위하여」[407]「친절한 복희씨」[408] 등이 있다.

「마른 꽃」은 그 제목부터 의미심장하다. 꽃봉오리도 아니요, 만개한 꽃도 아니요, 그렇다고 시든 꽃도 아니요, 낙화도 아닌, 작가가 선별해 낸 그것은 다름 아닌 '마른 꽃'이다. 꽃은 꽃이 되 '마른' 꽃인 것이다. 작가는 이것을 통해 형체만 남은 노년의 '겉멋'을 젊음의 생기와 생동감으로 충만한 '정열'이나 '정욕'과 극명하게 대비시키고 있다. 즉 '마른 꽃'이란 짐승 같은 한때였지만 그만큼 순수함으로 충만하여 살아 움직이던 젊은 시절을 지나 이제는 말라붙어 그 생명력을 상실해버린 '노년'의 초상인 것이다.

노인 부양, 노인 소외, 노인의 연애와 성, 노인의 재혼 문제 등이 혼재한 가운데 이 작품에서 작가가 궁극적으로 말하고자 하는 것은 바로 '노년의 현재'이다. 젊은 시절 꿈꾸던 막연한 낭만으로서의 노년이 아닌, 인

---

405 박완서, 「마른 꽃」, 『그 여자네 집』, 문학동네, 2006, pp. 11~47(이후 인용문은 제목과 페이지만 표기-인용자).

406 박완서, 「너무도 쓸쓸한 당신」, 『그 여자네 집』, 문학동네, 2006, pp. 150~187(이후 인용문은 제목과 페이지만 표기-인용자).

407 박완서, 「그리움을 위하여」, 『친절한 복희씨』, 문학과지성사, 2007, pp. 8~40(이후 인용문은 제목과 페이지만 표기-인용자).

408 박완서, 「친절한 복희씨」, 『친절한 복희씨』, 문학과지성사, 2007, pp. 237~264(이후 인용문은 제목과 페이지만 표기-인용자).

생을 두루 경험한 노인이 직면한 노년의 현재를 사실적으로 묘사하면서, '낭만적 노년'과 '실체적 노년'이 어느 지점에서 갈라서고, 궤를 달리 하게 된 이유나 원인이 무엇인지를 토로한 서사다. 따라서 이 작품에는 젊은 세대가 '응시'하고 '대응'하고 '대접'하는 노년과 노년세대가 직접 '체감'하는 노년이 그 원초적 심지를 드러내며 교차한다.

「마른 꽃」의 화자 '나'는 친정조카 결혼식에 참석하기 위해 대구에 내려간다. 거추장스러운데도 불구하고 어른노릇을 하게 될 것을 대비해 차려입은 분홍색 한복은 조카들이 의논도 없이 폐백을 생략하는 바람에 무용지물이 되어버린다. 게다가 혹시라도 하루 묵고 가라 조카들이 청할까 싶어 끊어가지 않은 왕복표는 고스란히 분위기 파악 못하는 노인네로 그녀를 전락시킨다. 내년이면 환갑인 작중화자는 "늙은이 대접을 제대로 못 받으니까 스산하고 흉흉하기까지 하"여 곤혹스럽다. 조카들은 이런 그녀를 식이 끝나기가 무섭게 재촉하여 혼잡한 기차역에 "짐짝처럼 내려놓고" 가버린다. 어른대접도, 늙은이대접도 온당하게 받지 못한 화자의 섭섭함과 노여움이 '젊은 그들'의 무심함과 대비되며 박완서 특유의 직설로 빛을 발한다.

친정조카들의 야속함을 탓하고 서울행 교통편을 찾아 고투하던 그녀는 영락없이 불평불만 많은 노인네 그 자체다. 그러나 어렵사리 타게 된 고속버스에서 조우한 바다빛 '아쿠아마린'으로 인해 상황은 급반전한다. '아쿠아마린'의 바다빛에는 환갑을 앞둔 그녀에게도 존재했던 지난날의 한때가 머물러 있었기 때문이다.

아쿠아마린과의 추억은 이러하다. 한창 중년의 권태가 고개를 쳐들 어느 무렵 '나'는 보석상을 하는 친구와 어울려 구질구질한 일상을 벗어나

보석들이 갖고 있는 온갖 로맨틱한 이야기에 심취된 적이 있다. 그때 그녀를 사로잡은 보석이 바로 아쿠아마린. 그녀는 담백한 사랑이야기를 가진 그 바다빛에 매료되고 만다. 그 당시 그녀와 그녀의 친구는 "늙는 일밖에 안 남은 나이를 죽음보다 더 두려워하"면서 중년의 허무와 허전에 한창 시달릴 때였다. 낭만과 멋에 취해 있던 그들은 분위기 있는 고급스런 바를 찾기도 한다. 처음에는 각자의 남편도 합류시키려 했으나 그럴 때마다 "선약이 있는 남자들의 중년은 훨씬 덜 쓸쓸해 보여"서 그들의 쓸쓸함이 곱절이 되곤 한다. 그 바에서 그녀는 그 집 단골인 '늙은 한 쌍'을 알게 된다. 그녀는 그들을 '노부부'가 아닌 '늙은 연인들'로 여기고 싶어 한다. 그 편이 훨씬 설레기 때문이다. 당시의 그녀에게 "늙어서도 그 정도로 멋있다는 것은 선망이고 위안"이었고, "저 나이나 돼야 비로소 인간과 인간 사이의 진정한 화해가 가능하지 않을까 하는 생각"마저 들곤 했던 시절이다. 그녀에게 있어 아쿠아마린은 이와 같이 '아름다운 노년'을 상상하며 위안 받던, 중년의 그녀와 조우하게 하는 매개체이다.

그 아쿠아마린을 고속버스 옆자리에 탄 한 노인의 반지에서 발견하면서 곧 환갑에 들어서는 '나'의 이야기는 어느새 낭만의 핑크빛으로 새롭게 각색된다. 프렌치코트를 멋스럽게 차려입은 반백의 그는 그녀를 설레게 하기에 충분하다. 그는 "수려한 골상에 군살이 붙지 않아 강직해 보였고, 눈빛은 따뜻했"는데, 그 모습에 작중화자는 "가슴이 소리내어 울렁거렸"고, "이 나이에 이런 느낌을 가질 수 있다는 걸 누가 믿을까" 의구심이 들 지경이다. 한때의 해프닝으로 끝날 수 있었던 만남이었으나, '실버 로망'에 빠져들게 된 그녀는 "나이 같은 건 잊은 지 오래"다.

추억의 매개체 아쿠아마린과의 조우, 그로 인해 감상에 사로잡힌 그녀가 옆자리 노인에게 설레게 되면서 조카들의 무심함에 노여워하던 노파의 모습은 말끔히 지워지고 여인으로 거듭나는 과정이 설득력 있게 다가온다.

사는 동네까지 우연히 같았던 옆자리 노인과의 인연은 한 사건으로 인해 만남이 다시 연장된다. 잠시 맡아둔 개의 발병을 계기로 다시금 '그 노인'과 엮이게 된 그녀는 이성과의 우정을 교환하며 좀 더 활기찬 생활을 이어나가게 된다. 그와 만나면서 "열여섯 살 먹은 계집애처럼 깡총거리기"도 하고, 내부에서 "뭔가가 핑퐁 알처럼 경박하고 예민한 탄력을 지니게 되었다는 걸" 느끼게도 된다. 그러나 꿈처럼 누리던 젊음의 환상도 잠시, 한순간에 자신은 그저 빛바랜 노인일 뿐이라는 실체가 더욱 잔인하고 당혹스럽게 다가온다.

몸에서 물이 떨어져 발밑에 타월을 깔고 뻣뻣이 서서 전화를 받다 말고 나는 하마터면 아니 저 할망구가 누구야! 하고 비명을 지를 뻔했다. 문갑 옆 경대는 시집올 때 해가지고 온 구식 경대여서 거울이 크지 않았다. 거기에 하반신만이 적나라하게 비쳤다. …(중략)… 쌍둥이까지 밴 적이 있는 배꼽 아래는 참담했다. 볼록 나온 아랫배가 치골을 향해 급경사를 이루면서 비틀어짜 말린 명주빨래 같은 주름살이 늘쩍지근하게 처져 있었다. 어제오늘 사이에 그렇게 된 게 아니련만 그 추악함이 충격적이었던 것은 욕실 안의 김 서린 거울에다 상반신만 비춰보면 내 몸도 꽤 괜찮았기 때문이다. 또한 욕조에 잠겨서나 나와서나 내몸 중에서 보고 싶은 곳만 보고 즐기려는 마음도 없지 않았을 것이다. 그때 나는 급히 바닥에 깔고 있던 타월로 추한 부분을 가리면서 죽는 날까지 그곳만은, 거울 너에게도 보이나 봐라, 하고

다짐했다. (「마른 꽃」, p. 36)

늙음의 확인은 늙은이에게도 충격을 안긴다. 「천변풍경」의 노인들이 병상의 노 여사를 보고 충격을 받은 것도 바로 그 적나라한 늙음 탓이다. "존재의 내밀한 욕망과 그 근원을 탐험하고 기록했"다고 밝힌 바 있는 박범신의 소설 『은교』[409]에도 젊음의 욕망으로 인해 더욱 그 골이 깊어지는 늙음의 자각이 등장한다. 주인공 이적요가 소녀 은교를 통해 자신의 세포마다 젊음을 기억해내고 환희하는 모습, 그 환희의 끝에서 마주한 주름이 겹겹이 덧칠된 늙음의 현재. 그 늙음의 확인과 늙음의 현재는 늙은이에게 절망을 안긴다. 늙은 몸 안에 도사리는 욕망의 두께만큼 커다란 좌절로 다가오는 것이다.

> 이적요 시인이 본 경이로운 아름다움이란 은교로부터 나오는 특별한 아름다움이 아니라, 단지 젊음이 내쏘는 광채였던 것이다. 소녀는 '빛'이고, 시인은 늙었으니 '그림자'였다. 단지 그게 전부였다. (『은교』, p. 163)

「마른 꽃」의 작중화자 역시 은밀하게 시작된 연애감정에 몰입되어 물오른 청춘을 느끼다가 늙음의 실체, 그 적나라함에 기겁하게 된다.

그녀와 '그 노인'과의 로맨스는 결국 가족의 개입으로 인해 그리 오래 가지 못한다. 그녀의 딸은 '그 늙은이'가 교수를 하다 은퇴했다는 것, 가

---

409 박범신, 『은교』, 문학동네, 2010

진 재산도 좀 있다는 것 등 사회적 지위와 경제력을 빌미로 '그 늙은이'에서 '조 박사'로 호칭부터 승격시키며 엄마와의 결합을 지지한다. 한편 조 박사의 며느리 역시 자기 대신 시아버지의 말년을 책임져줄 대상으로 화자를 점찍고 적극적으로 연결하려 애쓴다. 이 과정에서 그녀는 남편과의 관계와 조 노인과의 사이에서 무엇이 다른가에 대해 눈뜨게 된다.

남편하고 열렬히 연애할 적에 어머니도 사윗감 하나는 마음에 들어 했다. 여북해야 개천에서 용 났다고까지 추켜세웠을까. 그러나 내가 그 용한테로 시집가는 것만은 단호히 반대했다. 개천에서 난 용한테 시집가는 건 용한테 가는 게 아니라 개천에 빠지는 거라고 했다. 어머니가 아무리 울고불고 말려도 나한테는 개천이 보이지 않고 용만 보였다. …(중 략)… 남들에게는 개천으로 보이는 것이 나한테는 사는 보람이요, 씩씩할 수 있는 원천이었다. 그 시절 내 눈을 가리고 오로지 한 남자만 보이게 한 그 맹목의 힘을 딸은 지금 정열이라 부르고 있는 것 같았다. 정열이라 해도 좋고 정욕이라 해도 좋았다.
지금 조 박사를 좋아하는 마음에는 그게 없었다. 연애감정은 젊었을 때와 조금도 다르지 않은데 정욕이 비어 있었다. 정서로 충족되는 연애는 겉멋에 불과했다. 나는 그와 그럴 듯한 겉멋을 부려본 데 지나지 않았나보다. 정욕이 눈을 가리지 않으니까 너무도 빠안히 모든 것이 보였다. 아무리 멋쟁이라고 해도 어쩔 수 없이 닥칠 늙음의 속성들이 그렇게 투명하게 보일 수가 없었다. (「마른 꽃」, pp. 45~46)

이와 같이 정욕으로부터 자유로운 나이에 이르렀다는 것은 겉멋으로 지칭되는 허구적 욕망이나 관계들의 내부를 통찰할 수 있는 작중화자 나름의 내면적 균형감각을 얻게 되었음을 의미한다.[410] 즉, 정욕이 없는 겉멋만의 연애는 현실을 직시하게 되어 도저히 젊은 날 남편과 함께했던 그 시절과 같아질 수는 없다는 자각이다. 이것은 연애감정에 몰입해 소녀처럼 들떠 있다가 자신의 늙고 추한 치부를 거울에 비추며 느꼈던 비애와 상통한다. 함께하는 구질구질한 생활을 견딜 수 있는 것은 사랑만 있다고 되는 것이 아니라고 느끼며 "적어도 같이 아이를 만들고, 낳고, 기르는 그 짐승스러운 시간을 같이한 사이가 아니면 안 된다"고 생각한다. '짐승스러운 시간'이 바로 정욕이 지배하는 세계이고, 그 정열이랄까 정욕이 바로 비루한 삶을 건강하게 살아낼 수 있게 한 순수의 원천인 것이다. 이정숙은 「노인들의 재혼에 대한 대응 양상」을 고찰하면서, "노인의 결혼이라도 단지 함께 라는 의미 이상의 어떤 것, 욕망이 있어야 한다"고 하였는데, 이 욕망이 작품 속 정욕과 상통한다 할 수 있겠다.[411] 결국 "겉멋에 비해 정욕이 얼마나 아름다운 것인지" 깨닫게 되면서 조 박사와의 로맨스는 막을 내리게 된다.

박완서의 「마른 꽃」은 젊은 세대가 놓치고 있는 노년의 현실, 노년의 연애에 대한 생각들이 잘 버무려진 노년소설이다. 노년에 맞게 되는 문제를 정곡으로 관통했다는 점에서 본격 노년소설이라 지위를 부여할 수 있다. 작중화자가 중년에 막연하게 그리던 낭만적인 노년의 로맨스와는

410 박혜경, 「겉멋과 정욕」, 「그 여자네 집」, 문학동네, 2006, p. 323

411 이정숙, 「현대소설에 나타난 노인들 삶의 변화 양상-'긍정적으로 늙어가기'의 관점에서」, 「현대소설연구」, 한성대학교, 2009, p. 266

달리 본인이 노년에 이르러 겪은 로맨스의 한계를 드러냈다는 점에서 이 작품은 리얼리티가 살아 있다고 평가할 수 있다. 그러나 작중화자가 말한 욕망이 없는 노년의 연애의 한계가 노년의 연애 전반에 보편적 설득력을 갖고 있느냐에 대해서는 의문의 여지가 남는다. 작가의 세계관, 현실인식이 작품이나 작중화자에 투영되었다고 볼 때 노년의 연애가 가진 여러 속성 중에 특정 부위만을 확대·해석한 면도 없지 않다고 보기 때문이다. 「마른 꽃」에 재기된 노년의 사랑이나 재혼이 언뜻 보기에는 굉장히 현실적으로 보이지만, 실제적으로 노년세대 전반이 가지고 있는 노인의 성이나 노년의 연애, 재혼 문제의 극히 일부분을 조명한 것에 지나지 않는다. 그런 의미에서 노년에 이르러도 욕망의 노예일 수밖에 없는 인간 본성을 드러낸『은교』의 세계관과 대비된다. 이런 대비를 통해 「마른 꽃」은 생활소설로서 현실의 리얼리티를 충실히 그려내려 노력한 작가의 배경에 부합되는 소재와 주제, 내용을 담고 있지만, 인간본성보다는 지나치게 이성적 현실 자각이 개입된 양상으로 노년의 사랑과 성을 재단한 한계점을 내포하고 있음을 지적하지 않을 수 없다.

「마른 꽃」의 노년의 사랑이나 재혼과 대비되는 작품으로는 「그리움을 위하여」를 들 수 있다. 이 작품은 젊은 날 무모한 사랑으로 생의 고단을 경험한 바 있는 친척 동생이 또다시 노년의 사랑에 몰두하는 것을 지켜보며 작중화자가 심경의 변화를 겪는 내용을 담고 있다.

노년의 사랑이나 성을 다룰 때 진정성을 담보하기 위해서는 고백과 같은 체험적 진술이 필요하다. 하지만 박완서가 그리는 노년의 사랑과 성은 그 본연의 이야기가 원류를 이루기보다는 '노년 정체성의 상징적 틀'로 연계한 경우가 더 많다. 「황혼」이나 「유실」 「지 알고 내 알고 하늘이 알건만」, 「마른 꽃」 등이 그 예라 할 수 있다. 그런 의미에서 「그리움을 위하여」는 노년의 사랑을 직접적으로 다뤘다는 점에서 진일보한 면이 있다. 그러나 이것 역시 작중화자 '나'가 관찰자 입장에서 다룸으로써 노년의 사랑과 성에 개입할 수 있는 심리적·육체적·사회적·관습적인 면 등의 깊이 있는 탐색에서 한 발짝 물러나 있는 아쉬움을 갖고 있다. 또한 전체적으로 너무 낭만적이고 피상적으로 노년의 사랑을 다룬 면이 있다. 리얼리티를 중시하는 그간의 창작 태도와는 좀 동떨어진 지점에서 사랑을 형상화하고 있는데, 「마른 꽃」과 같이 나의 사랑은 현실적이고 냉정하게 작품에 드러나는 반면 타인의 사랑에 대해서는 꽤 관대하고 낭만적으로 그리는 경향성을 보이고 있다.

「그리움을 위하여」는 작중화자가 젊은 날에 무모할 정도의 열정적 사랑을 경험한 친척 동생이 젊은 날과 조금은 다른 빛깔이지만 사랑의 열정과 순수를 여전히 간직한 채 새롭게 시작하는 노년의 사랑을 지켜보면서 쓴 글이다. 박완서 후기 작품에 간간이 등장하는 일인극 형식의 전개가 눈에 띈다.

이 작품 역시 박완서 소설의 특징을 논할 때 단골 메뉴로 등장하는 '혼잣말'이나 '내적 독백', '수다'가 전면에 등장한다. 노년의 여성인물이 중심화자로 등장하여 자신을 둘러싼 인물들의 시시콜콜함까지 전부 자신의 일상으로 끌어들여 자기중심적이고 참견하기 좋아하는 노년의 전형적 일상이나 심리를 잘 드러내고 있다. 이것은 간접체험을 쓰는 것보다 훨씬 사실적이고 현실적이라는 점에서 노년에 접어든 작가가 노년의 일상을 그린 효과가 극대화된 지점이라 할 수 있다.

작중화자 '나'의 사촌동생은 12살 연상의 유부남과 불같은 사랑에 빠져 결혼을 하지만, 착하기만 하고 무능한 남편 탓에 경제적인 어려움에 시달린다. 그런 연유로 자식들 교육도 남보다 더 시키지 못하고 만다. 그 사촌동생은 결국 자식들 곁 남의 집 옥탑방에서 노년을 보내면서 남편 병수발까지 도맡아 하다 결국 남편을 여의고 홀로 된다.

화자는 이런 사촌동생의 딱한 사정을 돕는답시고 일 잘하고 요리 잘하는 사촌동생을 십 년 넘게 집안 살림꾼으로 잘 이용해먹게 된다. 그녀에겐 그것이 관대고 배려였지만, 실제로는 그녀가 동생에게 무척 의지하고 도움을 받고 지낸 것이다. 이러한 자각은 동생의 부재로 확인하게 된다. 동생의 부재는 요양 차 방문한 섬에서 또다시 사랑을 찾으면서 시작된다. 아예 섬에 정착한 동생은 늘그막에 찾아온 사랑에 젊은 날 그랬던 것처럼 모든 것을 맡긴다.

작중화자는 갑자기 시작된 동생의 부재와 그 없음이 주는 불편에 안절부절하게 되고, 사랑을 선택한 삶이 곤란했음에도 불구하고 또다시 그 사랑을 택하는 동생의 무모함에 혀를 차게 된다. 하지만 동생이 쏟아내는 그 생기 있는 삶, 거짓 없고 천진한 몰두와 믿음에 마음이 훈훈해지면서, 동생의 삶도 그 나름대로 가치 있는 삶임을 인정하게 되고, 그간 자신도 모르게 내심 갖고 있던 자신의 '상전의식'을 반성하게 된다. 그리고 이제는 동생의 빈자리가 불편이 아닌 그의 낭만적 사랑과 생에 대한 충만한 열정을 응원하고, 그리워하게 된다.

나는 상전의식을 포기한 대신 자매애를 찾았다. 여름에는 시원하고 겨울에도 춥지 않은 남해의 섬, 노란 은행잎이 푸른 잔디 위로 지는 곳, 칠십에도 섹시한 어부가 방금 청정해 역에서 낚아 올린 분홍빛 도미를 자랑스럽게 들고 요리 잘하는 어여쁜 아내가 기다리는 집으로 돌아오는 풍경이 있는 섬. 그런 섬을 생각할 때마다 가슴에 그리움이 샘물처럼 고인다. 그립다는 느낌은 축복이다. 그동안 아무것도 그리워하지 않았다. 그럴 것 없이 살았으므로 내 마음이 얼마나 메말랐는지도 느끼지 못했다. 우리 아이들은 내년 여름엔 이모님이 시집간 섬으로 피서를 가자고 지금부터 벼르지만 난 안 가고 싶다. 나의 그리움을 위해.(「그리움을 위하여」, pp. 39~40)

이 작품은 노년의 사랑을 이야기하고 있지만, 그것이 작중화자 '나'의 사랑이 아닌 그녀가 지켜본 사랑이라 그런지 현실감보다는 지나치게 낭만적으로 처리된 징후들이 보인다. 하지만 이것 역시 박완서식 시나리오라고 할 수 있다. 「마른 꽃」에서 '나'가 연애의 당사자일 때는 젊은 날 남편과 함께 했던 짐승스러운 시간이 부재하는 한, 노년의 사랑이란 한계가 분명한 감정이라고 진술한 것에 반해, 이것이 본인의 사랑이 아닌 타인의 사랑이 되면 「마른 꽃」에서 '중년의 나'가 상상했던 그런 로맨틱한 노년의 사랑으로 뒤바뀌는 것이다. 노년의 화자 '나'가 사촌동생의 연애사를 바라보는 시각도 그러하다. 하지만 결국 노년의 우리들이 자식보다 더 의지할 수 있고, 끝 모를 고독을 물리쳐 줄 수 있는 것은 어쩌면 사랑을 나눌 수 있는 이성일지도 모른다는 생각에 동생의 사랑을 인정하게 된다. 그리고 그렇게 열정적이 순수한 동생을 상전의식을 갖고 대하던 지난날을 반성하면서, 동생에 대한 그리움을 그리움대로 간직하며 그간 메마를 대로 메마른 자신의 정서를 한번 환기하는 장면으로 작품을 마무리 짓고 있다. 동생이 노년임에도 불구하고 젊은 날과 다름없는 사랑에 자기 인생을 내맡기는 것을 보면서 작중화자는 뒤떨어진 상전의식에 매몰되어 살아온 메마른 자신을 되돌아보게 된 것이다. 이때 그리움을 남겨둔다는 것은 자신의 메마름에 정서를 부여하고픈 의지의 표현이다.

「마른 꽃」의 '나'는 젊은 세대에 불평하고, 나의 늙음에 진저리치고, 짐승스러운 시간이 부재한 노년의 로맨스를 부정하는 양상으로 심리가 전개되었다. 하지만 주인공의 태도가 절망적이진 않다. 노년에 부재하는 모든 것에 대한 어떤 관대함이나 체념적 순응의 정서가 엿보이기 때문이다. 「그리움을 위하여」의 작중화자 역시 불평하고 불안해 하지만 결국은 동생을 이해하고 동생의 세계관을 인정한다. 박완서가 70대에 쓴 이 두 작품만을 살펴봐도 그가 노년의 관조를 획득하였고, 사고나 이해의 폭이 젊은 날의 그것에 비해 확장된 면모가 드러남을 체감할 수 있다.

「너무도 쓸쓸한 당신」과 「친절한 복희씨」의 경우는 「마른 꽃」이나 「그리움을 위하여」와는 다른 각도에서 노년의 성이나 사랑을 바라보고 있다.

「너무도 쓸쓸한 당신」은 사정상 별거 중인 노부부가 서로에 대한 애정이나 존중이 사라진 후, 늙음의 자국만 넘실대는 추레한 몸을 통해 오히려 연민이 일고 부부의 정 이상의 의리 혹은 동지애를 느끼는 모습을 그리고 있다. 그러나 이들 부부의 동지애는 견고하게 처음부터 그들을 지지하고 지탱했던 것은 아니다. 오히려 그녀는 남편의 고지식함과 일관된 허위의식으로 인해 진저리를 치곤했다.

도시 아이들보다 입성이 부실한 시골 아이들이 얼마나 추울까 하는 최소한도의 배려조차 없이 교장의 졸업식사는 장장 반시간 이상 계속됐다. 해마다 같은 소리였다. 짖어대듯 정열 없는 고성도 변함이 없었다. 아이들은 발을 동동 구르며 무슨 생각을 할까? 그녀는 자신의 분노를 보태어 살의까지도 감지할 수 있었다. 귀를 틀어막아도 보고, 절레절레 머리를 흔들어 보아도 그 소리를 참을 수 없기는 마찬가지였다. 언 발이 결국은 무감각해지 듯이 들끓는 분노가 체념으로 잦아들 무렵에나 교장의 식사는 끝났다. 그녀는 남편 직장과 겨우 담 하나를 사이에 두고 살고 있다는 데 절망적인 염증을 느꼈다.(「너무도 쓸쓸한 당신」, pp. 150~151)

인용문에 드러나 있듯이, 남편에 대한 환멸이 극으로 치달았을 때, 아이들 교육을 핑계로 모양새 좋은 별거에 들어가게 되었고, 그녀는 내심 그것이 싫지 않았다. 그렇게 하게 된 별거는 그들 가족의 일상으로 자리잡고, 여전히 고지식하고 옹색한 남편은 퇴직 후에도 코드화된 인형마냥 반복되는 임무를 다하며 홀로 살아간다.

이들 부부에게 어떤 계기가 찾아든 것은 아들네 결혼식을 마친 후 오랜만에 부부가 한 방을 쓰게 되면서다. 그녀는 그때 욕실에서 나오는 남편의 몸을 보게 된다. 남편의 비쩍 마른 하체, 아무렇게나 방치된 노년이 그녀를 자극한다.

모기 물린 자국이 시뻘겋게 한창 약이 오른 것도 있고, 무르스름 가라앉은 것도 있고, 무수했다. 이 말라빠진 정강이에서 피를 빨다니. 아무리 미물이라도 어떻게 그렇게 잔혹할 수가 있을까? 도대체 어떡하고 살기에 제 몸을 저렇게 만들었을까? 때가 낀 손톱과 함께 그의 지나치게 초라하고 고달픈 살림살이가 눈에 선했다. …(중략)… 스스로 원해서 가부장의 고단한 의무에 마냥 얽매여 있으려는 남편에 대한 연민이 목구멍으로 뜨겁게 치받쳤다. 그녀는 세월의 때가 낀 고가구를 어루만지듯이 남편 정강이의

모기 물린 자국을 가만가만 어루만지기 시작했다.(「너무도 쓸쓸한 당신」, pp. 187)

모기가 비쩍 마른 남편의 정강이에서 염치없게 피를 빠는 행위는 그녀를 포함한 가족의 그것과 닮아 있고, 그녀는 모기를 타박하며 그간의 자신을 되돌아본다. 박완서의 노년소설에서 중요한 지점은 바로 연민이다. 이러한 연민은 기억에서부터 시작된다. 이런 모습이야말로 노년에 이르러서야 얻게 되는 감정이랄 수 있다. 이해가 부재한 이성(理性)과 그것이 지배하는 감성 아래서는 가질 수 없었던 감정이 노후에 찾아오는 모양새로 이것이 진정 노년의 부부란 무엇인가, 정열과 애정이 식거나 삭은 노후에 서로 의리를 지킬 수 있는 부부의 정이란 무엇인가에 대해 보여주고 있다. 남남처럼 되어버린 부부 사이를 회복시키는 것은 연민이며, 이를 통해 이해와 화해의 지평을 열게 되고, 긍정적 비전을 품게 된다.

이처럼 「너무도 쓸쓸한 당신」이 소원해진 부부가 연민을 통해 관계를 회복하고 긍정적 미래를 예고하는 것과 달리 「친절한 복희씨」는 더욱 최악으로 치닫는 노부부를 전면에 내세우고 있다.

「친절한 복희씨」는 그 제목에서 2005년에 개봉한 박찬욱 감독의 영화 「친절한 금자씨」[412]를 연상시킨다. 이때 패러디의 효과는 '친절한'으로 수식되는 인물의 문제적 이미지로 이어진다. 패러디는 그것의 원천 소스를

---

412 「친절한 금자씨」는 박찬욱 감독이 연출하고 이영애가 타이틀롤을 맡은 영화로 2005년에 상영되었다. 아동 유괴 및 살인죄의 누명을 쓰고 옥살이를 한 '금자'가 출소 후 '복수'하는 내용이 서사의 축을 이루고 있는 작품이다. 수식어 '친절한'은 아이러니적 기법으로 사용되었다.

아는 이들에게 교묘하게 작용하여 작가가 의도하는 의미를 효과적으로 전달하게 되는데, '친절한 금자씨'로부터 유발되는 힌트는 '복수'다. 「친절한 복희씨」에는 '친절한'의 사전적 의미에 위배되는 '잔혹한' 복수의 코드가 숨어 있다.

복희씨는 자신의 남편을 '그'라는 3인칭으로 시작하여 "늙고 병들어 썩은 포대자루처럼 처져 있는 남자"로 대상화한다. 이 묘사는 마치 '발기불능의 남근'을 연상시킨다. 이것이 그의 현재다. 호칭의 '거리두기'에는 분명 그에 걸맞은 사연이 있기 마련이다. 복희씨의 회상으로 시작되는 소설은 왜 남편이 그저 비루한 '그 남자'일 뿐인지, 그녀가 어쩌다 친절한 복희씨가 되었는지, 바로 그 사연으로 이끈다.

박완서 작품의 특징 중 하나로 꼽히는 것이 내적 독백이나 수다체 서술이다. 서술자는 쉴 새 없이 속내를 쏟아 내거나 회상 속으로 타자를 끌어들이곤 한다. 김병익은 "악의, 위선, 이중성, 허위 등 인간의 숨은 악덕과 주름살처럼 낀 삶의 부정적 양상에 대한 박완서의 따끔한 관찰력과 그것을 수다스러운 입심으로 드러내는 문학적 형상력은 그녀 문학의 한 뛰어난 자산"[413]이라고 평가했는데, 「친절한 복희씨」 역시 예외 없이 그러하다.

구질구질하고 가난하게 살던 복희씨는 열아홉 꽃 같은 나이에 서른을 넘긴 띠동갑 홀아비에게 몸을 빼앗기고 그에게 시집온다. 그와의 결합으로 구질구질한 가난은 피했지만, 전처의 아이뿐만 아니라 전처의 어머니

---

413 김병익, 앞의 책, p. 292.

와도 기이하고 어색한 동거를 하게 된 복희씨.

그녀는 전처의 아들 생일상에 오를 닭을 잡으려다 어설픈 솜씨로 인해 한바탕 소동을 치른 후 일순 '얼뜬 사람'이 되었고, 여기에서 한발 더나아가 '벌레 한 마리도 못 죽이는 사람'이 된다. 이렇게 덧칠된 이미지는 벌레 한 마리도 못 죽이는 '착한 사람, 순한 사람'으로 다시 다듬어져서, 이것은 '친절한'이란 수식어에 정당성을 부여하게 된다. 그런데 여기서 '친절한'은 '가면'을 의미한다. 사실관계를 떠나 실제의 인물이 오히려덧칠된 이미지에 부합되게 살아가게 되면서 가면이 진짜인지 그 속의 인물이 진짜인지 알 수 없게 되는 형국이다. 연극 「라이어(Lier)」[414]의 그것처럼, 박완서는 작품 속에서 우연의 연쇄반응으로 야기되는 상상 밖 상황의 전환을 통해 웃음을 유발하는 장치를 쓰곤 하는데, 복희씨가 친절한가면을 쓰게 되는 과정이 그러하다.

가면과 가장(假裝)으로 시작한 복희씨의 결혼생활은 남편과의 잠자리에서부터 일상사까지 가짜가 판을 친다. 가면이 설혹 가장이고 가짜여도, 이것을 통해 안도와 평화를 경험한 복희씨는 자신의 자식을 줄줄이낳았어도 전실 자식을 더 사랑하는 척도 못 할 것 없다는 심정으로 살아간다. 하지만 다섯이나 되는 자식들이 장성하여 며느리란 변수가 생기면서 평화를 위한 가장에 균열이 발생한다.

전실 자식까지도 차별하지 않고 공평하게 대할 수 있었던 건 며느리가 생

---

[414] 영국의 극작가 겸 연출가 레이 쿠니의 대표작 연극 「라이어」는, 거짓말이 거짓말을 낳으며 꼬인 상황속에서 벌어지는 해프닝을 코믹하면서도 탄탄한 구성으로 그려낸 작품이다.

기기 전까지고, 남의 자식들이 들어오고부터는 내 마음속에도 저울이 생기기 시작했다. 겉으로 나타내진 못하고 있지만 며느리에 따라서 예쁜 자식, 미운 자식이 생긴 것이다. 편애의 쾌감은 독하고 날카롭다.(「친절한 복희씨」, p. 244)

위장된 평화를 깨는 이 균열감에 복희씨는 은밀한 쾌감마저 느낀다. 그것은 가짜가 아닌 진짜이기 때문이다. 위장된 평화가 아닌 당당하고 싱싱한 현재이기 때문이다.

자식들과의 신경전 외에도 복희씨로 하여금 그토록 '삶의 출구'를 갈망하게 만드는 존재가 있었으니, 그것은 중풍으로 반신을 흐느적거리면서도 식욕이나 성욕에 여전히 집념의 끈을 놓지 않고 사는 바로 '그 남자'다. 그의 끈덕진 욕망의 신음소리에 복희씨는 또다시 죽음의 묘약이라 믿는 아편환을 만지작거리게 된다. 그 묘약은 복희씨의 친정어머니의 친정어머니로부터 유래한 것으로, 마치 대대로 출구 없는 여인네들에게로 전해지는 금단의 열매와 같은 것이다. 꽃다운 시절에 남편에게 유린당할 때도 품었던 그것을 이제 늙어 더 이상의 무엇이 없을 것 같은 나날에도 은밀히 그것의 용도를 저울질하게 된다. 복희씨의 복수는 아직도 미완이기 때문이다. 그래서 죽음의 묘약도 여전히 유효하다.

죽음의 묘약은 어이없게도 비아그라의 출현으로 다시 수면위로 떠오른다. 남편이 약국에 부탁한 비아그라는 복희씨로 하여금 살의를 느끼게 한다. 살의는 충동을, 충동은 일탈을, 일탈은 죽음을 유혹한다.

나는 오랫동안 간직해온 죽음의 상자를 주머니에서 꺼내 검은 강을 향해 힘껏 던진다. 그 갑은 너무 작아서 허공에 어떤 선을 그었는지, 한강에 무슨 파문을 일으켰는지도 보이지 않는다. 그가 죽고 내가 죽는다 해도 이 세상엔 그만한 흔적도 남기지 못할 것이다. 그래도 나는 허공에서 치마 두른 한 여자가 한 남자의 깍짓동만 한 허리를 껴안고 일단 하늘 높이 비상해 찰나의 자유를 맛보고 나서 곧장 강물로 추락하는 환(幻)을, 인생 절정의 순간이 이러리라 싶게 터질 듯한 환희로 지켜본다.(「친절한 복희씨」, p. 264)

'추락하는 환(幻)'은 '추락하는 환(丸)'의 언어유희다. 찰나의 자유가 터질 듯한 환희로 둔갑한 매혹적인 환(幻)은 오랫동안 삶의 출구로 간직한 환(丸)의 마지막 환영이자 죽음의 의식이다. 복희씨는 남편과 서로 착각하는 운명을 타고났다. 옆방 대학생을 향한 여성으로서의 자각이 남편의 유린으로 제대로 꽃피워보지도 못하고 끝나면서 시작된 이 착각은 노년의 끝자락까지 풀릴 기미가 보이지 않는다. 비아그라로 촉발된 이 마지막 착각이 그녀를 죽음의 강가로 이끈다. 박완서의 초기작들과 달리 후기작들은 열린 결말이나 모호성을 던지는 의미들이 많이 등장한다. 이 죽음의 의식도 환으로 처리되어 여러 가지 해석의 길을 열어놓았다.

친절한 복희씨의 삶은 유린으로 시작해 온통 가짜로 얼룩져있다. '얼뜬 사람' 복희씨는 어쩌면 감쪽같이 자신을 위장하고 산 가장 '영악한 사람'일지도 모른다. 마지막 복수마저 환으로 처리함으로써 우리는 진짜가 무엇이었는지 영원히 알 수 없게 되어버렸다. 하지만 이러한 환각적 이미지는 모면할 수 없는 현실에 대해 좌절하거나 절망하기보다는 출구를 찾는 역동성을 감지하게 한다. 이것은 초기작에 드러난 망연자실이나 쇼

크의 모양새와는 전혀 다른 것으로, 가면을 써서라도 죽음의 묘약을 품고라도 능동적으로 자신의 삶을 주도하려는 영악함이 있어 시시하지 않다. 이것은 노년일지라도 포기할 수 없는 숙명 같은 것이다. 이 작품 역시 결국은 성을 매개로 노년에도 멈추지 않는 자기정체성에 대한 강한 희구를 그린 작품이라 할 수 있다.

생태적으로 맞이하게 되는 노년은 이미 그 징후들에 대해 충분한 지식을 갖고 있음에도 불구하고 피해갈 수도, 대비할 수도 없는 그런 면을 갖고 있다. 이에 반해 노년에 맞게 되는 위치 상실이나 소외, 고독 등은 노인을 둘러싼 사회적 제도장치의 보완, 주변인이나 동거인들의 인식의 변화, 행동의 변화 등으로 어느 정도 몰이해를 이해로 돌릴 수 있는 여지를 갖고 있다. 그럼에도 불구하고 현대사회는 이에 적절히 대처하지 못하고 있고, 그러기에 노년의 소외와 고독은 생태적 불리함 이상으로 노년의 삶의 질을 위협하는 존재가 되었다. 이제는 그저 연명하는 생명 자체보다는 어떻게 사느냐를 결정하는 삶의 질에 더 관심을 기울이는 추세이므로 더더욱 노년의 심리적 측면에 대한 관심과 배려가 요구된다.

노년소설 규정에서 노년의식의 형상화를 세 가지 측면에서 고찰한 바 있다. 실증적(實證的) 노년의식, 본능지향적(本能指向的) 노년의식, 이상향적(理想鄕的) 노년의식이 그것이다. 이 분류를 통해 생태적 측면이나 노년의 소외와 고독을 형상화한 작품들은 실증적 노년의식을 바탕으로 한 것임을 알 수 있다. 반면 노년의 성과 사랑 문제는 본능지향적 노년의식에 그 뿌리를 두고 있다. 그러나 박완서의 작품에서 본능지향적 노년의식의 맨얼굴을 접하기는 힘들다. 그의 노년문제 창작모티브는 노년이란 실체에 주목하여 생활인으로서의 노인들을 발굴하는 데 공을 들여왔기 때문이다.

　노년의 사랑이나 성은 온통 편견과 금기로 굳게 자물쇠 채워져 있다. 박완서의 본능지향적 노년소설들은 대부분 노년의 사랑이나 성을 전면에 내놓지 않는다. 그것이 설혹 표면적으로 이슈를 만들어내고 있다 해도, 그것을 매개로 노년을 둘러싼 주변인들 혹은 동거인들의 위선과 가식에 대한 일침을 가하는 데 더 무게를 두거나, 노년에도 포기할 수 없는 정체성 찾기의 매개체로만 작동한다. 박범신의『은교』와 같은 노년에도 변질되거나 사라지지 않는 인간본성에 대한 본격적인 탐구는 찾아보기 힘들다.

　박완서의 소설은 리얼리티가 살아 있어, 생활소설을 담는데 알맞은 공간을 제공한다. 하지만 박완서식 리얼리티는 때론 문학적 확장성에 어떤 제약으로 작용한다. 「마른 꽃」의 작품분석에서도 지적했듯이, 젊은이의 사랑과 노년의 사랑을 구분하여 노년의 사랑의 한계가 무엇인지 명확하게 제시하고 있다. 그것은 실질적으로 노년의 현재를 잘 보여주고 있지만, 과연 그런 측면이 노년의 사랑의 전부인가 의문을 갖게 한다. 특히 그것이 인간본성에 대한 재단일 때는 더더욱 그렇다. 노년의 사랑과 성에 대한 작품들은 박완서가 생산해낸 노년소설 중 가장 의미적 한계성을 보여준 모티프임을 지적하고 싶다.

　노년문제에서 위치 상실과 소외, 고독의 제 문제와 노년의 성과 사랑, 정체성 찾기를 제외한다면, 가장 근원적인 노년의 문제와 맞닿게 된다. 생물학적 늙음과 질병은 노년문제의 생태적 특징과 맞물려 있는 것으로 그 누구도 비켜갈 수 없는 숙명 같은 것이다. 그리고 생이 다하는 소진의 시점에 접하게 되는 죽음이야말로 인생의 종착역과도 같은 의미를 내포하고 있다. 인간 공포의 진원지는 죽음이고, 이것에 대한 공포로부터 철학과 종교, 예술이 뿌리내리게 되었다는 가설은 쉽게 부정할 수 없을 것이다. 이러한 숙명에 처한 노년의 형상화는 작가 고유의 세계관과 경험이 간섭하지 않을 수 없는 영역이다. 박완서의 노년소설 중 이러한 제재와 주제, 세계관이 드러난 작품을 분석하면, 작가가 이야기하고자 하는 숙명적 노년과 대면하게 될 것이다.

생물학적 늙음과 질병, 죽음을 모티프로 창작한 초기작으로는 「저녁의 해후」[415] 「저물녘의 황홀」[416] 등이 있고, 후기작으로는 「여덟 개의 모자로 남은 당신」[417] 「대범한 밥상」[418] 등이 있다.

「저녁의 해후」는 표면적 메시지와 그 내피에 자리 잡고 있는 은유적 서사로 인해 해석을 달리할 소지가 있는 작품이다. 그럼에도 불구하고 이것을 노년소설류로 분류한 이유는, 아픈 과거를 지닌 인물이 노인이 되어도 그것을 청산하지 못하고, 자신들 세대의 늙음과 함께 잊혀지고 소실되는 그 기억에 대한 필사적인 사수와 갈망이 작품에 담겨져 있기 때문이다. 이것은 내적 노년인식의 전형을 이루며 '하소연하기→이해하기→체념적 순응하기→노년의 정체성 찾기'의 심리 변화 과정을 그대로

---

415 박완서, 「저녁의 해후」, 『해산바가지』, 문학동네, 1999, pp. 71~98(이후 인용문은 제목과 페이지만 표기-인용자).

416 박완서, 「저물녘의 황홀」, 『해산바가지』, 문학동네, 1999, pp. 277~300(이후 인용문에는 제목과 페이지만 표기-인용자).

417 박완서, 「여덟 개의 모자로 남은 당신」, 『나의 가장 나종 지니인 것』, 문학동네, 2006, pp. 278~311(이후 인용문은 제목과 페이지만 표기-인용자).

418 박완서, 「대범한 밥상」, 『친절한 복희씨』, 문학과지성사, 2007, pp. 199~233(이후 인용문은 제목과 페이지만 표기-인용자).

보여주고 있다.

작품 속 서술화자 '나'는 "한쪽이 불수"인데다 "필라멘트가 간댕간댕 붙었다 떨어졌다 하는 전구처럼 깜박"이는 기억력을 가진 남편을 돌보며 살아가고 있다. 그녀는 이런 남편의 노망에 치를 떨며 넋두리를 늘어놓곤 한다.

> 아아, 노망이란 뭘까. 기억이 이어지지 않고 끊어지기 때문에 무슨 일이고 처음처럼 새로울 수 있다는 건 얼마나 끔찍한 일인가.(「저녁의 해후」, p. 73)

이렇듯 노후의 징후들은 어느 날 갑자기 찾아와 신체의 어딘가를 마비시키고, 세월의 기록인 기억을 야금야금 훔쳐낸다. 그래도 노년의 그들에겐 딱히 방법이 없다. 소실된 기억의 어느 지점을 매번 처음처럼 다시만날 뿐이다. 화자는 그것이 끔찍하다.

그녀는 남편 외에도 조카딸 '영애'와 삼 년째 동거중이다. 동생이 죽은 후 시작된 조카딸과의 동거는 그녀에게 고스란히 부모의 역할을 떠맡게 했고, 영애가 불어넣는 집안 곳곳의 변화와 생기는 부부를 조금은 불편하게 만든다. 화자는 가끔 영애가 구닥다리 물건들을 끄집어내 마치 보물단지를 발견한 듯 호들갑떠는 일들이 그저 "기운이 남아도는 사람들이나 할 짓"이라 여기고, "구닥다리 물건이 내 집에서 살아나지 않는 게 우리 부부의 생명력의 결핍 탓인 양 꼴보기 싫어" 애써 외면한다. 이와 같이 노추(老醜)는 겉모습만 점령하는 것이 아닌, 노년의 심리까지 깊이 파고들어 생기와 생명력, 그것에 기반 한 삶의 자신감을 앗아가는 것이다. 이런 노년의 삶에 끼어들어 젊음과 변화를 담당하는 조카딸 영애는 아이러니하게도 갈등을 조장하는 존재가 되고 만다.

'나'의 이런 늙은 일상에 한 가지 이벤트가 생기는데, 그것은 조카딸의 맞선자리에 동행하게 된 것이다. 그곳에서 남자 측 아버지로 나온 '조 노인', 화자의 젊은 시절 맞선상대였던 그와의 해후가 이뤄지면서 그것이 단순히 하루의 이벤트로 끝나지 않고 과거로의 여행을 떠나게 되는 단초가 된다. 그 옛날 조 노인과 그녀는 맞선을 본 후 한 달가량 만남을 이어오다, 조 노인 측에서 궁합이 나쁘다는 핑계를 대서 혼담이 깨진 전력이 있다. 해후한 둘은 고향 송도(松都)의 기억으로부터 시작하여 추억과 그리움을 맛보고, 한편으론 수십 년간 고스란히 남겨진 오해의 찌끼들로 팽팽한 맞섬을 이어간다. 과거를 회상하는 순간 그들은 이미 과거의 그들로 돌아가 있었다. 과거의 젊음, 순수, 열정 등이 지금의 느글느글한 늙음과 시공을 초월해 아슬아슬하게 대면한다.

그가 뒤에서 숨차게 따라오는 소리가 들렸다. 나는 못 들은 척하고 걸음을 더욱 빨리했다. 열아홉 살 먹은 처녀처럼 앙칼진 앙심이 그를 다시 사각모 쓴 청년으로 만들고 있었다. 나는 정말 열아홉 살 적처럼 날쌔게 달렸고, 열아홉 살 적처럼 붙들릴 꼬리를 살짝살짝 날름대고 있는지도 몰랐다. 마침내 나는 꼬리를 밟혔다. 우린 다시 마주 보았다. 그의 대머리는 아직도 놋대접처럼 견고하게 빛나고 틀니가 버텨주는 입가와 턱은 완강하건 만도 얼굴 한가운데가 무너져 내린 것처럼 비참하고 무력해 보였다. 나는 그의 늙음을 직시했다. 환상은 사라지고 그의 늙음이 어쩔 수 없는 친근함으로 다가왔다.(「저녁의 해후」, pp. 93~94)

이처럼 그녀가 과거와 현재를 오가며 감상적으로 허둥거리다 현재의 그와 겨우 마주선 순간, 조 노인으로부터 뜻밖에 임진각에 가자는 제안을 받는다. 그녀는 마지못해 동행을 허락하지만, 그가 보여주는 고향에 대한 "늙은이의 지칠 줄 모르는 기억력"에 숨이 막힌다. 그녀가 인내심의 바닥을 드러낼 즈음, 한 가지 사건이 생긴다.

저만치 일본인 관광객이 한 떼 안내원 뒤를 따라 임진각 근처를 한바퀴 돌고 나서였다. 안내원이 뭐라고 우스운 소리를 했는지 일제히 까르르 웃기 시작했다. 그 웃음소리는 돌연 높은 곳으로부터 떨어져서 박살이 난 유리조각처럼 생급스러우면서도 투명하고 눈부셨다. 근심 없음의 눈부심이 쏘는 것처럼 아프게 와 닿았다. 그때 그는 우뚝 일어서더니 그들에게 크게 외쳤다. …(중략)… 목소리는 우렁찼지만 아까 강 너머를 가리킬 때의 동상 같은 위엄은 어느덧 사라지고 정당한 분노조차 감당 못 해 가냘프게 떠는 노구가 거기 있었다. …(중략)… 나 역시 늙었고, 그건 단순한 기억력이 아니라 유별난 애정이라는 걸 알고 있기 때문이었다. 내가 할 일은, 그와 같은 노인들과 함께 그 고장에 대한 유별난 애정 역시 미구에 사라져갈 것을 슬퍼할 일밖에 없었다.(「저녁의 해후」, pp. 93~94)

박완서가 글을 쓰게 된 동기도, 한국전쟁체험 관련 자기복제 식 글쓰기를 지속한 까닭도, 결국은 전후세대가 한국전쟁과 그것으로 촉발된 분단문제를 잊지 말았으면 하는 메시지를 남기기 위해서였다. 지금의 고착화된 분단은 그를 점점 더 초조하게 만들었다. 게다가 이제는 전쟁을 체험하고 기억하는 그들조차도 늙어 사라지고 있다. 전쟁을 체험하고, 분단의 아픔을 겪고, 고향을 잃은 작중 화자 '나'와 조 노인의 그 "유별난 기억력과 애정"은 그런 것들과 무관한 타인들의 "근심 없음"에 의해 상처받고 "아프게 와 닿는"다.

　과거와의 해후로 골 깊은 상처를 들여다보고 집에 돌아온 그녀는 죽은 사람처럼 꼼짝도 안 하고 누워 있는 남편의 몸을 살핀다. "평소엔 한 이불 속에서 살만 잠깐 스쳐도 질겁을 하게 싫던 불수의 반신을 온기가 돌아올 때까지 정성들여 주무르며 그 반신이나마 있음으로 해서 그가 살아 있다는 사실이 새삼 눈물겹"다.

> 조 노인으로부터 받아들이길 한사코 거부한 잃어버린 것, 부재(不在)하는
> 것에 대한 슬프디슬픈 사랑법이 어느 틈에 나한테 옮아붙은 것처럼 느꼈지
> 만 그게 그닥 기분 나쁘진 않았다.(「저녁의 해후」, p. 98)

　작중화자 '나'는 작품 내내 자신을 둘러싼 외부조건과 인물들에 반발하거나 갈등하고, 한편 그것들과의 화해를 반복한다. 그녀는 피할 수 없는 노추(老醜)에 진저리치면서도 받아들이고, 젊은이들에게 반발하면서도 체념하고, 늙음과 흘러간 시간을 억울해하면서도 직시하고 순응한다. 하소연과 순응의 교차점에는 연륜과 '다시 바라보기'의 자세가 엿보인다.

　「저녁의 해후」는 한국전쟁 관련 글쓰기에도 해당하고, 노년소설에도 해당한다 할 수 있다. 지금까지 이것을 노년소설류로 보고 해석했지만, 이야기 소재가 갖고 있는 비유적 상징성을 보면 오히려 한국전쟁체험 관련 글쓰기에 더 적합할 수도 있다. 남편의 반신불수의 몸, 중요한 기억조차도 상실하는 남편의 현재는 남북분단의 오늘과 우리민족에게 영원히

각인되어야 할 비극임에도 불구하고 무관심하게 방치되어 잊혀져가는 분단의 현실을 비유한 측면이 강하기 때문이다. 반신불수 남편이 가진 이러한 상징성은 고향사람 조 노인과의 해후로 인해 상징의 틀을 벗어나 구체화된다. '나'는 조 노인과 뜻밖에 만나 하루 동안 겪은 사건을 통해 사랑법 하나를 터득한다. 남편의 반신불수의 냉기에 진저리치는 대신 나머지 반의 온기를 온몸에 퍼뜨리기 위해 정성을 다하는 것이 그것이다. 젊은 세대와 불화하는 대신 노인들의 유별난 기억과 애정으로 그들이 살아온 흔적을 남기려고 노력하는 것 또한 그것이다. 작중화자 '나'는 내외부에서 겪는 반발심과 갈등을 이해와 따뜻한 시선으로 극복하고 화해하며 긍정성을 획득한다.

「저녁의 해후」의 상징성에 대해 이견이 있을 수 있지만, 한국전쟁체험 관련 글쓰기로서의 해석과 노년소설로서의 해석을 모두 열어놓고 싶다. 박완서 작가의 특성에 비추어 볼 때 둘 다 충분히 가능성 있는 해석이라 판단되기 때문이다.

「저물녘의 황홀」은 자식들과 손자녀를 모두 미국에 보낸 채 한국에 홀로 남은 노파가 외로운 상념에 젖어 지난 시절을 돌아보며 늙음을 직시하게 되는 과정을 내밀한 독백과 회상으로 추적하는 서사다. 「저녁의 해후」 같은 작품에 비해 보다 직접적으로 늙음의 서사를 노출하고 있다.

작품 속 서술화자 '나'는 젊음이 부재한 채 자신의 늙음만이 존재하는 집에 들어가는 것이 두렵고 무섭다. 집안 어디에도 자신이 살아 있다는 증거가 보이지 않는다. "젊음에 희석되거나 중화될 길이 막힌 채 괴어 썩어가는 늙은이 냄새"를 맡을 때마다 안방 아랫목에서 "나의 시체가 썩어가고 있을지도 모른다는 혐의"는 짙어만 간다. 그녀는 꾀병을 앓아서라도 미국에 사는 피붙이를 불러들여 고독을 물리치고 싶은 심정이다.

혼자 남은 늙은이가 할 수 있는 일은 무엇일까. 자식들이 아주 잊어버리기 전에 슬쩍 그애들의 어깨라도 칠 수 있는 일은 무엇일까. …(중략)… 사람이 몽매하여 오늘 살 줄만 알고 내일 죽을 줄 몰라서 그렇지, 내 조그만 육신 첩첩한 갈피 어디멘가에선 이미 죽음의 예비가 시작됐으리라. …(중략)… 어느 것이라도 무방했지만 될 수 있으면 죽음이 가장 확실한 암을 앓고 싶었다. 에미가 육 개월이나 일 년 안에 죽을 게 확실하다는데 안와볼 자식이 있을까. 아아, 그럴 수만 있다면 목숨을 다해 암으로 피어나고 싶었다. 독버섯처럼 진하고 아름다운 암으로 피어나고 싶었다.(「저물녘의 황홀」, pp. 289~290)

인용문처럼 '나'의 그리움과 외로움은 죽음을 확실하게 예약할 수 있는 암을 소원하게 된다. 자식의 방한(訪韓)을 피해갈 수 없게 하는 이러한 기지(機智)는 그녀의 고독이 어느 지점까지 이르렀는지 보여준다. 그러나 중병 진단을 열망하며 찾은 병원에서 대면한 아들 친구의 젊음은 그녀를 질투하게 만든다. 자신에게도 그와 같은 젊음의 기억이 있다. 자신이 아는 그 젊음은 늙음이 짊어지고 있는 온갖 부조화의 이물스러움을 알 턱이 없다. 그래서 그 젊음은 그녀가 자각하는 증상을 그저 살만한 노파의 꾀병으로 치부한다.

그는 한창 나이였다. 나도 젊은 나이와 한창 나이를 겪었듯이 오장육부와 뼈마디의 기능이 왕성하고 서로 조화로울 때는 아무도 그것들을 각각 느낄 수가 없다. 다만 그것들이 왕성하게 활동하고 완벽하게 화합해서 만들어내는 쾌적한 힘, 싱싱한 의욕, 빛나는 욕망, 아름다운 꿈, 진진한 살맛을 느낄 수 있을 뿐이다.(「저물녘의 황홀」, p. 293)

그녀가 시기하는 "쾌적한 힘, 싱싱한 의욕, 빛나는 욕망, 아름다운 꿈, 진진한 살맛"은 늙음이 상실해버린 젊음의 특권이다. 그 특권을 마음껏 누리고 있는 젊은 의사로부터 자신의 음모를 금세 간파당해 꾀병이 들통 나버리자 그녀는 조부의 첩이었던 '화초 할머니'의 전설적인 꾀병을 떠올리게 된다.

그녀의 조부는 박색이나 우직하고 살림꾼인 조강지처와 함께 존재만으로도 주변에 생기를 불어넣는 화초 할머니를 첩으로 두고 있었다. 조강지처는 투기하지 않고 마음을 다해 살림을 챙기고, 첩은 집안 가세를 일으키고 집안 곳곳에 화사함을 선사하는 것으로 자신의 역할을 다하면서 의좋게 지내게 된다. 그러던 어느 날, 조부가 중풍으로 쓰러지면서 이 견고한 일상의 질서가 무너지게 된다. 중풍으로 기색을 잃은 조부는 그간 애지중지하던 화초 할머니를 멀리하고 조강지처만을 곁에 두게 된다. 이러한 변화는 조강지처에게 활기를 선사하고, 그간의 그림자 역할을 내려놓게 된다. 전세가 역전되면서 화초 할머니의 입지는 흔들리고 불시에 집안의 천덕꾸러기로 전락하게 된다. 그러나 이러한 역전적 상황은 화초 할머니가 조부와 똑같이 중풍으로 자리보전을 하게 되면서 일단락하게 된다.

같은 병으로 나란히 누운 조부와 화초 할머니는 예전의 관계를 회복하고 병세를 서로 의지하고 위로하며 지내게 되고, 조강지처는 이런 상황을 다시금 받아들이고 둘을 극진히 간호하게 된다. 조부는 임종을 예감하자 화초 할머니의 병구완과 재산분배까지 조강지처에게 위탁한다. 그러나 조부가 임종하자마자 깜짝 놀랄 일이 발생한다. 화초 할머니가 언제 앓았냐는 듯이 자리를 털고 일어나 떠나게 된 것이다. 이런 화초 할머니의 요사스러운 꾀병은 이후 그 일대의 전설이 된다.

과연 그 절묘한 꾀병이 재산만을 목적으로 했을까. 재산은 나중에 덤으로 얻었을 뿐 하조댁이야말로 온몸으로 사람 속의 깊고 깊은 오지(奧地)에 뛰어들 줄 아는 특별한 재능이 있었던 게 아닐까.(「저물녘의 황홀」, p. 300)

고독에 져서 꾀병까지 불러내려 했던 '나'는 비로소 화초 할머니의 그 전설적인 꾀병을 이해한다. 세태가 변해 이제 그 절묘한 꾀병조차도 허락지 않는 시대에 사는 그녀는 홀로 남은 늙음이 몰고 오는 고독을 회피하지 말아야겠다는 각오를 새롭게 다지게 된다.

화초 할머니의 꾀병을 아무도 못 말렸듯이 나의 고독을 누가 말릴 것인가. 나도 내 몫의 고독을 극치까지 몰고 가보리라. 아랫목에 누워서 송장내를 풍기며 썩어가는 또 하나의 나를 무서워하지 말고 직시하고 껴안으리라. 그 늙은이를 따뜻하게 녹일 수 있을지도 모르겠다.(「저물녘의 황홀」, p. 300)

「지 알고 내 알고 하늘이 알건만」의 성남댁이 몸의 생기와 생명력을 자각하며 자신이 진짜임을 확인하고 긍정의 힘을 얻었듯이, 「저물녘의 황홀」의 '나' 역시 자신의 늙음을 직시하고 긍정하는 것으로 이야기를 마무리한다.

　박완서 노년소설에서 노년의 인물들은 일상의 변모에 시달리고 방황하기는 하지만 결국 늙음에 지기보다는 긍정의 힘을 어딘가에서 찾거나 전망하는 것으로 이끄는 경향을 보이고 있다. 이것은 노년소설을 통해 우리가 기대하는 바, 즉 노인문제의 부정성의 조명만이 아닌 긍정적 전망을 바라는 것에 대한 실마리를 제공한다는 점에서 의의가 있다.

　「저녁의 해후」「저물녘의 황홀」에서 알 수 있듯이, 박완서의 노년소설 중 생물학적 늙음과 질병, 죽음의 모티프는 다른 테마에 비해 훨씬 더 긍정성을 갖고 있음을 알 수 있다. 이것은 젊은 시절부터 노년과 죽음, 특히 참척의 한까지 두루 겪은 그의 작가의식의 한 특질로 보인다. 다른 어떤 영역보다 자연의 섭리나 운명에 대해 순응적 태도를 보이고 있음을 알 수 있다.

　후기작 「여덟 개의 모자로 남은 당신」과 「대범한 밥상」은 모두 암으로 시한부 선고를 받은 이후의 투병과정과 삶의 마지막 정리를 보여주는 작품들이다.

　「여덟 개의 모자로 남은 당신」은 노년의 작중화자가 이끄는 내적 노년 인식이 중심축을 이룬 가운데 죽음을 앞둔 남편의 일상을 근거리에서 기록했다는 점에서 노년소설의 전형이라 할 수 있다. 실제로 박완서가 남편의 암투병을 함께하면서 한 경험과 정서가 녹아 있어 자전적 요소가 짙은 소설 중 하나다. 작가는 체험을 바탕으로 쓴 소설답게 항암주사부터 암 치료과정, 머리카락이 한 움큼씩 빠지는 과정 등을 아주 세세하게 옮겨놓았다. 따라서 글을 읽는 것만으로도 암 치료과정과 심리변화 등이 손에 잡힐 듯 펼쳐진다.

「여덟 개의 모자로 남은 당신」은 제목에서 일단 윤흥길의 「아홉 켤레의 구두로 남은 사내」[419]를 연상하게 만든다. 「친절한 복희씨」가 「친절한 금자씨」를 패러디 하면서 노렸던 것은 주인공이 갖고 있는 '복수'의 코드와 '친절한'에 덧씌운 아이러니 기법이다. 윤흥길 작품의 경우, 주인공 사내의 구두는 자존심이자 허세의 상징물이다. 주인공이 최후에 아홉 켤레의 구두를 두고 사라진 사건은 그의 마지막 자존심마저 버린 것, 혹은 잃은 것을 상징한다.[420]

박완서의 「여덟 개의 모자로 남은 당신」에서는 모자가 등장하는데, 이것은 암 환자인 남편의 머리 가리개 역할을 한다. 정상인과 동일한 모습을 유지하는 수단으로써 모자는 환자의 병색을 가려주는 보조물이며, 환자를 정상인처럼 활동하게 도와준다. 그러나 남은 가족에게 있어 모자는 추억이자 기억이다. 이 소설은 모자를 매개로 추억의 교차가 일어난다. 암 투병 과정에 빠진 머리를 가리려 쓴 모자와 전쟁 중에 만나 혼인을 하게 되면서 작중화자가 남편에게 사준 모자가 그것이다. 자존심을 상징하는 구두에 견줄 만한 모자는 바로 후자의 고급 중절모일 것이다.

---

419 윤흥길, 「아홉 켤레의 구두로 남은 사내」, 『창작과비평』, 창작과비평사, 1977.

420 전영태 교수는 「아홉 켤레의 구두로 남은 사내」의 '권기용 씨'에게 있어 "자존심 그 자체인 구두는, 용모와 신체를 포함한 외모 전체를 반영하는 거울이자, 소시민에서 빈민으로 전락해가는 과정에서 마지막 남은 물질적 풍요의 흔적"이라고 분석했다.(전영태, 『쾌락의 발견 예술의 발견』, 생각의 나무, 2006, p. 85.) '구두'가 빈민이 된 권기용 씨를 소시민으로 느끼게 해주는 유일한 도구였다면, 결혼 때 남편에게 사준 '고급 중절모' 역시 주인공 '나'가 변변한 혼수도 해갈 수 없는 처지로 전락한 상황에서 유일하게 자존심을 꺾지 않고 고수한 품목이었다는데 의미가 상통하는 면이 있다. 한편 남편의 죽음 앞에서 떠올린 그 중절모는 추억의 매개체이고, 여덟 개의 모자로 남은 남편은 함께 한 삶의 기억, 추억을 남기고 간 것을 의미하기도 한다.

작중 화자 '나'는 폐암이 뇌로 전이되어 하루하루 죽음의 그림자를 드리우는 남편을 위해 온갖 약을 해다 바치고, 행여 자신 몰래 죽어버릴까 두려워 밤마다 손을 붙들고 잔다. 남편을 살리려고 고군분투하면서도 뒤로는 죽음을 준비한다. 앞에서 여덟 개의 모자는 암 환자의 병색을 가리는 보조물이라 했지만, 화자의 입장에서는 남편과 함께한 죽기 전 1년의 "그 빛나는 시간의 추억"의 기록물이다.

그녀에게는 모자와 얽힌 남편과의 추억이 하나 더 있다. 남편과 혼인할 당시는 전쟁 중이었는데, 그녀는 그 혼란기에 오빠를 잃는다. 외아들을 잃은 어머니와 결혼 3년 만에 신랑을 잃은 올케와 연년생 조카들이 삶의 의미를 잃고, 생기를 잃고, 따라 죽을 기세로 하루하루 연명할 때, 그녀만은 정신을 차리고 미군부대에 취직해 가족의 생계를 책임진다. 이렇듯 위태한 가족을 위기에서 구한 것은 아이들의 자라나는 생명력이었다. 저마다의 위치에서 정신을 차린 가족들은 강한 생활력을 되찾으며 전쟁의 그림자를 거둬내는데 합심한다. 그 와중에 그녀는 남편을 만난다. 친정어머니는 형편이 기운 상황에서도 양반의식을 가지고 허세를 부리며 남편의 벽성(僻姓)을 상것 핏줄로 깔본다. 남편은 이에 기죽지 않고 중인 신분을 담담히 밝히는데, 그녀는 그 모습에 반해 그와의 결혼을 결심한다. 이와 같은 혼인 과정은 데뷔작 『나목』(1970)을 필두로 해서 박완서의 자전적 소설마다 고스란히 반복되는 레퍼토리다.

남편을 깔본 기세와는 달리 그녀의 친정은 혼수를 마련해 갈 능력도 없다. 친정어머니가 마련할 수 있는 유일한 혼수란 "시대착오적이면서도 사람 헷갈리게 하는 양반집 법도"가 다였다. 이런 처지에 결혼 관련 모든 것을 알아서 준비하려는 남편에게 단 하나 양보하지 않고 산 것이 바로 고급 중절모다. 그리 넉넉하지 못한 살림이었으나 소박한 그에게도 썩 잘 어울리던 그 고급모자는 "신혼의 서투른 행복에 적절한 소도구"처럼 자리매김한다.

이 행복의 소도구가 불행을 앞둔 시점에 다시 떠오른 것은 그야말로 아이러니하다. 머리가 한 움큼씩 빠지기 시작하면서 자식들은 모자를 선물하기 시작한다. 그러나 추억이 부재한 자식들은 그녀가 떠올리는 최고급 중절모를 이해하지 못한다. 요즘의 모자는 취미로서의 모자이지 정통 의관으로서의 모자, 자존심을 담보한 모자, 허세로서의 모자가 아닌 것이다. 그녀는 이러한 현실을 인정하면서도 추억의 교차점에서 떠오르는 모자에 집착하게 된다.

한편 모자로 멋을 내게 된 것 외에, 암 투병 중인 남편의 일상은 건강할 그때와 다름이 없다. 담담하고 일상적이다. 단지 그녀의 일상만이 요동을 치며 달라졌을 뿐이다. 늙음과 질병 그리고 죽음은 '살아 움직이는 모든 것'의 숙명이다. 하지만 그것을 맞이하는 자세는 여러 갈래로 나타나기 마련이고, 그 선택은 그것을 맞이한 생명들 각자의 몫이다.

그는 매일매일 멋있어졌다. 너무 멋있어 가슴이 울렁거릴 정도로 황홀할 적도 있었다. 일찍이 연애할 때도 신혼 시절에도 느껴보지 못한 느낌이었다. 그건 순전히 살아 있음에 대한 매혹이었다. 그러고 나서 풍성한 식탁에 마주 앉으면 우린 더불어 살아 있음에 대한 안타까운 감사와 사랑으로 내일 걱정을 잊었다. …(중략)… 죽음은 모든 살아 있는 것의 피할 수 없는 운명이고, 동물도 죽을병이 들거나 상처를 입으면 괴로워하기도 하고 저희들 나름의 치료법도 있으리라. 그러나 죽음을 앞둔 시간의 아까움을 느끼고, 그 아까운 시간에 어떻게 독창적으로 살아 있음을 누리고 사랑할 것인가를 생각해야 하는 건 인간만의 비장한 업이 아닐까. 그가 선택한 인간다운 최선은 가장 아까운 시간을 보통처럼 구는 거였고, 내가 할 수 있는 최선은 그에게 순간순간 열중하는 것이었다.(「여덟 개의 모자로 남은 당신」, pp. 301~302)

투병 과정은 어떻게 보면 죽음에 이르는 과정이다. 어떻게 투병하느냐는 어떻게 죽음을 준비하느냐의 다른 이름이고, 남편이 택한 보통의 일상은 죽음에 이르는 가장 행복한 선택이 그것이었기에 가능한 일이었을 것이다. 결국 혼자 살아남을 그녀가 선택한 것은 살아 있는 남편에게 열중하는 것이다.

그러나 죽음은 비켜가지 않는다. 아무리 완벽하게 준비하고 대비해도 그것이 찾아오는 것 자체를 막을 수는 없다. 남편이 재발하여 "똑바로 걷지 못하는 모습"에 그녀는 분노한다. 병원 노무자들의 생명을 담보로 한 파업에도 당황하고 분노한다. 그녀의 분노는 죽음의 예감에서 분출하는 두려움이다. 그녀는 이 예감에 따라 미국에 사는 막내를 불러들인다. 막내가 부탁을 받고 사온 모자는 "내 마음속에 있는 그의 모자의 원형과 가장 가까운 것"이었다. 이것이 남편의 여덟 번째 모자이자 마지막 모자가 되고, 자신에게 남겨진 마지막 유품 역시 이들 모자이다.

죽음이란 명제는 직접 경험하지 않은 채 관찰이나 상상으로만 써내려가기엔 무리가 있는 무거운 테마일 것이다. 박완서의 작품에 등장하는 죽음은 사실 무척 조용하다. 이승에서 '조용히 소멸하는 것'이 그의 작품에 묘사되는 죽음이다. 일례로 『미망』(1990)을 보면, 몇 세대를 아우르는 장편 대하소설임에도 불구하고 주요 인물들의 죽음이 너무나도 소리 없이 처리된다. 이러한 특이성은 죽음에 관한 작가의식과 세계관이 확고하기 때문이라 판단된다. 「여덟 개의 모자로 남은 당신」 역시 죽음에 이르는 과정은 절절히 묘사되어 있지만, 죽음 자체의 묘사는 없다. 또한 자식의 죽음을 다룬 작품들과 달리 이 작품에서는 서술태도가 담담하고 사실적인 것이 특징이다. 노년의 죽음은 준비된 의식과 같이 처절하기보다는 초연하다.

「여덟 개의 모자로 남은 당신」은 노년에 이르러 질병을 통해 이별을 맞이하면서도 그것을 요란하게 울부짖기보다는 오히려 운명으로 받아들이고, 살아 있는 순간에 최선을 다하는 것을 선택했던 죽음의 과정을 쓴 소설이다. 죽음을 앞둔 이와 죽음을 지켜보는 가족이 함께할 수 있는 일이란 결국 살아 있던 날의 추억과 회상이 아닐까. 옛 기억들까지 살아 있는 동안의 시간으로 덧붙이는 것은 순간조차도 아까운 이들에게 어쩌면 당연한 결과일 것이다.

「여덟 개의 모자로 남은 당신」은 박완서의 자전적 요소가 짙고, 경험과 추억, 회상이 뒤얽혀 떠오르는 대로 이리저리 교차하며 진행되는 서사다. 노년에 맞는 죽음의 과정과 태도에 대해 체험이 농축된 진실함이 드러나 있는 것은 사실이나, 생물학적 늙음, 질병, 죽음에 대한 의식이 지나치게 사적 견해로 가지를 쳐서 우리가 다가가고자 하는 본원에서 멀어진 감이 없지 않다. 그의 강점이기도 한 자전적 요소(감정이입)의 개입으로 인해 작품의 깊이와 구성, 서사구조의 정교함에 있어 아쉬운 여지를 남긴 작품 중에 하나가 되고 말았다.

「여덟 개의 모자로 남은 당신」이 죽음을 옆에서 지켜보며 기록하듯이 쓴 소설이라면, 「대범한 밥상」은 자신의 죽음을 앞두고 쓴 이야기다. 칠십이 가까운 나이에 살날이 석 달밖에 남지 않았다는 선고를 받은 '나'가 서술자로 등장하여 내밀한 속내를 독백하며 소설을 이끌고 있기 때문에 내적 노년인식의 전형을 이루고 있다.

박완서 소설에서 노년에 맞는 죽음은 담담하고 심지어 당당하기까지 하다. 몸부림치고 울부짖는 죽음이기보다는 생을 마감하는데 있어 정갈히 하는 것에 더 큰 의미를 부여하는 경우가 많다. 따라서 넋두리나 하소연이 있을지언정 회피나 공포는 존재하지 않고 자연적 순환에 순응하며 죽음을 맞이한다.

> 육십보다는 칠십이 더 가까운 나이에 죽는 걸 단명, 어쩌고 한다면 아마 저승사자가 다웃겠지. 그러나 나는 저승사자를 웃기지는 않을 것이다. 충분히 살았다고 여기고 있고, 따라서 몸부림 같은 건 치지 않을 테니까.(「대범한 밥상」, p. 199)

죽음을 석 달 받아놓은 '나'는 사실 남편을 췌장암으로 먼저 보낸 경험을 갖고 있다. 그래서 이 석 달이란 것이 무엇을 의미하는지 잘 알고 있다. 평생을 숫자와 씨름했던 회계사 남편은 삼 개월 하고도 보름 남짓한 산 기간에 죽은 후를 대비하며, 그간 가장 아린 손가락이었던 막내딸이 다른 자식들과 엇비슷하게 살아갈 수 있도록 자신의 재산을 분배하는데 몰두한다. 그의 산 기간은 이렇게 삼남매 자식들의 남은 '산 기간'에 공평하게 기여될 수 있도록 하는 데 남김없이 바쳐진다. 이 와중에 자신의 산 기간을 누린 흔적은 없다.

그녀는 "마치 혹사당하던 회사를 정년퇴직하는 것처럼 홀가분하게 사무적인 태도로 이 세상을 하직"한 남편의 사후, 뜻하지 않은 당혹—재산분배 후에 찾아든 삼남매 간의 보이지 않는 질시와 배척, 돌연 찾아든 자신의 암투병—과 대면하며 허무에 젖어든다. 그녀가 허무한 일상에서 다시 재생시킨 것은 영화「데미지」[421]다.

> 동네 비디오가게의 진열장을 훑다가 「데미지」에 눈길이 꽂혔다. 영화관에서 본 적이 있는 영화인데도 또 보고 싶었다. …(중략)… 허술한 골목을 휘적휘적 걷는 제레미 아이언스의 추레한 모습을 다시 한 번 봐주고 싶었다. 다시 한 번 보고 나서 그 장면만 리와인드 시켜 또 보면서, 사련(邪戀)의 광풍이 휩쓸고 간 후, 반 넘어 폐허가 된 남자의 모습에 가슴이 짠하면서 울고 싶어졌다. 얼마 남지 않은 시간에 고작 남의 인생이나 재생시켜 볼 만큼 내 인생에서 결핍된 건 뭐였을까. 아니면 데미지 없이 인생을 퇴장한 남편에 대한 연민이나 반감에서였을까.(「대범한 밥상」, p. 205)

데미지 없는 인생, 그것은 안전하고 달콤하지만, 반 폐허된 일상을 남기지도 않지만, 희한하게도 죽음 앞에서 더 큰 허무 혹은 결핍감과 만나게 한다. 남편의 남은 석 달과 다를 것 없이 자식들을 위해 숫자놀음에

---

[421] 우리나라에 〈데미지〉로 상연된 이 영화의 원작명은 〈*Fatal Damage*〉이다. 제레미 아이언스, 줄리엣 비노쉬가 남녀주연을 맡아 열연한 이 영화는 '아들의 여자와 시아버지의 사랑'이라는 금기된 테마를 다뤄 전 세계적으로 이슈를 만든 바 있다. 작품 속 '나'가 '사련(邪戀)-도리에서 벗어난 남녀 간의 사랑'이라 칭한 것도 이러한 테마 때문이다. 이것은 이후 소설 전개에 나오는 '친구의 스캔들'의 복선으로 작용한다.

빠지게 되는 자신의 석 달과 마주하면서, "돈의 치사한 맛도 뜨거운 맛도 모른다는 게 사는 데 있어서 뿐만 아니라 죽는 데 있어서까지 중대한 결격사유"처럼 느껴지는 건, 데미지 없는 중산층의 삶을 누리다 불현 듯 맞이하게 된 생의 마감 앞에 선 허무의 실체다. 이때 떠오른 사람이 바로 여고 동창 '경실'이다.

경실은 비행기 사고로 같이 살던 외동딸과 사위를 일시에 모두 잃고, 그들의 여섯 살, 세 살 어린 남매를 맡아 기르게 된 비극적 인물이다.

'나'를 포함한 여고 동창생들은 경실에게 들이닥친 참척의 불운에 위로를 주고자 하지만, 이야기 전개는 엉뚱하게도 전무후무한 사돈지간의 연애스캔들로 번진다.

차마 눈 뜨고 볼 수 없는 유족들의 애통 속에서 경실이만이 눈이 초롱초롱해가지고 밥을 아귀아귀 먹더라고 했다. 초롱초롱과 아귀아귀가 그렇게 그로테스크하게 들린 적은 일찍이 없었다. …(중략)… 여섯 살 세 살 어린것들을 가운데 두고 양쪽에서 손을 꽉 잡고 있는 네 사람의 구도는 너무도 확고하고 흔들림이 없어서 마치 옛날 가족사진처럼 보였다.(「대범한 밥상」, pp. 209~210)

예상과는 다르게 너무도 강인하고 단아한 경실은 친구들을 당황케 한다. 그 단아의 정체가 최근에 부인과 사별하고, 이제 외아들까지 잃은 경실의 사돈, 손자녀들의 친할아버지의 존재로 인한 것으로 억측하게 된 지인들은 위로는커녕 상상 속에서 마음껏 폄훼하고 혐오하며 경실의 아픔을 돌보지 않게 된다.

주로 확인되지 않은 소문이었지만 돈과 섹스에 관한 소문처럼 흥미진진한
게 또 있을까. …(중략)… 육십보다 칠십이 더 가까운 나이에 그 자리에 없
는 친구의 스캔들에 입 안에 군침이 돌고 상상력까지 왕성했다는 것 자체
가 경실이 우리 사이에 일으킨 물의 못지 않은 우리들의 스캔들이 아니었
을까.(「대범한 밥상」, p. 211)

정작 스캔들의 중심에 선 경실은 주변의 시선은 아랑곳하지 않고, 살
던 아파트를 세놓고는 손자녀를 데리고 서울을 떠나 지방의 C군에 위치
한 친할아버지네로 살림을 합치게 된다. 이러한 행위 자체는 더더욱 오
해를 사실로 믿게 만들었지만, 스캔들이란 게 본래 그렇듯이 어느 순간
시들해져서는 모두의 관심 밖으로 사라지게 되었다.

'나'는 남편을 앞서 보내고, 남편이 산 기간을 다 쏟아 부어 자녀들의
재산을 공평하게 분배하기 위해 죽는 날까지 씨름했음에도 불구하고 자
식들이 돈 없을 때 있던 우애조차 잃고, 서로 질시하고 혐오하는 것에 충
격을 받은 터라, 이 궁지에서 해법을 찾기 위해 경실을 찾아 나서게 된
다. 그녀는 내심 경실의 해괴한 소문과 동거가 결국 자식들의 비행기참
사로 생긴 거액의 보상금과 관련이 있을 거란 혐의를 거두지 못하고 있
기 때문이다. 따라서 시한부 인생을 선고 받은 자신이 또다시 남편의 전
철을 밟게 된 지금, 경실을 떠올린 것이다.

나는 팔자가 좋아서였는지 세상물정에 어두워서인지 돈에 농락당한 적도
수모를 겪은 일도 없다. …(중략)… 돈이 어느 만치 중요한지 잘 모른다. 그
래서 더더욱 그렇게 안 기른 줄 안 내 자식들이 돈 때문에 다투고 돈 때문

에 의가 상하는 꼴이 실망스럽고 마음이 안 놓여 이대로는 편히 눈을 못 감을 것 같다. 돈 때문에 인면수심이 되는 것도 마다한 경실이의 말년을 내 눈으로 직접 보고 싶기도 하고 돈에 관한 한 도사가 다 돼 있을 그녀로부터 자문이나 하다못해 암시라도 받고 싶다.(「대범한 밥상」, p. 215)

인용문처럼 작심하고 방문한 '나'는 손자녀를 모두 미국에 유학 보내고, 애들의 친할아버지마저 사고로 먼저 보낸 채 홀로 집안에 남아 여전히 두 눈을 반짝이며 씩씩하게 살아가는 경실과 대면하게 된다.

그녀가 목격한 경실은 돈 때문도 아니고, 뒤늦게 불어 닥친 불순한 로맨스 탓도 아닌, 그저 손자녀를 사이에 두고 사슬처럼 엮인 운명에 순응한 거였다. 따라서 경실의 일상에는 그들에게 남겨진 인생을 용감하게 살아낸 삶의 기록만이 흔적을 남기고 있을 뿐이다. 그들이 비극에서 살아남을 수 있었던 것은 바로 그 연민과 의무 때문이고, 그것을 모두 이뤘다 믿는 순간 친할아버지는 사고로 저세상으로 가게 된 것이다. 경실은 그러나 그것이 사고가 아닌, 임무를 모두 마친 자의 귀환 정도로 믿으며, 이제 시골생활을 다 청산하고 자신 역시 자신의 삶으로 복귀하려 준비 중이었다.

'나'는 타인의 시선이나 돈 등에 얽매이지 않고, 운명에 맞서 용감하게 살아낸 경실이 차린 소박하지만 풍요로운 밥상을 받고, 모처럼 암투병을 잊고 성찬을 즐기게 된다. 또한 자신이 죽음을 앞두고 골머리를 썩고 있는 돈에 대한 해법까지도 은연중 얻어 가게 된다.

"유선 어떤 사람이 쓰는데?"

"그따위 건 저승에 가서도 이승에 영향력을 행사하고 싶은 욕심을 못 버리는 사람이 쓰는 거 아닌가?"

"정신적 영향력은 과욕이라 쳐도 물질적인 건 교통정리를 해놓고 죽어야 할 것 같아.(중략)"

"재산은 더군다나 이 세상에서 얻은 거고 죽어서 가져갈 수 없는 거니까 결국은 이 세상에 속하는 건데 죽으면서까지 뭣 하러 참견을 해. 이 세상의 법이 어련히 처리를 잘해줄까 봐. 손자들 말고 그거 가로챌 사람 아무도 없어. 손자들이 너무 잘나거나 너무 못나서 제 몫을 못 챙겨도 그게 이 세상에 있지 어디로 가겠냐?"(「대범한 밥상」, p. 215)

친구와의 이 대화문에서 해법을 찾았을 그녀가 보인다. 그녀의 남편도 자식들의 재산분배에 골몰했으나 재산을 남긴 것이 아닌, 불화만을 남긴 셈이 되었고, 이제 그녀 역시 남편의 전철을 밟으려 한 것이다. 그러나 경실과의 대화에서 깨달음을 얻은 그녀의 귀환은 경실을 만나기 이전의 혼란에서 벗어나 주체적 결단이 뒤따를 것임을 암시하고 있다.

이 작품은 노년의 질병과 죽음, 돈과 관련된 세태나 인간본성 등이 주도적 이슈를 만들고 있다. 이러한 복잡다기한 인생살이에서 경실의 스캔들은 죽음을 앞둔 '나'에게 중요한 메시지를 전달하고 있다. 이것의 오해를 푸는 과정이 결국 어떻게 살다 가야 할 것인가의 해답을 얻게 하는 중심축이 되기 때문이다.

경실의 스캔들은 사련이라 추정되었기에 더 자극적이고 폄훼의 대상이 되었지만, 그것이 칠십에 더 가까운 노년이기에 더 오명을 뒤집어쓰게 된 면도 없지 않다. 한편 역으로 그 스캔들을 게걸스럽게 탐하던 지인들 역시 노년이라는 데 주목할 필요가 있다. 그들의 사랑과 섹스에 대한 왕성한 호기심은 아직도 그들이 본성을 가진 사람들임을 증명하기 때문이다. 이 작품은 노년의 질병과 죽음을 근거리에서 포착하면서도, 경실을 둘러싼 오해와 갈등, 그것을 해소하는 과정에서 얻게 되는 진실이 더 큰 자리를 차지하고, 철학적 사색의 경계를 넘나들게 한다.

지금까지 내적 노년인식으로 분류할 수 있는 작품들의 분석을 통해 '하소연하기→냉엄한 현실인식', '하소연하기→긍정적 전망하기', '하소연하기→체념적 순응하기' 등의 전개 양상을 확인하였다. 박완서가 노년기에 접어들어 집필한 작품들 중 결말에 긍정성이 담보된 비중이 높았던 것도 알 수 있었고, 특히 생물학적 늙음과 질병, 죽음에 관한한 특유의 운명 순응적 양상이 반복적으로 구현되고 있음도 확인할 수 있었다. 이러한 특질들이 노년문제 창작모티브의 박완서식 문학적 형상화 방식임을 알 수 있다.

5. 외적 노년인식

박완서의 노년소설 중 외적 노년인식 소설은 상당부분 '며느리와 시어머니', '며느리와 시아버지', '딸과 친정어머니' 관계가 서사를 주도한다. '바라보기'의 주체는 대개 며느리나 딸이 담당하게 된다. 이때 이들 작품들을 페미니즘소설의 항목에 포함시킬지, 세태소설의 하나로 여길지, 노년소설로 간주해야 할지 경계의 모호성을 갖게 된다. 박완서 소설의 특징은 작품 내에 가족주의, 여성주의, 세태에 대한 비판의식 등이 혼재하는 것이기 때문에 이것을 엄밀하게 구분하는 것은 까다롭기도 하고 무의미하기도 하다. 그러나 본고는 분석의 효율을 위해 작품의 비중에 따라 각 항목별로 작품을 분류하였다. 그 중 외적 노년인식 소설은 노년기에 접어들지 않은 인물, 혹은 노년기의 인물이 노년의 인물을 경험하거나 함께 생활하며, 오해와 연민의 교차점을 지나게 되는 서사축이 중심이 되는 노년소설을 뜻한다. 이런 관점에서 가족주의나 여성주의, 세태소설적 색채가 강하게 드러난다 할지라도 노년소설의 범주에 포함시켰음을 밝힌다.

외적 노년인식 소설은 기본적으로 '바라보기'가 전제될 수밖에 없다. 노년의 인물을 바라보고, 함께 하며 오해나 편견을 쌓고, 종국에는 이해하고 화해하는 방식으로 전개되기 마련이다. 이해나 화해를 추진하기 위해서는 노년인물의 주변인이나 동거인, 관련인이 연민을 가져야 한다. 이 연민은 보통 기억으로부터 유래된다. 기억이란 노년인물의 지난날을 담은 모체이다. 그들에게도 젊은 나날이 있었고, 생기와 살맛으로 충만한 시절이 있었으며, 그 과거의 발자취가 그대로 현재의 노년으로 이어지고 있다는 자각이 필요하다.

치매와 부양 부담, 질병과 부양 부담, 노부모와 부양 부담은 서로 밀접한 관계에 놓여 있다. 외적 노년인식 작품들 중 이와 관련된 작품으로는 「포말의 집」[422] 「집보기는 그렇게 끝났다」[423] 「해산바가지」[424] 「환각의 나비」[425] 「후남아, 밥 먹어라」[426] 「엄마의 말뚝 3」[427] 「길고 재미없는 영화가 끝나갈 때」[428] 「꽃잎 속의 가시」[429] 등이 있다. 거의 대부분의 작품들이 이 항목에 속해 있다고 볼 수 있다.

치매와 부양 부담을 다룬 작품들은 70년대, 80년대, 90년대. 2000년대에 고루 집필되었다. 이들 중 70년대 작품으로는 「포말의 집」과 「집보기는 그렇게 끝났다」가 있다. 동일한 테마에 어떤 변모 양상이 포착되는지를 살펴보는 것도 박완서의 문학적 발자취를 따라가는 것 중에 하나가될 수 있으므로 시대별로 먼저 고찰해보고자 한다.

「포말의 집」[430]은 박완서가 46세에 발표한 단편소설이다. 작중화자인 중년의 '나'가 바라보는 가족구성원과 그 구성원 속의 '나'가 처한 상황과 심리가 중심축을 이루기 때문에 노년소설로 규정하기에 무리가 있다. 그

---

422 「한국문학」, 1976.10.

423 「세계의문학」, 1978.9.

424 「세계의문학」, 1985.6.

425 「문학동네」, 1995.봄.

426 「창작과비평」 2003.여름.

427 「문학사상」, 1991.

428 「라쁠륨」, 1997.봄.

429 「작가세계」, 1998.봄.

430 박완서, 「포말의 집」, 「조그만 체험기」, 문학동네, 1999, pp. 55~72(이후 인용문은 제목과 페이지만 표기-인용자).

럼에도 불구하고 앞에서 검토한 몇몇 논문에서 「포말의 집」이 노년소설 분석 텍스트로 등장하는 이유는 무엇일까.

포말(泡沫)의 사전적 정의는 '물 따위에 생기는 거품'이다. '거품의 집', 이것은 우리가 기대하는 '견고한 집'에 위배된다. 거품은 언제 꺼질지 모르는 위태를 내재하기 때문이다. 우리가 집이나 가정에 거는 희망은 사랑과 신뢰를 매개로 견고하게 형성되는 안전함, 따뜻함, 바람막이, 영원성 같은 것들이다. 그런데 포말의 집이다. 이것은 작중화자가 처한 현실을 대변한다.

작중화자는 아들 '동석'과의 소통이 원활하지 않다. 아무리 아들일지라도 말을 하지 않는 아들이 무섭다. 게다가 시어머니는 치매를 앓고 있고, 남편은 부재중이다. 모처럼 아들과 나눈 대화에서 그녀는 위로받기는커녕 묘한 신경증에 시달린다.

"내일부터는 보리를 좀더 많이 섞어야 돼요. 우리 선생님이 혼식을 엉터리로 해오는 놈은 이제부터 그 부모를 고오발하도록 하겠다고 했어요."

녀석은 입술을 휘파람 불 때처럼 병의 주둥이를 만들어가지고 고발을 '고오발'로 강조했다.

그게 어제 동석이가 나에게 한 말의 전부다. 일주일 만에 아들이 엄마에게 한 말의 전부다.

그런데 오늘 아침 마침 보리쌀이 떨어졌을 터인데도 나는 동석이한테 그런 말을 들은 즉시 그걸 사다 놓을 생각을 못 했다. 나는 다만 교탁에서 선생님도 학생들한테 입을 병의 주둥이처럼 뾰족하게 빼고 너희 부모님을 '고오발'하겠다고 했을까, 그 생각만 했었다. 그 생각은 저녁을 지으면서도,

텔레비전을 보면서도, 잠자리에서도 떠나지 않았다. …(중략)… 교탁에서 또 다시 동석이 선생님이 입을 병의 주둥이처럼 만들게 할 수는 없지. 암, 그 럴 수는 없지. 나는 보리를 사야 했다.(「포말의 집」, pp. 55~56)

아들이 일주일 만에 내뱉은 '고오발'에 집착하면서 그녀는 집을 나선 다. 보리를 사기 위해 아파트 단지 상가를 여기저기 헤매고 다니다 길을 잃는다. 아파트는 "성냥갑처럼 아래위가 없기" 때문에 "무수히 직립한 아파트"는 그녀를 혼미하게 만들어버린다.

이런 혼미 속에서도 나는 동석이 선생님 생각을 했다. 선생님은 참 농담도 잘하시나 봐. 그 철부지들 앞에서 그런 농담을 하신 걸 보면 보나마나 젊 은 선생님이실 거야.(「포말의 집」, p. 57, 밑줄은 인용자)

농담으로라도 아이들에게 부모를 '고오발'하겠다고 할 수 있는 선생님 이란 '젊은 선생님'일 거라 단정하는 모습 속에서 중년으로 추정되는 그 녀가 느끼고 있는 '세대 간에 대해 갖고 있는 거리감'을 알 수 있다.

길을 헤매다 찾아든 곳은 자신의 집 406호가 아닌, 가끔 본 적이 있 는, 머리가 포도송이 같은 여자가 살고 있는 404호였다. 그녀는 이 여자 에게 보리를 꾸려다 냉동 보리밥을 얻게 된다. 집에 돌아와 어렵사리 얻 은 냉동 보리밥으로 부랴부랴 도시락을 싸고 나니, 이젠 아들의 교복이 보이지 않는다.

또 시어머니가 감춘 모양이다. 급히 필요한 물건을 감쪽같이 감추고 시치미 딱 떼고 있는 시어머니의 이상한 노망은 요즘 더 심하다.

시아버지가 돌아가시고 나서 시어머니와 합친 지 삼 년째다. 합치고 나서 서로 서먹서먹한 느낌도 채 가시기 전에 남편이 미국으로 갔기 때문에 시어머니는 불쌍한 외톨이가 되고 말았다. 그래도 시어머니는 나나 동석이에게 정을 붙이려고 무척 애를 썼던 것 같다. 거의 온종일 아부하는 웃음을 띠고 말을 시켰다. …(중략)… 시어머니도 차차 말수가 적어 졌다. 살 것 같았다. 그러더니 조금씩 노망의 낌새가 보이기 시작했다.(「포말의 집」, p. 59, 밑줄은 인용자)

'말'은 소통의 시작이자 관계의 시작이며 화해의 기미다. 아들이어도 말을 하지 않는 아이는 무섭고, 외톨이가 된 시어머니 역시 말을 통해 가족에 편입되고자 한다. 말을 잃어갈 때 소통은 단절되고 관계는 소원해지며 화해는 요원해진다. 말이 시든 그곳에 어김없이 시어머니의 노망이 찾아든다. 시어머니의 노망은 곧 '외로움', '소통의 부재', '고립과 고독'이라는 바이러스에 감염된 질병과도 같다. 이것의 치료약은 말이다. 말이 부족해서, 소통의 정이 부족해서 병이 깊어가는 것이다.

노망기가 든 시어머니는 새록새록 새 노망을 부리기 시작했다. 쫓아다니며 백치 같은 질문을 해대는가 하면, 필요로 하는 물건을 감쪽같이 숨겼다가 내놓기도 하고, 양변기 속에 고여 있는 물로 세수를 하기도 한다.

"물이 또 다 식었잖아. 세숫물을 떠놓았으면 떠놓았습니다고 한마디 해줘야 식기 전에 씻지. 아유 쯧쯧, 신식 며느리 쌀쌀맞은 것……"(「포말의 집」, p. 61, 밑줄은 인용자)

시어머니의 노망에는 그것이 무엇이든 간에 묘한 공통점이 있다. 모두 '대화'를 유발한다는 것이다. 백치 같은 질문에도 '답'이 요구된다. 며느리의 답이 짧고 무성의하자 이번에는 물건을 감춰 그 물건을 찾게, 물어보게 만든다. 양변기에 세수를 하면서도 물이 식기 전에 "한마디 해"주지 않는 것을 타박한다. 말의 부재는 소통의 부족, 시어머니의 고립과 소외를 상징한다.

노망이 든 시어머니를 작중화자는 일주일에 한 번씩 노인학교에 보낸다. 노인학교에 보내기 위해 그녀는 시어머니와 옥신각신 실랑이를 벌여야 하고, 그 와중에 "노인의 나체를 보는 건 참 싫은 일"인데다 "살갗에 닿는 일"은 시어머니가 즐기기 때문에 더욱 싫기만 하다. 이렇게 곤혹스러운데도 보내는 이유는 모두 "남의 이목" 때문이다. 노인들의 고독을 두고 볼 수 없다며 아파트 단지의 극성스러운 젊은 부인들의 친목단체인 '진달래회'에서 주도하여 노인학교를 설립한 것에서부터, 노인학교가 열리는 날이면 성장을 한 며느리나 손자들이 노인을 부축해가는 모습하며, 그런 아름다운 광경에 유모차에 탄 애기 탐내듯이 노인네를 탐내는 모습들이 그녀에게는 모두 위선으로 보인다. 그녀는 노인을 모셔본 사람만이 알 수 있는 그 고약함 때문에 이런 위선적 아름다움에 속지 않는다. 그럼에도 불구하고 "남 하는 대로 휩쓸리지 않으면 뒤로 욕을 먹을 것 같은 막연한 공포감"에 나도 기꺼이 동참하는 것뿐이다.

작중화자가 이렇게 사춘기 아들과 노망이 든 시어머니 사이에서 고군분투하며 집을 지키는 동안 남편은 부재중이다. 미국 지사에 발령받고 1년 남짓 된 기간 동안 남편의 태도는, 건조한 안부편지와 어머니 존재에 대한 철저한 무관심이었다. 그러다 귀국 대신 회사에 사표를 내고 미국

에 눌러앉게 되면서 별안간 효자스러운 편지를 쓰기 시작한다. 그러면서
남편은 이 모든 선택이 아들 동석을 위하는 일임을 강조한다.

그의 이런 새삼스럽게 효자스러운 편지는 내가 답장에서 시어머니의 급격
한 노쇠와 새록새록 새로워지는 새로운 노망을 낱낱이 고자질하기 시작한
때와도 일치했다.

우리가 이민을 가면 천생 시어머니까지 모시고 갈 수밖에 없었다. 시어머
니는 우리말고 의지할 데라곤 없었다. …(중략)…

양변기 속에 고인 물에 세수를 하는 노인을 미국의 기계문명 속으로 끌어
들이기도 그렇고, 떼어놓을 마땅한 고장은 없고, 팔순이 내일모레니 이제
그만 돌아가셨으면 얼마나 좋을까 하는 남편의 조바심을 '어머님은 안녕하
시오?'의 뒤통수에서 읽었다면 내 눈이 지나치게 밝았을까? …(중략)…

'이곳 생활은 한마디로 고달프오. 솔직히 말해 당신을 그리워할 새도 없
소. 당신도 여기 오면 처음엔 상당히 고통스러울 거요. 그러나 동석이를
위해서라도 우리는 어떡허든 이 고장에 자리를 잡아야 할 줄 믿고.'

동석이를 위해 동석이를 위해…… 그는 피임을 할 때도 그러더니, 미국에
자리를 잡아야 하는 것도 동석이를 위해서란다. …(중략)…

알 수 없는 아이 동석이를 위해, 자기는 서른 살 때 시작한 불효-. 어머니
와 말이 하기 싫은 불효를 이미 열다섯 살에 시작하고 있는 동석이를 위해
남편은 낯선 땅에서 고생을 하잖다. (「포말의 집」, p. 64, 밑줄은 인용자)

'내리사랑'의 낡은 의식에 세상의 모든 부모가 빠져 있는 것 같아 '나'
는 못마땅하다. 이런 현실에 그녀는 부정의 일탈을 꿈꾼다. 그녀는 아파

트 단지에 새로 생긴 화랑에 들러 일탈의 실마리를 찾는다. 화랑에 전시 중이던 K대학 건축과 학생들의 작품 중에서 '포말(泡沫)의 집'이란 제목의 투시도를 발견한 것이다. 그것을 설계한 학생, 장발에 옷이 남루하고 가난에 찌들어 돈 많은 과부를 만나 재미 좀 주고 학비나 얻어 쓰고 싶어 하는 이 청년을 자신의 집에 끌어들인다. 그녀는 그와 불륜을 꿈꾸지만, 그는 그녀에게 불능만을 선사하며 결국 화합하지 못한다. 그녀는 그의 불능을 조소하며 일탈을 접는다. '포말처럼 허약한' 그와 그가 그린 미래의 집 '포말'은 마치 내 가족의 자화상처럼 뇌리를 파고든다.

청년은 갔다. 아마 다시는 오지 않을 것이다. 그가 배척한 확실하고 힘찬 직선으로 된 아파트군 사이로 곧게 난 보도를 휘청거리며 걷는 그의 뒷모습이야말로 흡사 불면 꺼질 포말처럼 허약해 보였다.
불쌍한 예언자-, 나는 창을 통해 멀어져가는 그의 뒷모습을 바라보면서 문득 그가 그린 미래의 집의 포말의 모습은 건물의 모습이 아니라 미래의 가족의 모습일지도 모른다고 생각했다. …(중략)…
노인학교에서 시어머니를 모셔오고, 동석이가 돌아오고 세 식구가 말없이 저녁을 먹고, 그리고 각각 방을 하나씩 차지하고 문을 안에서 잠갔다.(「포말의 집」, p. 71, 밑줄은 인용자)

물건을 감추는 노망과 거의 동시에 나타난 새로운 노망 중 하나는, 시어머니가 오밤중에 일어나 이 방 저 방 가서 문 좀 열어달라고 애원하는 것이다. 병환이 급한 줄 알고 열어보니 시어머니는 머리를 풀어헤친 채 알몸으로 떨면서 "너희들은 갑갑해서 어떻게 문을 걸어잠그고 자냐?"고

하는 것이다. 그 후로 그녀는 문을 절대 열지 않았고, 약사인 친구의 처방으로 시어머니를 잠재우는 '알약'을 얻어오게 된다. 그러나 그녀는 그 알약을 시어머니에게 드리지 않고 대신 먹게 되었다. 그녀는 이제 그 약을 먹지 않고는 잠을 이루지 못하는 처지가 된다.

> 나는 멀어져가는 의식 속에서 내가 사랑하는 아파트군이 그 견고하고 확실한 선을 뒤틀면서 해체되고 드디어는 방울방울 불면 꺼질 듯한 포말의 모습으로 겨우 그 잔재를 남기는 걸 보았다.(「포말의 집」, p. 72)

작중화자는 말이 없는 아들을 무서워하고, 새록새록 새로운 노망을 부리는 시어머니에게 진저리를 치고, 남의 눈을 의식하여 그들과 동일한 동선으로 살아가고, 건조한 편지만 의무적으로 보내는 남편이 불만이다. 그래서 일탈을 꿈꾸지만, 그 상대 청년은 불능이다. 이런 그녀가 중독된 것은 노망든 시어머니를 잠재우기 위해 마련한 알약을 대신 먹고 깊은 수면에 빠져드는 것이다. 그녀의 무의식에는 가족의 해체, 가정의 포말화가 똬리를 튼다.

「포말의 집」은 비교적 박완서 초기 작품에 해당해서, 박완서의 초기 집필 특징이 잘 살아 있는 작품 중 하나다. 작품에서 말하고자 하는 주제의식을 논평조로 명쾌히 드러낸 서술 태도하며, 휘몰아치듯 써내려간 문체가 그렇다. 또한 가족의 의미, 주택에서 아파트군으로 옮긴 일상의 변화, 중산층 사람들의 허위의식과 위선 등이 고스란히 작품에 살아 있다. 김윤식은 이 작품을 "70년대 한국 중산층의 풍속을 다룬 것으로서 한국적 가족제도의 맹점을 날카롭게 파헤치고 있는 작품"[431]이라고 평가했다.

이 작품은 치매노인의 부양 부담과 동거인의 갈등을 그린 노년소설적 요소, 이기적 가부장제 안에서 아내로서, 엄마로서, 며느리로서의 역할만 요구받는 박완서식 여성주의소설적 요소, 아파트군을 중심으로 형성된 중산층 사람들의 허세와 위선, 돈 많은 과부를 노리는 K대학 건축과 학생의 천박한 물질주의 등 세태소설적 요소를 모두 품고 있다.

「포말의 집」은 한마디로 가정의 위기를 다루고 있다. 그런데 이 위기는 고유한 개인성에 근거한 것이기보다는 세태에 휩쓸리는 경향성을 갖고 있다는 것에 주목해야 한다. 즉 나만의 일이 아닌, 모두에게 닥친 현상에 대해서 논하고 있다. 그런 의미에서 세태소설에 힘을 받는다. 또한 아직 중년의 작가인 박완서가 시어머니보다는 작중화자에 더 몰입되어 감정이입하고 있다. 다만 작중화자가 남편과 시어머니를 지켜보면서, 아들 동석과의 관계를 통해 '나의 노년'을 예감한다는 점에서 노년소설의 징후, 즉 '노년 바라보기와 이해하기'의 가능성을 찾아볼 수 있다. 이 작품은 작가가 노년의 질병(치매), 노년의 소외(말의 부재), 부양 부담(노부모의 부양), 시어머니의 노년을 바라보며 자신의 노년을 예감하는 과정을 현실감 있게 조명하고 있어, 노년소설의 진입로 정도를 확보한 작품이라 평가할 수 있다.

「집보기는 그렇게 끝났다」[432] 역시 중년으로 추정되는 화자의 시선이

---

[431] 김윤식, 앞의 책a, p. 38.

[432] 박완서, 「집보기는 그렇게 끝났다」, 「조그만 체험기」, 문학동네, 1999, pp. 281~300(이후 인용문은 제목과 페이지만 표기-인용자).

중심을 이루는 서사로 노년소설로 규정하기에 무리가 있다. 그럼에도 불구하고 이 작품 역시 「포말의 집」처럼 노년소설의 분석 텍스트로 빈번하게 등장한다. 그 이유는 노인 부양, 부양 부담이 작중화자의 생활에 지대한 영향을 미치는데다가, 가장(假裝)된 집안의 평화나 위선을 벗어던지고 생생한 살맛을 느끼는데 중요한 전환점을 제공하기 때문이다. 부양자로서의 가족, 그 중에서도 생활의 소소한 전반을 책임져야 하는 아내 혹은 며느리가 느끼는 이러한 세밀한 심리 변화와 치매 걸린 노인과의 현실적 에피소드는 박완서의 실제 경험에서 우러나온 것이어서 더욱 리얼리티가 살아 있다.

사건의 발단은 수상한 손님의 방문으로부터 시작된다. 특유의 예감이 발달한 작중화자 '나'는 그가 '위험한 손님'임을 직감한다. 하지만 무기력하게 그를 남편에게 안내하게 되고, 남편과 손님은 여행을 가장한 연행 또는 동행을 하게 된다.

> 나도 남편을 똑바로 바라보았다. 내가 거의 참을 수 없을 만큼 애무를 바랄 때, 고상하게도 어머니와 분재를 공경하는 방법을 설교한 남자의 얼굴을 바라보면서 나는 욕지기처럼 울컥 그와 나와 같이 산 세월이 억울해졌다.(「집보기는 그렇게 끝났다」, p. 286)

언제나 "점잖고 무심한" 남편은 연행되어가는 순간까지 분재와 늙은 노모를 챙긴다. 이에 나는 "다 맨 넥타이의 한쪽 끈을 힘껏 잡아당겨 남편의 목에 죽지 않을 만큼의 고통을 가하고 짐승 같은 비명을 짜내고 싶은 충동"을 느끼는데, 이런 감정은 뜻밖에 "싱싱하고 강렬함"을 그녀에게 안긴다.

남편이 알뜰히 살피는 고령의 시어머니는 당뇨와 고혈압을 앓고 있는데다 약간의 노망기마저 있다. 남편이 담석 제거 수술을 받게 되었을 때, 그 충격으로 노망기가 한층 더 심해진 시어머니는 유난이 먹는 것을 밝히게 된다.

> 남편이 가꾸고 아끼는 분재를 우리 식구가 모두 덩달아 위하듯이 시어머님의 노망 역시 남편을 덩달아 우리 식구가 힘을 모아 정성껏 가꾸고 기르고 있었고, 그것을 은근히 남에게 자랑스러워하고 있었다.(「집보기는 그렇게 끝났다」, p. 290)

사정이 이러한지라 아침 꼭두새벽부터 이어지는 시어머니의 생경한 목소리, 먹을 것을 보채고 타박하는 그 소리가 집안의 평화와 점잖은 분위기를 해치는 일이란 결단코 없었다. 그런데 이 부자연스러움은 남편의 부재와 함께 실체를 드러내게 된다.

> 나는 어쩔 수 없이 내 속에 자리잡은 그분에 대한 미움을 의식했다. 그것은 아직도 내 마음의 대부분을 차지하고 있는 점잖고 고상하고 도덕적인 것에 짓눌려 부피 작은 것이었지만 압축공기처럼 다부지고 위험스러운 것이기도 했다. …(중략)…
> 나는 어느 틈에 시어머님을 가족에서 따돌려, 가족과 적대관계에 놓고 대결하고 있었다. 이제 견디기 어려운 건 생경한 목소리가 아니라, 가족 아닌 사람이 가족 중에 섞여 있다는 사실이었다. 허구한 날 군식구를 섬기는

고통이었다.(「집보기는 그렇게 끝났다」, pp. 291-294)

　노망기 있는 시어머니를 모시는 고단함, 미움 등이 남편이 주관하는 가정의 평화 속에서 비정상적으로 압축되어 수면아래에 찌그러져 있었던 것이다. 이것을 자각하면서 그녀의 미움의 강도는 세어지고, 그것은 시어머니를 가족에서 축출해버리는 지경까지 이른다. 한편 노망기 있는 시어머니 모시기와 동일 선상에서 작중화자에게 질문을 던지게 만든 매개체는 남편이 애지중지 보살피던 분재다.

　　남편이 가장 아끼던 소나무 분재의 밑동을 보고 나는 이상한 충격을 맛보았다. 윗가지는 벼랑의 낙락장송처럼 품위있게 늘어져 있는데 밑동은 뱀이 또아리를 튼 것처럼 심하게 감겨 있었다. 아마 인위적으로 억제된 성장이 그런 모양으로 괴롭게 또아리 틀고 있으리라. 나는 우리 집안의 점잖음과 화평도 남편이 분재 가꾸듯이, 그의 취미에 맞게 자르고 다듬고 억제해서 만들어낸 작품 같은 게 아닐까 하는 생각을 했다.(「집보기는 그렇게 끝났다」, p. 294)

　인용문에 이 소설의 모든 것이 들어 있다고 해도 과언이 아닐 것이다. 분재는 이 작품에서 많은 것을 상징한다. 작중화자가 말하고 싶은 것은 자신의 가정의 평화가 "벼랑의 낙락장송"이 아닌 화분 속 "분재", 즉 가짜라는 것이다. 생기가 빠진 흉내 내기에 불과하며, 이것은 진짜 낙락장송일 수 없는 것이다. 남편에 의해 가꿔진 분재처럼, 그녀의 가정도 가꿔졌고, 궁극적으로는 그녀 자체가 남편이 가꾼 분재인 것이다. 고령에 온갖 노환을 앓는 노모를 모시는 집안은 "점잖고 화평스럽기"는커녕 시끄럽고, 지옥같이 아웅다웅해야 진짜인 것이다. 자신과 가족이 남의 이목을 의식해 위장한 효나 가장된 평화는 살맛나게 하는 생활이 아니다.

> 나는 자제력을 잃었다. 내 속에서 뭔가가 꿈틀 용트림을 했다. 그것은 오랫동안 내 속에 억제되어 또아리 튼 채 굳어 있던 열정적인 인간의 감정이었다. 그것을 폭발시키지 않으면 내가 미칠 것 같았다. 시어머님으로 하여금 지금의 처지를 인식시키자. 그래서 그분에게 결정적인 타격을 주고 그분의 식욕에 심한 모욕을 주자.(「집보기는 그렇게 끝났다」, p. 295)

이러한 깨달음은 그동안 길들여진 분재의 모습으로 살아온 '나'의 위선과 가장을 탈피하는 계기를 마련해준다. 억제된 본능은 열정을 얻어 현실과 타협하기보다는 응전하는 용기를 안겨준다. 이것은 악심(惡心)이나 위악의 발로라 보기 어렵다. 이것은 가짜를 거둬내고 진짜를 드러내려는 열정적인 시도인 것이다. 그녀의 변화는 가족의 변화를 이끌어낸다. 저마다 속마음을 이야기하게 되고, 드러나는 본능을 감추려 하지 않는다. 분재는 더 이상 보살피지 않아 시든 속내를 드러내고, 아이들은 그간 말하지 않던 진짜 속내를 드러내고, 노망기 든 시어머니는 거침없이 식탐을 드러내고, 온갖 노기(怒氣)를 드러내고, 마음껏 미워할 자유를 얻은 '나'는 이 모든 것이 후련하다. 더 이상 점잖은 집이 아니므로 이 모든 것이 용인된다.

포장 같은 건 그리 중요한 게 못 된다. 중요한 건 내가 포장 속에 들은 것의 진짜 모습을 보았다는 데 있다.

나는 아마 남편의 진짜 얼굴도 보지 않고는 못 견디리라. 그는 포장하려 하고, 나는 찢어내려 하고, 우리 부부는 처음으로 갈등하리라. 그것이야말로 진짜 살맛이 될 것 같았다. 나는 벌써부터 살맛이 났다. …(중략)…

서로 진짜 얼굴을 통해 만나고, 알고 하는 일은 이제부터 그와 내가 해야 할 일이었고, 남편이 없는 동안 내가 홀로 알아낸 일이었고, 여직껏 경험한 어떤 일보다 살맛 나는 일이 될 것이라는 기대 때문이었다.(「집보기는 그렇게 끝났다」, p. 295)

남편이 돌아왔다. 그간 아무 일도 없었던 듯이, 정말 여행이라도 다녀온 사람 같이 그는 다시 집안의 화평을 복원하려 시도하지만, 이미 각성한 '나'는 예전처럼 그에게 길들여질 수가 없다. 이제 부부는 포장을 찢어내고 그 속의 진짜와 만날 일이 남아 있다.

이 작품은 교수라는 직함을 가진 엘리트 남편이 가꾸고 길들이는 가정의 평화가 사실은 가짜라는 것을 그의 부재를 통해 깨달은 아내의 모험담이다. 남편과 작중화자는 이성으로 서로간의 경계를 설정하고, 그것을 넘지 않는 것으로 평화를 유지해온다. 그것에는 위장된 평화, 가장된 평화는 있을지언정 진정한 열정이나 생기가 부재한다. 열정이나 생기의 다른 이름은 마음에서 우러나오는 진짜 사랑일지도 모른다. 생활에는 이해나 타협 못지않게 미움이나 증오, 그것으로부터 유발되는 갈등이 필요하다. 이처럼 속살 부딪히는 치열함이 없는 삶이란 살맛나는 삶이 아니다. 각 구성원이 본능대로 충실히 '속내 드러내기'를 함으로써 오히려 갈등이 해소되는 양상을 띠게 된다. 더 이상 분재된 생활이 들어올 공간은 사라진다. 벼랑의 진짜 낙락장송만이 생생이 살아 숨 쉰다. 그것이 '나'가 남편의 부재중에 얻은 귀중한 살맛이다.

이 소설은 가부장제 하에서의 '여성(아내·어머니·며느리)의 정체성 찾기'라 할 수 있다. 특이점은 '폭력적인 가부장', '무능력한 가부장', '억압적인 가부장'이 아닐지라도, 아내가 자신의 정체성을 잃고 살아갈 수 있다는 점을 보여주었다는 점이다. 이는 보통 억압적 가부장제 하의 여성의 지위, 위치, 존재감에 대해 논의를 이끌어내던 방식과 좀 차이가 있다. 폭력이라는 것이 다양한 실체로 존재할 수 있다는 것이 드러났다는 점에 가치를 둘 수 있다. 본능을 억제하고 도덕적·윤리적 틀에 가두는 행위 역시 폭력의 다른 한 형태가 될 수 있다는 것이다. 작중화자는 본능의 발휘를 통해 살맛을 느끼고, 이를 통해 노망기 있는 시어머니와 제대로 맞설 수 있게 된다. 아이러니하게도 시어머니의 노망기야말로 본능에 가장 충실한 모습이다. 작중화자는 시어머니의 노환이나 노망기를 분재처럼 길들이려 하지 않고, 연민을 갖고 치열하게 대응한다. 이 대응을 미움이나 증오라 표현하지만, 사실 가장 정확한 표현은 애증(愛憎)이라 할 수 있을 것이다. 이 애증이야말로 가장된 효보다 훨씬 생기 있는 고부간의 소통방식이다.

이 작품 역시 「포말의 집」과 같이 노년소설의 범주에 넣을 수 있느냐의 문제 앞에 서게 된다. 이 소설의 가장 핵심은 '여성의 정체성 찾기'다. 그런데 여기에서 말하는 여성이란 단순히 양성 중 하나를 뜻하는 게 아니다. 가족 내의 여성, 그것도 세 가지, 아내·엄마·며느리의 역할을 하는 여성을 지칭한다. 그녀에게 있어 가장 큰 벽은 바로 치매에 걸린 시어머니다. 남편과 남의 이목에 의해 효를 강요받지만, 그것은 포장된 효라는 것을 깨달으면서, 진정한 시어머니 모시기가 시작된다.

작중화자가 치매 걸린 시어머니를 모시며 겪는 고통과 애로사항, 그것으로부터 유발되는 미움과 증오, 그 과정 속에 그래도 이 고부간에 남아 있는 것은 연민이다. 포장된 효로는 접근할 수 없는 속내에 다가갈 수 있는 열쇠는 그것이다. 작중화자가 이런 식으로 노인 부양, 부양 부담의 해법을 찾아가는 것에서 우리는 이 소설의 노년소설의 가능성을 내다볼 수 있게 된다. 또한 외적 노년인식 소설에서 갈등 해소의 가장 핵심인 '바라보기→다가가기 또는 이해하기'의 전개 양상을 그대로 보여주고 있다.

「포말의 집」과 같이 「집보기는 그렇게 끝났다」도 박완서의 초기작으로 여성주의소설이나 세태소설적 색채가 아주 진하다. 그러나 본고에서는 노년소설 파트에서 '아직 노년소설을 의식하지 않고 집필한 중년 작가의 노년소설'로 분류하고자 한다. 또한 노년문제의 상당한 비중을 차지하는 부양 부담의 경우 외적 노년인식 소설의 방식을 택할 경우 중년의 며느리나 딸, 사위나 아들의 입장이 드러나게 되므로 내적 노년인식 소설과는 확연히 다른 노선을 걷게 됨을 알 수 있다.

70년대, 박완서가 40대에 쓴 '며느리와 치매 노인'이라는 갈등 요인이 그가 50대에 들어선 80년대 작품에서는 어떻게 나타나는지 「로열박스」[433] 「해산바가지」[434] 「가(家)」[435]를 통해 살펴보기로 하자.

---

433 「현대문학」, 1982.1.

434 박완서, 「해산바가지」, 「해산바가지」, 문학동네, 1999, pp. 177~206(이후 인용문은 제목과 페이지만 표기-인용자).

435 「현대문학」 1989.11.

『현대문학』 1982년 1월에 발표된 「로열박스」[436]는 박완서가 52세에 발표한 단편이므로 노년기에 접어든 작가에 의해 쓰인 본격 노년소설의 범주에는 들지 않는다. 본격 노년의 근거리에서 집필되어, 중년의 화자에 좀 더 감정이 이입된 형태의 작품이라 할 수 있다.

박완서가 추구한 것 중 하나가 살맛이다. 그의 작품에 지치지 않고 등장하는 것이 이것이며, 이것이 있고 없고에 따라 가치 있는 삶과 허무한 삶으로 나눌 정도이다. 「로열박스」에는 살맛을 잃은 여성 '선희'가 등장한다. 최고급 입지의 아파트 '로열박스'에 살면서도 그녀는 살맛을 찾을 수가 없다. 그녀는 살맛의 출구는 겉치장이 아닌 속을 드러내는 진실함, 외면(外面)이 아닌 인정(認定)에서 찾을 수 있다는 것을 깨달았을 때 비로소 안락을 찾는다.

박완서는 이 작품을 통해 외부적으로 규정한 가치의 틀이 사람을 사람답게 사는 데 훼손을 가하며, 오히려 추레한 밑바닥을 드러낼 때 그 출구를 찾을 수 있다는 메시지를 전하고 있다. 바닥을 드러내는 장치로 이 작품에서 이용한 이미지는 성적 이미지다. 가장 원초적이지만 본능에 충실한 것, 생기를 불어넣는 것, 이것이야말로 인간사회에 거미줄처럼 드리운 감옥 같은 틀을 벗어날 수 있다는 것을 말하고 있다. 선희의 틀과는 별개로 시아버지의 틀 역시 고찰의 대상이 된다. 절대 권력자로서 집안의 모든 대사, 아들의 병마저 규정하는 지배자 역시 늙고 초라한, 소외자적 이미지를 드러내며 선희와 화해의 출구를 찾는다.

---

436 박완서, 「로열박스」, 『아저씨의 훈장』, 문학동네, 1999, pp. 237~252.(이후 인용문은 제목과 페이지만 표기-인용자).

선희는 부잣집 둘째아들 '준형'과 결혼해서 행복한 삶을 꾸려나간다. 그러나 형 '준기'가 자동차 사고로 급사하는 바람에 장남에게 드리운 집안의 모든 부담을 안게 된다. 그것을 진두지휘하는 것은 시아버지다.

자신에겐 너무 버거운 업무를 감당하느라 준형은 사람 자체가 변하게 되고, 과로와 허탈을 넘나들게 된다. 사람에게 누구나 있을 수 있다고 믿는 이런 증상을 시아버지는 병으로 간주하고 정신병동에 입원시킨다.

선희는 남편을 입원시키고, 남편의 주치의들의 취조와 같은 심문에 시달리며 점점 더 생기를 잃고 살맛을 잃어간다. 선희의 무료한 일상에 매혹을 선사하는 것은 단지 생기 있는 사람들의 소소한 일상뿐이다.

선희 시댁의 부를 이용해 보험영업을 하러 온 친구를 통해서 자신이 사는 아파트가 로열박스인 것을 알게 되고, 아무리 호화 아파트라도 십년 후면 퇴락한다는 것을 듣게 된다. 이 집은 시아버지의 뜻에 따라 옮긴 것이다. 같이 살 수는 없지만 근거리에 살기를 희망한 시아버지가 딱 그만큼의 거리에 얻어놓은 로열박스. 겉모양의 화려함 속에 텅 빈 생활, 십년 이상도 보장 못하는 값싼 껍질에 대해 선희는 끊임없이 회의한다.

절대 권력을 휘두르는 시아버지의 이러한 집착의 근원은 결국 외로움이다. 선희가 가족이라는 것을 인지시키는 그만의 방식이었던 것이다. 같은 시간대에 같은 목소리와 같은 주제를 전달하는 인터폰은 "권태롭고 무의미한 일상의 정점"을 선사한다. 그러던 어느 날, 그날따라 시아버지가 평상시대로 전화를 끊지 않는다. 선희는 모처럼 시아버지의 침묵에 귀를 기울이게 된다. 시아버지의 목소리에도 귀를 기울이지 않던 그녀가 시아버지의 침묵으로부터 진정한 메시지를 듣게 되는 것은 아이러니한 일이다.

시아버지의 침묵은 처음이었다. 처음엔 다만 곤혹스러웠지만 차츰 뭔가가 들려오는 것 같았다. 사람 사는 것의 덧없음, 늙어가는 일의 쓸쓸함, 사람마다 숨겨놓은 고독의 두려움, 그런 어둑시근한 것들이 그 침묵 속에서 우울하게 웅성대고 있었다. 그것은 그녀가 여직껏 나이 먹으면서 감지한 그런 것들보다 훨씬 깊고 부피 있는 어둠으로 그녀를 끌어당겼다.(「로열박스」, p. 252)

침묵 끝에 시아버지는 "아가, 외롭쟈?"라고 묻는다. 이것은 선희가 처음 듣는 시아버지의 육성인 셈이다. 선희는 그 소리에 체온마저 감지하고, 오랜만에 편안감을 맛본다.

이 소설을 노년소설로 규정하기엔 무리가 있다. 몇몇 연구자들에 의해 노년소설로 분석되었지만, 이 단편은 삶에 있어 생기와 살맛은 겉모양, 임의로 만든 틀에 의해 얻게 되는 것이 아닌, 건강한 몰두, 체온이 느껴지는 관계, 틀과 겉치장을 거둬낸 속살이라는 것을 말하고 있기 때문이다. 고독은 이런 것들이 부재할 때 찾아오는 깊은 수렁 같은 것이다. 그런데 이 일반론에서 시아버지를 독자적으로 떼놓고 본다면, 젊은 며느리가 시아버지와 불화를 겪다 이해의 경지에 다다르는 과정에서 외적 노년인식에 대한 만족스러운 해답을 제시하는 것도 사실이다. 그런 차원에서 이 소설을 노년소설류로 분류해 분석해보았다.

「해산바가지」는 두 가지 서사의 결합 구조다. 현재의 '나'의 서사와 회상 속 '나'의 서사가 서로 합체해 하나의 주제의식을 도출하고 있다. 또한 현재와 회상의 서사가 이어짐으로 해서 내적 노년인식과 외적 노년인식을 동시에 점유하고 있다. 이러한 방식은 외적 노년인식에서 놓칠 수 있는 노년의 실제적 경험을 내적 노년인식을 통해 상호 보완하는 효과가 있다. 이 작품은 박완서가 작품 활동 내내 천착해온 여성주의, 그 중 모성과 생명주의에 대한 작가의식의 선상에 놓여 있으면서, 젊은 세대와 노인세대를 오가며 '바라보기→진저리치기→연민을 갖기→이해하기→화해하기'의 매뉴얼을 충실히 따르고 있다.

손자녀를 가질 나이에 접어든 작중화자는 딸만 둘 낳고 더 이상 아이를 갖지 않겠다는 며느리 때문에 노발대발하는 친구와 통화를 하다가 "남자 여자 문제라면 더욱 갈피를 못 잡은 이 시대의 우리 의식의 갈등과 혼란"에 우울해진다. 친구와 함께 K대학 부속병원에 면회를 간 '나'는 친구의 낙심과는 달리 "새롭고 이상한 행복감이 스멀대며 전신에 퍼지는 걸 느끼"며 신생아실 풍경에 매혹된다. 새로운 생명은 그녀에게 시어머니를 떠올리게 한다.

작중화자는 과부의 외아들에게 시집을 갔다. 주위에서 외아들의 홀시어머니 노릇에 대한 해괴망측한 괴담으로 위협했지만, 깐깐하고 지식욕이 강한 친정어머니와 달리 지적인 분위기가 빠진 어수룩한 시어머니에게 호감을 느낀다. 처음 느낌 그대로 시어머니는 시집살이 한번 시키지 않고 다섯이나 되는 아이들을 차례로 받아내 다감하게 길러주신다. 일흔다섯 고개를 넘기고도 증손자 볼 때까지 살고 싶다는 생의 의욕이 충만하던 시어머니께 위기가 닥쳤다. 고혈압으로 쓰러진 것이다. 반신불수는 면했다 싶었는데, 사실 시어머니의 문제는 육신이 아니라 정신이었다. 치매는 야금야금 시어머니의 정신을 갉아먹었고, 그녀는 진저리를 치며 도망쳤다. 치매는 점점 더 심해져서, 드디어 괴담에서 듣던 홀시어머니의 억압된 성(性)의 실체까지 드러나게 된다. 이 곤란으로부터 오는 "정서적인 불균형"을 은폐하고 여전히 좋은 며느리처럼 보이려 애쓴다. "음전한 효부 노릇"을 해야 하는 그녀는 현실과의 불일치에 시달리며 신경안정제를 상습적으로 복용하게 된다.

나는 내가 숨쉬기 위해 매일 밤 그분을 죽였다. 밝은 날엔 간밤의 내 잔인한 소망을 부끄러워했지만 내 잔인한 소망은 매일 밤 살쪄갔다. 그 기운을 조금이라도 죽일 수 있는 방법은 신경안정제밖에 없었다.(「해산바가지」, pp. 197~198)

지옥 같은 삶인데도 효부의 가면을 쓴 생활은 파멸을 향해 치닫고, 한계를 느낀 그녀는 시어머니를 학대하는 지경까지 이른다. 이상하게도 그런 경험을 통해 오히려 "절정의 쾌감"마저 느낀다. 한계에 이른 것은 남편도 마찬가지다. 어머니 못지않게 망가져가는 아내 사이에서 브레이크가 필요했던 남편은 어머니를 절에 모시기로 한다. 절을 찾아보러 나선 부부는 중도에 들른 초가의 지붕에서 잘생긴 박을 발견한다. 작중화자는 그 박을 보며 해산바가지를 떠올린다. 해산바가지와 함께 시어머니가 생명을 어떻게 대했는지도 연쇄적으로 떠오른다. 시어머니는 그녀가 내리 딸을 넷을 낳는 동안에도 단 한 번의 흐트림도 없이 엄숙히 해산 준비를 해주셨던 것이다. 다섯 번째 드디어 아들을 낳았지만, 그동안 딸들을 낳았을 때와 똑같이, 조금도 넘치거나 모자람 없이 한결같이 대하시던 분이다.

그분은 어디서 배운 바 없이, 또 스스로 노력한 바 없이도 저절로 인간의 생명을 어떻게 대접해야 하는지를 알고 있는 분이었다. 그분이 아직 살아 있지 않은가. 그분의 여생도 거기 합당한 대우를 받아 마땅했다. 나는 하마터면 큰일을 저지를 뻔했다. 그분의 망가진 정신, 노추한 육체만 보았지 한때 얼마나 아름다운 정신이 깃들였었나를 잊고 있었던 것이다. 비록 지금 빈 그릇이 되었다 해도 사이비 기도원 같은 데 맡겨 있지도 않은 마귀를 내쫓게 하는 수모와 학대를 당하게 할 수는 없는 일이었다. …(중략)… 나는 효부인 척 위선을 떨지 않음으로써 조금은 숨구멍을 만들 수가 있었다. …(중략)… 위선을 떨지 않고 마음껏 못된 며느리 노릇을 할 수 있고부터 신경안정제가 필요 없게 됐다.(「해산바가지」, pp. 205~206.)

'박→해산바가지→시어머니의 한결같았던 구완→시어머니가 생명을 대하는 태도'로 이어지는 생각의 연쇄반응에서 그간 생활에 지쳐 잊고 지내던 시어머니의 가치를 떠올리게 된다. 작중화자는 친구에게 아들딸을 떠나 생명 그자체로 대하던 시어머니의 그 진심을 전하고 싶었던 것이다.

박완서는 「해산바가지」에 등장하는 친정어머니와 시어머니를 실제로 모셨고, 그의 경험에서 나오는 육성이 작품에 배어 있다. 이것은 치매 노인을 다룬 대부분의 소설에서 반복되는데(「포말의 집」「집보기는 그렇게 끝났다」), 치매에 대응하는 작중화자의 묘책은 위선이나 가식을 벗어던지고, 치매를 정면에서 맨살로 맞서는 것이다. 그리고 맨살로 맞설 수 있는 용기는 가짜가 아닌 진짜 애정에서 나온다. 비록 지금은 '빈 그릇'이 되었을지언정 그 전에 그 그릇 가득 넘치고 충만했던 아름다웠던 영혼에 대한 기억에서 출발하는 연민이 진짜 애정을 싹트게 한다는 확신을 그는 갖고 있는 것이다.

「해산바가지」는 젊은 시절 시어머니와의 생활 속에서 깨달았던 가치를 자신의 노후에도 기억하고 있고, 그 기억하는 가치를 주변에 전달하는 형식을 취하고 있다. 이것이 여성주의, 생명주의 등을 표방하고 있는 작품임에는 틀림없지만, 치매로 인해 부양 부담문제가 발생하고, 그로 인해 갈등하고, 증오하던 고부가 소중한 가치를 되찾고, 이해하고, 화해하는 과정이 그려진 면에서 노년소설로 분류하였다.

70년대에 발표된 두 작품, 「포말의 집」과 「집보기는 그렇게 끝났다」에 비해 노년을 바라보는 작가의 시선이 한층 성숙된 것을 느낄 수 있다. 앞서 분석한 두 작품에 비해 「해산바가지」가 좀 더 노년소설의 느낌을 담고 있다고 평가할 수 있다.

『현대문학』 1989년 11월에 발표된 「가(家)」[437]는 박완서가 59세에 발표한 단편이므로 곧 본격적인 노년기에 접어들 작가에 의해 쓰인 노년소설의 범주에 든다.

「가(家)」는 결혼을 앞둔 자식의 부양 부담 문제와 갈등을 중심으로 다루고 있다. 이러한 갈등은 가족을 위해 부모가 헌신했던 삶, 그 치열했던 생존의 역사를 자식이 이해하면서 비로소 해소의 실마리를 찾게 된다. 이 작품은 박완서의 자전적 요소가 상당히 많이 개입되어 있다. 특히 「엄마의 말뚝 1」에서 보이는 어머니의 집에 대한 집착과 소소한 에피소드가 많이 닮아 있다.

---

437   박완서, 「가(家)」, 『나의 가장 나종 지니인 것』, 문학동네, 2006, pp. 205~242(이후 인용문은 제목과
      페이지만 표기-인용자).

박완서는 자신이 경험한 세계를 소설로 담아내는 특징이 뚜렷하다. 따라서 자신과 비슷한 연령이나 처지의 여성화자가 서술자로 자주 나서고, 사건 유발자나 조력자, 주변인으로서는 조부모나 시어머니, 친정어머니가 등장하곤 한다. 그런데 이 작품은 특이하게 손자 '성구'의 시선을 통해 전개하고 있다.

시어머니 모시는 것을 노골적으로 기피하는 결혼상대 '다영' 탓에 홀어머니도 부담스러운 성구에게 불쑥 찾아온 외할머니의 존재는 "천근의 무게"로 느껴진다. 이와 관련 어떤 언질도 없는 어머니와 부모 부양에 대해 단호하게 거부감을 내비치는 다영 사이에서 성구는 갈등하고 갈피를 잡지 못한다. 하필 이런 시기에 "여인 이대(二代)"가 함께 살게 된 거다.

갈등이 최고조로 치닫고 있던 어느 날, 잠결에 얼핏 본 외할머니를 좇아 나온 성구는 그녀를 아파트 1층 화단에 조성된 보리밭 한가운데서 발견한다. "산발한 외할머니가 넝마처럼 널브러져" 있는데, "다홍빛 핏자국까지" 보이는 듯하다. 놀란 성구의 머릿속에는 외할머니의 인생이 "한 장 한 장 환등기에 밀어넣은 원판처럼" 생생하게 떠오른다.

외할머니는 열여덟 살 때 조씨 가의 둘째며느리로 들어가, '교하댁'이라 불린다. 교하댁은 한집에 모여 사는 대가족 눈을 피해 보리밭에서 여식 둘을 만들었다 해서 웃음거리가 되기도 한다. 여차저차해서 세간도 나고 오남매를 두게 된 교하댁은 대처에 나가 돈을 벌어온 남편 덕에 살 맛이 난다. 그때가 교하댁이 가장 씩씩하고 당당하게 살던 시절이다. 그러던 중 마을에 돌림병이 돌아 삼남매를 잃고 두 남매만 남게 되는데, 교하댁은 살아남은 자식만이라도 경성에서 길러야겠다 마음먹고 고향을 등지게 된다.

서울과 시골은 집값이 천양지판(天壤之判)이라 준비한 돈으로 경성 변두리에 겨우 방 한 칸 얻게 된다. 셋방살이를 모면하고 집을 얻기엔 돈이 턱없이 부족했던 교하댁은 "소 팔고 전답 판 거금 800원"을 전대에 차고 온 남편 친구의 돈을 무리하게 융통해 천 원짜리 집을 사버린다. 친구 남편의 장사밑천에 손을 댄 게 소문이 나면서 교하댁은 친가 시가 할 것 없이 기피 대상이 되어버린다. 집에 대한 교하댁의 이러한 집착은 집이야 말로 "황금알을 낳는 거위"라는 뿌리 깊은 관념 때문이다.

한국전쟁 때 장성한 아들을 잃고 또다시 참척의 한을 품게 된 교하댁은 마흔다섯의 나이에 기어이 잃은 아들을 대신할 아들을 얻게 된다. 그런데 늦둥이 아들을 얻은 대신 이번엔 남편이 시름시름 앓기 시작했다. 지속적으로 감당하기 힘든 치료비가 들어갔지만, 그래도 집만은 팔 수 없었던 교하댁은 종국에는 양갈보짓까지 하며 집을 지켜낸다.

1950년대, 60년대의 시대변화에서도, 그 어떤 역경 속에서도 지칠 줄 모르고 지켜낸 집을 외할머니는 결국 허무하게 잃고 만다. 늦둥이 외삼촌이 외할머니의 방조차 없는 작은 전세 아파트로 맞바꾼 것이다. "집 가진 걸 자세 부리는 게 표정의 일부, 생명력의 전부"였던 외할머니가 그것을 전부 잃었다. 그런 외할머니가 지금 1층 보리밭 한가운데에 널브러져 있는 것이다.

외할머니의 죽음을 예감하고 1층에 내려간 성구는 뜻밖에 "아장아장 걸어오"는 외할머니와 마주친다. 외할머니는 성구가 상상했던 것처럼 1층에 뛰어내린 것이 아니라 보리밭에 이끌려 내려다보다 그만 금비녀를 떨어뜨려 그것을 주우러 나간 것이었다.

외할머니는 보리밭에서 금비녀 말고 또 무엇을 보았을까? 외할머니는 거기 대해선 말하지 않고 응석 부리듯이 성구의 가슴에 파고들었다.

"어쩌면 좋냐? 할미가 네 신세를 지게 됐으니."

그리고 메마른 울음소리가 들렸다. 성구는 대답 대신 할머니를 한 번 번쩍 안아올렸다가 내려놓았다. 어머니하고 상쇄시키기엔 너무 가벼운 무게라고 성구는 생각했다.(「가(家)」 p. 242)

　성구가 이 잠시잠깐의 착각으로 인해 부양 부담을 일시에 몰아내거나 마음을 고쳐먹은 것은 아니다. 문제는 여전히 산적해 있다. 그러나 상상 속에서 죽은 외할머니와 외할머니의 지난한 삶, 다시 살아 돌아온 외할머니를 통해 단순히 부양 부담의 회피만이 능사는 아니라는 작은 결론에 다다른 모습을 보이고 있다. 성구나 다영의 의식, 늦둥이 외삼촌의 행위는 전통적 관점에서 보면 명확하게 불효에 해당한다. 하지만 가치가 바뀌고, 생명줄로 지켜낸 집이 너무도 간단하게 전세 아파트와 자동차로 바뀔 수 있는 시대가 도래 한 것에 대한 자각이 필요하다. 이러한 자각은 이전세대와 현세대가 공유해야 한다는 과제를 남기고 있음을 작가는 작품을 통해 말하고 있다. 이 작품은 자식의 부양 부담이 현실적인 것임을 인정하면서도, 자식 세대가 부모 세대가 지켜낸 삶에 대해 존중하고 함께할 지점을 서로 찾아가는 인식의 전환 역시 필요함을 강조한 것이다.

　「환각의 나비」[438]는 박완서가 65세에 발표한 단편이므로 본격적인 노년

438　박완서, 「환각의 나비」, 『그 여자네 집』, 문학동네, 2006, pp. 48~95(이후 인용문은 제목과 페이지만 표기-인용자).

기에 접어든 시기에 쓴 노년소설의 범주에 든다.

이 단편은 세 가지의 서사가 교차하는 구조를 가지고 있다. 첫 번째는 서울의 위성도시인 Y시 원주민 동네에 있는 어떤 집에 관한 이야기다. 두 번째는 화자 '영주'가 주도하는 가족이야기로, 건망증이 심해져 가출한 어머니에 관한 이야기다. 세 번째는 처녀점집을 운영하다 점집을 절로 고친 후 법명 자연 스님으로 살아가는 '마금'이에 관한 이야기다. 이 세 가지 이야기는 각자 사연을 담아내며 진전되다가 집을 꼭짓점으로 하여 만나게 되는 서사구조를 가지고 있다.

박완서에게 있어 집은 아주 중요한 존재다. 그것은 가족의 울타리이자 뿌리며, 그 공간에서 삶이 움트기 때문에 작중인물들이 그것에 집착하고 악착같이 소유하려 든다. 박완서에게 가족이 중요했듯이, 이 가족을 지탱하는 구심점이 되는 집 또한 중요한 상징물로 작품에 등장한다. 이 작품에도 다양한 집이 등장하는데, 그것이 단순히 물질적 집을 상징하지 않는다는 데 이 소설을 이해하는 실마리가 있다.

첫 번째 이야기에 등장하는 집은 사연이 있다. 이것은 "저 깊은 중심에 숨어 있는 불변의 것, 임의로 할 수 없는 것으로부터 풍겨져 나오는 예감 같은 것"이 깃든 공간이다. 이것은 서울의 위성도시 중 하나인 Y시 안에 있는 원주민 동네에 있다. 주변에 개발 바람이 불어 아파트 단지가 들어서고 원주민 동네는 Y시의 섬처럼 외떨어지게 된다. 그런 곳에서조차 이 집은 그곳의 섬 같은 존재다. "골수에 밴 시골티"에 "대청마루가 널찍한 디근자"인 그 집은, 그 지역의 태초의 모습을 간직하고 있다.

두 번째는 '영주네' 이야기다. 건망증이 심해져 가출하는 어머니의 이야기 역시 집을 중심으로 돌아간다. 제일 처음 등장하는 집은 남편이 유일한 유산으로 남긴 종암동 집이다. 대학가 주변에 있어 하숙을 치며 과부가 된 어머니가 영주, 영숙, 영탁 삼남매를 길러낸 곳이다. 그 다음은 하숙을 치던 넓은 집에서 처음 이사한 과천의 1층 아파트. 어머니는 이곳에서 노인들의 리더 역할까지 하며 왕성하게 활동한다. 마지막으로 등장하는 집은 장녀 영주의 둔촌동 아파트와 막내 남동생 영탁의 의왕터널 너머 신혼 아파트다. 둔촌동 아파트와 신혼 아파트를 오가는 시점부터 어머니의 건망증이 점점 심해지게 되고, 계획적인 가출도 이때부터 하게 된다.

> 어머니에게는 이미 아들이냐 딸이냐는 그닥 중요하지 않았다. 여기도 아닌 저기도 아닌 데가 과천이었다. 어머니는 겉으로는 지능이 퇴화하는 것처럼 보였지만 발달하고 있는지도 몰랐다. 치사하게 아들네서 딸네로, 딸네서 아들네로 보따리처럼 옮겨 다니느니 여기도 아닌 저기도 아닌 과천이란 완충지대를 만들어놓고 거기 보내달라고 보채고 있으니 말이다.(「환각의 나비」, p. 68)

영탁의 처는 어머니를 맡는 동안 치밀하고 차가웠다. 어머니의 옷은 외출을 못하도록 잠옷이나 고쟁이로 통제되고, 자물쇠는 현관문에서 시작해서 방문 앞까지 채워지기 시작했다. 영주는 그녀의 완벽한 통제가 무서웠고, "왜소하고 황폐해지는 어머니의 비명"이 들리는 듯하여 섬뜩했다. 어느 날 잠긴 방에서 거울을 들여다보며 거울 속 노파와 이야기를 나누고 있는 어머니를 본 영주는 충격에 휩싸이게 된다. 이미 "어머니의 눈빛이 방어적"으로 변해 있었다. "문 열어놓고 사는 집처럼 편안"했던 어머니의 변한 모습에 놀란 영주는 어머니를 결국 둔촌동 아파트로 다시 모셔오게 된다. 이후 딸도 알아보지 못하던 어머니의 증세는 빠르게 회복되어 소소한 집안일까지 솜씨 좋게 도울 수 있게 된다. 들락날락하는 기억력까지 회복된 것이 아닌데도, 빠른 회복에 안심한 틈을 타고 어머니는 다시 가출을 시도하고, 이번 가출은 꽤 치명적이어서 반년이 넘도록 어머니를 찾지 못하게 된다.

세 번째는 '마금'이 이야기다. 마금이네는 Y시 원주민 동네의 진짜 토박이다. 그래서 마금이 엄마는 들판 한가운데 있는 그 집의 내력을 잘 알고 있다. 그 집의 주인은 한국전쟁 때 부역한 죄로 가족이 몰살당했고, 그곳은 흉가가 되었다. 어느 날 그 흉가에 주인의 살아남은 동생이 찾아와 선원(禪院) 간판을 내걸었고, 사람들은 그를 도사라 부르게 된다. 가난한 살림에 오남매를 기르느라 힘겨웠던 마금네는 열네 살 마금이를 그곳 심부름꾼으로 들여보내는데, 얼마 되지 않아 도사는 마금이를 범하고 만다. 마금네는 이걸 미끼로 그 집을 마금이 소유로 만들고, 예지력이 있던 마금이는 처녀 무당으로 키워지게 된다. 처녀점집을 운영하며 집안의 돈줄 노릇을 하던 마금이는 점집을 절로 고치고, 법명 '자연 스님'으로 거듭난다.

세상의 즐거움을 채 깨우치기도 전에 집안의 생계수단으로 전락한 마금이는 의욕이나 욕심조차 가지고 있지 않다. 누구에게도 귀히 대접받아 본 적도 없다. 그런 마금이 앞에 한 할머니가 홀연히 나타난다. 불쑥 나타나 거침없이 아욱을 다듬고, 뿌연 쌀뜨물에 맛있는 된장국을 끓여내는 등 "묵은 살림 하듯 막힘없이 능수능란"한 할머니의 정체를 도대체 알 길이 없다. 마금이는 정체모를 할머니가 차린 밥상을 난생 처음 맛있게 먹는다. 마금이는 "기쁨이 스멀스멀 등을 기는 것"처럼 즐거웠고, 할머니의 따스함에 처음으로 "어리광을 부리고 싶어"지기까지 했다. 이렇게 서로에 대해 아는 바 없이 만난 두 사람, 자연 스님과 노파는 서로를 마음으로 위하며 행복한 동거를 시작한다.

어머니를 잃어버린 지 반년이 넘도록 사방팔방으로 찾으러 다니던 영주는 서울 근교 어딘가에서 "귀살스러운 옛날 집"인데도 이상한 힘으로 끌어들이는 한 외딴집에 다가가게 된다. 그 외딴집을 보고 영주는 자기도 모르게 종암동 집을 떠올리게 된다. 그곳에서 영주는 빨랫줄에 나부끼는 어머니의 스웨터를 보게 된다.

> 부처님 앞, 연등 아래 널찍한 마루에서 회색 승복을 입은 두 여자가 도란도란 도란거리면서 더덕 껍질을 벗기고 있었다. 더할나위없이 화해로운 분위기가 아지랑이처럼 두 여인 둘레에서 피어오르고 있었다. 몸집에 비해 큰 승복 때문에 그런지 어머니의 조그만 몸은 날개를 접고 쉬고 있는 큰 나비처럼 보였다. 아니아니 헐렁한 승복 때문만이 아니었다. 살아온 무게나 잔재를 완전히 털어버린 그 가벼움, 그 자유로움 때문이었다. 여지껏 누가 어머니를 그렇게 자유롭고 행복하게 해드린 적이 있었을까. 칠십을 훨씬 넘긴 노인이 저렇게 삶의 때가 안 낀 천진 덩어리일 수가 있다니.(「환각의 나비」, p. 68)

자기가 본 광경을 환각일 거라 생각한 영주는 그렇게 찾던 어머니를 지척에 두고도 다가서지 못한다. 자신이 두 발을 딛고 서 있는 현실과 그곳의 환상 사이에는 절대로 넘을 수 없는 선이 있다는 자각을 하게 된다.

「환각의 나비」는 노인성 질환과 부양 부담에 대한 이야기가 한 축을 형성한다. 그 속에서 노년에 갈망하는 것이 진정 무엇인가에 대한 해답을 찾아가고 있다. 어머니의 노인성 질환, 건망증은 땅이나 마당으로부터 멀어지면서 점점 더 심화된다. 이것은 하나의 상징으로 작용한다. 어머니가 자식들을 위해, 혹은 자신이 소속된 집단에서 활발히 활동하던 시기에는 생명력과 생활력이 넘쳐났었다. 그러나 아파트라는 닫힌 공간으로 옮기고 자식들의 부양 부담의 당사자가 되고부터는 길을 잃게 된다. 자식들이 어머니를 위하는 마음이야 의심의 여지가 없지만, 현실에 발을 딛고 있는 한 떨칠 수 없는 한계를 갖고 있다. 이런 불화 속에 길을 잃은 어머니는 가출을 시도하고, 가출한 어머니가 안착한 곳은, 자신이 열정적으로 생명력을 뿜어내던 그 시절을 연상시키는 한 외딴집이다.

한편 마금이 역시 진짜 가족보다 더 가족다운 낯선 할머니를 얻게 되면서 비로소 인생의 즐거움과 행복이 무엇인지를 알아가게 된다. 이 둘의 만남은 '행복한 동거'란 무엇인지를 보여주고 있으며, 집다운 집이란 어떤 것인지에 대한 해답 역시 제시하고 있다. 또한 아픔을 치유해주는 것은 넘침이 아닌, 결핍이란 사실을 내비치고 있다. 결핍과 결핍이 만나 더 큰 결핍이 만들어지는 것이 아니라 상대의 결핍을 치유할 수도 있다는 사실은 현대사회에 넘쳐나는 결핍에 대한 작가의 진지한 해법 제시라 할 수 있다.

이와 같이 박완서는 「환각의 나비」를 통해, 가족의 개념과 집의 개념의 확장된 시각을 선보였다. 그간 혈연으로 엮인 가족에 집착한 작품세계를 갖고 있었던 것에서 진일보한 모습으로, 이것이야 말로 노년기에 접어든 작가의 시선의 확장성이 아닌지 기대하게 된다. 작품에 그려진 '대안가족'이나 진정한 삶의 터전으로서의 '집'의 모습은 현대사회가 앓고 있는 가장 근본적인 문제에 닿아 있다. 그런 의미에서 「환각의 나비」는 박완서 후기작 중 깊이와 완성도를 갖춘 노년소설로 꼽을 수 있다.

이 작품은 '며느리와 치매 시어머니'라는 정형성을 벗어나 친자식들과의 갈등양상을 보이고 있다. 그러나 그 틀이 바뀌어도 부양 부담에서는 누구도 자유롭지 못함을 알 수 있다. 딸이나 아들에게도 벅찬 '노인성 질환을 앓는 어머니'는 며느리에게 그저 부담 자체이지 그 이상도 이하도 아니다. 이 작품을 통해 1970~80년대의 작품들에 비해 훨씬 작가의 시야도 넓어지고, 치매노인과 겪는 갈등의 양상도 다변화되었음을 알 수 있다.

「꽃잎 속의 가시」[439] 역시 박완서가 68세에 발표한 단편이므로 본격적인 노년기에 접어든 시기에 쓴 노년소설의 범주에 든다. 앞의 작품들이 중년의 서술자가 '바라보기'를 하는 것과 달리 이 소설은 노년의 인물이 노년을 바라보는 구조다. 바라보기의 대상인 노년의 인물에 대한 연민이나 이해도가 비노년기 서술자가 체감하는 거리감보다 훨씬 근거리에서 진행되었다는 전제 하에 이 작품을 이해해야 한다.

「꽃잎 속의 가시」는 미국과 한국의 틈바구니에 끼어 어디에도 온전히 정착하지 못한 삶을 살다 간 작중화자 '나'의 언니에 대한 이야기다.

60년대, 미국에 이민을 가는 것만으로도 신분이 수직상승하는 것만 같았던 그 시절, 언니는 미국 이민길에 오른다. 미국까지 가서 치열하게

---

439 박완서, 「꽃잎 속의 가시」, 「그 여자네 집」, 문학동네, 2006, pp. 215~248(이후 인용문은 제목과 페이지만 표기-인용자).

살았지만, 한국의 그늘을 벗어나기 힘들었다. 어렵게 정착한 생활은 자식들에게 깊이 없는 풍요를 나눠줄 수는 있었지만, 정작 언니는 고독한 존재, 외로운 노년이었을지도 모른다. '나'는 언니의 부음(訃音)을 받고 나서, 장례식에 다녀온 조카와 언니를 추억하면서야 비로소 언니의 미국 생활이 어떠했는지 이해하고 다가서게 된다.

삼십 년 만에 장손의 결혼식 참석을 위해 고국 땅을 밟은 언니의 모습은 칠십대 노인의 모습으론 어울리지 않게 요란하다. 언니가 가지고 온 낡은 이민가방과 고급스러운 루이뷔통 여행가방이 만들어내는 묘한 부조화처럼 온통 낯설고 어색하다. 공항에서 언니를 맞이한 가족들은 언니의 루이뷔통 여행가방에 관심이 쏠린다. 그러나 언니는 루이뷔통 가방은 풀 생각도 없이 낡은 이민가방만 풀어놓는다. 이민가방에서 쏟아져 나오는 물건들은, 이미 한국에서 전혀 귀하지 않은 너저분한 잡동사니뿐이다. 언니의 의식은 삼십 년 전, 떠날 때 그 상태 그대로 멈춘 것이다.

식구들의 호기심 어린 성화에 연 루이뷔통 가방에는 누구도 상상하지 못한 누런 베옷들이 들어 있었다. 장손의 경사를 앞둔 시점에 수의(壽衣)를 가져 온 언니의 행동은 모두를 충격에 몰아넣고, 수의에 뭔가 크나큰 음모라도 숨겨져 있는 듯 가족들은 분란을 겪는다. 수의 사건은 여기에서 멈추지 않는다. 언니는 예단으로 받은 연분홍빛 고급 비단으로 수의를 만들고 싶다고 해서 또 다시 소동을 일으킨다. 이보다 더 괴기스러운 일이 다음에 벌어지는데, 언니가 예단을 가지고 가위질을 해서는 찍어낸 듯이 똑같은 모양과 크기의 꽃이파리들을 만든 것이다. 언니는 그것들을 기어이 수의 갈피갈피에 끼워 미국으로 다시 가져갔다.

'나'는 언니의 기행도 이해할 수 없지만, 그런 언니를 대하는 질부의 차가운 태도도 마음에 들지 않는다. 언니에 대해 고자질할 때마다 "악령이라도 본 사람처럼 불길하고 영물스러워 보이는 질부"를 다시는 보고 싶지 않다. 그러고 나서 두 달도 채 안 돼 언니의 부음을 듣게 된 것이다.

장례식에 다녀온 조카를 만난 '나'는 언니가 요양원에서 죽은 걸 알게 된다. 미국 부자 동네에 사는 딸네에서 생을 마감했겠거니 했는데, 치매 노인들을 수용하는 병원에서 죽은 걸 알고는 마음이 착잡하다.

미국에서의 언니의 인생은 도대체 어떠했던 것일까. 아메리칸드림을 꿈꾸며 미국 이민길에 오른 언니의 남편은 어떻게든 백인들 사회에 끼어들려고 안간힘을 썼다. 남편이 고군분투 하는 사이 언니는 시간제 식모도 하고, 냉동회사에 다니기도 하다가 직업소개소를 통해 양장점에 취직하게 된다. 그 양장점은 맞춤옷집으로, 그간의 일들과는 비교도 안 되게 임금이 후했다. "순전히 자신의 힘으로 잡은 좋은 일자리"로 인해 비로소 이민생활에 안정감을 맛볼 수 있게 된다. 그러던 어느 날, 그 맞춤옷 양장점이 부자들의 수의를 만드는 곳이라는 걸 알게 된다. 무지하여 고급 야회복으로 알고 걸쳐봤던 그 옷들이 사실은 고급 수의였다는 것을 안 순간 언니는 그 양장점을 그만두게 된다.

> 직접 송장을 다루는 것도 아니겠다, 그만큼 편안한 일터를 놓친다는 건 어리석은 일이었다. 그러나 송장에 대한 금기가 워낙 격렬하고 유구한 내 나라의 문화를 극복한다는 것은 내 능력 밖의 일이었다.(「꽃잎 속의 가시」, pp. 247~248)

인용된 고백처럼, 이민을 가서 정착해 살아도 "내 나라의 문화"를 극복하는 게 언니에겐 벅찬 일이었다. 언니가 보여준 수의에 대한 집착은, 이미 정신이 서서히 무너지는 지점에서 가장 강렬하게 잡아끌던 이 기억 때문이었을 것이다. 언니는 결국 미국과 한국의 틈바구니에 끼여서 산 셈이다. 한국에 와서는 삼십 년 세월의 격차를 해소 못해서 헤매고, 삼십 년 묵은 미국의 떼를 벗겨내지 못해 또다시 헤맨다. 언니는 한마디로 부조화 자체다. 칠십대 노인의 맨발에 칠해진 시뻘건 매니큐어처럼, 루이 뷔통 가방 속의 누런 베옷들처럼, 연분홍빛 고급 비단으로 만들고 싶은 수의처럼, 한국과 미국 문화의 이질감 사이에 끼어 사는 것처럼, 그 모든 것이 언니를 둘러싼 부조화다. 그런데 언니의 부조화를 어느 누구도 이해해주지 못한다. 언니의 노력으로 일군 그 수혜를 모조리 누린 자식들 그 누구도 언니를 마음 깊이 이해하지 못했고, 며느리의 차가운 시선은 언니를 괴기스러운 노인네로 전락시킨다. 자식들 집을 전전하며 보냈을 언니의 노후와 미국에서 온전히 뿌리내리지 못했던 언니의 삶에 대해 그나마 가장 근거리에서 중립적 태도로 이해하고 화해한 존재는 동생인 작중화자이다. 그나마 작중화자가 이해할 수 있었던 것은 무엇 때문일까? 그녀에게는 '노년의 관점'이 있었기 때문이다. 젊은이들이 갖지 못한 연민의 눈, 이해의 정감이 있었기에 가능했던 것이다.

이 작품은 노년의 인물이 노년의 인물을 바라보면서, 비록 오해의 중심에도 서고, 그 괴기스러운 부조화를 남들과 마찬가지로 받아들이지도 못했지만, 피붙이에 대한, 같은 세월을 살아낸 노년에 대한 연민으로 이를 극복하고 화해하는 과정이 그려져 있다. 노년의 인물을 이해하기 위해서는 그가 살아낸 세월, 발자취, 과거의 흔적들을 포용해야만 비로소 가능하다는 것을 말해주고 있다.

「후남아, 밥 먹어라」[440]는 2003년, 박완서가 73세에 발표한 단편이므로 본격적인 노년기에 접어든 시기에 쓴 노년소설의 범주에 든다.

「후남아, 밥 먹어라」에서 작가가 말하고 싶은 것은 바로 향수(鄕愁)다. 향수의 사전적 의미는 두 가지인데, '사물이나 추억에 대한 그리움'이 그 중 하나이고, '타향에 있는 사람이 고향을 그리워하는 마음이나 그로 인해 생긴 시름'이 나머지 의미다. 이 단편은 이 두 의미의 조합으로 꾸려지며, 가족, 집, 인생, 삶의 터전에 대해 진지한 질문을 던진다. 그리고 그 그리움이 치매를 앓는 어머니의 노년과 만나 치유를 경험하게 한다.

'앤'은 오남매의 가운데여서 위로 언니가 둘, 아래로 남동생이 둘 있다. 실업학교 기술직 공무원으로 오남매를 키워야 했던 아버지가 "죽지 못해 사는 것처럼 남까지 우울하게" 만드는 것과 달리 어머니는 생활력 강하고 씩씩하다. 언니 둘은 모두 그저 그런 대학일지라도 진학을 했지만 앤은 그것을 포기하고 고등학교만 졸업하게 되는데, 어머니는 이러한 결정을 "비굴하고 은근한 목소리"로 고마워하며 "네가 효자"라고 말해준다. 그녀는 이 말에 "있지도 않은 희생정신을 들킨 것"처럼 느껴서 기분이 고약해진다. 앤은 이런 가족의 품에서 도망치듯이 미국에 살고 있는 남자를 만나 도미하게 되는데, 어머니는 "밥은 굶길 것 같지 않은" 신랑감에 흡족해하며 결혼을 승낙한다. 60년대면 모를까 70년대는 지상최대의 목표가 밥 굶지 않는 것인 시대는 이미 지난 시기였으나, 어머니는 여전히 그 관념에 사로잡혀 있고, 모든 선악의 기준은 그것이 된다. 어머니

---

440 박완서, 「후남아, 밥 먹어라」, 『친절한 복희씨』, 문학과지성사, 2007, pp. 111~141(이후 인용문은 제목과 페이지만 표기−인용자).

의 이런 집착은 오남매를 키워내야 하는 동물적 어미의 마음 그것이었으나, 가족에게는 그런 마음이 전달되지는 않는다.

남편의 미국 이름은 '존'이고, '앤'은 친정 성(姓)이 '안'인 것을 따와 만든 미국식 이름이다. 앤은 자상하고 치밀한 남편의 리드 하에 차곡차곡 미국 생활에 정착해나갔다. 처음에는 시들시들 야위어가더니 어느덧 태평양 건너 한국 땅을 그리워하는 마음도 차츰 식어갔다. 그러던 차에 아버지가 돌아가시게 되면서 앤은 한국을 다녀가게 된다.

한국에 다녀온 앤의 모습은 한마디로 존을 초조하게 만든다. 존은 "죽을 때까지 낫지 않을 것 같은 아내의 피곤증"을 보면서 당황한다. 존의 두려움이 현실로 나타난 것이다. 앤은 음식뿐만 아니라 손때 묻은 살림살이, 그간 깍듯이 섬기던 시집식구, 심지어 남편까지 허드레 물건 보듯 시들하게 대했다. 종국에는 손자에게 물려주려고 아끼며 보관해두었던 아기용품을 태워 경찰에 고발당하는 일까지 벌리게 된다. 이 사건을 계기로 심리치료사에게 상담을 받게 된다.

한국인 심리치료사는 앤에게 한국에 한 번 더 다녀올 것을 권한다. 마침 어머니는 정신을 놓게 되면서 아들네가 버거워해 큰언니네로, 그러다 자주 집을 나가는 일이 생겨 다시 시골 사는 이모네로 보내졌다고 했다. 이렇게 어머니는 버거운 존재로 내둘리면서, 정신을 놓아 귀히 여기는 사람들까지 못 알아보는 지경에 이르렀으면서도 막내딸 앤을 찾는단다. 그 소식에 앤은 다시 한국을 찾게 된다.

귀국해 여주 이모댁에 내려가 어머니를 만났지만 그저 누구나에게 하듯 "밥 먹고 가라"는 말만 건네는 어머니. 앤은 그것이 자신을 알아본 소리라 믿지만 주변 누구도 그것을 인정해주지 않는다. 앤은 그런 집안 공기를 참을 수 없어 동네로 뛰쳐나가 시골 전경을 돌아보며 "시차보다 더 깊은 피로, 뭔지 모를 것을 찾아 여러 생을 헤맨 것 같은 지독한 피로를 이기지 못"해 둔덕에 몸을 의탁한다. 그러다 어머니의 소리를 듣게 된다.

"후남아, 밥 먹어라. 후남아, 밥 먹어라."
어머니가 저만치 짧게 커트한 백발을 휘날리며 그녀를 부르며 달려오고 있었다. 아아 저 소리, 생전 녹슬 것 같지 않게 새되고 억척스러운 저 목소리, 그녀는 그 목소리를 얼마나 지겨워했던가. …(중략)… 왜 그냥 이름만 불러도 되는 것을 꼭 밥 먹어라는 붙이는지. …(중략)… 그 소리가 꼭 끼니나 챙겨먹이면 할 도리 다했다는 소리처럼 들렸다.(「후남아, 밥 먹어라」, pp. 138~139)

백발의 어머니가 내뿜는 젊고 힘찬 목소리에 자신의 본명 '후남'이도 되찾고, 후남이와 함께 떠올릴 수 있는 추억도 되찾는다. 자신이 후남이었을 때, 자식들 밥 굶길까 용감하고 씩씩하게 살아낸 어머니의 생활력도 기억해낸다. 다른 작품에서도 경험했듯이 기억은 연민으로 이어지는 통로다. 연민이 있는 한 이해하고 불화와 화해할 수 있다.

「후남아, 밥 먹어라」는 그리움에 관한 것이다. 그리움이 얼마나 사람을 병들고 지치게 할 수 있는지 보여주고 있다. 그리움은 타향살이 신세일 때 향수의 모습으로 나타나기도 하고, 때론 지난날 넘치는 생명력으로 한 시대를 살아낸 어머니의 목소리, 말버릇으로도 나타난다. 비록 노후에 정신을 놓았지만, "생전 녹슬 것 같지 않게 새되고 억척스러운 목소리"를 아직 갖고 있다는 데 안도한다. 생전 녹슬 것 같지 않던 그것에 사실은 녹이 슬고 말았다. 안 쓰던 무쇠솥처럼 말이다. 하지만 녹물을 가신 무쇠솥이 아직은 맛있고 정갈한 밥을 지어내듯이, 그 밥에 무쇠 내음이 기분 좋게 배어나듯이, 아직 마지막 끈을 놓지 않은 어머니의 목소리에서 치유의 실마리가 보인다.

『문학동네』 2003년 봄호에 발표된 「마흔아홉 살」[441] 역시 박완서가 73세에 발표한 단편이므로 노년기에 접어든 작가에 의해 쓰인 노년소설의 범주에 든다. '그 여자'를 중심으로 전사되고 있는 이 작품은 그 여자와 시아버지 사이에 놓인 불편한 진실, 그 여자와 '효녀회' 회원들 간에 발화된 불편한 진실을 오가며, 과연 인간본성의 이중성이란 무엇인가 묻고 있다. 그 와중에 그 여자의 나이도 50세를 코앞에 두고 있고, 젊음의 생기와 아름다움, 생산성을 잃고 '비곗덩어리'로 변질되면서 맞이하는 그 시기가 불안하기만 하다.

그 여자는 효녀회에서 포장된 자신의 성녀 같은 이미지나 시아버지의 팬티를 내팽개침으로 해서 시댁에 분풀이 하고 있는 자신의 두 가지 내면을 대면하면서, 그 두 모습 다 자신임을 인정한다. 그리고 과연 성자에겐 다른 얼굴이 절대로 용납되지 않는 것인지, 그것이 옳은 것인지 의문을 갖게 된다. 이러한 갈등과 의문은 효녀회에 모인 여자들의 수다를 엿들으면서 증폭된다.

그 여자, 세례명 '카타리나'는 우연히 효녀회 모임의 여자들이 아파트에 둘러앉아 자신의 얘기를 게걸스럽게 해대는 것을 엿듣게 된다. 그들

441　박완서, 「마흔아홉 살」, 『친절한 복희씨』, 문학과지성사, 2007, pp. 81~108(이후 인용문은 제목과 페이지만 표기–인용자).

의 입에 오르내리는 그녀는 아주 위선적인 존재, 그 자체다. 모임의 여자들은 천사 같은 카타리나가 자신의 시아버지의 속옷을 마치 "죽은 쥐" 다루 듯 집게로 집어 치우는 것을 목격한 누군가의 증언을 토대로 열광하는 중이다.

카타리나가 어떤 사람인가. "거동이 불편한 노인들 목욕 봉사"를 자청하고 주도한 인물이 아닌가. 게다가 "남자 노인만 대상으로 하자"고 우긴 것도 카타리나였다. 이 일을 계기로 모임의 이름은 효녀회가 되었고, 회장은 당연 카타리나의 몫이었다. 그런데 시아버지의 팬티를 죽은 쥐 대하듯 하면서 집게로 인정머리 없이 집어던진다는 것이 아닌가. 이 진술하나로 카타리나는 그간의 모든 행동에 위선의 딱지를 붙이고, 오해를 덧씌우게 된다. 졸지에 그녀는 음흉하고, 음모가 있는 인물로 탈바꿈하게 된 것이다. 심지어 남자 노인에 대한 목욕 봉사 행위가 음란한 행위로 각색되면서 순식간에 그녀는 천하에 아주 몹쓸 사람이 되어버렸다.

군중심리가 한창 달아오를 때 그나마 이성적 판단을 고수하던 '동숙'과 마주쳐 그 자리를 겨우 모면한 그녀, 카타리나는 이 사건을 계기로 모처럼 민낯으로 동숙과 마주하게 된다.

그녀가 사건의 중심, 시아버지를 맡게 된 것은 시부모가 살던 집을 처분하고 각자 살기로 하면서이다. 시어머니는 딸의 집에, 시아버지는 아들의 집에 기거하게 되었고, 노년의 이상한 별거와 동거는 그렇게 시작되었다.

경제력도 있고 깔끔한 시부모 모시기는 딸네도 아들네도 불편함보다는 오히려 나은 뭔가를 선사했다. 하지만 카리스마 넘치고 모든 것을 척척 알아서 하는 시어머니와 시누이의 조합은 은근히 그녀의 심기를 건드

렸고, 그 조합에 끼지 못한 채 그저 근엄한 침묵만을 고수하는 시아버지를 그들 탓에 떠안은 듯 괘씸한 생각이 치밀어 결국 시아버지의 팬티를 학대하는 퍼포먼스까지 이어진 것이다. 그 팬티를 팽개친 지점은 다름 아닌 상상 속 시어머니 면상이었던 것이다. 그건 그저 분풀이 같은 거였다. 그 행위에 음험한 음모나 묵은 기억의 때 같은 것은 있지도 않았다. 하지만 그녀는 성녀 같은 효녀회의 카타리나와 시아버지의 팬티를 학대하고 있는 자신의 이중성을 동숙 앞에서 인정한다. 그건 어떤 이유를 붙여도 면피할 수 없는 사실이기 때문이다. 하지만 동숙 역시 그녀 못지않게 생활 속에서 움트는 위선이나 이중적 감정을 경험하고 있기에, 둘은 사는 게 다 이런 것이란 결론으로 서로 위안 받는다. 하지만 둘만의 위안으로 생을 둘러싼 위선에 종지부를 찍을 수는 없는 것이다. 또한 그것이 위선인지 용기인지 알 수도 없다.

여자 나이 49세. 그들은 50세가 되는 내년이 끔찍하다. 끔찍하다 못해 내년을 알리는 달력조차 보기 싫다. 늙은 시부모를 어느 순간 배척하는 자신들도 결국은 노년을 코앞에 두고 있다. 이 지점에서 그녀는 위선이건, 다른 이름의 용기건 다 자신감을 상실하게 된다. 그저 그 여자에게 지금 들러붙어 있는 건 '짐승 같은 식욕'과 '비곗덩어리'뿐이다.

세월이 빠져나간 자리의 허망함이여. 그 여자는 요새 부쩍 더해진 식탐이 걷잡을 수 없이 도지는 걸 느꼈다. …(중략)… 그 여자는 소박하고 느글느글한 것들을 짐승 같은 식욕으로 먹어치우고 인삼차를 한 잔 더 시켰다. …(중략)… 자신이 비곗덩어리에 불과한 것처럼 느껴지면서 메마른 설움이 복받쳤다. 위선도 용기도 둘 다 자신이 없었다. 울고 싶은 갈망과는 동떨어

진, 여자들이 찧고 까불고 비웃는 소리가 귓전에서 잉잉댔다.(「마흔아홉살」,
p. 108)

그녀의 식탐은 "세월이 빠져나간 자리의 허망함"을 메우려는 본능의
발로일지도 모른다. 자신을 둘러싼 세계와의 불화는 계속될 것이고, 그
것에 맞서는 행위가 위선인지 용기인지 분간도 가지 않는다. 그래도 시
간은 흘러 빠져나가고, 주변의 소음은 멈추질 않는다.

이 작품은 표면적으로는 시부모 부양에서 오는 갈등, 노년을 지척에
둔 일상의 불안함 등을 다루고 있지만, 결국 인간사의 진짜와 가짜에 대
한 박완서의 오래된 탐구의 연장선상에 있다. 그것이 봉사활동이든, 시
부모 부양이든, 잠깐의 스캔들이든, 목숨이 붙어 있는 한 사건은 지속될
것이고, 그것을 겪어내는 인물들은 끝까지 그 해답을 얻기 힘들 거라는
암시를 주고 있다.

지금까지 치매와 부양 부담을 다룬 70년대 작품 「포말의 집」과 「집보
기는 그렇게 끝났다」, 80년대 작품 「로열박스」 「해산바가지」 「가(家)」, 90
년대 작품 「환각의 나비」, 2000년대 작품 「후남아, 밥 먹어라」 「마흔아홉
살」을 차례로 고찰해보았다.

70년대는 박완서가 데뷔하여 열정적으로 자신의 재능을 퍼 올리던 시
기로, 박완서의 사상과 문체가 그대로 드러난 작품들이 대부분이다. 아
직 노년을 직시하지 않고 세태나 인간본성, 여성주의에 더 몰입하여 치
매노인과 부양 부담을 다룬 흔적이 농후하다. 80년대의 작품에는 70년
대에 발표한 작품들과 테마는 유사하지만, 노년을 바라보는 시각이 한층
원숙해진 것을 알 수 있고, 중년의 인물에서 노년의 인물로 감정이입의

우선순위가 전이된 것을 느낄 수 있다. 90년대에 발표된「환각의 나비」는 노년소설로서의 가치뿐만 아니라, 작품의 완성도, 사상의 확장성에 있어 주목할 만한 작품 중 하나다. 치매노인과 부양 부담의 전형성을 탈피한 점도 엿보이고, 작품의 서사구조가 입체적으로 맞물려 하나의 결말에 도달하는 방식도 새롭다. 2000년대의 작품「후남아, 밥 먹어라」는 다시 70년대로 회귀한 듯한 이미지를 갖고 있지만, 기억과 연민으로 불화를 극복하고 화해하는 경향성은 그대로 보여주고 있다.

부모의 노년에는 질병이나 죽음이 항시 복병처럼 숨어 있다. 이것들은 노년의 삶의 질을 좌우하기도 하고, 가족들을 지치게도 한다. 이러한 노년문제를 다룬 작품으로는「엄마의 말뚝 3」[442]「꽃잎 속의 가시」「길고 재미없는 영화가 끝나갈 때」등이 있다.

「엄마의 말뚝」[443]은 박완서의 중편, 연작 소설이다.「엄마의 말뚝 3」은「엄마의 말뚝」연작의 마지막에 해당한다.

「엄마의 말뚝 1」은 전통적 삶에서 도시적 일상으로 옮겨간 작중화자 '나'와 가족이 도시에 뿌리내리기 위해 고군분투하는 과정이 서사의 중심축을 형성한다.「엄마의 말뚝 1」에서 엄마의 말뚝은 서울 사대문 안에 마련하는 집, 삶의 터전을 의미한다.「엄마의 말뚝 2」는 전쟁의 체험과 그 과정에서 가족을 잃은 상처를 안고 살지만 겉으로는 평범한 중년의 일상을 영유하고 있는 작중화자와 같은 기억을 공유한 채로 변모된 삶에 순응하며 살아가는 엄마의 모습이 그려진다.「엄마의 말뚝 3」은 엄마의 생

---

442   박완서,「엄마의 말뚝 3」,「엄마의 말뚝」, 세계사, 2012.
443   박완서,「엄마의 말뚝 1, 2, 3」,「문학사상」, 문학사상사, 1980, 1981, 1991.

의 소멸, 죽음의 예감을 계기로 삶·생명·몸으로서의 말뚝의 진정한 의미를 되새기는 과정을 보여준다. 이것은 철저히 작중화자가 노년의 친정엄마, 그것도 생이 소멸되는 순간을 함께하면서 생생하게 '바라보기'하며 친정엄마의 생을 이해하는 과정을 밟고 있다. 외적 노년인식 소설이지만 자전적 요서와 결합하여 묘사 이상의 공감을 드러내고 있다.

「엄마의 말뚝 3」은 소설이라기보다는 『엄마의 말뚝』 후기에 더 가깝다. 소설의 완성도나 주제의식의 부각보다는 끈질기게 이어진 말뚝의 의미와 그것의 소멸 과정을 딸인 '나'를 통해 꼼꼼하게 기록한 보고서와 같기 때문이다. 작가는 『엄마의 말뚝 3』에서 이미 죽음이 준비되어 있는 어머니의 떠나는 과정을 아쉽지만 당연한 이치로 받아들이고 담담히 술회하고 있다. 한편 삶의 끝자락에 놓인 어머니는 음식도, 더 살려는 욕망도, 그 어떤 것에도 아쉬움이 없다.

복용하기 편하게 1회분씩 팩에 넣은 보약을 어머니는 백지장처럼 표정이 바랜 웃음으로 거부했다. 배아파 소화제 먹고 감기 들어 해열제 먹는 것까지 피할 생각은 없지만 몸 보하려고 무얼 먹지는 않겠노라고 했다. 치료제는 할 수 없어도 보약은 싫다는 어머니의 거부와 나는 싸워보지도 않고 졌다. 떨리는 마음으로 이해가 되었기 때문이다. 역시 떨리는 마음 때문에 그동안 해다 드린 보약은 다 어떻게 했느냐고 묻지 못했다. …(중략)… 어머니는 세끼 식사도 최소한의 일정 분량밖에 들지 않았다. 나는 물어보지 않고도 그 최소한 이 화장실을 출입할 만한 기력을 유지할 정도일 거라고 짐작하고 있었다.(「엄마의 말뚝 3」, p. 151)

죽음을 예감하고, 그것에 순응한 채 담담히 떠날 채비를 해나가는 어머니의 단 하나의 미련은 두고 온 고향과 먼저 보내야 했던 죽은 오빠일 뿐이다. 그 상처와 기억은 가슴에 품은 채 죽음의 그날까지, 아니 죽음 속 그곳까지 함께할 것이다.

「엄마의 말뚝 1」에서의 말뚝이 서울에서의 삶을 쟁취하기 위한 교두보를 상징하는 것이라면, 「엄마의 말뚝 2」에서의 그것은 결코 잊혀지지 않는 분단의 아픔과 죽은 오빠에 대한 회한과 추억, 엄마로부터 나에게로 이어지는 말뚝의 의미였다. 하지만 마지막 연작에서의 말뚝은 엄마의 존재, 실체로서의 몸 자체를 상징한다. 이것은 실존이라는 본원적 존재에 뿌리박고 있는 '생명의 말뚝'인 것이다. "삼우날 다시 찾은 산소에서 나는 어머니의 성함이 한 개의 말뚝이 되어 꽂혀 있는 걸 보았다."(「엄마의 말뚝 3」, p. 150)는 구절에서 알 수 있듯이, 정식 비석을 쓰기 전에 세워진 그것은 어머니가 끈질기게 한평생을 고수했던 바로 그 의지의 산물과 중첩되면서 더욱 의미심장하게 다가온다.

「엄마의 말뚝 3」에는 치열한 도시적 일상의 적응기도 없다. 전쟁의 포화 속에 상처 받은 일상은 더더군다나 존재하지 않는다. 그저 희로애락을 모두 안고 살아가다 자연으로 돌아가는 자연인으로서의 인생만이 조명된다. 말뚝은 그것이 누구이건 간에 예외일 수 없고, 한 인간이 살다간 흔적이고 가치일 것이다.

이와 같이 엄마의 말뚝 연작의 완결은 그 모든 인생의 파란을 거쳐 자연으로 돌아가는 존재에 대한 근원적 탐구이자 깨달음이다. 그리고 말뚝은 존재가 사라져 그의 일상마저 사라질 때 비로소 소멸되는 표상임을 알 수 있다. 하지만 이야기는 여기에서 끝나지 않고, 말뚝 하나 박고 간

인생은 그 이후 후손들의 영속으로 이어지고 있다는 것도 역설적으로 보여주고 있다. 특히 어머니와 딸의 관계가 말뚝으로 이어짐은 떼려야 뗄 수 없는 상징으로 남는다. 노년소설에서 다루는 늙음이나 소외가 부정적 노년문제를 다루는 것이라면, 「엄마의 말뚝 3」에서 바라보는 노년은 좀 더 철학적이고 삶의 가치에 대한 진지한 탐구라고 할 수 있다. 늙음을 넘어서는 죽음에 대한 바라봄이고, 그것이 육신의 소멸과 함께 사라지는 것이 아닌, 육신과 함께한 삶의 남김, 즉 그것의 흔적·기록·발자취·기억 역시 간과해서는 안 된다는 메시지를 전하고 있다.

「길고 재미없는 영화가 끝나갈 때」[444]의 작중화자는 노년의 부모를 둔 중년의 딸로 설정되어 있기 때문에 전형적인 외적 노년인식 소설이라 할 수 있다.

박완서의 노년소설에는 "아들네서 부모가 생을 마감"하는 것이 마땅하다는 지난 세대의 감성이 그대로 살아 있다. 이것은 박완서식 여성주의와 흡사한 구석이 있다. 즉 고부관계에서 시어머니는 일방적으로 전통적 가부장제 정서를 고수하고, 며느리는 이러한 논리로 핍박받는 체제하에서 남녀평등의식부터 여성의 정체성 찾기를 시도하는 구도로 줄곧 그려지기 때문이다. 시어머니도 한때는 며느리인 적이 있었고, 시어머니라 해서 모두 그렇게 판에 박힌 듯 가부장제가 뼛속까지 박히진 않을진대, 박완서의 작품에 나오는 시어머니들은 대다수가 그러하다. 마치 시어머니란 여성이 아닌 '제3의 인류' 같이 취급된다. 마찬가지로 박완서의 노

---

444 박완서, 「길고 재미없는 영화가 끝나갈 때」, 『그 여자네 집』, 문학동네, 2006, pp. 129~149(이후 인용문은 제목과 페이지만 표기-인용자).

년소설에도 아들과 딸의 역할에 대한 전통적 고정관념을 가진 세대들이 자주 등장한다.

작중화자는 시부모 봉양에서 놓여나자 이제는 친정집을 들락거리며 친정 부모를 돌보게 된다. 소실과 밖에서만 떠돌던 아버지가 늘그막에 집에 다시 들어오고, 어머니도 노후에 비로소 삶의 구색을 갖추고 사시는가 싶을 때다. 마당 넓은 친정집은 동네 노인들의 쉼터가 되곤 했는데, 그린벨트 해제나 기다리며 소일하는 노인들은 모이기만 하면 "죽을 걱정"이다. "죽는 문제만 남겨놓고 모든 가능성을 다 소진해버린 노인네들의 넋두리"는 꼬리를 물고 이어진다. 노인들의 수다에 가담한 어머니는 "방귀를 참을 수 있을 때까지만 살고 싶다"고 말하는데, '나'는 그것이 무엇을 의미하는지 잘 알기 때문에 다른 노인들의 수다처럼 유쾌한 마음으로 듣고 있을 수가 없다.

이제 겨우 제대로 삶의 모양새를 갖췄다 싶을 때 어머니에게 암이 찾아든다. 어머니가 그렇게 두려워하던 자존심과 체면을 차릴 수 없는 지경에 이른 것이다. 어머니의 항문은 헐거워져 어머니의 체면을 허물었다. 이 와중에 노부부의 반응이 의아스럽다. 어머니는 기어이 자신의 병을 아버지에게 숨기고, 아버지는 병원이나 자식, 어머니의 똥구멍 탓만 하지 막상 환자인 어머니는 걱정도 하지 않는다. 병구완을 받기 위해 '나'의 집에 머물면서도 어머니는 자신을 그렇게 대하는 아버지를 외려 챙긴다. 어머니의 이런 지나친 행동과 아버지의 뻔뻔함에 '나'는 억눌렀던 감정이 폭발하여 아버지에게 어머니가 말기암 환자라는 것을 밝히고 만다. 사실이 노출된 밤, 아버지는 처음으로 어머니에게 전화를 걸어 울음을 참아내며 "여보, 사랑해, 사랑해, 사랑해요"라고 말한다. 아버지의 처절한 고백에 '나'와 어머니는 오히려 박장대소하게 된다. 이 사건을 계기로 어머니는 죽음에 이르기까지 똥구덩이 속에서도 웃음을 잃지 않았고, 아버지는 어머니 병구완에 일조하게 된다.

> 아버지는 말로만 아니라 거의 매일같이 어머니를 문병했고 똥도 치우고 싶어 했지만 어머니가 그것만은 허락하지 않으셨다. 죽을 때까지 사랑받고 싶어서 그 꼴만은 안 보이고 싶었나보다. …(중략)… 아버지에 비해 자식들은 솔직히 슬픔보다는 시원한 쪽이 더했을 것이다. 상주인 오빠의 얼굴을 보고 있으면 영락없이 길고 지루한 영화가 끝났을 때의 관객의 얼굴을 연상시켰다. 나는 지쳐 있기라도 하지, 오빠는 장남 된 도리를 제대로 못 한다는 자책감을 어서 벗어나고 싶어서 이제나저제나 임종 소식만 기다리기가 얼마나 지루 했을까.(「길고 재미없는 영화가 끝나갈 때」, p. 143)

인용문에 나타나 있듯이, 어머니의 임종을 맞는 가족의 표정이 저마다 다르다. 뒤늦게 조강지처를 알아본 아버지의 슬픔은 진솔하게 표출되고, 치욕스러운 말년을 보내지 않게 하기 위해 어머니가 아닌 어머니의 똥구멍을 맡은 '나'는 지쳐 있다. 어머니를 모시지 못한 장남 오빠는 주변의 시선과 자책감에 떠밀려 어머니의 임종을 기다리느라 지쳐 있다. 이렇게 해서 완벽하고 당당하게 인고의 세월을 산 어머니의 인생은 "길고 지루한 영화"가 되어버린다.

어머니가 돌아가신 후, 작중화자는 아버지를 집 근처 가까이 모시려고 한다. 오빠는 어머니를 모셔갈 때와 마찬가지로 불편한 심기를 드러낸다. 하지만 오빠에게는 아버지 역시 "길고 지루하고 재미없는 영화"가 될 것이 뻔하므로 나는 기어이 아버지를 근처에 모시기로 작정한다.

어느 날, 아버지를 찾아 나선 그녀는 롯데월드 지하광장 한복판에서 노래를 부르고 있는 그를 발견한다. 아버지의 노래는 "중년 남자 못지않게 끈적끈적 엉겨붙을 것처럼 기름진 목소리"였고, 옆에 앉은 여자 노인의 허리에 팔을 두르기까지 했다. 그녀는 그 모습에 얼굴이 화끈거리기는커녕 친근감을 느낀다. 그 모습은 젊은 시절 아버지가 소실과 함께 할 때의 모습을 연상시켰다.

> 소실 집에 있는 우리 아버지는 집에서하고는 전혀 딴사람 같은 게 이상했었다. 집에서는 경직되고 근엄하고 불편해 보이던 아버지가 거기서는 편안하고 자유스럽고 느긋해 보였다. 롯데월드 광장에서 본 아버지도 그렇게 편안하고 거침없어 보였다. 아버지는 장남 노릇이 몸을 옥죄는 걸 참지 못해 편안하게 퍼질 자리를 찾아 난봉을 핀 게 아니었을까. 소녀 적엔 그렇게 풀린 아버지가 추악하게만 보였는데 지금은 아니었다. 난봉기도 도가 트니까 관록 같은 게 생겨 멋있고 풍류스러워 보이기까지 했다. 어머니는 늙을수록 괜찮아지는 타입이고 아버지는 늙을수록 경박하고 추레해진다는 내 예상도 결국은 들어맞지 않았다.(「길고 재미없는 영화가 끝나갈 때」, p. 148)

외적 노년인식 소설의 전형이 인용문에 나와 있다. 자식은 나이를 먹어가면서, 인생에 관록이 붙으면서 이해의 폭이 넓어진다. '바라보기'는 이렇게 나이, 입장, 위치에 따라 다르게 되고, 시선의 확장은 이해를 돕는다. 이때 가장 중요한 감정은 연민이다. 배척하는 마음에서는 소통이 불가능하다. 우리가 타인의 삶에 다가가는 방법은 연민인 것이다.

아버지에게 한걸음 다가서면서, 아버지의 임종은 어떨까 궁금해진다. 자존심과 체면을 그렇게 소중히 여기던 어머니는 그것을 기어이 허물고 돌아가셨다. 평생 난봉꾼으로 살아온 아버지는 어쩌면 우아하게 돌아가실지도 모른다. 인생은 이렇게 알 수 없고, 그래서 난해하다. 오빠는 어머니가 돌아가셨을 때 시종일관 "길기만 하고 재미없는 영화가 마침내 끝났다"는 얼굴로 상주 노릇을 했다. "길고 재미없는 영화는 아무도 또 보고 싶어 하지 않지만 난해한 영화를 보고 나면 혹시라도 이번엔 조금이라도 더 이해할 수 있을까 해서 한두 번 더 보게 되는 수가 있다"고 생각하면서 나는 아버지에게 다가간다. 어머니와 아버지의 생로병사를 지켜보면서 인생은 길고 지루하고 재미없는 것이 아닌, 난해하고 어려워서 다가가서 몇 번을 더 되돌아봐야 이해할 수 있다는 자각으로 소설은 끝을 맺는다.

박완서의 노년소설은 이와 같이 좀 다르다. 즉, 여타 부정적 노년문제에 천착한 작품들과 마찬가지로 노년의 비참함을 낱낱이 드러내지만, 결국은 연민을 통해 이해하고 화해하는 과정에서 긍정성을 획득하며 마무리 짓는 경우가 많기 때문이다. 이것이 박완서 노년소설의 특징이라 할 수 있다. 또한 박완서 본인이 나이가 들어갈수록 그가 집필한 소설들의 시야가 깊어지고 확장됨을 확인할 수 있다.

6. 노년문제 창작모티브의 소설화 양상

고령화 사회의 가속으로 인해 노년문제 및 노년층에 대한 사회적 관심이 높아지고 있다. 우리나라에서 노년문제가 사회문제로 대두되고, 문학에서 노년문제의 문학화에 대한 평론이 대두되기 시작한 것은 1970년대부터다. 이 시기는 우리나라가 산업화 및 도시화, 급진적 경제발전으로 인한 문화변동으로 그간 전통적 사회에서 유지되던 질서에 균열이 시작된 시기이기도 하다. 노년문제 역시 이와 맥락을 함께 한다.

노년소설에서 다룰 수 있는 노년의식은 크게 세 가지로 나눌 수 있다. 실증적 노년의식, 본능지향적 노년의식, 이상향적 노년의식이 그것이다. 실증적 노년의식에는 부정적 노인문제가 주류를 이루고, 본능지향적 노년의식이란 노년에도 건재하는 인간본원에 관한 탐구이며, 이상향적 노년의식이란 노년에야 비로소 다다를 수 있는 철학적·심리적 경지에 관한 서술이다. 이 중 박완서 노년소설에 주류를 이루는 것은 실증적 노년의식이라 할 수 있다. 일상에 있음직한 인물들을 작중 인물로 채택하는 박완서의 특징상 현실적 노년문제를 안고 사는 노인세대를 다룬 것이 가장 큰 포지션을 담당하고 있기 때문이다. 이에 반해 본능지향적 노년의식이나 이상향적 노년의식을 소설에 형상화한 예는 드물다. 특히 본능지향적 노년의식에서 상징적 체계로 등장할 수 있는 노년의 성마저 박완서 소설에서는 노년의 인물이 정체성을 찾거나 회복하는 매개물로밖에 존재하지 않는다. 그의 노년소설이 실증적 노년의식을 바탕으로 한 노년문제를 형상화한 데 집중한 것은 아쉬움이 남는 부분이다. 노년소설 분야에서 문학적 완성도나 미학적 성과를 추구하기 위해서는 좀 더 치열하게 노년세대의 문제를 파고들어 그들의 본능에 도사리는 제 문제에 다가가야 한다.

박완서의 노년소설은 크게 내적 노년인식 소설과 외적 노년인식 소설로 구분할 수 있다.

내적 노년인식 소설은 노년기에 접어든 인물들이 접하게 되는 가족 내 위상의 변화 및 소외, 은퇴나 생산성의 상실로 인한 사회적 고립과 고독, 생물학적 늙음에 처한 몸의 변화와 각종 질병, 죽음과의 대면, 노후에 맞게 되는 성 정체성 등의 노년문제를 직접 체험하거나 목격하는 방식이다. 내적 노년인식 소설로 분류되는 작품들이야말로 이견 없이 노년소설의 범주에 넣을 수 있을 것이다.

내적 노년인식 소설로 분류할 수 있는 작품 중에 박완서가 채 60세가 되기 전에 발표한 작품들에는 「이별의 김포공항」 「황혼」 「천변풍경」 「유실」 「지 알고 내 알고 하늘이 알건만」 「저녁의 해후」 「저물녘의 황홀」 등이 있다.

이후 박완서가 이제 막 노년에 접어든 시기부터 완연한 노년기에 이르기까지 쓴 작품으로는 「여덟 개의 모자로 남은 당신」 「오동의 숨은 소리여」 「마른 꽃」 「너무도 쓸쓸한 당신」 「그리움을 위하여」 「촛불 밝힌 식탁」 「친절한 복희씨」 「대범한 밥상」 등이 있다.

내적 노년인식 소설로 분류할 수 있는 이러한 작품들은 '하소연하기→냉엄한 현실인식하기', '하소연하기→긍정적 전망하기', '하소연하기→체념적 순응하기' 등의 전개 양상을 띤다. 박완서가 노년기에 접어들어 집필한 작품들 중에는 결말에 긍정성이 담보된 비중이 높다. 특히 생물학적 늙음과 질병, 죽음에 관한한 특유의 운명 순응적 양상이 반복적으로 구현되고 있다. 이러한 특질들이 노년문제 창작모티브의 박완서식 문학적 형상화 방식임을 알 수 있다.

박완서의 노년소설 중 외적 노년인식 소설은 노년기에 접어들지 않은 인물, 혹은 노년기의 인물이 노년의 인물을 경험하거나 함께 생활하며, 오해와 연민이 교차하는 서사축이 중심이 되는 노년소설을 뜻한다. 외적 노년인식 소설은 상당부분 며느리와 시어머니, 며느리와 시아버지, 딸과 친정어머니 관계가 서사를 주도한다. 이때 '바라보기'의 주체는 대개 며느리나 딸이 담당하게 된다.

외적 노년인식 소설은 기본적으로 '바라보기'가 전제될 수밖에 없다. 노년의 인물을 바라보고, 함께 하며 오해나 편견을 쌓고, 종국에는 이해하고 화해하는 방식으로 전개되기 마련이다. 이해나 화해를 추진하기 위해서는 노년인물의 주변인이나 동거인, 관련인이 연민을 가져야 한다. 이 연민은 보통 기억으로부터 유래된다. 기억이란 노년인물의 지난날을 담은 모체다. 그들에게도 젊은 나날이 있었고, 생기와 살맛으로 충만한 시절이 있었으며, 그 과거의 발자취가 그대로 현재의 노년으로 이어지고 있다는 자각이 필요하다.

치매와 부양 부담, 질병과 부양 부담, 노부모와 부양 부담은 서로 밀접한 관계에 놓여 있다. 외적 노년인식 소설들 중 이와 관련된 작품으로는 「포말의 집」「집보기는 그렇게 끝났다」「로열박스」「해산바가지」「가(家)」「환각의 나비」「후남아, 밥 먹어라」「마흔아홉 살」「엄마의 말뚝 3」「길고 재미없는 영화가 끝나갈 때」「꽃잎 속의 가시」 등이 있다.

70년대 발표된 「포말의 집」과 「집보기는 그렇게 끝났다」는 박완서가 40대에 집필했기에 노년소설을 의식하지 않고 쓴 작품에 해당한다. 김윤식은 노인성 문학 중 노년이 아닌 작가에 의해 집필된 작품이 본격문학으로서의 순도가 보장된다고 보았다. 그러나 박완서 작품을 통해 알 수 있는 것은, 만일 젊은 작가 혹은 중년의 작가가 노년소설을 의식하지 않고 썼을 때 이것이 노년소설 범주에 들기 힘든 부분이 발생한다는 점이다. 박완서의「포말의 집」과「집보기는 그렇게 끝났다」가 그 예다. 다만「포말의 집」의 경우 노망난 시어머니와 남편의 위선적 효를 보면서 자신의 노년을 전망하고 있다는 차원에서 노년소설의 초기적 형태가 보인다.「집보기는 그렇게 끝났다」의 경우도 가정 내 주어진 역할로서만 존재하는 자신의 정체성을 자각하고 주체적 삶을 꿈꾸는 여성주의서사적 색채가 강하다. 하지만 여성주인공의 갈등의 중앙에 노망난 시어머니의 부양이 있고, 이것이 주체적 자아의 각성에 기여하기 때문에 치매와 부양 부담의 차원에서 논의하였다. 80년대에 발표된「해산바가지」는 치매 시어머니의 부양 부담으로 불화를 겪지만, 지난날 시어머니가 생명을 어떻게 대했었는지를 기억해냄으로써 연민을 갖게 되고 이해와 화해의 장으로 나서게 된다. 50대의 박완서가 노년을 근거리에 두고 노년의식의 깊이를 더해가는 과정을 확인할 수 있다. 90년대에 발표된「환각의 나비」와 2000년대에 발표된「후남아, 밥 먹어라」에서도 노년의 인물들이 치매로 인해 가족들과 불화를 겪지만, 노년의 그들 역시 생기와 왕성한 생명력으로 일궈낸 젊은 나날이 있었다는 기억의 회복으로 인해 이해하고 화해하는 과정이 그려진다.

　외적 노년인식 소설은 '바라보기'의 서사이기 때문에 노년을 체감하고 이해하기 위해서는 노년인물들의 지난날의 가치를 일깨우고 존중하게 되는 계기가 필요하다. 즉 지난날의 기억으로부터 유발되는 연민이 있어야 불화를 접고 화해로 나아갈 수 있는 것이다. 박완서가 본인의 생물학적 나이가 들어감에 따라 이에 대한 천착이 깊어졌고, 노년의 인물과 그를 둘러싼 세상의 왜곡과 편견을 훨씬 사실적으로 그려내고 있음을 알 수 있다.

박완서의 노년소설은 부정적 노년문제에 천착한 여타 작품들과 마찬가지로 노년의 비참함을 낱낱이 드러내지만, 결국은 연민을 통해 이해하고 화해하는 과정에서 긍정성을 획득하며 마무리 짓는 경우가 많다. 이것이 박완서 노년소설의 특징이라 할 수 있다. 또한 박완서 본인이 나이가 들어갈수록 그가 집필한 소설들의 시야가 깊어지고 확장됨을 확인할 수 있다. 박완서의 노년소설은 이후 이러한 소설류의 좋은 비교문학이 될 수 있다. 또한 노년소설의 깊이를 더하기 위해서는 본능지향적 노년의식이나 이상향적 노년의식의 탐구가 지속되어야 함을 시사하고 있다.

VI
–
박완서의 작품세계

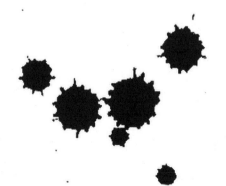

박완서는 한국전쟁으로 인해 생(生)의 비극적 굴절을 겪는다. 무자비한 전쟁의 민낯과 이데올로기의 허위성을 목격한 그는, 글로써 이를 증언하고자 욕망하게 된다. 그것이 II장에서 고찰한 한국전쟁체험 창작모티브이다. 전쟁체험은 두 가지 양상으로 창작이 이뤄진다. 하나는 한국전쟁을 배경으로 기억을 복원하여 재구(再構)하는 방식이다. 다른 하나는 전쟁체험이 트라우마로 내재화되어, 전후 사람들의 일상을 간섭하고 억압하는 양상을 소설화한 것이다.

『나목』을 필두로 그의 증언적 글쓰기는 계속되었고, 이것은 '전쟁체험 →기억의 복원 및 재구'의 변환과정을 거쳐 작품화 되었다. '복수의 글쓰기'로도 불리는 그의 창작은 『나목』『목마른 계절』을 거쳐 천의무봉의 문체를 휘날리며 거침없이 내달렸다. 이 과정에서 그의 작품세계는 다양하게 변주(變奏)되어 진화·발전해왔다. 박완서는 소설가로서 정점에 오른 그 순간 다시 『그 많던 싱아는 누가 다 먹었을까』『그 산이 정말 거기 있었을까』로 되돌아온다. 『나목』의 '이경'과 『목마른 계절』의 '하진'을 벗어버리고 비로소 '나'를 정면으로 응시하게 된 것이다.

박완서는 『나목』에 자신의 소설적 자산의 대부분을 쏟아 부었다 해도 과언이 아니다. 겹겹이 빈핍(貧乏)에 싸여 예술혼을 저당잡힌 화가 박수근으로부터 시작해서 전쟁 중 가족을 잃은 비극적 개인사, 일상의 소외와 고독, 그것으로부터의 탈주욕망, 세상에 난무하는 온갖 부조리와 속물근성까지 그가 사십 여년을 천착한 요소들이 그 안에 고스란히 재현되어 있다. 그런데 이 모든 것의 배후에는 어김없이 잔혹한 전쟁이 진을 치고 있다.

『나목』 이후 작품에는 박수근이 아닌 한국전쟁체험이 작품의 중심축을 형성하면서 전쟁체험의 현장이나 오빠의 죽음, 전쟁 전후의 일상의 변화 등이 좀 더 구체화되는 경향을 보이고, 소설 속 허구가 좀 더 실제적인 모습으로 변모한다.

『목마른 계절』이 다른 작가들의 한국전쟁체험소설과 비교해 기념비적인 면이 있다면, 실제로 피난을 가지 못한 박완서가 '적치(敵治) 3개월'과 반복되는 남북의 전세(戰勢)역전으로 엎치락뒤치락하는 서울의 풍경을 고스란히 기억으로 복원해냈다는 점이다. 이것은 당시의 풍속이 재현된 소설로서도 가치가 있을 뿐만 아니라 역사적으로도 의미가 있다.

『목마른 계절』은 이념대립의 공허함과 허위성이 전면에 드러난 것에 비해 가족구성원이나 주변인들의 개성이나 역할이 후기작에 비해 많이 왜소하다는 점이 눈에 띈다. 이것은 3인칭 주인공을 내세워서 서사를 전개했기 때문이다. 작가가 전지적 작가시점으로 3인칭 주인공을 전사하다보니 다른 인물들에게 할당하는 분량이 적어질 수밖에 없었다. 『그 많던 싱아는 누가 다 먹었을까』나 『그 산이 정말 거기 있었을까』에 이르면 서술자가 1인칭시점 '나'가 됨으로 해서 '나'의 시선으로 주도하는 관찰이 용이해졌고, 초점을 오빠, 올케, 어머니로 옮아가며 변화를 주는데 기여한다.

『나목』이 이후 집필되는 박완서 소설의 진원지이자 모태였다면, 『목마른 계절』은 한국전쟁체험소설의 전형이다. 『나목』의 '이경'과 『목마른 계절』의 '하진'은 『엄마의 말뚝 1, 2, 3』 『그 많던 싱아는 누가 다 먹었을까』 『그 산이 정말 거기 있었을까』의 '나'로 거듭나 이야기를 지속해나간다.

『그 많던 싱아는 누가 다 먹었을까』는 박완서의 '유년의 낙원'이었던 '박적골' 시절부터 사대문안에 들고자 고군분투했던 '서울살이'를 거쳐 한국전쟁 발발 직후까지, 그가 미처『목마른 계절』에서 다루지 못한 내용까지 차근차근 기억을 담보로 써내려간 작품이다.

『그 많던 싱아는 누가 다 먹었을까』의 가치는 박완서가 낙원이라 회고할 정도로 그늘이 없던 박적골에서의 유년의 일상과 해방 직후에 변화를 겪는 개성의 풍속과 민심을 상세하게 기록해낸 점이다. 이것을 통해 삼팔선이란 추상적 선이 현실적으로 어떤 구속력을 갖게 되는지 알 수 있도록 판을 짜놓았다. 이 작품에서 박완서는 깔끔하지 못했던 해방의 정세와 강대국의 개입이 결국 한국전쟁의 시발점임을 알리면서, 허망한 권력구조와 이데올로기에 의해 얼마나 많은 민초가 고초를 겪고 덧없는 죽음을 맞이해야만 했는지 시대의 복원을 통해 증언하고 있다.

『그 산이 정말 거기 있었을까』의 전쟁체험과『목마른 계절』의 그것과의 변별점 중에 하나는, 우선 '하진'의 시각을 통해 3인칭으로 진행되던 이야기가 '나'로 시점이 옮겨오면서 자유자재로 '나'를 둘러싼 세계에 대해 시선을 둘 수 있었고, 그것을 묘사할 수 있었다는 점이다. 허구의 압박이 사라지자 '나'의 회고에 한층 리얼리티가 살아났다. 특히 풍속의 재현에 좀 더 힘이 실렸다. 또한 '나'를 비롯해 오빠, 올케, 어머니의 역할이나 개성이 좀 더 명료해지고 강화된 경향이 보인다. 이 작품 말미에 나오는 에필로그에는 반대를 무릅쓰고 결혼을 강행한 '나'가 잠시 들른 친정집에서 어머니가 부재한 가운데 통곡하는 장면이 나온다. 이것은 그가 부재한 사이에 어머니가 토해낸 그것과 동류의 울음이다. 이것은 전쟁을 치른, 가족의 죽음을 삼켜야 했던 그들의 살기 위한 통과의례 같은 것이다. 이제 전쟁 이전의 일상으로 복귀해야 한다는 자각의 행위이자, 그럼에도 불구하고 잊지 말자는 다짐의 의식이기도 하다. 그가 토해낸 울음은 통과의례에 멈추지 않고 그의 문학세계의 근간이 되고, 산실이 된다.

지금까지 전쟁체험의 현장이 그대로 드러난 작품들을 '전쟁체험의 재구'로 분류해 고찰해보았다. 동일한 내용을 품고 있지만, 각기 다른 시점과 시차를 두어 작품마다 개별성을 부여하는 데 공을 들인 흔적이 농후하다. 그것이 전략적이었든 그렇지 않든 간에 각각이 문학적 완성도를 담보하고 있다.

또 다른 구현 양상은 전쟁트라우마를 가진 인물들의 전후 삶을 추적하는 형태이다. 이것은 다시 두 가지 테마로 분류할 수 있다. 하나는 전쟁의 기억이 전쟁트라우마로 내재화 되어 전후 작중인물들의 일상을 간섭하는 억압기제로 활성화되는 양상을 띠는 작품들이다. 즉 '전쟁체험→트라우마로 내재화→억압기제로 활성화'의 변환과정을 거치게 되는데, 작품 속에서 다양한 형태로 변주된다. 다른 하나는 전쟁과 분단의 망각으로 분단의식의 고착화가 진행되는 일상의 한 단면이다. 이때 전쟁트라우마를 간직한 이들은 사회부적응의 양상을 보이고, 이를 잊고 현대자본주의사회에 완벽하게 적응한 이들은 우리민족의 고통은 망각한 채, '못 본 척하기'를 고수하며 오로지 물질주의와 속물근성에 사로잡혀 살아가는 모습을 포착한 것이다. 본고는 이러한 특징을 드러내는 소설들을 '전쟁트라우마의 내재화'로 분류하였다. 전쟁트라우마는 특성상 전면에 드러나기보다는 수면아래 잠복하여 무의식을 지배하다 어떤 기제를 만나면 수면위로 떠오르는 양상을 띤다. 이러한 특징이 엿보이는 주요작품들을 분석하였다.

「세상에서 제일 무거운 틀니」는 몇 가지 모티프의 조합으로 구성되어 있어 단지 한 가지 색채로만 분류하는 것이 용이하지 않다. 그러나 저자가 말하고자 하는 것은 우리는 다양한 경로로 억압을 받으며 살고 있다는 사실이다. 다만 그 억압의 기제는 신체·돈·꿈·집·가족·제도·이데올로기·국가 등과 같이 다양할 수 있다는 것을 작품을 통해 말하고 있다.

이 작품에서 주인공의 트라우마는 의용군 출신 오빠 자체라 할 수 있다. "세상에서 제일 무거운 또 하나의 틀니"는 '나'에게 있어서는 남북분단이 고착화된 국가적 제약, 이산의 아픔을 드러낼 수조차 없게 하는 폭압적 반공이데올로기, 생활의 안일을 위해 타협해야 하는 억압적 가부장제, 온갖 곤란에도 불구하고 떠나거나 버릴 수 없는 처지에 대한 중압감의 다른 이름일 것이다.

「부처님 근처」역시 한국전쟁체험이 트라우마로 내재화되어 일상의 억압기제로 드러나는 양상을 묘사하고 있다. 한국전쟁 중에 억울하게 죽은 남편/아버지와 아들/오빠와 관련된 진실을 시대의 압박에 밀려 아무도 모르게 삼켜버려야 했던 모녀의 이야기가 중심을 이룬다. 이 작품은 특히 모호한 대립적 논리와 허상에 불과한 이데올로기가 어떤 비극적 상황을 양산했는지 그 실상을 고발하는 데 주력하면서, 삼킨 비극을 토해내는 행위로써의 글쓰기의 시작을 알린 작품이기도 하다.

「부끄러움을 가르칩니다」는 세 번 결혼한 '나'의 현재와 한국전쟁 때의 회상이 교차되면서 진행되는 서사구조다. 이 작품 역시 전쟁체험이 트라우마로 내재화되어 현재의 삶을 간섭하는 것을 엿볼 수 있다. 그러나 주인공은 단순히 억압기제에 제압당하는 것이 아닌, 의지를 갖고 자신과 자신을 둘러싼 세계에 변화를 추구하는 긍정성까지 발전한 양상을 띠고 있다.

「카메라와 워커」는 전쟁트라우마가 개인의 삶을 넘어 전후 사회 전반에 미친 영향까지 추적한 수작이라 할 수 있다. 이는 김원일이 『마당 깊은 집』과 같은 작품 속에서 현실에 안주하려는 소시민의 속성을 파헤치면서, 분단 상황과 이러한 현상이 별개가 아니며 우리의 삶을 규정하는 강력한 기제가 되고 있다고 본 맥락과 상통한다. 전쟁은 이와 같이 고통으로만 존재하는 것이 아니라, 행복관이나 가치관에까지 영향을 미쳐 뒤바뀐 세상에 부적응하게 만든다.

「그 가을의 사흘 동안」은 한국전쟁 중에 입게 된 상처 탓에 반평생을 자신이 둘러친 세상 속에서만 살아온 한 산부인과 의사의 이야기다. 이 작품은 전쟁의 상처가 한 사람의 일생을 어떻게 굴절시키는지를 생생하게 묘사해내고 있다. 또한 고귀한 생명으로서의 아기를 갈구하는 모성의 끈질긴 애착도 그려낸다. 주인공의 모성은 「꿈꾸는 인큐베이터」의 그녀와 닮아 있다. 궁지에 몰려 치러진 생명말살은 개인적 상처를 넘어 모성의 이름으로 갈구된다. 이러한 진실을 받아들이는 순간, 전후 30년을 넘게 작중화자를 괴롭히던 트라우마가 실체를 드러내며 해소의 길을 열어놓는다.

「엄마의 말뚝 2」는 참혹한 전쟁체험과 분단의 아픔이 겉으로 드러나지 않을지라도 무의식의 세계를 지배하고 있다는 사실을 엄마의 낙상과 마취라는 매개체를 통해 보여주고 있다. 대처에 말뚝만 박으면 성공을 담보하는 것이라 믿었던 그들에게 한국전쟁은 개인의 힘으로는 도저히 감당할 수 없는 거대사건이었다. 작중화자 '나'는 전쟁 중에 오빠의 비참한 죽음을 목도해야 했고, 이를 감내해야 했던 가족들의 상처에는 전후에도 새살이 돋지 못한 채 일상의 어느 순간 그 참상을 드러낸다.

「재이산」은 앞에서 소개한 작품들과 달리 이산가족을 다루고 있다. 전쟁의 그늘에는 항시 죽음의 음습함이 도사리고 있다. 이 작품에서 전쟁이 낳은 생의 굴절은 죽음과 이산의 고통이다. 제목에서 암시하듯이 전쟁이 야기한 이산은 한 번으로 끝나지 않는다. 박완서는 이산가족의 진정한 화합은 이산으로 비롯된 서로의 상처를 보듬을 때 비로소 가능하다는 것을 이 작품을 통해 말하고 있다. 「그해 겨울은 따뜻했네」「아저씨의 훈장」역시 이산의 상처를 안고 파란만장한 삶을 영위해가는 인간군상을 섬세하고 예리한 통찰로 파헤치고 있다.

박완서의 전쟁·분단제재소설의 재생산은 필연적이라 볼 수 있다. 등단작『나목』을 쓴 후, 본격적으로 '나의 이야기'를 써야겠다는 욕망으로『목마른 계절』을 쓰게 되었고, 80년대 '소설의 암흑기'에 다시 그 시절의 회고로서의『엄마의 말뚝』연작이 나오게 된 것이다. 그러나 여기에서 멈추지 않고 90년대 드디어 소설 분야에 대가로 우뚝 선 그가 다시금 그 시절의 자신과 대면한다. 이제 누구의 이름을 빌려서도 아닌, 트라우마로 잠재된 그것도 아닌, 가장 근접한 거리에서 다시 한 번 정면으로 그 시대를 응시한 것이다. 우연히도 십여 년의 간격으로 한국전쟁을 되새김질한 셈이다. 비록 한국전쟁체험 창작모티브가 반복적으로 소설을 양산했다고 해도 박완서 문학에 있어 가장 핵심이면서 문학적 성과를 낸 장르임은 분명하다. 그는 자신만의 특화된 체험을 문학적 재능으로 재구하거나 변주해냄으로써 전쟁·분단제재소설 장르에 한 획을 긋게 되었다.

박완서는 우리나라 근현대사 격변기를 함께 하면서 문화변동의 중심에 섰고, 그렇게 도래한 새로운 세상에 대한 비판적 자세를 견지해왔다. 그것이 Ⅲ장에서 고찰한 근대성·도시일상성 창작모티브다. 이것이 구현된 그의 도시소설·세태소설은 문화변동의 인식이나 비판적 세태인식의 양상으로 형상화된다. 그의 작품이 대체로 세태 비판적 시각을 견지하는 가운데 문화변동인식이 드러난 작품으로는 「엄마의 말뚝 1」과 「닮은 방들」『그 많던 싱아는 누가 다 먹었을까』를 꼽을 수 있다.

「엄마의 말뚝 1」은 어른들의 논리에 이끌려 마지못해 편입된 낯선 도시적 일상을 배경으로 앓게 되는 성장통을 여덟 살 소녀의 눈으로 조목조목 그리고 있다. 이것은 작가의 유년시절 기억의 사실적 복원과 당대 풍속의 재현이라는 관점에서 소설적 의미를 찾아볼 수 있다. 또한 전근대와의 단절과 근대적 도시일상으로의 편입이라는 주제로 파악되는 전형적인 도시일상성에 관한 보고이다. 이 작품은 자전소설, 성장소설 등으로 분류되곤 하는데, 본고에서는 세태소설, 도시소설로서 '문화변동인식'을 담고 있는 작품으로 분석하였다. 이후 「엄마의 말뚝 1」 서사의 전후(前後) 내용까지 품어 내놓은 작품이 『그 많던 싱아는 누가 다 먹었을까』이다. 이 작품에는 유년의 기억을 지배하던 개성의 풍속과 해방 전후의 동향, 한국전쟁 발발의 원인이 된 시대적 배경까지 복원하여 박완서가 아니면 쓸 수 없는 소설이 무엇인가를 확실하게 각인시켰다.

「엄마의 말뚝 1」이 전근대와 근대의 경계에서 감지한 문화변동이라면, 「닮은 방들」은 아파트라는 근대적 주거공간, 사적 공간의 출현으로 야기된 삶의 변화양상과 그 안의 사람들의 이야기에 주목한 70년대 작품 중 하나다. 박완서가 이 작품에서 주목한 것은 단지 아파트라는 근대적·도시적 주거공간이 아니다. 이를 통해 전통적 삶에서 근대적 삶으로 이행하는 과도기적 삶에 처한 사람들, 그들에게 가치혼란을 경험토록 한 도시일상의 문화변동에 대해 인식하고 전망하고자 한 것이다.

박완서의 세태소설, 도시소설은 일상에 대한 날카로운 통찰과 인간본성에 대한 탐구가 주를 이룬다. 비판적 리얼리스트로서의 면모가 가장 왕성하게 드러나 있다. 이런 가운데 문화변동인식은 전통적 삶에서 도시적 일상으로 옮아가는 과도기적 삶에 대한 재현이다. 박완서의 체험이 그대로 복원된 데다, 시대상과 풍속에 대한 역사적 고찰까지 가능케 하기에 더욱 의미가 있다.

박완서의 세태인식에는 중산층 인물들의 안일과 이기심, 허세에 대한 비판의식이 깔려 있다. 이것들이 70년대 이후 전개된 사회상과 결합해 물질주의와 속물근성의 만연을 낳았다고 보는 것이다. 그런데 박완서 초기작의 특이점은 사회개혁의 주장보다는 자기반성적 색채가 진하다는 것이다. 자기검증, 자기비판이 전제된 세태비판이다. 특히 시대변화에 대처하는 인물의 변모에 그 초점이 맞춰져 있다. 이런 기반 위에 문화변동과 가치혼란의 여파도 들여다보고, 비상식적 세태에 대한 감시의 눈초리도 번뜩이고, 자본주의사회의 모순과 강압적 국가공권력에 대한 항변역시 게을리 하지 않았다.

박완서의 단편들 중 중산층 일상에 자리잡고 있는 물신주의와 속물근성, 허영과 허세에 대한 비판의식을 나타내는 주요 단편에는 「세모」 「지렁이 울음소리」 「주말 농장」 등이 있다.

「세모」는 박완서가 등단한 후 발표한 첫 단편소설이다. 이 작품을 통해 작가는 물신주의와 배금주의가 만연된 세태, 돈이 지배하는 세상의 허위와 허세를 작중화자 '나'의 시니컬한 자의식을 통해 비틀어 드러내고 있다.

「지렁이 울음소리」 역시 일상에 매몰되어 감각적인 것들만 탐닉하며 무의미하고 건조한 나날을 보내는 중산층의 일상을 적나라하게 펼쳐 보이고 있다.

「주말 농장」은 '화숙'과 '만득'의 이야기를 교차시키면서, 안일과 허세에 휩싸인 도시적 일상을 비판적 시각으로 다루고 있다.

「세모(歲暮)」나 「지렁이 울음소리」「주말 농장」등의 작품이 물신주의가 팽배한 세태나 중산층의 일상에 자리잡고 있는 무사안일과 허세, 속물근성에 비판의 각을 세웠다면, 「맏사위」나 「도둑맞은 가난」「연인들」「어느 시시한 사내 이야기」는 자본주의사회, 공권력 우위의 사회가 공고해지면서 부나 공권력에 의해 피폐해지고 길들여지는 인간군상의 비애를 밑바닥까지 끌어내려 묘사하고 있다.

이처럼 네 작품은 부나 권력에 길들여지고, 왜소해지고, 자기정체성을 상실하는 현대인의 모습을 적나라하게 보여주고 있다. 또한 이에 맞서는 인물들이 겪는 곤란과 좌절도 함께 그리면서, 70년대의 세태와 이에 매몰된 인간군상의 다양한 갈등 요인들을 들여다보고 있다. 박완서는 이에 대한 자신의 항변을 숨기지 않고 육성으로 드러낸다. 물질주의의 만연이나 가식과 허세로 점철된 일상에 대해서는 현실인식과 자기반성적 색채가 짙은 반면, 어떤 권력적 기제로 제압되는 현실에 대해서는 '길들여지기'를 거부하고 맞서는 이미지가 뚜렷하게 제시되고 있다. 이것은 전쟁과 같은 거대사건을 통해 이데올로기에 대한 부정성을 키워온, 전쟁을 일으킨 폭압적 국가권력에 반발하는 박완서 특유의 정서가 개입된 현상으로 분석된다.

근대성·도시일상성 창작모티브의 영향으로 작품화된 박완서의 도시소설·세태소설은 문화변동과 세태에 대한 그의 시선이 그가 몸담고 있던 시대의 변모에 조응하면서 집필된 작품들이다. 비판적 리얼리스트,

도덕적 리얼리즘 추구의 면모가 가장 잘 드러난 장르라 할 수 있다. 또한 중산층 여성화자가 주류를 이루면서 일정부분 여성주의가 개입된 양상을 창출해냄으로서 자신만의 독특한 시각을 확보하였다.

여성주의서사에 있어서도 여성문제를 다룬 박완서만의 개성적 문학화 방식이 있다. 그것이 Ⅳ장에서 고찰한 여성문제 창작모티브다. 이것이 구현된 그의 페미니즘소설은 여성주체의 각성과 모성과 생명주의로 형상화된다. 박완서는 페미니즘을 의식해서 집필한 적이 없고 『살아 있는 날의 시작』 정도가 여성주의서사라고 밝힌 바 있다. 하지만 전술했듯이 그의 작품은 여성화자가 주류를 이루는데다 자아가 강한 여성상이 주동적 인물로 등장하곤 하기 때문에 그의 작품들과 여성주의를 떼놓고 생각하기는 어렵다.

박완서 소설에 나타나는 여성주의는 양성 중의 '여성'이라기보다는 오히려 딸, 아내, 며느리, 엄마로서 위치 자각에 가깝다. 여성들이 각각의 역할에서 느끼는 주체적 자아의 각성을 제시하는 경향이 강하다. 이렇게 여성들이 자아를 자각하게 되는 기제로 작용하는 것은 시어머니의 핍박, 친정어머니의 이중성, 억압적 가부장제, 여성을 부당하게 대우하는 전통과 관습, 사회체계의 근본 모순, 중산층 일상의 안일이나 매너리즘 등이다. 박완서는 이러한 기제가 작동할 때 여성주체가 어떤 식으로 자신을 둘러싼 세계와 불화하고 타협하고 극복해 나가는지를 보여주고 있다. 그것의 시발점은 여성의 주체적 자아의 각성이다. 즉 '여성 억압기제의 발현→불화하기→여성주체의 각성'으로 서사가 진행된다. 주체적 자아를 자각하게 된 여성들은 그간 핍박 받고 매몰되었던 일상을 분연히 떨치고 나아가야 함을 알게 된다.

「어떤 나들이」는 박완서의 초기작에 해당한다. 「세모」가 사회 전반에 만연된 물질주의에 매몰되어가는 중산층 여성의 실체와 일상을 조명한 것이라면, 「어떤 나들이」는 아내, 엄마, 며느리의 이름으로 반복되는 일상의 굴레에 갇힌 한 중산층 여성의 반발과 자기정체성 찾기를 다루고 있다. 작중화자의 무탈하지만 무의미한 일상의 무한반복과 역할의 소외라는 측면에서 살펴볼 필요가 있다.

「초대」의 경우는 「어떤 나들이」보다 주인공 여성의 주체적 삶에 대한 희구가 강렬하고, 남편이라는 확실한 억압기제가 작동한다. 「초대」의 작중화자가 감당해야 하는 아내의 역할은 남편의 사업 파트너를 위한, 사교를 위한 호스티스에 불과하다. 어디에도 주체적 생활인으로서의 자신은 존재하지 않는다. 남편의 이기적인 몰이해는 그녀의 자존감을 무너뜨리고, 그녀의 취향, 성격, 의지, 몸 상태의 주체적 표현을 전면적으로 차단한다. 이렇게 철저히 고립된 채 외부인들에 의해 자신이 규정되는 형상이다.

「어떤 나들이」나 「초대」 모두 주체적 자아가 부재한 상황을 자각하고 있으나 현실적 해법을 찾는 데는 실패하는 것으로 마무리가 되어 있다. 여성주인공들은 자기학대나 자기경멸적 양상을 띠거나 가학적 현실인식의 상태에 놓이게 된다.

장편소설 중에서는 『살아 있는 날의 시작』과 『서 있는 여자』 등이 여성주의 시각에서 창작된 작품들이라 할 수 있다.

『살아 있는 날의 시작』은 중년에 접어든 주인공 '문청희'가 남성우위의 견고한 사회적 올가미에 매인 자아를 인식하고 각성하는 과정을 심리변화를 따라 섬세하게 묘사한 작품이다.

『살아 있는 날의 시작』은 이미 삼십여 년 전에 발표된 작품이어서 주인공 문청희란 인물의 현실감이 좀 떨어지는 것이 사실이다. 너무 완벽해서 감정이입이 쉽지 않은 여성상이다. 게다가 지금의 관점에서 보면, 문청희가 가지고 있는 완벽한 현모양처의식이나 미풍양속의 고가(古家)를 보호의 울타리로 여기는 감성도 시대에 뒤떨어져 있다. 그러나 문청희가 안고 있는 문제는 현재와 크게 다를 바 없다. 이것은 어떤 의식의 문제이기 때문이다. 시대가 바뀌어도 육화된 의식은 그렇게 쉽게 사라지거나 바뀌는 것이 아니다.

　『서 있는 여자』는 윗세대인 '경숙 여사'와 젊은 세대인 딸 '연지'의 결혼 생활을 이중으로 조명하고 있다. 이 작품 역시 구성이나 인물 설정 등에 있어서 밀도가 떨어지고 이야기의 전개가 신파적이고 억지스러운 것이 사실이다. 이야기 전개의 개연성이 떨어지기 때문에 작품에 드러난 여성주의에 공감하기 힘들다. 작품의 테마가 일과 결혼, 부부관계, 이혼문제를 다루고 있기 때문에 여성주의서사로 인식될 뿐이다. 이 작품에서 여자주인공 연지는 강박관념처럼 남녀평등, 남녀동등에 집착하지만 연지 자신을 비롯해 시대정신이 아직 미성숙단계이므로 이러한 소망이 현실적으로 실현되기 어렵다는 전망을 내비치고 있다.

　여성주체의 각성이 드러난 박완서의 페미니즘소설이 '미완'이라 여겨지는 이유는 여성주인공들이 지금 시점에서 봐도 공감이 가는 확실한 주체적 자아상을 제시하지 못하고 있기 때문이다. 대개 문제제기에 그치고, 현실인식은 망연자실이나 가학적 자기인식으로 끝나는 경우가 많다. 자신이 불화하는 세계에 대한 능동적 외침이 없고, 행위의 결과물이 없다. 현실직시라는 면에서 본다면 박완서식 마무리가 리얼리티가 살아 있는 것이겠지만, 카타르시스 차원에서는 아쉬움이 남는 결말들이다.

박완서의 소설을 에코페미니즘 특성과 연계해보면, 그가 탐색한 모성과 생명주의는 모태로서의 자연의 상징성과 일맥상통하고 있음을 알 수 있다. 박완서는 억압기제 하의 여성만을 그린 것이 아니라, 여성을 모태로서, 즉 생명을 잉태하는 대자연으로서 인식하고 있다.

박완서가 작품 속에서 형상화한 모성은 세 가지로 구분할 수 있다. 남편의 부재가 낳은 '억척모성', 전근대성과 근대성의 혼재로 인한 '모성의 이중성', 시어머니와 친정어머니로 양분되어 표출되는 '모성의 양가성'이 그것이다. 그러나 이것들은 작품의 배경 혹은 주변적 상황으로만 등장하고 이러한 모성에 대한 탐색이 작품 전면에 나선 것은 아니다.

박완서 여성주의를 지탱하는 또 하나의 큰 축은 대자연으로서의 모성과 그 특성과 맞물려 있는 생명주의다. 이것이 작품 전면에 등장하는 주요작품으로는 「울음소리」「움딸」「꿈꾸는 인큐베이터」 등이 있다.

「울음소리」의 여성인물은 현실부정, 외면, 회피로 일관하던 삶, 살 기운이 고갈된 삶을 떨치고, 생명을 갈구하면서 생에 대한 의욕과 생기를 되찾는다. 박완서가 그리는 모성, 여성성은 이렇게 타인에 의해 규정된 여성성이 아닌, 생명과 이어지는 여성성을 뜻한다. 이것이 진정한 여성으로서의 존재감이고 위대함이라고 생각하는 것이다.

'움딸'이란 시집간 딸이 죽고, 사위가 다시 결혼을 해서 얻은 색시를 뜻하는 말이다. 이는 죽은 딸의 자리에 새로운 딸이 움트기를 기원하는 정서에서 나온다. 「움딸」에는 가식과 진심 사이에서 갈등하는 새엄마의 모성, 내리사랑을 움딸에게까지 쏟아붓는 모성이 '나'와 아이의 외할머니를 통해 조명되고 있다. 기른 정과 낳은 정을 두고 갈등하던 작중화자는 움딸이라도 생명을 불어넣어 다시 사랑하고자 하는 어미의 마음에 날선 감정을 다독이며 화해의 기미를 내비친다.

「꿈꾸는 인큐베이터」에는 박완서 특유의 세 가지 모성상이 모두 나타난다. 그는 이 작품에서 생명을 훼손하면서까지 고수하는 고질적인 남아선호사상의 추악함을 고발하고 있다. 이를 통해 남녀평등문제, 남성 중심 가부장제의 전횡, 여성이면서도 남성 중심 사회를 옹호하고 지지하는 시어머니와 시누이의 왜곡된 의식, 전통적 관념에서 한치의 어긋남도 없이 살아내는 친정어머니의 모순까지 하나하나 들추며 이것이 과연 옳은 것인가 문제를 제기하고 있다.

박완서에게 있어 모성은 대를 잇는 강렬한 색채다. 그의 어머니의 모성이 유난했고, 그 또한 다섯 남매를 키워낸 모성의 당사자였기 때문이다. 이러한 체험을 바탕으로 그의 작품 곳곳에는 자식을 묻은 어미의 절망이 배어 있다. 그가 그리는 모성이 위대한 것은 그것이 생명의 산실이기 때문이다. 이렇게 대자연을 상징하는 모성과 그것의 생산에 대한 존중과 경의가 박완서 여성주의의 핵심이라고 할 수 있다.

박완서 페미니즘소설에서 여성주체의 각성이 구현된 양상은 '미완'의 사상적 완성도를 보인 반면, 모성과 생명주의에 있어서는 어느 정도 문학적 성취를 이뤄내고, 특화된 자신의 아우라를 선보이고 있음을 작품분석을 통해 확인할 수 있었다.

박완서는 체험을 바탕으로 작품을 써왔기 때문에 자신이 생물학적 나이를 먹음에 따라 자연스럽게 노년문제에 관심을 갖고 창작을 하기 시작했다. 그것이 Ⅴ장에서 고찰한 노년문제 창작모티브다. 이것이 구현된 그의 노년소설은 내적 노년인식 소설과 외적 노년인식 소설로 형상화되고 있다.

내적 노년인식이란 내면으로부터의 노년묘사를 뜻한다. 즉 노년의 인물이 서사를 주도하며 자신이 처한 세계를 자각하는 방식이다.

내적 노년인식 소설은 노년기에 접어든 인물들이 접하게 되는 가족 내 위상의 변화 및 소외, 은퇴나 생산성의 상실로 인한 사회적 고립과 고독, 생물학적 늙음에 처한 몸의 변화와 각종 질병, 죽음과의 대면, 노후에 맞게 되는 성 정체성 등의 노년문제를 직접 체험하거나 목격하는 방식이다. 내적 노년인식 소설로 분류되는 작품들이야말로 이견 없이 노년소설의 범주에 넣을 수 있을 것이다.

내적 노년인식 소설로 분류할 수 있는 작품 중에 박완서가 채 60세가 되기 전에 발표한 작품들에는 「이별의 김포공항」「황혼」「천변풍경」「유실」「지 알고 내 알고 하늘이 알건만」「저녁의 해후」「저물녘의 황홀」등이 있다.

이후 박완서가 이제 막 노년에 접어든 시기부터 완연한 노년기에 이르기까지 쓴 작품으로는 「여덟 개의 모자로 남은 당신」「오동의 숨은 소리여」「마른 꽃」「너무도 쓸쓸한 당신」「그리움을 위하여」「촛불 밝힌 식탁」「친절한 복희씨」「대범한 밥상」등이 있다.

「이별의 김포공항」의 '노파'는 강인한 생명력으로 가난과 전쟁, 시대의 격변을 온몸으로 맞서 살아냈지만, 이제는 '뿌리뽑힌 고목'으로서의 노년의 자아와 마주하게 되고, 「황혼」의 '늙은 여자'는 자식들의 편견 속에 갇혀 죽음보다 더 서늘하게 고독하다. 「천변풍경」의 '배우성씨'는 자신에게 주어진 무한(無限)의 노년을 인지한 후 절망하고, 「유실」의 '김경태'는 빈 껍데기뿐인 자신의 일상에 생기와 살맛을 선사하는 또 다른 자아 '그 녀석'을 찾아 나선다. 「지 알고 내 알고 하늘이 알건만」의 '성남댁'은 중산층의 위선과 허위의식에 맞서 자신의 신성한 노동력을 긍정하고, 「저녁의 해후」의 '나'는 늙음의 현재를 인정하면서 '나'를 둘러싼 세상과의 불화를 벗어던지고, 「저물녘의 황홀」의 '나' 역시 노년에 맞이하는 지독한 고독에 당당히 맞서 생의 긍정성을 회복하고자 한다.

「여덟 개의 모자로 남은 당신」의 '나'는 남편의 죽음을 바라보며 지난날을 회상하고, 「오동의 숨은 소리여」의 '김노인'은 자식들의 편견 속에서도 자신의 미지를 꿈꾼다. 「마른 꽃」의 '나'는 '정욕'과 '짐승스러운 시간'이 부재한 노년의 현재를 자각하고, 「너무도 쓸쓸한 당신」의 '나'는 연민의 마음으로 부부의 의미를 다시금 되새기고, 「그리움을 위하여」의 '나'는 친척 동생의 노년의 사랑을 지켜보며 메마른 자신의 정서를 환기한다. 「촛불 밝힌 식탁」의 노부부는 자식들에게 헌신함에도 불구하고 철저하게 소외당하고, 「친절한 복희씨」의 '나'는 착각과 가면으로 얼룩진 자신의 생을 돌아보게 되고, 「대범한 밥상」의 '나'는 죽음 앞에서 생을 정리한다.

내적 노년인식 소설로 분류할 수 있는 이러한 작품들은 '하소연하기 →냉엄한 현실인식하기', '하소연하기→긍정적 전망하기', '하소연하기 →체념적 순응하기' 등의 전개 양상을 띤다. 박완서가 노년기에 접어들어 집필한 작품들 중에는 결말에 긍정성이 담보된 비중이 높다. 특히 생물학적 늙음과 질병, 죽음에 관한한 특유의 운명 순응적 양상이 반복적으로 구현되고 있다. 이러한 특질들이 노년문제 창작모티브의 박완서식 문학적 형상화 방식임을 알 수 있다.

박완서의 노년소설 중 외적 노년인식 소설은 노년기에 접어들지 않은 인물, 혹은 노년기의 인물이 노년의 인물을 경험하거나 함께 생활하며,

오해와 연민의 교차점을 지나는 서사축이 중심이 되는 노년소설을 뜻한다. 외적 노년인식 소설은 상당부분 며느리와 시어머니, 며느리와 시아버지, 딸과 친정어머니 관계가 서사를 주도한다. 이때 '바라보기'의 주체는 대개 며느리나 딸이 담당하게 된다.

외적 노년인식 소설은 기본적으로 '바라보기'가 전제될 수밖에 없다. 노년의 인물을 바라보고, 함께 하며 오해나 편견을 쌓고, 종국에는 이해하고 화해하는 방식으로 전개되기 마련이다. 이해나 화해를 추진하기 위해서는 노년인물의 주변인이나 동거인, 관련인이 연민을 가져야 한다. 이 연민은 보통 기억으로부터 유래된다. 기억이란 노년인물의 지난날을 담은 모체이다. 그들에게도 젊은 나날이 있었고, 생기와 살맛으로 충만한 시절이 있었으며, 그 과거의 발자취가 그대로 현재의 노년으로 이어지고 있다는 자각이 필요하다.

치매와 부양 부담, 질병과 부양 부담, 노부모와 부양 부담은 서로 밀접한 관계에 놓여 있다. 외적 노년인식 소설들 중 이와 관련된 작품으로는 「포말의 집」「집보기는 그렇게 끝났다」「가(家)」「로열박스」「해산바가지」「환각의 나비」「후남아, 밥 먹어라」「마흔아홉 살」「엄마의 말뚝 3」「길고 재미없는 영화가 끝나갈 때」「꽃잎 속의 가시」 등이 있다.

70년대 발표된 「포말의 집」과 「집보기는 그렇게 끝났다」는 세태소설과 여성주의서사, 노년소설의 접점에 있는 작품이라 할 수 있다. 박완서가 40대에 집필했기에 노년소설을 의식하지 않고 쓴 작품에 해당한다. 다만 이것을 노년소설에 포함시킨 이유는 「포말의 집」의 경우 노망난 시어머니와 남편의 위선적 효를 보면서 자신의 노년을 전망하고 있다는 차원에서 노년소설의 초기적 형태로 분류하였다. 「집보기는 그렇게 끝났다」

의 경우도 가정 내 주어진 역할로서만 존재하는 자신의 정체성을 자각하고 주체적 삶을 꿈꾸는 여성주의서사적 색채가 강하다. 하지만 여성주인공의 갈등의 중앙에 노망난 시어머니의 부양이 있고, 이것이 주체적 자아의 각성에 기여하기 때문에 '치매와 부양 부담'의 차원에서 논의하였다. 80년대에 발표된「해산바가지」는 치매 시어머니의 부양 부담으로 불화를 겪지만, 지난날 시어머니가 생명을 어떻게 대했었는지를 기억해냄으로써 연민을 갖게 되고 이해와 화해의 장으로 나서게 된다.「가家」나「로열박스」역시 50대의 박완서가 노년을 근거리에 두고 노년의식의 깊이를 더해가는 과정을 확인할 수 있었다. 90년대에 발표된「환각의 나비」와 2000년대 발표된「후남아, 밥 먹어라」에서도 노년의 인물들이 치매로 인해 가족들과 불화를 겪지만, 노년의 그들 역시 생기와 왕성한 생명력으로 일궈낸 젊은 나날이 있었다는 기억의 회복으로 인해 이해하고 화해하는 과정이 그려진다.「엄마의 말뚝 3」은「엄마의 말뚝」연작의 최종회편으로 말뚝의 존재론적 의미만 남긴 채 소멸하는 노년과 그럼에도 불구하고 자식세대로 이어지는 끈질긴 말뚝의식을 형상화하고 있다. 2000년대에는 박완서 역시 완연한 노년에 창작한 작품들이다.「길고 재미없는 영화가 끝나갈 때」의 '나'는 병들어 기어이 자존심을 허물고 돌아가신 친정어머니와 밖으로만 떠돌다 뒤늦게 집에 돌아와 어머니와의 화해를 시도하는 아버지를 바라보며 오해를 쌓아가다, 지난날 부모세대의 삶을 인정하고 이해하면서 연민을 갖는 테마가 그려지고 있다.「꽃잎 속의 가시」는 서술화자 '나'가 미국에서 일시 귀국한 언니를 바라보며 쓴 글이다. '나'를 비롯하여 가족들은 언니를 둘러싼 부조화를 이해하지 못하고 오해를 쌓게 된다. 언니의 임종 후 언니의 어려운 미국 정착기와 정신을 놓은 언니가 타국의 요양병원에서 쓸쓸히 생을 마감한 것을 알게 되고, 이에 비애와 연민을 느끼면서 화해하게 된다.

외적 노년인식 소설은 '바라보기'의 서사이기 때문에 노년을 체감하고 이해하기 위해서는 노년인물들의 지난날의 가치를 일깨우고 존중하게 되는 계기가 필요하다. 즉 지난날의 기억으로부터 유발되는 연민이 있어야 불화를 접고 화해로 나아갈 수 있는 것이다. 박완서가 본인의 생물학적 나이가 들어감에 따라 이에 대한 천착이 깊어졌고, 노년의 인물과 그를 둘러싼 세상의 왜곡과 편견을 훨씬 사실적으로 그려내고 있음을 알 수 있다.

박완서의 노년소설은 '부정적 노년문제'에 천착한 여타 작품들과 마찬가지로 노년의 비참함을 낱낱이 드러내지만, 결국은 연민을 통해 이해하고 화해하는 과정에서 긍정성을 획득하며 마무리 짓는 경우가 많다. 이것이 박완서 노년소설의 특징이라 할 수 있다. 또한 박완서 본인이 나이가 들어갈수록 그가 집필한 소설들의 시야가 깊어지고 확장됨을 확인할 수 있다.

지금까지 한국전쟁체험 창작모티브, 근대성·도시일상성 창작모티브, 여성문제 창작모티브, 노년문제 창작모티브의 소설적 형상화 양상과 해당 텍스트의 분석을 개괄하였다.

본고의 연구목적은 박완서의 창작세계의 특징과 그의 수작(秀作)들이 남긴 문학사적 의미를 집대성하는 것이다. 그러나 박완서라는 대작가의 사십여 년 작품세계를 한 편의 논문으로 조망하는 것은 역부족이다. 논문 분량의 과부화로 인해 분석 텍스트도 처음의 계획보다 축소해야 했고, 좌표 제시를 위한 선행연구의 범위도 위축될 수밖에 없었다. 그러나 처음에 제시했듯이 '체험'에 의한 '기억'으로부터 작품 활동을 시작한 박완서에게는 문학화를 향한 강렬한 창작동인이 존재했다. 이들 창작동인을 추적하면 그의 문학의 원류에 닿을 거라는 가설은 '참'이라는 결론을 얻었다. 후속 연구에서는 이번 논문에서 축소할 수밖에 없었던 그의 작품과 배경연구를 구간별로 좀 더 심층적으로 다뤄보는 것도 의미 있는 작업일 것이라는 전망과 함께 본 연구를 마친다.

박완서 소설의 창작모티브 연구 초록

　박완서는 체험에 의해 생성된 기억을 재구(再構)하거나 변주(變奏)하는 방식으로 작품 활동을 영위해온 작가다. 그러므로 그에게는 '체험'이라는 강력한 창작동인이 존재한다.

　박완서 소설의 창작동인은 테마별로 크게 네 가지로 분류할 수 있다. 한국전쟁체험 창작모티브, 근대성·도시일상성 창작모티브, 여성문제 창작모티브, 노년문제 창작모티브가 그것이다. 이러한 동인으로 창작된 그의 소설들은 전쟁·분단제재소설, 도시소설·세태소설, 페미니즘소설, 노년소설 등의 장르로 대표성을 부여할 수 있다. 이렇게 네 가지로 분류한 그의 창작동인을 추적해나가면 박완서 문학세계의 원류에 닿을 수 있게 된다.

　첫 번째 창작모티브는 한국전쟁체험이다. 박완서는 한국전쟁을 통해 가족을 잃었고, 이데올로기의 폭력성을 체감했으며, 국가권력에 배신감을 느꼈다. 이 과정에서 그는 '살맛'과 '생기'를 잃었다. 그의 분노는 '증언'의 욕망을 재촉했고, 증언의 욕망은 '복수의 글쓰기'에서 출구를 찾는다.

　박완서가 한국전쟁체험을 바탕으로 창작한 작품들은 전쟁·분단제재 소설에 속한다. 이것들은 '전쟁체험의 재구(再構)'를 통한 소설화나 '전쟁 트라우마의 내재화'를 표출하는 양상으로 구현된다.

두 번째 창작모티브는 한국의 근대성·도시일상성이다. 한국 근현대사의 격변기와 맞물려 박완서가 경험한 문화변동은 다양하고 다채롭다. 이러한 체험을 바탕으로 창작한 작품들은 도시소설·세태소설 장르에 속한다. 이것들은 '문화변동인식' 소설이나 '비판적 세태인식' 소설의 형태로 구현된다.

세 번째 창작모티브는 여성문제다. 박완서의 작품은 여성화자가 주류를 이룬다. '여성심리', '여성 정체성', '모성'에 대한 천착은 그의 작품 곳곳에 드러난다. 이러한 인식을 바탕으로 창작한 작품들은 페미니즘소설에 속한다. 그의 페미니즘소설은 '여성주체의 각성'에 대한 소설이나 '모성과 생명주의'에 대한 소설로 표출된다.

네 번째 창작모티브는 노년문제다. 박완서의 작품에는 초기작부터 비중 있는 노년인물이 자주 등장한다. 그가 천착한 노년문제는 생물학적 늙음과 죽음, 노인 소외와 고독, 질병과 부양 부담, 노년의 성과 사랑 등이다. 이러한 제재 및 주제로 창작한 작품들은 노년소설 장르에 속한다. 그의 노년소설은 '내적 노년인식' 소설이나 '외적 노년인식' 소설로 구현된다.

본고의 연구목적은 박완서 창작세계의 특징과 그의 수작(秀作)들이 남긴 문학사적 의미를 집대성하는 것이다. 박완서의 문학적 자산이 점유하고 있는 좌표를 설정하기 위해 그가 살아온 시대와 그 시대를 주도한 담론들을 개괄적으로나마 고찰해보았다. 이를 바탕으로 네 가지 테마의 창작모티브로 구현된 그의 소설들을 탐색하였다. 『나목』의 '이경'으로부터 시작된 그의 문학세계는 창작을 꿈꾸는 이들에게 매혹적인 '문학적 영감'으로 남을 것이다.

1. 기본서

박완서, 『어떤 나들이』, 『박완서 단편소설 전집』1, 문학동네, 1999.

_____, 『조그만 체험기』, 『박완서 단편소설 전집』2, 문학동네, 1999.

_____, 『아저씨의 훈장』, 『박완서 단편소설 전집』3, 문학동네, 1999.

_____, 『해산바가지』, 『박완서 단편소설 전집』4, 문학동네, 1999.

_____, 『가는 비, 이슬비』, 『박완서 단편소설 전집』5, 문학동네, 1999.

_____, 『부끄러움을 가르칩니다』, 『박완서 단편소설 전집』1, 문학동네, 2006.

_____, 『배반의 여름』, 『박완서 단편소설 전집』2, 문학동네, 2006.

_____, 『그의 외롭고 쓸쓸한 밤』, 『박완서 단편소설 전집』3, 문학동네, 2006.

_____, 『저녁의 해우』, 『박완서 단편소설 전집』4, 문학동네, 2006.

_____, 『나의 가장 나종 지니인 것』, 『박완서 단편소설 전집』5, 문학동네, 2006.

_____, 『그 여자네 집』, 『박완서 단편소설 전집』6, 문학동네, 2006.

_____, 『친절한 복희씨』, 문학과 지성사, 2007.

_____, 『박완서 소설전집』1~22, 세계사, 2012.

2. 국내논문

강경숙, 「박완서의 페미니즘소설 연구: 80년대 장편소설을 중심으로」, 계명대 대학원 국어교육학과 석사 논문, 2003.

공화순, 「박완서 소설연구: 전쟁·세태·가족사를 중심으로」, 경기대 대학원 문예창작학과 석사 논문, 2011.

권명아, 「한국전쟁과 주체성의 서사연구」, 연세대 대학원 국어국문학과 박사 논문, 2001.

구번일, 「여성주의 시각에서 본 '집'의 의미 연구: 박완서, 오정희, 배수아를 중심으로」, 연세대 대학원 비교문학협동과정 박사 논문, 2012.

김경희, 「한국 현대소설의 모성성 연구」, 조선대 대학원 국어국문학과 박사 논문, 2005.

김나정, 「박완서 장편소설의 서사전략 연구」, 고려대 대학원 문예창작학과 박사 논문, 2013.

김명준, 「한국 분단소설 연구: 『광장』·『남과 북』·『겨울골짜기』를 중심으로」, 단국대 대학원 국어국문학과 박사 논문, 2001.

김미혜, 「박완서 소설 연구: 2000년대 노년·여성·가족문제 중심으로」, 조선대 대학원 국어국문학과 석사 논문, 2008.

김병덕, 「한국 여성작가 소설에 나타난 일상성 연구: 박완서·오정희·양귀자를 중심으로」, 중앙대 대학원 문예창작학과 박사 논문, 2002.

김선인, 「윤흥길의 1970년대 분단소설 연구」, 한국교원대 대학원 국어교육학과 석사논문, 2007.

김소연, 「박완서 단편소설에 나타난 노년의식 고찰」, 고려대 대학원 문학예술학과 석사 논문, 2009.

김승옥, 「빛바랜 삶들」, 『문학사상』, 1983년 6월호, 1983.6.

김영아, 「박완서 노년소설 연구」, 충북대 대학원 국어교육학과 석논문, 2014.

김영택, 신현순, 「박완서 노년소설 연구: 동거자와 여성 노인의 상관성을 중심으로」, 『語文硏究』 제68집, 어문연구학회, 2011, pp. 401~425.

김윤정, 「박완서 소설의 젠더 의식 연구: 수행성을 중심으로」, 이화여대 대학원 국어국문학과 박사 논문, 2012.

김은하, 「소설에 재현된 여성의 몸 담론 연구: 1970년대를 중심으로」, 중앙대 대학원 문예창작학과 박사 논문, 2003.

김임미, 「에코페미니즘의 논리와 문학적 상상력」, 영남대 대학원 영어영문학과 박사논문, 2004.

김정자, 「소외현상과 한국 현대소설들: 박태순의 도시 근로자에서 김문수의 가출까지」, 『한국문학론집』 제22집, 한국문학회, 1998, pp. 413~446.

김지은, 「박완서 소설의 에코페미니즘 특성 연구」, 한국교원대 대학원 국어교육학과 석사 논문, 2013.

김진기, 「196, 70년대 소설에 나타난 산업화 과정에서의 소외의식 연구」, 『겨레어 문학』 제26집, 2001, pp. 183~213.

김현아, 「박완서 소설에 나타난 여성 정체성 연구」, 한양대 대학원 국어교육학과 석사 논문, 2007.

김혜경, 「박완서 소설의 노년문제 연구」, 충남대 대학원 국어국문학과 석사 논문, 2004.

곽세나, 「박완서 소설의 여성상 변모 연구」, 중앙대 대학원 국어국문학과 석사 논문, 2008.

권경아, 「1950년대 한국 모더니즘 시의 근대성 연구: 〈후반기〉동인을 중심으로」, 한양대 대학원 국어국문학과 박사 논문, 2011.

류종렬, 「한국 현대 노년소설 연구사」, 『韓國文學論叢』 제50집, 한국문학회, 2008, pp. 501~536.

문미종, 「박완서의 『나목』에 나타난 '체험과 상징'에 관한 연구」, 수원대 대학원 국어교육학과 석사 논문, 2008.

문정현, 「박완서 초기 단편소설 연구」, 목포대 대학원 국어교육과 석사 논문, 2004.

박경희, 「박완서 소설의 여성인물 정체성 연구」, 순천대 대학원 국어교육학과 석사 논문, 2003.

박광숙, 「박완서의 페미니즘 소설 연구」, 단국대 대학원 문예창작학과 석사 논문, 2004.

박상미, 「박완서 소설 연구: 체험의 소설적 형상화를 중심으로」, 성균관대 대학원 국어국문학과 석사 논문, 2004.

박성혜, 「박완서 소설의 창작방법론 연구: 중·단편소설의 서사화 기법을 중심으로」, 단국대 대학원 문예창작학과 박사 논문, 2014.

박영희, 「박완서 소설의 여성상 연구: "엄마의 말뚝1"과 "휘청거리는 오후"를 중심으로」, 동국대 대학원 문예창작학과 석사 논문, 2000.

박진아, 「박완서 소설의 시간의식 연구」, 이화여대 대학원 국어국문학과 석사 논문, 2012.

박현실, 「한국 노년소설의 갈등 양상 연구」, 전남대 대학원 국어국문학과 석사 논문, 2011.

서길완, 「기억, 트라우마, 증언」, 건대 대학원 영어영문학과 박사 논문, 2010.

서재숙, 「박완서 소설에 나타난 중년 여성 의식 연구」, 충북대 대학원 국어교육학과 석사 논문, 2010.

서종택, 「해방 이후의 소설과 개인의 인식: 서기원, 김승옥, 최인호를 중심으로」, 한국학연구, 고려대학교 한국학연구소, 1988, pp. 91~113.

서형범, 「노년문학의 세대론과 전망: 새로운 문화환경에 조응하는 문학예술의 가능성에 대한 시금석으로서의 몫을 중심으로」, 『시민인문학』 제21호, 경기대학교 인문과학연구소, 2012, pp. 9~40.

송봉은, 「한국 전후소설의 트라우마(trauma) 양상 연구」, 고려대 대학원 문예창작학과 석사 논문, 2007.

신영지, 「朴婉緖 小說研究: 現實再現 樣相과 敍述方式을 中心으로」, 성균관대 대학원 국어국문학과 박사 논문, 2005.

송명희, 「노년 담론의 소설적 형상화: 박완서의 「마른꽃」을 중심으로」, 『인문사회과학연구』제13집, 부경대학교 인문사회과학연구소, 2012, pp. 1~26.

신은정, 「박완서 소설 속에 나타난 '어머니상' 연구」, 아주대 대학원 국어교육학과 석사 논문, 2008.

신현순, 「박완서 소설의 서사공간 연구」, 목원대 대학원 국어국문학과 박사 논문, 2008.

안남일, 「현대소설에 나타난 분단콤플렉스 연구」, 고려대 대학원 국어국문학과 박사논문, 2011.

엄혜자, 「박완서 소설 연구: 주제의식의 변모 양상을 중심으로」, 경원대 대학원 국어국문학과 박사 논문, 2011.

오승영, 「《친절한 복희씨》의 갈등 구조 연구」, 충북대 대학원 국어교육학과 석사 논문, 2013.

오준심, 김승용, 「박완서 소설에 나타난 노인에 대한 가족부양 갈등 연구」, 『韓國老年學』제29집, 韓國老年學會, 2009, pp. 1341~1359.

오준심, 「한국 문학작품에 나타난 노인문제 유형 연구: 박완서 단편소설을 중심으로」, 백석대 기독교전문대학원 기독교사회복지학과 박사 논문, 2009.

윤송아, 「박완서 소설에 나타난 모녀관계 연구」, 경희대 대학원 국어국문학과 석사 논문, 1999.

오창은, 「한국 도시소설 연구: 1960~70년대 작품을 중심으로」, 중앙대 대학원 국어국문학과 박사 논문, 2005.

이금례, 「윤흥길 소설 연구: 분단소설을 중심으로」, 성균관대 대학원 국어국문학과 석사 논문, 2008.

이선미, 「박완서 소설의 서술성 연구」, 연세대 대학원 국어국문학과 박사 논문, 2001.

이선미, 「한 길 사람 속을 파헤치는 소설: 분단/냉전 문화와 마음의 흔적」, 『실천문학』, 실천문학사, 2011, pp. 264~281.

이수봉, 「박완서 노년소설 연구」, 고려대 대학원 국어국문학과 석사 논문, 2010.

이수영, 「박완서 소설에 나타난 6·25 전쟁의 수용 양상 연구」, 대구가톨릭대 대학원 국어교육학과 석사 논문, 2004.

이윤경, 「박경리, 박완서 소설의 여성 정체성 연구」, 이화여대 대학원 국어국문학과 석사 논문, 2008.

이은하, 「박완서 소설 연구: 여성 문제를 중심으로」, 명지대 대학원 문예창작학과 석사 논문, 1999.

이은하, 「박완서 소설의 갈등 발생 요인 연구」, 명지대 대학원 문예창작학과, 박사 논문, 2005.

이승원, 「전쟁-서사와 기억-서사: 조은의 『침묵으로 지은 집』」, 『기억과 전쟁』, 휴머니스트, 2009.

이정숙, 「6·25전쟁 60년과 소설적 수용의 다변화, 그 심화와 확대」, 『현대소설연구』, 한국현대소설학회, 2010, pp. 7~33.

이정희, 「오정희·박완서 소설의 근대성과 젠더(Gender)의식 비교 연구」, 경희대 대학원 국어국문학과 박사 논문, 2001.

이지희, 「박완서 소설에 나타난 여성 정체성 형성 과정 연구」, 목포대 대학원 국어 교육학과 석사 논문, 2010.

이정숙, 「현대소설에 나타난 노인들 삶의 변화 양상: '긍정적으로 늙어가기'의 관점에서」, 『현대소설연구』, 한국현대소설학회, 2009, pp. 247~279.

이진주, 「박완서 소설에 나타난 모녀 관계 연구」, 영남대 대학원 국어교육학과 석사논문, 2011.

이찬희, 「고백적 글쓰기의 교육적 활용 방안: 박완서 소설을 중심으로」, 영남대 대학원 국어교육학과 박사 논문, 2012.

이태동, 「여성작가 소설에 나타난 여성성 탐구: 박경리, 박완서 그리고 오정희의 경우」, 『한국문학연구』, 동국대학교 한국문학연구소, 1997, pp. 53~72.

임선숙, 「1970년대 여성소설에 나타난 가족담론의 이중성 연구: 박완서와 오정희 소설을 중심으로」, 이화여대 대학원 국어국문학과 박사 논문, 2010.

장유정, 「경험의 서사화와 자전적 글쓰기 교육 연구」, 전남대 대학원 국어교육학 협동과정 박사 논문, 2013.

장윤정, 「현대 페미니즘 소설 연구: 여성적 글쓰기를 중심으로」, 연세대 대학원 국어교육학과 석사 논문, 1999.

장희원, 「박완서와 김원일의 분단소설 비교 연구: 전쟁체험과 이데올로기의 구현 양상을 중심으로」, 한양대 대학원 국어국문학과 석사 논문, 2005.

정미숙, 유제분, 「박완서 노년소설의 젠더시학」, 『韓國文學論叢』제54집, 한국문학회, 2010, pp. 273~300.

정은비, 「박완서 단편소설에 나타난 여성성 연구」, 교원대 대학원 국어교육학과 석사논문, 2011.

정호웅, 「상처의 두 가지 치유방식」, 『작가세계』, 1991.봄.

정혜경, 「한국 현대소설에 나타난 여성 정체성의 변모과정 연구」, 부산대 대학원 국어국문학과 박사 논문, 2007.

조윤희, 「박완서의 페미니즘 소설 연구」, 명지대 대학원 문예창작학과 석사 논문, 2002.

천이두, 「원숙과 패기」, 『문학과 지성』, 제24호, 1976년 여름호, 제7권 제2호, 1976.5.

최명숙, 「한국 현대 노년소설 연구」, 경원대 대학원 국어국문학과 박사 논문, 2005.

최명숙, 「박완서 소설에 나타난 노년의식 연구: 양원식의 노년소설과 대비하여」, 『국제한인문학연구』제5집, 국제한인문학회, 2008, pp. 219~242.

최선희, 「박완서 소설에 나타난 노년의 삶: 『너무도 쓸쓸한 당신』을 중심으로」, 『한국말글학』제26집, 한국말글학회, 2009, pp. 139~171.

최유정, 「박완서의 세태소설 연구」, 동국대 대학원 국어교육학과 석사 논문, 2000.

최정선, 「박완서 노년소설 연구」, 동국대 대학원 문예창작학과 석사 논문, 2014.

최희숙, 「박완서 소설 연구: 자서전적 소설과 전쟁체험소설 중심으로」, 아주대 대학원 국어교육학과 석사 논문, 2007.

한기남, 「박완서 단편소설 연구: 한국전쟁에 대한 작가의식을 중심으로」, 목포대 대학원 국어교육학과 석사 논문, 2008.

3. 국내단행본

강수택, 『일상생활의 패러다임』, 민음사, 1998.

구수경, 『한국 전후소설의 서사기법과 주제론』, 역락, 2013.

김문수, 『한국 전쟁기 소설연구』, 국학자료원, 2013.

김병익, 『한국문학』, 한국문학사, 1974.

김종회, 『황순원』, 새미, 1998.

강진호, 이선미, 장영우 외, 『우리 시대의 소설, 우리 시대의 작가』, 계몽사, 1997.

김용직, 『문학비평 용어사전』, 탐구당, 1985.

김용희, 『한국 전후소설의 양상』, 한신대학교출판부, 2013.

김윤식, 김미현 편, 『소설, 노년을 말하다』, 황금가지, 2004.

김윤식·김우종 외, 『한국현대문학사』, 현대문학, 1999.

김윤식, 『낯선 신을 찾아서』, 일지사, 1988.

_____, 『80년대 우리 문학의 이해』, 서울대학교출판부, 1989.

_____, 『작가와의 대화 – 최인훈에서 윤대녕까지』, 문학동네, 1996.

_____, 『내가 읽은 박완서』, 문학동네, 2013a.

_____, 『6·25의 소설과 소설의 6·25』, 푸른사상, 2013b.

김응준, 『리얼리즘』, 연세대학교 출판부, 2009.

김채수, 『문학이론 연구』, 박이정, 2014.

김회진, 『영미문학사』, 신아사, 2003.

나병철, 『근대성과 근대문학』, 文藝出版社, 1995.

동국대학교 문화학술원 한국문학연구소 편, 『한국 근대문학과 신문』, 동국대학
    교출판부, 1991.

문학을 생각하는 모임, 『한국문학에 나타난 노인의식』, 백남문화사, 1996.

문학을 생각하는 모임, 『한국노년문학연구 2』, 국학자료원, 1998.

문학을 생각하는 모임, 『한국노년문학연구 3』, 푸른사상, 2002.

문학을 생각하는 모임, 『한국노년문학연구 4』, 이회문화사, 2004.

박범신, 『은교』, 문학동네, 2010.

박완서, 권영민, 호원숙, 『박완서 문학앨범』, 웅진출판, 1992.

박완서, 호원숙 외, 『모든 것에 따뜻함이 숨어 있다』, 웅진지식하우스, 2011a.

박완서 외, 「행복한 예술가의 초상: 박완서 연대기」, 『현대문학』, 2011b.

박완서, 『못 가본 길이 더 아름답다』, 현대문학, 2010.

선주원, 『1930년대 후반기 소설론』, 한국학술정보, 2008.

송명희 외, 『인문학자, 노년을 성찰하다』, 푸른사상, 2012.

신수정, 『푸줏간에 걸린 고기』, 문학동네, 2003.

유학영, 『1950년대 한국전쟁·전후소설 연구』, 북폴리오, 2004.

윤흥길, 「아홉 켤레의 구두로 남은 사내」, 『창작과비평』, 창작과비평사, 1977.

이경호·권명아 엮음, 『박완서 문학 길찾기』, 세계사, 2000.

이금란, 『박경리 문학의 가족서사학』, 인터북스, 2014.

이미화, 『박경리 『토지』와 탈식민적 페미니즘』, 푸른사상, 2012.

이봉일, 『1950년대 분단소설 연구』, 월인, 2001.

이상섭, 『문학비평 용어사전』, 민음사, 2001.

이선미, 『박완서 소설연구』, 깊은샘, 2004.

이선영, 『리얼리즘을 넘어서』, 민음사, 1995.

이재선, 『현대한국소설사』, 민음사, 1991.

이주미, 『한국 리얼리즘 문학의 지평』, 새미, 2003.

이준섭, 『프랑스문학사』, 세손, 2005.

이태동, 『박완서』, 서강대학교 출판부, 1998.

이태동 편, 『한국문학의 현대적 해석 18 - 박완서』, 서강대학교 출판부, 1998.

장사선 외, 『文藝思潮』, 새문사, 1986.

전영태, 『쾌락의 발견 예술의 발견』, 생각의 나무, 2006.

전진성, 이재원 엮음, 『기억과 전쟁』, 휴머니스트, 2009.

전흥남, 『한국 현대 노년소설 연구』, 집문당, 2011.

정재림, 『한국 현대소설과 전쟁의 기억』, 2013.

정진웅, 『노년의 문화인류학』, 한울아카데미, 2012.

조남현, 『1990년대 문학의 담론』, 문예출판사, 1998.

_____, 『소설신론』, 서울대학교출판부, 2004.

조동일, 『세계문학사의 전개』, 지식산업사, 2002.

조현일, 『한국문학의 근대성과 리얼리즘』, 월인, 2004.

한국버지니아울프학회 편, 『버지니아 울프*Virginia Woolf*』, 동인, 2010.

호원숙 엮음, 『裸木을 말하다』, 열화당, 2012.

4. 국외단행본

吉田精一, 『自然主義研究』(上), 東京堂, 1967.

長谷川泉, 『近代日本文學思潮史』, 至文堂, 1967.

Gelfant, Blanche H., *The American City Novel*, University of Oklahoma
　　Press, 1954.

Grant, *Realism*, Methuen & Co Ltd, 1970.

Lukács, György, 조정환 역, 『변혁기 러시아의 리얼리즘문학』, 동녘, 1986.

Showalter, Elaine, *Speaking of Gender*, Routledge, 1990.

S. 프로이트 저, 오태환 역, 『정신분석학 입문』, 선영사, 2009.

레나 린트호프 저, 이란표 역, 『페미니즘 문학 이론』, 인간사랑, 1998.

리타 펠스키 저, 이은경 역, 『페미니즘 이후의 문학』, 여이연, 2010.

마리아 미스·반다나 시바 저, 손덕수·이난아 역, 『에코페미니 즘』, 창작과비평
　　사, 2000.

만프레트 마이 저, 임호일 역, 『작품 중심의 독일문학사』, 동국대학교출판부,
　　2004.

슐람미스 샤하르 외 6인 저, 팻 테인 엮음, 안병직 역, 『노년의 역사』, 글항아리,
　　2012.

시몬 드 보부아르 저, 홍상희·박혜영 공역, 『노년』, 책세상, 1994.

윌프레드 L. 게인 외 저, 정재원 역, 『문학의 이해와 비평』, 청록출판사, 1993.

아르놀트 하우저 저, 백낙청 역, 『문학과 예술의 社會史』, 창작과 비평사, 1974.

이창래 저, 나중길 역, 『생존자 The surrendered』, RHK, 2013.

조르주 미누아 저, 박규현, 김소라 역, 『노년의 역사』, 아모르문디, 2010.

존 스토리 저, 박모 역, 『문화연구와 문화이론』, 현실문화연구, 1994.

크리스티바 줄리아 외 저, 김규열 외 공역, 『페미니즘과 문학』, 문예출판사,
　1988.

팸 모리스 저, 강희원 역, 『문학과 페미니즘』, 문예출판사, 1997.

5. 인터넷 자료

권혁창, 배영경, 「韓 노령화지수 올해 첫 80% 돌파 전망」, 『연합뉴스』, 인터넷기
　사, 2013.3.1, http://www.yonhapnews.co.kr/bulletin/2013/03/11/02000
　00000AKR20130311124800008.HTML?input=1179m.

류현성, 「한국 여성 기대수명 84.6세로 세계 8위」, 『연합뉴스』 인터넷기사,
　2014.5.15, http://www.yonhapnews.co.kr/bulletin/2014/05/15/0200000
　000AKR20140515200100088.HTML?input=1179m.

어수웅, 「맞다, 나는 '변태'다」, 『조선일보』 인터넷기사, 2013.3.6, http://
　media.daum.net/culture/newsview?newsid=20130306031307497.

박완서를 읽다

초판 인쇄 2016년 01월 15일

초판 발행 2016년 01월 30일

저자 이희경

발행인 이진곤

발행처 도어즈

출판등록 제 312-2011-000006호(2011년 2월 25일)

주소 서울특별시 서대문구 연희로5길 82 2층

전화 02-338-0092

팩스 02-338-0097

홈페이지 www.seentalk.co.kr

E-mail seentalk@naver.com

ISBN 978-89-97371-51-8 03800

이 도서의 국립중앙도서관 출판예정도서목록(CIP)은 서지정보유통지원시스템
홈페이지(http://seoji.nl.go.kr)와 국가자료공동목록시스템(http://www.nl.go.kr/kolisnet)에서
이용하실 수 있습니다.(CIP제어번호: CIP2016000046)

도어즈는 **씨엔톡**의 자매 회사입니다.